LUZIFER
VERLAG

# IAN GRAHAM

# DIE REGELN DER RACHE

EIN **BLACK SHUCK** THRILLER

IMPRESSUM

Deutsche Erstausgabe
Originaltitel: RULES FOR REVENGE

Printed in Germany

Umschlaggestaltung: Michael Schubert | Luzifer-Verlag
Übersetzung: Andreas Schiffmann
Lektorat: Astrid Pfister

ISBN: 978-3-95835-295-7

Dieses Buch wurde nach Dudenempfehlung (Stand 2018) lektoriert.

Bibliografische Information der Deutschen Nationalbibliothek:
Die Deutsche Nationalbibliothek verzeichnet diese Publikation in der Deutschen Nationalbibliografie; detaillierte bibliografische Daten sind im Internet über http://dnb.d-nb.de abrufbar.

*Für Dennis –*
*jeder Kämpfer hat jemanden, der ihm den Rücken freihält,*
*und bei mir bist definitiv du das gewesen.*

# Kapitel 1

*Eine Woche zuvor, 10:03 Uhr Ortszeit, Carlisle, im Nordosten Englands*

»Ich bin noch nicht fertig, Junge.« Der Ire kaute auf einem Zahnstocher herum und grinste dabei schief. Beim Höhepunkt eines gründlich geplanten Anschlags musste er immer schmunzeln. Mit dem Gefühl, deine Gegner zum Kampf zu nötigen und sie dann fallen zu sehen, ließ sich kaum etwas auf dieser Welt vergleichen.

Der Barkeeper legte jetzt die Rechnung für das Pint des Iren, das noch halbvoll war, auf den Tisch. »Die Kerle da hinten in der Ecke hauen dir gleich die Hucke voll, Sportsfreund. Seit du hier bist, hast du nichts anderes getan, als dir das Maul über sie zu zerreißen. Verlass dich lieber auf mich. Wenn du weißt, was gut für dich ist, machst du jetzt 'nen Abgang.«

Der Ire schaute über die Schulter zurück und lachte. »Aye, in Ordnung.« Er zog einen Zehn-Pfund-Schein aus der Tasche. »Der Rest ist Trinkgeld.«

Nachdem der Barkeeper den Schein grunzend eingesteckt hatte, ging er wieder. Keine Frage, er war genauso ungehalten wegen der Bemerkungen des Iren wie seine Stammkundschaft. Der Mann grinste weiterhin, während er aufstand und seine Jacke glattstrich, wobei er den Blick durch das größtenteils leere Lokal schweifen ließ. Er konnte sich das Lachen kaum verkneifen, als er in die hintere Ecke schaute, wo die sechs Männer mit hochgezogenen Schultern vor ihren Bierkrügen hockten. »Schönen Abend noch, ihr Fatzkes. Ich mach mich dann wohl mal auf die Socken nach Middlesbrough. Hab gehört, deren Mannschaft soll nicht nur aus Nulpen bestehen.«

»Mir reicht dieser Linkswichser jetzt langsam.« Der größte Mann verschüttete Bier aus seinem Krug, weil er diesen so abrupt auf den Tisch knallte, und stand auf. Die Gemüter in Carlisle waren nach einer brutalen Fußballsaison, in welcher das städtische Team nur knapp gegen die Hauptrivalen verloren hatte, weshalb es jetzt abstieg, sowieso schon erhitzt genug.

Der Barkeeper fluchte leise vor sich hin. »Mensch, Clem, hört auf, Jungs. Lasst ihn einfach gehen. Ich erlaube keine Schlägereien hier drin.«

»Halt den Rand, Rodney.«

Der Ire strahlte erfreut und ging rückwärts zur Tür. Das war er! Der berühmte Moment, in dem es kein Zurück mehr gab. Beim Verlassen der Kneipe setzte er automatisch eine Kette von Ereignissen in Gang, die sich seinem Einflussbereich entzogen, und diese Vorstellung erregte ihn. Er drehte sich um und stieß die Tür mit einem Arm auf, ohne die Männer dabei aus den Augen zu lassen, die alle nacheinander aufstanden und ihm folgten.

Draußen zog er eine Skimaske unter seiner Jacke hervor, setzte sie auf seinen Kopf und zog sie sich über das Gesicht wie eine Damenstrumpfhose. Nachdem er den von einem Eisenzaun umgebenen Hof verlassen hatte, überquerte er die Straße und versteckte sich in einer schmalen Einfahrt zwischen zwei Reihenhäusern aus Ziegelsteinen.

»Hast du ihnen ordentlich ans Bein gepisst?«

»Aber hallo, war echt kinderleicht. Die sind doch alle hohl wie Brot da drin.« Er wandte sich dem Mann zu, der mit einer grünen Skimaske und einer Kalaschnikow hinter ihm stand. »Da kommen sie.«

Der Mann lud durch und legte auf die Kneipe an. »Wunderbar.«

Die sechs Gäste traten jetzt einer nach dem anderen aus dem Hof und schauten sich auf der Straße in beiden Richtungen nach dem vermeintlich flüchtigen Iren um.

»Hier drüben, ihr Wichser« Er ließ jetzt von der Seite des einen Hauses ab und zeigte sich. Als der Anführer der Männer losstürmte, bemerkte er die Maske im Gesicht seines Gegners aber noch nicht. Mit einem Mal veränderte sich die bis dahin ruhige Geräuschkulisse, und Schüsse aus dem Automatikgewehr ertönten auf der Straße, auf der sich überwiegend Wohngebäude befanden.

Die bisher dicht gedrängte Gruppe fiel sofort. Der Ire grinste, während sein Landsmann nachlud und weiter feuerte, zunächst noch einmal auf die Toten und dann auf die Backsteinmauer und die Fenster der Kneipe, wobei die Scheiben zerbrachen und Ziegelsplitter von der Fassade spritzten. Einige Schüsse prallten auch von dem verschnörkelten Eisenzaun vor dem Eingang ab, Querschläger gingen ins Dunkel der Nacht. Als schließlich auch sein zweites Magazin leer war, klinkte der Schütze es aus und nahm ein neues aus einer seiner Taschen. Nachdem er es eingesetzt hatte, lud er abermals durch und schwenkte den Lauf vor sich hin und her, während aufgebrachte Stimmen aus den Häusern in der Umgebung laut wurden.

»Ist sie scharf?«, blaffte er jetzt.

»Aye, sie liegt im Kofferraum.« Er wies mit einem Nicken auf das Heck eines Kompaktwagens, der am Straßenrand vor dem Lokal geparkt war.

»Dann mal los!« Der Schütze hob seine Waffe erneut und gab eine willkürliche Salve über die Fahrbahn ab, sodass sich die wenigen Anlieger, die einen Blick nach draußen gewagt hatten, schnell wieder verzogen.

Der Ire befolgte die Aufforderung und lief los, während er den nächsten Feuerstoß seines Komplizen vernahm. In der Ferne heulten Sirenen. Die Polizei war bereits unterwegs.

»Beeilung!«, rief der Schütze. Er holte seinen Mitstreiter ein, als sich dieser gerade der schulterhohen Backsteinmauer näherte, die das Wohngebiet vom Gelände des örtlichen Fußballstadions Brunton Park trennte.

Der schmächtige Ire zog sich mit den Händen an der Mauer hoch und sprang dann ins nasse Gras auf der anderen Seite. Anschließend drehte er sich um und wartete auf seinen Gefährten, der ihm zuerst die Kalaschnikow hinüberwarf, bevor er selbst hochkletterte. Er grinste beim Blick über die Mauer, da er sah, wie sich ein paar Mutige aus ihren Häusern trauten und zaghaft auf die Kneipe zugingen.

»Verschwinden wir von hier, schnell!« Der Schütze landete neben ihm im Gras, und sie eilten weiter.

Der Ire folgte ihm wieder und hängte sich dabei das Gewehr über die Schulter. Ein Stück weiter voraus auf dem Parkplatz neben dem Stadion sahen sie das Fluchtauto stehen. Seit ihrer letzten Beteiligung bei einem Anschlag auf der britischen Hauptinsel war schon viel zu viel Zeit vergangen. Ihre Geschicke in anderen Teilen der Welt liefen zwar großartig, doch zu Hause zu sein, vermittelte ihnen ein gutes Gefühl. Mit dem Schießen sollte es laut Plan nun vorbei sein, zumal die Polizeisirenen immer lauter wurden, weshalb es nicht mehr lange dauern würde, bis es im gesamten Gebäudeblock hoch hergehen würde. Jetzt war es an der Zeit für seine Spezialität: Die Bombe!

# Kapitel 2

*Vor zwei Tagen, 21:16 Uhr Ortszeit, Friedhof Dryfesdale – Lockerbie, Schottland*

Shane O'Reilly musste seine Augen anstrengen und einen Gang herunterschalten, während die Scheibenwischer seines olivgrünen Range Rover schon auf die schnellste Stufe eingestellt waren. Vor dem Wagen konnte er gerade noch so eben das Ende einer hohen Hecke erkennen, wo der Eisenzaun anfing, der den Friedhof umgab. Er kam sechzehn Minuten zu spät. Das notorisch stürmische Wetter Schottlands hatte die Fahrt auf den Schnell- und Nebenstraßen im Süden zu einem richtigen Krampf gemacht.

Als Sicherheitsbeamter des britischen Innengeheimdiensts oder landläufig MI5 genannt, bestand seine Aufgabe im Erkennen und Rekrutieren potenzieller Informanten mit Kontakten zu Einzelpersonen und Körperschaften, welche die Regierung des Vereinigten Königreichs auf dem Schirm behalten wollte.

Dieser Tage konnte er als Mitglied des irischen und inländischen Terrorismusschutzes von seinem Schreibtisch im sechsten Stock des Londoner Thames House aus, arbeiten. Wie ein altgedienter Kaufmann, der sich auf seine Rotationskartei verließ, machte sich Shane gerne im Laufe zweier Jahrzehnte geknüpfte Beziehungen zunutze, die ihm pflichtbewusst alles über die Geschehnisse in Nordirland und dessen Schwester, der Republik Irland, respektive die Umtriebe der wenigen übrigen Dissidenten auf der Hauptinsel berichteten.

Nur selten reiste er noch selbst, um Informationsgeber aufzusuchen, deren Sicherheit immer noch so weit gefährdet war, dass man sich im Geheimen treffen musste, anstatt Telefongespräche hinter vorgehaltener Hand zu führen. Hierbei handelte es sich um einen solchen Anlass. Ein langjähriger Helfer mit Verbindungen zu mehreren Gruppen von Aufrührern hatte einen Mann gefunden, der angeblich etwas über zwei erst kürzlich erfolgten Bombenattentate im Nordosten Englands wusste. Deshalb wollte dieser sich gemeinsam mit Shane kurzschließen.

Da hier so spät abends gar kein Verkehr herrschte, hielt er mitten auf der Straße an und schaute durch die beschlagene Scheibe seiner Tür auf das einstöckige Ziegelhaus gleich hinter dem Friedhofstor. Drinnen brannte kein Licht, und nur eine Seite des Tors, das auf das Gelände führte, stand offen. Zum Durchfahren war es allerdings zu eng.

Er blieb mehrere Sekunden lang sitzen und starrte in diese Richtung, während sein warmer Atem das Hartglas wenige Zoll vor seinem Gesicht beschlug. Ihm ging es dabei darum, etwaige Zeichen dafür zu erkennen, dass hier irgendetwas nicht stimmte. Gar nichts zu sehen, war aber vielleicht auch genau so seltsam.

Obwohl es nur einen Zeugen gab, der die beiden Explosionen miterlebt hatte, war das Wort »Ire« in seiner qualvollen Aussage trotz schrecklicher Verletzungen immer wieder gefallen. Außerdem hatten beide Sprengsätze auf das Werk irischer Radikaler anstatt wie momentan eher üblich islamischer Terroristen hingedeutet. Dies machte Shane in den Augen seiner Vorgesetzten zum Fachmann für den Umgang mit dem neuen Informanten und die Beschaffung jeglicher Fakten, die dieser ihnen bieten konnte.

Als ehemaliger Angehöriger der Irisch-Republikanischen Armee, der selbst zu einem mitteilsamen Überläufer geworden war, hatte Shane eine Vereinbarung mit der britischen Regierung getroffen, die ihm ungeachtet seiner früheren Fehltritte stets sichere Arbeit gewährleistete. Es gab falls überhaupt nur Wenige, die so viel über den irischen Republikanismus und dessen unterschiedliche terroristische Fraktionen wussten wie er. An dieser Situation jetzt störte ihn jedoch etwas Entscheidendes. Dies war seit einem Jahrzehnt der erste Übergriff irischer Aufwiegler gegen das Königreich. Dass eine solche Gruppe auf einmal gleich zwei Städte angegriffen haben sollte, deren Bevölkerung vorwiegend der Arbeiterschicht angehörte und die international nur wenig geläufig bis nahezu vollkommen unbekannt waren, geschweige denn historische Bezüge zum Konflikt zwischen Großbritannien und Irland hatten, passte überhaupt nicht ins Bild, denn ideologische Motive waren damit auszuschließen.

Shane schaltete wieder in den ersten Gang und lenkte hart ein, um sich auf den engen Platz zwischen Fahrbahnrand und Zaun stellen zu können. Nachdem er ausgestiegen war, zog er die Schultern unter seinem Trenchcoat so hoch wie nur möglich und trat dann von der Geländelimousine weg, die ihm mehr oder weniger sicheren Schutz bieten würde. Seine ergrauenden roten Haare wurden im Regen schnell nass, und er fluchte leise, weil ihm Wasser ins Gesicht tropfte. Sich an einem solchen Ort treffen zu wollen, sah Rory Blaney ähnlich. Shane bezweifelte sehr, dass der Mann je einem Stubenhocker-Job nachgegangen war.

Er näherte sich dem Tor mit Bedacht. Das dunkle Gebäude dahinter war das Haus des Friedhofswärters, und daran vorbei führte eine lange, gepflasterte Einfahrt zwischen den Grabsteinreihen. Einige davon hatten mit der Zeit Risse bekommen, wohingegen die neueren noch vom harten schottischen Wetter unberührt geblieben waren. Er hatte bald zehn Yard auf dem Gelände zurückgelegt und immer noch niemanden gesehen. War sein Informant wegen seiner Verspätung verschwunden? Rory sollte doch Verständnis dafür haben, wie lange die Fahrt von London aus hierher dauerte, dieses Mal sogar noch länger in Anbetracht der Witterung. Shane ging zur Hintertür des Hauses und stellte sich unter einen Säulenvorbau, wo es trocken war. Dann hob er den Arm, um anzuklopfen.

»Der Garten der Erinnerung«, sprach ein Mann mit heiserer Stimme, während er an der Seite des Gebäudes vortrat. Shane drehte sich zu ihm um. »Angelegt zum Gedenken an die Opfer des Lockerbie-Anschlags 1988«, fuhr er fort, während er zum hinteren Ende der Anlage schaute. »In Hinblick auf den Grund für unser Treffen fand ich dieses Fleckchen irgendwie angemessen.«

Shane starrte ihn an. Ihm war diese Sache ganz und gar nicht geheuer. Er ließ sich nur sehr ungern überraschen, doch ausgerechnet dies hatte der Mann soeben getan. Er war ungefähr so groß wie er, sein braunes Haar war kurz geschnitten. Außerdem hatte er einen Dreitagebart und kaute auf einem Zahnstocher herum, während seine Hände in den Taschen eines grünen Kolanis steckten. Shane wunderte sich allerdings weniger über dessen Äußeres als über seinen Akzent. Unabhängig von seiner Heiserkeit, die gewiss von jahrelangem Tabakkonsum herrührte, würde er diesen speziellen Zungenschlag West Belfast zuordnen, ein stark katholisch geprägtes Viertel in Nordirlands größter Stadt, wo es bekanntermaßen vor Sympathisanten der Republikaner nur so strotzte.

»Wer sind Sie? Und wo ist Frankie?«, fragte Shane, während er bewusst einen falschen Namen für seinen Agenten benutzte.

»Ich kenne keinen Frankie, aber Rory kommt gleich.«

Nun entspannte sich Shane ein wenig. »Sie sind also derjenige, der sich darüber unterhalten will, was in Penrith und Carlisle geschehen ist?«

»Darüber will sich niemand unterhalten, Kumpel. Genauso wenig, wie man sich um all die armen Schweine schert, denen man da hinten die Ehre erwiesen hat. Aber jemand muss es tun, und ich bin offenbar der einzige Pechvogel, der alles darüber weiß.«

Shane blieb weiterhin misstrauisch. Denn nichts an dem Kerl entsprach einem gewöhnlichen Informanten. Wer so etwas zum ersten Mal tat, war meistens extrem nervös und im übertriebenen Maße paranoid. Denn bei denjenigen, die sie verraten wollten, handelte es sich niemals um wohlgesonnene Menschen, die Kätzchen kraulten und mit Kindern spielten, sondern um grausame Typen, deren Taten noch gemeiner waren und die eine äußerst kurze Geduldspanne hatten – solche, die es nicht gut aufnahmen, wenn jemand bei den Bullen vorstellig wurde, um Geschichten über sie auszuplaudern.

»Sie kommen aus West Belfast, oder? Haben Sie auch einen Namen?«

»Aidan, und jawohl ich stamme aus West Belfast.«

Shane kannte diese Gegend hinlänglich, denn er war dort aufgewachsen und während der ersten siebzehn Jahre seines Lebens oft in den verschiedenen Pubs entlang der Falls Road aufgeschlagen. »Dann kann man wohl davon ausgehen, dass Sie eine ganze Weile für die Spezialeinheit der Royal Ulster Constabulary gearbeitet haben, richtig?«

Aidan verzog sein Gesicht. »Aye. Damals war ich ein paar Jahre lang ihr Tippgeber. Woher wissen Sie das denn?« Wegen seiner eigenen Frage rümpfte er abfällig die Nase. »Ich war ein elender Spion, ja das stimmt.«

»Nun da wir das Eis gebrochen haben, würde ich vorschlagen, wir warten auf Rory und halten anschließend irgendwo ein Schwätzchen, wo wir nicht komplett durchweichen; dieses Wetter ist echt furchtbar.« Shane gefielen die Umstände immer noch nicht. Falls dieses Gespräch wirklich zustande kommen sollte, musste er Aidan an einen Ort bringen, wo er ihn besser unter Kontrolle hatte.

»Oh nein, ich gehe nicht von hier weg, nicht mit Ihnen. Ausgeschlossen! Nicht, wenn ich dabei an die Sorte Mensch denke, mit der ich es zu tun habe.«

»Und welche Sorte ist das? Jemand von den Reals? Den Contos?«

»Weder noch«, antwortete eine schroffe Stimme, kurz bevor Shane die Tür des Wohnhauses aufgehen hörte. Prompt spürte er den Lauf einer Waffe in seinem Kreuz. Er hob die Hände mit gespreizten Fingern bis zu seinen Schultern hoch und trat dann unter dem Säulenvorbau hervor. Sofort rann Regen an seinen Armen hinunter und tränkte die Ärmel des Hemdes, das er unter seinem Mantel trug.

»Hände hoch und mit dem Gesicht an die Wand!«, knurrte der Mann, während er aus dem Gebäude trat.

Shane gehorchte sofort, drehte sich aber so, dass er einen kurzen Blick auf ihn werfen konnte. Der Kerl trug eine schwarze Jacke mit Kapuze, die seinen Kopf komplett bedeckte, doch sein Gesicht konnte man trotzdem erkennen – Falten, ein kantiges Kinn und graumelierte Bartstoppeln. Die Waffe war eine Kalaschnikow.

Shane verfluchte sich selbst, weil er nicht auf seinen Instinkt gehört hatte. Wenn ihm mal etwas nicht koscher vorkam, lag er in der Regel richtig damit. Er schaute zwischen den zwei Männern hin und her. Sich mit allen beiden anzulegen würde er garantiert nicht überleben. In seinen jüngeren Jahren hätte er es eventuell geschafft, doch selbst dann wäre es eher unwahrscheinlich gewesen.

»Denk gar nicht erst daran«, drohte ihn der Bewaffnete. Er hielt sich sein Gewehr vor die Augen und visierte genau Shanes Brust an. »Ich knall dir ein Loch mitten in den Leib, das so groß ist, dass wir bequem durchfahren könnten.«

Der andere, der sich als Aidan ausgegeben hatte, kam jetzt unter dem Dach hervor und tastete Shane sorgfältig ab. »Tut mir leid, Kumpel.«

»Wo ist Rory? Was wollen Sie von mir?«

»Rory ist tot. Und du spielst jetzt die Hauptrolle in einem kleinen Filmchen.«

# Kapitel 3

*Gegenwart, Samstag, 16:46 Uhr Ortszeit, Hafen Rosslare im Südosten Irlands*

Declan McIver drehte sich auf der Rückbank des Mercedes Vito Minivan um, als sie an einem Schild vorbeifuhren, das Reisende darauf hinwies, dass sie jetzt in den Europort fuhren, einen Sektor des Rosslare Harbour für den Personen- und Frachtverkehr. Während er einen Arm über den Rücken seiner Frau ausstreckte, vollzog er mit, wie sich das Umgebungsbild langsam wandelte. Die Geschäfte und Hotels der Hafengegend wichen nun Betonabsperrungen, Metallzäunen und grauen Schiffen voller Gütercontainer.

»Hattest du einen angenehmen Nachmittag?«

Constance McIver lächelte verhalten, aber ohne zu antworten. Als sie so neben ihrem Mann saß – im sechsten Monat schwanger – schien ihr unwohl zu sein, während der Wagen über Bodenwellen holperte, bis sich ihr Fahrer in einen Kreisverkehr einordnete und der Beschilderung zum Terminal folgte.

»Wir sind gleich da, Sir«, sagte Alan Hogan, der Mann hinter dem Lenkrad mit einem Blick in den Rückspiegel. Declan lächelte ebenfalls und schaute wieder geradeaus. Hundert Yards vor ihnen führte der St.-Georgs-Kanal durch die Irische See, und das Gegenufer gehörte der britischen Hauptinsel. In der Ferne konnte er Fähren erkennen, die Kurs zu ihren jeweiligen Zielhäfen in Irland, England und Frankreich nahmen. Die McIvers würden eines der einlaufenden Schiffe besteigen.

»Setzen Sie uns einfach irgendwo im hinteren Teil ab. Dort drüben nahe des Ufers, das reicht vollkommen.« Declan zeigte zu einer Ecke. »Fahren Sie rückwärts hinein, stellen Sie den Motor aber nicht ab.«

»Verstanden, Sir.«

Er schaute sich kurz um, während Hogan den Van abseits der anderen Autos parkte, die dichter am Hafendamm standen. Wenngleich sich Declan vorgenommen hatte, den Tag seiner Frau zuliebe relaxt mit Einkaufen und Besichtigungen zuzubringen, wollte er dennoch keinerlei Risiken eingehen. Momentan bestand nämlich eine hohe Wahrscheinlichkeit, entdeckt und verfolgt zu werden.

Im Laufe der Monate, seit er in den Brennpunkt einer Regierungsverschwörung geraten war und einen geplanten Terroranschlag auf amerikanischem Boden vereitelt hatte, waren ihrer beider Leben erheblichen Umwälzungen unterworfen worden. Sie konnten nicht mehr jene unbeschwerten und umtriebigen Amerikaner bleiben, die sie bisher zu sein gewohnt gewesen waren. Jetzt, während die Obrigkeiten auf beiden Seiten des Atlantiks und die Nachrichtenmedien weltweit herauszufinden versuchten, was sich genau zugetragen hatte, dominierte zwangsläufig das Versteckspiel ihr Dasein.

Erschwerend kam noch die Offenbarung von Declans früherer Mitgliedschaft in einer hervorragend ausgebildeten IRA-Terrorzelle mit dem Codenamen Black Shuck hinzu. Die international verstreuten Verbindungspersonen, auf welche die Planung dieses Anschlags und die Gründung der Einheit zurückgeführt worden waren, hatte genügt, um journalistische Spürhunde und Fernsehexperten zu vielfältigen Spekulationen anzuregen. Im Laufe der letzten paar Monate war der Rummel zwar wieder merklich abgeflaut, doch alles konnte sofort von Neuem beginnen, wenn ein findiger Reporter oder ein Sensationsgieriger mit Smartphone Declans Verbleib publik machte, sodass sein Konterfei plötzlich im Internet kursierte.

Endlich schaute Constance hoch. »Wieso sind wir hier?«, fragte sie verwirrt.

»Ist 'ne Überraschung, Liebling.«

Sie runzelte die Stirn, denn dieser Begriff verhieß schon seit einiger Zeit nichts Gutes mehr.

»Es ist eine angenehme Überraschung«, fügte Declan schüchtern lächelnd hinzu. Dies stimmte auch; das hoffte er zumindest. Constance und auch ihre Ehe waren nicht unberührt davon geblieben, dass sie nicht mehr in ihr Eigenheim an der US-Ostküste zurückkehren konnten, und gezwungen waren, Verwandten und Freunden fernzubleiben und stattdessen nur per Telefon oder E-Mail mit ihnen kommunizieren konnten. Wohingegen er froh darum war, dass sie überhaupt noch lebten und zusammen sein konnten, hatte Constance großes Heimweh und wünschte sich den normalen Alltag wieder. Mit jedem weiteren Monat, der ins Land zog, schienen ihre Chancen auf eine dauerhafte Rückkehr zwar geringfügig zu steigen, aber Declan sorgte sich nicht nur um Bürokraten und Medienmacher. Er könnte eine Liste über mutmaßliche Gegner aus seiner Zeit in der IRA führen, die sich lesen würde wie ein Who is Who von Halsabschneidern aus aller Herren Länder. Sich an einem im Mittelpunkt der Öffentlichkeit stehenden Ort niederzulassen – und dies war ihre alte Adresse in den Staaten – könnte deshalb durchaus noch gefährlicheren Ärger nach sich ziehen. Also hatte Declan kurzerhand eingefädelt, dass ein Stück Heimat nun zu ihnen kam.

Das Funkgerät im Van piepte mehrmals, bevor eine Stimme vom Band ihnen mitteilte, dass ein Anruf einging. Alan Hogan drückte eine Taste am Armaturenbrett, um ihn entgegenzunehmen. »Hallo?«

»Ich bin's. Bin gerade gelandet«, sagte eine Frau mit heiterem Tonfall.

»Bestens, meine Teure. Halt dich einfach geradeaus, wenn du das Terminal verlässt, und geh bis zur hintersten Parkreihe. Wir warten dort in einem Van auf dich.«

»Wunderbar, ich bin gleich da. Krieg schon ganz feuchte Hände.«

Hogan trennte die Verbindung im selben Moment, als Declan seine Tür aufstieß. Nachdem er ausgestiegen war, schaute er sich in der Umgebung um und streckte seiner Frau dann eine Hand entgegen. Sie ließ sich von ihm langsam aus dem Wagen helfen.

Zwischen zwei anderen, die auf dem Platz parkten, kam jetzt eine korpulente Frau hervor, gezogen von einem kräftigen Hund, der seine Schnauze dicht am Boden hielt und den Schwanz senkrecht nach oben streckte.

»Shelby!« Constances offenkundiges Unbehagen verflog, als sie den Beagle sah … ihr Haustier. Sie grinste voller Begeisterung. Auch Declan strahlte, als sich die Hündin näherte, wobei sie ihre Freude zeigte, indem sie mit den Vorderpfoten in die Höhe sprang und mit dem Schwanz wedelte. Ihre Lefzen waren zurückgezogen, weshalb man durchaus von einem schlabbrigen Lächeln sprechen konnte.

Constance bückte sich vorsichtig und streichelte die Hündin, ehe sie zu ihrem Mann zurückschaute. »Wie hast du das denn bloß hinbekommen?«

»Sachte, Schatz.« Er hatte seinen Kopf nach vorne gebeugt, als würde er seine Frau ansehen, behielt aber in Wirklichkeit genau im Auge, was rings um sie herum vor sich ging. Bislang deutete nichts darauf hin, dass jemand Nicola Hogan – ihrer Haushälterin, die Shelby in den USA abgeholt hatte – gefolgt war. Obwohl auch noch andere Passagiere mit ihr aus der Ankunftshalle gekommen waren, hatten sie sich allesamt schnurstracks zu ihren Fahrzeugen begeben und den Hafen zügig verlassen.

»Wie geht's dir, meine Teuerste?«, fragte Alan, als er ausstieg, und seiner Ehefrau einen Kuss auf die Wange gab.

»Großartig.« Nicola beugte sich ihm entgegen. »Shelby ist wirklich eine Wucht.«

»Keine Schwierigkeiten mit den Behörden gehabt?«, wollte Declan wissen.

»Überhaupt nicht, Sir. Sie haben die Papiere nur überflogen, und dann durften wir auch schon sofort an Bord gehen.«

»Feine Sache.« Um Shelby aus den Staaten nach Großbritannien zu holen, hatte es mehrerer mittelgroßer Wunder bedurft. Sie war für gesundheitliche Untersuchungen kurz in Quarantäne gehalten worden, hatte aber schließlich die Erlaubnis erhalten, ungehindert auf Reisen zu gehen. Da im Königreich viel strengere Gesetze bezüglich der Einfuhr von Tieren aus dem Ausland galten als in Irland, war es ein Leichtes gewesen, das Weibchen dorthin zu bringen, und Declan hatte dafür gesorgt, dass sich das Ganze möglichst schwer zurückverfolgen ließ. »Machen wir uns auf die

Socken. Auf Shelby wartet immerhin ein vollkommen neues Land zum Beschnüffeln.«

Er half Constance beim Aufstehen und legte dann liebevoll eine Hand auf ihren Bauch. »Alles Okay bei dir?«

»Ja, alles prima.« Sie wandte sich ab und stieg wieder in den Wagen. Ihr bisherige Freude verschwand, und ihre kühle Reserviertheit kehrte wieder zurück. Declan schüttelte seinen Kopf. Er versuchte doch lediglich, sie und ihr ungeborenes Kind zu beschützen, kam sich aber bisweilen selbst wie ihr schlimmster Feind vor.

Als sei das alles noch nicht genug, war Constance auch noch unzufrieden, weil er in wenigen Tagen in die Schweiz verreisen musste, um sich dort mit zwei Politveteranen zu treffen; einem Amerikaner und einem Briten. Die beiden leiteten die offiziellen Ermittlungen ihres Landes zu den Ereignissen, die auf der Welt als Victoria-School-Krise bekanntgeworden waren. Bei dieser Gelegenheit würde sich Declan zum ersten Mal öffentlich bei laufender Aufnahme zu seiner Verstrickung in die Affäre äußern und seine frühere Rolle bei Terrorakten erörtern. Von einfacher Nervosität zu sprechen wäre stark untertrieben gewesen. Von den Männern, mit denen er sich auszutauschen gedachte, hing stark ab, wie sich sein Leben in Zukunft gestalten würde.

»Wohin darf's denn jetzt gehen?«, fragte Alan, während Declan die Klappe des Laderaums schloss. Mit geschlossenen Türen und dank der getönten Scheiben unterschied sich der Mercedes Vito nicht mehr von den zahllosen ähnlichen Modellen, die in Irland als Lieferwagen Verwendung fanden. Aus genau diesem Grund hatte er ihn auch gekauft.

»Nach Hause.«

»Aye, Sir.«

*Zu Hause*, dies war seit den Vorfällen das Landgut von Declans Freund Fintan McGuire, dem Sohn eines ehemaligen IRA-Kommandanten.

Bei ihrer Abfahrt vom Hafen spürte Declan auf einmal, wie das Handy in einer seiner Taschen vibrierte. Er blickte zu seiner Frau hinüber und schmunzelte, weil diese gerade in Babysprache flüsterte, um dem Ungeborenen Shelby vorzustellen. Kaum, dass er mit einem Daumen über den Touchscreen gefahren war und die SMS gelesen hatte, die gerade eingegangen war, verging ihm das Lächeln allerdings abrupt.

*Wir müssen reden. Bald. – A*

# Kapitel 4

*17:02 Uhr Ortszeit, Gutshaus – The Droveway, St. Margaret's Bay im Südosten von England*

Lord Dennis Allardyce steckte das Krypto-Mobiltelefon wieder ein, und erhob sich aus dem neueren schwarzen Range Rover, nachdem ihm sein Chauffeur die Tür geöffnet hatte. Er atmete tief die salzige Luft ein, während der Wind, der vom Ärmelkanal her wehte, sein schütteres, grauer werdendes Haar zerzauste. Obwohl das Haus, vor dem er gerade angekommen war, inmitten hoher Bäume stand, drehte er sich jetzt in Richtung Kanal um und rückte seine lohfarbene Sportjacke aus gerippter Baumwolle zurecht. Jetzt am späten Nachmittag wirkte das hellgrüne Laub im Licht der Sonne sogar noch farbenfroher, und obwohl er nicht hindurchschauen konnte, wusste er genau, dass die Meerenge und die berühmten weißen Klippen von Dover nicht mehr als eine halbe Meile entfernt waren. Er strich sich die Haare mit einer Hand zur Seite und wandte sich dem Eleanor Estate zu, dem prachtvollen Wohnsitz der britischen Innenministerin Meg Unruh.

Als Generaldirektor des Security Service war er ihr direkt unterstellt und musste regelmäßig Bericht an sie erstatten. Während seiner kurzen Amtszeit als Spionagechef des Landes hatte es bis zum heutigen Abend allerdings niemals einen Anlass gegeben, Unruh in ihrer Hauptwohnung aufzusuchen. Er blickte hinauf zu der stattlichen Eingangstür des Hauses, als sie geöffnet wurde und ein Bediensteter in Schwarzweiß zur Seite trat, um Allardyce hineinzulassen.

Dieser drehte sich zu seinem Fahrer um, der ihm einen Koffer reichte, und stieg dann die Betontreppe hinauf. Beim Eintreten schaute er in das Gebäude hinein. Das Interieur sah fast genauso aus, wie er es sich vorgestellt hatte. Aufwändige Holzvertäflungen, bunte Teppiche und breite Bögen über den Durchgängen zwischen den einzelnen Räumen. Altertümliche Lampen und Vasen voller blühender Blumen standen auf handgefertigten Tischen, und stilvolle Porträts von Personen, bei denen es sich vermutlich um Familienmitglieder handelte, hingen nebeneinander an den Wänden.

»Die Ministerin widmet sich Ihnen in Kürze, Sir. Kann ich Ihnen in der Zwischenzeit etwas Gutes tun?«

»Nein, danke.«

Der Angestellte wandte sich von ihm ab und zog sich aus dem Saal zurück. Nun stand Allardyce alleine da und wartete auf die Ministerin, während ihm das Bild einer Frau ins Auge fiel, das genau gegenüber vom Eingang hing. Ihre schulterlangen Haare waren goldbraun, die Falten in ihrem Gesicht zeugten von einem anmutigen Alter, und sie lächelte nachdenklich; gemalt in warmen und leuchtenden Farben, als scheine die Sonne auf ihre fahle Haut und lasse ihre blauen Augen funkeln. Das Gemälde wirkte in jeder Hinsicht detailliert, ein wahres Kunstwerk.

»Meine Mutter«, erklärte eine Frauenstimme irgendwo über Allardyce. »Eleanor Winwood.«

Er schaute hoch und sah Meg Unruh, die gerade am Ende der Galerie um die Ecke bog und die Treppe in der Mitte hinunterging. Anders als ihre Mutter hatte sie eine Kurzhaarfrisur und dunkelbraune Haare wie Mahagoni. Ihr Gesicht war faltenfrei, denn sie selbst war noch relativ jung, und anstatt gutmütig zu lächeln, zeigte sie überhaupt keine Gefühlsregung.

»Dann kann Ihr Anwesen ja nur aus diesem Grund Eleanor Estate heißen.«

Unruh zog ihre Augenbrauen zusammen. »Richtig. Dieses Haus wurde an derselben Stelle gebaut, wo früher der Bauernhof der Familie Winwood stand. Meine Großeltern tauften meine Mutter Eleanor, weil es *Sonnenstrahl* bedeutet, und von St. Margaret's Bay heißt es, es sei der erste Ort im Vereinigten Königreich, den die Sonne morgens küsse.«

»Interessant. Um das Haus meiner Familie in den Cairngorms ranken sich ähnliche Geschichten.«

»Genug der Vorrede, Dennis. Wenn Sie persönlich hier sind, müssen Sie ein äußerst wichtiges Anliegen haben. Warum sind Sie hergekommen?«

Allardyce langte in die Brusttasche seiner Sportjacke. »Deshalb.« Er hielt einen schwarzen USB-Stick in die Höhe. »Den hat das Glasgower Büro des MI5 heute erhalten.«

»Was ist das?«

»Darauf enthalten ist eine Videonachricht unseres vermissten Offiziers.«

»Hier entlang.« Er folgte ihr einen Flur hinunter, wo sie eine Tür für ihn aufhielt.

Sie führte ihn anschließend in ein geräumiges Arbeitszimmer mit einem breiten Eichenschreibtisch und zahlreichen Bücherregalen an den Wänden. Dahinter gelangte man durch eine Glasdoppeltür auf einen Balkon mit Ausblick auf den Garten. Farbloses Licht fiel durch die Scheiben ein.

Dennis stellte seinen Aktenkoffer auf den Schreibtisch und nahm einen Laptop heraus. Nachdem er ihn aufgeklappt hatte, steckte er den Stick in den USB-Anschluss und schaltete den Laptop an. Unruh setzte sich in einen von zwei Lehnsesseln vor dem Schreibtisch, während er mehrere Mausklicks machte. Dann rückte er das Gerät so zurecht, dass sie ebenfalls auf den Monitor schauen konnte. Wenige Augenblicke später wurde eine

Kamera scharfgestellt, die vor einem dunklen Hintergrund auf ein zerschlagenes, blutverschmiertes Gesicht zeigte. Die Ministerin rutschte unbehaglich in ihrem Sessel hin und her. »Oh mein Gott.«

Wie auf ein Zeichen desjenigen hin, der diese Aufzeichnung gemacht hatte, fuhr sich der Geschundene mit der Zunge über die Lippen und fing an zu sprechen. Seine Stimme klang dabei vollkommen niedergeschlagen und erschöpft. »Mein Name ist Shane O'Reilly. Ich bin Geheimagent des Security Service Ihrer Majestät und muss dieses Video unter Androhung meines To…«

»Halt dich ans Drehbuch, du Idiot«, fauchte jemand außerhalb des Bildes, und gleichzeitig wurde O'Reilly mit irgendeinem Gegenstand geschlagen. Dann fuhr er fort: »Ich möchte der Regierung Ihrer Majestät hiermit mitteilen, dass sie ihre Scheinuntersuchungen der Anschläge in Penrith und Carlisle abbrechen sowie umgehend alle miesen Tricks gegen die Kampagne für die Unabhängigkeit Schottlands unterlassen soll. Dass so viele Unschuldige gestorben sind, war vollkommen unnötig und ist nur geschehen, um zu verdeutlichen, mit welcher Geringschätzung die britische Obrigkeit auf ihre eigenen Bürger hinabsieht. Wenn genug Zeit verstrichen ist und diejenigen, die mich hier gefangen halten, davon überzeugt sind, dass sich der Staat ihren Forderungen gefügt hat, werde ich unversehrt freigelassen. Sollte sich der Staat allerdings weigern, dieser Aufforderung nachzukommen, wird man mich hinrichten und den Vorgang mitschneiden. Meine Leiche wird danach unauffällig verscharrt werden, wo niemand sie jemals findet. Sie wurden hiermit gewarnt.«

Daraufhin wackelte das Bild stark, ehe man nur noch ein Rauschen sah. Auf einen weiteren Mausklick hin erschien wieder Dennis' Desktop. Er entfernte den USB-Stick und schob ihn sorgfältig zurück in seine Brusttasche, während er der Innenministerin ins Gesicht schaute, um ihre Reaktion zu erfahren.

»Das war der schlimmste Wust aus dreisten Lügen, den ich mir je habe anhören müssen«, empörte sie sich mit noch schrillerer Stimme als üblich. »Die Schotten haben sich bereits per Wahl dafür entschieden, in der Union zu bleiben. Versuchen diese Leute tatsächlich, dem MI5 die beiden Attentate anzuhängen?«

Allardyce nickte. »Anscheinend hat jemand den Eindruck, der Innengeheimdienst betreibe Hetze, um weitere Bemühungen für die Unabhängigkeit Schottlands zu verhindern. Selbstverständlich könnte nichts davon mehr an der Wahrheit vorbeilaufen. Es gibt schließlich keine *miesen Tricks*, also können wir offensichtlich auch nichts unterlassen, was wir gar nicht tun. Aller Wahrscheinlichkeit nach handelt es sich bei den Entführern, die dieses Video aufgenommen haben, auch um die Bombenleger.«

»Das ist nur zu typisch für die radikalen Gemüter unter uns. Sie unterliegen in einer freien und gerechten Wahl, gehen dann auf einmal hin und bezichtigen den Staat, ihre Anstrengungen sabotiert zu haben, indem sie es so darstellen, als ob sie um ihr erwünschtes Ergebnis beraubt worden seien. Was wird unternommen, um die Herkunft des Videos zu bestimmen?«

»Alles. Wir haben aktuell ein Team von Analytikern zusammengestellt, die den ganzen Tag daran arbeiten. Zum jetzigen Zeitpunkt sollte eigentlich bereits ein Ergebnis vorliegen.« Allardyce nahm sein Handy heraus und wählte eine Nummer. Es dauerte nicht lange, und ein Mann mit streng klingender Stimme meldete sich.

»Sam«, sagte Dennis – es war der Vizedirektor Samuel Reed – und drückte auf das Freisprechicon. »Ist das Team fertig?«

»Ich glaube schon, aber bevor ich Sie zu den Leuten durchstelle, gibt es noch etwas, das Sie unbedingt wissen müssen.«

»Und zwar?«

»Es gibt noch andere Videos, nicht nur dieses eine. Es wurden mehrere im Internet veröffentlicht, und darin behaupten die Entführer, dass unser Offizier bei einem versuchten Sprengstoffanschlag vor Ort gewesen ist.«

»Haben sich die Medien schon darauf gestürzt?«

»Nein, noch nicht, aber ich bin mir sicher, dass es nicht mehr lange dauern wird.«

»Sorgen Sie dafür, dass die Analysten Kopien davon bekommen, und ergreifen Sie alle notwendigen Maßnahmen, damit diese Videos sofort aus dem Netz genommen und von der Journaille ferngehalten werden. Sie könnten für uns immerhin wichtige Hinweise enthalten.«

»Die Analysten sind sie schon alle durchgegangen. Ich stelle Sie jetzt zu dem Leiter des Teams durch. Männer, frisch auf.« Reed nahm den Hörer von seinem Ohr, während er dies sagte, und erklärte: »In der Leitung ist der Generaldirektor mit der Innenministerin, Toby, und Sie haben das Wort. Beginnen Sie bitte mit Ihrem Namen und dem, was Sie tun.«

Allardyce beugte sich nach vorn und öffnete eine Software auf dem Laptop. Nach der Eingabe von Log-in-Informationen und einem Passwort lehnte er sich wieder zurück und wartete.

»Guten Nachmi... oder besser gesagt Abend, Madame Secretary und Direktor Allardyce«, stammelte ein junger Mann. »Mein Name ist Toby Price, und ich bin der leitende Auswertungstechniker der gemeinschaftlichen Terroranalysezentrale. Mein Team – neben mir Graham McCall, Sashi Patel und Peter Fuller – haben die Videos, die man uns zur Verfügung gestellt hat, ausgiebig untersucht und eine Reihe von Punkten zusammengestellt, die Sie bestimmt interessieren werden. Sind Sie gerade im System eingeloggt?«

»Ja. Sitzungsnummer 102956«, antwortete Allardyce, indem er die Zahlen in der Ecke des Bildschirms ablas.

»Sehr gut, Sir. Ich sehe Sie jetzt.«

Der Mauszeiger begann, sich ohne Dennis' Zutun zu bewegen, und nach ein paar Sekunden erschien der Desktop-Hintergrund von Prices PC im Untergeschoss des Thames House. »Also, fangen wir damit an, dass ich Ihnen kurz zusammenfasse, was wir bisher herausgefunden haben.«

»Wir möchten gerne etwas über die Stimme des Geiselnehmers wissen«, hob Unruh an. »Was gibt es dazu zu sagen?«

»Natürlich Ma'am. Gut … nun, seine Stimme deckt sich leider mit keiner aus unserer Datenbank, doch zwei Dinge ließen sich daran feststellen. Anscheinend benutzte er einen schottischen Jargon und versuchte auch, möglichst wie ein Schotte zu klingen. Unser Stimmerkennungsprogramm deutete allerdings auf etwas anderes hin. Es handelt sich mit weit höherer Wahrscheinlichkeit um einen Iren – einen Nordiren, um genau zu sein.«

»Einen Patrioten also«, warf die Ministerin trocken ein.

»Vermutlich, Ma'am.«

»Sonst noch etwas?«

»Das ist leider alles, was es über die Stimme zu sagen gibt, aber aus dem Bildmaterial haben wir erheblich mehr gewinnen können. Das Wichtigste ist, glaube ich, dass wir wissen, wo der erste Mitschnitt – das Forderungsvideo, wenn Sie es so nennen möchten – gemacht wurde.«

Allardyce setzte sich sofort aufrecht hin. »Sie konnten den Ort bestimmen?«

»Ja, Sir.«

»Wie das?«

»Indem wir die Umgebung aufgehellt haben, sowohl bei den Ausführungen der Geisel als auch danach, als die Kamera hektisch hin und her geschwenkt wurde, bevor jemand sie ganz ausschaltete. Das gab uns einigen Aufschluss.«

Durch das Telefon hörte man nun mehrere Mausklicks, woraufhin ein Foto auf dem Laptopmonitor erschien.

»Zunächst einmal«, fuhr Toby fort, während er durch mehrere Bilder blätterte, »ist ringsherum, während der Mann spricht, nicht mehr alles komplett dunkel. Man sieht Erdboden, eine alte Steinmauer, die niedrige Decke …«

»Er befindet sich also in einem Kellergewölbe«, unterbrach ihn Unruh ungeduldig. »Und wie hilft uns das weiter?«

Toby räusperte sich. Mit zwei so hohen Regierungstieren zu sprechen machte ihn offensichtlich nervös, weshalb sich Allardyce wünschte, die Ministerin würde ein bisschen Verständnis für den Kerl aufbringen, anstatt so ruppig wie immer zu sein.

Meg Unruh war nach einer langen Karriere im Unterhaus schließlich ins Innenministerium berufen worden, wo sie eines der vier wichtigsten Ämter des Königreichs bekleidete. In dieser Position betreute sie als Hauptverantwortliche alle inneren Angelegenheiten des Staates, darunter Einwanderung, Bürgerschaft, nationale Sicherheit und Überwachung.

In ihrem parlamentarischen Wahlkreis Dover an der Ostspitze des County Kent gab sie ein Inbild des Wohlstands ab. Sie und ihr Mann hatten ihr üppiges Familienvermögen in beträchtliche wirtschaftliche und politische Interessen investiert. Warmherzigkeit war hingegen eine Eigenschaft, die beiden vollkommen abging. Das Paar war hoffärtig und kinderlos geblieben – in dieser und auch in vorangegangenen Ehen – es zog die Gesellschaft preisgekrönter Cockerspaniel vor und verkehrte nur selten mit Personen, die weniger als eine Million Pfund schwer waren. Obgleich Allardyce die meisten von Unruhs politischen Ansichten teilte, und selbst mehrere Namenszusätze besaß, die ihn vom Durchschnittsbriten absetzten, verstand er sich von jeher als Diener des Volkes und meinte damit alle Bürger, sowohl die ärmsten als auch die reichsten.

»Hinaus läuft letzten Endes alles auf Folgendes«, fuhr Toby fort. »Nach Officer O'Reillys Schilderungen schaltete wie gesagt irgendwann jemand das Gerät ab und rüttelte dabei daran. Wir haben diesen Teil langsamer ablaufen lassen und das Bild bereinigt, um noch besser erkennen zu können, wie die Umgebung aussieht.«

Er hörte auf, sich durch die Schnappschüsse zu klicken, um eine Einstellung aufzurufen, die einen Haufen Holz am Boden des Kellers zeigte. Trotz des etwas schiefen Bildwinkels ließen sich mehrere Streifen weißes Vinyl erkennen, welche die Bretter zum Teil bedeckte. Eine grün-schwarze Schrift darauf war wegen der Knicke in der Plane allerdings nur schwer zu lesen.

»Was ist das?«, fragte Allardyce neugierig.

»Demonstrationsbanner, Sir«, antwortete Toby und wählte noch ein Foto aus. »Ausgehend von dem, was wir in Erfahrung bringen konnten, unternahmen wir eine Suche und fanden Spruchbänder, von denen wir ausgehen, dass sie bei der Unabhängigkeitskampagne Verwendung finden. In einem der anderen Videos taucht auch jemand auf, der ein T-Shirt mit dem gleichen Logo trägt.«

»Na so was.« Dennis verglich das Bild der Plane mit dem neuen, das eine Gruppe auf einer Straße zeigte. Die Personen darauf schwenkten Banner mit einem Symbol in Grün und Schwarz, dem Kürzel der Kampagne und ihr Motto »Schottland kann frei sein«.

»Nun sagt uns diese Verbindung aber allein immer noch nicht viel«, relativierte Toby, »doch ich möchte Sie vorübergehend auf den Keller selbst verweisen.« Er klang allmählich selbstbewusster und vergrößerte jetzt wieder das Standbild aus dem Gewölbe mit der Mauer hinter Shane O'Reilly. »Sehen Sie die rötlich-gelbe Farbe der Ziegel ungefähr ab dem oberen Drittel der Wand? Das ist typisch für eine Art von Sandstein, der während des Immobilienbooms in Glasgow Anfang des 20. Jahrhunderts häufig verbaut wurde und das Stadtbild stark geprägt hat.

Somit konnten wir den Ort auf Glasgow eingrenzen, und eingedenk der Gebäude im Zusammenhang mit der schottischen Unabhängigkeitsbewegung, sowie einer komplexen Reihe von Schlagwörtern, mit denen ich Sie jetzt nicht langweilen will, haben wir eine umfassende Bildsuche im Internet gestartet, unter anderem in den Dateien der städtischen Wohnungsbaugenossenschaft und mehreren weiteren mit historischen Bauwerken. Dabei sind wir hierauf gestoßen.« Ein lauter Klick ertönte, und ein Foto von einem leeren Raum erschien. Es war eindeutig derselbe, in dem Shane O'Reilly während der Aufzeichnung gestanden hatte.

»Brillant«, rief Allardyce, ohne einen Hehl daraus zu machen, dass ihm diese Fähigkeiten Respekt abverlangten.

»Danke, Sir. Das Gebäude mit diesem Keller steht im Norden von Glasgow, und wie Sie vielleicht schon geahnt haben, befindet sich im Erdgeschoss das Hauptbüro der Unabhängigkeitskampagne. Dokumente belegen deutlich, dass sie momentan der einzige Mieter unter dieser Adresse ist.«

»Absolut brillant.« Dennis stand auf, nahm das Telefon vom Schreibtisch und deaktivierte die Freisprechfunktion. »Sam, hören Sie mich?«

»Ja, ich bin noch da, Dennis.«

»Ich möchte, dass Sie diesen Standort sofort beobachten lassen.«

»Ich schicke gleich jemanden los.«

»Gut, und setzen Sie ein Analyseteam auf jeden Informationsschnipsel an, den wir über die Unabhängigkeitsbewegung und ähnliche Organisationen haben. Morgen früh erwarte ich dann einen ausführlichen Bericht.«

»Ich mache mich umgehend an die Arbeit.«

»Dann hören wir bald wieder voneinander.«

Nachdem Allardyce den Anruf beendet hatte, wandte er sich an Meg Unruh, die mit verschränkten Armen und strenger Miene neben ihm stand.

»Und wer steckt hinter dieser Unabhängigkeitskampagne?«

»Das weiß ich noch nicht genau, doch es ist einer der vielen Ableger der Scottish National Party, die sich für die Abspaltung des Landes von Großbritannien starkgemacht hat.«

»Befürwortet sie Gewalttaten?«

»Meines Wissens nach nicht. Unserer Pflicht gemäß überwacht der MI5 solche Vereinigungen schon sehr lange. Einige neigen zwar eher zu Protesten als andere, doch abgesehen von ihren Seilschaften zu den militanter ausgerichteten Gewerkschaften deutet nichts darauf hin, dass sie gewalttätige Absichten hegen. Bis heute wurden immer nur friedliche Aktionen lanciert.«

»Das scheint sich kürzlich aber wohl geändert zu haben.«

»Ja, das könnte sein. Wie Sie bereits sagten, geriet die Partei im Zuge ihrer Wahlniederlage ins Straucheln, und mich würde es nicht wundern, wenn sich ein paar Anhänger daraufhin ziemlich blumige Verschwörungstheorien ausgedacht haben, um sich selbst froh zu machen. Sie pochen bereits auf eine neue Abstimmung in ein paar Jahren.«

»Ich setze mich schnellstmöglich mit der Premierministerin in Verbindung«, versprach Unruh, »aber ich kann Ihnen schon jetzt sagen, dass sie nicht anders reagieren wird als ich. Unsere Regierung wird sich bestimmt nicht von einer Bande hinterhältiger, größenwahnsinniger Sozialisten einschüchtern lassen. Was brauchen Sie, um sichergehen zu können, dass diesen Aktionen schnell und ohne viel Aufhebens ein Riegel vorgeschoben wird?«

»Zunächst einmal Durchsuchungsbefehle und Polizeistreitkräfte«, begann Allardyce. »Mehrere Mannschaften am besten. Falls Officer O'Reilly wirklich in einem Gebäude festgehalten wird, das die Unabhängigkeitsbewegung gemietet hat, lautet unsere oberste Priorität natürlich, ihn zu befreien. Mit ihm wäre den Entführern nämlich automatisch jeglicher Verhandlungsspielraum genommen.«

»Abgemacht. Ich rufe gleich den schottischen Polizeipräsidenten an.«

# Kapitel 5

*Sonntag, 9:45 Uhr Ortszeit, Hauptbüro der Unabhängigkeitskampagne*
*Newton Place, Glasgow, Schottland*

Der leitende Polizeiinspektor Duncan Campbell beobachtete, wie die letzten Anlieger – es waren die wenigen, die sich an einem Sonntagmorgen an ihren Arbeitsplätzen aufgehalten hatten – in Sicherheit gebracht wurden, weg von den zu Büros umgebauten Reihenwohnhäusern aus der Viktorianischen Zeit, die nun mehr als ein Dutzend Unternehmen gemietet hatten. Eilig verschwanden die ängstlich ausschauenden Vertriebsangestellten, Therapeuten und Immobilienmakler, und näher rückte in geduckter Haltung eine Schlange schwerbewaffneter Polizeibeamter auf dem Betongehsteig. Ihr Ziel war das letzte Gebäude, an dessen Erdgeschossfenster eine Fahne in Grün und Schwarz auf weißem Untergrund mit der Abkürzung INC - Independence Now Campaign – neben der Eingangstür hing. Das Büro der Unabhängigkeitsbewegung. Einem Überwachungsteam des Innengeheimdiensts, das man am Vorabend auf dem Gelände postiert hatte, war es gelungen, die Anwesenheit einer Person in den ansonsten leeren Räumlichkeiten zu bestätigen. Ein blonder Mann von ungefähr fünfundzwanzig Jahren hatte das Haus betreten, doch seit zwölf Stunden war soweit ersichtlich durch keine der beiden Türen irgendjemand ein- oder ausgegangen. Deshalb hatte Campbells Spezialeinheit die Erlaubnis zum Stürmen bekommen.

Er selbst war zwischen einer dichten Baumreihe auf der anderen Straßenseite des Gebäudes in Deckung gegangen und blickte gerade besorgt auf seine Armbanduhr. Hoffentlich dröhnte der Verkehr in den umgebenden Straßen laut genug, um den etwaigen Lärm zu übertönen, der bei der Evakuierung der Nachbarn und den Vorbereitungen zum Eindringen in das Büro aufkam. Die Operation lief bereits seit zwanzig Minuten, Zeit war also das A und O. Falls sich die zu rettende Person wirklich noch dort drinnen befand, könnte jeder Fehler, den sich die Beamten erlaubten, zu einer sofortigen Hinrichtung führen.

»Team Bravo in Stellung«, rief eine Männerstimme in Campbells Ohrknopf.

»Charlie fertig zum Losschlagen«, teilte ein zweiter Beamter mit.

Die zwei Mannschaften in der Gasse auf der anderen Seite des Gebäudes standen somit einsatzbereit in Position, eine am Hintereingang und die andere vor der Tür des Kellers, der separat zugänglich war. Fehlte also nur noch Team Alpha, das die Anweisung hatte, von vorn einzutreten, und momentan noch zehn Yards entfernt wartete.

»Auf Empfang bleiben«, flüsterte Campbell jetzt in sein Mikrofon, als die Mitglieder von Alpha anhielten, um behutsam eine Ramme aus Metall nach vorn durchzureichen. Dann gingen sie weiter. »Kontakt in zwanzig Sekunden … fünfzehn – zehn – fünf – Marsch, Marsch, Marsch!«

Er warf einen Blick auf zwei Anzugträger neben ihm, während die Mannschaft die Vordertür einrannte und mit vorgehaltenen Maschinenpistolen ins Erdgeschoss stürzte. Über den Knopf in seinem Ohr verfolgte er mit, wie die beiden anderen Eingänge am hinteren Teil des Gebäudes ebenfalls aufgestoßen wurden.

»Polizei! Wir sind bewaffnet! Polizei!«, schrien die Beamten beim Ausschwärmen in die Räume des wie eine Stadtwohnung angelegten Inneren. Nachdem auch die letzten Männer von Team Alpha eingedrungen waren, winkte Campbell den beiden Anzugträgern zu, damit diese ihm die Eingangstreppe hinauf folgten. Oben warteten sie, bis die ersten Polizisten herausrufen würden, dass sie die Lage im Griff hatten. Erst danach würden sie selbst eintreten.

»Rechter Flügel sauber«, bestätigte jemand per Funk. »Links ist auch alles sauber«, teilte der nächste Beamte mit.

Campbell sah von der Tür aus, wie drei seiner Männer um eine Ecke bogen und vorsichtig die Treppe in den ersten Stock betraten.

»Auf den Boden! Sofort! Arme ausstrecken!« Die Befehle ertönten, kurz, nachdem sie oben angelangt waren.

»Um Gottes willen!«, rief jemand mit schottischem Akzent. »Is' ja gut, is' ja gut!«

»Alpha fertig, nichts gefunden.«

»Bravo ist durch, eine Person festgenommen.«

»Charlie hier, niemanden gefunden.«

»Verdammt.« Campbell stampfte durch das Obergeschoss zum Hintereingang, wobei der alte Holzboden unter seinem nicht unerheblichen Gewicht knarrte. Nachdem er über verstreute Infobroschüren und Holzsplitter des Türrahmens getreten war, nahm er eine Betontreppe, die in die schmale, gepflasterte Gasse hinter den früheren Reihenwohnungen führte. Unten ging er weitere Stufen hinab in den Keller. Er musste den Kopf einziehen, als er das enge, muffige Gewölbe unter dem Hauptbüro der Unabhängigkeitsbewegung betrat.

»Hier gibt es nichts zu holen, Sir«, sagte einer der Beamten, die in dem Raum herumstanden.

Campbell brauchte sich nicht lange umzusehen, um zu wissen, dass der Mann recht hatte. Abgesehen von einem klapprigen Stuhl und einem Haufen verwitterter Holzstücke, der mit irgendwelchen alten Spruchbändern zugedeckt war, enthielt dieser Keller gar nichts. »Scheiße!«

Er verließ das Gebäude, ließ seinen Blick über mehrere Mülltonnen und den Belag der Gasse schweifen, aus dessen Rissen Grünzeug wuchs. Dass irgendeines der Autos kurz zuvor abgestellt worden war, ließ sich nicht erkennen, aber wie konnte er sich dessen schon sicher sein? So wie die Straße aussah, schien sie wochentags dauerhaft zugeparkt zu sein. »Team Bravo, bringen Sie den Festgenommenen sofort nach draußen hinter das Gebäude.«

»Verstanden, sind unterwegs, Sir.«

Wenige Augenblicke später traten die beiden Anzugträger, die Campbell begleiteten, beiseite, und drei der bewaffneten Beamten führten einen Mann in Handschellen durch die Hintertür hinaus. Der Inspektor musterte den ungepflegten Blondschopf, den seine Einheit anscheinend aufgeweckt hatte. »Und mit wem habe ich das Vergnügen?«

»Pff, William Wallace, und lassen Sie mich raten: Sie sind Gas-Wasser-Scheiße und wollen nur die Heizung kontrollieren.«

Campbell schmunzelte und hielt einen gefalteten Durchsuchungsbefehl in die Höhe. »Nein, ich bin der Spielverderber, der Ihnen Krümel in den Käse streut. Jetzt sagen Sie schon, was Sie hier tun.«

Der Mann starrte ihm weiterhin unerschrocken in die Augen, schwieg jedoch. So, wie er neben den beiden schwerbewaffneten Polizisten in den dunkelblauen Sonderkommandouniformen stand, sah er in seinen weißen Boxershorts und einem Unterhemd aus wie ein verhärmter, bleicher Zwerg.

»Angesichts der Einrichtung oben würde ich vermuten, dass er hier wohnt, Sir. Dort liegen nämlich jede Menge Kleider auf dem Boden herum, und wir haben ihn auf einer Matratze in einem der Zimmer gefunden.«

»Also gut.« Campbell schaute dem Fahrer eines hellblauen BMW beim Zurücksetzen in die Gasse zu. »Falls Sie mir gegenüber nicht aussagen wollen, können Sie auch gerne beim Geheimdienst Rechenschaft ablegen.« Er öffnete die Hintertür der Limousine, woraufhin die beiden Beamten den ungepflegten Mann zum Einsteigen zwangen, wobei einer von ihnen dessen Kopf niederdrückte. Der Inspektor knallte die Tür wieder zu und drehte sich anschließend zu den beiden Anzugträgern um. »Er gehört jetzt ganz Ihnen.«

# Kapitel 6

*10:09 Uhr Ortszeit, verlassenes Hafenterminal – Pacific Quay*
*Glasgow, Schottland*

Lord Dennis Allardyce blickte in Richtung Süden am Flusshafen entlang, dessen Boden komplett überwuchert war, während er hörte, wie ein Auto vom Asphalt auf den Schotter rollte. Beim Näherkommen wirbelte es eine Staubwolke hinter sich auf. »Da ist unser Mann.« Als er sich umdrehte, stand in einiger Entfernung Harold Thom da.

Der Mann war untersetzt, hatte rote Haare mit grauen Strähnen und ein Gesicht, mit dem er Frischmilch hätte sauer machen können. »Pünktlich auf die Minute.« Er schaute auf seine Uhr und ging auf ein leer stehendes Backsteingebäude hinter ihnen beiden zu.

Allardyce konnte Thoms gegenwärtiges Befinden bestens nachvollziehen.

Beim Innengeheimdienst arbeitete der Mann als Leiter des Ressorts für Terrorbekämpfung in Irland und dem Inland. Shane O'Reilly war sein direkter Vorgesetzter. Er hatte erst eine Viertelstunde zuvor erfahren, dass sein Befehlsgeber nicht im Keller des INC-Hauptbüros gefunden worden war, wo man ihn zuletzt geortet hatte, und dies mit äußerstem Ärger zur Kenntnis genommen. Die Befürchtung, ihr Rettungsversuch habe vielleicht zu seiner Hinrichtung geführt, lastete schwer auf Thom.

Allardyce fuhr mit den Händen an seinem schwarzen Trenchcoat hinunter und überblickte den verlassenen Hafen einmal mehr. Möwen lachten über ihm am Himmel oder stürzten sich auf die Fische auf den Trockendocks, die schon seit Jahrzehnten nicht mehr benutzt worden waren. Sturmwellen hatten sie vollkommen überflutet, und in dem grauen Wasser trieb eine Menge Müll. Östlich der pfeilförmigen Anlage sah man die riesigen Satellitenschüsseln von BBC Schottland und die Squinty Bridge, die über den River Clyde in den Glasgower Stadtkern führte. Als er sich nach Westen umdrehte – er machte sich fortwährend Sorgen wegen möglicher Beobachter dessen, was hier gleich geschehen würde – konnte er die Dächer der neuen Wohnhäuser am Südufer des Flusses und auf der Gegenseite das Riverside Museum mit seiner modernen Architektur erkennen, dessen kantiges Äußeres an die Oper in Sydney erinnerte. Dass die nächsten Gebäude so weit weg waren und hohes Gestrüpp den gesamten Hafen umwachsen hatte, beruhigte ihn. So konnte sie wenigstens niemand entdecken.

Ein hellblauer BMW bog jetzt auf den Sandplatz neben dem Backsteinbunker ein und hielt an. Zwei Männer in Anzügen stiegen aus und zogen einen dürren, schmuddelig wirkenden dritten in weißer Unterwäsche von der Rückbank der Limousine.

Dennis ging auf das Gebäude zu und begrüßte ihn. »Bringen Sie den Mann hinein, er soll sich setzen.«

»In Ordnung, Sir.«

»Was denn, Sie stülpen mir gar kein schwarzes Tuch über?«, höhnte der Fremde, der Handschellen trug. »Das ist aber sehr enttäuschend.«

»Halten Sie den Mund!«, verlangte einer der Agenten, während sie ihn hineinführten. Hinter ihm schlugen sie die verrostete Tür zu.

»Mit Ihnen habe ich hier nicht gerechnet, Direktor.«

Allardyce drehte sich zu dem obersten ihrer Glasgower Spitzel um. »Normalerweise wäre ich auch nicht gekommen, doch diese Sache betrifft die Staatssicherheit und genießt deshalb absoluten Vorrang. Ich nehme mal an, er war die einzige Person in dem Gebäude?«

»Richtig, Sir. So wie es aussah, wohnte er in den Zimmern im Obergeschoss. Seinen Namen will er uns aber nicht nennen.«

»Er ist uns bereits geläufig«, erwiderte Allardyce. »Alles Weitere übernehmen jetzt wir.«

»Selbstverständlich, Sir.« Der Mann kehrte zu dem Wagen zurück, mit dem er hergefahren war.

Dennis betrat daraufhin das Gebäude. Drinnen sah es genauso verwahrlost aus wie von außen. Das unwirtliche Klima Schottlands hatte längst sämtliche Gipskartonplatten an den Wänden aufgelöst, sodass die Mauersteine und das faule Sperrholz zu sehen waren. Im Dach klafften Löcher, durch die man die grauen Wolken sah, und auf dem Boden lag zwischen Kothäufchen der Möwen Müll, der wahrscheinlich von jemandem zurückgelassen worden war, der widerrechtlich hier gehaust hatte. Beim Anblick des stillgelegten Hafens würde wohl niemand ahnen, dass der MI5 ihn eines Tages als nördliche Zentrale zu nutzen beabsichtigte. Falls Schottland dem Königreich noch lange genug angehörte, würde die Govan Wharf – so der vorgeschlagene Name für den geplanten Neubau – dem Thames House in nichts nachstehen, weder äußerlich noch in puncto Funktionalität. Vorerst aber war das Gelände ein praktischer Ort für Vernehmungen unter Ausschluss aller, die das Ganze nichts anging.

»Macht er auch keine Dummheiten?«, fragte Allardyce Thom. Dieser stand neben der Tür zu einem der wenigen Räume des früheren Hafenterminals, dessen Wände noch intakt waren.

»Nein, denn er ist an einen Stuhl gefesselt, und es gibt keinen zweiten Ausgang. Er kann also nicht abhauen.«

»Gut. Dann geben wir ihm jetzt mal ein wenig Zeit, um über seine Situation nachzudenken, oder?«

»Ich würde sagen, wir nehmen ihn lieber sofort in die Mangel, und zwar ordentlich«, schlug Thom vor. »Shane war schließlich nicht mehr dort, wo das Video aufgenommen wurde, und indem wir in dem Laden eingefallen sind, haben wir vielleicht sein Schicksal besiegelt.«

»Hoffen wir mal, dass das nicht der Fall ist, Mr. Thom.«

»Sollte dieser Kerl irgendetwas wissen, müssen wir es herausfinden, aber schnell.«

»Ich verstehe, dass Officer O'Reilly und Sie schon lange zusammenarbeiten. Ihre Beziehung zu ihm reicht immerhin bis in die Zeit der Troubles zurück, also ist es bestimmt hart für Sie, ihn verloren zu haben.« Allardyce trat von der Tür weg und setzte sich auf eine lange Holzbank, wo garantiert einst die Hafenarbeiter gewartet hatten, um auf einem der vielen Frachter anheuern zu können, die hier früher gelandet waren. Wir tun gerade alles Menschenmögliche, um dafür zu sorgen, dass er unbescholten freikommt und die Verantwortlichen geschnappt werden, aber das hier muss unbedingt mit Umsicht erledigt werden.«

»Hmm«, brummte der Abteilungsleiter, zog seine Augenbrauen hoch und nahm widerwillig Platz. Allardyce wusste, dass dieser kein Mann vieler Worte war. Stirnrunzeln, ein Nicken oder eben hochgezogene Augenbrauen … was seine Emotionen betraf, hatte Harold Thom noch nie mehr durchblicken lassen.

Als er die Wartezeit für lange genug hielt, erhob sich Allardyce wieder von der altertümlichen Bank. »Ich denke, das genügt jetzt. Schauen wir mal nach, ob sich seine Einstellung zumindest ein wenig verbessert hat.«

Einer der beiden Agenten mit den dunklen Anzügen, der an der Tür Wache stand, öffnete sie nun für ihn und trat wieder zur Seite. Nachdem Dennis mit Thom eingetreten war, schloss er sie wieder sorgfältig, damit sich die beiden ungestört mit dem Gefangenen unterhalten konnten.

Der Mann hob jetzt seinen Kopf an und spuckte abfällig auf den Boden. »Ich verlange sofort ein Telefongespräch. Sie dürfen mich nicht einfach so hier festhalten. Ich habe schließlich nichts verbrochen.«

»Deshalb sind wir hier – um uns dessen zu vergewissern, nicht wahr?« Thom zog einen morschen Stuhl herüber, drehte ihn um und setzte sich genau vor den Verdächtigen. »Fangen wir doch mit Ihrem Namen an. Wie lautet der?«

»Robert the Bruce, du Wichser. Und jetzt geben Sie mir gefälligst ein Telefon.«

»Mir ist schon klar, dass Typen wie Sie, die Häuser besetzen, kleine dunkle Löcher gewohnt sind, aber sieht diese Hütte so aus, als gebe es hier einen Telefondienst für Sie?« Thom schaute sich spöttisch in dem heruntergekommenen Raum um. »Das ist schließlich nicht der Keller Ihrer Mama.«

»Sie können mich mal. Sie haben nicht das Recht, mich hier festzuhalten.«

»Ist auch egal. Wir kennen ihn sowieso schon.« Thom suchte Dennis' Blick.

»Ihre Identität ließ sich leicht in Erfahrung bringen.« Der Lord nahm einen Stoß gefalteter Papiere aus der Innentasche seines Mantels und sah sie kurz durch. »Hier steht, dass Sie Reece Findlay heißen, und auch alles Weitere, was wir über Sie wissen müssen, würde ich sagen. Ein unbedeutender Befürworter der Republikaner. In den letzten drei Jahren zwei Mal wegen Landfriedensbruch inhaftiert gewesen. Gesucht als Verdächtiger im Fall einer Vergewaltigung im Zuge der Ereignisse im Lager von Occupy Glasgow im Kelvingrove Park im vergangenen Jahr. Gegenwärtig als arbeitsloser Sozialhilfeempfänger registriert – da frage ich mich doch, weshalb man sie im Hauptbüro der Unabhängigkeitsbewegung aufgelesen hat. Eine so lautere Organisation wie diese würde doch bestimmt gerne wissen, wenn sich jemand in ihren Räumlichkeiten einnistet, oder? Und Einbruch als weiteres Vergehen neben ihren anderen?« Allardyce hob einen Zeigefinger und schnalzte mit der Zunge, als würde er ein kleines Kind rügen. »Ich schätze mal, das genügt, um Sie eine ganze Weile hinter Gittern zu bringen, Mr. Findlay.«

»Sie sind doch die Einbrecher. Ich gehöre zu den Organisatoren der Kampagne, verflucht noch mal. Demnach durfte ich auch dort sein. Ich habe die Erlaubnis dazu.«

Thom grinste abfällig. »Klar, und ich gehe stark davon aus, dass Sie auch die Erlaubnis des armen Mädchens im Kelvingrove Park hatten, oder war es ein Kerl?«

»Es handelte sich lediglich um ein Missver…«

»Dann mal los! Sie sagen mir einfach, was ich wissen will – alles, was ich wissen will – und wir alle hier vergessen einfach, Ihnen je begegnet zu sein.«

»Oder andernfalls? Buchten Sie mich dann ein? Dieses Mädchen würde mit seiner Aussage vor Gericht niemals durchkommen, ansonsten gäbe es schließlich schon ein Verfahren. Verpissen Sie sich! Soll ich's für Sie buchstabieren? V-E-R…«

Thom stand abrupt auf, wobei der Stuhl umkippte, und ohrfeigte Findlay.

Allardyce wartete schweigend, bis der junge Mann verunsichert aufschaute – sein Gesicht war rot, und er hatte feuchte Augen bekommen – ehe er vortrat und mehrere Fotos aus seinem Mantel zog. Er hielt sie ihm hin, um ihm eines nach dem anderen zu zeigen. »Erkennen Sie diesen Mann wieder?«

»Ich schaue mir Ihre beschissenen Bilder nicht an.« Findlay wandte den Blick ab. »Ich weiß nichts über wen auch immer und bin garantiert nicht daran interessiert, mich von Ihnen als Informationsgeber ausnutzen zu lassen. Falls Sie etwas über die Unabhängigkeitsbewegung erfahren wollen, müssen Sie wohl woanders suchen.«

»Denken Sie, darum geht es hier? Dass wir versuchen, Sie anzuwerben?« Allardyce lachte laut. »Dann darf ich Ihnen hiermit versichern, dass man so etwas eher nicht bei bewaffneten Razzien tut, und wie Sie sehen, haben wir bereits alle Fakten zu Ihrer Bewegung, die wir brauchen. Ich würde vielmehr gerne erfahren, wo dieser Mann steckt. Anscheinend ist er gestern oder vorgestern irgendwie im Keller Ihres Büros am Newton Place gelandet und lange genug geblieben, um sich dabei filmen zu lassen, wie er die Forderungen seiner Entführer darlegte.«

Nun warf Findlay einen flüchtigen Blick auf die Fotos. »Sie sind auf der falschen Spur, alter Mann. Ich habe den Kerl noch nie zuvor gesehen.«

»Ist das etwa nicht der Keller des Stadthauses, in dem Sie vor kaum einer Stunde verhaftet wurden?«

»Schauen Sie sich die Bilder an!« Thom packte Findlays zottelige Haare und zog seinen Kopf zu Dennis' Hand. »Schauen Sie hin! Dieser Mann ist ein Freund von mir, und sollten Sie wissen, wo er ist, plaudern Sie's besser sofort aus!«

»Oder *was?*« Der Verdächtige versuchte nach Kräften, sich ihm zu entziehen, schaffte es aber nicht.

»Haufenweise Schmutzwäsche. Ziemlich viele Personen, die dort ein- und ausgingen, wie mir die Polizei erzählt hat.« Allardyce langte erneut in seinen Trenchcoat. »Ich bin mir ziemlich sicher, dass das nicht Ihnen gehört, vermutlich hat jemand es beim Verlassen des Gebäudes verloren.« Er hielt einen wiederverschließbaren Plastikbeutel in die Höhe, der ein graues Pulver enthielt.

»Drogen?«, schnaubte der junge Mann. »Sie wollen mich wegen *Drogen* hochnehmen?«

»Keine Drogen, Mr. Findlay. Aluminiumpulver. Wird üblicherweise mit Ammoniumnitrat vermischt, um Sprengstoff herzustellen. Für Bomben, wie jene, die letzte Woche ein paar Stunden südlich von hier explodiert sind. Ich muss Ihnen ja wohl nicht erklären, welche Gefängnisstrafe auf Terrorismus und Mord steht oder?«

»Sie sind doch verrückt, Sie beide.« Findlay schüttelte den Kopf und stemmte sich verzweifelt gegen seine Fesseln. »Sie verleumden einen Unschuldigen! Glauben Sie etwa, ich wüsste nicht, wer Sie sind? Oder, dass das hier niemals rauskommt? Generaldirektor Lord Dennis Allardyce wegen gezielter Diffamierung eines Unschuldigen angeklagt! Wie wäre das denn mal als Schlagzeile?«

»Ja, ja, und genau damit werden Sie gewiss auch hausieren gehen, um es all ihren antimonarchistischen Spießgesellen unter die Nase zu reiben – dass der große, böse Staat Sie aus dem Bett geschmissen und mit einer langen Haftstrafe bedroht hat, falls Sie seine Anweisungen nicht befolgen werden. Dabei entgeht Ihnen allerdings eine wichtige Tatsache. Niemand, der nur ein wenig Wert auf seinen guten Ruf legt, wird ein einziges Wort von dem glauben, was Sie von sich geben.«

Nun starrte ihn Findlay sprachlos an, denn allmählich begriff er, wie es wirklich um ihn bestellt war. »Das ist das generelle Problem mit Gesindel wie Ihnen. Sie und Ihresgleichen stehen für alles, was in diesem Land falsch läuft. Die Presse kuscht vor Ihren Ehrentiteln und Wappen, während der Pöbel nur mit Mühe über die Runden kommt und betet, dass Sie so anständig sind und etwas für ihn übrig lassen.«

»Klar, und später, wenn ich meinen Räucherlachs mit Käse zu Abend esse«, sagte Thom und zog Findlays Kopf ruckartig nach hinten, um ihm in die Augen schauen zu können, »jammern Sie ruhig, weil Ihnen Sherlock Holmes an einem ganz und gar ungemütlichen Ort gehörig Feuer unter dem Arsch macht. Also, wo finde ich nun meinen Offizier?«

Findlay schloss seine Augen, um die Tränen zurückhalten zu können. Nachdem er sie wieder geöffnet hatte, wies er mit einer Kopfbewegung auf die Fotos in Dennis' Hand. »Ich weiß nicht, wo er jetzt ist, aber ich habe ihn tatsächlich gesehen. Er stand vor ein paar Wochen auf der Matte – gab sich als jemand von irgendeiner Sicherheitsfirma aus, Round Tower oder ein ähnlicher Name.«

»Unfug!«

»Ist es nicht, das schwöre ich!«

Allardyce legte eine Hand auf eine von Thoms Schultern und zog ihn behutsam zurück. »Welche Sicherheitsfirma? Wer braucht denn so etwas in der Gegend?«

»Keine Ahnung. Die haben behauptet, vom Gebäudebesitzer beauftragt worden und gerade in der Gegend zu sein, weshalb sie sich nur mal kurz vorstellen wollten – von wegen in dem Stadtteil würde seit Neuestem häufiger eingebrochen. Hat mich ziemlich erstaunt.«

»Sie reden in der Mehrzahl; wie viele waren es denn? Gab es irgendetwas Auffälliges an Ihnen? Trugen Sie Arbeitskleidung?«

»Nein, einfache Anzüge – so wie Sie. Zwei Mann waren es.«

»Einer von ihnen war also unser vermisster Offizier – und der andere? Wie sah er denn aus?«

»Ich weiß es nicht mehr, hab's vergessen, okay?« Er schüttelte wieder den Kopf.

Allardyce nickte, woraufhin Thom Findlay noch einmal mitten ins Gesicht schlug.

Der schrie sofort: »Scheiße, Mann! Hören Sie gefälligst auf damit!«

»Dann strengen Sie lieber mal Ihre grauen Zellen an, kommen aus Ihrem Drogennebel raus und sagen uns, wie der zweite Mann aussah.«

»Groß, blond – irgendwie sah er rabiat aus, aber nicht unsympathisch, sondern eher so, als wüsste er genau, was er will. Er hatte einen Vollbart und blaue Augen, wenn mich nicht alles täuscht. Doch, ja, blaue Augen.«

»Die müssen Ihnen doch etwas gezeigt haben, um sich auszuweisen. Was war es?«

»Eine Visitenkarte.«

»Und was stand darauf?«

»Sie hatte so ein goldenes Wappen, einen schwarzen Schild mit einem mittelalterlichen Turm, glaube ich – ach, und die Namen standen drauf, aber die habe ich nicht behalten, Ehrenwort.«

Allardyce verzog sein Gesicht und wandte sich ab, um zu überlegen, wie er weiter vorgehen sollte. »Lassen Sie ihn frei«, befahl er nach ein paar Sekunden.«

»Warum? Er hat uns bisher nichts als Lügen aufge…«

»Er weiß nichts. Lassen Sie ihn laufen. Sofort.«

Thom maulte leise vor sich hin, während Allardyce über eine Schulter hinweg dabei zuschaute, wie der Abteilungsleiter ein Taschenmesser aus seiner Jacke zog, die gezackte Klinge ausklappte und das Seil durchschnitt, mit dem Findlays Hände an die Rückenlehne des Stuhls gefesselt waren.

»Wird auch langsam Zeit.« Der Mann erhob sich von dem Stuhl und massierte seine Handgelenke.

»Nehmen Sie ihn mit nach draußen«, sagte Allardyce so laut, dass sich der Agent, der vor der Tür Wache stand, angesprochen fühlte. Er öffnete sie und trat ein, legte Hand an Findlay und führte ihn hinaus.

»Das wird noch ein Nachspiel haben!«, rief Findlay.

Thom folgte ihm mit den Augen durch die Tür, bevor er sich an Dennis richtete. »Ich finde nicht …«

»Bedanken Sie sich bei den Glasgowern für ihre Kooperation und bitten Sie diese, sich auf der Fahrt dorthin, wo Findlay abgesetzt werden möchte, gehörig Zeit zu lassen. Dann kann er lange in seinem eigenen Saft schmoren, während wir die Durchsuchung des INC-Büros beenden.«

Thom, der sich insgeheim ärgerte, zögerte einen Moment, holte dann aber tief Luft und ging mit einem Gesichtsausdruck hinaus, der keinen Zweifel an seinem Missmut ließ.

Allardyce blieb noch ein paar Sekunden in dem unansehnlichen Raum stehen und ließ sich die verschiedenen Fakten noch einmal durch den Kopf gehen. Falls Findlay einem falschen Sicherheitsunternehmen auf den Leim gegangen war und ihnen den Kellerschlüssel ausgehändigt hatte, stellte dies ihre ganzen Ermittlungen auf den Kopf. *Wer waren die Männer, die am Newton Place geläutet hatten? Shane O'Reilly? Und der andere – Declan McIver? Findlays Beschreibung würde passen, doch aus welchem Grund sollten die beiden dies getan haben? Handelte es sich bei dem Unternehmen um ein echtes oder nur um die Scheinfirma eines Drahtziehers mit deutlich anderen Absichten?* Es war zu hoffen, dass die Visitenkarte, die der junge Mann erwähnt hatte, noch irgendwo in dem Durcheinander vor Ort lag und von den hiesigen Polizeibeamten, die bei den Untersuchungen halfen und das Gebäude noch weiter durchstöberten, gefunden wurde. Allardyce schloss aber praktisch aus, dass dies irgendwohin führen würde. Die Anschläge und die Entführung waren schließlich gekonnt geplant gewesen, weshalb er bezweifelte, dass jemand mit derartigen Erfahrungen Spuren mit wesentlichen Informationen hinterlassen würde. Fehler erlaubte sich allerdings jeder unweigerlich, und manchmal genügte schon ein einziger.

Als er das Terminal verließ, wurde Reece Findlay gerade die Tür des BMW vor der Nase zugeschlagen. Wenige Augenblicke später fuhr das hellblaue Auto von dem sanierungsbedürftigen Parkplatz und verschwand im Industriegebiet südlich des Hafens. Allardyce nahm daraufhin den Plastikbeutel aus seinem Mantel, zog ihn auf und ließ das Pulver auf den Boden rieseln.

Thom trat näher. »Von wegen Aluminium, was?«

»Genau. Zerstoßene Blutdrucktabletten und ein wenig Zementstaub. Würde unser Freund etwas vom Bombenbauen verstehen, hätte er das sofort erkannt.«

Thom grunzte. »Sie wussten, dass der Scheißkerl lügt, nicht wahr? Shane kann unmöglich in diesem Gebäude gewesen sein, bevor er entführt wurde.«

Dennis schaute nachdenklich hinaus auf das graue Wasser des River Clyde. Grau als Farbe hatte erst kürzlich sein Interesse geweckt. Sie kam ihm nunmehr wesentlich aussagekräftiger und zugleich ungeheuer nichtssagend vor. In seinem Beruf, der Informationsbeschaffung, war es die Farbe der Realität. »Weder meine noch Ihre Einschätzung ist hierbei von Belang. Es kommt einzig und allein darauf an, wie das Ganze auf Menschen wirkt, denen Shane O'Reilly nichts bedeutet und die ihn allein anhand des Inhaltes eines braunen Umschlags beurteilen würden.« Er drehte sich zu dem Backsteingebäude um. »Mr. Gordon?«

»Ja, Sir?« Tom Gordon kam heraus.

»Zeit zum Aufbruch.«

»Sehr wohl, Sir.

Der Ältere ging auf Allardyce' schwarzen Range Rover zu.

»Mr. Gordon und ich müssen auf dem Weg nach London noch mehrere Zwischenstopps einlegen. Unterdessen möchte ich, dass alles gesichtet wird, was sich über den Besitzer des Büros am Newton Place ermitteln lässt.

Befragen Sie auch ausführlich die Nachbarn und jeden, der regelmäßig dienstlich dort zu tun hat. Stellen Sie die Abfälle sicher und durchwühlen Sie diese. Falls Sie die Visitenkarte finden, von der Findlay gesprochen hat, jagen Sie die Namen darauf – auch den der Firma – durch alle Karteien.«

Der Bereichsleiter nickte.

»Sie meinen, der Kerl hat gelogen, Mr. Thom, und ich glaube Ihnen. Dennoch dürfen wir es auf keinen Fall darauf ankommen lassen, dass irgendjemand, der außer uns hiermit zu tun haben wird, das anders sieht. Abteilung B soll all ihre Daten über O'Reilly auf den neuesten Stand bringen. Ich verlange eine Zusammenstellung und Beschreibung all seiner Tätigkeiten – ob beruflich oder privat – während der vergangenen sechs Monate. Verfolgen und dokumentieren Sie auch seine Finanzbewegungen. Ich will alles!«

Thom blickte ihn kurz argwöhnisch an, bestätigte das Ganze aber mit einem Nicken.

»Wir werden ihn finden«, sagte Dennis und ging. »Ich glaube nicht, dass man ihn umbringen wird. Er ist schließlich ihr einziges Druckmittel. Kann sein, dass sie sich auf andere Weise dafür rächen werden, was wir heute getan haben, aber Officer O'Reilly wird kein Haar gekrümmt – ausgeschlossen.«

»Die Vorstellung, dass sie sich auf andere Weise rächen, ist aber auch nicht gerade erbaulich«, rief Thom ihm hinterher, »aber hoffen wir, dass Sie richtigliegen, was Shane angeht.«

# Kapitel 7

*15:17 Uhr Ortszeit, Landstraße 1402 – Mullaghmore*
*County Monaghan, Irland*

Declan wahrte einen gleichmäßigen Rhythmus, während er die ruhige Straße entlang zum Landsitz der Familie McGuire lief. Da es sich um die frühere Basis der IRA-Einheit handelte, der er einstmals angehört hatte, war er mit gemischten Gefühlen zurückgekehrt – nach Irland ganz allgemein – hatte sich aber letzten Endes doch eingelebt. Das Landschaftsbild war seit seiner Ausreise drastischen Wandlungen unterworfen gewesen. Wo man einst nichts als baufällige Bauernhöfe und Weideland gesehen hatte, standen nun große Familienhäuser aus der Zeit des wirtschaftlichen Aufschwungs Mitte der 1990er, der bis wenige Jahre zuvor angehalten hatte. Obwohl jetzt doppelt so viele Menschen in der unmittelbaren Umgebung lebten als vor zwei Jahrzehnten, lag das Gut nach wie vor so weit weg vom Schlag, dass es ihm jene Privatsphäre bot, die er so dringend brauchte.

Nach dem Joggen, als Declan das Letzte von vier Viehgattern in der Haupteinfahrt passiert hatte, beugte er sich vornüber und stützte seine Hände auf die Oberschenkel, um kurz zu verschnaufen. Das Haus stand in einer Art Senke, die durch die Gefälle ringsherum bedingt war, und fügte sich mit seinen ummauerten Gärten harmonisch in die umgebende Landschaft ein. Den Weg hinunter zogen sich zwei schmale, geschotterte Fahrspuren mit einer breiten Grasfläche dazwischen, im Südwestwinkel der Einfahrt gegenüber kräuselte sich das dunkelblau funkelnde Wasser eines kleinen Sees im lauen Wind, und Efeu rankte an der Steinfassade sowie an den Geländern der zahlreichen Balkons des festungsartigen Gebäudes hoch. Declan richtete sich wieder auf und schaute hinaus auf den weitläufigen Rasen, wo seine Frau gerade mit ihrem Beagle spielte. Constance gefiel es hier offenbar. Sie schien sich wohlzufühlen, was man an ihrer vergnügt federnden Gangart erkannte, als sie Shelby mit einer lindgrünen Tennisballkanone beschoss, um sich nicht allzu sehr anzustrengen. Der Hund jagte den gelben Projektilen durch den gesamten Vorgarten hinterher.

Nachdem sich Declan mit dem unteren Saum seines T-Shirts den Schweiß von der Stirn gewischt hatte, warf er noch einen besorgten Blick zurück und setzte dann seinen Weg fort. Shelby fühlte sich von seiner Ankunft zu einem leisen Kläffen bewogen, bevor sie ihn erkannte und ihn wie gewohnt begrüßte: Sie sprang an ihm hoch und schnappte nach einem Zipfel seines Shirts, um ihn zu sich hinunterzuziehen, damit er sie streichelte.

Dies tat er auch pflichtschuldigst, weil er genau wusste, dass jeder Versuch, ihr den Stoff abspenstig zu machen, zu Rissen führte, die schon viele seiner Kleider davongetragen hatten.

»Hallo, altes Mädchen.« Er tätschelte den Beagle mehrmals, während sich seine Frau ihnen näherte. Dann erhob er sich und empfing sie mit einem Kuss auf die Wange, die sie ihm hinhielt, obwohl er sie eigentlich auf den Mund küssen wollte. »Und hallo, kleines Mädchen.« Er legte seine Hände auf ihren Bauch.

»Es wird ein Junge.« Constance entzog sich ihm wieder. »Das haben wir doch schon durchgekaut.«

»Stimmt, das haben wir. Ich sag's ihr, nachdem sie zur Welt gekommen ist.«

Seine Frau bedachte ihn mit einem genervten Blick. »Und sollte es aller Abwegigkeit zum Trotz doch ein Mädchen werden, taufen wir sie nicht Caoimhe. Das ist der schrecklichste Name, den ich je gehört habe.«

»Aber es entspricht unserer Tradition. Nach Lorna nennen die Flynns alle ihre Töchter so.« Er grinste. Lorna Flynn, so lautete der Name seiner Mutter, und er hatte Constance weismachen wollen, dass seine Großmutter Caoimhe geheißen hatte. Dies war ein althergebrachter irischer Name, der vollkommen anders ausgesprochen als geschrieben wurde. Ein schrulligerer war ihm nun mal nicht eingefallen, als er sich den Scherz ein paar Monate zuvor erlaubt hatte.

»Und was entspricht der McIver-Tradition?«, konterte sie. »Colm?«

»Fergal«, antwortete er selbstsicher, wohingegen sie ihn mit zusammengekniffenen Augen ansah.

»Nicolas«, entgegnete sie gefällig lächelnd.

Declan täuschte Abneigung vor, indem er die Zunge herausstreckte. »Aber das klingt so unmännlich mit dem ›s‹ am Ende. Ich hasse das.«

Genau genommen mochte er selbst auch keinen der Namen, die er nicht ernst gemeint vorgeschlagen hatte, sondern zog seine Frau lediglich gerne auf, was sie allerdings sofort durchschaute. Er nahm die Namensgebung für ihr erstes Kind keineswegs auf die leichte Schulter, und so ging es in Constances Augen wohl allen angehenden Eltern. Er hoffte auf eine Tochter und konnte sich dieses Gefühls einfach nicht erwehren. Bei einem Mädchen taten sich nicht nur mehr Auswahlmöglichkeiten für den Namen auf; er spürte außerdem, dass er dann der liebevolle Vater sein könnte, der nie um aufbauende Worte verlegen war, ein Förderer und behutsamer Führer, so wie es der umgänglichen Persönlichkeit entsprach, die er sich selbst zuschrieb. Bei einem Sohn hingegen schien die Sache komplizierter zu werden. Zunächst einmal brauchte dieser einen männlichen, ausdrucksstarken Namen, während Constance alles andere als das vorsah. Außerdem musste ein Junge zu Respekt und ausgeprägter Arbeitsmoral erzogen werden, um es mit seiner späteren Familie zu etwas bringen zu können. Declan war sich bewusst, dass er diesbezüglich leicht altmodische Ansichten vertrat, doch das störte ihn nicht. Seines Erachtens nach hatte eine langjährige Verweichlichung zu zahlreichen krankhaft unvorbereiteten und drückebergerischen Erwachsenen geführt, die zumindest einen wesentlichen Teil der aktuellen Schwierigkeiten westlicher Kulturkreise verursachten.

»Also«, sprach er wieder, während er versuchte seine innere Unruhe zu überwinden und einmal mehr einen langen Blick in die freie Einfahrt warf.

»Irgendetwas von Shane gehört?«, fragte Constance nun.

Declan schaute seine Frau erneut an und verneinte kopfschüttelnd. »Noch nichts.«

Shane O'Reilly hatte zu Besuch kommen wollen, um den Rest des Tages gemeinsam mit ihm die Fußballübertragung zu schauen, hatte sich bislang aber weder blickenlassen noch gemeldet. Da die Mobilfunknetze in dieser Gegend gelinde gesagt zu wünschen übrig ließen, war Declan auf die geringe Wahrscheinlichkeit hin, dass der Mann mit seinem uralten Landrover auf einer der Straßen in der Umgebung liegen geblieben war, zu einem nachmittäglichen Lauf aufgebrochen. In der vergangenen Stunde hatte er die ungefähr fünf Meilen Verkehrsweg zwischen Killyneill und Coolmuckbane zurückgelegt, ihn aber nicht gefunden.

»Ihm geht es bestimmt gut. Du kennst Shane doch. Ab und zu muss er eben kurzfristig Dienst schieben.«

Declan legte einen Arm um Constances Rücken, lächelte und führte sie dann auf den Hauseingang zu. »Weißt du, ich denke schon seit einiger Zeit, dass mittlerweile genug Gras über die Sache gewachsen ist und wir uns allmählich wieder ein bisschen weiter ausstrecken können. Wie wär's, wenn wir uns mal mehr von dem Land ansehen, so wie wir es gestern getan haben?«

Seine Frau schaute ihm hoffnungsfroh strahlend in die Augen. »Oder vielleicht häufiger Besuch einladen?«

Er schürzte seine Lippen. Ihm war durchaus bewusst, dass sich Constance mehr als alles andere wünschte, ihren Vater und ihre Mutter wiederzusehen. Seine Schwiegereltern standen ihr, dem jüngsten von zwei Kindern, äußerst nahe, und die monatelange Trennung fiel ihnen allen äußerst schwer. Von Roanoke aus, wo Declan und seine Frau in den USA gewohnt hatten, fuhr man nicht lange bis zum Haus des älteren Paares in den Bergen von North Carolina, weshalb regelmäßig Wochenendausflüge dorthin möglich gewesen waren. Der Atlantik, der nun zwischen ihnen lag, verhinderte dies aber, und Declans unbeirrbare Auffassung, sich möglichst bedeckt zu halten, schloss sogar tägliche Überseetelefonate seiner Frau aus.

Stattdessen nahmen sie vorlieb mit Fintan McGuires häuslichen Angestellten, den Hogans.

Er bewegte jetzt nachdenklich den Kopf hin und her. »Na gut«, sagte er schließlich. »Ich überlege mir was, wie wir deine Eltern zu Besuch anreisen lassen können.«

Nun strahlte Constance überschwänglich und blieb stehen, um sich zu ihm umzudrehen. »Danke«, erwiderte sie und drückte ihm einen kurzen Kuss auf die Backe. »Shelby wiederzuhaben ist toll, aber ich sehne mich nach mehr. Alleine schaffe ich das hier nicht.« Sie strich sich über den Bauch und schaute an sich hinunter.

Declan konnte sich durchaus in sie hineinversetzen, obwohl seine eigenen Eltern getötet worden waren, lange bevor er eine reife Beziehung zu ihnen hatte aufbauen können. Welcher Ehemann sah sich schon dazu imstande, seiner Frau den bestärkenden Umgang mit ihren Verwandten zu verbieten? Er musste nur irgendeinen Weg finden, auf dem sich garantieren ließ, dass seine Schwiegereltern, wenn sie zu Besuch kamen, nicht versehentlich aufdeckten, wo Constance und er wohnten.

»Wenn ich aus der Schweiz zurückkehre, treffen wir erste Vorbereitungen. Eventuell kann uns ja auch der amerikanische Senator helfen, mit dem ich mich in Kürze besprechen werde.«

***

Ein paar Stunden später, als die Sonne ihre letzten Strahlen auf die Hügellandschaft warf, legte Constance ihre nackten Füße auf Declans Schoß. Sie saßen vor dem Fernseher, und er schaute hinunter. Ihre Füße waren so schlank wie ihr Körper, und sie hatte sich die Zehennägel feuerrot lackiert, was gut zu ihren rostbraunen Haaren passte. Sah man von der runden Wölbung ab, dort wo sie das Baby in sich trug, besaß sie eine perfekte Figur. Der Bauch gereichte ihr allerdings in gänzlich anderer Hinsicht zur Zierde. Nun hob sie ein Bein an und stieß ihm mit dem großen Zeh unter die Nase.

»Starr nicht so ins Leere, sonst verpasst du noch das Ende.«

»Entschuldige, ich habe nur gerade mit dem Gedanken gespielt, dich auszuziehen.«

Sie trat ihn scherzhaft.

Declan lächelte weiter. So war ihre Beziehung eben. Das letzte halbe Jahr ihrer Ehe hatte sich länger angefühlt als die vorangegangenen acht zusammengenommen. Wenngleich er wusste, dass Hormone und andere chemische Stoffe die Stimmung und das Verhalten einer Frau während der Schwangerschaft extrem beeinträchtigten, machte er in erster Linie sich selbst und die Vergangenheit dafür verantwortlich, die er die ganze Zeit über, so verbissen hatte, ad acta legen wollen. Letzten Endes jedoch waren sie doch noch auf gewaltsame Weise von ihr eingeholt worden. Vielleicht litt er auch einfach unter Verfolgungswahn, vielleicht gab es überhaupt niemanden dort draußen, der sie aufs Korn nehmen wollte.

»Mom war begeistert von der Idee, sie nach Irland zu holen«, erzählte ihm Constance nun. »Sie waren nämlich noch nie hier.«

»Es ist ein schönes Land«, entgegnete Declan halbherzig. Es stimmte zwar, aber diese Schönheit würde für ihn nie mehr sein als ein dünner Schleier zum Verbergen des Unrechts, das während eines brutalen Konflikts begangen worden war. Er fragte sich, ob auch andere, die die Troubles miterlebt hatten, so empfanden. Man durfte sich nichts vormachen; lange Zeit während ihres Verbleibs in Amerika waren ihm die Auseinandersetzungen, die IRA beziehungsweise ihre protestantischen Gegenspieler, der Tod und die Zerstörung, die er gesehen hatte, kein einziges Mal in den Sinn gekommen. Womöglich musste er sich einfach stärker bemühen, das Ganze mitsamt den jüngeren Ereignissen zu verdrängen.

Plötzlich fielen innerhalb von Sekundenbruchteilen zwei Schüsse – nahezu gleichzeitig und kaum voneinander unterscheidbar.

# Kapitel 8

Declan erkannte sofort, dass der erste Schuss mit einer Flinte abgegeben worden war, der zweite war leiser gewesen, vermutlich mit einer Einhandfeuerwaffe oder einer kleinkalibrigen Maschinenpistole im Einzelschussmodus. Er sprang von der Couch auf und schaute seine Frau an. »Geh sofort nach oben.«

In einigen Landstrichen der USA war es relativ normal, ab und zu willkürliche Schüsse zu hören, aber nicht hier in Irland. Hier störte die friedliche Ruhe allerhöchstens gelegentlich mal ein auf einer weiter entfernten Straße vorbeikommender Lastwagen oder aufheulende Bauernhofmaschinen, die gegen Ende eines Arbeitstags von ihren Besitzern abgeschaltet wurden.

»Wieso? Was ist denn los?«

»Die Schüsse sind irgendwo in der Nähe des Hauses der Hogans gefallen.« Declan nahm das Sprechteil ihres Telefons von der Station auf dem Tisch neben der Couch und wählte dann ihre Nummer. Danach lauschte er fast eine Minute lang dem Freizeichen. »Sie heben nicht ab.«

Schließlich packte er eine der Hände seiner Frau und zog daran, damit sie aufstand, woraufhin er sie zur Treppe begleitete. Sie gingen wesentlich langsamer hinauf, als ihm in dieser Situation lieb war, aber na ja … Oben in ihrem Schlafzimmer hob er die Matratze an einer Ecke an und zog darunter eine Smith & Wesson Sigma 9mm hervor. Nachdem er das Magazin überprüft hatte, lud er sie durch und hielt Constance die Waffe hin. »Die funktioniert genauso wie jene, mit der wir daheim geübt haben.«

»Declan, das ist doch schon über ein Jahr her.« Sie weigerte sich, die Pistole anzunehmen.

Darum behielt er sie zunächst, umklammerte sie mit einer Hand und legte die andere an den Lauf, um ihn ruhig zu halten, als ob er zielen würde. »Falls jemand versucht, in das Zimmer zu kommen, ohne sich vorher zu erkennen zu geben, behältst du beide Daumen unten und drückst immer wieder ab, bis derjenige zu Boden geht.« Er zeigte ihr noch einmal die korrekte Schusshaltung. »Verstehst du?«

Sie nickte beklommen. Nun ließ sie sich die Pistole geben, und er ging zum Kleiderschrank hinüber, um dort eine Vorderschaft-Repetierflinte mit Pistolengriff zu holen, die auf zwei Haken über der Tür hing. Der Besitz dieser beiden Waffen war in Irland illegal, wovon er sich aber nicht hatte abschrecken lassen. Er zog den Verschluss der Flinte zurück. »Wird sich schon alles aufklären«, sagte er beim Verlassen des Schlafzimmers und schloss die Tür sorgfältig hinter sich.

Unten öffnete er eine, die neben das Haus führte. Frische Luft strömte in den Flur hinein, wovon er sofort eine Gänsehaut bekam. Er ignorierte die Kälte aber und hielt die Waffe in die Höhe, als er hinaustrat. Von dieser Warte aus konnte er die Einfahrt bis zum Ende einsehen, aber weder Autos noch Personen erkennen. Da es hier keine Straßenbeleuchtung gab, lagen die fünf Morgen des Platzes vor dem Gebäude im Schatten, der umso länger wurde, je tiefer die Sonne sank. Er wartete kurz, bis sich seine Augen den Lichtverhältnissen angepasst hatten, bevor er in den Hof ging. Er blieb so lange an der Hausmauer, wie er nur konnte, und bewegte sich dann bis zu dem ersten der Bäume, welche die Seite der Auffahrt flankierten. Den weiteren Weg nahm er relativ zügig, wobei er bewusst nicht auf den Schotter trat, der verräterische Geräusche hätte verursachen können. Kurz blieb er an einem Viehgatter stehen, um sich nach dem Vorplatz des Hauses umzudrehen. Auch in der zunehmenden Dunkelheit erkannte er, dass sich etwas auf dem Gut regte, und er fasste dies als ermutigendes Zeichen auf. Denn falls es wirklich Ärger im Haus der Hogans gab, war er offenbar noch nicht eskaliert. Declan sprang über das Gatter und ging dann weiter, bis er in einem Gebäude weiter vorne an der Straße Licht brennen sah.

Dort wohnten die alten Eheleute, und es handelte sich dabei um das einzige andere Wohnhaus auf Fintan McGuires zweihundert Morgen Land. Obwohl es wesentlich kleiner war als sein Haus, versprühte es ein nicht weniger reizvolles Flair. Auch hier schlängelte sich Efeu an den Steinmauern hinauf und bedeckte ganze Teile der zweistöckigen Bausubstanz.

Jetzt fiel Declan ein Auto auf, das nicht den Hogans gehörte. Ein Ford Escort mit ausgebleichtem roten Lack unten an der Auffahrt, dicht neben einer unbeschnittenen Hecke geparkt und deshalb nur schwer zu entdecken.

Declan näherte sich weiter und machte einen großen Bogen um das Haus, bis er schließlich den Garten dahinter erreichte. Aus dem Erdgeschoss hörte er jetzt Stimmen. Er schaute vorsichtig durch den Seidenvorhang eines Fensters neben der Tür, die in den Wohnbereich führte. In der Diele davor war niemand, aber in der Wohnung selbst bewegten sich Umrisse. Er legte eine Hand auf den Griff, drückte ihn hinunter und öffnete dann die Tür mit einem Ruck. Beim Eintreten hielt er die Flinte schussbereit. Zum Glück quietschten die Angeln nicht, sodass alles geräuschlos vonstattenging.

»Ich frage Sie zum letzten Mal«, sprach ein Mann. »Wo steckt er? Uns wurde gesagt, er sei hier. Falls ich innerhalb der nächsten dreißig Sekunden keine Antwort von Ihnen bekomme, geht meine nächste Kugel nicht in Ihr anderes Bein, sondern direkt in Ihren Schädel.«

Declan wagte sich mit einer Drehbewegung vorsichtig aus der Diele heraus. Vor den Hogans stand ein maskierter Mann. Alan wurde von seiner Frau in den Armen gehalten und hatte eine blutende Schusswunde an einem Bein erlitten. Die Patronenhülse – Kaliber 12 – lag nicht weit von ihm entfernt auf dem Boden. Neben ihnen kniete noch ein Mann mit einer Maske.

»Da ist er!«, rief der Stehende und drehte sich ruckartig mit der Pistole zu ihm um.

McIver feuerte sofort und traf seine Brust, sodass der Kerl rückwärts gegen eine Wand prallte. Rasch lud er noch einmal durch und gab einen zweiten Schuss ab, während der andere Mann aufstand und zu fliehen versuchte, allerdings nicht, ohne selbst noch mit seiner Pistole anzulegen. McIvers Kugel traf ihn oben an der Schulter, und er fiel rücklings in den Flur, wohin er sich hatte zurückziehen wollen. Declan stieß jetzt in die Küche vor, lud abermals durch und richtete die Flinte dann auf den Kerl, der in dem Gang gelandet war. Er lebte zwar noch, konnte ihm aber nicht mehr gefährlich werden, weil ihm der Treffer beinahe den kompletten Arm abgerissen hatte. Ohne Notarzt würde er binnen weniger Minuten verbluten.

»Charlie? Liam?«, rief irgendwo ein weiterer Mann. »Scheiße!«

Ohne das Gewehr hinunterzunehmen, kniete sich Declan neben die Hogans. »Wie viele sind es?«

Nicola schluckte ihre Tränen hinunter. »Drei.«

»Ihre Begleiter sind tot!«, rief er. »Aber Sie können es überleben. Lassen Sie einfach Ihre Waffe fallen und kommen Sie langsam die Treppe hinunter.« Er horchte, ob sich etwas tat, doch dem war nicht so. Nachdem er die Flinte leise an die Wand neben der Tür gelehnt hatte, erhob er sich, streckte die Arme über dem Küchenfenster aus und löste lautlos einen der weißen Seidenvorhänge.

Alan Hogan sah nicht gut aus. Er war blass und verlor offensichtlich rasch sehr viel Blut. Behutsam zog McIver den kaputten Stoff von dessen Hose zurück und betrachtete die Einschusswunde, die sich etwa sechs Zoll oberhalb der Kniescheibe befand. Der Verletzte zuckte bei der Berührung vor Schmerz zusammen. Declan hielt sich einen Zeigefinger vor den Mund. »Alles wird gut«, formte er mit den Lippen, während er den Vorhang mit beiden Händen ineinander verdrehte. Dann drückte er ihn langsam auf das Loch. Dabei lauschte er weiterhin und behielt die Treppe im Auge, auf der er mit dem dritten Eindringling rechnete. Währenddessen zurrte er den Stoff fest um das Bein des Verletzten, damit es zu bluten aufhörte.

»Wie entscheiden Sie sich?«, rief er laut und griff wieder zu seiner Flinte. »Es gibt nur zwei Wege hier raus; aufrecht gehend mit erhobenen Händen oder in einem schwarzen Sack.«

Etwas fiel auf den Boden – Patronen, die nacheinander die Stufen hinunter auf den Fußboden im Flur rollten.

»Und jetzt die Waffe!«

Ein vernickelter Revolver landete mit einem dumpfen Knall auf dem Boden, woraufhin Declan vorsichtig in den Flur trat, während er mit der Flinte in das Obergeschoss zielte. Auf halber Höhe im Treppenhaus stand mit nach oben ausgestreckten Armen ein dünner Mann mit rotem T-Shirt unter einer braunen Lederjacke, der eine schwarze Skimaske trug. McIver forderte ihn mit einer seitlichen Kopfbewegung zum Herunterkommen auf.

Der Mann gehorchte augenblicklich.

Am Fuß der Treppe drückte er ihn fest gegen die Wand und hielt ihm die Flinte genau unter das Kinn. Dem Vermummten stockte der Atem, und er schloss seine Augen.»Runter mit dem Ding.«

Auch diese Aufforderung befolgte er, indem er eine Hand herunternahm und die Skimaske vom Kopf zog. Das Gesicht darunter war schweißnass und noch sehr jung. Der Mann blinzelte hektisch, damit ihm keine Tropfen in die Augen rannen.

Declan kochte innerlich vor Wut. Er rammte dem Burschen den Lauf des Gewehrs nachdrücklich ins Fleisch und knurrte: »Du bist ja noch ein Kind. Ein Kind!« Dann nahm er die Flinte herunter und zerrte ihn – einen Teenager – am Kragen in die Küche. »Zieh deinen Gürtel aus!«

Auch dies tat er sofort. Während er das braune Leder aus den Schlaufen seiner Jeans zog, zitterten seine Hände heftig, und er holte beinahe hechelnd Luft.

»Bind ihm das Bein damit ab – los!«

Alan Hogan zuckte wieder gequält zusammen und verzog sein Gesicht, als der Junge ihn anfasste.

»Fester!«

Nervös löste der Teenager den Dorn des Gürtels wieder und schaffte es unter großem Kraftaufwand, den Gürtel um drei Löcher enger zu schnallen.

Declan nahm den Hörer vom Festnetztelefon an der Küchenwand und gab ihn Nicola Hogan. »Rufen Sie einen Krankenwagen.«

Dann schleifte er den jungen Mann am Kragen über die Diele hinaus auf den kleinen Hinterhof. »Raus hier!« Er drückte ihn auf die Motorhaube von Alan Hogans mattblauem Nissan Pick-up und richtete abermals die Flinte auf ihn.

»Nein! Lassen Sie mich bitte am Leben!«

»Ach? Und wieso? Ihr habt meinen Freund da drin angeschossen.«

»Ich nicht, ich nicht. Es war Charlie. Charlie hat es getan!«

Der Bursche hielt sich die Hände vors Gesicht, als könne er so einen Flintenschuss abwehren. Declan drohte ihm weiter mit der Waffe und beobachtete dabei genau, wie dieser die Augen immer wieder öffnete, um verstohlen auf seinen potenziellen Scharfrichter zu schauen.

»Wie heißt du?«

»Michael … Alistair …«

»Entweder, oder.«

»Michael Alistair McCraven!«

»Heute Abend hast du Glück, Michael Alistair McCraven.« Declan ließ von ihm ab. »Ich töte keine unbewaffneten Kinder. Spuck's aus! Warum bist du hier, und wer hat dich geschickt?«

Der Teenager nahm die Hände von seinem Gesicht und sah Declan mehrere Sekunden lang stumm an, um sich zu vergewissern, dass dieser es mit dem Nichttöten auch ernst meinte.

»Red schon!« Der Mann umklammerte die Flinte wieder fester.

»Schon gut, schon gut! Charlie bekam tausend Pfund, ein Foto und die Beschreibung des Wegs zu diesem Haus. Er sollte herfahren, um jemanden umzulegen. Ihm wurden weitere tausend Pfund dafür versprochen.«

»Von wem?«

»Ich weiß nicht, wer es war. Ehrlich. Ich schwöre bei Gott dem Allmächtigen, dass ich keinen Schimmer hab! Charlie hat uns den Vorschlag gestern gemacht. Er hat uns alles darüber erzählt, nannte dabei aber nicht den Namen seines Geldgebers.«

»Habt ihr, bevor ihr hergekommen seid, bereits jemand anderen angegriffen?« Declan dachte dabei an Shane, der ihre Verabredung ja bekanntlich nicht eingehalten hatte.

»Nein.«

»Sag mir die Wahrheit!«

»Das tue ich, meine Hand drauf. Wo Charlie vorher war, kann ich allerdings nicht sagen. Wir haben uns erst vor ein paar Stunden getroffen, um herzukommen.«

»Was seid ihr? IRA-Mitglieder? Protestanten?«

»Charlie gehört der IRA an. Liam und ich sind nur ganz normale Typen. Wir haben eine Zeit lang versucht, aufgenommen zu werden, aber sie wollten uns nicht. Es hieß, wir könnten nichts, was sie bräuchten. Charlie behauptete aber, dass würde sich nach diesem Auftrag ändern.«

Declan legte eine finstere Miene an den Tag und schloss kurz die Augen. Er war überzeugt davon, dass Michaels Aussage uneingeschränkt der Wahrheit entsprach. Solche Geschichten hatte er schon öfter gehört, als er sie aufzählen konnte: Junge Männer ohne Anstellung oder konkretem Lebensplan suchten ihr Selbstwertgefühl in einer Mitgliedschaft bei Paramilitärs, die sie lediglich in den Tod führten.

»Wer von den anderen beiden war Charlie?«

Michael schaute zum Haus hinüber. »Der im Flur.«

»Hoch mit dir.«

Der Junge richtete sich von der Motorhaube auf.

»Geh wieder rein.«

Declan folgte ihm über die Diele zurück in die Wohnung. Nicola telefonierte immer noch und streichelte dabei sanft die Wange ihres Gatten. Dieser hatte dank der gestoppten Blutung wieder ein wenig Farbe bekommen, auch wenn er nach wie vor in Lebensgefahr schwebte. Die Notfallambulanz in Monaghan sollte sich besser beeilen.

»Zieh ihm die Maske aus und prüf nach, ob er noch einen Puls hat«, wies Declan Michael an, während er auf den Liegenden im Flur zeigte.

Der junge Mann bückte sich daraufhin und streifte ihm die graue Haube ab. Charlies Schädel fiel reglos zurück auf den Boden. Seine Lider waren halb geschlossen, doch er sah nichts mehr. Michael legte ihm zwei Finger an den Hals, ehe er kreidebleich hochschaute. Dabei schüttelte er den Kopf.

»Jetzt zu Liam.«

Michael stand auf und ging in die Küche, wo sein anderer Gefährte mit ausgestreckten Gliedern auf den Fliesen lag. Der dunkle Fleck auf seinem grünen T-Shirt wurde immer größer. Auch ihm zog er zuerst die Maske aus. Blut war aus der Wunde an der Brust hinunter und am Hals entlang in sein Gesicht geflossen. Die Hände des Überlebenden fingen erneut an zu zittern. Er zog die eine schnell weg, als er nach dem Puls gefühlt hatte.

Declan packte ihn noch einmal am Kragen, richtete ihn auf und drückte ihn gegen eine Wand. »Wie lange habt ihr einander gekannt?«

Michael war mittlerweile ganz grün im Gesicht, als müsse er sich gleich übergeben.

»Wie lange?«

»Schon seit ich denken kann.« Er schluckte gequält, verkniff es sich aber, zu schluchzen. »Mein ganzes Leben lang.«

Declan schaute ihm starr in die Augen. »Das ist das einzige Versprechen, das die IRA je hält, Michael: dir den Tod zu bringen – so wie Charlie und Liam.« Sein Blick ruhte noch ein paar Sekunden auf dem Knaben, bevor er sich ruckartig abwandte. »Verschwinde jetzt von hier.«

Michael zwängte sich an ihm vorbei und eilte aus dem Haus. Kurz darauf hörte man, wie er sich im Garten dahinter erbrach.

Declan beugte sich über Charlies Leichnam und begann, die Taschen seiner Kleidung umzustülpen. Beim Herausziehen des Futters fielen ein Foto und ein gefalteter Zettel aus der Jacke. Er hob beides auf. Das Bild war eines von vielen aus der Presse, die schon seit einigen Monaten kursierten, und auf dem Papier stand handgeschrieben, auf welchem Weg man das Landgut genau erreichte. Nachdem er diese Beweisstücke eingesteckt hatte, kehrte er in die Küche zurück. Wieder ging er auf einem Knie vor den Hogans nieder.

»Ich bin zu keiner Zeit hier gewesen«, sagte er, während er die beiden abwechselnd anschaute. »Drei Maskierte sind bei Ihnen eingebrochen. Zwischen denen brach ein Streit aus, woraufhin einer die zwei anderen erschoss und zur Hintertür hinausrannte. Das Gutshaus am Ende der Einfahrt steht schon seit Jahren leer, und sie haben noch nie etwas von Declan oder Constance McIver gehört.«

Nicola nickte mehrmals. Alan blinzelte und machte ein beklommenes Gesicht.

Declan erhob sich und ging über die Diele hinaus. Die Tür schloss er hinter sich.

# Kapitel 9

*20:43 Uhr Ortszeit, leer stehende Garage – Wendover Road*
*Aylesbury, England*

»Auffälliger ging's wohl nicht, oder?«

Lukas Kreft stieg vom Rücksitz seines neueren Rolls-Royce Phantom und schlug die Tür zu. Neben dem weißen Mietwagen – ebenfalls einem aktuellen Modell – mit dem der Mann gekommen war, den er kennenlernen sollte, fiel der Luxusschlitten in der fast ausschließlich aus Wohnhäusern und von der Mittelschicht besiedelten Stadtgegend auf, wie ein bunter Hund. Er betrachtete den nervösen Rechtsanwalt und aufstrebenden Politiker, der ihn gerade so unverschämt angepflaumt hatte.

Egan Hume war klein für einen Mann. Seine herabhängende Gesichtshaut und die spitze hochstehende Nase vermittelten den Eindruck, er habe gerade etwas Verdorbenes gerochen. »Die meisten Leute hier werden solche Autos nicht allzu oft sehen, schon gar nicht mit einem Chauffeur am Steuer. Sollten Regierungsschnüffler hier aufkreuzen und Fragen stellen, wissen sie sofort Bescheid.«

Kreft ersparte sich eine Bemerkung. Der Schotterplatz, auf dem sie gerade standen, gehörte zu einem schon längst aufgegebenen Autohaus oder einem Werkstattbetrieb. Das »Zu vermieten«-Schild war praktisch unlesbar geworden, doch die Schrift ließ sich zumindest noch so weit erahnen, dass jeder, der vorbeikam, annahm, dass es bei ihrem Treffen um den Erwerb des seit Ewigkeiten unbenutzten Geländes ging. Hume machte sich also vollkommen grundlos Sorgen.

Die Schulterpartie von Krefts maßgeschneidertem Anzug war vom Nieselregen feucht geworden, weshalb er sich den Mantel zuknöpfte, ehe er mit beiden Händen an der Brust nach unten fuhr. »Ich bin nicht hier, um mit Ihnen zu diskutieren. Sie sind lediglich eine Anlaufstelle für mich. Lasse ich mich in einem gemieteten Wagen am Chequers Court blicken oder fahre selbst, wird das im Verhältnis zu der geringen Wahrscheinlichkeit, dass Staatsbullen, der MI5 oder wer auch immer sonst dort aufläuft, um irgendwen aus der Gegend nach Informationen abzuklopfen, wesentlich mehr Fragen aufwerfen.«

Hume blickte ihn missmutig an und senkte dann den Blick, als sei der Boden ausgesprochen interessant. Ihm fuhr ein Schauer über den Rücken, also stellte er den Kragen hoch und zog seinen Zweireiher noch fester zusammen, um sich bei dem Hundewetter warmzuhalten.« Gibt es einen besonderen Grund dafür, das Ganze hier draußen abzuwickeln, zumal so weit weg von der City?«

»Haben Sie die ganze Zeit mit dem Kopf zwischen den Beinen Ihrer Assistentin gesteckt?« Kreft beugte sich dicht zu ihm und fuhr beinahe flüsternd fort: »Der Security Service beschattet mich schon seit Monaten. Mag sein, dass mich Domville freigesprochen hat, aber ich verlasse mich lieber nicht darauf, dass Dennis Allardyce etwas auf rechtskräftige Urteile gibt. Wir beide wissen doch nur zu gut, wie dreist die Geheimdienste während dieser Legislaturperiode geworden sind. Deshalb bin ich hier – um ihr einen Besuch abzustatten. Denn sie kann mit einem einzigen Anruf dafür sorgen, dass die Schnüffler sich verziehen.«

»Wenn Sie das einfädeln könnten, indem Sie bei ihr …«

»Timing. Es kommt nur auf das richtige Timing an.«

»Sie sollten sich in dieser Sache besser ein wenig in die Karten schauen lassen, Lukas. Nach dem verpfuschten Anschlag im letzten Frühling wäre fast ausnahmslos jeder von uns um ein Haar aufgeflogen. Sie wollten monatelang keinen Fuß mehr in dieses Land setzen, weil Sie befürchtet haben, verfolgt oder abgehört zu werden. Währenddessen habe ich mich um alles gekümmert und mich viel eingehender damit beschäftigt, als ich eigentlich vorgesehen hatte. Ich lasse mir nur ungern etwas vorenthalten oder mir Märchen erzählen wie ein kleines Kind.«

»Sie – wir alle kannten die Risiken. Darum haben wir auch die Möglichkeit mit eingeplant, dass etwas schiefgehen könnte; eben genau, um in dem Fall nicht dumm dazustehen. Bewahren Sie also Ruhe, anstatt jetzt zappelig zu werden. Nach diesem Besuch renkt sich bestimmt alles wieder ein. Wir stehen so kurz davor, unseren Plan erfolgreich umzusetzen.«

Hume zuckte kopfschüttelnd mit den Achseln.

Kreft nahm sein Smartphone heraus, schaltete den Touchscreen ein und betrachtete ihn einen Moment lang.

»Die Telefonate werden verschlüsselt, aber trotzdem: Verkneifen Sie sich besser jegliche Begriffe, die hellhörig machen könnten, und erwähnen Sie auf keinen Fall Namen. Außerdem: Je weniger Personen sehen, wie Sie es benutzen, und Ihnen dabei zuhören, desto besser.«

»Also, ich weiß nicht, Lukas …«

»Entspannen Sie sich. Jeden Tag werden in Großbritannien fast eine halbe Milliarde Telefongespräche geführt. Selbst wenn der MI5 und die Regierungskommunikationszentrale sie alle nachverfolgen könnte, bräuchten sie die Identität des Benutzers eines bestimmten Geräts, um irgendetwas mit den Daten anfangen zu können. Vorausgesetzt, Sie wahren Diskretion, sind Sie fein raus.« Hume schaltete das Smartphone wieder aus und ließ es in einer seiner Taschen verschwinden.

»Jetzt sagen Sie schon. Was gibt es Neues aus Glasgow? Was hat er gesagt?«

»Genau das, was wir geahnt haben. Er gab zu, zu irgendeiner alten Bruchbude am Pacific Quay gekarrt worden zu sein, wo er von ein paar Typen in dunklen Anzügen an einen Stuhl gefesselt worden sei. Einer davon soll Allardyce gewesen sein. Die Polizei glaubt deshalb, dass er das eine oder andere Glas Cidre zu viel getrunken hat.«

Kreft schüttelte den Kopf und lachte, ohne allerdings Töne von sich zu geben. Das Gelaber von Reece Findlay und den Gleichgesinnten bei der Unabhängigkeitsbewegung über einen britischen Überwachungsstaat, entsprang größtenteils deren blühender Fantasie und dem Konsum diverser Rauschmittelchen. Kreft hatte allerdings tatsächlich darauf gewettet, dass bei dieser Gelegenheit Dennis Allardyce während der Vernehmung zugegen war. »Gut, dann haben sie den Köder also geschluckt.«

Hume nickte. »Und wir sind jetzt in Besitz von Fotos, die das Ganze auch beweisen. Ich habe Findlay bis spätestens morgen Mittag aus dem Knast geholt.«

»Prima. Wedeln Sie einfach mit ein paar Scheinen und arrangieren Sie dann ein Treffen für ihn mit unseren irischen Freunden. Ich will, dass er ein Gesicht macht, als ob er Amir Khans Schwester hässlich genannt hätte.«

»Ich denke immer noch, dass er schon früher hätte hinzugezogen werden sollen. Was, wenn er sich nicht darauf einlässt?«

»Findlay ist eine linke Bazille Mitte zwanzig, dem eine Anklage wegen Vergewaltigung blüht. Für einen entsprechenden Geldbetrag wird er alles tun, was wir von ihm verlangen. Andernfalls bekommt er nicht nur ein paar Backpfeifen. Machen Sie ihm das deutlich.«

»Ich bin aber keiner Ihrer groben Metzger, Lukas.«

»Ich spreche ja auch nicht über die Androhung von körperlicher Gewalt. Ein Mann wie Findlay könnte sich niemals einen Anwalt einer Kanzlei mit Ihrem Ruf leisten, wenn er nicht seine erbärmliche Seele dafür verkaufen würde. Ansonsten müsste er die nächsten fünf Jahre in Kilmarnock hinter Gittern verbringen. Erklären Sie ihm einfach, dass Sie nichts für nichts tun und er gut vergütet wird, falls er bei dem Ganzen mitspielt.«

»Also gut, in Ordnung. Meine Kollegen setzen die Dokumente gerade auf. Bis Findlay wieder auf freiem Fuß ist, haben sie eine Petition vorbereitet, die er unterschreiben soll.«

»Einwandfrei. Ich nehme mal an, unser interner Freund hat Wort gehalten?«

»Ohne ihn wären wir bestimmt nicht am Pacific Quay zur Stelle gewesen.«

»Perfekt.« Kreft lächelte. »Ich mache mich sofort auf den Rückweg zum Berg, sobald mein nächstes Treffen vorbei ist. Befolgen Sie einfach den Plan von hier aus so weiter, dann sollte sich der Rest von ganz alleine ergeben.«

»Da wäre noch, äh … die Frage, inwieweit meine Kanzlei für diese Dienste bezahlt wird, Lukas. Die zugehörigen Papiere müssen schließlich wasserdicht sein, falls das Ganze wirklich über die Bühne gehen soll. Wir verteidigen üblicherweise nämlich weder Vergewaltiger, noch treffen wir uns sonntags mit unseren Klienten. Solche Abnormitäten sind … teuer.«

»Ihre Kanzlei tut üblicherweise, was auch immer ich ihr auftrage, weil sie ohne mich nicht in der Lage wäre, ihre Büros im Dalmore House oder die Kampagne für Ihre Wahl ins Parlament zu finanzieren.« Kreft strich Humes Kragen glatt, rückte ihm die Krawatte zurecht und legte ihm dann eine Hand auf die Schulter. »Ob Sie eines Tages Premierminister werden, hängt einzig und allein vom kleinen Mann in Schottland ab, der sich von einer kaltherzigen, fremden Aristokratie missbraucht, ausgenommen und vergessen glaubt. Reece Findlay gegen die gehäuften Vorwürfe seitens der Geheimdienste jener Aristokratie zu verteidigen, spielt ihnen dabei auf ideale Weise in die Hände.«

Kreft öffnete eine Tür und ließ sich im verschwenderischen Inneren des Rolls-Royce nieder. »Dieses Ding dient dem Wohl der Masse.« Nachdem er die Tür zufallen lassen hatte, rollte die Limousine langsam davon, und der politisch ambitionierte Anwalt stand allein im Regen.

# Kapitel 10

*20:58 Uhr Ortszeit, Chequers Court – Missenden Road*
*Buckinghamshire, England*

Der Fahrer ordnete sich mit dem Rolls-Royce in einen Kreisverkehr ein und fuhr dann in Richtung Süden ab, wo sich die letzten alten Häuser und Anwesen mit Einfahrttoren reihten, die das Bild in Aylesbury, Riborough und Ellesborough bestimmten, und die Landschaft mit zunehmend mehr großen Feldern lichtete. Er bremste vor einer Kurve, und als er sie genommen hatte, kamen zwei Torhäuser aus Ziegelstein zwischen einer langen Hecke in Sicht. Nachdem er auf einen Schotterweg eingebogen war, fuhr er bis zu einem Flügeltor aus schwarzem Stahl, wo es nicht mehr weiterging. Die Ankunft des Wagens aktivierte sofort mehrere Bewegungsmelder, woraufhin Lampen ansprangen und es hell um die beiden Gebäude herum wurde.

Kreft schaute dem Fahrer durch den Rückspiegel ins Gesicht. »Lassen Sie Ihre Scheibe hinunter und stellen Sie den Motor ab.«

Die Scheibe glitt mit einem leisen Summen abwärts, doch bevor er den Zündschlüssel umdrehen konnte, sprach jemand in der Dunkelheit. »Danke für Ihre Umsicht, Mr. Kreft, aber wir wurden gebeten, Sie unverzüglich hineinzubringen.«

Zwei Männer in schwarzen Anzügen traten mit Regenschirmen unter dem Portikus eines der Torhäuser hervor und gingen an den noch brennenden Scheinwerfern des Rolls-Royce vorbei. Nachdem sie das Tor entriegelt hatten, zogen sie die beiden Flügel auf und traten beiseite.

»Halten Sie sich bitte rechts, sobald Sie die Bäume hinter sich gelassen haben, Sir. Sie wartet bereits im Garten auf Sie.«

Kreft nickte nachdrücklich, woraufhin sein Chauffeur einen Knopf an seiner rechten Armlehne betätigte, um die Türscheibe wieder zu schließen. Während dies geschah, fuhr er vor und gelangte auf einen einspurigen Weg, dessen feiner Kies unter den Reifen knirschte, während er die Bäume passierte, die zu beiden Seiten des Weges standen.

Wie angewiesen orientierte er sich an der Gabelung nach rechts, und kurz darauf erschien eine dreistöckige Steinvilla am Ende eines flachen Stücks Land. Verglichen mit den Hügeln im Dunkeln dahinter wirkte das hell erleuchtete Gebäude im diesigen Regenwetter wie ein gespenstisches Fanal. Als sie die Ostseite des mondänen Anwesens erreichten, wurden sie bereits von zwei anderen Männern in schwarzen Anzügen empfangen. Einer öffnete die Tür zur Rückbank, sobald der Wagen auf dem quadratisch angelegten Parkplatz hielt, und hielt einen Schirm in die Höhe.

»Bitte mir nach, Mr. Kreft.«

Dieser stieg aus und folgte dem Bediensteten zu einem Kunsteisentor in einer acht Fuß hohen Steinmauer, die sich vor dem Haus entlang zog. Er knöpfte seinen Mantel zu und fuhr dann gewohnheitsmäßig über die Falten im Stoff.

Sein Führer öffnete das Tor, übergab ihm den Schirm und ging dann aus dem Weg.

Kreft betrat das Grundstück. Jetzt war es an der Zeit für eine oscar-würdige Darbietung.

In dem eingefriedeten Garten schaute er über mehrere Reihen hüfthoher Büsche hinweg auf einen Baldachin, mit dem man einen Brunnen in der Mitte des Geländes überdacht hatte. Bestimmt war er von einer früheren Versammlung noch nicht abgebaut worden. In der Nähe des Brunnens sah er eine Frau stehen.

»Lukas.« Ihr faltiges Gesicht wirkte freundlich, während sie näherkam, doch sie bewegte sich, als sei sie unglaublich erschöpft. In der Öffentlichkeit hatte er sie das letzte Mal Jahre zuvor gesehen, und nach ihrer damaligen Begegnung war sie weit über den Status jener bescheidenen Anwältin von einst hinausgelangt. Zum Glück machte Geld alle Sünden verzeihlich, und er hatte im Laufe der Jahre mehr als genug gegeben, um sich reinzuwaschen. Nun trat er unter den Baldachin, schloss den Schirm und streckte seine Arme nach ihren Händen aus. Sie begrüßte ihn mit einem Kuss auf die Wange. »Dein Anruf hat mich überrascht. Ich wusste gar nicht, dass du wieder im Land bist.«

»Er seit ein paar Stunden.« Er strahlte. »Schon erstaunlich, was sich durch wenige gehetzte Telefonate mit der Anwältin von jemandem alles ändern kann. Ich wollte heute eigentlich in einem der Restaurants am Zugerberg zu Abend essen, musste mich dann aber stattdessen mit aufgewärmter Gemüsesuppe an Bord eines Flugzeugs begnügen.«

»Ach, das Drangsal des Menschseins.«

Er lachte und ließ den heiteren Moment langsam ausklingen, bevor er wieder ernst wurde. »Wie geht es James?«

Sie hielt erschrocken die Luft an. »Den Umständen entsprechend.«

Kreft machte ein langes Gesicht. Sein letztes Treffen mit seinem alten Klassenkameraden James Clarke lag sogar noch sogar weiter zurück, obwohl sie während all der Jahre in Kontakt geblieben waren. Nach der Universität hatten beide politische Interessen verfolgt, doch im Zuge einer Reihe unvorhergesehener Krankheiten war James schließlich zum Invaliden geworden, und seine Ehefrau hatte viele seiner Pläne aufgegriffen, so gut sie konnte, um ihn zu würdigen. Sie ehrte ihn auch tatsächlich, denn sie war zum höchsten wählbaren Amt des Landes berufen worden.

»Die Suppe scheint dir nicht geschadet zu haben. Wieso hat England denn das Vergnügen, von dir besucht zu werden?«

Sie und Kreft hatten in der Vergangenheit mehr Zeit miteinander verbracht, als irgendjemandem – vor allem ihrem Mann – bewusst war, denn sie hegte Bedürfnisse, die nur wenige Vertraute in aller Verschwiegenheit befriedigen konnten, so wie es ihre Ambitionen erforderten.

In gewisser Weise hasste er es, ihr Verhältnis ausnutzen zu müssen, um seine Ziele durchsetzen zu können, doch das war leider notwendig, und sie hatte es notwendig gemacht. Wenngleich er sich in seinen persönlichen Bindungen als unpolitisch verstand und unterschiedliche Kandidaten auf beiden Seiten des Großen Teichs unterstützte, hatte Imogen Clarke ihr Fähnchen gerne immer in den Wind gehängt. Ihre Hörigkeit der US-Regierung gegenüber, während sich der Krieg gegen den Terror dahinzog, war Kreft während des Bürgerkriegs in Libyen teuer zu stehen gekommen, und weil sie sich weigerte, die Miteinbeziehung von Interessengruppen beim Treffen von Entscheidungen innerhalb ihrer Regierung kategorisch auszuschließen, war es schließlich so weit gekommen, dass man ihm Verträge verleidet hatte, die seinen strauchelnden Betrieb wieder auf Kurs gebracht hätten. Alles Handlungen, die es nun wiedergutzumachen galt.

»Der MI5 wird sich bald wieder in meine Geschäfte hier im Land einmischen.« Er ließ kurz den Kopf hängen, ehe er ihn wieder anhob und ihr in die Augen schaute. »Und dieses Mal möchte ich, dass du es verhinderst.«

Clarke blickte ihn verwundert an, allerdings mit dem Hauch eines Lächelns im Gesicht. »Gibt es denn einen Grund dafür, dass der MI5 dies tut?«

Er lachte auf. »Im Ernst, du weißt doch, was ich in den letzten paar Monaten durchgemacht habe, doch ich bin dabei die ganze Zeit nichts weniger gewesen als entgegenkommend. Das Gericht unter Domville hat mich in allen Punkten reingewaschen. Du darfst nicht zulassen, dass die das noch einmal tun. Es ist wie eine Hexenjagd.«

»Und was suchen sie dieses Mal?«

Er zog seine Schultern hoch. »Wie soll ich das wissen? Meine Anwälte in Glasgow haben mir mitgeteilt, dass die Polizei in Strathclyde heute Morgen ein Gebäude eines Konzerns gestürmt hat, in das ich viel Geld gesteckt …«

»Und was hat das mit dem MI5 zu tun? Die Polizei führt doch ständig irgendwelche Razzien durch, ohne dass der Secret Service dabei auf den Plan tritt.«

Er strich wieder über den Stoff an seiner Brust und hüstelte. Sie unterhielten sich im umgänglichen Ton miteinander, weshalb er hoffte, dass sie ihn für voll nahm. »Meinen Anwälten zufolge waren das nicht irgendwelche Polizisten, sondern Staatsbeamte. Und nachdem ich wegen Allardyce und seinen Helfern monatelang durch den Wolf gedreht worden bin, sehe ich Haftbefehle kommen, so wie man eine Erkältung spürt, bevor sie richtig ausbricht.«

Clarke schmunzelte.

»Ich halte nichts von Drohgebärden, Imogen, schon gar nicht dir gegenüber – also glaub bitte nicht, dass das von mir selbst ausgeht – aber die Wahl nächstes Jahr rückt immer näher, und dein Posten steht bereits unter Beschuss, sowohl seitens der Labour Party als auch durch die Freidemokraten. Dass du Dennis Allardyce einspannst, der anscheinend mit einem ehemaligen IRA-Terroristen angebandelt hat, hat die Gemüter selbst in deiner eigenen Partei extrem gespalten. Dir ist doch klar, dass ich viel in drei der vier Medienanstalten investiert habe, die deine letzte Kandidatur gefördert haben, doch meine Stimme allein entscheidet nun einmal nicht. Unsere Gruppe wendet ihr politisches Kapital sehr umsichtig auf und wird, fürchte ich, keine Führungskraft in Nöten mehr subventionieren. Ich will dich auf keinen Fall untergehen sehen. Gibt mir etwas, womit ich den anderen versichern kann, dass du dich weiterhin für unsere Interessen einsetzt – unsere rechtmäßigen, legalen Interessen.«

»Oh bitte, Lukas, verschone mich damit.« Sie rieb sich die Stirn. »Ich bin das ständige Geschiebe unheimlich leid. Die Liberalen in diesem Land können schon seit Ewigkeiten keine Mehrheit mehr erzielen. Die Labour Party hat ihre letzte Mehrheit im Irakkrieg verspielt, und niemand aus meiner eigenen Partei würde es wagen, sich gegen einen Amtsinhaber aufzulehnen. Die Leistungen und der Einfluss deiner Gruppe reichen ohne Weiteres aus, um Anhänger für die Partei zu kaufen, sind aber beileibe nicht entscheidend, wenn es um das Ergebnis einer allgemeinen Wahl geht.«

Kreft war wütend geworden, ahnte aber, dass hinter dem, was Clarke sagte, mehr steckte. Darum schluckte er die Kröte und wartete ab.

»Ich halte den MI5 davon ab, dich zu belästigen, weil du uns hilfst, wegen deines guten Verhaltens vor Richter Domville und weil wir eines auf keinen Fall tun dürfen, wenn britische Bürger auf offener Straße getötet werden, nämlich immer wieder dieselbe alte Leier anstimmen, vor allem aber aufgrund deiner Freundschaft zu mir – und James – seit Menschengedenken. Nicht weil ich Angst habe, deine Gruppe würde jemand anderen unterstützen.«

»Du hattest noch nie Schwierigkeiten damit, offen zu sagen, was du meinst, Imogen. Das ist eine Tugend, die allen anderen Frauen in meinem Leben vollkommen fehlt.« Er bemühte sich um ein charmantes Lächeln. »Unser nächster Ausflug sollte nicht mehr so lange auf sich warten lassen, hmm? Die knackig kalte Bergluft, der Wind vom Zugersee. Neuschnee auf den Gipfeln. Die Schweiz ist zu dieser Jahreszeit eine wahre Pracht.«

»Schlaf gut, Lukas. Ich bin mir sicher, wir treffen uns noch früh genug wieder.«

Damit wandte sie sich ab und ging. Ein schwarz gekleideter Sicherheitsangestellter stand mit einem Regenschirm parat, als sie den Baldachin verließ. Auf den Pflastersteinen des Gartenwegs zur Vorderseite der Villa klackten die Absätze ihrer Schuhe laut.

Kreft sah, wie sie noch einen Blick über die Schulter warf, während das Tor für sie geöffnet wurde. Dann verschwand sie um die Ecke. Er glättete seinen Anzug erneut, hob seinen eigenen Schirm und kehrte aufmerksam von anderen Männern in Schwarz im Auge behalten, zu seinem Wagen zurück. Als er sich auf der Rückbank des Rolls-Royce niederließ, war er zuversichtlich, genau das erreicht zu haben, was er vorgesehen hatte. Der MI5 und die anderen britischen Geheimdienste würden ihm bestimmt keinen Kummer mehr bereiten.

# Kapitel 11

*Montag, 09:01 Uhr Ortszeit, Bushaltestelle J – Lambeth Road*
*London, England*

Declan tat so, als sei er mit seinem Smartphone beschäftigt, während er lässig auf der schmalen Bank unter der Überdachung der Haltestelle saß, und nahm den Doppeldeckerbus immer noch nicht zur Kenntnis, der gerade wenige Fuß vor ihm angehalten hatte. Stattdessen schlug er die Oberschenkel übereinander und fuhr mit dem Daumen über den Touchscreen, während die letzten Fahrgäste hastig einstiegen, Koffer und Schirme verstauten und ihre Fahrkarten noch einmal überflogen, bevor sie Platz nahmen. Der Fahrer wartete kurz für den Fall, dass noch jemand mitkommen wollte, drückte aber nach ein paar Augenblicken den Knopf, um die Tür zu schließen. Sekunden später fuhr der leuchtend rote Bolide davon, und zurück blieb der unverkennbare Gestank von Dieselkraftstoff.

Declan schaute dem Bus hinterher und dann auf die andere Straßenseite. Er saß seit knapp zwanzig Minuten an dieser Stelle, doch was das Gebäude betraf, das er beobachtete, hatte sich weder darin noch ringsherum etwas bewegt. *Sollte er sich darüber wundern?* Er war sich nicht ganz sicher. Vom Zentrum Londons aus gelangte man im Nu zu Fuß nach Lambeth, wo viele berufstätige Bürger der Stadt lebten, die vermutlich ganz in der Nähe arbeiteten. Vielleicht waren die Bewohner der Appartements über dem allem Anschein nach vor langer Zeit geschlossenen Pub im Erdgeschoss auch bereits zu ihrer Schicht aufgebrochen.

Er stand langsam auf und steckte das Telefon zurück in seine Jeans. Genau herausfinden, ob noch jemand in dem Gebäude war, konnte er nur auf eine Weise. Nachdem er sich abermals aus Gewohnheit umgeschaut hatte, blickte er die Straße hinauf und hinunter, wie er es zu Hause in Amerika getan hätte, ehe er sie überquerte.

Davon einmal abgesehen, dass das Gebäude kleiner als die anderen in der Gegend war, fiel es nicht weiter auf. Es bestand genau wie die benachbarten aus Ziegelsteinen, war nicht verputzt und mit einer lackierten Holzleiste über dem Erdgeschoss ausgestattet, welche die dortige Gewerbefläche von den Wohnungen darüber absetzte. Die Fenster hatte man mit weißen Bögen verziert, aber offenbar seit Jahren nicht mehr neu gestrichen. Es sah in nahezu allen Belangen, exakt wie ein Haus aus, in dem sich Shane O'Reilly wohlfühlen würde. Schließlich betrat er den Bürgersteig und ging auf die Erdgeschossfenster zu. Er hatte sich anscheinend getäuscht. Die Kneipe –

es könnte auch ein Restaurant sein – war nicht geschlossen, jedenfalls nicht auf Dauer. Drinnen hatte man die Stühle umgedreht mit den Sitzflächen auf die Tische gestellt, und obwohl alles ein wenig älter aussah, schien es bereit für das Tagesgeschäft zu sein und würde voraussichtlich irgendwann in den nächsten Stunden öffnen. Das half Declan allerdings auch nicht weiter. Ihn interessierten nämlich die Appartements. Er folgte dem Gehsteig bis zu einer Doppeltür, deren Steinrahmen farblich hervorgehoben war. An einem Flügel hatte man auf Augenhöhe mit Klebebuchstaben den Hinweis »Wohnungen 1 & 2« angebracht, an dem anderen stand »Wohnungen 3-7«. Passten tatsächlich sieben beziehbare Wohnungen in die beiden oberen Etagen? Kaum zu glauben, aber London durfte sich ja bekanntlich auch nicht unbedingt wegen seiner geräumigen Wohnflächen rühmen.

Declan drückte einen Knopf an der Gegensprechanlage neben dem Türflügel, der zu den letzten fünf Appartements führte, und wartete. Shane hatte die Nummer 5. Keine Reaktion. Nachdem er noch einmal geläutet hatte, trat er ein Stück zurück, um an der Fassade hochzuschauen. Hinter keinem der Fenster machte jemand Anstalten, in Erfahrung zu bringen, wer an der Tür war. Darum ging er hinüber und versuchte es an dem Flügel für die Wohnungen 1 und 2. Falls der Vermieter im Haus lebte, dann logischerweise, wie Declan annahm, im Erdgeschoss, wo sich der Empfang für die neueren Interessenten und die Übersicht der einzelnen Anlagegüter oberhalb einfacher gestaltete. Aber auch hier meldete sich niemand, und von drinnen hörte man auch nichts. *Was nun?*

Declan nahm sein Smartphone wieder heraus, schaltete den Bildschirm ein und überlegte, welche Möglichkeiten ihm jetzt noch blieben. Er hatte wiederholt versucht, Shane anzurufen, und sich erst dann hierher auf den Weg gemacht, aber beides war vergeblich gewesen. So wie die Stunden dahinzogen, nahm die Angst, sein Freund sei denselben Männern zum Opfer gefallen, die auch ihm selbst am Abend zuvor fast zum Verhängnis geworden waren, immer mehr zu. Obwohl auch Shane Declans Einheit angehört und somit eine entsprechende Ausbildung genossen hatte, gehörte der Nahkampf nicht zu seinen natürlichen Stärken, weshalb kaum ein Zweifel daran bestand, dass eine Handvoll gut bewaffneter Bösewichte ihn ohne Probleme überwältigen konnten – insbesondere aus dem Hinterhalt heraus.

Wieder schaute Declan zu den Wohnungen hoch. Am helllichten Tag in ein Appartementgebäude in einer der Städte mit den meisten Überwachungskameras der Welt einbrechen zu wollen, war äußerst unrealistisch, doch er musste irgendwie herausfinden, ob Shane zu Hause war oder die Wohnung wenigstens innerhalb der vergangenen vierundzwanzig Stunden aufgesucht hatte. *Konnte er die Tür schnell genug eintreten, ohne dass jemand bemerkte, was geschehen war?* Er drehte sich um und fasste die Umgebung ins Auge. Auf den Bürgersteigen hielt sich auf eine Entfernung von jeweils mindestens hundert Yards niemand auf, doch überall waren Fenster und theoretisch könnte hinter jedem von ihnen ein Zeuge stehen. Deshalb verwarf er die Idee schnell wieder. Sie kam ihm zu gefährlich vor. Denn wenn es eines zu vermeiden galt, dann Erklärungsnöte gegenüber der städtischen Polizei. Folglich musste er die Suche nach Shane woanders fortsetzen. Er bog um die Ecke, um den Bus zum nächsten Ort zu nehmen, der infrage kam und wo er hoffentlich genaueren Aufschluss erhalten würde.

»Hallo?«

Declan blieb abrupt stehen. Die Stimme hörte sich alt und verärgert an. Sie kam von hinten, also fuhr er herum und schaute hoch. Eines der hinteren Fenster des Gebäudes, in dem Shane lebte, war ein paar Zoll weit geöffnet worden, und eine Frau mit runzligem Gesicht blickte durch den schmalen Spalt. Declan lächelte sie an und kehrte zu der Tür unter dem Fenster zurück.

»Hallo. Ich suche den Mann, der in Nummer 5 wohnt. Wissen Sie, ob ...«

»Ich verstehe Sie nicht. Moment.«

Er beobachtete, wie die Frau hinter der Scheibe zurücktrat und das Fenster zuknallte. Dann schaute er gespannt auf die Doppeltür und fragte sich, auf welcher Seite das Großmütterchen herauskommen würde. Stattdessen hörte er aber ein lautes Brummen und Klicken, weil das Schloss des Flügels zu den Wohnungen 3 bis 7 entriegelt wurde. Abermals lächelnd drückte er die Tür auf und stieß gleich darauf auf eine schmale Treppe mit hohen Stufen, die an den Eingängen zu Nummer 1 und 2 vorbei nach oben führte. Er betrat das Gebäude zögerlich und ging bis zum Absatz der ersten Etage hinauf. Die alten Holzdielen knarrten bei jedem Schritt, und die Vibrationen brachten die Staubflocken darauf zum Tänzeln. Nachdem er um die Ecke gebogen war, sah er die Frau in der Tür der hintersten Wohnung stehen. Der Flur führte direkt zum zweiten Treppenlauf.

»Ach je.« Sie schob ihre Brille auf der Nase hoch und blickte auf, um in Declans Gesicht schauen zu können. »Sie sind ja gar nicht der Apothekenkurier.«

»Nein.« Er bemühte sich extra um ein nettes Gesicht für sie. »Ich suche den Mann, der in Nummer 5 wohnt, Shane O'Reilly.«

Nun warfen ihre Züge noch tiefere Falten, und sie wirkte verwirrt. Ihm wurde plötzlich bewusst, dass er gerade einen Fehler begangen hatte. *Hatte sein Freund das Appartement überhaupt unter seinem richtigen Namen gemietet?* Declan war sich nicht sicher. *Der Geheimdienst scheute keine Mühen, um die Identität seiner Zuarbeiter zu schützen, doch umfasste dies auch Aus-*

*weisfälschung, um irgendwo unter falschem Namen leben zu können?* Möglich war es durchaus.

»Er, äh … Er ist ungefähr so groß wie ich, hat rötliche Haare mit etwas Grau darin …«

»Oh, Sie meinen den von oben, der andersrum ist? Sie sind ein *Freund* von ihm?«

Sie nestelte erneut an ihrer Brille herum und sah Declan misstrauisch an. Er fühlte sich auf einmal vor den Kopf gestoßen. Andersrum – so umschrieb vornehmlich die ältere Generation der Londoner mutmaßliche Homosexuelle. *Hielt sie O'Reilly tatsächlich für schwul?* Declan musste sich ein Schmunzeln verkneifen. *War Shane vielleicht schwul?* Die Frage hatte er sich eigentlich noch nie zuvor gestellt. Der Mann war ledig, mittleren Alters, und scheinbar perspektivlos, obwohl Declan von jeher angenommen hatte, dass dieser einfach mit seinem Job verheiratet war. Darum wies er diese Vorstellung schnell wieder von sich. Es war ohnehin irrelevant für ihn. Er musste seinen Bekannten unbedingt finden, darauf kam es an.

»Ja, ich bin ein Freund von ihm. Wir wollten uns gestern treffen, aber er hat mich versetzt. Wissen Sie, ob er gestern oder überhaupt in letzter Zeit zu Hause gewesen ist?«

Die Frau überlegte. »Nein – nun da Sie es erwähnen, ich glaube nicht. Das erklärt auch, wieso Mr. Gamgee im Moment so grantig ist.«

Declan verstand gar nichts mehr. »Mr. Wer?«

»Gamgee. Das ist sein Kater.«

»Ach so.«

»Ein dicker, orange-brauner Kater. Normalerweise verhält er sich sehr still und ist sehr zahm, aber seit einigen Tagen hört man ihn miauen, und in der Wohnung ist auch schon mal was auf den Boden geknallt. Ich habe aber einfach angenommen, er sei – na ja, Sie wissen schon – ein bisschen rollig.«

»Ja, das wird's wohl sein.« Gepolter verband Declan allerdings vielmehr mit Handgreiflichkeiten als mit einem liebestollen Vierbeiner. »Und das Appartement ist im zweiten Stock?«

»Ja, die erste Tür rechts.«

»Danke.«

Declan zwängte sich hastig an der Alten vorbei und nahm zwei Stufen auf einmal. Oben an der ersten Tür hing ein Messingschild mit einer 5. Er rüttelte am Griff – sie war abgesperrt. Als er etwas fester gegen das Blatt drückte, spürte er plötzlich, dass nicht mehr viel fehlte, bis es nachgab. Mit gequälter Miene stellte er sich seitlich auf, hob die Schulter und rammte die Tür so leise wie möglich dicht über dem Riegel. Ein Teil des Rahmens zersplitterte sofort, aber er hielt den Griff fest, damit die Tür nicht aufflog und zu viel Lärm verursachte. Noch ein wenig Druck mit Gefühl, dann ließ sie sich knarrend öffnen.

»Miau!«

Tatsächlich, eine orangebraune Katze, die man nur als übergewichtig bezeichnen konnte, kam sofort angewatschelt.

»Miau! Miau!«

Declan ging in die Hocke und streichelte ihren Rücken, während er die Wohnung begutachtete. Sie war klein, geradezu winzig, so wie er es erwartet hatte. Hätte er schätzen müssen, wäre er von annähernd der gleichen Fläche wie der seines Wohnzimmers in den USA ausgegangen. Natürliches Licht fiel nur durch ein Einzelfenster ein, und so wie es aussah, belief sich das Appartement auf einem einzigen Raum, dessen Hauptaufenthaltsbereich mit Möbeln aus zweiter Hand eingerichtet worden war. Dafür herrschte jedoch überall Sauberkeit und Ordnung – von einer Auseinandersetzung fehlte jede Spur – nur eine Topfpflanze war zu Bruch gegangen, gewiss bei einem Sprung des Katers auf die Fensterbank, um nach seinem Herrchen zu schauen.

»Miau!«

»Ja, okay, okay.« Declan erhob sich und trat vorsichtig ein. Nichts deutete darauf hin, dass Shane während der letzten Tage da gewesen war, aber das Gegenteil ließ sich natürlich ebenso wenig nachweisen. Alles hatte seinen festen Platz und schien auch an ebendiesem zu stehen oder zu liegen. Nachdem er sich in der Schlafnische und dem winzigen Bad umgeschaut hatte, um keine böse Überraschung zu erleben, fing Declan an, die Schränke in der Küchenzeile zu öffnen. Als er in einer Schublade gestapelte Dosen Katzenfutter fand, zog er den Deckel von einer ab und stellte sie auf den Fliesenboden.

»Mi…«

Das Tier vergrub augenblicklich sein Gesicht darin und begann, die Fleischbrocken unzerkaut hinunterzuschlingen. Declan machte eine weitere Konserve auf und platzierte diese daneben. Eine Katze hatte er selbst niemals besessen. Entsprach solche Gefräßigkeit der Norm, oder handelte es sich hierbei um ein Indiz dafür, dass sein Freund in der Tat verschwunden war? Nachdem er sich wieder aus der Nische zurückgezogen hatte, warf er noch einen Blick in den Wohnbereich. Immer noch wirkte nichts ungewöhnlich. Er war weder auf verdorbene Lebensmittel im Kühlschrank noch auf stinkenden Müll im Abfalleimer gestoßen. Vor der Tür lagen keine ungelesenen Zeitungen oder gestapelte Post. Jetzt hielt Declan in seinen Überlegungen inne: Diese wurde ja im Allgemeinen auch gar nicht persönlich zugestellt.

»Sei brav, Dickerchen.« Er schloss die Wohnungstür beim Hinausgehen, dann nahm er mit polternden Schritten die Treppe, weil es ihm so vorkam, als würde er auf Wolken treten.

»Danke«, sagte er noch einmal zu der alten Frau, die nach wie vor an der Tür ihres Appartements stand. Als er die Stufen ins Erdgeschoss mit demselben tauben Gefühl in den Füßen hinuntergestiegen war, blieb er vor der letzten ruckartig stehen. An der Wand im Flur hinter der Eingangstür hingen fest nebeneinander verankert mehrere Briefkästen aus Gusseisen mit dem markanten Logo der Royal Mail. Da er beim Hereinkommen auf die Treppe fokussiert gewesen war, hatte er diese gar nicht bemerkt – auch nicht den wichtigen Hinweis im Schlitz von Nummer 5. Denn dort ragte ein roter Papierzipfel hervor. Declan griff danach und zog ihn heraus.

Es war ein Zettel, der Shane mitteilte, dass sein Fach zu voll sei, weshalb er nun alle weiteren Zustellungen im nahegelegenen Postamt von Kennington & Walworth abholen müsse, bevor man ihn wieder in den Verteiler aufnehmen würde. Als Declan genauer hinschaute, konnte er die Kanten mehrerer Umschläge durch den schmalen Schlitz erkennen. Shane O'Reilly war also schon erheblich länger außer Haus, als er befürchtet hatte.

# Kapitel 12

*10:32 Uhr Ortszeit, Lincoln House – Basil Street 15*
*Knightsbridge, Londoner Innenstadt, England*

Declan hatte von Shanes Appartement aus den Bus der Linie 3 genommen und war an der Haltestelle Holburn in die U-Bahn in Richtung Piccadilly gestiegen, um nach Knightsbridge zu gelangen. Jetzt saß er auf der Eingangstreppe eines mehrstöckigen Backsteinbaus voller Luxuswohnungen. Ein starker Gegensatz zu dem, was er in Lambeth gesehen hatte. Auf beiden Seiten parkten an den Rändern der schmalen Einbahnstraße teure Schlitten, und schmucke Eisenzäune grenzten einen Landschaftsgarten nach dem anderen vom Bürgersteig ab.

Aufgrund der vielen Überwachungskameras und Sicherheitskräfte in dieser Gegend hatte Declan seinen Warteplatz schon mehrmals gewechselt und sich seine dunkelblaue Mütze mit dem Esso-Logo tief ins Gesicht gezogen, um nicht aufzufallen und unerkannt zu bleiben.

Wie in so vielen Wohnsiedlungen Londons war auch hier eine Arbeitskolonne mit der Sanierung der Fassade eines der Nachbargebäude beschäftigt, während sich Touristen an der Kulisse erfreuten, die Architektur im Queen-Anne-Stil fotografierten oder durch die nahegelegenen Nobelkaufhäuser bummelten. Declan hoffte darauf, dass er sich ins Bild fügte und unter den auffälligen Auswärtigen nicht besonders hervorstach.

Zum fünften oder sechsten Mal, seit er sie gefunden hatte, nahm er das Foto und den gefalteten Zettel heraus, auf dem der Weg zu McGuires Landsitz beschrieben war. Er betrachtete es abermals. Das einfache Blatt Papier hatte an einigen Stellen einen Rotstich vom Blut des toten IRA-Mannes bekommen, und die schwarze Tinte war mittlerweile verlaufen, als sei sie irgendwann einmal nass geworden. Die Handschrift – krakelig im wahrsten Sinne des Wortes – war allerdings lesbar geblieben.

Declan hatte um das Risiko gewusst, das Landgut als Versteck zu benutzen. Solange es eines der Kommandozentren der IRA gewesen war, hatte es nur eine Handvoll Personen gekannt, und er konnte stark davon ausgehen, dass diese mittlerweile entweder tot, inhaftiert oder zu einer friedfertigeren Lebenseinstellung gelangt waren. Trotzdem ließ sich die Geschichte des Ortes nicht unter den Tisch kehren, und jemand hatte sich offenbar daran erinnert. Bewusst so lange dort zu verweilen wie die McIvers war ohne Zweifel ein Fehler gewesen. Wer aber wollte ihn unbedingt ermorden und warum? Jeder, der über das Anwesen und seinen früheren Zweck im Bilde sein könnte, war deutlich älter als die Einbrecher bei den Hogans, und obgleich Declan zu wissen glaubte, dass es zwischen den Provisionals – dem nunmehr moderaten Flügel der IRA, dem auch er angehört hatte – und den Reals, einem jüngeren, radikalen Ableger, Überschneidungen gab, schloss er aus, dass sich irgendein Mitglied in solchem Maße zu einem persönlichen Rachefeldzug bewogen fühlte, dass es McIver einen Killer auf den Hals gehetzt hatte. Strenggenommen war er vermutlich nur wenigen geläufig, falls ihn überhaupt noch jemand kannte.

Er hatte zuerst in Erwägung gezogen, dass jemand es schlicht und ergreifend wie einen IRA-Anschlag hatte aussehen lassen wollen, aber die Beschreibung auf dem Zettel bewies das Gegenteil. Die Angaben waren einfach zu unverbindlich, denn der Urheber unterschied nicht zwischen dem Haus der Hogans und dem Hauptgebäude mehrere Hundert Yards weiter. Diese Person hatte sich nicht klar genug ausgedrückt, weshalb die drei Bewaffneten an der falschen Adresse eingebrochen waren. Dies sah der IRA mit ihrer langen Geschichte vermasselter Ermordungen nur zu ähnlich. Professioneller agierende Terroristen hätten sich im Vorfeld nämlich auf angemessene Weise schlaugemacht und daher genau gewusst, wohin beziehungsweise wann sie ihre Erfüllungsgehilfen schickten.

Declan wurde spontan in seinem Gedankengang unterbrochen, als plötzlich ein schwarzer Range Rover mit Regierungskennzeichen einen Block weiter um die Ecke bog und vor einem Gebäude mit zwei Toren anhielt, die hoch wie die einer Kathedrale waren. Ein kurzer Moment verging, dann erschien ein uniformierter Wachmann und schaute auf der Straße flüchtig in beide Richtungen, um sich zu vergewissern, dass nichts Ungewöhnliches im Gange war. Anschließend öffnete er eines der Tore, woraufhin Lord Dennis Allardyce aus dem vornehmen Haus kam und zu seinem wartenden Fahrzeug stolzierte.

McIver erhob sich, während der Chauffeur – Tom Gordon – ausstieg, die Hintertür öffnete und diese aufhielt. Dies war der ersehnte Moment. Declan zog seine Baseballmütze ab und eilte hinüber, blieb aber weiterhin zwischen den parkenden Autos am Straßenrand in Deckung. Als Gordon die Tür zugeschlagen hatte, ging er wieder zur Fahrerseite, wobei er ihm kurz den Rücken zuwandte. Nun rannte Declan über die Straße, öffnete hinten rechts die Tür und ließ sich auf die Lederrückbank fallen, während der Chauffeur seine eigene Tür zuzog.

»Grundgütiger!«

Allardyce duckte sich, als wolle er sich vor einem Angriff schützen. Gordon öffnete seine Tür erneut und raffte sich wieder auf, während der Wachmann herbeieilte. Beide waren darauf programmiert, den Lord zu verteidigen.

Declan schaute den älteren Geheimdienstler geruhsam an. »Sie haben gesagt, wir müssten uns unterhalten.«

Allardyce, der ihn noch immer verdutzt anschaute, hob eine Hand, um den Männern Entwarnung zu geben. Er atmete einmal tief durch, und dann fasste er sich wieder. »Ja, aber unter meinen Bedingungen. Ich darf Sie also bitten, wieder auszusteigen – sonst komme ich zu spät zu einer wichtigen Besprechung.«

Aber Declan rührte sich nicht.

Dennis seufzte. »Mr. Gordon, bringen Sie uns bitte nach Whitehall.«

Der Chauffeur schloss seine Tür und machte es sich auf seinem Sitz bequem. Dann blinkte er und fuhr auf die einspurige Fahrbahn. Kurz darauf passierten sie eine Traube von Touristen, die ihre Kameras auf diese oder jene Sehenswürdigkeit richteten.

»Am Samstagnachmittag bekam ich eine SMS von Ihnen, in der stand, dass wir bald reden müssen. *Bald* bedeutet für Sie offensichtlich etwas anderes als für mich.«

Allardyce schüttelte den Kopf. »Entschuldigung, aber ich habe als Leiter eines der vorrangigen Nachrichtendienste der westlichen Welt nun einmal einiges zu tun. Laut unserer Abmachung soll ich Zeit und Ort für jedes erforderliche Treffen festlegen, damit Sie nicht überstürzt nach London kommen und – auf einer Straße voller Menschen – in meinen Dienstwagen steigen.«

Declan warf das Foto und die Wegbeschreibung auf das Polster neben ihn. Allardyce nahm sie, wobei er aber tunlichst darauf achtete, die roten Flecke nicht zu berühren.

»Das hatte einer der Kerle bei sich, die mich gestern Abend umbringen wollten.«

Allardyce betrachtete das Papier. »Irgendwelche Wegangaben und ein Bild von Ihnen. Na und?«

»Shane und ich waren gestern zum Fußballschauen verabredet, doch er ist nicht aufgetaucht. Seine Wohnung ist verlassen, und jemand müsste sich dringend um seine Katze kümmern. Auch die Post verstopft schon seit mehreren Tagen seinen Briefkasten. Ich mache mir deshalb Sorgen, dass diese Männer ihn erwischt haben könnten, bevor sie mich gesucht haben, und ich habe gehofft, dass Sie mir helfen könnten.«

Dennis las noch einmal genau, was auf dem Blatt stand. »Ich wüsste leider nicht wie.« Er gab das Papier zusammen mit dem Foto zurück.

Declan starrte ihn einen Augenblick lang an, ehe er die Sachen wieder an sich nahm. »Dafür, dass Sie mit Spionage Ihr Geld verdienen, sind Sie ein wirklich lausiger Lügner.« Ihm gefiel es überhaupt nicht, dass Allardyce ihn so herablassend behandelte. »Na gut, da Sie nicht damit herausrücken wollen, was hier vor sich geht, muss ich dem Ganzen auf eigene Faust auf den Grund gehen. Halten Sie an.«

»Sie scheinen nicht zu begreifen. Ich hätte Ihnen diese SMS am Samstagnachmittag gar nicht schicken dürfen, und ich bedauere es zutiefst. Ich bin Generaldirektor des Security Service, Shane O'Reilly ist mein Angestellter. Sie mögen vielleicht sein Freund und einer der wenigen besonderen Menschen sein, die wissen, womit er sein Geld verdient, aber Sie sind auch ein Zivilist, weshalb Ihnen nicht geläufig ist, was er in seinem Alltag hinter den Mauern des Thames House erlebt. Kraft des Officials Secrets Act unterstehen er und ich einer Schweigepflicht, was gewisse Angelegenheiten im Zusammenhang mit der Sicherheit unserer Nation anbelangt. Ich darf Ihnen deshalb nicht erzählen, was hier vor sich geht. Ich wünschte, ich könnte es, aber mir sind nun mal die Hände gebunden.«

Dafür hatte Declan durchaus Verständnis. Allardyce steckte gerade in einer Zwickmühle. Dass der Generaldirektor vom MI5 mit einem ehemaligen IRA-Mann redete, war zweifelsohne ein Umstand, dem die britische Regierung nicht mit Wohlwollen begegnen würde. Dies interessierte Declan aber im Augenblick ganz und gar nicht. Er wollte einzig und allein herausfinden, wo Shane momentan steckte und ob er in Sicherheit war oder nicht. »Halten Sie an. Sofort.«

Tom Gordon bremste, fuhr jedoch weiter. Dabei schaute er immer wieder in den Rückspiegel, um den Blickkontakt mit seinem Vorgesetzten zu halten.

»Nicht anhalten«, beharrte Allardyce schließlich nach langem Schweigen.

Declan ließ den Türgriff los und lehnte sich wieder zurück.

»Da ich mir sicher bin, dass Sie sich in dieser Sache nicht abwimmeln lassen werden, werde ich Sie schnell auf den neuesten Stand dessen bringen, was wir momentan wissen. Nichts davon wird allerdings außerhalb dieses Wagens weitergegeben werden. Ich verlange von Ihnen, dass Sie mir versprechen, nicht ständig in der Annahme dazwischenzufunken, Sie würden uns helfen. Wir haben die Lage fest im Griff, und für Sie gibt es weitaus Wichtigeres zu tun. Habe ich mich klar genug ausgedrückt?«

»Ja.«

»Ich höre?«

»Ich verspreche, mich nicht weiter einzumischen.«

»Gut. Nun, Sie haben gewiss schon von den Sprengstoffanschlägen in Nordengland letzte Woche gehört.«

Declan nickte.

»Unterstützt von einer Einheit meines Ressorts für Terrorbekämpfung in Irland und einem Team hier, mit dem er schon seit einigen Jahren zusammenarbeitet, wurde Mr. O'Reilly aufgrund seiner früheren Erfahrungen im entsprechenden Milieu von dem MI5-Offizier einberufen, der die Ermittlungen in diesem Fall leitet. Am Mittwochnachmittag brach er von London aus nach Schottland auf, wo er sich mit einem Mann treffen sollte, der angeblich Informationen über die Anschläge hat. Seitdem wird er allerdings vermisst.«

»Was genau meinen Sie mit *vermisst?* Was ist mit ihm passiert?«

»Zuerst konnten wir es uns selbst nicht genau erklären. Sein Land Rover wurde auf einer Parkfläche am Rand eines Friedhofs außerhalb von Lockerbie gefunden. Alles deutet darauf hin, dass der Unbekannte, mit dem er sich austauschen wollte, in Wirklichkeit dort war, um ihn zu entführen. Am Samstagmorgen erhielten wir dann ein Video, bei dem es sich im Grunde um eine Auslöseforderung handelte.« Allardyce nahm sein Handy aus der Brusttasche seines Anzugs, tippte den Touchscreen an und gab es dann Declan.

Nach ein paar Sekunden wurde der Mitschnitt abgespielt, beginnend mit Shane O'Reillys malträtiertem Gesicht.

»Oh mein Gott!«

Als die Aufnahme abbrach, reichte McIver das Gerät schnell an Allardyce zurück. Seinen Freund in diesem Zustand zu sehen, entsetzte ihn unglaublich.

»Meinen Sie, dass diese Kerle gezielt hinter ihm her waren, oder wäre ihnen jeder beliebige Mann von uns, der aufgetaucht wäre, recht gewesen?«

»Das lässt sich nicht sagen. Die Analysten im Thames House haben das Video überprüft und so eine Verbindung zu einer Politkampagne namens ›Independence Now‹ hergestellt. Dahinter steht eine schottische Organisation, die sich für die Unabhängigkeit des Landes und das Ende der Monarchie einsetzt. Wie Sie sich bestimmt gut vorstellen können, steht sie auf Kriegsfuß mit dem Innengeheimdienst. Gestern Morgen haben Staatsbeamte das Gebäude gestürmt, in dem die Aufnahme gemacht wurde. Mr. O'Reilly war aber leider nicht mehr dort, doch wir haben anschließend eine aufschlussreiche Unterhaltung mit jemandem geführt, den wir vor Ort gefunden haben.« Dennis zog eine Augenbraue hoch, während er Declan anschaute.

Dieser spürte den Blick zwar, drehte sich aber nicht zu ihm um.

»Er hat uns erzählt, dass Mr. O'Reilly und ein Mann, dessen Beschreibung mehr oder weniger auch auf Sie zutrifft, vor ein paar Wochen bei ihm geläutet und sich als Angestellte eines Sicherheitsunternehmens ausgegeben hätten.«

»Das ist nie geschehen. Ich habe Shane zum letzten Mal vor mehr als einem Monat gesehen, als die Rangers gegen die Celtics gespielt haben.«

»Nun gut, ich habe es auch nicht geglaubt, deshalb zogen wir verschiedene andere Möglichkeiten in Betracht. Fürs Erste sieht es allerdings so aus, als ob wir in eine Sackgasse geraten wären.«

»Eben meinten Sie doch noch, alles fest im Griff zu haben.«

»Das stimmt ja auch. Denn die besten und klügsten Köpfe des Thames House und ein halbes Dutzend anderer Behörden im Land arbeiten mittlerweile rund um die Uhr daran. Sie werden die Täter also garantiert früher oder später aufspüren.«

Declan starrte nun aus dem Wagenfenster hinaus. »Vor so etwas hatte ich von dem Moment an Angst, als meine Vergangenheit aufgedeckt wurde.«

»Ziehen wir doch keine voreiligen Schlüsse. Wir wissen schließlich nicht, ob irgendetwas von alledem überhaupt mit Ihnen im Zusammenhang steht.«

»Also könnte die IRA nur zufällig vor meiner Haustür aufgekreuzt sein – zur gleichen Zeit, als Shane verschwunden ist, zwei Bomben in England hochgehen und mich irgendjemand bei einer Razzia anschwärzt, dass ich angeblich einen Sicherheitsdienstangestellten gespielt hätte? Sie arbeiten vielleicht noch nicht lange beim MI5, aber dafür sind Sie schon ganz schön zynisch. Ich nehme an, die Sprengsätze, die letzte Woche gezündet wurden, erinnerten nicht bloß vage an jene, die die IRA verwendet, habe ich recht?«

»Aus diesem Grund hat man Mr. O'Reilly damit betraut, die Untersuchungen zu beschleunigen – wegen seiner Erfahrung mit Irlands Republikanern und ihrer Vorgehensweise. Über die Bomben hinaus ließ sich außerdem Bestechendes in Bezug auf die Stimme des Entführers in dem Video feststellen. Die Sprachanalyse ergab nämlich, dass dieser nur vorgab, mit schottischem Akzent zu sprechen, in Wirklichkeit aber Ire ist.«

»Da haben Sie's. Alles, wovor mir gegraut hat, ist nun wahr geworden.«

Dennis schüttelte wieder den Kopf. »Das kann natürlich sein, aber falls es hierbei nur darum geht, wegen verjährter Unannehmlichkeiten mit Ihnen und Mr. O'Reilly Rache zu nehmen … Warum sollte sich jemand die Mühe machen, einen Anschlag in England zu verüben und es dann auf eine politische Bewegung in Schottland zu schieben? Die IRA ist sich bisher nie zu schade dafür gewesen, Bekenntnis für ihre Taten abzulegen. Man hätte Sie doch einfach beide umbringen können, und fertig. Das Ganze ergibt überhaupt keinen Sinn.«

»Darum soll mit höherer Wahrscheinlichkeit eine politische Splittergruppe in Schottland verantwortlich sein? Eine die so wahnsinnig ist, einen Massenmord zu begehen, nur weil sie die Auffassung vertritt, der MI5 habe die Abstimmung über die Unabhängigkeit des Landes manipuliert? Mir sind diese Gemeinheiten zwar nicht fremd, mit denen sich die britischen Sicherheitsdienste keinen Zwang antun, aber ich kenne Shane. Er würde eher alles hinschmeißen und überlaufen, bevor er sich auf so etwas einlassen würde.«

»Exakt, und genau deshalb laufen die Ermittlungen diesbezüglich auch noch weiter. Das ist kein Weltreich mehr, in dem die Sonne niemals untergeht. Die britische Öffentlichkeit verträgt Imperialismus genauso wenig wie jene Aktionen, von denen wir beide genau wissen, dass sie in Nordirland und woanders durchgeführt wurden. Dezentrale Regierungen wurden geschaffen, und es gab wesentliche Schritte, um möglichst viele Entscheidungen losgelöst von Westminster fällen zu können, obwohl ich mir nicht sicher bin, ob es für den einen oder anderen jemals genug sein werden.«

»Was ist denn mit diesem Kreft – dem Kerl, der im vergangenen Frühling am Pranger stand, nachdem das Strafgericht unter Domville Nachforschungen über ihn anstellen lassen hatte?«

»Ich mag den Mann nicht besonders und kenne kaum jemanden, der nicht ähnlich empfindet. Allerdings wüsste ich nicht, was er dadurch gewinnen würde, dass er sich in irgendeiner Art und Weise in so etwas verwickeln lassen würde. Er ist sowieso schon steinreich und hat dadurch eine Vielzahl hochrangiger Freunde. Die Vorstellung er würde Wagnisse solcher Art auf sich nehmen, nur um einem scheiternden US-Politiker bei einem Terroranschlag zu helfen, ist doch ehrlich gesagt ziemlich absurd. Andererseits glaube ich auch nicht wirklich an Zufälle, und sein Name fällt nun einmal wiederholt bei der ganzen Sache. Aus diesem Grund habe ich meine Truppe auch darauf angesetzt – erneut. Sie schauen sich das Ganze von allen Seiten an, brauchen aber einfach ein wenig Zeit für ihre Arbeit.«

»Und was soll ich demnach tun? Den Kopf einziehen und einfach hoffen, dass die Vollzugsbehörden und Geheimdienste des Königreichs die Schuldigen irgendwann finden und festnehmen werden, bevor sie Shane hinrichten, falls sie es nicht schon längst getan haben?«

Declan schmeckte diese Aussicht ganz und gar nicht, aber was könnte er sonst unternehmen? In dieser Situation gab es nun mal keine offensichtlichen Alternativen, außer auf das System zu vertrauen und optimistisch zu bleiben.

Allardyce blickte nachdenklich aus dem Fenster, während die roten Ziegelsteinfassaden von Knightsbridge dem Stuck der Gebäude von Belgravia und dem Grosvenor Estate wichen. »Nein. Sie fliegen so wie vorgesehen, in die Schweiz und bauen genauso wie ich darauf, dass die Vollzugsbehörden und die Geheimdienste des Königreichs die Schuldigen finden und festnehmen werden, bevor sie noch mehr Bomben legen und Shane hinrichten können, falls sie es nicht schon getan haben.«

Gordon fuhr sie in einem unübersichtlichen Rondell am berühmten Wellington Arch vorbei und dann an den Gärten des Buckingham Palace entlang weiter nach Süden.

»Die Schweiz fällt aus, denn es hat sich alles geändert.« Gerade passierten sie das Victoria-Denkmal und die Toreinfahrt zum Palast. »Ich reise bestimmt nicht unbekümmert in der Weltgeschichte herum, während meine Frau, unser ungeborenes Kind und ich in Lebensgefahr schweben.«

»Sie werden aber nicht um diese Reise herumkommen. Ich muss Sie doch nicht an die Kontroverse erinnern, die ich letztes Jahr im Frühling verursacht habe, nur weil ich Ihnen ein klein wenig unter die Arme gegriffen habe. Dass alles drang bis in die höchsten Führungsebenen des Landes durch. Sogar Prince Charles hat in einem Brief an mich seine Bedenken ausgedrückt. Dass ich nicht suspendiert wurde, ist ein wahres Wunder, und trotzdem habe ich mich wieder weit für Sie aus dem Fenster gelehnt, indem ich ein Treffen wie dieses vorgesehen habe. Die Geschworenen unter Domville müssen über Ihre Unschuld entscheiden, ansonsten wird keiner von uns dieses Stigma je loswerden.«

»Und wie soll ich mit Constance verfahren? Sie kann nicht mehr wie geplant auf dem Landgut bleiben, aber ich werde Sie auch bestimmt nicht mitnehmen und riskieren, dass Sie bei einem Angriff auf mich ebenfalls ins Kreuzfeuer gerät. Folglich wird Sie also allein und ungeschützt an einem Ort sein, mit dem sie nicht vertraut ist. Wenn es den Strippenziehern hinter diesen Vorfällen gelingt, einen Mitarbeiter des Geheimdiensts zu finden und diesen zu kidnappen, Auftragsmörder auf eine längst vergessene Farm zu schicken und Bomben in zwei englischen Städten zu zünden, finden sie garantiert auch meine schwangere Frau.«

Allardyce fuhr sich frustriert über das Gesicht. »Natürlich wäre es ein weiterer Stich ins Wespennest, aber sollte ich ihr hier in London Schutz bieten können, würden Sie dann Ihr Vorhaben, sich mit Lord Justice Domville sowie seinem amerikanischen Pendant in der Schweiz zu treffen, durchziehen?«

Declan schaute dem in die Jahre gekommenen Spionagechef einen Moment lang tief in die Augen. »Aye, aber wirklich nur dann.«

»Noch bin ich kein Statist auf der Politbühne dieses Landes. Ich werde die nötigen Anrufe tätigen müssen und Ihrer Frau noch heute Nachmittag Personenschutz durch die städtische Polizei bereitstellen. In der dritten Etage des St. James Hotels am Waterloo Place befindet sich ein Sicherheitszimmer, das wir von Zeit zu Zeit in Anspruch nehmen. Bringen Sie Ihre Frau in vier Stunden dorthin.«

»In Ordnung. Wird gemacht.«

Gordon hielt mit der Geländelimousine auf einer Taxispur an der Ecke von der Horse Guards Road und Great George Street an, um die beiden an der Allee Birdcage Walk abzusetzen, die einen Block weit entfernt war vom Regierungskomplex Whitehall und Downing Street 10, dem offiziellen Wohnsitz der Premierministerin.

»Wenn Ihre Frau sicher ist, möchte ich, dass Sie bis zum Abend einen Flug am City Airport nehmen. Lord Justice Domville und Senator Ryan werden Sie dort erwarten.

Declan nickte, öffnete die Tür und stieg aus. »Schicken Sie bitte auch jemanden zu Shanes Wohnung, um die Katze zu versorgen, in Ordnung?« Nachdem er die Tür geschlossen hatte, mischte er sich unter die Touristen, die gerade auf dem Weg zu einigen der bemerkenswertesten Wahrzeichen des Vereinigten Königreichs waren.

# Kapitel 13

Allardyce beobachtete, wie McIver im Gedränge auf der Straße verschwand. Zuletzt sah er, wie sich der Mann bei zwei Frauen entschuldigte, die miteinander geplaudert hatten, als er zwischen ihnen hindurchging. Sein offenes Jeanshemd blähte sich ein wenig hinter ihm auf. Der Gedanke daran, der Innenministerin erklären zu müssen, wieso er sich weiterhin mit jemandem traf, obwohl man ihn davor gewarnt hatte, den Kontakt aufrechtzuerhalten, war ihm mehr als unangenehm.

Tom Gordon bog in Richtung Whitehall ab und ließ nach einem Gebäudeblock seine Fensterscheibe hinunter. Er hupte kurz, als er die Abzweigung links in die Downing Street nahm, und bremste mit dem schwarzen Ranger Rover vor dem Einfahrtstor. Dann hieß es warten, solange die schwerbewaffneten Wachen den Unterboden des Wagens mit einem Spiegel überprüften und die beiden Insassen taxierten. Schließlich wurden sie durchgewunken. Die Weiterfahrt über das Kopfsteinpflaster der Straße gestaltete sich äußerst ruckelig, bis sie endlich vor Hausnummer 10 anhielten, einer der berühmtesten Adressen der ganzen Welt.

»Guten Morgen, Direktor Allardyce.« Ein Bediensteter öffnete ihm die Tür und hielt sie fest.

»Guten Morgen.« Dennis ging geradewegs und ohne Unterbrechung auf die glänzende schwarze Tür zu, auf deren silbernem Anschlag die Zahl 10 stand. Man öffnete ihm, woraufhin Allardyce einen prächtig hergerichteten Empfangsflur mit einem dunkelroten Teppichläufer betrat, der einen Teil des Würfelparkettbodens bedeckte. In den drei Jahrzehnten, seit er zum ersten Mal in dem dreistöckigen Haus aus schwarzem Backstein gewesen war, hatte er mehrere Amtsträger ein- und ausziehen sehen. Mit einigen von ihnen war Allardyce besser ausgekommen als mit anderen, und obwohl die gegenwärtige Bewohnerin seiner politischen Partei angehörte, weckten sowohl das Gebäude selbst als auch die Entscheidungen, die darin getroffen wurden, bis heute Ehrfurcht in ihm. Vor allem, nachdem er aufgrund der Situation in Nordirland einmal mehr in Bedrängnis geraten war. Während er sich bemühte, sein Unbehagen zu verdrängen, ging er weiter über den Flur und anschließend in einen offenen Raum, wo eine stattliche Treppe gewunden an der zur Hausseite gehörenden Wand hinaufführte. An deren Fuß baute sich ein Leibwächter in Schwarz vor ihm auf, als Allardyce näherkam.

»Sir.«

Er nickte ihm zu und nahm dann die Stufen in Angriff. Auf der Höhe des mittleren Absatzes zum ersten Stock hin begann an der Wand eine Porträtgalerie. Beim Weitergehen las er langsam die Namen auf den schmalen Messingplaketten, die jeweils unten an den Rahmen angebracht worden waren. Er hatte dieselben Fotos zwar schon viele Male gesehen, doch ihre Geschichtsträchtigkeit beruhigte ihn aus irgendeinem Grund, wenn er die vergangenen Jahrhunderte Revue passieren ließ. Beginnend mit Sir Robert Walpole 1721, reihten sich die Bilder auf dem kanariengelben Putz bis zum Absatz des Obergeschosses aneinander. Jedes von ihnen zeigte einen ehemaligen Premier mit elegant vor dem Körper gefalteten Händen. Im letzten Rahmen hing ein Schwarz-Weiß-Foto des vorherigen Ministers. Ein Bild seiner Nachfolgerin würde man erst hinzufügen, wenn diese ihr Amt niederlegte.

Ein Wachmann mit steinerner Miene packte den Knauf einer Tür links hinter dem oberen Absatz und öffnete sie für ihn. Allardyce rückte daraufhin seine Krawatte zurecht und trat dann über die Schwelle, woraufhin das Schloss hinter ihm leise klickte, als sei eine Stecknadel auf den Boden gefallen. Von der Ecke des rechteckig angelegten Zimmers aus schaute er in sieben Gesichter, die seinen Blick erwiderten; teils mürrisch, teils vollkommen teilnahmslos.

»Direktor Allardyce«, sagte eine Frau im strengen Tonfall. Sie saß ganz hinten gegenüber an einem Kamin mit Eisengitter. »Wir haben gerade eben erst über Ihre Unpünktlichkeit gesprochen.«

»Madame Prime Minister.« Er ging um die Sitzgelegenheiten herum auf die Frau mittleren Alters mit den hellbrauen, schulterlangen Haaren zu, die einen olivgrünen Hosenanzug und schwarze Perlenohrringe trug. Sie verschränkte die Arme vor der Brust, wobei ihr freundlicher Gesichtsausdruck keineswegs zu ihrer Stimme passte.

»Ich bitte um Verzeihung. Leider habe ich keine angemessene Entschuldigung dafür.«

»Also, Sie alle«, rief ein heiserer Mann daraufhin. »Das Thames House schickt seinen Vorzeigeterroristen, um uns zu retten. Mich wundert es sehr, dass er nicht mit Ihnen gekommen ist. Immerhin hat er Ihr Vertrauen gewonnen. Warum lassen Sie ihn denn nicht auch den Rest von uns bezaubern, damit wir uralte Geister zu Grabe tragen können?«

»Direktor Griffin.« Dennis lachte kurz auf und wandte sich dann dem Leiter des MI6 zu. »Ich dachte mir schon, dass wir Ihre Gegenwart heute Morgen hier ertragen müssen. Die Umschreibung ›uralte Geister zu Grabe tragen‹ wäre vielleicht vor hundert Jahren zutreffend gewesen, doch jetzt ist nur noch ein uralter Geist übrig, fürchte ich. Das Positive daran ist: Würde er auch noch begraben werden, bräuchte Vauxhall Cross einen neuen Direktor – obendrein einen besseren, wäre zu hoffen.«

Griffin schnaubte abfällig und stand auf. »Ich werde …«

»… wieder Platz nehmen, das werden Sie tun, William«, lenkte die Premierministerin ein. »Ich werde Sie beide hier bestimmt keine Hahnenkämpfe austragen lassen, während wir eindeutig wichtigere Angelegenheiten vom Tisch zu räumen haben. Meg, würden Sie bitte beginnen, und uns über den aktuellen Stand der Dinge aufklären?«

Griffin setzte sich zähneknirschend zurück auf eine gepolsterte Bank neben eins von zwei Fenstern, die mit weißem Chiffon verhangen waren, und starrte Allardyce mit seinen Knopfaugen ungehalten an, als sich ihre Blicke begegneten. Meg Unruh erhob sich neben der Premierministerin.

»Die Ermittlungen im Fall der Bombenanschläge in Carlisle und Penrith gehen zügig voran. Wir sichten täglich neue Informationen. Mein Büro hat alle von Security Service verlangten Durchsuchungsbefehle durchgesehen und genehmigt sowie Kontakt mit Schottlands Überwachungsdiensten aufgenommen. Da es momentan so aussieht, als laufe alles auf diese oder jene Art wieder auf die IRA hinaus, habe ich mich außerdem mit den Zuständigen für Staatsangelegenheiten in den jeweils betroffenen Bezirken in Verbindung gesetzt. Alle bemühen sich innerhalb der Grenzen ihrer Zuständigkeitsbereiche nach Kräften, und Direktor Allardyce hält mich über jeden weiteren Schritt auf dem Laufenden. Bezüglich der genauen Details möchte ich ihm nun das Wort erteilen.«

»Danke sehr, Madame Prime Minister, Madame Home Secretary.« Dennis trat näher und blieb in der Mitte des Raumes stehen, wo er sich jetzt den anderen Sitzplätzen zuwandte. »Ich wende mich hiermit zum ersten Mal an einige von Ihnen und möchte darum eines klarstellen: Trotz meines Wunschs, dauerhaften Frieden in Nordirland zu erzielen, und meinen Versuchen in den frühen 1980ern, zu diesem Zweck einen Dialog mit der IRA zu führen, bin ich in erster Linie britischer Staatsangestellter. Meine Treue habe ich dem Vereinigten Königreich und seinen Bürgern geschworen. Dem Gericht Domville gab ich Beweise für Declan McIvers Unschuld im Falle der Ereignisse vom vergangenen Frühling und meine eigene direkte Beteiligung daran. Hätte ich nur eine Sekunde lang geglaubt, er stelle eine Bedrohung für irgendjemanden außer den Personen dar, die ihn zu töten versuchten, wäre ich ihm bestimmt nicht zur Seite getreten.«

Er ließ seinen Blick über die Gesichter schweifen, um herauszufinden, ob irgendjemand vielleicht Einwände hatte, und fuhr fort, als keine erhoben wurden. Während er die Kenntnisse aller über die Untersuchungen der Sprengstoffattentate auffrischte, verschwieg er bewusst, dass es mittlerweile einen Zusammenhang mit Declan McIver gab. Nachdem er zu Ende gesprochen hatte, wartete er auf etwaige Fragen, während er die Premierministerin anschaute.

Imogen Clarke blieb einen Moment lang ruhig mit dem Kinn auf die Hand gestützt sitzen. »Hat sich irgendeine der Organisationen, die Ihre Nachforschungen betreffen, auf diese oder jene Weise öffentlich dazu geäußert?«

»Nein noch nicht.«

»Ich kann einfach nicht glauben, dass sie so lange schweigen, während die Polizei alle Gebäude auf den Kopf stellt, die sie nutzen. Kein Zweifel, in meinen Augen gehen Sie veritablen Spuren nach, aber ich mache mir vor allem Sorgen darum, wie das Ganze in den Medien dargestellt wird. Mancherorts in Schottland herrschen in Bezug auf die Unabhängigkeit immer noch Spannungen wie beim Karfreitagsabkommen in Belfast. Was es im Moment tunlichst zu vermeiden gilt, sind Straßenschlachten.«

Allardyce nickte. »Das sind durchaus berechtigte Sorgen. Ich habe meine regionalen Sachbearbeiter und Staatssicherheitsoffiziere um einen engen Kontakt gebeten, weshalb Sie sich sicher sein dürfen, dass sie so viele Informationen wie nur möglich mit der Öffentlichkeit und den Instanzen teilen, die von den Ermittlungen betroffen sind, obwohl Letztere ungeachtet unserer Bemühungen bestimmt nicht erfreut über das sind, was hier gerade stattfindet.«

»Regionale Sachbearbeiter hin, Staatssicherheitsoffiziere her, ich will jemanden *vor* der Kamera – jemand wichtigen – und zwar spätestens heute Abend. Meg, das wird Ihre Aufgabe sein. Ich verlange von Ihnen, dass die wilden Spekulationen der Medien bereits im Keim erstickt werden. Da ich mehr Transparenz versprochen habe, möchte ich diese nun auch bieten.«

Allardyce war verblüfft. Belange des Innengeheimdienstes waren für die Medien schon immer absolut tabu gewesen, so lange, bis diese sich erübrigt hatten. Selbst Einzelheiten zu den parlamentarischen Aufsichtskomitees gab man allerhöchstens sporadisch heraus.

»Gibt es mit dieser Entscheidung ein Problem?«, fragte Clarke erwartungsvoll.

Allardyce verneinte stirnrunzelnd. »Natürlich nicht.«

»Ich werde mein Büro umgehend verlassen, und rate Ihnen, sich sofort hinter die Telefone zu klemmen.« Unruh nahm daraufhin ihr Smartphone heraus und tippte eine SMS.

»Gut. Hat noch jemand etwas hinzuzufügen?«

»Ich.« Ein Mann mit schütter werdendem Haar, das noch in dunklen Büscheln über seinen Ohren hing, hatte jetzt einen Arm gehoben.

Die Premierministerin schaute ihn mit zusammengekniffenen Augen an. »Fahren Sie fort, Mr. Hume.«

»Danke.« Egan Hume erhob sich. »Als Führer der Ihrer Majestät treu verbundenen Opposition und des Schattenkabinetts erachte ich es als meine Pflicht, zur Diskussion zu stellen, warum Direktor Allardyce die Erlaubnis erhält, mit eindeutig widerrechtlichen Manövern fortzufahren, die angesichts der Mehrheit der Beweise in diesem Fall absolut untragbar sind. Zur Unabhängigkeitskampagne bestehen allenthalben nur sehr vage Verbindungen – definitiv zu wenige, um bewaffnete Razzien in ganz Belfast durchführen zu können. Würden Sie den Aspekt der Öffentlichkeitsarbeit in dieser Sache und die Frage, wie solche Aktionen auf das schottische Volk wirken, tatsächlich ernst nehmen, Madame Prime Minister, müssten Sie diese sofort unterbinden.«

»Es gab keine widerrechtlichen Manöver, Mr. Hume«, hielt Allardyce dagegen, »und nur eine bewaffnete Razzia. Und diese betraf das Gebäude, in dem ohne jeden Zweifel das Video mit unserem vermissten Offizier aufgenommen wurde. Was Sie hier in einen Topf werfen, waren nichts weiter als gewaltlose Besuche von lokalen Polizeibeamten – in jeder Hinsicht im Rahmen des Gesetzes, wenn eine Person oder Körperschaft unter Verdacht steht, in ein Verbrechen verwickelt zu sein.«

»Das ist aber immer noch keine zufriedenstellende Antwort darauf, weshalb so etwas überhaupt getan wird. Die bislang gesammelten Beweise deuten überwiegend auf irische Dissidenten hin, von denen in jüngerer Zeit bereits mehrere in Glasgow festgenommen wurden, als sie Anschläge vorbereiteten. Direktor Allardyce, ich fände es fürchterlich, mir vorstellen zu müssen, Sie würden die Möglichkeit einer Beteiligung der IRA wegen Befangenheit – Sie sind der Gruppe und einigen ihrer früheren Mitglieder insgeheim zugetan – bewusst ignorieren.«

»Das ist ein sehr persönlicher Affront und noch dazu eine vollkommen lächerliche Behauptung. Die Möglichkeit einer Beteiligung der IRA wurde von dem Moment an miteinbezogen, als wir von dem ersten Anschlag erfuhren. Der vermisste Offizier, nach dem wir gerade fieberhaft fahnden, ist einer unserer vorrangigen Experten für irischen Terrorismus, und dass wir der Vermutung, schottische Nationalisten könnten darin involviert sein, überhaupt erst nachgegangen sind, geschah erst infolge seines Verschwindens, als das Video mit den Forderungen zu seiner Freigabe aufgetaucht ist.«

»Ich halte diese Behauptung keineswegs für lächerlich. Wenn Sie mich fragen, gibt es keine Indizien dafür, dass Ihre Worte der Wahrheit entsprechen. Ihre gesamten Ausführungen konzentrierten sich einzig und allein auf schottischen Nationalismus und Maßnahmen, um Ihren vermissten Offizier zu finden, womit ich zu einem weiteren Punkt gelange. Als Mitglied des Kronrats habe ich Einsicht in die recht umfassende Akte dieses vermissten Offiziers erhalten, deshalb weiß ich um seinen früheren Umgang und muss mich fragen, ob er eigentlich gefunden werden will.«

»Officer Underhill, wie er in dieser Akte genannt wird, hat beim Secret Service eine mustergültige Kartei. So etwas zu unterstellen ist deshalb absolut haltlos.«

»Auf den ersten Blick vielleicht, aber Sie haben bei Ihren Ausführungen zweifellos gewisse bedeutsame Fakten ausgespart, die diesen Mann in Verruf bringen könnten. Zum Beispiel haben Sie nicht erwähnt, dass es sich dabei um denselben Offizier handelt, der den Kontakt zu Declan McIver gesucht hat. Einem alten IRA-Freund, und damals gesuchten Terroristen, und er diesem dabei half, vor den Vollzugsbehörden zu fliehen. Wenn Sie mich fragen, macht ihn das zu einem mutwilligen Verräter, doch soweit ich feststellen konnte, wurde er nicht gefeuert oder inhaftiert, wie es sich für dieses Verhalten gehört hätte, und wurde nicht einmal verwarnt. Stattdessen durfte er eine Arbeit fortführen, bei der er Zugriff auf wertvolle Informationen und Staatsgeheimnisse hatte.«

Allardyce schaute sich im Raum um. Alle starrten ihn mit besorgten Mienen an. Die meisten von ihnen gehörten seiner Partei an und hatten seine Ernennung zum Generaldirektor gutgeheißen, doch nun wurde er das Gefühl einfach nicht los, dass es sich hierbei um eine Bewährungsprobe für ihn als Führungskraft handelte. Er schob eine Hand unter die Krawatte an seinen Hemdkragen und lockerte den Knoten ein wenig.

»Wie ich schon sagte, diese Unterstellung ist vollkommen haltlos. Wollen Sie auf etwas Bestimmtes hinaus, Mr. Hume, oder ergehen Sie sich nur gerne in Beschuldigungen ohne irgendeine Grundlage, weil Sie sich selbst so gerne reden hören?«

»Ich will darauf hinaus, dass ein Wiedersehen mit alten Freunden Menschen manchmal zu recht seltsamen Verhaltensmustern bewegen kann. Als ich seine Akte gelesen habe, kam er mir wie ein Mann vor, der sich niemals vollkommen von seiner Vergangenheit distanziert hat. Weil er eine frühere Freundschaft, die er während des Nordirlandkonflikts geschlossen hatte, wieder aufleben ließ und somit unmittelbar die Regeln des Security Service brach, möchte ich Sie lediglich darauf aufmerksam machen, dass Underhill möglicherweise nicht der verlässliche Mitarbeiter ist, für den Sie ihn halten.«

»Man kann sich kaum deutlicher von seiner Vergangenheit distanzieren als ein IRA-Mitglied, das schließlich im Dienst des britischen Geheimdiensts landete, Mr. Hume. Sind Sie sicher, dass Sie sich weiter in Verlegenheit bringen wollen, indem Sie diese Fragestellung fortsetzen?«

»Tun wir doch nicht so, als habe es noch nie MI5-interne Verräter gegeben, und ich möchte uns alle auch daran erinnern, dass Direktor Allardyce sein Amt als Nordirlands Staatssekretär vorzeitig aufgeben musste, weil die terroristischen Hunde der IRA die damalige Premierministerin beinahe vor seiner Nase ermordet hatten. In Anbetracht dieses Vorfalls kann ich leider kein starkes Vertrauen in seine Fähigkeiten setzen, Probleme zu erkennen. Warum er überhaupt zum Generaldirektor des Innengeheimdiensts gewählt wurde, sei mal dahingestellt, aber es spricht ausdrücklich nicht für ein kluges Urteilsvermögen seitens der regierenden Partei.«

»Das reicht jetzt aber. Sparen Sie sich diese markanten Sprüche lieber für die Reporter, Mr. Hume«, warf Imogen Clarke ein. »Ich habe jetzt genug gehört. Er hat allerdings nicht ganz unrecht, muss ich zugeben. Da ich die Akte des Offiziers noch nicht kenne, bin ich zugegebenermaßen sehr überrascht, von seinen früheren Verbindungen zur IRA und zu Declan McIver zu erfahren. Ich kann durchaus nachvollziehen, weshalb diese Tatsache Aufsehen erregen würde, und stimme insoweit zu, dass diese Möglichkeit wenigstens nicht vollkommen ausgeschlossen werden sollte. Ich möchte, dass wir alles in Betracht ziehen, Dennis.«

Er tat gleichgültig und gelassen. »Wir ziehen bereits jede Möglichkeit in Betracht, und da ich solche Schwierigkeiten bereits kommen sah, habe ich auch unsere Personalabteilung angewiesen, alle Daten von Officer Underhill noch einmal zu aktualisieren. Sollte es darin irgendwelche Unstimmigkeiten geben, wird man diese also entdecken.«

»Gut. Dann ist diese Besprechung hiermit beendet.« Die Premierministerin suchte die Blicke der Anwesenden. Als sie sah, dass niemand mehr etwas vorzubringen hatte, stand sie von ihrem Platz auf und ging zu einer Hintertür, die in ihre Privatwohnung im dritten Stock führte, in die sich nur der oberste Regierungsberater und ihr Stabschef einzutreten trauten. Zuvor drehte sie sich noch einmal kurz um. »Dennis, ich möchte Sie bitte noch einmal unter vier Augen im Garten sprechen.«

Als die Tür ins Schloss fiel, standen die übrigen Personen im Raum nacheinander auf und machten sich auf den Weg nach draußen. Allardyce steckte seine Hände in die Taschen und verharrte eine längere Zeit, während er über die Bitte der Premierministerin nachdachte. *Warum wollte sie sich privat mit ihm unterhalten? Hatte er ihr nicht gerade alle Informationen gegeben, auf die sie aus gewesen war?* Irgendwie beschlich ihn das Gefühl, unabsichtlich einen empfindlichen Schwachpunkt offenbart zu haben – wegen Egan Hume, der schon von jeher zu seinen erbittertsten Kritikern gehört hatte. Er biss sich auf die Unterlippe und schaute Meg Unruh erwartungsvoll an, als diese an ihm vorbeiging.

»Ich weiß zwar nicht, was sie will«, sagte die Innenministerin, »aber ich würde sie nicht warten lassen.«

Er nickte nachdrücklich und blickte ihr beim Hinausgehen hinterher. Schließlich war er mit seinem MI6-Kollegen allein.

»Direktor Griffin?«, rief er, während sich dieser der Tür näherte.

»Was ist?«

»Ich dachte, Sie könnten mir vielleicht bei etwas helfen.«

Griffin machte ein erstauntes Gesicht.

»Ich bin mir sicher, Sie sind einverstanden, sobald Sie gehört haben, worum es bei der Sache geht. Bitte schließen Sie die Tür wieder.«

# Kapitel 14

Allardyce ging dieselbe Treppe hinunter, die er nach seiner Ankunft genommen hatte. William Griffin blieb dicht hinter ihm.

»Ich bereite das Ganze innerhalb der nächsten Stunde vor, Dennis.« Mit diesen Worten ging der Leiter des Auslandsgeheimdienstes an ihm vorbei zur Haustür.

»Ich danke Ihnen.« Dennis drehte sich in Richtung Garten um. Da er vollkommen auf Griffin konzentriert gewesen war, erschrak er, als ihm plötzlich eine Hand vor die Brust gehalten wurde, damit er nicht weiterging. Ein verärgert aussehender Mann mit streng zusammengezogenen Augenbrauen und dunklen Haarbüscheln an den Kopfseiten versperrte ihm den Weg zum Hinterausgang.

»Mr. Hume.« Er wich ein paar Schritte zurück, ehe er versuchte, um ihn herumzugehen. »Entschuldigen Sie mich bitte.«

»Nur ganz kurz.« Egan schob sich noch einmal genau vor ihn.

»Ich bedauere, aber ich habe im Moment keine Zeit.« Allardyce strich sein Jackett glatt, das sein Gegenüber gerade ein wenig zerknittert hatte. »Die Informationen, die ich während des Meetings bereitgestellt habe, müssen Ihnen erst einmal genügen. Ich bin gerade unterwegs zu einem Gespräch mit der Premierministerin, und außerdem gibt es im Moment nichts mehr zu sagen.«

»Bitte kommen Sie mir nicht mit solchen Lügen. Erst heute Morgen hat ein junger Mann in meinem Büro angerufen, der das Pech hatte, zu Hause zu sein, als gestern früh ihre Durchsuchungen in Glasgow begannen. Meine Mitarbeiter berichteten, dass er aufgrund mehrerer Vorwürfe nicht zu einer Polizeiwache gebracht worden sei, sondern in ein verlassenes Gebäude, wo man ihm Rechtsberatung verweigerte und ihn mit groben Mitteln verhörte, weil Ihr vermisster Offizier angeblich im Keller des Gebäudes gewesen ist, wo er wohnt.«

»Ja, ich hörte gestern Abend davon. Dies geschah allerdings bei der ersten und einzigen Razzia, die wir durchgeführt haben. Und zwar an der Adresse, die wir für den Aufenthaltsort unseres entführten Offiziers hielten. Der Festgenommene ist ein Krimineller, der momentan im Zusammenhang mit der Vergewaltigung einer jungen Frau unter dringendem Tatverdacht steht. Die Polizei von Strathclyde beschloss deshalb unabhängig von uns, ihn zu inhaftieren und den Verdacht geltend zu machen. Inwieweit ihre Beweise stichhaltig sind, kann ich allerdings nicht einschätzen.«

»Sie leugnen also nicht, dass dieses Verhör stattgefunden hat? Es soll sogar Fotos geben, die belegen, wie gewaltsam er behandelt worden ist.«

»Natürlich gab es ein Verhör, obgleich mir nichts von irgendwelchen groben Mitteln oder Gewaltsamkeiten bekannt ist. Meine Angestellten verhalten sich normalerweise uneingeschränkt professionell und nehmen die Bestimmungen äußerst ernst. Ich kann Ihnen versichern: Egal was unternommen wurde, es spielte sich auf jeden Fall auf der Grundlage des Antiterrorgesetzes im Rahmen des Erlaubten ab.«

»Aber gegen ihn wurde keine Anklage wegen Terrorismus erhoben.«

»Nein, ich glaube nicht, doch wir erhielten Informationen, die uns zu der Annahme verleiteten, er könne in Terrorhandlungen verstrickt sein. Laut Abschnitt 41 Punkt 8 des Antiterrorgesetzes dürfen Personen aufgrund berechtigter, auf Informationen beruhender Verdachte festgenommen und ihr Recht auf juristischen Beistand vorübergehend aufgehoben werden. Ich denke, Sie werden erkennen, dass alle Regeln befolgt und die entsprechenden Dokumente eingereicht wurden. Gibt es sonst noch etwas?«

Dennis starrte unerschrocken zurück, während ihn Humes kohlrabenschwarze Augen regelrecht durchbohrten.

»Ich habe gerade erst begonnen, mich damit auseinanderzusetzen, aber ich kenne Sie, Allardyce, und weiß, dass Sie gern nach Ihren eigenen Regeln spielen.« Egan lächelte kurz. »Der Mann gibt an, dieses Verhör sei von niemand Geringerem als Ihnen höchstpersönlich geführt worden. Sollte dies wirklich stimmen, fällt mir dafür nur eine Erklärung ein, nämlich, dass Ihr privates Verhältnis zu dem vermissten Offizier Ihren gesunden Menschenverstand ausgehebelt hat. Es mag zwar nicht gegen irgendwelche Rechte verstoßen haben, macht aber unbestreitbar deutlich, dass Sie wieder einmal nach Ihrer ganz eigenen Fasson gehandelt haben. Ihre Ernennung zum Generaldirektor ist eine Schande, und sollte sich auch nur erahnen lassen, dass dieser Mann wahrheitsgemäß ausgesagt hat, garantiere ich Ihnen, dass Sie Ihren Posten als Leiter des Security Service so schnell wieder abtreten werden, wie es noch niemand sonst in der britischen Geschichte getan hat.«

»Ergehen wir uns doch nicht in leeren Drohungen, Mr. Hume. Sie haben gar nicht die Befugnis, mich zu feuern. Das Einzige, was Sie können, ist meckern und jammern wie ein bockiges Kind, und genau das tun Sie gerade. Gehen Sie mir jetzt endlich aus dem Weg.«

»Ausnahmsweise haben Sie recht«, erwiderte Hume, als sich Allardyce an ihm vorbeischob. »Mir fehlt vielleicht die Macht, um Sie absägen zu können, aber der Innenministerin nicht, und Sie arbeitet für das Volk, was bedeutet, dass Sie auch für mich arbeitet.«

»Aahh, was für ein schrecklicher Mensch«, stöhnte Allardyce leise, während er dem dunkelroten Teppichläufer über das Würfelparkett folgte, bis er eine Glasdoppeltür erreichte. Nachdem ein Wachmann eine der Scheiben aufgeschoben hatte, trat er in den ummauerten Garten hinter dem Haus.

»Sie lassen mich heute aber unleugbar gerne warten«, begann Imogen Clarke, die sich zu ihm umdrehte, als die Tür hinter ihm geschlossen wurde, woraufhin sie vollkommen allein waren.

»Nochmals Verzeihung, Prime Ministerin. Mr. Hume hatte das ziemlich dringende Bedürfnis, ebenfalls unter vier Augen mit mir zu reden.«

Sogleich wirkte Clarke verständnisvoller. »Das war bestimmt sehr aufschlussreich.«

»Ist es das nicht immer bei ihm?«

»Sollte man der Unabhängigkeit Schottlands etwas Positives abgewinnen, dann den Umstand, dass wir Egan Hume los wären. Dies allein könnte die Spaltung des Landes wert sein.«

Allardyce lächelte. Seit Hume Oppositionsführer und Sprecher des Schattenkabinetts geworden war, machte er sich zum Gespött aller Leute, indem er lautstark jeden Grundsatz und ernannten Amtsträger anfocht, wo es nur ging. Wenngleich dies theoretisch zwar die Aufgabe des Schattenkabinetts war, bewies es dabei aber gemeinhin mehr Feingefühl, doch so etwas ging diesem Mann scheinbar vollkommen ab. Falls sich Schottland letzten Endes per Wahl für die Unabhängigkeit entschied und Hume abstieß, zog dies wahrscheinlich nach sich, dass der MI5-Chef ebenfalls seinen Hut nehmen musste. Er machte sich jetzt aber keine weiteren Sorgen darüber. Es war ein scherzhafter Nebengedanke, den man allerdings nicht ernsthaft weiter zu ergründen brauchte.

Auch Clarke wurde wieder ernst. »Ich bat Sie aus zwei Gründen hierher, Dennis, die sich schnell erklären lassen. Erstens will ich Ihnen dafür danken, dass Sie sich bisher wie verlangt verhalten und Meg über alles im Bilde gehalten haben, was im Thames House geschehen ist. Wenn wir in der Vergangenheit Generaldirektoren aus dem inneren Geheimdienstkreis hatten, trafen im Umgang mit der Downing Street unweigerlich Welten aufeinander, und in der Ära nach Edward Snowden dürfen wir uns so etwas auf keinen Fall erlauben.«

Allardyce lächelte wieder und nickte, obwohl ihn die Bestätigung des genauen Hintergrunds seiner Berufung zum Leiter des MI5 immer noch leicht beunruhigte.

Innerhalb des Secret Service hatte seine Ernennung tiefe Empörung hervorgerufen. Er war ein vollkommener Außenseiter gewesen und die Wahl, die alle im Thames House auf die Nachricht hin, dass der Posten vakant war, befürchtet hatten, war eingetreten … dass jemand aus rein politischen Gründen zum Chef gemacht wurde.

»Außerdem wollte ich Sie sprechen, weil ich darauf hingewiesen worden bin, dass der Innengeheimdienst erneut in Sachen Lukas Kreft ermittelt. Ist das wahr?

Allardyce bestätigte dies nickend. »Aber nur, weil wir weitere Beweise gefunden haben, die ihn belasten.«

»Und welche Beweise sind das genau?«

»Er ist einer der Hauptinvestoren in einer Immobiliendachgesellschaft, der der Newton Place gehört, wo das Video mit unserem vermissten Offizier aufgenommen wurde.«

»Deshalb also? Wegen seines Namens auf einem Investitionsvertrag?«

»Im Augenblick ja.«

»Das genügt aber nicht. Das Strafgericht Domville hat Kreft von oben bis unten durchleuchtet, eine direkte Aussage zu der Sache von ihm erhalten, und außerdem Zugang zu all seinen gewerblichen und privaten Dokumenten erhalten, und nichts gefunden, was auf eine Involvierung schließen lässt. Ich verlange deshalb, dass unverzüglich jedes Vorgehen gegen ihn unterlassen wird.«

Allardyce verzog sein Gesicht. »Prime Minister, ich muss Ihnen da vehement widersprechen. Lukas Kreft besitzt weltweit mehrere Unternehmen, und nur ein schwindend geringer Teil davon befindet sich in Großbritannien. Und auf genau diesen hat sich der Zugang des Gerichts beschränkt. Wir können einfach nicht mit ruhigem Gewissen behaupten, er habe nichts mit der Sache zu tun.«

»Aber ich kann das behaupten! Er und ich, wir kennen uns bereits seit dreißig Jahren. Zu zwei Gelegenheiten diente er diesem Land unter hoher Lebensgefahr in vom Krieg zerrütteten Gebieten, und das Gericht unter Domville konnte sich außerdem in keiner Weise über mangelnde Kooperationsbereitschaft seinerseits beschweren. Er ist in allen Punkten der Anklage unschuldig, die man gegen ihn erhoben hat, und ich dulde es nicht, dass er weiterhin durch Kontrollen belästigt wird. Ist das klar?«

Der Generaldirektor holte tief Luft. Hier galt es, äußerst vorsichtig zu sein. Die Beziehung der Premierministerin zu Kreft war den Informationsbehörden einschlägig bekannt, dem Rest des Landes aber ein Geheimnis. Er fragte sich, ob diese Beziehung Clarke daran hinderte, den Mann als das zu sehen, wofür ihn viele hielten – einen Hai im maßgefertigten Anzug.

»Sehen Sie mir meine Unverblümtheit bitte nach, aber sind Sie sicher, dass Sie, was Kreft betrifft, das größere Ganze deutlich im Blick haben? Ihm untersteht immerhin einer der größten kommerziellen Sicherheitsdienste Europas – eine Streitmacht, die in den letzten zwanzig Jahren nicht nur ein Mal, sondern gleich drei Mal wegen missbräuchlicher Gewaltanwendung vor Gericht stand – und das sind nur die offiziell dokumentierten

Verfahren. Gegen ihn liegen zahlreiche andere Klageschriften vor, die aus dem einen oder anderen Grund nicht beachtet werden. Ich spekuliere zwar ungern darüber, was das Wesen der …«

»Dann lassen Sie es auch lieber.« Imogen Clarke kniff ihre Augen wieder zusammen. »Jeder Sicherheitsdienst und jede Vollzugsgewalt auf dieser Welt, egal ob staatliche Behörden oder in Privatbesitz, musste sich bereits vor Gerichten behaupten, sei es öffentlich oder hinter verschlossenen Türen. Allein meiner Bekanntschaft mit Lukas ist es zu verdanken – und nur ihr – dass er sich überhaupt auf Domvilles Anhörung eingelassen hat. Man befand ihn immerhin für unschuldig, und das reicht mir hinlänglich. Ich dulde deshalb nicht, dass er weiterhin durch Kontrollen belästigt wird. Ist. Das. Klar?«

Dennis nickte noch einmal nachdrücklich. »Jawohl, Ma'am. Und was ist mit dem Durchsuchungsbefehl für Newton Place, der schon genehmigt wurde?«

»Sie haben das Gebäude doch bereits durchsucht. Wurde darin irgendetwas gefunden, dass Sie zu der Annahme geführt hat, dass jemand dort an den Anschlägen oder an der Entführung beteiligt gewesen ist?«

»Noch nicht, nein, aber ein Großteil dessen, was wir dort sichergestellt haben, wird immer noch katalogisiert und untersucht. Vor allem die Computer.«

»Dann fahren Sie damit fort, aber grenzen Sie Ihre Ermittlungen auf die vier Wände jener Wohnung ein. Es gibt schließlich Tausende Unternehmen im Königreich, die Immobilien mieten. Würden wir immer Nachforschungen anstellen und jeden Angestellten heranziehen, nachdem in einem ihrer Gebäude ein Verbrechen geschehen ist, hätte unser Rechtssystem einen Arbeitsrückstau bis ins nächste Jahrhundert hinein. Falls tatsächlich etwas in der Wohnung eine Verbindung zu der Firma vermuten lässt, teilen Sie es mir umgehend mit. Ansonsten hüten Sie sich bitte davor, dass mir etwas von weiteren Ermittlungen gegen Lukas Kreft zu Ohren oder unter die Augen kommt.«

»Verstanden.«

»Schönen Tag noch, Dennis.« Die Premierministerin ging auf das Haus zu. Damit war die Besprechung offensichtlich vorbei. Der Wachmann, der drinnen an der Glastür auf sie wartete, kam heraus und hielt die Tür offen, während Clarke eintrat. Einen Moment später rastete das Schloss mit einem leisen Klicken ein, und Allardyce stand alleine im Garten, um zu verdauen, was er gerade gesagt bekommen hatte.

# Kapitel 15

*14:43 Uhr Ortszeit, St. James Hotel, Waterloo Place*
*Westminster, Londoner Innenstadt, England*

»Danke sehr.«

Declan schaute dabei zu, wie der Träger die beiden kleinen Taschen abstellte, die Constance und er mitgebracht hatten. Er gab ihm ein Trinkgeld und drehte sich beim Schließen der Tür in die Dreizimmersuite um. Seine Frau kümmerte sich nicht um ihr Gepäck, so wie sie es normalerweise tat, wenn sie beide in einem Hotel eintrafen. Stattdessen ging sie in den Raum mit dem Doppelbett hinein, setzte sich auf die Kante und schaute still hinaus über die Dächer von London.

Die vergangenen achtzehn Stunden waren äußerst stressig gewesen. Auf Declans Drängen hin hatten sie schnell ein paar Sachen gepackt und beim Verlassen des Anwesens, das mehrere Monate lang ihr Zuhause gewesen war, einen alten Landwirtschaftsweg genommen, um die Polizei zu meiden. Daraufhin waren sie über Nacht auf in beide Richtungen einspurig verlaufenden Straßen nach Dundalk gefahren, hatten ihren Mercedes-Minivan ein kurzes Stück vom Bahnhof entfernt stehenlassen und den letzten Schnellzug nach Dublin bestiegen.

Dort hatte Declan Fintan McGuire angerufen und ihm geschildert, was geschehen war. Sein Freund hatte ihnen sofort Hilfe angeboten, aber er hatte diese abgelehnt und lediglich darum gebeten, den Beagle Shelby holen zu lassen, den sie erst einmal notgedrungen in einem Zwinger vor Ort abgeben würden. Für Declan gab es keinen Grund, Fintan noch tiefer in seine Angelegenheit hineinzuziehen. Der Mann hatte für sie beide bereits genug aufs Spiel gesetzt. Ein frühmorgendlicher Flug nach London war Declan lieber gewesen.

Als er sich an den Rahmen der Zimmertür lehnte, wusste er nicht, was er zu ihr sagen sollte. Constance hatte seinen Plan, in die Schweiz zu reisen, nicht gut aufgenommen. Warum musste er ausgerechnet dorthin, hatte sie ihn gefragt. Die Antwort lag auf der Hand: Er versuchte genauso wie Allardyce, die Spuren zu verwischen, die er gemeinsam mit ihr hinterließ, und ein politisch neutrales Land wie die Schweiz als Unterschlupf zu wählen, ergab durchaus Sinn. Constance ließ sich davon jedoch nicht überzeugen. Zuerst hatte sie geweint und dann angefangen zu schweigen, was bis jetzt andauerte.

»Du müsstest alles haben, was du brauchst«, bemerkte er zaghaft. »Im Laufe dieser Stunde werden außerdem Polizisten vor der Tür postiert. Sie sind ab sofort rund um die Uhr für dich da, aufgeteilt in drei Schichten.«

»Ich will aber keine Polizisten, ich will meinen Ehemann!«

»Ich bin spätestens Ende der Woche wieder bei dir, das verspreche ich dir.« Er ging von der Tür zum Bett und setzte sich neben sie. »Ich habe Allardyce schon erklärt, dass ich um dieses Treffen leider nicht umhinkomme und es hinter mich bringen muss. Länger bleiben und tagelang Fragen beantworten ist deshalb nicht drin.«

»Warum kann das denn nicht warten? Oder verschieb es doch einfach. Jemand sucht nach dir und will dich umbringen, Declan, aber du glaubst, in einen Flieger steigen und dich mit Politikern treffen zu müssen. Wir bekommen bald ein Baby! Das kann einfach nicht so weitergehen. So zu leben ertrage ich nicht!« Ihre Stimme wurde langsam leiser, und sie biss sich auf die Zähne. »Das will ich einfach nicht.« Nachdem sie aufgestanden und zum Fenster gegangen war, drehte sie sich bewusst nicht zu ihm um.

Declan runzelte seine Stirn und beim Ausatmen fühlte er sich, als ob ihn eine gewaltige Last niederdrücken würde. *Warum begriff sie es denn nicht einfach? Warum verstand sie den Grund nicht, warum er sich so verhielt, wie er es eben tat?* Ihm ging es doch stets nur um sie.

»Hör mir mal gut zu.« Er sprach nun mit tieferer Stimme und wesentlich eindringlicher, während er vorwurfsvoll einen Zeigefinger auf Constance richtete und in der Luft herumwedelte. »Die Sowjets haben mir bestimmt nicht beigebracht, dass ich weglaufen soll, weißt du? Ich wurde dazu ausgebildet, den Feind mit Krieg zu überziehen – keine Gefangenen, und solange kämpfen, bis der letzte Mann gefallen ist. Was das ganze Rennen und Verstecken angeht? Das geschah nur deinetwegen und für unser Baby, bestimmt nicht für mich.« Er musste eine kurze Pause machen, um die nächsten Worte zu finden.

»Ich fliege nicht zu diesem Treffen, weil ich es will oder wegen Allardyce. Ich tu's für dich. Wenn wir klären können, was passiert ist und wie ich daran beteiligt war, schaffen wir es vielleicht, einen endgültigen Schlussstrich unter alledem ziehen zu können. Danach können wir endlich wieder nach Hause zurückkehren und unser altes Leben weiterführen.«

»Während die IRA dich ermorden will?«, schrie sie im Gegenzug und fuhr endlich wieder herum, um ihn anzuschauen. »Denn genau so weit wird es irgendwann kommen. Hör doch auf, mich zu belügen!«

Declan presste sein Gesicht einen Moment lang in seine Hände und rieb sich dann die Müdigkeit aus den Augen. *Belügen* ... Ihre Formulierung und der kalte Unterton hallten in seinem Kopf wider. Seines Empfindens nach war das Ganze nicht gelogen – oder vielleicht doch? Immerhin tat er dies schon so lange, dass es ihm irgendwann in Fleisch und Blut übergegangen war, weshalb er mitunter das Gefühl hatte, die Wahrheit kaum noch von

Geschichten unterscheiden zu können, die er so oft erfunden hatte, um zu verhindern, dass ihre wacklige Beziehung vollständig zerbrach.

»Ist überhaupt noch etwas übrig, wofür es sich lohnt, nach Hause zurückzukehren?«, fragte sie in demselben gefühllosen und entrückten Tonfall und mit halb geschlossenen Lidern. »Ich habe meine Arbeit verloren, dein Geschäft ist weg, und nicht einmal unser Hund ist noch da.«

Declan blickte auf und ging kurz in sich, um ruhiger zu werden und Verständnis dafür aufzubringen, was Constance gerade durchmachte. »Dann schlagen wir einfach woanders auf und fangen noch einmal ganz von vorne an. Für mich wäre es bestimmt nicht das erste Mal. Als ich damals nach Amerika kam, hatte ich genau sechsundzwanzig Pfund in der Tasche und nichts außer der Kleidung, die ich am Körper trug.« Die Erinnerung daran brachte ihn beinahe zum Lachen. »Wir werden verglichen damit um ein Vielfaches besser dastehen.«

»Nein.« Sie hielt ihre Hände hoch und schüttelte vehement den Kopf, als sei sie gerade zu einer wichtigen Erkenntnis gelangt. »Nein!«

Declan bemerkte selbst, dass er seine Augen weit aufriss, und spürte plötzlich eine Furcht vor dem, was als Nächstes kommen würde, in sich aufsteigen.

»Nein«, wiederholte sie. »Wenn du schon so viel für mich tust, was hältst du dann davon ... Ich mache zur Abwechslung mal etwas für mich selbst! Ich buche mir einen Flug in die Staaten und verzieh mich einfach nach Hause! Nach Hause, Declan, zu meiner Mom und meinem Dad!«

Er erhob sich und machte unbewusst ein flehendes Gesicht.

»Fang gar nicht erst an!« Sie dämpfte ihre Stimme zu einem lauten Wispern. »Wenn du meinst, den Weltreisenden mimen zu müssen, dann kann ich das auch. Es ist aus zwischen uns.«

Der letzte Satz traf ihn wie ein Hammer auf den Kopf. Er sank auf die Bettkante und starrte auf den Boden. Während er die Augen schloss, konzentrierte er sich darauf, durch die Nase zu atmen. Er war wütend, obwohl er es nicht wollte. Am liebsten hätte er auf den Putz gehauen und etwas ganz und gar Gemeines gesagt. Allerdings widerstand er der Versuchung, denn am besten, so redete er es sich zumindest ein, sei ein Rückzug. *Gib ihr ein wenig Freiraum. Sie meint es doch nicht so. Das ist bloß emotionaler Aufruhr. Sie wird schon darüber hinwegkommen.*

Während er langsam wieder aufstand, merkte er, dass seine Beine taub waren, was er sich nicht erklären konnte. Dann schaute er seiner Frau lange ins Gesicht, das so ausdruckslos war, als warte sie förmlich darauf, alles zu kontern, was er zu seiner Rechtfertigung hervorbringen könnte. Er öffnete den Mund, brachte aber keinen Ton hervor. Stattdessen nahm er einen weißen Umschlag aus der Gesäßtasche seiner Hose und legte ihn auf den Nachttisch.

»Ich habe ein paar Vorkehrungen für den Notfall getroffen und die Erklärung dazu nach Zürich geschickt«, sagte er, während er um die richtigen Worte und seine Selbstbeherrschung rang. »Das ist nur für dich. Falls etwas schiefgeht, werde ich auf diese Weise zurückkommen.«

Nun verließ er den Raum, und er hörte, wie Constance über den Teppich lief. Kurz darauf, als er sich nach seiner Tasche bückte, traf ihn das Papier am Rücken. Er drehte sich um, als es auf den Boden fiel.

»Vielleicht beruhigt es dich ja, wenn ich dir sage, dass ich mir nicht einmal sicher bin, ob die IRA mich tö…«

»Du kapierst es einfach nicht!«, kreischte sie. »Mir ist es egal, wer dich töten will. Das ist seine Sache, wer auch immer es sein mag – und deine.« Sie hielt inne und verstummte dann. Ihr Blick irrte durch das Zimmer, so als könne sie selbst kaum fassen, was sie da gerade von sich gegeben hatte. »Ich will mich von dir scheiden lassen!«

# Kapitel 16

*16:51 Uhr Ortszeit, British Airways Flug #0718 irgendwo über Südengland*

»Lassen Sie die Cola weg und behalten Sie den Rest«, sagte Declan leise, während er einen 20-Pfund-Schein für die Stewardess hochhielt, die ihm gerade eine Miniflasche Johnnie Walker Black Label und einen Becher voller Eis gegeben hatte. Die Frau suchte seinen Blick, und er hielt zwei Finger hoch. Daraufhin steckte sie das Geld ein und griff lächelnd, als seien ihre Züge so erstarrt, nach unten in ihr Wägelchen. Nachdem sie noch zwei Fläschchen genommen hatte, reichte sie diese seiner Platznachbarin und ging weiter.

»Bleiben Sie auf jeden Fall in der Nähe.« Er drehte den Verschluss von seinem Whiskey, beachtete den Becher Eis nicht weiter und trank kurzerhand direkt aus der Flasche.

»Ist heute wieder *so* ein Tag?«, fragte die Frau auf dem Nebensitz.

Der gelbbraune Alkohol brannte den gesamten Weg, bis er schließlich in seinem Magen landete. Es war zwar nicht Glenmorangie oder Glenfiddich, die er normalerweise bevorzugte, aber es erfüllte seinen Zweck. Declan schaute seine Nachbarin erneut an. Sie war zierlich, rothaarig und hellhäutig. Deshalb sah sie Constance sehr ähnlich, aber das dachte er irgendwie von jeder Frau, die ihm begegnet war, seit er das Hotel verlassen hatte. *War es ein Fehler gewesen, zu verschwinden?* Er schüttelte seinen Kopf, um wieder klare Gedanken zu bekommen.

Die Fremde strahlte ihn weiterhin freundlich an, während er noch ein paar Sekunden zu ihr schaute. Als er seine Verzweiflung verdrängte, erkannte er, dass sie noch recht jung war – vielleicht Ende zwanzig – und glatte Haare bis zu den Schultern und ein kindliches Gesicht hatte. Nein, sie ähnelte Constance in Wirklichkeit überhaupt nicht.

»Aye, ich schätze schon.« Er trank noch einen Schluck und wandte sich dann ab.

»Das ist aber schade, denn anscheinend jedes Mal, wenn ich neben einem Mann sitze, der auf eine raue Art attraktiv ist, stellt er sich irgendwann entweder als Schwuler oder als Säufer heraus.«

Declan kippte den Rest von dem Whiskey hinunter und öffnete sofort die nächste Flasche. *Warum musste er auch unbedingt neben so einer Schwatztante sitzen?* Ihm war im Moment ganz und gar nicht nach einer Unterhaltung zumute. Durch das ovale Fenster neben ihm beobachtete er, wie die Felsklippen Südenglands dem dunkelblauen Wasser des Ärmelkanals wichen. »Ich hab einfach nur 'nen miesen Tag.«

»Das kenn ich.« Sie lächelte nach wie vor. »Wo wir gerade von Gründen dafür sprechen, sich zu betrinken: Ich fliege diese Strecke drei Mal im Monat. Die Firma, für dich ich arbeite, ist in Zürich ansässig, und die einzigen männlichen Angestellten sind ein Haufen Affen, die mich jedes Mal in total holprigem Deutsch anzubaggern versuchen. Das ist echt so was von peinlich – für *die* natürlich.«

»Das tut mir leid«, entgegnete Declan auf Deutsch und grinste kurz, bevor er einen weiteren Schluck trank. Unhöflich zu sein, entsprach eigentlich gar nicht seiner Art, also konnte er sie nicht einfach links liegenlassen. Er hoffte deshalb, dass sie sich rasch langweilte, sodass sie sich eine Illustrierte zum Lesen nehmen oder wie die meisten anderen Passagiere, anfangen würde, mit ihrem Handy zu spielen.

Zunächst aber lachte sie auf. »Und Sie fliegen beruflich oder zum Spaß in die Schweiz?«

Declan überlegte einen kurzen Augenblick. »Beruflich, kann man wohl sagen.«

»In welcher Branche arbeiten Sie denn?«

»Immobilien.«

»Steinbauer oder Zetterberg?«

Declan sah sie begriffsstutzig an. »Weder noch.«

»Das sind aber die beiden größten Immobilienkonzerne im Land. Ich hätte deshalb fest auf einen der beiden getippt.«

»Ich bin freischaffend.«

»Ach so.« Sie klang sofort beeindruckt. »Auf seine raue Art attraktiv und reich. Der Tag wird ja immer besser.«

Declan wollte etwas erwidern, doch sie kam ihm zuvor.

»Moment, jetzt weiß ich es: Nun kommt die Stelle, an der er ihr sagt, dass er verheiratet ist, richtig?«

Das ärgerte ihn. Sicher, er war verheiratet, die Frage war nur: wie lange noch? Szenen und Satzfetzen ihres letzten Streits drängten sich ihm unwillkürlich wieder auf. *Sie würde nach dem, was am vorangegangenen Abend passiert war, doch nicht ernsthaft in die Staaten zurückreisen, oder? Käme sie überhaupt an den Polizisten vor der Tür der Suite vorbei, wenn Sie es versuchte?* Declan hätte Allardyce anrufen und ihn bitten sollen, die Beamten gesondert zu warnen. Dann wäre sie zwar noch wütender auf ihn geworden, aber zumindest sicher gewesen.

»Das fasse ich dann mal als Ja auf.«

»Nein. Ich meine doch, richtig, aber … momentan kriselt es sozusagen bei uns.«

»Hmm. Den Whiskey schütten Sie also ihretwegen in sich hinein?«

Er nickte.

»Ein Strohwitwer also. Na wunderbar – Schwule, Säufer oder Strohwitwer. Irgendeinen Haken gibt es immer.«

»Tut mir leid.« Er ließ sich das Ganze kurz durch den Kopf gehen. Eigentlich tat es ihm nicht leid. Denn er kannte die Frau nicht und hatte im Moment wirklich ernstere Probleme, als besorgt sein zu müssen, einer Wildfremden auf die Füße getreten zu sein. Er strengte sich zwar an, über das bevorstehende Treffen nachzudenken und seine Aussagen vorzuformulieren, aber sein Ehestreit unterbrach ihn ständig bei dieser Aufgabe. Darum ließ er sich noch eine großzügige Menge aus dem Fläschchen in seiner Hand die Kehle hinunterrinnen.

»In meinem Alter muss man darauf gefasst sein, über die eine oder andere Unebenheit hinwegzusehen, also lassen Sie hören: Was hat sie angestellt, dass Sie Ihren Kummer im Whiskey ertränken?«

»Wenn es Ihnen nichts ausmacht, möchte ich lieber nicht darüber sprechen.«

»Dann eben über etwas anderes. Ich heiße Penny, wie darf ich Sie nennen?«

»Declan.«

Jetzt fiel sie ihm allmählich wirklich auf die Nerven. *Wer war dieses Gör?* Er war im Laufe der Jahre schon oft geflogen und noch nie auf ein derart brennendes Interesse seitens anderer Fluggäste gestoßen, noch dazu so kurz nach dem Start. Bisweilen hatten sich manchmal zu einem späteren Zeitpunkt Unterhaltungen ergeben, doch auch das nur selten aufgrund moderner Geräte vom E-Book-Reader bis hin zum Smartphone. Die meisten Menschen beschäftigten sich heutzutage lieber mit sich selbst. *Warum fragte diese Frau ihn also dermaßen aus? Gab es dafür nicht Partnerschaftsbörsen im Internet?* Er wusste natürlich, dass er nach gängigen Maßstäben attraktiv war, doch sein Bauch sagte ihm die ganze Zeit, dass hier etwas nicht stimmte.

»Ein Ire, nicht ...«

Er flüsterte nun: »Sie tragen ein bisschen zu dick auf.«

Sie schaute ihn erneut an, und ihr verging das Lächeln.

»Der Trick besteht darin, dass man natürlich wirkt, so als sei man tatsächlich die Person, die man darstellen will.«

»Ich weiß nicht, was Sie meinen.« Sie stand auf und strich nervös ihren Rock glatt. »Wahrscheinlich sind Sie doch verdrehter obenrum, als ich gedacht habe. Entschuldigen Sie mich bitte.«

Sie hatte laut genug gesprochen, um die Aufmerksamkeit mehrerer anderer Passagiere in ihrer Nähe auf sich zu lenken. Nachdem sie in den Gang getreten war, ging sie zur Toilette im hinteren Teil der Businessclass.

Declan dachte kurz nach und erhob sich dann ebenfalls. Während er der Frau folgte, schaute er sich in dem Flugzeug um, um sich einen Überblick über seine Mitreisenden zu verschaffen. Alle widmeten sich wieder dem, was sie zuvor getan hatten, bevor sie von dem »streitenden Pärchen« gestört worden waren. Er zog den Trennvorhang der Flugkabine zu, woraufhin er in einem engen Raum vor dem bereits geschlossenen Vorhang der zweiten Klasse stand.

»Verflucht noch mal!«, schimpfte die Frau, als er die Tür festhielt, die sie gerade hatte schließen wollen, und die Toilette zusammen mit ihr betrat. »Was fällt Ihnen ...«

»Mund halten!« Er drehte das Schloss an der Tür. Obwohl die Toilette in der ersten Klasse größer war, standen sie dicht voreinander und berührten sich fast mit den Nasenspitzen. Declans Blick ruhte mehrere Sekunden lang auf ihr, während sich die Vorstellung, die junge Dame sei hier, um ihn zu überwachen, in seinem Kopf verfestigte, weil sie offenbar keine Furcht angesichts eines Mannes zeigte, der sie in die Enge trieb. Sie wusste also genau, wer er war.

»Falls Sie das Beste sind, was Allardyce zu bieten hat, sollte Großbritannien die Qualitäten seiner Geheimdienste wohl mal gründlich überdenken.«

Sie erwiderte seinen Blick mit Argwohn.

Declan packte die kleine Handtasche, die sie bei sich hatte.

»Nein!« Sie hielt sie so fest, wie sie konnte.

Er riss sie ihr aus der Hand, öffnete den Reißverschluss und ließ dann den Inhalt kurzerhand ins Waschbecken fallen. Aber nichts Unübliches kam zum Vorschein. Darum steckte er eine Hand hinein und tastete sorgfältig das Futter ab. Als er etwas darunter fühlte, riss er es einfach auf. Anschließend nahm er einen dünnen, schwarzen Geldbeutel heraus. Dieser war zwar nicht das, was er suchte, aber er war versteckt gewesen und deshalb einen genaueren Blick wert.

*Penny* schloss daraufhin ihre Augen und atmete laut aus.

»Verteidigungsministerium«, meinte Declan nach dem Aufklappen des Geldbeutels, als er den Ausweis darin sah. »Harper, Gertrude.«

Beim Hören ihres Namens verdrehte sie die Augen.

Während Declan die anderen Informationen untersuchte, war er sich klar darüber, dass bestimmt so gut wie alles getürkt war. Er wusste genau, dass das Personal vom MI5 und MI6 auf bestimmten Ebenen gelegentlich Ausweise des Verteidigungsministeriums bei sich trug, und viele ihrer Angestellten schoben diese Behörde zum Schutz von Freunden und Verwandten vor.

Obwohl er sich sicher war, dass sich die Praktiken der Geheimdienste im Laufe der Jahre öfter geändert hatten, wurde ihm bewusst, dass er sich vermutlich immer noch besser mit ihnen auskannte als der Durchschnittsbürger. Anfang der 1990er hatte er sie mithilfe von nicht reputierlichen

Quellen studiert, weil er fest davon überzeugt gewesen war, dass die Black-Shuck-Einheit unter seiner Führung mit ihnen konfrontiert werde, wenn die IRA ihre Pläne, London anzugreifen, in die Tat umsetzen würde. Dankenswerterweise war es allerdings nie zu einer so dramatischen Machtprobe gekommen.

Was er sich allerdings nicht erklären konnte, als er den Geldbeutel wieder zuklappte und zu den anderen Sachen aus der Handtasche ins Waschbecken warf, war der Grund dafür, dass sie sich so leicht hatte entlarven lassen. Denn er glaubte keine Sekunde lang daran, dass sie sich beim Flirten nicht absichtlich so dumm angestellt hatte – und welcher Spitzel trug schon einen Regierungsausweis in der Tasche?

»Gertrude heißen Sie also?« Er grinste. »Am Züricher Flughafen gibt es einen großartigen Salon. Darf ich Sie dort auf einen Drink einladen?«

»Nennen Sie mich einfach nur Harper.« Nun legte sie plötzlich das Verhalten einer abgeklärten Sekretärin an den Tag. »Davon einmal abgesehen bin ich hier, um einen Auftrag auszuführen. Ja, dabei geht es um Sie, und ja, ich finde Sie niedlich, sogar ein wenig amüsant, aber wir kennen uns nicht, und ich will Sie auch gar nicht kennenlernen. Was ich über Sie weiß, reicht mir vollkommen.«

Declan lachte leise und grinste weiter. »Das dachte ich mir schon.«

Harper nahm daraufhin den Geldbeutel aus dem Waschbecken und begann, den Rest ihrer Sachen zurück in die Tasche zu stopfen.

Auf einmal klopfte es an der Tür. »Ma'am, ist alles in Ordnung da drin?«

Declan entriegelte die Tür. Anscheinend war jemandem aufgefallen, dass sie das WC zu zweit betreten hatten, und irgendwelche Verdächtigungen, dass sie hier drin etwas Unschickliches taten, würden ihm gerade noch fehlen. Darum drückte er die Tür mit dem Ellbogen auf und amüsierte sich darüber, wie sich die abgeklärte Sekretärin plötzlich wieder in das kumpelhafte Mädchen von nebenan zurückverwandelte.

Während sie sich gegen ihn warf, ihre Arme um seinen Hals schlang und ihm einen innigen Kuss gab, taumelten sie beide mit zu viel Schwung auf den Gang, wo eine entsetzte Stewardess stand. Declan schloss die Augen und spielte einfach mit. Nach mehreren Sekunden hörte Harper auf und entzog sich so langsam und sinnlich wie möglich der Umarmung.

»Verzeihung«, flötete sie im Vorbeigehen mit Blick auf die Stewardess und begab sich wieder zu ihrem Platz.

Declan folgte ihr, während sein Gesicht rot vor Scham war.

Harper blieb vor den Sitzen stehen, sodass er zum Fensterplatz durchrutschen konnte. Während er sich niederließ, schaute er nach unten. Das Dunkelblau des Kanals war mittlerweile verschwunden und sie überflogen nun die grünen Felder von Nordfrankreich. Er spürte, wie sich die Agentin neben ihn setzte. Die anderen Passagiere in der Businessclass schnalzten mit den Zungen, seufzten erleichtert oder lachten.

»Vermasseln Sie's nicht«, wisperte sie, nahm seine Hand und küsste ihn auf die Wange. »Wir sind ein Traumteam.«

# Kapitel 17

*18:46 Uhr Ortszeit, Flughafen Zürich, Schweiz*

»Danke, dass Sie sich für British Airways entschieden haben.« Die Stewardess am unteren Absatz der Gangway lächelte, als Declan von Bord des Embraer-E-Jet ging. Die anderen Fluggäste, die mit ihm ausstiegen, eilten sofort zu den Toiletten und Telefonzellen entlang der Ankunftshalle. Dicht hinter ihm, aber im Gleichschritt folgte ihm die Geheimdienstagentin, die er nun als Harper kannte – händchenhaltend, als sei er ihre Rettungsleine.

Einige ihrer Mitreisenden betrachteten das kuriose *Pärchen*, das für eine denkwürdige Szene im Flugzeug gesorgt hatte, während sie vorbeigingen, doch niemand sagte etwas. Declan beachtete sie nicht weiter und zog seine Hand aus Harpers. »Sie gewöhnen sich lieber daran«, sprach sie und schloss gleich wieder zu ihm auf. »Ich begleite Sie nämlich so oder so, bis Sie wieder im Königreich sind.«

»Dann können Sie auch mit der Liebes-Mädchen-Nummer aufhören, und sich wieder wie eine emanzipierte Erwachsene verhalten.«

Er konnte sich noch immer keinen rechten Reim darauf machen, weshalb sich Harper so leicht zu erkennen gegeben hatte. Wäre Allardyce eine Begleitperson für ihn wichtig gewesen, hätte dieser doch nichts weiter tun müssen, als es ihm zu sagen. Declan war schließlich nicht in geheimer Mission in der Schweiz, und angesichts der akuten Probleme in seinem Leben konnten zwei wachsame Augen mehr doch auch nicht schaden. *Aber was, falls sie in Wirklichkeit gar nicht für Allardyce arbeitete?*

Er dachte über diese Möglichkeit nach, während sie sich dem Ende der Ankunftshalle näherten und die ersten Reisenden, die ins anliegende Flughafenzentrum gingen, lange Schlangen bildeten. Auf sie warteten nun sechs Zollstellen mit jeweils zwei blau uniformierten Beamten zur Abfertigung. Über jeder Station hing ein Schild, das angab, für wen sie vorgesehen war. Einheimische Schweizer, Bürger von EU-Staaten sowie solche von außerhalb. Declan reihte sich in der Mitte ein. Da man seinen amerikanischen Pass infolge der Aufdeckung seiner früheren Mitgliedschaft in einer Terrororganisation vorübergehend eingezogen hatte, war ihm dank Allardyce für diese Reise ein britischer ausgestellt worden. Auch wenn er es erst noch gesagt bekommen musste, ahnte er bereits, dass er das Dokument später wieder an das zuständige Amt zurückgeben musste, sobald er auf britischen Boden zurückkehrte. Nun wartete er in aller Ruhe, bis er an die Reihe kam.

*Falls Allardyce Harper tatsächlich nicht geschickt hatte, wer dann?* Declan sollte sich in der Schweiz mit einem altgedienten Mitglied des Gerichtssystems des Vereinigten Königreichs treffen. *War ihm diese Begleitung vielleicht von Lord Justice Domville zur Seite gestellt worden?* Das wäre gut möglich und sollte es tatsächlich stimmen, lag es nahe, mehr als nur eine Agentin zu schicken. Vielleicht hatte sich Harper deshalb so schnell zu erkennen gegeben – um von weiteren Kollegen an Bord und auch am Flughafen abzulenken.

Declan hielt seinen Pass bereit, als die letzte Person vor ihm durchgewunken wurde. Er stellte sich vor den verglasten Schalter und schob das Mäppchen durch eine kleine Scheibe zu einem Beamten. Dieser sah es kurz an, glich das Lichtbild mit dem Gesicht des Reisenden ab und hielt dann die Seiten unter ein Gerät, welches das offizielle Hologramm erkannte.

»Grund Ihres Aufenthalts?«

»Ein geschäftliches Meeting in Risch.«

Der Mann nickte knapp und betrachtete dann erneut den Pass, wobei er seine Lippen schürzte, als wenn er gelangweilt wäre. Dann legte er ihn unter eine Stanze aus Metall und drückte sie nieder. Ein Gummikopf darunter stempelte seinen Pass ab. Schließlich händigte der Mann das Dokument wieder aus. »Willkommen in der Schweiz.«

Declan ging auf die andere Seite der Station, wo er sich zu mehreren Personen stellte, die auf die Abfertigung von Angehörigen warteten. Von dort aus schaute er dabei zu, wie Harper zum Schalter trat und ebenfalls ihren Pass durchreichte. Der Beamte wiederholte sein Prozedere. Durchsicht und Gesichtsabgleich, doch vor dem Stanzen stockte er auf einmal. Anstatt das Ganze abzustempeln und sie durchzulassen, zog er seinen Mitarbeiter, der neben ihm saß, hinzu, und begann, auf Deutsch mit ihm zu sprechen.

Danach sagte er zu Harper: »Ich bedauere, aber es gibt leider ein Problem mit Ihrem Reisepass. Wenn Sie bitte aus der Reihe treten würden.«

Harper schaute durch die Scheiben zu Declan hinüber. »Das haben Sie sich nicht getraut, oder?«

»War nett, Sie kennengelernt zu haben«, erwiderte er tonlos und hauchte ihr noch einen Kuss zu. Nachdem er die Sporttasche auf einer seiner Schultern zurechtgerückt hatte, verließ er die Zollstelle zügig. Da gehetzte Menschen an Flughäfen ein ganz und gar alltägliches Bild waren, beachtete ihn niemand großartig, während er sich durch die Menge drängelte. Auf einer Rolltreppe nach oben ließ er sich kurz vom Hauptterminal bezaubern, das einem Einkaufszentrum glich … von den Geschäften voller zollfreier Edelwaren … von der Decke bis zum Boden reichenden Bannern, die teure Uhrenmarken bewarben und von einem Restaurant hinter dem anderen mit einem Angebot internationaler Köstlichkeiten.

Während sich Declan in der Halle umschaute, achtete er auf etwaige Personen, die ihn eindringlicher ansahen, als sie es sollten. In Anbetracht der Menschenmassen in allen Speiselokalen, Cafés und Buchhandlungen im Gebäude war es nahezu unmöglich, jemanden zu entdecken, der ihn beschattete. Darum gab er die Mühe schließlich auf und begab sich stattdessen zum Vorderausgang, wo er, wie man ihm gesagt hatte, ein Taxi nehmen konnte.

Nachdem er mit der nächsten Rolltreppe wieder hinuntergefahren war, trat er durch eine von vielen Glastüren an der breiten Front in einen überfüllten, tunnelartigen Bereich, wo unzählige Autos Reisende herausließen oder abholten, während sich Parkplatzwärter darum bemühten, den Verkehrsfluss zu erhalten, und Bauarbeiter inmitten der Hektik vergeblich versuchten, ihren Job zu erledigen. Am nächsten Gehsteig reihten sich schwarze Mercedes-Limousinen und -Kombis mit gelb-schwarzen Taxischildern auf den Dächern aneinander, die Fahrer schnittig mit Anzug und Krawatte in Erwartung neuer Kundschaft. Declan schob die Sporttasche auf seiner Schulter erneut zurecht und ging dann auf die Wagen zu.

»Netter Versuch!«, hörte er plötzlich eine Stimme von hinten.

Verdutzt drehte er sich um und sah ein paar Yards entfernt mit saurer Miene Harper stehen, die gerade von zwei Männern eingeholt wurde. Er nahm sein Gepäck herunter, als einer der beiden einen Schlagstock auszog und auf sie loszugehen schien.

»Was soll das?«, empörte sie sich, als der Mann an ihr vorbeihuschte und mit seiner Waffe ausholte.

Declan wehrte den Schlag mit seiner Tasche ab und traf mit einem rechten Haken das Auge des Kerls.

Während er sein Gepäck wie ein Schild in die Höhe hielt, entging er zwei weiteren Hieben von oben, ehe er einen Fuß in den Bauch seines Gegners rammte, der daraufhin umfiel.

Als jemand neben ihm grunzte, fuhr er sofort herum, gerade als sich Harper mit ihrer Handtasche gegen den Angriff des anderen Schlagstockschwingers wehrte. Das kleine Accessoire half ihr allerdings kaum dabei, den Schlag abzulenken, weshalb sie rückwärts stolperte und hinfiel. Im Liegen trat sie allerdings noch mit den Absätzen ihrer Schuhe nach den Knien des Mannes.

Dieser schob ihre Beine mit seinem Stock zur Seite und ging dann weiter auf Declan zu, erpicht auf sein eigentliches Ziel. Dies waren eindeutig keine Agentenkollegen von Harper. Er stieß dem Angreifer, der gerade erneut ausholte, seine Sporttasche entgegen, und drängte ihn auf diese Weise zurück. Als dieser nachsetzte, packte er den Stock und nutzte dessen Hebelwirkung, um dem Kerl den Arm zu verdrehen und ihn so niederzuzwingen.

»Polizei! Polizei!«

Declan wich zurück, während zwei Beamte in Uniformen in Trillerpfeifen blasend, angelaufen kamen, um die Raufenden auseinanderzunehmen. Schaulustige hatten einen weiten Kreis gebildet und gafften sie an. Declan sah sich hastig um, als er hörte, wie am Bordstein abrupt ein Wagen zum Halten kam. Es war ein weiterer schwarzer Mercedes, aber ohne Taxischild auf dem Dach.

Die beiden Fremden wahrten Abstand, als sich ein Beamter zwischen ihnen und Declan aufbaute, wohingegen der andere Harper aufhalf. Die Männer schienen aber nicht besorgt darum zu sein, festgenommen zu werden. Ihre Nasenlöcher bebten vor Wut, während sie McIver finster anstarrten, als ob sie auf etwas warten würden.

Der Polizist vor ihm drehte sich um und legte eine Hand an seine Brust. »Bitte steigen Sie in Ihr Auto«, verlangte er auf Deutsch. »Steigen Sie sofort ein.« Er drückte ihn sanft auf die Limousine zu, während der Fahrer ausstieg und ihm die Tür zum Rücksitz öffnete.

»Das ist aber gar nicht mein Wagen.« Declan versteifte sich und weigerte sich, noch weiter zurückgedrängt zu werden.

Nun wurde er von hinten gepackt und grob von zwei Händen zum Auto gezerrt.

»Steigen Sie schon ein, Sir!«

Declan schaute über seine Schulter. Der Fahrer hatte mehr oder weniger die gleiche Statur wie die beiden Schränke, die ihn gerade überfallen hatten, und ein Blick in seine Augen bestätigte ihm, dass er sich nicht hier eingefunden hatte, um ihn zu seinem Treffen zu geleiten. Deshalb stürzte er sich jetzt mit einem Ellbogen und seinem vollen Gewicht auf den Mann, der daraufhin gegen die Karosserie taumelte, wobei die Tür des Wagens zufiel. Er ächzte, als er einen Schlag gegen den Solarplexus bekam, hielt aber trotz allem Declans Hemd fest.

Während dieser wild hin und her ruckte, um sich zu befreien, hörte er plötzlich etwas knacken und spürte einen stechenden Schmerz in seinem Bauch, gefolgt von einem Stromstoß. »Arch!« Seine Muskeln verkrampften sich unkontrolliert, und er kippte vorwärts, nur aufrecht gehalten von dem Fahrer der Limousine.

»Stopp!«, rief Harper daraufhin. »Er ist derjenige, der angegriffen wird!« Sie versuchte, vorwärtszukommen, doch der andere Beamte hinderte sie daran.

»Tun Sie's noch mal«, schrie der Fahrer.

Der Polizist mit dem Elektroschocker drückte den Auslöser erneut, und es knisterte wieder.

»Autsch!«

Jetzt ließ der Fahrer los, woraufhin Declan sofort zusammenbrach. Er bäumte sich gegen die Schmerzen auf, war aber einfach nicht mehr Herr seiner eigenen Bewegungen.

»Lassen Sie ihn in Ruhe!«, schrie Harper aufgeregt.

Declan hörte es noch einmal laut knacken und dann ertönte ein schriller Schrei, als sie neben ihm zu Boden ging. Ihr Körper war unnatürlich angespannt, während sie unbeherrscht zitterte, nachdem der Beamte, von dem sie festgehalten worden war, auch ihr einen Stromschlag versetzt hatte. Declan wusste nicht, wer diese Männer waren, doch als er spürte, dass ihm einer ein Knie ins Genick drückte, bestätigte sich einmal mehr, dass es sich gewiss nicht um Polizisten handelte.

# Kapitel 18

*19:07 Uhr Ortszeit, Thames House, Millbank, Londoner Innenstadt, England*

Allardyce ging in seinem Büro im siebten Stock hinter dem Schreibtisch aus Mahagoni auf und ab, der prinzipiell zwar ihm gehörte, obwohl er nur selten daran arbeitete. Während er sich in dem spartanisch möblierten Raum umschaute, betrachtete er die Einrichtung, ohne sie aber richtig zur Kenntnis zu nehmen. Das Meiste davon hatten seine Vorgänger hergebracht, Männer und Frauen mit langen Karrieren beim Security Service, deren Berufung zur Generaldirektion nur eine etwas längere Aufzugfahrt nach oben bedeutet hatte. Sein Einzug hingegen, so dachte er, war doch ziemlich anders gewesen. Vor seiner Anstellung hatte er das Thames House noch nie von innen gesehen. Zum Arbeiten zog er seine vornehme Eigentumswohnung in Knightsbridge bei Weitem vor, doch die Umstände heute Abend erforderten seine Anwesenheit in dem burgähnlichen Gebäude nahe Millbank.

Zwanzig Minuten zuvor hatte ihn ein Anruf von zwei der MI6-Agenten, die beauftragt worden waren, Declan McIver zu folgen, von seinen Erledigungen abgelenkt, die ihm beim Identifizieren der Bombenattentäter und Entführer von Shane O'Reilly weiterhelfen sollten. Wegen irgendwelcher Komplikationen mit den Ausweisen, die man den Agenten mitgegeben hatte, waren ihnen sowohl der Ex-Terrorist als auch ihre Kollegin am Züricher Flughafen abhandengekommen, und weder er noch sie hatten deshalb ihre vorgesehenen Zielorte erreicht. Noch beunruhigender waren allerdings die Berichte, welche die zwei Agenten von Zeugen am Flughafen gehört hatten. Dass ein Mann und eine Frau bei einem Handgemenge vor dem Haupteingang von Polizisten mit einem Elektroschocker angegriffen und anschließend in Verwahrung genommen worden waren.

Wie konnte etwas so Einfaches so sehr schiefgehen? In ein Flugzeug steigen, wieder von Bord gehen und sich dann in ein Beförderungsmittel begeben ... Allardyce schwirrte der Kopf, wenn er nur über die verschiedenen Möglichkeiten und wahrscheinlichen Szenarien nachdachte. Fest stand, dass Declan McIver und seine MI6-Aufpasserin wie vom Erdboden verschluckt waren, weshalb ein Gespräch von politischer Tragweite, von dem der gute Ruf des Generaldirektors abhing, auf der Kippe stand. Er brauchte unbedingt weitere Informationen. Und zwar schleunigst.

Er schreckte auf, als er den Fahrstuhl in dem kleinen Aufenthaltsraum vor der Flügeltür seines Büros klingeln hörte. Nach einem schlecht verständlichen Wortwechsel mit Tom Gordon, der auf dem Flur stand, ging die Tür auf, und sein Vize Samuel Reed trat ein.

Er war ein stämmiger Mann mit Glatze, breiten Schultern und einem Erscheinungsbild, das einem Bestattungsunternehmer zur Ehre gereicht hätte. Allardyce erkannte am Gesichtsausdruck des Mannes, der beim Herumschlendern mit den Händen in seinen Hosentaschen immer Münzgeld klimpern ließ, dass er die Neuigkeit bereits erfahren hatte.

»Danke, dass Sie gekommen sind.«

Reed zuckte leicht mit den Achseln, als wolle er fragen: »Was hätte ich sonst tun sollen?«

»Ich weiß, was Sie jetzt denken. Erst O'Reilly, jetzt McIver. Beides ehemalige IRA-Mitglieder mit Verbindungen zueinander und zum MI5, beide vermisst.« Dennis machte eine längere Pause und schaute auf die tiefen Rillen der Mahagoni-Tischplatte, als er seine nächsten Worte wählte. »*Aber* es ist noch zu früh, um sicher sagen zu können, was passiert ist und ob ein Verschwinden tatsächlich mit dem anderen zusammenhängt oder nicht.«

Er hatte sich hinlänglich bemüht, die Zahl derer, die von Declans Treffen wussten, auf ein absolutes Minimum zu begrenzen, aber trotz allem mehreren Personen beim Geheimdienst und aus der britischen Regierung vertrauen müssen, die er kannte und die er für verlässlich hielt, denn andernfalls wäre das Ganze überhaupt nicht machbar gewesen. Samuel Reed gehörte ebenfalls zu den Eingeweihten.

»Trotzdem, Dennis … Sie haben doch bestimmt das gleiche ungute Gefühl dabei wie ich oder?«

Allardyce trommelte mit seinen Daumen auf dem Schreibtisch herum. Tatsächlich gab ihm seine Intuition das Gleiche zu verstehen, und die Konsequenzen dessen entsetzten ihn. Er gab allerdings sein Bestes, um sich selbst glauben zu machen, dass er sich irrte, und entgegnete deshalb: »McIvers Vita ist um die ganze Welt gegangen. Sollte die Schweizer Polizei ihn erkannt haben, wurde er möglicherweise tatsächlich in Haft genommen. Dafür spricht jedenfalls einiges.«

»Aber warum sollte sie das tun? Er war mit einem einwandfreien britischen Pass und nicht unter seinem wirklichen Namen unterwegs. Außerdem halte ich zwar generell nicht gerade viel von ihm, gehe aber, denke ich, nicht fehl in der Annahme, dass er den Beamten bestimmt keinen Anlass gegeben hat, ihn zu tasern, als sie an ihn herantraten.«

»Mit den Pässen der anderen Agenten stimmte allerdings etwas nicht. Möglicherweise war deshalb auch mit McIvers etwas faul.«

Reed schüttelte seinen Kopf. »Das halte ich für ausgeschlossen. Ich habe seinen Pass selbst ausgestellt und so etwas im Laufe der Jahre schon unzählige Male getan.«

»Und wer hat die anderen ausgestellt?«

Reed zuckte erneut mit den Schultern. »Ich wusste bis heute Morgen noch nicht einmal, dass Sie noch jemanden auf ihn angesetzt hatten. Ich habe zwar die Genehmigungen unterschrieben, damit man sie ausgestellt hat, bekam sie aber selbst nie zu Gesicht, um sie zu überprüfen. Was auch immer es genau gewesen ist, muss an einem technischen Fehler gelegen haben, der alle Pässe betraf, denn sie wurden allesamt zur gleichen Zeit angefertigt.«

»Ich habe mich aber kurzerhand dazu entschlossen. McIver kam auch erst heute Morgen zu mir. Irgendwelche IRA-Männer sind gestern Abend bei ihm aufgetaucht, und zwar nicht zu einem geselligen Umtrunk.«

Als die beiden einander in die Augen schauten, konnte der Generaldirektor durch den Blickkontakt mitvollziehen, wie sich Reed den Rest selbst zusammenreimte. »Dann nehme ich mal an, dass diese Männer nicht mehr unter uns weilen?«

Allardyce nickte.

»Sie dürfen die Indizien dafür, dass die IRA diese Bombenanschläge vielleicht verübt hat, nicht außer Acht lassen.« Samuel fuhr sich mit einer Hand über die Glatze. »Und dass sie es kurz nach Shanes Entführung auf McIver abgesehen hat? Das sieht mir nach einem Riesenzufall aus, und ich denke, dass Sie genauso wenig bereit sind, daran zu glauben, wie ich.«

Allardyce richtete sich mit grüblerischer Miene an seinen Stellvertreter und beugte sich vorwärts, um seine Hände auf dem Tisch aufzustützen. »Heute Morgen hätte ich noch anders reagieren … ich hätte den Überfall gestern Abend ernster nehmen sollen … und seinen Reiseplan ändern können … eine Maschine der Regierung benutzen … Fahrer anheuern … mehr Agenten nach Zürich schicken. Warum war ich bloß so leichtsinnig?«

Reed erwiderte darauf nichts.

Allardyce wusste eigentlich genau, weshalb er nichts von alledem getan hatte. Und so sehr es ihn auch selbst anwiderte: Der Grund dafür war rein politischer Art, nicht mehr und nicht weniger. Er hatte es vermeiden wollen, der Innenministerin erklären zu müssen, warum er Regierungseigentum heranzog und Steuergelder verwendete, nur um einen früheren IRA-Terroristen auf Reisen zu schicken. Seine Arbeit zu behalten lag ihm sehr am Herzen, also war sein Zutun aufs absolut Nötigste beschränkt geblieben. Er hatte nur eine geringe Geldsumme aufgewandt und den unverdächtigen Pass besorgt, beides war leicht zu kaschieren gewesen inmitten des gewaltigen Apparats von Aufgabenbereichen des Secret Service bei der Informationsbeschaffung. Geplant hatte McIver die Reise selbst.

Reed hob die bedrückende Stille im Raum schließlich auf. »Woher wissen wir denn, dass die IRA-Männer McIver tatsächlich aufgesucht haben, um ihn zu ermorden?«, fragte er. »Vielleicht wollten sie ihn ja nur kidnappen, genauso wie Shane. McIver könnte ihnen vielleicht einfach keine Chance dazu gegeben haben.«

Allardyce nickte erneut. »Genau das ist es, was wir herausfinden müssen. Was auch immer geschehen ist ... wir reden hier vom Züricher Flughafen. Auf dem Gelände müssen doch unzählige Überwachungskameras hängen. Besorgen wir uns deren Aufzeichnungen und wenden uns anschließend an die Schweizer Polizei. Falls sie ihn nicht inhaftiert hat, erhalten wir hoffentlich mehr Aufschluss darüber, wer ihn entführt haben könnte, indem wir das Bildmaterial sichten. Ich will, dass Sie das für mich übernehmen, Sam. Kann ich auf Sie zählen?«

»Natürlich können Sie das. Das wissen Sie doch.«

»Gut. Dann mache ich mich jetzt auf den Weg zur Sendezentrale der BBC, um sicherzugehen, dass uns die Innenministerin nicht endgültig in die Pfanne haut.«

# Kapitel 19

*20:42 Uhr Ortszeit, Schloss Buonas, Risch, Schweiz*

Adam Ryan schaute von seinem Smartphone hoch, mit dem er sich über die jüngsten Nachrichten auf dem Laufenden hielt, als ein dumpfer Knall durch den Raum hallte.

»Warum zum Geier dauert denn das so lange?« Thomas Domville betrat den schicken Speisesaal durch eine Doppeltür. Er war ein imposanter Mann mit grau werdendem Rudyard-Kipling-Schnurrbart und buschigen Augenbrauen. »Angeblich wohnte er doch schon seit Monaten hier. In dieser Zeit sollte er doch eigentlich gelernt haben, sich zurechtzufinden. Es gibt wohl kaum einen Ort in diesem Land, von dem aus man mit dem Auto mehr als ein paar Stunden braucht, um hierher zu gelangen.«

»Es tut mir leid, Sir.« Sein Assistent eilte ein kurzes Stück hinter ihm her und sputete sich, um wieder schritt mit ihm halten zu können. »Man hält uns immer noch mit der Behauptung hin, dass er unterwegs sei. Anscheinend gab es irgendwelche unvorhergesehene Probleme.«

»Lord Justice Domville.« Ryan lächelte und streckte seine rechte Hand aus, als der alte Richter gegenüber von ihm Platz nahm.

»Senator Ryan. Es freut mich, Sie endlich kennenzulernen.« Domville packte dessen Hand und rümpfte dann seine Nase, um durch seine Brille schauen zu können, was ihn allerdings reichlich hochmütig wirken ließ.

Ryan strich sich eine dick pomadisierte Haarsträhne aus der Stirn. Obwohl er Anfang fünfzig war, hätte man ihn auch gut für Ende dreißig halten können. Die Zeichen für sein Alter beliefen sich einzig und allein auf ein paar Krähenfüße an den Augen und einen sehr schmalen Streifen Grau am Haaransatz, wo er die Strähnen hochkämmte und zur Seite scheitelte, um möglich viel davon zu verbergen.

»Ich darf doch davon ausgehen, dass mit dem Gast, den wir erwarten, alles in Ordnung ist, oder?«

»Ja, er verspätet sich leider nur erheblich. Er hätte schon vor einer Stunde hier sein sollen.«

»Ich bin mir sicher, dass es für diese Verzögerung einen triftigen Grund gibt.«

»Hoffen wir es. Ich zeichne mich nicht unbedingt durch Engelsgeduld aus, schon gar nicht für jemanden mit seinem Werdegang.«

Ryan lächelte weiterhin einnehmend. »Nachdem ich mich gründlich mit seinem Lebenslauf beschäftigt habe, kann ich mit gutem Gewissen sagen, dass es auf den Straßen Ihres und meines Landes vor Männern nur so wimmelt, die es wesentlich schlimmer getrieben haben als Declan McIver.«

»Dann haben Sie aber nicht während der Troubles in England gelebt, Senator, oder? Amerikaner können sich den Schrecken und die Zumutungen einfach nicht vorstellen, die das britische Volk wegen der IRA hat erdulden müssen. Meine Leibwächter halten immer noch jedes Mal Spiegel unter meinen Wagen, bevor ich irgendwohin fahre.«

»Ich kann Ihre Einstellung durchaus nachvollziehen, aber finden Sie nicht, dass die guten Taten, die er in jüngerer Zeit vollbracht hat, die schlechten von damals bei Weitem überwiegen?

»Nein, das finde ich nicht – und ich möchte Sie davor warnen, diesen Fehler zu begehen. Obwohl mein Ausschuss bezüglich seiner Unschuld in Bezug auf die versuchten Terrorakte im letzten Frühling mehr oder weniger mit Ihren Leuten konform geht, ändert dies trotzdem nichts an meiner Haltung ihm gegenüber. Er handelte nur so, um sein Leben zu retten, und dafür wurden die Iren schon seit Jahrhunderten zu Verrätern.«

Ryan rutsche auf seinem Stuhl hin und her. Als Sohn eines Paars irischer Einwanderer, die in den 1930ern auf Ellis Island gelandet waren, legte er bestimmt keinen Wert auf einen solchen Gesprächsverlauf. »Wenigstens sind wir uns einig, was letzten Frühling und damit auch seine Unschuld betrifft.«

»Ja, doch um ehrlich zu sein, wundere ich mich selbst darüber, dass ich es bin. Denn ich habe fest damit gerechnet, dass wir eine Verbindung aufdecken würden, die zu erwähnen er uns schuldig geblieben ist.«

»Das hört sich so an, als seien Sie deshalb enttäuscht.«

Domville schien sich die Antwort auf diese Frage kurz überlegen zu müssen. »Nein, nicht enttäuscht. Aber ehrlich überrascht, wie ich schon sagte. Sie in Amerika hegen verklärte Vorstellungen von dem Unabhängigkeitskampf der Iren und den beinahe hundert Jahre andauernden Spannungen, die sich daraus ergeben haben, doch wenn man sich mit so vielen von dieser Sorte herumgeschlagen hat, durchschaut man verworrene Situationen irgendwann schon ein wenig schneller als andere. Die Iren haben letzten Endes keinen schlimmeren Feind als sich selbst.«

»Wenigstens sind wir uns über den letzten Frühling und seine Unschuld einig. Mein Ermittlungskomitee wird zu der Veröffentlichung seines Berichts bereit sein, sobald die Besprechungen dieser Woche beendet sind.«

»Mein Team ebenfalls.« Domville suchte den Blick seines Assistenten. »Würden Sie bitte nachforschen, wie es um McIvers Ankunft bestellt ist?«

»Selbstverständlich, Sir.« Der Anzug tragende Mann verschwand durch die Doppeltür, wobei es genauso laut knallte wie beim Eintreten der beiden zuvor.

»Mr. McIver wird es uns bestimmt verzeihen, wenn wir schon einmal ohne ihn beginnen.« Der Richter steckte sich den Zipfel einer Serviette in den Hemdkragen und griff dann zu seiner Gabel. »Das Filet Wellington sieht nämlich heute besonders schmackhaft aus, und ich lasse es ungern kalt werden.«

»Ja, dafür hat er bestimmt Verständnis.«

»Damit wir uns über die Absichten des jeweils anderen im Klaren sind: Was genau wollen Sie hiermit erreichen, Senator?«

»Declan McIver ist der einzige Überlebende, der vieles von dem, was im vergangenen Frühjahr geschehen ist, bezeugen kann, und noch nicht persönlich von uns vernommen wurde. Ich wünsche mir daher, dass unsere erste Begegnung nach Möglichkeit relativ ungezwungen abläuft. Diskutieren wir doch das gegenwärtige Zeitgeschehen, vielleicht auch die eine oder andere politische Angelegenheit. Auf diese Weise lassen sich die eher vordergründigen gesellschaftlichen Unterschiede zwischen uns schnell aufweichen, sodass wir anschließend frei und sachlich fortfahren können. Die Pressevertreter wurden für Mittwochabend hierher eingeladen, und ich würde mich freuen, wenn wir drei bis dahin einen guten Draht zueinander hätten.«

»Ein lobenswertes Ziel.«

»Letzten Endes bin ich auf seine subjektive Schilderung der Ereignisse neugierig, und zwar chronologisch von Anfang an. Ich erwarte keinerlei Abweichungen von den schriftlichen Zusammenfassungen und anderen Verhören, glaube aber, dass seine persönlichen Gedanken und Empfindungen seinerzeit, als alles geschehen ist, sehr erhellend für uns sein werden.«

»In der Tat. Obwohl mir nicht ganz geheuer dabei ist, wie er sich davor geziert hat, offiziell vor eines unserer Gremien zu treten.«

»Ich sehe schon ein, warum er sich aus dem Rampenlicht fernhalten möchte. Immerhin wurde er fast von einem amerikanischen Senator, also von einem von uns getötet, der eine Menge Regierungsmittel dazu aufwendete und Behörden mobilmachte, um ihn auszuspionieren und über den Atlantik zu verfolgen. Eine solche Erfahrung zu verwinden ist bestimmt nicht leicht.«

»Meine Regierung spioniert diese Leute seit Jahrzehnten aus und verfolgt sie. Mittlerweile sollten sie daran gewöhnt sein.«

»Umso berechtigter ist es also, dass er unsere Einladungen bisher immer abgelehnt hat. Die Auswirkungen dieser letzten Episode auf seine Psyche könnten wesentlich schwerer wiegen, als uns bewusst ist.«

Domville brummte irgendetwas als Antwort darauf, während er die Gabel in das Filetstück steckte und es auf seinen Teller legte.

»Wären Sie so nett …«

Auf einmal fiel draußen vor dem Schloss ein Schuss. Ryan fuhr hoch, Domville auch, allerdings mit einer kurzen Verzögerung. Sie schauten sich verunsichert an, als sich ihre Blicke begegneten.

»Ich muss nicht während der Troubles in London gelebt haben, um zu wissen, was das war.«

»Nein, das müssen Sie nicht.« Der Richter zog die Serviette von seinem Hemd und ging sofort zur Tür. Als er die Hälfte des Wegs zurückgelegt hatte, fielen zwei weitere Schüsse, und gleich darauf ertönte eine Automatikwaffe. Auf dem Flur vor dem Speisesaal wurden Türen zugeschlagen, und ein Mann brüllte Anweisungen. Seine Stimme dröhnte gedämpft durch die Steinmauern aus dem elften Jahrhundert.

Domville erstarrte auf der Stelle, und Ryan zuckte zusammen, als die Doppeltür aufflog und der Assistent des Justiziars hereinstürzte.

»Ein Überfall!«

Er drückte beide Flügel zusammen und schob hastig den Eisenriegel vor.

»Was ist da draußen los?«, knurrte Domville.

»Es sind Heckenschützen, glaube ich.« Der Assistent lief in die Mitte des Raums, als ob die Tische und Stühle irgendeine Art von Schutz bieten würden, den die mittelalterliche Architektur vermissen ließ.

»Heckenschützen? Wer soll das sein? Und wo genau?« Domvilles Züge waren vor Fassungslosigkeit komplett verzerrt.

Ryan wählte hastig eine Nummer auf seinem Handy. »Ron, Adam hier. Was geht da draußen vor sich?« Als er den Freisprechmodus einschaltete, hörte man ein gehetztes Keuchen.

»Ich weiß es nicht, Sir. Wir waren wie von Ihnen befohlen am Eingang postiert, da wurde auf einmal auf Robert geschossen. Er ist tot, und Joe ist verwundet. Ein Stück vom Hotel entfernt, hat sich etwas bewegt, aber wir konnten nicht erkennen, wer es war und wo er sich genau befand.«

»Wir haben uns jetzt im Speisesaal eingeschlossen. Bringen Sie sich in Si…«

»Sie müssen da sofort raus, Sir. Der Raum hat viel zu viele Fenster. Gehen Sie in den dritten Stock und …«

Ein *Popp* ertönte, gleich darauf wieder und noch ein drittes Mal.

»Ron? Ron! Sind Sie noch dran?«

Jemand machte sich offenbar am Telefon des Leibwächters zu schaffen. *Popp!*

»Ron?«

Die Verbindung brach abrupt ab.

»Dritter Stock. Er hat recht, wir sollten …«

»Machen Sie Witze?«, brüllte Domville. »Diese Geräusche, waren Schüsse mit einem Schalldämpfer auf meinen Sicherheitsmann. Sie sind alle drei tot, und wer auch immer sie umgebracht hat, ist bereits im Gebäude!«

Ryan blinzelte, während er sich panisch im Saal umschaute. Er kannte sich in Sachen Militär nicht wirklich aus. Wie Schusswaffen klangen, wusste er zwar, doch was sie da gerade durch das Telefon gehört hatten, war ihm eher wie der Knall eines platzenden Heliumballons vorgekommen, als wie ein Schuss. Als er die Augen zumachte, strengte er sich an, die Geschehnisse zu verarbeiten. Als dienstjunger Senator von Massachusetts und Mitglied des Senatsausschusses für bewaffnete Streitkräfte hätte er mit dem Geräusch einer schallgedämpften Pistole vertraut sein müssen, fühlte sich aber mit einem Mal geistig vollkommen umnebelt. Als er seine Finger abwechselnd anwinkelte und spreizte, stellte er fest, dass seine Arme taub waren. Aufs Sterben hatte er sich noch nicht gefasst gemacht.

»Jetzt kommt es nur noch auf eines an: Ganz aus dem Gebäude zu verschwinden. Im Dunkeln findet uns nämlich so leicht niemand.« Domville ging auf zwei raumhohe Fenster an der hinteren Wand zu, zwischen denen eine Glastür, die nach außen geöffnet wurde, auf einen Balkon führte. »Das hier ist nur der erste Stock. Wir können hinunterspringen.«

Schon beim Näherkommen streckte er eine Hand nach dem Türknauf aus. Prompt krachte es laut, was eine Kugel vorwegnahm, die einen Sekundenbruchteil später durch die Scheibe schlug. Domville blieb sofort stehen, als eine Fliese genau vor seinen Füßen zersprang. »Großer Gott!«

Er rannte rückwärts zu seinem Assistenten in die Saalmitte. Ryan, dessen Stirn tiefe Falten zeigte, weil er immer noch versuchte, sich zu sammeln, schüttelte vehement den Kopf und schloss sich dann den anderen beiden an. *Wer griff sie hier an? Und warum?*

Drei weitere Schüsse fielen jetzt, wobei die Scheibe der Tür rings um den Riegel herum herausbrach und weitere Fliesen zersplitterten. Anschließend steckte von außen jemand eine Hand durch das Loch im Glas und öffnete den Verschluss. Die Tür wurde aufgestoßen, zwei schwarz gekleidete Männer mit Sturmmasken auf dem Kopf traten ein und hoben ihre schallgedämpften Maschinenpistolen. Sie visierten die drei Männer in der Mitte des Raums an und gingen dabei langsam auseinander.

»Ich muss schon sagen, Sie enttäuschen mich«, sprach jemand mit irischem Akzent auf dem Balkon. »Ich hätte mit weitaus stärkeren Sicherheitsvorkehrungen gerechnet, nicht nur mit drei dahergelaufenen Schutzbullen von der Capitol Police.«

Ryan versuchte sich an der Stimme zu orientieren, um den Mann zu finden, der kurze Zeit später ebenfalls maskiert eintrat. Anders als seine beiden Begleiter trug er nichts Schwarzes, sondern eine ausgebleichte Bluejeans und ein offenes Jeanshemd mit bis über die Ellbogen hochgekrempelten Ärmeln und einer halbautomatischen MP an einem Schultergurt.

»Das hier ist Lord Justice Thomas Domville«, sagte sein Assistent mit besonderem Nachdruck. »Er sitzt im Hohen Gerichtshof des Vereinigten Königreichs, also würde ich Ihnen raten, uns besser nicht anzugreifen. Verschwinden Sie sofort von hier.« Er baute sich beschützend vor seinem Arbeitgeber auf.

Der Mann mit dem Jeanshemd hob daraufhin seine Pistole und feuerte zwei Mal. Der Assistent stand noch einen Augenblick lang still da, dann zwinkerte er krampfhaft und sackte schließlich gegen Domville, der ihn festhielt und wieder aufrichtete. Beiden stand die Bestürzung in die Gesichter geschrieben.

»Douglas! Herr im Himmel!«

Ryan packte den Gehilfen an der Schulter seines Jacketts und legte ihn gemeinsam mit Domville unsanft auf den Boden. Als er sah, dass der Mann nur noch ausdruckslos vor sich hinstarrte, wandte er schnell seinen Blick ab.

»Wer sind Sie, und was wollen Sie?«, herrschte der Richter den Schützen an, während er zwischen ihm und seinem toten Assistenten hin und her schaute.

»Mit einem Wort?«, fragte der Bewaffnete und trat näher. »Rache!«

»Rache wofür? Ich bin mir ziemlich sicher, dass wir uns noch nie zuvor begegnet sind.«

»Das stimmt, das sind wir nicht, aber Sie wissen trotzdem, wer ich bin.« Er ließ die Maschinenpistole wieder an ihrem Gurt herunterhängen und streckte einen Arm aus, um ihm eine Tätowierung zu zeigen. »Schon mal gesehen?«

Domville betrachtete das Motiv einen Moment lang. »Nein, habe ich nicht.«

»Sie sind ein Lügner, und ein schlechter noch dazu. Aber das spielt auch gar keine Rolle. Ich kenne Sie. Thomas Winfred Domville, gegenwärtig oberster Berufungsrichter für die nordirische Justiz, doch Ihre eigenen Verbrechen haben Sie verübt, lange bevor man Ihnen dieses Amt anvertraut hat.«

»Verbrechen? Ich fürchte, Sie irren sich. Ich habe zu keiner Zeit irgendwelche …«

»In Irland gibt es auch noch andere Richter, nicht nur diejenigen, die uns Großbritannien aufgezwungen hat.«

Domville atmete laut aus, und sein Gesichtsausdruck zeigte, dass er allmählich begriff. »Und welcher Verbrechen werde ich angeklagt?«

»Der Freisprechung von vier Beamten der nordirischen Polizei, die der Vergewaltigung und Ermordung von Meaghan McCraven, einer Angehörigen des Freiwilligenkorps der IRA, schuldig sind.«

Domville warf einen längeren Blick auf seinen erschossenen Assistenten. »Es tut mir leid, Sie hier hineingezogen zu haben, alter Freund.« Nachdem er ihn sanft niedergelegt hatte, stand er auf und schob seine Schultern vor. »Falls ich so sterben soll, bringen wir es lieber hinter uns.«

Ryan schaute immer wieder auf den Fremden und dann zurück zu Domville. »Das dürfen Sie nicht. Es verstößt gegen das Gesetz. Und mit Gerechtigkeit hat das Ganze auch nichts zu tun. Er wurde nicht festgenommen und nicht vor Gericht gestellt.«

Der Mann mit dem Jeanshemd grinste jetzt süffisant. »Für Rache gibt es keine Regeln.«

»Das ist die Gerechtigkeit der IRA, Senator Ryan«, erklärte Domville. »Lassen Sie es sich eine Lehre sein und hoffen Sie, davon verschont zu bleiben.«

Ryan schluckte beklommen, während er auf den Schalldämpfer der MP starrte.

»Gebt den anderen Bescheid, sie sollen abrücken«, sagte der Schütze zu einem seiner Begleiter. »Wir werden hier nicht mehr allzu lange unbemerkt bleiben.«

Die Zwei nahmen daraufhin ihre Waffen hinunter und verschwanden durch die Balkontür.

Der Mann hingegen hob erneut seine Pistole. »Grüßen Sie Luzifer, wenn er Ihnen die Pforte zur Hölle öffnet, mit besten Empfehlungen von Declan McIver.«

# Kapitel 20

*21:10 Uhr Ortszeit, Thames House, Millbank, Innenstadt von London, England*

Der Balkon am Nordflügel des Thames House kam dem allgemeinen Verständnis von einer Sperrzone so nahe wie kein anderer Bereich dieses sprichwörtlichen Bollwerks. Nachdem man alle anderen Fenstertüren längst mit bombensicherem Glas versehen und sogar vernietet hatte, ließ sich nur noch eine einzige öffnen, und diese war nur einem einzigen Mann zugänglich, der sie aber so gut wie nie benutzte. Nun stand Allardyce allerdings draußen und schaute auf die Lambeth Bridge über die Themse, deren graues Wasser ruhig dahinfloss, wenn nicht gerade ein Containerschiff hindurchfuhr. Obwohl die Sonne noch nicht ganz untergegangen war, wirkte es wegen der dichten Wolken dunkler, und die Laternen unten an der Straße glühten fast geisterhaft. Im schwindenden Tageslicht kamen ihm die trostlosen Straßen von Millbank und Lambeth am Ufer gegenüber so spukhaft vor, wie die Gestade einer vor langer Zeit verlassenen Metropole, auch wenn fernab noch die Autohupen von Leben zeugten.

Nachdem er seine Pfeife, eine Dunhill Chestnut, aus dem Mund genommen hatte, blies er einen Schwall Qualm aus und beobachtete, wie der bläuliche Dunst an den schnörkeligen Säulen vorbeizog, die den Alkoven trugen, und schließlich vom Abendwind verweht wurde. Tabak war eigentlich für die Zeit nach dem Abendessen und zum Entspannen vorgesehen, dachte er, doch sein Tag hatte ihm bisher weder das eine noch das andere beschert. Als plötzlich die Tür hinter ihm geöffnet wurde, drehte er sich um.

Samuel Reed betrat den Balkon und machte sich mit dem ungewohnten Ausblick vertraut, während er über die Brüstung auf den Kreisverkehr vor dem Gebäude schaute, gleichzeitig zog er die Tür hinter sich zu. Er schnitt ein finsteres Gesicht wie ein Arzt, der jemandem eine Hiobsbotschaft überbringen musste. Andererseits erweckte der Mann diesen Eindruck oft, dachte Allardyce nun, wobei er fast lächelte. Vielleicht war seine Sorge ja auch unbegründet, und er bekam doch noch gute Neuigkeiten zu hören.

»Irgendetwas Neues aus Zürich?«

»Ich bin kaum vom Telefon weggekommen, um mich mit Interpol auszutauschen, seit ich bei Ihnen war. Weder die Bundespolizei noch die Behörden der Kantone oder Gemeinden von Zürich und Umgebung haben Declan McIver beziehungsweise andere britische Staatsbürger in jüngster

Zeit gestellt. Davon einmal abgesehen rüstet keiner von ihnen seine Beamten mit Elektroschockern aus.«

So viel zu unbegründeten Sorgen und guten Neuigkeiten. Allardyce sog noch einmal kräftig an seiner Pfeife.

»Haben Sie nachgehakt, ob der Flughafen von Kameras überwacht wird?« Er hauchte beim Sprechen Qualm aus.

»Ja, das wird er, aber ich konnte die Aufzeichnungen leider noch nicht besorgen.« Reed nahm jetzt Zigaretten aus seinem Jackett. »Unsere Interpol-Mittler arbeiten eng mit den Schweizer Behörden zusammen. Hoffentlich bekommen wir die Videos bald.« Nachdem er eine Zigarette aus dem Päckchen geklopft hatte, klemmte er sie sich zwischen seine Lippen. »Darf ich?«

Allardyce nickte. »Nur zu. Vielleicht haben wir beide Glück und sterben an Krebs, bevor die Situation noch schlimmer wird.«

Reed starrte stur geradeaus, als sei die Zeit stehen geblieben. Dann nahm er die Zigarette aus seinem Mund, wandte sich von der Eisenbrüstung ab und schaute auf die Gebäudemauer. Eine beklemmende Stille stellte sich ein und diese dauerte mehrere Minuten an. »Es ist bereits schlimmer geworden«, sagte er schließlich.

Allardyce inhalierte noch einmal tief und wartete ab.

»Ich habe einen Freund in der Regierungskommunikationszentrale angerufen. Mit seiner Hilfe und mehreren meiner Leute aus den unteren Etagen überwachen wir die Medien und den Notfunk in der Schweiz. Ungefähr fünf Minuten vor neun Schweizer Zeit fielen Berichten zufolge Schüsse am Schloss Buonas.«

Dennis schloss die Augen und atmete langsam ein und aus wie ein alter Mann, der nach langem Kampf mit einer zermürbenden Krankheit den Geist aufgab.

»Die Polizei des Kantons hat den Tatort mittlerweile abgesichert und dabei fünf Opfer gefunden – vier Erschossene und einen Schwerverletzten, der in diesen Minuten in ein Krankenhaus gebracht wird.«

»Heilige Maria Muttergottes.«

»Das ist alles, was ich so weit habe, doch ...«

»Versetzen Sie sofort jedes britische Konsulat in der Schweiz und alle dort stationierten MI5-Angestellten in höchste Alarmbereitschaft.« Allardyce entfernte die Asche aus seiner Pfeife, indem er sie gegen seinen Handballen klopfte, während er von der Brüstung zurücktrat. »Sie müssen sich mit allen außerordentlichen Helfern in Verbindung setzen, die sie in den Kantonen rund um Zürich und das Schloss herum rekrutieren können.« Kaum, dass er eine der Fenstertüren geöffnet hatte und in sein Büro zurückgegangen war, das sich gleich dahinter befand, kam Reed hinterher.

»Ich möchte ab jetzt jede Stunde ein Update, und finden Sie bitte heraus, wer diese Schussopfer sind, sowohl die Toten als auch der Überlebende. Spätestens um acht morgen früh erwarte ich einen möglichst umfassenden Überblick der Ereignisse am Schloss sowie am Flughafen.«

»Die Kollegen in Zürich haben bereits eine Rote Notiz von mir erhalten. Ich werde sie aber zusätzlich auch noch an unsere Leute in Genf, Lugano und Bern schicken.«

»Gut. Auch dazu bitte alle halbe Stunde ein Update.« Allardyce öffnete jetzt seine Bürotür und wartete darauf, dass sein Stellvertreter verschwand.

»Dachten Sie wirklich, nur weil die Agenten ausgeliehen waren, würden Sie mir nicht erzählen, was passiert ist?« Als Allardyce ins Vorzimmer seines Büros schaute, fühlte er sich wie vor den Kopf gestoßen, weil Sir William Griffin, der in der Nähe des Aufzugs stand, in einem Ton mit ihm sprach, der so feinfühlig war wie Hundegebell.

»Sie haben behauptet, der Einsatz sei ganz simpel, nur suchen und dranbleiben.« Der Auslandsgeheimdienstchef richtete einen Zeigefinger auf sein MI5-Pendant. Seine dicken Brauen waren vor Wut zusammengezogen, und sein normalerweise käsiges Gesicht glühte dunkelrot. »Jetzt ist eine meiner vielversprechendsten Agentinnen verschwunden, und man hat sie zuletzt in Begleitung eines IRA-Terroristen gesehen, als sie einen Stromschlag versetzt bekam.«

»Der Einsatz sollte wirklich simpel sein, Sir William, und kommen Sie mir nicht mit *vielversprechend*. Anfänger haben Sie mir geschickt … Lehrlinge … und das ist vermutlich auch in erster Linie der Grund dafür, dass wir jetzt in dieser Bredouille stecken.« Allardyce trat ganz in den Raum hinein und ließ genug Platz, damit Reed sein Büro verlassen konnte, wohingegen er Griffin den Weg hinein versperrte. »Sollte Ihnen etwas an Ihren Angestellten liegen, schlage ich vor, dass Sie diese Beschuldigungen fürs Erste unterlassen und stattdessen alle Mittel einsetzen, über die Sie verfügen, um uns dabei zu helfen, die Geschehnisse nachvollziehen und die Verantwortlichen finden zu können. Mr. Reed hier wird Ihnen ausnahmslos alles mitteilen, was wir schon wissen.«

Der MI6-Leiter schaute zunächst schweigend zwischen den beiden hin und her, dann sagte er: »Na gut.«

»Geht doch.« Nachdem Allardyce in sein Büro zurückgekehrt war, stieß er die Tür gewaltsam zu. »Erledigen wir das schnell, bevor noch etwas schiefgeht.«

# Kapitel 21

*21:34 Uhr Ortszeit, Kelvingrove Park, Glasgow, Schottland*

»Wird auch Zeit, dass ihr Penner endlich aufkreuzt.«

»Wir mussten uns zuerst vergewissern, dass du wirklich allein bist.« Aidan Dyer stellte sich zu Reece Findlay, der am Geländer einer Fußgängerbrücke über dem Kelvin River lehnte.

Findlay schnippte gerade einen Zigarettenstummel in den Fluss. »Wir zwei und die, sonst ist niemand da.«

Er wies mit einer Kopfbewegung über eine seiner Schultern. Hinter einer Baumreihe am Ufer hörte man Rollgeräusche und schwatzende Teenager vom Skatepark Kelvingrove.

Dyer blickte zurück, äußerte sich aber nicht weiter. Ihm waren die Kids vollkommen egal. Gemeinsam mit seinen Männern hatte er die Umgebung mindestens eine halbe Stunde lang beobachtet,. bevor Findlay eingetroffen war. Die Teenager gehörten offenbar zum Inventar. Für gewöhnlich vollführten sie diverse Kunststücke, klatschten einander ab und setzten dies bis in die frühen Morgenstunden fort, ohne überhaupt zu bemerken, dass noch jemand anderes in der Nähe war.

»Falls du dir solche Sorgen machst, zusammen mit mir gesehen zu werden, gib mir einfach meine Kohle, und ich dampfe sofort wieder ab.«

Dyer nahm ein Bündel Scheine aus einer seiner Taschen und fuhr mit einem Daumen an ihren Kanten entlang wie bei einem Kartenspiel. Findlay wollte ihm das Geld abnehmen.

»Nicht so flott.« Dyer zog es wieder zurück. »Wir brauchen zuerst eine Garantie.«

»Mann, was laberst du denn da für 'ne Grütze? Ich hab alles gemacht, was du wolltest ... mich für euer Fotoshooting vermöbeln lassen und jeden Wisch unterschrieben, der mir von deinen Rechtsverdreher-Kumpels vorgelegt worden ist. Was soll's denn sonst noch sein?«

Dyer schaute nach links und rechts. Einer seiner Begleiter, der auf der anderen Seite der Brücke knapp außer Sichtweite Schmiere stand, gab ihm grünes Licht.

»Ey, wohin starrst du denn?« Findlay richtete sich auf und wich dann hastig zurück.

Der Wachposten verließ jetzt seine Deckung neben einem Rhododendron und überquerte schnellen Schrittes die Brücke.

»Ich will meine Kohle, und zwar ...«

Als er dem Mann rückwärts entgegenging, hielt dieser ihm plötzlich hinterrücks mit behandschuhten Fingern den Mund zu und zog ihn gegen die Klinge eines Messers.

»Du wirst garantiert schweigen wie ein Grab.« Dyer grinste, während Findlay langsam in den Rücken gestochen wurde. Dann wurde das Messer vor seinen Körper gehalten und ihm in den Hals gerammt. Er röchelte und würgte, während sein Mörder die Klinge langsam hin und her bewegte. Als seine Arme schließlich schlaff wurden und der letzte Rest Kampfgeist aus seinem Körper gewichen war, hievte ihn der Täter hoch, und Dyer half ihm dabei, Findlay über das Geländer zu wuchten.

Danach zog er eine Flasche Wasser und eine Einkaufstüte aus Plastik aus den Taschen seiner Jacke. Er öffnete die Tüte und hielt sie seinem Komplizen hin, der daraufhin das Messer und die blutbesudelten Handschuhe hineinwarf. Schließlich drehte Dyer den Verschluss von der Flasche und kippte sie sowohl über das Geländer als auch auf den Betonboden, um das Blut von der Brücke zu spülen. Er wollte zwar, dass man die Leiche irgendwann fand, aber nicht zu früh.

»Hauen wir ab.« Während er noch einen Blick hinunter in den Fluss warf, lief sein Gefährte bereits zu ihrem wartenden Fluchtwagen. Die letzten Spuren von Reece Findlay waren sich ausweitende Wellenringe auf der schwarzen Oberfläche des Kelvins, in dem sein Körper gerade versank.

# Kapitel 22

*23:37 Uhr Ortszeit, unbekannter Ort irgendwo in der Schweiz*

Declan blickte hoch, als er ein Scharnier quietschen hörte. Über der Türschwelle schien schwach ein viereckiges Licht, sodass er zum ersten Mal, seit er hier gelandet war, etwas von der Umgebung zu sehen bekam. Die Kette an den Stahlmanschetten, in denen seine Handgelenke steckten, führte zu einem verrosteten Rohr, das aus der Wand ragte. Sie klapperte, während er sich bewegte und versuchte, möglichst viel von seiner Umgebung zu erkennen, bevor die Türklappe wieder geschlossen wurde.

Von seinem Platz am Boden aus konnte er sehen, dass die Mauern aus Bruchstein bestanden, der vor Feuchtigkeit über viele Jahre hinweg schwarz geworden war. Der Boden war rauer Zement, von dem bereits kleine Teile absplitterten, und hoch an einer Wand, bei der es sich offenbar um die äußere Wand des Gebäudes handeln musste, befand sich ein schmales Fenster mit verbretterter Scheibe. Das einzige Möbelstück war ein Bettgestell aus Metall ohne Matratze, und in dem Raum hing außerdem ein Waschbecken, das aussah, als sei es zuletzt im vorigen Jahrhundert benutzt worden. Nichts gab ihm irgendeinen Hinweis darauf, wo er gefangen gehalten wurde, und außer der Tür, die man höchstwahrscheinlich verriegelt hatte und bewachte, existierte kein offensichtlicher Ausweg. Beim Ausatmen sah er seinen Atem vor dem Mund, weil es so kalt war. Irgendwann lehnte er sich wieder zurück gegen die Wand.

Stunden zuvor, nachdem man ihn aus dem Kofferraum eines Autos hier hereingetragen hatte, war er fest entschlossen gewesen, alles über seinen Verbleib herauszufinden, was sich herausfinden ließ. Trotz der untergehenden Sonne hatte er einen Blick auf die Landschaft erhaschen können, ehe ein schwarzer Sack über seinen Kopf gestülpt worden war. Das grüne, hügelige Terrain im Nebel genügte ihm zusammen mit der relativ kurzen Fahrzeit von Zürich aus, wo man ihn überwältigt hatte, um zu schlussfolgern, dass er nach wie vor in der Schweiz war, wenngleich ihm schleierhaft war, wo genau. Sie hatten eine ruckelfreie Strecke genommen, die allerdings recht kurvig gewesen war, weshalb er seine Orientierung niemals hätte, behalten können. Nur während der letzten Minuten war die Fahrbahn unbefestigt gewesen, und vom Gefühl her schien es steil bergauf gegangen zu sein. Wo auch immer er jetzt sein mochte: Er war gut versteckt vor neugierigen Blicken.

Jetzt wurde ein Tablett aus Fiberglas durch die Klappe und über den rauen Beton geschoben. Eine Flasche Wasser folgte und rollte bis zum Fuß des

Bettrahmens. Declan reckte sich danach, als die Klappe wieder zugeschlagen wurde, woraufhin erneut Finsternis herrschte. Beim Öffnen hörte er die Kohlensäure leise zischen, konnte also davon ausgehen, dass man dem Getränk nichts beigemischt hatte. Das Wasser war zwar warm, tat ihm aber trotzdem gut, nachdem er stundenlang in dem stickigen Raum gesessen hatte, wo es miefte wie in einem uralten, im Verfall begriffenen Farmhaus.

*Wer waren diese Typen bloß, die ihn vor dem Flughafenterminal überfallen und mitgenommen hatten?* Bis zum Geräusch der Türklappe wenige Augenblicke zuvor hatte er über Stunden hinweg keinerlei Geräusche gehört. Etwas zu essen und zu trinken zu erhalten bedeutete logischerweise, dass jemand in der Nähe war, aber wer? *Was wollte man von ihm? Und wie viele Personen waren es?* Seit seiner Ankunft stellte er sich diese Fragen immer und immer wieder und hatte mittlerweile alle Möglichkeiten in Betracht gezogen.

Er war weder je zuvor in der Schweiz gewesen noch mit irgendwelchen Schweizern bekannt. In den Abstecher eingewilligt hatte er nur, um die letzten Beweise liefern zu können, die seine Unschuld im Zusammenhang mit den für sein Leben einschneidenden Terroranschlägen – so hoffte er – beweisen würden. Seines Wissens nach waren nur die Männer über sein Kommen informiert, mit denen er sich treffen sollte, und außerdem einzelne Angestellte der britischen Geheimdienste, die das Ganze unter der Anweisung von Dennis Allardyce eingefädelt hatten.

Declan war sogar so weit gegangen, ein fingiertes Kidnapping durch den MI5 dahinter zu wittern, konnte sich aber nicht erklären, warum man ihm eine solche Farce zumuten sollte. Die Tage, in denen er mit umstürzlerischen Organisationen zusammengearbeitet hatte, waren längst vorbei. Glaubten sie etwa, er hinge irgendwie in den Attentaten in England und bei Shanes Verschwinden mit drin? Vorurteile gegenüber der IRA – berechtigt oder nicht – hielten sich im Königreich definitiv hartnäckig, und der Generaldirektor hatte erwähnt, dass die Bomben baugleich mit solchen gewesen waren, die während des Nordirlandkonflikts gelegt worden waren.

Vielleicht lag ja hierin die Antwort. Jeden Augenblick könnte eine Gruppe vermummter Verbrecher mit britischem Akzent hereinplatzen, ihn mit den Füßen an der Decke aufhängen und ihn dann foltern, bis er alles erzählte, was er angeblich wissen sollte. Da war jedoch nichts, was er wusste, zumal ihn die Briten bereits gründlich ausgefragt hatten. Also würde es auf seine Ausdauer ankommen. Höchstens ein paar Wochen, dann würde man ihn wieder freilassen. Es gab Schlimmeres auf der Welt.

Er trank noch einen Schluck Wasser und fuhr dann mit der Hand über den unebenen Boden, bis er schließlich das Tablett fand. Nachdem er es näher zu sich herangezogen hatte, tastete er, was darauf lag – ein Sandwich und ein Apfel, aber weder Besteck noch etwas anderes, womit er die

Schlösser seiner Handschellen hätte knacken können. Das belegte Brot roch nach Käse und Mayonnaise. Womöglich handelte es sich aber auch um Thunfisch- oder Geflügelsalat, aber das war eigentlich unerheblich, weil er nichts zu sich nehmen wollte, was von jemandem stammte, der ihn gerade gegen seinen Willen festhielt. Andererseits: Wie könnten sie einen Apfel vergiften? Wollten sie ihn töten, hätten sie es schon längst getan, anstatt Aufwand mit irgendwelchen Chemikalien zu betreiben. Darum biss er kurzerhand ein großes Stück von dem Apfel ab.

Was er ebenfalls in Erwägung gezogen hatte, beunruhigte ihn weit mehr als die Vorstellung, von den Briten verhört zu werden. Eventuell steckten ja die gleichen Personen hinter seiner Entführung, die auch die Bomben gezündet und Shane gekidnappt hatten, sowie für den Mordversuch an ihn am Sonntagabend verantwortlich waren. Ihm erschien dies immer realistischer. Wurde O'Reilly vielleicht auch in diesem Gebäude gefangen gehalten, oder war es nur ein naheliegendes Verlies für …

Er erschrak, als plötzlich die Tür entriegelt wurde. Sie ging relativ breit auf, sodass wesentlich mehr Licht als nur durch die Klappe in den engen, zellenartigen Raum fiel. So richtig hell wurde es allerdings trotzdem nicht.

Ein dürrer Mann mit Glatze stand jetzt in der Tür. Er stank nach Alkohol und sprach lallend auf Deutsch: »Siehst du? Was hab ich dir gesagt?«

Ein zweiter, der einen Wollmantel trug, trat vor und schaute den Betrunkenen ausdruckslos an. Dieser wich jetzt zur Seite, woraufhin jener einen längeren Blick in den Raum warf. Er füllte den Türrahmen fast vollständig aus. Seine Arme waren im Verhältnis zum Rest seines Körpers viel zu lang; sie reichten wie bei einem Affen ein gutes Stück weiter als bis zu den Oberschenkeln und endeten in entsprechend großen Pranken, deren schmale Finger er krumm hielt wie Krallen.

»Hierauf habe ich monatelang gewartet.« Er sprach Englisch mit tiefer Stimme und deutschem Akzent. Als er noch weiter hereinkam und grinste, sah Declan, dass er schiefe, gelbe Zähne hatte, konnte aber nichts vom Rest des Gesichts erkennen, denn der Kegel des Lichts aus dem Korridor erfasste seinen Kopf nicht ganz.

»Worauf gewartet?« Declan lehnte sich wieder an die Wand und legte seine angeketteten Hände auf die Knie.

»Dich persönlich zu treffen. Herauszufinden, ob all die Gerüchte über dich tatsächlich wahr sind. Bislang beeindruckst du mich allerdings nicht.«

Declan starrte ihn an. Er verspürte Ungewissheit – das Gefühl, das ihm irgendetwas entgangen war. *Wer war dieser Riese?* Er betrachtete ihn gründlich. Seinen abnormalen Wuchs konnte man auf keinen Fall übersehen, weshalb niemand, der ihn einmal gesehen hatte, den Anblick je vergessen würde. Das Einzige, was Declan wiedererkannte, war der Mantel, und zwar von den Grenztruppen der Deutschen Demokratischen Republik, die während des Kalten Krieges die Übergänge zur Republik bewacht und rigoros durchgegriffen hatten. Er schaute den Mann missmutig an. »Ich bedauere sehr, dich zu enttäuschen.«

Nun grinste der Mann noch breiter und wandte sich dem Betrunkenen hinter ihm nickend zu. Dieser streckte sich daraufhin in den Flur hinaus und pfiff. Kurz darauf kam ein dritter Kerl zur Tür, ebenfalls kahlköpfig und deutlich kleiner als der offensichtliche Anführer. Er stieß eine Frau mit verbundenen Augen in Handschellen vor sich her. Ihre Kleider und Strumpfhose waren zerrissen und schmutzig, und die Absätze ihrer Stöckelschuhe fehlten, doch Declan erkannte sie trotzdem sofort.

Der Mann blieb jetzt neben dem Riesen stehen und nötigte Harper, sich zu bücken. »Hier stehenbleiben«, befahl er auf Deutsch.

Sobald er von ihr abließ, richtete sie sich selbstbewusst auf, als sei sie auf alles gefasst, was man ihr antun könnte. Der Mann schnaubte verächtlich, rührte sie aber nicht mehr an.

»Sie haben sie mitgeschleppt, weil sie sie für deine Frau gehalten haben.« Der Riese streckte sich nach Harper aus und wickelte eine Strähne ihres rötlichen Haars um einen seiner knochigen Finger. »Aber das ist sie nicht, oder? Ich habe deine Frau nämlich schon einmal gesehen. Sie ist eine echte Augenweide. Jemand, mit dem ich … bestimmt gut auskäme.« Er ließ bei diesen Worten sein Becken kreisen. »Ganz anders als dieser schmalbrüstige Spitzel hier. Das ist sie doch, oder? Vom MI5 oder MI6?«

Declan antwortete nicht.

Der Mann zuckte gleichgültig mit den Schultern. »Ich kann sie mittlerweile schon riechen. Sagen wir mal, die Dame wird so aus dem Weg geschafft wie dein Freund – O'Reilly, nicht wahr?«

Für Declan brach eine Welt zusammen. Sie hatten Shane tatsächlich hingerichtet! Er ließ den Kopf hängen und versuchte, ruhig zu atmen, konnte es jedoch nicht. Ein Hitzegefühl stieg in ihm hoch, sodass er aufsprang und so weit nach vorn stürzte, wie er nur konnte, bevor ihm die Ketten Einhalt geboten.

Der Riese lachte daraufhin laut. »Da ist ja endlich ein Flämmchen des Feuers, das ich erwartet habe.« Grinsend fuhr er fort: »Du würdest mich gerne umbringen, was?« Als er seinem Handlanger erneut zunickte, nahm dieser eine Pistole mit Schalldämpfer aus seinem Mantel und hielt sie Harper an den Kopf. Diese zuckte wegen des kalten Metalls an ihrer Schläfe zusammen.

Ihr Mitgefangener achtete dabei auf die Augen des Mannes, der jetzt langsam Druck auf den Abzug ausübte. Die Lider zogen sich ein wenig zusammen … ein verräterisches Zeichen. Declan drehte den Kopf zur Seite und schloss seine Augen, sobald der Schuss in der Zelle widerhallte.

# Kapitel 23

*05:46 Uhr Ortszeit, St. James's Park,*
*Westminster, Londoner Innenstadt, England*

Egan nahm die Wendeltreppe aus Metall, die von der Hintertür seiner Wohnung in der Old Queen Street 39 hinunterführte, und eilte über das Kopfsteinpflaster durch den Garten. Er trug seinen Laufanzug und machte Dehnübungen an einem Zaun vor den Stadthäusern im Georgianischen Stil, die den bekannten Birdcage Walk flankierten.

»Guten Morgen, Sir.« Zwei Leibwächter, die jeweils einen identischen Trainingsanzug in Blau anhatten, standen vor einem hohen Eisengittertor.

Hume reagierte jedoch nicht darauf. Sie mussten ihn zwar jeden Morgen begrüßen und ihn beim Joggen begleiten, doch er fühlte sich nicht zum Erwidern verpflichtet und tat es in der Regel auch nicht. Während er mehrmals auf und nieder wippte, wobei er mit den Fußballen abrollte, nahm einer der Männer eine Sicherheitskarte heraus und zog sie durch einen Leser, um das Tor zu entriegeln. Sein Partner zog es auf und trat zur Seite.

Hume lief auf der Stelle, bis ein Auto vorbeigefahren war, und überquerte dann die Straße. Die beiden Aufpasser nahmen seinen Rhythmus mit ein paar Yards Abstand auf. So lief das Trio gemeinsam auf das Gelände des St. James's Park.

Erste Sonnenstrahlen fielen jetzt über die Baumwipfel, Wiesen, Zäune und Bänke der siebenundfünfzig Morgen. Alles war mit dicken Tautropfen überzogen. Zu dieser Stunde hatten erst wenige Bürger ihr Zuhause verlassen, die meisten von ihnen Frühsportler wie Hume. Da er beim Joggen eher wie ein flüchtiger Gorilla als wie ein laufender Zweibeiner aussah, schaute ihn mancher im Vorbeikommen verwundert an.

Möglicherweise bildete er sich das aber auch nur ein, aber es war ihm sowieso egal. Immerhin fungierte er als Schattenpremier des Vereinigten Königreich – und sie? Was waren sie? Buchhalter? Anwälte? Bedienungen wie jene, die ihm in einer Stunde seinen ersten Kaffee servieren würde? Bauern waren es, genauso wie die Männer hinter ihm, schlicht und ergreifend Bauern.

Als er das Ufer des Sees in der Mitte des Parks erreicht hatte und über die Blue Bridge trabte, bekam er einen Teil des Buckingham Palace zu sehen. Am Ende der Brücke gesellte sich ein anderer Läufer mit einem schwarzen Anzug und gleichfarbiger Strickmütze zu ihm. Hume beachtete ihn nicht weiter. Nicht dass es vollkommen ungewöhnlich gewesen wäre, von einem einfallsreichen Reporter, der auf einen exklusiven Kommentar hoffte, belästigt zu werden, doch seine Leibwächter nahmen solche Störungen sehr ernst. Hume holte gleichmäßig Luft und zwang sich, stur geradeaus auf den Pfad zu schauen, während er die schwerfälligen Schritte der Sicherheitsmänner hörte, die schnell zu ihm aufschlossen. Wer auch immer ihn hier belästigen wollte, würde gleich eine satte Abreibung bekommen.

»Pfeifen Sie sie zurück.«

Hume schaute kurz zur Seite.

»Pfeifen Sie sie zurück!«

Diese Stimme kam ihm seltsam bekannt vor, doch er konnte sie nicht genau zuordnen. Er drehte sich zu dem Mann um, soweit er konnte, ohne aus dem Tritt zu kommen. »Sind Sie verrückt?« Als er das Gesicht erkannte, nahm er beide Arme in die Höhe, was den Leibwächtern zu verstehen gab, dass alles in Ordnung sei. Wenige Sekunden später hätten sie den Mitläufer nämlich sonst ergriffen.

»Was fällt Ihnen ein, auf diese Weise Kontakt mit mir aufzunehmen?«

»Wir müssen uns unterhalten.«

»Nicht hier, auf keinen Fall.«

»Doch, hier und jetzt. Es muss sein.«

Der Mann sprach mit unterschwellig drohendem Tonfall. Hume überlegte, wie er sich verhalten sollte.

»Fassen Sie sich kurz.« Er verlangsamte sein Tempo hinreichend, um sich zu seinen Begleitern umzudrehen. Sie wussten seinen Blick sofort richtig zu deuten, weshalb sie sich zurückfallen ließen, bis sie außer Hörweite waren.

»Das mit Allardyce muss heute passieren.«

»Wieso?«

»Weil er bereits Verdacht schöpft.«

»Und?«

»Und es ist nur eine Frage der Zeit – von wenigen Stunden vielleicht – bis er eine Fahndung nach mir aufgeben wird. Aus den Aufnahmen der Überwachungskameras vom Züricher Flughafen wird klar hervorgehen, dass die Männer, die McIver einkassiert haben, im Vorfeld von seiner Reisestrecke wussten. Und nur wenige Personen kannten den Plan. Deshalb wird er auf einen Maulwurf schließen.«

»Sie sagten doch, McIver hat seine Reise selbst organisiert.«

»Das tat er auch, doch Allardyce beschloss kurz vor knapp, ihm einen Geleitschutz zu geben, und dessen Vorbereitungen wurden hausintern getroffen.«

Hume ließ diese Informationen einen Augenblick lang sacken. »Können Sie die Zustellung des Videomaterials noch hinauszögern?«

»Ja, aber nur so lange, bis Sie Ihr Versprechen einlösen. Es muss unbedingt heute noch geschehen.«

Er schaute sich in einer Kurve nach Personen in der Nähe um, ehe er auf die Horse Guards Road einbog. Dort waren mehr Passanten unterwegs, und weniger als einen Block entfernt gab es Gebäude voller Regierungsangestellter, die sowohl ihn als auch den Mann identifizieren könnten, der sich ihm unerwartet angeschlossen hatte. Dieses Gespräch musste jetzt ein Ende finden.

»Gut, dann tun wir's heute.«

Nun scherte der schwarz gekleidete Läufer aus und schlug einen anderen Weg ein, der tiefer in den Park hineinführte. Die Leibwächter holten Hume wieder ein, woraufhin er bis zum Ende seiner Route rannte. Soeben hatte sich herausgestellt, dass es an diesem Dienstag in den Büros der britischen Regierung wesentlich turbulenter zugehen würde als sonst.

# Kapitel 24

*08:13 Uhr Ortszeit, Marsham Street 2, Innenministerium Ihrer Majestät Westminster, Londoner Innenstadt, England*

Nachdem sie den Sicherheitsdienst gerufen und einen unbeschrifteten Dokumentenumschlag, der auf mysteriöse Weise von der regierungseigenen Poststelle aus in Ihrem Büro gelandet war, nach verdächtigen Vorrichtungen oder Substanzen untersuchen lassen hatte, blätterte Meg Unruh den Inhalt durch. Einen Stapel Fotos im 8x10-Format. Sie betrachtete jedes Einzelne sorgfältig, konnte sich aber dennoch keinen rechten Reim darauf machen.«

Ihre Chefsekretärin, die alles gemeinsam mit ihr durchschaute, warf gelegentlich einen Seitenblick auf ihre Vorgesetzte.

»Ich weiß nicht.« Unruh zog ihre Schultern hoch, während sie die Bilder auf ihrem Schreibtisch ausbreitete. »Holen Sie mir Direktor Allardyce ans Telefon, Maeve. Das sind immerhin ausschließlich Fotos von ihm. Am besten erklärt er uns das Ganze selbst.«

»Wird gemacht, Ma'am.«

Die Frau ging hinaus und schloss die Tür des geräumigen, modernen Büros hinter sich.

Die Innenministerin war sich nicht sicher, was diese Schnappschüsse bedeuteten, beziehungsweise mit welcher Absicht der Fotograf sie gemacht hatte, doch eines stand definitiv fest: Dennis Allardyce musste sich dafür rechtfertigen.

Die Sekretärin kehrte zurück. »Ma'am?«

»In welcher Leitung wartet er?«

»Verzeihung, Ma'am, aber ich habe Direktor Allardyce noch nicht angerufen. Denn vorne ist jemand, der Sie dringend sprechen möchte.«

»Ich habe aber gerade zu tun.«

Die Frau sprach leiser weiter: »Es ist Mr. Hume, Ma'am, und er hat genau so einen Umschlag, wie er gerade vor uns liegt, bei sich.«

Unruh blickte auf und schaute ihr kurz in die Augen. »Dann schicken Sie ihn herein.«

Die Sekretärin schloss die Tür wieder. Nach einem kaum hörbaren Wortwechsel öffnete sie sich wieder, und herein kam der Oppositionsführer. »Guten Morgen.« Er setzte einen grauen Homburger Hut ab, der zu seinem Nadelstreifenanzug passte.

Die Ministerin richtete sich in ihrem Sessel auf und hüstelte. »Mr. Hume, mit welchem Anliegen beehren Sie mich heute?«

Er lächelte. »Ersparen wir uns doch die höflichen Floskeln, bitte. Sie fühlen sich nicht durch meinen Besuch geehrt, das weiß ich so gut wie Sie selbst.«

Sie gestand ihm diesen Punkt achselzuckend zu. Der Mann hatte recht.

»Ich bekam heute Morgen zutiefst verstörende Post.« Er hielt einen Dokumentenumschlag in die Höhe, der tatsächlich identisch mit dem von Unruh war. »An den Fotos auf Ihrem Tisch sehe ich, dass Sie ebenfalls einen erhalten haben.« Nachdem er in einem von zwei Ledersesseln Platz genommen hatte, öffnete er seinen Umschlag.

»Ich weiß nicht, ob ich den Inhalt verstörend nennen würde, aber nun gut. Können Sie sich vielleicht vorstellen, woher er kommen mag?«

»Ich habe nicht die geringste Ahnung, obwohl in dem Begleitschreiben steht, dass er von MI5 stammt.«

»Ein Begleitschreiben? Bei mir steckten nur die Abzüge darin.«

»Was Sie nicht sagen. Interessant.« Hume zog ein gefaltetes Blatt Papier aus dem Umschlag und reichte es über den Tisch. »Das Briefpapier stammt eindeutig vom Security Service und scheint echt zu sein, aber ein Absendername fehlt.«

Unruh klappte das Schreiben auf und sah beim Überfliegen bestätigt, was Hume gesagt hatte. Am Ende des drei Abschnitte umfassenden Texts, der eine Reihe von Differenzen mit dem neuen Generaldirektor des Innengeheimdienstes Dennis Allardyce erörterte, stand schlicht: »Hochachtungsvoll, Thames House«.

Die Ministerin faltete das Blatt wieder zusammen und legte es hin. »Sie wissen wirklich nicht, woher das kommt?«

»Nein. Die Polizei von Westminster geht der Sache noch nach, vielleicht lässt sich die genaue Herkunft ja irgendwie bestimmen, doch das ist ausgesprochen unwahrscheinlich. Der Umschlag kam per Hauspost vom Thames House, also haben ihn auf dem Weg Dutzende Personen angefasst und ihre Fingerabdrücke darauf hinterlassen, was eine Untersuchung nahezu sinnlos macht.«

»Aber nur wenige dieser Leute stehen auch mit dem Thames House in Verbindung.«

»Das stimmt, doch wir reden hier vom Geheimdienstmilieu, weshalb die Polizei die einzelnen Personen niemals ausfindig machen könnte. Nur wenn wir den Direktor selbst – diese Klagen betreffen ja ihn – und das Personal des Thames House hinzuziehen würden, ließe sich der Absender theoretisch identifizieren, aber ich wüsste nicht, wie dabei etwas Wahrheitsgemäßes herauskommen könnte. Vermutlich bleibt uns keine andere Wahl, als von der angegebenen Herkunft auszugehen.«

»Da muss ich Ihnen aber entschieden widersprechen.«

»Das dachte ich mir bereits. Das ändert allerdings nichts an den Fakten: Das Briefpapier ist zweifellos echt, die Zustellungsmethode entsprach den offiziellen Kommunikationsmethoden unserer Regierung – einzig deren Beamte haben Zugang auf das interne Verteilersystem – und nur wenige Personen, die nichts mit dem Thames House zu tun haben, können einigermaßen sicher wissen, wo sich Direktor Allardyce zu dieser oder jener Zeit aufhält, um ihn so fotografieren zu können. Da die Bilder augenscheinlich an unterschiedlichen Orten gemacht wurden, ist das Zufallsglück seitens ihres Urhebers wohl auszuschließen.«

»Selbst, wenn dieses Schreiben echt ist – und ich glaube nicht, dass es das ist – dürfen wir nicht einfach darauf schließen, dass es die Meinung des gesamten Personals im Thames House und nicht bloß die einer Handvoll verprellter Einzelner mit subjektiven Beweggründen repräsentiert.«

»Das ist richtig, doch unabhängig davon, verleihen diese Fotos einem anderen Verdacht deutlich Nachdruck. Wie Sie wissen, bin ich der Abgeordnete des Wahlkreises Glasgow-Mitte. Gestern Morgen riefen mich die Anwälte eines gewissen Reece Findlay an. Er ist der Mann in Handschellen auf mehreren dieser Bilder.« Hume nahm sein Smartphone aus der Innentasche seines Anzugjacketts und tippte den Bildschirm an. »Sie bereiteten sich gerade darauf vor, Anklage beim Europäischen Gerichtshof für Menschenrechte zu erheben, weil ihr Mandant während einer Befragung Sonntag früh angeblich misshandelt worden sei.« Er übergab Unruh das Telefon. »Gestern Nachmittag schickten sie mir dann diese Fotos von seinem körperlichen Zustand.«

Nachdem die Ministerin das Gerät genommen hatte, betrachtete sie den Touchscreen und wischte seitwärts, um sich die Bilder des Mannes mit blutendem und geprelltem Gesicht anzuschauen. »Das ist doch vollkommen verrückt. Ich kenne Dennis Allardyce seit dreißig Jahren, und er hat sich nie an jemandem vergriffen, außer sein Leben oder das von Unschuldigen wurden zuerst bedroht.«

»Mag sein, aber leider ist das noch nicht das Ende vom Lied. Reece Findlay wurde heute kurz nach Sonnenaufgang tot aufgefunden. Seine Leiche trieb auf dem Kelvin River.«

Unruh schaute ihn mit einem stechenden Blick an. »Worauf wollen Sie hier hinaus? Den Generaldirektor vom MI5 des Mordes zu beschuldigen, ist unterste Schublade, selbst für Sie, Mr. Hume.«

Er hielt beide Hände in die Höhe. »Ich beschuldige ihn nicht und denke auch keine einzige Sekunde lang, Direktor Allardyce sei imstande, jemanden zu verprügeln oder zu töten, aber ich hatte gestern Vormittag in der Tat ein Gespräch über diese Vorwürfe mit ihm. Demnach war er unbestreitbar im Bilde, hätte ein Motiv und auch die erforderlichen Mittel zur Hand gehabt, falls er dazu geneigt gewesen wäre, etwas dagegen zu unternehmen.«

Die Ministerin starrte den Oppositionsführer weiterhin streng an.

»Ich brauche Ihnen ja wohl keine weiteren Anschuldigungen aufzulisten, die in jüngerer Zeit gegen die Geheimdienste erhoben wurden, um Ihnen begreiflich zu machen, was hier geschieht, falls die Presse eingeweiht wird. Mr. Findlay war der einzige Zeuge. Ohne ihn können die Kläger keine Anhörung vor Gericht erreichen, es sei denn, die Polizei deckt irgendwelche anderen Beweise auf, doch das wird die Medien und das Volk nicht daran hindern, sowohl den Direktor als auch die Regierung, die ihn ins Amt gesetzt hat, vor dem Gericht der öffentlichen Meinung zu verurteilen.«

»Das ist es also?«, fragte Unruh mit rotem Gesicht und erhobener Stimme. »Sie sind nur hergekommen, weil Sie sich solche Sorgen um die Regierung machen, deren hoheitliche Opposition Sie vertreten, dass Sie uns vor einem drohenden Skandal warnen wollen? Nun dann, besten Dank dafür.«

Hume lächelte, wobei offensichtlich war, dass ihm ihr Sarkasmus nicht entging. »Ich bin hergekommen, um mit Ihnen zu reden, wie es sich der Verfasser dieses Schreibens ohne Zweifel gewünscht hat, und um Sie darauf hinzuweisen, dass Allardyce in der Vergangenheit schon oft genug verantwortungslos gehandelt hat. Diese Fotos beweisen deutlich, dass er dies auch weiterhin tut. Spekulieren Sie von mir aus über meine Motive, wie Sie wollen, aber für mich ist der Fall sonnenklar. Den Mann, der mit der Leitung einer unserer wichtigsten Staatssicherheitsbehörden betraut wurde, des Mordes an einem Zeugen und widerrechtlicher Handlungen seiner Dienststelle beschuldigt zu sehen, ist eine Ablenkung, die mir fernliegt in Zeiten, wo unsere Nation einer realen und ständigen Bedrohung in Gestalt von Terroristen gegenübersteht, sowohl im Aus- als auch im Inland.

In den letzten vierzehn Tagen wurden zwei Anschläge auf uns verübt. Sechsundfünfzig Bürger, Polizeibeamte und Notfallhelfer haben ihr Leben verloren, nicht zu vergessen die mehr als zweihundert Verletzten. Ich für meinen Teil glaube nach unserem gestrigen Treffen mit der Premierministerin nicht, dass Direktor Allardyce bei den Ermittlungen zu diesen Attentaten auch nur annähernd vor einem Durchbruch steht, geschweige denn dazu beitragen kann, weitere Anschläge zu verhindern. Welche Stadt ist als Nächstes dran? Maidstone? Margate? Glasgow? London? Wie viele Briten werden dabei bluten müssen?«

»Sie haben sich klar genug ausgedrückt, also: Was wollen Sie von mir?«

Hume lehnte sich in seinem Sitz nach vorn und nestelte an seinem Krawattenknoten herum. »Wie auch im letzten Abschnitt des Schreibens steht, vermute ich, dass wir beide diese Fotos erhalten haben, um uns bewusst zu machen, dass die gegenwärtige Regierung den Vorfall nicht einfach abtun sollte. Direktor Allardyce und der MI5 unterstehen Ihrer Aufsicht. Sollte ich mich dazu gezwungen sehen, bin ich gewillt dazu, ein Misstrauensvotum gegen Sie als Innenministerin einzulegen, außer der Mann wird sein Amt sofort vollständig und bedingungslos niederlegen.

»Die Erfolgschancen von Misstrauensvotums seitens der Opposition waren in der Vergangenheit äußerst gering, Mr. Hume.«

»Das ist wahr, aber was schätzen Sie, wie viele Skandale die Regierung Imogen Clarke noch verkraftet? Und möchten Sie Ihre weitere politische Laufbahn wirklich von der Einstellung des Parlaments gegenüber einem Geheimdienstdirektor abhängig machen, der sich immer noch mit einem IRA-Terroristen trifft?«

Unruh schaute noch einmal auf die Fotos auf ihrem Schreibtisch, die Declan McIver beim Einsteigen in den Range Rover des MI5-Chefs zeigten. *Verdammt soll er sein.* Sie hatte Allardyce genau aus diesem Grund davor gewarnt, mit McIver Kontakt aufzunehmen, und obgleich sie Hume nur ungern recht geben wollte, entsprach es absolut nicht der Norm, dass der Direktor während eines Verhörs präsent war. Seine Aufgabe bestand eher im Vermitteln zwischen der Obrigkeit in der Downing Street 10 und dem Agentenkader des Thames House, der aufgrund mangelnder politischer Weitsicht manchmal dazu neigte, sich in Teufels Küche zu bringen. Sonntagmorgens hätte der Mann in einer einschlägigen Kirche beten oder auf einem Golfplatz einlochen sollen, anstatt sich Gott weiß wo in leerstehenden Gebäuden herumzutreiben. Dieser elende Mistkerl.

»Geben Sie mir ein bisschen Zeit, um die verschiedenen Optionen in Ruhe durchzugehen.«

Hume erhob sich von seinem Platz und setzte den Hut wieder auf. »Bis heute Mittag. Willigen Sie nicht ein, stelle ich die Vertrauensfrage während der Nachmittagssitzung.«

# Kapitel 25

*09:49 Uhr Ortszeit, unbekannter Ort irgendwo in der Schweiz*

Während sich Declan erneut im Halbdunkel des Raums umschaute, versuchte er, sich auf etwas anderes als seine Schmerzen zu konzentrieren. Endlich war Tageslicht durch die winzigen Lücken zwischen den Brettern vor dem Fenster gedrungen und sorgte für ein Mindestmaß an Helligkeit. In der Luft schwebte ewig alter Staub in Flusen, doch nichts, was er sah, konnte ihn davon ablenken, was im Laufe der Nacht geschehen war. Abermals zog er mit aller Kraft an seinen Ketten, die ihn an der Mauer festhielten. Seine Handgelenke waren vor lauter Anstrengung bereits aufgeschürft, teils auch aufgeschnitten, doch befreien konnte er sich trotzdem nicht. Dies war ohne Schlüssel oder Werkzeug zum Durchtrennen der Ketten einfach unmöglich. Er ließ seine Arme so tief herunterhängen, wie es die Ketten zuließen, und lehnte sich einmal mehr gegen die Wand. Dieses Gefühl von Machtlosigkeit war er einfach nicht gewohnt.

Die Nacht hatte für ihn in vollkommener Finsternis begonnen. Er hatte angenommen, die Agentin, die er als Harper kannte, sei tot, doch dann hatte sie sich plötzlich im Dunkeln bewegt. So gern er sich nach ihr ausgestreckt hätte, sich um ihre Wunden gekümmert und kampferprobte Ersthilfetechniken angewandt hätte, damit sie überlebte, bis Rettung kam, falls dies je geschehen würde, war er wegen der Ketten außerstande gewesen, sich ihr weit genug zu nähern. Die Befürchtung, sie würde über kurz oder lang verbluten, hatte sich ihm aufgedrängt, genausō wie die Vorstellung, ihr beim Sterben zuhören zu müssen.

Dann aber war sie laut geworden. Ihre Stimme hatte genauso überrascht geklungen, wie sich Declan vorgekommen war; so als sei sie selbst erstaunt darüber, noch am Leben zu sein. Declan hatte gehorcht, während sie sich nach Verletzungen abgetastet und keine entdeckt hatte. Die Hinrichtung war nur Show gewesen – die erste in einer langen Nacht voller Tricks, um sie beide geistig und körperlich zu quälen. Eiskaltes Wasser. Elektroschocks. Hitze. Lärm. Zwang zu schmerzhaften Körperhaltungen – all dies war während der letzten Stunden zur Anwendung gekommen. Schließlich hatte der Riese wieder hereingeschaut.

»Hoffentlich ist dir dein Nachtquartier nicht zu unbequem gewesen. Beim DDR-Grenzschutz habe ich so einiges gelernt.«

Kurz, nachdem er eingetreten war, hatte er Harper von seinen Männern mitnehmen lassen und sich wieder verzogen. Anhand der Gesichter der beiden waren ihre Pläne mit der Frau mehr als klar gewesen. Obwohl es noch nicht lange her war, hatte Declan noch keine Schreie gehört. Warteten die Typen noch, oder gönnte sie ihnen die Freude an ihrem Leid einfach nicht? Er bemühte sich, sämtliche Vergewaltigungsszenarien aus seinem Kopf zu verbannen.

Er kannte Harper zwar kaum, aber niemand verdiente so etwas.

Unverhofft wurde die Tür aufs Neue geöffnet. Jemand zog langsam den Riegel zurück, woraufhin sie Zoll für Zoll aufging, und zwar viel langsamer als bisher. *Welche Art von Folter blühte ihm jetzt?* Was sie ihm bisher angetan hatten, war in irgendeiner Weise schlimmer als die Methoden der britischen Sicherheitsdienste während seiner Haft als verdächtiges IRA-Mitglied, also riss er sich mit dem festen Vorsatz zusammen, es zu ertragen – komme, was wolle.

Statt erneutem Schrecken stellte sich jedoch Verblüffung ein, denn durch den Türspalt schaute verstohlen ein alter Mann. Er sah sich offenbar nach etwaigen Gefahren in der Zelle um. Da er nichts entdeckte, fiel sein Blick auf Declan.

»Mein Gott«, sagte er auf Deutsch.

Dann öffnete er die Tür ganz und richtete sich auf, während er eine doppelläufige Flinte im Anschlag hielt. Declan konnte ihn nicht genau einschätzen. Der Kerl hantierte mit der Waffe herum, als habe er Erfahrung damit, wie man sich auf feindlichem Terrain verhielt, erinnerte aber äußerlich keineswegs an einen Soldaten, sondern höchstens an einen Bauern. Er trug alte Stiefel, die mit getrocknetem Schlamm verkrustet waren, seine Drillichhose war bis zu den Knien nass, als sei er durch hohes Gras gewatet, und da er die Ärmel seines gefütterten Flanellhemds an den Unterarmen hochgekrempelt hatte, sah Declan dort eine verblasste Tätowierung. Sein Gesicht war faltig, wirkte aber freundlich, und sein weißer Schopf – viele Haare waren ihm nicht mehr geblieben – war größtenteils von einer grauen Mütze bedeckt.

»Was ist denn hier los?«, fuhr er in seiner Muttersprache fort und trat näher.

Declan ging nicht auf diese Frage ein, obwohl er sie verstand.

Der Mann drehte sich in den Korridor um und runzelte die Stirn. So wie er sich benahm und angesichts seiner offensichtlichen Verblüffung, einen Gefangenen in Ketten hier vorzufinden, vermutete Declan, dass er nicht zu den Handlangern des Riesen zählte. *Wer aber könnte er sonst sein? War er hierhergekommen, um ihm zu helfen?*

Schließlich nickte er McIver zu. »Englisch?«

Dieser erwiderte mit gleicher Geste. Declan war zwar auch des Deutschen mächtig, traute sich aber einstweilen nicht zu, etwas anderes als seine eigene Sprache zu benutzen.

Der Fremde ließ sich auf ein Knie nieder und legte die Flinte hin, wobei ein brauner Rucksack von seiner Schulter rutschte. Nachdem er dessen Reißverschluss aufgezogen hatte, nahm er einen Bolzenschneider heraus. »Halten Sie still.«

Declan wich zurück. *Mit wem hatte er es hier zu tun, und wie war der Mann darauf gekommen, ein solches Werkzeug mitzubringen? Handelte es sich dabei vielleicht nur um ein weiteres Täuschungsmanöver? Wollten die Verbrecher ihn befreien und ihn aus der Zelle locken, damit er ihrem wartenden Anführer in die Hände lief?* »Wer sind Sie?«

Der Fremde drehte sich wieder nach der Tür um. »Der Ziegenhirte, der auf diesen Ländereien nach dem Rechten sieht, aber das ist momentan unwichtig. Kommen Sie, ich schneide Sie los.«

Declan schaute ihn weiter misstrauisch an, nahm aber langsam seine Hände herunter. Welchen Streich man ihm auch immer zu spielen gedachte: Es würde so oder so geschehen, ob er nun freiwillig mitmachte oder nicht, und die Fesseln loszuwerden, verschaffte ihm vielleicht einen Vorteil.

Der Alte packte die Ketten und setzte den Bolzenschneider an einem Glied an. Er zog eine Grimasse, als er die Griffe zusammendrückte, doch nach mehreren Sekunden mit kurzen Pausen dazwischen brach das Metall endlich und fiel auf den Boden. Declan berührte den kalten Beton nun zum ersten Mal seit Stunden.

Während der Mann die Manschetten untersuchte, die noch an den Händen des Gefangenen hingen, sagte er: »Damit werden wir wohl bis später warten müssen. Jetzt kommt es nur darauf an, dass wir uns schnell aus dem Staub machen.«

Declan ließ sich von ihm aufhelfen, indem er sich an ihm festhielt. Nach so langer Zeit wieder zu stehen tat ganz schön weh, doch er spürte sofort, wie sein Blut in Wallung geriet. Behutsam zog er sein schmutziges, zerrissenes T-Shirt aus und warf es beiseite.

»Mein Gott.«

Als er sich dem Alten wieder zuwandte, betrachtete dieser Declans Oberkörper, der von Verbrennungen ersten Grades gezeichnet war. Er selbst blickte ebenfalls daran hinunter. Neben den Flecken, die an einen Sonnenbrand erinnerten, konnte er auch mehrere rote Punkte wie Münzen erkennen – Spuren des Tasers, den man ihm im Laufe der Nacht immer wieder aufgedrückt hatte. Er wollte sich aber nicht weiter damit beschäftigen und streckte sich stattdessen. Er war froh, als Mann über vierzig wesentlich fitter zu sein als mancher, der nur halb so alt war.

»Ist noch jemand hier?« Der Mann steckte den Bolzenschneider wieder zurück in den Rucksack und hängte sich diesen über die Schulter.

Declan überlegte, was er darauf antworten sollte. Denn er wusste genau, dass er nicht allein im Gebäude war, aber im Bestreben, Harper zu retten, würde man sie zweifelsohne schnappen. Sie zurückzulassen würde im Gegenzug aber zur Ablenkung jedes Übeltäters im Gebäude reichen, sodass er gemeinsam mit diesem Mann, wer auch immer er war, höchstwahrscheinlich längst über alle Berge war, wenn jemand seine Flucht bemerken würde – all dies gesetzt den Fall, dass es sich hierbei wirklich um einen Befreiungsversuch handelte.

»Ja.«

Declan entschied sich dazu, Harper zu helfen. Auch ohne eine Bestätigung ihrer Identität und ihrer Auftraggeber sah er sich einfach dazu gezwungen, sie zu retten. An der Tür horchte er ein paar Sekunden lang. Dass momentan nirgendwo im Gebäude Schreie ertönten, machte ihn stutzig. »Da ist noch eine Frau. Eine britische Geheimagentin.«

Einen Moment lang meinte er, der Alte schaue ihn enttäuscht an. *Hatte er vielleicht gehofft, dass es jemand anderes sei?* McIver verwarf diese Vermutung aber wieder. Bei Gelegenheit würde ihm der Mann vielleicht seine Geschichte erzählen, aber jetzt war nicht der richtige Zeitpunkt dafür.

»Von wie vielen Personen wurden Sie hier gefangen gehalten?«

Declan schüttelte den Kopf. »Das weiß ich nicht. Mindestens fünf.« So viele verschiedene Männer hatte er jedenfalls während dieser Nacht zu Gesicht bekommen. Als er auf den Flur schaute, dämmerte es ihm, dass er gar nicht sagen konnte, wie groß das Gebäude überhaupt war – nicht einmal, wo es sich befand. In Wirklichkeit konnten es natürlich auch mehr als fünf Entführer sein. Er bückte sich und hob die Flinte auf, die der Mann mitgebracht hatte. Einen Augenblick lang wartete er fast darauf, zurückgehalten zu werden, doch der Alte tat nichts dergleichen. Dann legte er den Verschlusshebel um und klappte sie auf, um die Stanzung hinten an den Patronen lesen zu können: Kaliber 12, Schrot. Es war zwar nicht seine erste Wahl für taktische Manöver jeglicher Art, musste aber im Moment genügen. Gut möglich, dass er diesem Kerl letzten Endes doch trauen konnte. »Haben Sie noch mehr Munition?«

Nun wurde der Alte misstrauisch. »Wer sind Sie eigentlich?«

Das machte Declan sprachlos. *Wieso war das jetzt auf einmal von Bedeutung?* Solche Fragen kamen ein bisschen spät, denn immerhin hatte der Mann ihn schon von seinen Ketten befreit. »Ich bin ein Freund der Agentin, die hier noch festgehalten wird. Man brachte uns gestern Nachmittag zusammen hierher.«

Der Fremde langte in die Brusttasche seines Arbeitshemds und nahm vier weitere Patronen heraus. McIver ließ sie sich geben und steckte sie in seine Jeans. Besser als nichts.

»Sind Sie wirklich dazu imstande, zu kämpfen?« Der Mann schaute wieder auf seine Brandverletzungen.

Declan hatte einen Adrenalinschub, der schon ein paar Minuten dauerte, seit endlich eine Flucht in Aussicht stand. Und ob er zu kämpfen imstande war! Er klappte die Flinte schwungvoll zu und nickte. »Ich weiß leider nicht im Geringsten, wo wir hier sind. Erzählen Sie's mir?«

»In den Bergen nordöstlich von Braunwald.«

Das machte Declan immer noch nicht schlauer. »Wie weit entfernt ist das von Zürich? Gehört das noch zur Schweiz?«

Der Mann antwortete: »Ungefähr zwei Stunden, und ja, das Dorf liegt in der Schweiz.«

Declan nickte wieder. Er war zwar in einem dunklen Kofferraum eines Pkws eingesperrt gewesen, aber zwei Stunden deckten sich mit seinem Zeitempfinden während der Fahrt vom Flughafen aus am vorangegangenen Nachmittag. »Wozu dient dieses Gebäude eigentlich?«

»Früher war es eine geschlossene Klinik für Tuberkulosepatienten. Allerdings steht sie mittlerweile schon seit vielen Jahren leer. Wo wird die Frau gefangen gehalten?«

»Ich habe leider keine Ahnung.«

Nun schüttelte der Alte seinen Kopf. »Das Gebäude ist sehr groß. Es hat neunundvierzig Zimmer.«

Nun machte Declan große Augen. So viele Räume konnte er unmöglich nur mit einer Flinte und einem Gefährten durchsuchen, der alt genug war, um den Zweiten Weltkrieg miterlebt zu haben. Falls dieser Bau nur ungefähr so angelegt war wie andere Krankenhäuser auf der Welt, die man Mitte des letzten Jahrhunderts errichtet hatte, handelte es sich hierbei um einen Irrgarten aus Stationen mit unzähligen Krankenzimmern und Labors. »Wie weit ist es bis zum nächsten Ausgang?«

»Ein kurzes Stück den Flur hinunter, und dort können wir eine Treppe nach unten nehmen, die hinausführt.«

Plötzlich hallte eine Stimme durch den Korridor, weshalb Declan kurz innehielt und seinen Begleiter anstarrte. »Wartet«, hörte er. »Ich bin gleich zurück.«

»Verschwinden wir«, flüsterte er und winkte seinem Befreier zu, um sich von ihm führen zu lassen. Der Mann betrat den Flur, woraufhin Declan die Tür schloss, indem er die Klinke nach unten drückte, damit das Schloss leise einrastete. Anschließend ging er hinter dem Alten her, wobei er die Flinte in die Richtung richtete, woher die Stimme gekommen war.

Etwa zwanzig Fuß von der Zelle aus bogen die beiden in eine Mauernische ein, wo eine kurze Treppe nach unten führte. An deren Fuß gab es eine Tür, die mit einem Stein aus einer Mauer offengehalten wurde. Beim

Hinausgehen übernahm McIver die Führung. Als sie eine halbmondförmig gebaute Veranda erreichten, schwenkte er kurz die Flinte hin und her. Zum ersten Mal seit dem vorherigen Nachmittag konnte er sich an der frischen Bergluft weiden, die im Gegensatz zu jener im Gebäude frei von Staub und Verfallsgestank war. Allerdings reizte die Kühle seine Verbrennungen, was ihm sofort Schmerzen verursachte. Als er sah, dass die Veranda verlassen war und man die anliegenden Zimmer genauso, wie sein Verlies, verrammelt hatte, senkte er die Waffe und wartete. *Hatte ihm der Mann, dessen Stimme er gehört hatte, einen Besuch abstatten wollen?* Falls ja, könnte er jeden Augenblick Alarm schlagen.

Mindestens eine Minute verging, ohne dass andere Geräusche außer dem Keuchen des Alten und dem Vogelgezwitscher in der Ferne erklangen.

Nach einer weiteren Minute folgte jedoch ein lauter Quietschton. Declan erkannte sofort, dass dieser von der Klappe unten an der Tür seines Kerkers stammte. Daraufhin folgte ein vertrautes Rappeln, als ein Tablett mit Essen hindurchgeschoben wurde, und schließlich ein Knall. Er atmete erleichtert auf. »Wir sind erst mal aus dem Gröbsten raus.«

»Aber was nun?«, wollte der Alte wissen.

Declan grübelte kurz nach. Die Entscheidung, Harper einem derart düsteren Schicksal zu überlassen, widerstrebte ihm zutiefst, doch seine Prioritäten hatten sich deutlich verschoben, seit er wusste, dass er Vater wurde. Mehr als alles andere in seinem Leben wollte er erleben, wie sein Baby zur Welt kam. Er starrte in Gedanken versunken in den zugewachsenen Hof unter der Veranda. Die Agentin nicht mitzunehmen bedeutete allerdings feiges Wegrennen. Der Versuch, sie zu retten, zog hingegen nach sich, dass er sich angreifbar machte, kämpfen musste und mit hoher Wahrscheinlichkeit wieder gefangen genommen oder umgebracht wurde. Als er zu seinem Begleiter aufschaute, kam ihm plötzlich eine Idee – ungeachtet der Frage, wer dieser Mann war, war er hier, um Declans Leben zu retten, weil er das Leben als wertvoll erachtete. Declan sah dies genauso. Denn zu viele hatte er sinnloserweise sterben sehen müssen, und auch Harper war jemandes Tochter. Er hob die Flinte wieder an. »Wie gut kennen Sie sich in dem Gebäude aus?«

»So gut wie in meinem eigenen Haus.«

Ein Anflug von Traurigkeit huschte über die Züge des Mannes. Irgendetwas verband ihn mit der alten Klinik, und falls sie die nächste Stunde überstanden, würde Declan ihn fragen, was es damit auf sich hatte. »Wenn Sie sich für ein paar Tage hier verschanzen müssten, wohin würden Sie sich zurückziehen?«

Der Fremde dachte kurz nach. »Die am besten erhaltenden Zimmer sind die Wohnquartiere der Schwestern im zweiten Stock. Deren Betten sind teilweise sogar noch benutzbar.«

»Dann verstecken wir uns also dort. Wo müssen wir lang?«

Der Alte zeigte auf die andere Seite der Veranda. »Vom Hof aus führt eine Außentreppe direkt in die zweite Etage, aber wir müssen gut aufpassen. Denn die Eingangstür ist nur ein paar Fuß von den Zimmern entfernt. Wir könnten also leicht entdeckt werden.«

Declan nickte und machte sich auf den Weg über die Veranda, wobei er mehrmals zur Seite treten musste, an Stellen, wo der Betonboden zerbröckelt war. Ihm fiel ein, dass er mit seiner Mutter als kleiner Junge mal jemanden in einer ähnlichen Anstalt besucht hatte. Er wusste zwar nicht mehr, wer diese Person gewesen war, aber er erinnerte sich noch daran, auf einer vergleichbaren Terrasse gesessen zu haben, wo reihenweise Liegen gestanden hatten. Einen Mundschutz zu tragen war Pflicht gewesen, also konnte es tatsächlich ebenfalls eine Tuberkuloseklinik gewesen sein. Seinerzeit hatte man den Betroffenen nämlich immer Frischluftkuren verschrieben.

Er verdrängte die Vergangenheit wieder, als sie zum Geländer der Veranda kamen. Geschützt durch die Brüstung suchte er den Hof an der Gebäudeseite mit vorgehaltenem Gewehr ab. Zum ersten Mal, seit er aus dem Kofferraum gehoben worden war, und einen knappen Eindruck von der Umgebung erhalten hatte, sah er sie wieder und dieses Mal umso deutlicher.

Auf dem Hof, der rechteckig war, standen mehrere Tische und Stühle aus gewundenem Eisen. Das Gras war fast bis an die Tischplatten hochgewachsen, und eine Vielzahl wild wuchernder Büsche und Bäume zog sich rings um das steil abschüssige Gelände herum. Weiter entfernt erstreckte sich eine Gebirgslandschaft mit spitzen Höhenzügen, vereinzelte Bauernhöfe, die beinahe altertümlich wirkten und majestätisch schneebedeckte Felsgipfel, die über dem Wald emporragten. An einer Ecke hinten an der Klinik führte den Worten des Alten gemäß eine Betontreppe mit verrottetem Holzgeländer nach oben zu einer einzelnen Metalltür.

Declan beugte sich nach vorn und hüpfte dann von der Veranda. Der Mann tat es ihm gleich und stützte sich dabei auf die Schulter des Jüngeren, ehe er ächzend landete.

»Wie kommen wir am schnellsten wieder von hier weg?«, fragte McIver, während er zurückschaute.

Der Alte zeigte an der Veranda entlang. »An dieser Seite des Grundstücks beginnt ein Wald. Falls wir es bis dorthin schaffen, wird uns niemand entdecken, denn er ist sehr dicht. Es geht zwar steil bergab, doch wenn wir uns südlich zwischen den Bäumen halten, erreichen wir bald darauf die Braunwälder Vorstadt. Auf diesem Weg bin ich auch selbst hergekommen.«

Das hätte Declan nicht erwartet. »Sie haben gar kein Auto?«

Der Mann verneinte kopfschüttelnd. »Braunwald ist eine fahrzeugfreie Zone.«

»Na großartig.«

Declan lief los und hielt sich bis zur untersten Stufe der Treppe geduckt. Wollten Sie Harper tatsächlich da rausholen, durften sie keine Zeit mehr verlieren. Sie brauchten unbedingt das Überraschungsmoment, und mit jeder verstreichenden Minute stieg die Wahrscheinlichkeit, dass jemand seine Flucht bemerken würde.

»Bleiben Sie hier.«

»Ich kann mich durchaus wehren. Sie werden mich brauchen.«

»Nein. Allein wieder hineinzukommen, ohne gesehen zu werden, ist bestimmt schon schwierig genug. Falls ich schnell abhauen muss, will ich nicht, dass Sie mich ausbremsen.«

»Aber …«

»Kein Aber. Ich weiß, was ich tue.«

Declan stieg bis zum ersten Treppenabsatz hinauf und richtete die Flinte dann auf die Tür, als er zum zweiten Absatz ging. Er suchte nach einer Scheibe oder Schlitzen in ihrem Blatt, durch die er vielleicht erkennen könnte, was ihn genau erwartete, doch sie verfügte über nichts dergleichen. Folglich musste er also blind in das Ganze hineinlaufen.

In dem Moment, als er eine Hand auf die Klinke legte und sie niederdrückte, warf er noch einen kurzen Blick auf den Alten. Dann zählte er im Kopf bis drei und stieß die Tür weit auf, wobei die Angeln laut quietschten. Die Reaktion von drinnen erfolgte prompt …

# Kapitel 26

Als Declan vom oberen Treppenabsatz aus mit seitlicher Drehung eintrat und die Flinte schussbereit hochhielt, riefen zwei Männer verwirrt »Was ist los?« über den langen Flur.

Sie griffen beide sofort zu ihren Pistolen, doch der Eindringling war schneller. Er drückte einmal ab und traf den vorderen Mann mitten ins Gesicht. Sein zweiter Schuss war allerdings nicht so genau. Nur die Hälfte der Schrotkugeln erfasste ihr Ziel an der linken Oberkörperseite. Der zweite Mann schrie auf, wankte rückwärts und zog augenblicklich seine Waffe.

Declan stürzte vorwärts, erreichte ihn im Handumdrehen und schlug seinen Schussarm mit der Flinte zur Seite. Die Pistole fiel jetzt auf den Boden, woraufhin er dem Mann sofort den Gewehrkolben in einer Rückwärtsbewegung ins Gesicht rammte. Nachdem sein Gegner zusammengebrochen war, setzte er mit einem weiteren Stoß gegen die Schläfe nach. Zwei weitere folgten, dann blutete der Liegende und rührte sich nicht mehr.

Allerdings kam plötzlich ein dritter Mann aus einem Zimmer in der Nähe und versuchte gleichzeitig, sowohl seine Hose hochzuziehen als auch seine Pistole herauszuholen. Declan rannte ihm entgegen und trat mit einem Absatz gegen seinen Bauch, sodass er rückwärts gegen den Türrahmen knallte. Bevor sich der Kerl von der Erschütterung erholen konnte, hob Declan schon die Flinte und drosch sie mit dem Lauf auf seinen Nasenrücken. Sofort strömte Blut über seinen Mund und er sackte die Augen verdrehend zu Boden.

»Nicht schießen!«, rief jemand aus dem Zimmer auf Deutsch. »Nicht schießen!«

Declan sprang mit eingezogenem Kopf weg, klappte die Flinte auf und steckte zwei seiner zusätzlichen Patronen hinein. Nachdem er sie wieder geschlossen hatte, trat er dicht am Türrahmen vorbei ein. Ein entsetzt aussehender Mann mit grünem Kapuzenpullover stand mit erhobenen Händen an der hinteren Wand. Auf einem Metallrahmenbett mit Matratze ohne Bezug lag Harper mit über dem Kopf gefesselten Armen.

»Nicht schießen!«

Declan suchte ihn nach Waffen ab, fand jedoch keine. »Binden Sie sie los!«

Der Mann schaute panisch hin und her, blieb jedoch weiterhin stehen. »Machen Sie die Frau los!«, wiederholte Declan auf Deutsch. Nun bewegte sich der Kerl mit zitternden Händen auf das Bett zu. »Schneller!«

Er zog erst den Knoten an einem Handgelenk auf, dann den anderen. Als Harpers Arme auf die Matratze sackten, zog sie sofort ein Knie an und trat dem Mann in den Bauch. Er krümmte sich und fiel stöhnend auf den Boden.

»Weg hier.« Declan wartete, während Harper vom Bett aufstand und ihren Rock hinunterzog. Dabei bemerkte er, dass sie die dunkle Strumpfhose von zuvor nicht mehr trug. Verletzt schien sie aber nicht zu sein. Vielleicht war er gekommen, bevor jemand sie vergewaltigt hatte, doch wie sollte er sie danach fragen, ohne dabei unsensibel zu wirken? Kurz bevor sie das Zimmer verlassen hatten, streckte er einen Arm aus, damit sie innehielt.

Während er sich einen Zeigefinger vor den Mund hielt, wies er nickend auf den Mann am Boden. Harper deutete die Geste korrekt: *Passen Sie auf ihn auf.* Declan sah sich jetzt in dem Raum nach irgendetwas um, das ihm helfen könnte. Waffen entdeckte er leider nicht, nahm sich aber ein olivgrünes Button-down-Hemd, das an einem Bettpfosten hing, und zog es an. Es war ein wenig zu weit, doch er konnte es für seinen Plan trotzdem benutzen. Er kehrte jetzt zur Tür zurück, schob die Flinte am Rahmen hinaus und schwenkte sie dann zuerst in die eine und dann in die andere Richtung, ehe er den Flur betrat.

»Die Luft ist rein. Kommen Sie.«

Er ging Harper aus dem Weg und folgte ihr, nachdem sie das Zimmer verlassen hatte. Dabei richtete er die Waffe auf das hintere Ende des Flurs und behielt ihn im Auge, denn ein weiterer Angriff würde wahrscheinlich von dorther erfolgen. Die junge Frau bückte sich kurz und hob die Pistole auf, die er einem der Männer aus der Hand geschlagen hatte. Gerade als er jene des anderen an der Tür nehmen wollte, fielen zwei Schüsse. Er wich sofort in ein Zimmer zurück, als die Kugeln auch schon den Türrahmen trafen und Holzsplitter abplatzten. Harper kniete sich hin und erwiderte das Feuer. Während sie ihn auf diese Weise deckte, zog Declan die Pistole aus der Hand des Bewusstlosen, steckte sie in den Bund seiner Jeans und zielte anschließend mit der Flinte auf den Flur hinaus in die Richtung, woher die Schüsse gekommen waren.

»Wie viele sind es?«

»Einer, glaube ich.«

Er nickte. Harper feuerte noch einmal durch den Flur, während er sich der Eingangstür näherte. Nachdem er den Griff mit hochgestrecktem Fuß hinuntergedrückt und sie aufgestoßen hatte, richtete er die Flinte auf die Metalltreppe und anschließend nach unten auf den Hof, um etwaige Bedrohungen sofort ausschalten zu können. Dort wartete aber nur der alte Mann auf sie.

»Raus da!«, rief McIver, indem er die Waffe zurückschwenkte, um Harper Feuerschutz zu geben.

Sie gab noch einen Schuss in den Gang ab und schritt dann rückwärts zur Tür. Sobald sie herausgekommen war, schlug er die Tür zu. Dann bückte er sich nach einem Stück des wurmstichigen Geländers, das abgebrochen war, und schob es unter die Klinke, damit sich die Tür nicht mehr öffnen ließ. Drei weitere Schüsse fielen im Gebäude und durchschlugen das Blatt, während die beiden bereits die Treppe hinunterliefen.

»Hier.« Declan gab dem Alten die Flinte zurück. »Zwei Patronen stecken drin, zwei sind noch übrig.« Diese nahm er aus seiner Tasche und ließ sie in die Hand des Fremden fallen, während er die Pistole, eine H&K P8 9mm, aus seinem Hosenbund zog. Er klinkte das Magazin aus und zählte hastig die Kugeln. »Ist noch vollgeladen.« Danach schaute er Harper an, die mit dem gleichen Modell auf den oberen Treppenabsatz zielte.

Sie machte ein besorgtes Gesicht. »Ich habe drinnen fünf Mal geschossen. Keine Ahnung, wie viele Kugeln am Anfang geladen waren.«

Die Tür rappelte nun. Jemand mit wuchtigem Körper schien sie mit aller Kraft zu rammen. Der morsche Handlauf der Treppe hielt zwar noch, aber auch nur gerade so.

»Wir sollten uns beeilen.« Declan machte sich auf den Weg in Richtung Vorderseite des Gebäudes.

»Aber wir müssen hier entlang«, rief der Alte.

»Um an der Veranda hochzuklettern, fehlt uns die Zeit. Gelangen wir nicht auch in dieser Richtung dorthin?«

Der Mann nickte. »Doch, aber es ist sehr steil.«

Als Declan die beiden an der Seite der Klinik vorbeiführte, erkannte er, dass dies tatsächlich stimmte. Der unbefestigte Platz, der eigentlich als Vorhof hätte dienen müssen, fiel steil vom Gebäude ab und ging fünfzig Yards weiter in einen Wald über, der ein gutes Stück unterhalb der Höhe des Erdgeschosses begann. Fernab über den Wipfeln konnte Declan ein nebelverhangenes Tal sehen.

Sie hielten sich weiterhin geduckt, während sie sich an dem Steilhang entlangbewegten, und versteckten sich dann neben einem Teil des Betonfundaments, das über Jahrzehnte hinweg vom Regen freigelegt worden war. Declan bildete die Nachhut, indem er sich, so oft es ging, mit der Pistole nach hinten umdrehte und zu den vielen Balkons hinaufschaute. Harper bewegte sich nur sehr unsicher, weshalb ihr der Alte mehrmals helfen musste. Ihr fehlte nicht nur die Strumpfhose vom Vortag, sondern auch das Paar Pumps, also machte das raue Terrain ihren Füßen und Beinen sehr zu schaffen.

»Halt«, rief Declan, als sie der Ecke der Klinik näherkamen. Er ging in Schussstellung an den beiden vorbei und dann durch eine natürliche Wasserrinne hinauf. An deren Ende, wo man die Felsen abgetragen hatte, um eine geschotterte Einfahrt anzulegen, flachte das Gelände wieder ab. Ein schmaler Weg führte vom Gebäude fort, der jahrelang nicht gepflegt wurde und mit Gestrüpp überwuchert war, in einen dichten grünen Hain, wo sie schon bald nicht mehr zu sehen waren. Auf der anderen Seite der Einfahrt standen ebenfalls Bäume, und es ging weiterhin steil bergauf. Hoffentlich war dies tatsächlich der Wald, von dem der Alte gesprochen hatte.

Declan suchte jetzt die Umgebung mit der Pistole ab, ohne sich aber allzu weit aus dem Schutz des Gebäudes vorzuwagen. In der Einfahrt neben dem früher bestimmt sehr stilvoll gestalteten Haupteingang stand ein schwarzer Van, den er vom Züricher Flughafen wiedererkannte. Da er niemanden in der Nähe sah, drehte er um und half den beiden Wartenden beim Bewältigen der Wasserrinne.

Auf einmal ertönte Lärm durch die zerbrochenen Fenster der Klinik: zuschlagende Türen und hastige Schritte. McIver fuhr mit seiner Waffe herum, stellte jedoch fest, dass die Geräusche aus Dutzenden Zimmern kommen könnten. Sie mussten sich unbedingt schleunigst in dem Wald verstecken.

»Los, weiter.« Er scheuchte Harper und den Alten vor sich her, wobei er seitwärts ging, um sie verteidigen zu können. Als sie noch ungefähr die Hälfte des Wegs bis zur Einfahrt zurücklegen mussten, kam plötzlich der Riese mit erhobener Pistole zu der einst prachtvollen Eingangspforte gelaufen. Er feuerte zwei Mal, verfehlte das Trio jedoch. Sie blieben weiterhin in Bewegung, und Declan schoss ebenfalls drei Mal, sodass Splitter aus der Steinmauer über der Tür abbrachen. Der Riese wich kurz zurück, kam aber gleich darauf wieder hervor und feuerte weiter.

»Nicht stehen bleiben!« Declan drückte in schneller Folge ab, was den Mann nötigte, länger in Deckung zu gehen. Damit ihm die Munition nicht ausging, bis sie das restliche Stück bis zum Wald zurückgelegt hatten, schoss Declan schließlich langsamer. Nach dreißig Fuß lief er am ersten Baum vorbei und hörte auf zu schießen.

»Ahhh!« Der Riese tauchte wieder auf und eröffnete das Feuer von Neuem. Kugeln pfiffen durch den Wald, weshalb sich McIver nicht aufrichten konnte und sich geduckt unter den Ästen der Bäume an dem steilen Gefälle hinaufschleppte. Er trieb Harper und den Alten weiter an. Letzterer brach allerdings hundert Fuß weiter auf der Hügelkuppe atemlos zusammen. Er hielt die Hände hoch. »Ich … kann nicht mehr … muss … verschnaufen.«

Declan drehte sich zu ihm um und schaute zurück. Er machte sich darauf gefasst, jeden Augenblick wieder abzudrücken. Die Schüsse von unten hatten aufgehört. Die hohen Turmspitzen der Klinik ragten wie Bogenpfeile über der vernebelten Landschaft auf, doch den Riesen entdeckte er nicht. Ihnen in einem so dichten Gehölz zu folgen wäre auch äußerst töricht gewesen, vor allem, weil sie in einer höheren Lage waren.

Als sich Declan Harper zuwandte, stand diese neben dem Alten, und war ebenfalls merklich außer Atem. »Alles Okay mit Ihnen?«

Sie nickte, ohne zu antworten.

Er untersuchte sie erneut auf Verletzungen und fand immer noch nichts. Dann musterte er den Mann. Auch dieser war nicht augenfällig verwundet.

»Declan McIver«, sagte er und suchte dessen Blick.

Der Fremde nickte. »Hans Harkrader.«

»Woher wussten Sie, dass ich hier war?«

Dies hatte bisher aufgrund der hektischen Flucht keinerlei Rolle gespielt, lag ihm aber nun am Herzen.

»Das ist eine lange Geschichte, aber wir müssen zuerst schnell von hier verschwinden.« Harkrader warf einen Blick hinunter zu dem Gebäude. »Bis zu meiner Hütte in Braunwald sind es von hier aus etwa drei Kilometer. Dort sind wir sicher und können wieder zu Kräften kommen. Ich erzähle Ihnen dann gerne alles, was Sie wissen wollen, aber ich habe auch selbst noch ein paar Fragen.«

Declan schaute ihm weiterhin in die Augen. *Sollte er zu jemandem ins Haus gehen, den er gar nicht kannte, oder lieber auf eigene Faust weiterziehen?* Er wusste ja immer noch nicht, wo genau er war, zumal der Mann Kopf und Kragen riskiert hatte, um ihm, einen völlig Unbekannten, zu befreien. Deshalb verdiente der alte Mann wenigstens die Chance, sich ihm zu erklären und welche Fragen auch immer zu stellen. Darum willigte Declan ein und half Harkrader beim Aufstehen.

»Gehen Sie vor.«

# Kapitel 27

*17:19 Uhr Ortszeit, Marsham Street 2, Innenministerium Ihrer Majestät Westminster, Londoner Innenstadt, England*

In der Schule zum Direktor bestellt zu werden, verhieß selten etwas Gutes. Alle Stimmen im Saal verstummten jetzt, während die Lehrerin die Mitteilung vorlas, die man ihr gegeben hatte. Als sie aufschaute und ihren Blick über die Klasse schweifen ließ, wurden ein Dutzend Gebete in Richtung Himmel gerichtet: »Lass es nicht mich sein. Lass es nicht mich sein.« Würde man zu den vielen zählen, die erleichtert aufseufzten, oder sich langsam erheben und zur Tür gehen müssen, nicht ohne des Geflüsters aller anderen schmerzlich gewahr zu werden, während man den Raum durchquerte?

Jahrzehnte waren ins Land gezogen, seit Dennis Allardyce die Schule verlassen hatte, doch für all jene, die eine berufliche Laufbahn bei der Regierung einschlagen wollten, gab es stets einen Direktor und einen Saal voller Augen. Mit dem allzu vertrauten Gefühl, wieder Pennäler zu sein und ins Lehrerzimmer beordert zu werden, holte er tief Luft und warf einen kurzen Blick auf Samuel Reed, als der Aufzug klingelte und vor Meg Unruhs Büro anhielt.

»Worum geht es, was meinen Sie?« Vor einem der Spiegelpaneele in der Fahrstuhlkabine strich sich der Vizedirektor den Scheitel glatt und rückte seine Krawatte gerade.

Allardyce schüttelte den Kopf, obwohl er es in Wirklichkeit absolut sicher zu wissen glaubte. In Anbetracht der Ereignisse in jüngster Zeit konnte diese Besprechung einfach nicht angenehm verlaufen, und falls Reeds Gesichtsausdruck Schlüsse zuließ, war ihm dies genauso klar.

Endlich öffnete sich die Aufzugtür im dritten Stock des Peel Building, eines der drei modernisierten Gebäude, die einen ganzen Block von Westminster einnahmen und dem Innenministerium vorbehalten waren. Unruhs Chefsekretärin, deren Namen Allardyce gerade nicht mehr einfiel, empfing die beiden mit entgeisterter Miene. Ihre Körpersprache gab ihnen zu verstehen, dass sie ihr folgen sollten, als sie sich umdrehte und auf das Zimmer in der Ecke zuging. Nachdem sie die Tür geöffnet hatte, trat sie zur Seite, damit die Direktoren eintreten konnten.

»Es tut mir leid, Sie beide herrufen zu müssen, obwohl es im Moment wahrlich dringendere Arbeit zu erledigen gibt«, begann Unruh, während ihre Sekretärin die Tür schloss und sich die Männer in den identischen Ledersesseln vor dem Schreibtisch niederließen. »Es ist jedoch leider etwas dazwischengekommen, das umgehend angesprochen werden muss.«

Auf ihre typisch schonungslose Art warf sie einen braunen Umschlag über den Tisch und konzentrierte sich dabei ganz auf Allardyce, der ihn in die Hände genommen hatte. Es war still im Büro, als er sich die vierundzwanzig Fotos anschaute und diese jeweils an Reed weiterreichte, wenn er mit einem fertig war. Nach dem letzten Foto zog er das Begleitschreiben heraus und las es aufmerksam.

Danach beugte er den Kopf nach vorn und gab auch den Zettel an seinen Stellvertreter weiter. »Ich war gezwungen, mit McIver zu reden. Er tauchte einfach so auf der Strecke auf. Niemand war so überrascht wie ich.«

»Schön und gut, aber mit dem Nachspiel müssen wir jetzt trotzdem klarkommen. Ich habe Ihnen aus genau diesem Grund verboten, sich mit McIver zu treffen, doch diese Fotos sind für mich vorerst gar nicht mal so wild. Die anderen machen mir viel eher Sorgen.«

Reed las das Schreiben zu Ende und schob es Unruh gemeinsam mit den Bildern wieder entgegen. »Ich bedauere, Dennis, ich kann mir nicht vorstellen, wer diesen Text geschrieben hat, aber ich werde persönlich nachforschen. Seien Sie sich gewiss, dass er nicht stellvertretend für die Meinung des gesamtem MI5-Personals steht.«

»Danke, Sam, aber das ist momentan noch meine geringste Sorge. Im Augenblick müssen wir uns nämlich um wesentlich bedeutsamere Dinge kümmern.« Allardyce wunderte sich nicht über den Inhalt des Schreibens, aber sehr wohl über die Fotos. Die Vorstellung, dass sich jemand von seiner eigenen Dienststelle erdreistete, ihm zu folgen und diese Bilder zu machen, ließ darauf schließen, dass die Uneinigkeit im Thames House, bezüglich seiner Ernennung zum Generaldirektor, viel tiefer ging, als er geglaubt hatte, und dass sie sich anders als erhofft, nicht mit der Zeit legte. Dennoch stand dies bis auf Weiteres hintan. Seine oberste und eigentlich einzige Priorität sollten die Bombenanschläge und Shane O'Reillys Schicksal sein. Alles andere war nebensächlich, und bis man ihm etwas anderes sagte, würde er deshalb auch beidem dem Vorrang geben.

»Verzeihen Sie meine Direktheit, Madame Secretary, aber ich begreife einfach nicht, inwiefern irgendeines dieser Fotos Grund zur Besorgnis geben soll. Sie wurden anscheinend während eines Verhörs gemacht, das wir am Sonntagmorgen nach einer bewaffneten Erstürmung bei der Kampagne ›Independence Now‹ durchgeführt haben, und über diese Erstürmung hatte ich mich am Nachmittag zuvor mit Ihnen unterhalten, wobei Sie damit einverstanden gewesen waren.«

»Als ich sie genehmigt habe, war mir aber nicht bewusst, dass Sie vorhatten, selbst dabei zu sein. Das hätten Sie unbedingt unterlassen sollen.«

»Einer meiner Offiziere wird momentan vermisst, und sein Verschwinden hängt eng mit diesen Attenta…«

Unruh öffnete jetzt einen anderen Umschlag und warf weitere Abzüge auf den Tisch.

Allardyce blieb einen Moment lang ruhig sitzen und haderte mit dem Schock, Reece Findlays blutig zerschlagenes Gesicht zu sehen, das fast bis zur Unkenntlichkeit entstellt war. »Oh mein Gott.«

Er lehnte sich zurück und betrachtete die Fotos ungläubig. »Ihm ging es gut, als wir ihn freiließen. Zuletzt habe ich ihn gesehen, während er auf dem Rücksitz desselben BMW weggefahren wurde, mit dem er zu uns gekommen war.«

»Er wurde unleugbar verprügelt, und das ist noch nicht alles.« Die Ministerin starrte ihn unentwegt an. »Der Täter kehrte offenbar zurück, nachdem Reece begonnen hatte, sich lautstark darüber zu äußern, und machte ihn dann endgültig mundtot. Seine Leiche wurde heute Morgen aus dem Kelvin River geborgen.«

*»Seine Leiche?«*

»Ja, seine Leiche! Er lebt nicht mehr. So wie es aussieht, wollte er gemeinsam mit seinem Anwalt vor dem Europäischen Gericht für Menschenrechte klagen, was jemandem offenbar nicht gefiel. Er wurde irgendwann gestern Nacht ermordet. Die Presse wird Sturm laufen, wenn sie herausfindet, dass Sie zu den letzten Personen gehören, mit denen er gesehen wurde.«

Allardyce ging blitzartig durch den Kopf, was sich alles daraus ergeben könnte.

»Diese Bilder und das zugehörige Schreiben ließ man auch Egan Hume zukommen, und er hat daraufhin Ihren sofortigen Rücktritt verlangt.«

Er schnaubte geringschätzig. »Und auf welcher Grundlage?«

»Auf der Grundlage, dass der Innengeheimdienst allem Anschein nach einen Mord verübt hat, um zu vertuschen, was jemandem angetan wurde, der sich eindeutig in seiner Obhut befand – eine Tatsache, die jene Fotos von Ihnen mit ihm deutlich belegen. Dutzende im Thames House, falls nicht noch viele mehr, hätten das Verhör übernehmen können, und diese Leute auf den Fotos zu sehen, hätte den Medien rein gar nichts bedeutet. Sie hingegen sind das Vorzeigegesicht des Security Service, Dennis, und ich hätte nicht gedacht, dass Sie sich so dumm verhalten würden.«

Allardyce stieß geräuschvoll Luft aus, während er rekapitulierte, wie es an der Govan Wharf gelaufen war. Sie hatten ihren Plan nicht öffentlich gemacht, sondern im Vorfeld nur wenige Angestellte im Thames House, in der Glasgower Regionalstelle und bei der schottischen Polizei darüber informiert. *Waren sie irgendwie von Findlay und der Unabhängigkeitsbewegung gelinkt worden?* Nein, das konnte nicht sein, denn wie hätte der Fotograf wissen sollen, wo sie genau gewesen waren, es sei denn, jemand mit direktem Bezug zu der Operation hätte es ihm mitgeteilt. Ein solcher Winkelzug erschien Allardyce eher realistisch, doch konnten drei gesonderte Begebenheiten derart ineinandergreifen? Das war wirklich ein rabenschwarzer Tag. Unter statistischen Gesichtspunkten ließen sich die Chancen dafür nur mutmaßen. In Gedanken ließ er nichts aus, was von dem Zeitpunkt an, als er Findlay zuletzt gesehen hatte, bis zu der jetzigen Unterredung mit Unruh geschehen war.

»Hume hat mir mit einem Misstrauensvotum gedroht, falls Ihre Amtsniederlegung nicht bis morgen früh bekannt gegeben wird.«

Der Direktor winkte mit einer hochgezogenen Braue ab.

»Genau das dachte ich mir auch. Dass sich Hume aufplustert, macht mir keine Angst, doch diese Regierung kann sich keinen weiteren Geheimdienstskandal leisten. Mein Bauch sagt mir deshalb, dass ich für Sie in die Bresche springen sollte, Dennis, Sie müssen mich nur davon überzeugen, dass wir auch gewinnen können.«

Er schüttelte einmal mehr den Kopf. »Diese Vernehmung wurde genauso angegangen wie jede beliebige andere auch. Die Person charakterlich einschätzen, ihre Schwachstellen suchen und sie unter Druck setzen. In Findlays Fall hatten wir es mit einem obdachlosen Tagedieb aus der Generation Protestkultur ohne Angehörige, oder ausgeprägte Sozialkontakte, zu tun, weshalb es nicht viele Angriffspunkte gab. Wir führten deshalb einige unbewiesene Vorwürfe wegen Vergewaltigung an und behaupteten, dass ihm noch weitere Anklagen wegen Terrorismus blühen würden, um ihn zum Reden zu bringen. Wie sich herausstellte, wusste er aber nichts, was uns geholfen hätte, also ließen wir ihn letzten Endes wieder laufen.

Ich will nicht abstreiten, dass wir hart mit ihm umgesprungen sind. Meine Angestellten sind emotional sehr aufgekratzt, weil sie nicht wissen, was aus ihrem Kollegen geworden ist. Mag sein, dass Findlay geohrfeigt und ein wenig an den Haaren gezogen wurde, aber nichts dergleichen hätte zu den Verletzungen geführt, die diese Fotos zeigen – und mit seinem Mord hatten wir wirklich nichts zu tun.

Letzten Endes kann ich aber all das nicht beweisen. Das Einzige, was ich Ihnen geben kann, ist mein Wort darauf, dass Reece Findlay gelebt hat und wohlauf war, als er am Sonntagmorgen aus meinen Augen trat.«

Er hatte plötzlich den Verdacht, dass jemand vom Secret Service diesen Mord begangen haben könnte, um ihn anzuschwärzen und zu stürzen. *Hasste ihn diese Person tatsächlich so sehr, und wollte sie ihn so dringend absetzen?* Falls dem tatsächlich so war, sah es stark danach aus, dass er seinen Willen durchsetzen würde.

»Es tut mir furchtbar leid, das zu hören.« Die Ministerin öffnete eine Schreibtischschublade und nahm ein Blatt Papier heraus. Allardyce erkannte sofort, was es war.

»Dies ist Ihre bedingungslose Rücktrittserklärung. Sie erinnern sich bestimmt daran, sie unterzeichnet und mir zur Aufbewahrung gegeben zu haben, als Sie auf Ihren Posten berufen wurden.«

Er nickte.

»Seit Beginn Ihrer Amtszeit häufen sich bedauerlicherweise Probleme über Probleme, Dennis, und ich wüsste nicht, wie mein Ministerium, geschweige denn diese Regierung, im Lichte all dessen, was sich zugetragen hat, für Sie einstehen und es politisch überleben könnte. Die Welt ist den Nachrichtendiensten einfach nicht mehr so freundlich gesonnen wie einst.«

Daraufhin richtete sich Unruh an den Vizedirektor. »Mr. Reed, bitte übernehmen Sie mit sofortiger Wirkung den gesamten Aufgabenbereich des Generaldirektors, bis ein dauerhafter Kandidat bestimmt und ernannt wird. Da Sie den Posten schon bekleidet haben, nachdem Ihr letzter Leiter unter ähnlichen Umständen abgetreten ist, gehe ich davon aus, dass Sie noch wissen, was Sie jetzt zu tun haben.«

»Ja, Ma'am.« Er nickte mit ernster Miene. »Nur um es einmal festzuhalten, möchte ich allerdings anmerken, dass ich Direktor Allardyce der Ausübung der Pflichten seines Amtes in jeder Hinsicht für gewachsen halte und nicht glaube, dass er irgendeines Vergehens, das ihm momentan vorgeworfen wird, schuldig ist. Ich fungiere deshalb sozusagen als Platzhalter, der seinen Sitz hütet, bis diese Angelegenheit geklärt wurde.«

»Das zeugt wirklich von ausgesprochener Loyalität, Mr. Reed. Beten wir darum, dass es zu dieser *Klärung* kommen wird. Dennis, Sie kennen ja den Weg hinaus.«

Allardyce schaute zuerst seinen Kollegen und dann Unruh an. »Natürlich.« Er stand auf. »War mir eine Freude, mit Ihnen beiden zusammenzuarbeiten. Ich wünschte, meinem Rücktritt lägen bessere Umstände zugrunde.«

»Wir auch«, erwiderte die Ministerin.

Als Dennis die Bürotür öffnete, kam ihm Unruhs Chefsekretärin entgegen und zeigte mit einer Hand auf die Fahrstühle, ehe sie die Tür hinter ihm schloss.

Unruh wartete, bis die Tür zu war. Sobald sie sicher war, dass Allardyce außer Hörweite war, widmete sie sich erneut Samuel Reed, dessen Betragen sich binnen Sekunden vollkommen verändert hatte. Der zurückhaltende Zweite spielte nämlich jetzt auf einmal die erste Geige.

»Knabenhafte Treuebekenntnisse einmal außen vorgelassen, Mr. Reed: Ich kenne Sie als Pragmatiker. Nach drei Jahrzehnten im Thames House müssen Sie doch eine konkrete Meinung zu den Fakten in dieser Sache haben. Also, ich höre.«

Reed holte tief Luft und räusperte sich. »Offengestanden, Madame Secretary, hielt ich die Ernennung von Dennis Allardyce zum Generaldirektor für einen Fehler. Seine mangelnde Erfahrung mit zeitgemäßer Führung eines Geheimdienstes hat zu einer politisch absolut verheerenden Situation geführt, mit der Sie jetzt aufräumen müssen, und sein Vertrauen in Declan McIver beziehungsweise seine Bereitschaft, über dessen ehemalige Genossenschaften einfach so hinwegzusehen, öffnete Tür und Tor für Angriffe, wie wir sie gerade erlebt haben. Dieser Ire ist ein Mann, den wir mit äußerster Skepsis hätten behandeln müssen, doch stattdessen wurde er so gut wie vollkommen außer Acht gelassen und quasi auf Urlaub an einen Ort geschickt, wo er früher gemeinsam mit seinen IRA-Schergen Anschläge auf dieses Land geplant hat.«

Unruh betrachtete einen Augenblick lang ihre Fingernägel. »Wollen Sie damit sagen, dass Declan McIver in die Bombenattentate verwickelt ist?«

»Ja, das will ich. Während der Befragung gab Reece Findlay an, sowohl O'Reilly als auch McIver begegnet zu sein. Sie sollen an seiner Tür in der Wohnung über dem Büro der Unabhängigkeitsbewegung geläutet und sich als Sicherheitsdienstangestellte im Auftrag des Gebäudebesitzers ausgegeben haben. Als solche erhielten sie natürlich Einlass ins Gebäude, was den Keller mit einbezog, wo das inszenierte Video mit den Forderungen zu O'Reillys Freilassung mitgeschnitten wurde.«

»Und dem ging niemand ernsthaft auf den Grund?«

»Direktor Allardyce befahl der Abteilung, die für Personalangelegenheiten zuständig ist, die Möglichkeit von O'Reillys Beteiligung gründlich zu durchleuchten, aber wenn Sie mich fragen, waren das nicht einmal ansatzweise die Mittel, die man dazu hätte heranziehen müssen. Wären die Ermittlungen konzentriert auf diese eine Spur gerichtet gewesen, dann denke ich, dass wir die Täter relativ schnell aufgespürt und aufgehalten hätten.

Nichtsdestotrotz bin ich bestens über alle Operationen im Bilde, die der MI5 durchführt, und kann Ihnen deshalb versprechen, dass wir nichts mit Reece Findlays Misshandlung oder dem Mord zu tun hatten und ich auch nicht glaube, dass Dennis Allardyce Schuld daran trägt. Obwohl ich sehr stark vermute, dass sich die wahren Täter, falls sie von der Vernehmung erfahren haben, keinen Zwang antun werden, zurückzukehren und ihn zum Schweigen zu bringen. Findlay ist bloß der Letzte von vielen britischen Staatsbürgern, die vor diesem Hintergrund ihr Leben gelassen haben, und es wird langsam Zeit, dass wir alles in unserer Macht Stehende unternehmen, damit das endlich aufhört.«

»Dann fällt diese Aufgabe jetzt Ihnen zu.« Unruh raffte die Fotos zusammen, die noch verstreut auf dem Tisch lagen. »Die Sache löst sich nicht in Luft auf, nur weil wir den Generaldirektor gefeuert haben, auch wenn es so aussehen wird, als hätten wir während unserer laufenden Ermittlungen die richtigen Maßnahmen ergriffen. Dennis Allardyce ist so oder so am Ende gewesen, was allerdings nicht heißt, dass wir mit ihm untergehen müssen. Finden Sie Declan McIver und Shane O'Reilly, und besorgen Sie Beweise für ihre Schuld. Wenn alles vorbei ist, lassen Sie es mich wissen. Haben Sie mich verstanden?«

»Klipp und klar.«

# Kapitel 28

*19:28 Uhr Ortszeit, Widder Hotel, Zürich, Schweiz*

Adam Ryan blickte aus dem Fenster hinab auf die Limmat, wo sich Touristen auf den gepflasterten Wegen an beiden Ufern tummelten und die Fußgängerbrücken überquerten, die jene miteinander verbanden. Vom sechsten Stock des Hotels aus ließ sich beobachten, wie Passanten Geschäfte betraten, auf den Vorplätzen von Cafés gegessen wurde und Schnappschüsse vor mittelalterlicher Architektur gemacht wurden, doch Ryan nahm nichts davon wahr. Nicht in diesem Augenblick. Momentan beschäftigte ihn einzig und allein seine Feigheit.

Er hatte einen Großteil des Tages am Telefon verbracht, um mit verschiedenen diplomatischen und juristischen Instanzen in Washington, Genf und Den Haag zu sprechen sowie sicherzugehen, dass man seine Beteiligung an der Schießerei am Schloss Buonas am Abend zuvor zwecks politischer Schicklichkeit äußerst diskret behandeln würde. Laut dem Rat seiner Betreuer sollte er sich nicht öffentlich über den Vorfall äußern, bis sie dazu kamen, eine Erklärung zu formulieren, die ihn ins denkbar beste Licht rückte – und genau dies vermittelte ihm das Gefühl, ein Feigling zu sein.

Damit nicht genug, dass er am Vorabend vor Angst wie gelähmt gewesen war, weshalb er sich hinter Stühlen und Tischen versteckt hatte und auf allen vieren über den Steinboden gekrochen war wie ein panisches Schoßtier, nein, er musste sich jetzt auch noch doppelt so stark bemühen, um im Zuge dessen, möglichst gut dazustehen.

Die Zimmertür ging plötzlich auf, und er zuckte zusammen.

»Sir, wie ich gehört habe, ist das Flugzeug Ihrer Frau bereits gestartet. Sie wird bald hier sein.«

»Irgendetwas Neues wegen Domville? Ist er …«

»Keine Veränderung, Sir.«

Ryan nickte, als sein Stabschef den Raum wieder verließ, und strengte sich an, nicht erneut von Selbstverachtung übermannt zu werden. Nach dem Ende der Bedrohung, so redete er es sich zumindest ein, hatte er getan, was er konnte. Als einziger Überlebender hatte er sofort die Behörden verständigt und seine dürftigen Ersthilfekenntnisse dazu genutzt, um zu verhindern, dass Thomas Domville starb, so wie die vier anderen zuvor.

Die Tür ging wieder auf. »Senator, hier sind Männer, die mit Ihnen reden möchten. Sie kommen von der Polizei.«

Ryan wandte sich wieder dem Fenster zu und rückte seinen Schlips zurecht. »Lassen Sie sie herein.« Hierauf liefen all seine Vorbereitungen im Laufe dieses Tages hinaus.

Sein Stabsmitglied trat daraufhin beiseite, um die drei Männer eintreten zu lassen. Einer von ihnen trug einen großformatigen Papierumschlag und einen Notizblock bei sich. Sie blieben in einer Reihe hintereinander stehen, so wie sie hereingekommen waren, und erweckten den Eindruck, sich am Grab von einem alten Freund verabschieden zu wollen.

»Senator Ryan, mein Name ist Johann Brenner«, sagte der Mann mit dem Umschlag und dem Block. »Ich bin Inspektor der Bundeskriminalpolizei. Wir wissen es sehr zu schätzen, dass Sie bereit sind, sich mit uns zu unterhalten.«

Ryan wandte sich den Beamten zu und lächelte sie an. »Ich helfe gerne, wo ich kann.« Er betrachtete sie eingehend.

Brenner hatte kurz geschorene, schwarze Haare und eine gesunde Sonnenbräune. Er trug ein braunes Polohemd mit einem der Schweizer Nationalflagge ähnlichen Logo an der rechten Brust und eine legere, beigefarbene Hose, weshalb er eher wie ein Autohändler als wie ein Bulle aussah. Dies gab einzig sein Gürtelholster mit Pistole zu erkennen.

»Dies hier sind ...«, hob er jetzt an.

»Alex Shaw, Senator«, unterbrach ihn der zweite Mann geziert grinsend mit einem britischen Akzent. »Ich arbeite beim britischen Konsulat hier in Zürich.« Er zeigte auf den letzten Namenlosen, der neben ihm stand. »Das ist mein Kollege Harrison Bell. Er ist gerade erst aus London gekommen, wo man schon ungeduldig auf Neuigkeiten zu den Geschehnissen wartet.«

Brenner warf einen erstaunten Blick auf die beiden, und Ryan erkannte sofort, dass sie ungeachtet ihrer Aufgabe in Zürich mehr als nur langweilige Konsulatsarbeit verrichteten. Aller Wahrscheinlichkeit nach standen sie im Dienst eines der berüchtigten Geheimdienste des Königreichs, was nicht zuletzt auch ihr Erscheinungsbild zu suggerieren schien. Denn Shaw war außergewöhnlich groß – er überragte die zwei, die ihn begleiteten, um einen ganzen Kopf – und wirkte zwar noch jugendlich, aber sehr abgeklärt. Bell hingegen hatte seine Militärzeit offenbar noch nicht lange hinter sich, war kahl rasiert, trug einen Dreitagebart und hatte die Figur eines Fußballspielers.

»Also gut«, begann Bell, dem wohl klar geworden war, dass sie hier niemandem etwas vormachen konnten. »Es freut mich, dass Sie unverletzt geblieben sind, Sir.«

»Declan McIver.«

»Entschuldigung, Senator.« Brenner griff zu dem Schreibblock. »Was sagten Sie?«

»Ich habe Ihre Frage vorweggenommen, nicht wahr? Ob ich weiß, wer es getan hat. Declan McIver! Er hat den Überfall gestern Abend geleitet.«

Brenner wechselte stumme Blicke mit seinen britischen Landsleuten.

»Sind Sie sich da ganz sicher?«, hakte Bell nach.

Ryan nickte. »Er sollte sich im Rahmen der laufenden Untersuchungen zu den fehlgeschlagenen Terrorakten in Virginia im vergangenen Frühling an diesem Ort mit Domville und mir treffen.«

»Und er war gestern Abend hier in der Schweiz?«, fragte Brenner nach.

»Ja. Vermutlich hat er sich schon die letzten paar Monate im Land aufgehalten.«

Brenner schaute Shaw kurz und eindringlich an. »Ich schätze mal, das sollte mich nicht wundern. Wir bekommen definitiv so einiges von zwielichtigen Ausländern mit, die denken, die Schweiz sei ein ganz besonders sicherer Zufluchtsort. Pech für sie, weil ihnen anscheinend nicht bewusst ist, dass Genf sie ohne Zögern ausliefern würde, wenn herauskäme, wer sie sind und wer sie sucht.«

»Allein kann er das aber nicht gewesen sein«, warf Bell ein. »Ein Mann allein wäre niemals imstande …«

»Er kam auch nicht allein, doch ich weiß nicht, wer die anderen waren. Sie trugen allesamt Masken.«

»McIver selbst demnach nicht? Er kam unmaskiert?«

»Doch, auch er hatte eine Maske an.«

»Also gab er sich irgendwann freiwillig zu erkennen? Warum hätte er das tun und dennoch vorher eine Maske tragen sollen?«

Ryan dachte einen Augenblick lang darüber nach, ehe er mit den Schultern zuckte. »Das ist mir auch unerklärlich, aber ich habe mich monatelang mit diesem Mann und seiner Vergangenheit befasst. Derjenige, den ich gestern Abend gesehen habe, sprach mit demselben Akzent, hatte dieselbe Unterarmtätowierung und war sowohl gleichgroß als auch genauso gebaut wie McIver.«

Bell wollte dies nicht so recht glauben. »Trotzdem ist es merkwürdig, sein Gesicht zu verbergen und sich dann selbst erkennen zu geben.«

Ryan schloss die Augen, woraufhin noch einmal Szenen des vorangegangenen Abends durch seinen Kopf spukten. Erinnerungen an seine Feigheit, wegen der ihm sofort übel wurde, je länger er sich die Situation wieder vergegenwärtigte … erstarrt im Speisesaal gestanden zu haben, während seine Leibwächter – Männer, die ihm im Laufe der Jahre als Freunde ans Herz gewachsen waren – umgebracht worden waren. Er atmete einmal tief ein und unterdrückte die aufwühlenden Gefühle mit aller Kraft.

»Er gab zu, wegen Domville dort zu sein. Dieser habe angeblich mehrere Verbrechen gegen Irland begangen und sollte deshalb zur Rechenschaft gezogen werden.«

»Eine für die IRA typische Behauptung«, meinte Bell abfällig. »Hat er diese Verbrechen zufälligerweise auch genauer beschrieben?«

»Eines davon erwähnte er im Besonderen, aber mir kam es so vor, als hätte er noch viele weitere nennen können.«

»Worum ging es genau bei diesem einen?«

»Um irgendwelche Polizisten, die eine IRA-Anhängerin vergewaltigt und getötet haben sollen – Meaghan soundso, ich habe den Nachnamen leider vergessen. Raven vielleicht?«

»Meaghan Raven?« Brenner notierte sich das sofort.

»Ich glaube schon, aber das ist alles ein wenig verschwommen.«

»Also erwähnte er diesen speziellen Fall und eröffnete dann das Feuer auf Sie drei?«

»Nein, Domvilles Assistenten hatte er schon vorher erschossen – kurz, nachdem er über den Balkon hereingekommen war.«

»Ich verstehe. Warum schildern Sie uns nicht einfach von Anfang an, was gestern Abend passiert ist, Senator? Anhand des Tatorts können wir uns zwar recht genau zusammenreimen, was da ablief, doch möglicherweise ist uns ja etwas entgangen.«

Ryan begann langsam zu reden, während sich Brenner hinsetzte und eine leere Blockseite aufschlug. Als der Senator fertig war, schaute der Schweizer zu Shaw und Bell auf. »Haben Sie Informationen über McIvers Verbleib?«

Shaw verneinte. »Dafür kann ich Ihnen aber sagen, dass er sich nicht bereits seit Monaten hier im Land aufhält. Meines Wissens nach traf er erst gestern hier ein. Der britische Innengeheimdienst gab gestern Abend nämlich eine sogenannte Rote Notiz heraus. Daraus geht hervor, dass Declan McIver seine Bewacher abgeschüttelt hatte und am Züricher Flughafen verschwand, doch keine der hiesigen Vollzugsbehörden hat ihn in Verwahrung genommen. Alle Konsulats- und Botschaftsmitarbeiter im ganzen Land wurden dazu angehalten, die Nachrichten zu verfolgen, um jegliche Informationen zu sichten, die dabei helfen könnten, ihn ausfindig zu machen.«

»McIvers Gesicht dürfte zwar hinlänglich bekannt sein, aber ich werde sicherheitshalber auch noch ein Fahndungsfoto an die Polizeistellen aller Kantone und Gemeinden senden. Gibt es noch etwas, womit Sie uns erhellen können, Senator? *Irgend*etwas?«

Der Senator schüttelte den Kopf. Er fühlte sich ohnmächtig – wie ein Schwächling, der von einem Schulschläger eingeschüchtert wurde. Dabei war er doch so fest davon überzeugt gewesen, McIver sei unschuldig. Vielleicht gingen die Vorfälle in Amerika ja gar nicht auf sein Konto, aber dies hier auf jeden Fall – und mit seiner Distanzierung von der IRA war es auch nicht so weit her, wie Ryan noch am Vortag geglaubt hatte. Gott, was musste Domville gedacht haben, als er dagesessen und den Mann in

Schutz genommen hatte, der wenige Minuten später versuchen sollte, sie beide zu töten.

Brenner stand auf, um sich zu verabschieden. »Neuigkeiten zu dem Überfall und Ihrem weiteren Aufenthalt hier wurden den Medien bislang vorenthalten, Senator, doch wir stellen trotzdem für alle Fälle Wachen auf, sowohl vor Ihrem Zimmer als auch im Erdgeschoss. Sollte Ihnen noch mehr einfallen, egal was es ist, rufen Sie mich bitte an.« Er legte eine Visitenkarte auf den Couchtisch.

»Sie rechnen aber nicht damit, dass er es noch einmal versuchen wird, oder?« Ryan war sein feiger Tonfall selber zuwider. *Wie konnte er sich immer noch vor diesem Mann fürchten? Hatte er denn nicht schon das Schlimmstmögliche überhaupt getan?*

»Ehrlich gesagt weiß ich das nicht, Senator. Falls er noch in der Schweiz ist, werden wir ihn aber finden.«

Nachdem Johann Brenner die Tür hinter sich geschlossen hatte, sah er seine britischen Kollegen an. »Was bitteschön sollte denn diese Scheiße – mir nicht Bescheid zu geben, dass McIver in dieses Land kommen würde? Hmm? Was dachten Sie sich denn bloß dabei?«

»Wir konnten Ihnen leider nicht Bescheid geben«, antwortete Shaw, während er auf den Boden schaute und die Schultern hochzog. »Ich habe selbst erst gestern Nachmittag davon erfahren, als Mr. Bell – der den Auftrag erhielt, McIver zu beschatten – in meinem Konsulat erschien. Die ganze Sache wurde von ganz oben eingefädelt. Niemand auf den unteren Ebenen hatte einen blassen Dunst davon, was hier vor sich ging.«

»Sie hatten trotzdem noch genug Zeit, um mich wenigstens zu informieren. Unsere Abmachung beruht immerhin auf Gegenseitigkeit. Ich halte Sie im Rahmen meiner Befugnisse über die Arbeit der Bundespolizei auf dem Laufenden, während Sie alles für unser Anliegen Verwertbare mit mir teilen, was Ihr Innengeheimdienst herausgibt. So viel zum Thema Kooperation. Jetzt sehe ich allerdings ein, dass das Ganze wohl nur Heuchelei war.«

Brenner ging weg, während er den Blick des Senators bewusst mied.

»Die Rote Notiz wurde erst um zwanzig Uhr Londoner Ortszeit versandt«, fing Shaw an, sich zu rechtfertigen, während er den Inspektor einzuholen versuchte, der gerade einen Aufzug betrat. »Da war es schon zu spät, um noch etwas unternehmen zu können. Wir haben leider nicht erkannt, dass eine akute Gefahr für Sie bestand. Was wir wussten, beschränkte sich allein darauf, dass er seine Aufpasser abgehängt hatte und nicht wie geplant in Risch vorstellig geworden war.«

Brenner klopfte eine Zigarette aus einer Schachtel, während der absteigende Fahrstuhl auf der Höhe jeder Etage laut klingelte. »Zwei deutliche Anzeichen dafür, dass er Übles im Schilde geführt hat. Sie hätten es mir erzählen müssen! Können Sie sich vorstellen, welchen Ärger ich bekommen hätte, wenn meine Vorgesetzten dahintergekommen wären, dass Sie hier sind? Ohne mich würden Ihnen jegliche Informationen zu diesem Überfall fehlen. Sie hätten nicht einmal davon erfahren, bis meine Regierung dazu gekommen wäre, Ihre ins Bild zu setzen.«

Als sich die Aufzugtür öffnete, ging Brenner zügig durch ein modernes Foyer und verließ das Hotel durch eine Glasflügeltür.

»Sie lassen mich also einfach hängen, nur weil ich Ihnen angeblich etwas verschwiegen habe, wovon ich in Wirklichkeit selbst nichts wusste?«, fragte Shaw und versuchte dabei, mit ihm Schrittzuhalten.

»Ja. Denn ich habe einfach keine Lust mehr, vom Thames House oder wie auch immer Sie es nennen, zum Besten gehalten zu werden.« Der Beamte blieb kurz stehen, zündete sich seine Zigarette an und zog kräftig daran, sobald die Flamme auf den Tabak übersprang. »Und jetzt klemmen Sie sich ans Telefon und tischen Sie Ihren Bossen alles auf, was Sie herausgefunden haben, um bei Ihrer Rückkehr nach Hause, wie ein Held dazustehen.«

Mit diesen Worten ging Brenner weiter, doch Shaw folgte ihm nicht mehr. Er drehte sich zu Bell um, der wenige Schritte hinter ihnen hergegangen war. »Verdammt. Da verschwindet einfach so unser bester Informationsgeber in diesem Fall.«

»Wenn wir ihn schnappen«, rief Brenner, während er den Kopf über die Schulter wandte, ohne stehen zu bleiben, »erwarten Sie nicht, dass er schnell wieder ausgewiesen wird.«

Shaw wollte ihm hinterherlaufen.

»Lassen Sie ihn«, beschwichtigte ihn Bell mit einer Hand an seinem Rücken.

»Sie begreifen das nicht. Ohne ihn finden wir McIver niemals – nicht, falls er noch in der Schweiz ist.«

»Wir werden ihn sehr wohl finden. Vertrauen Sie mir.«

# Kapitel 29

*18:39 Uhr Ortszeit, Thames House, London, England*

»Und er ist sich dessen absolut sicher?« Harold Thom traute seinen Ohren nicht.

»Ihm zufolge war's dasselbe Tattoo, der gleiche irische Akzent – alles, Kumpel, und das kam von einem Kerl, der es wissen muss.«

Sich »Kumpel« nennen zu lassen, machte ihn rasend, aber was sollte er schon von diesem bereitgestellten MI6-Spitzel verlangen, der damit beauftragt worden war, Declan McIver im Ausland zu beobachten? Die Rivalitäten zwischen dem Innen- und Auslandsgeheimdienst waren weiterhin ungebrochen, auch wenn man der Öffentlichkeit gerne das Gegenteil weismachen wollte, und sie ließen sich Thoms Dafürhalten nach auf das anmaßende Verhalten von deren am Vauxhall Cross zurückführen.

»Hätten Sie ihn nicht verloren, *Kumpel,* dann säßen wir jetzt auch nicht in der Patsche.«

»Nicht mein Fehler, dass Ihre Leute nicht wissen, was ein elektronischer Pass ist und dass die Schweiz ihn bei der Einreise verlangt.«

»Melden Sie sich einfach wieder, sobald es etwas Neues gibt.« Thom legte auf, weil er einsah, wie wenig er im Kräftemessen mit jemandem ausrichten konnte, der erst halb so alt war wie er. Natürlich wusste er von der Einführung elektronischer Reisepässe. Wie jene, die man McIvers Bewachern mitgegeben hatte, fehlerhaft sein konnten, war ihm absolut schleierhaft, obwohl es wahrscheinlich daher rührte, dass die von oben sie mit der heißen Nadel gestrickt und die notwendigen Personendaten in aller Hast zusammengestellt hatten.

Er schob jetzt mehrere Aktenordner auf seinem Schreibtisch hin und her, bis derjenige in der Mitte vor ihm lag, den er suchte. Mit den Fingern darauf herumtrommelnd starrte er die Beschriftung an und dachte über die Informationen nach, die er gerade erhalten hatte. Wie durch ein mittelschweres Wunder internationaler Kooperation war es dem Direktor vom MI6 gelungen, seine Männer ganz eng an die Schweizer Untersuchungen im Fall der Schießerei am Schloss Buonas heranzuführen, und der einzige überlebende Zeuge hatte gerade eben Declan McIver als Anführer des Überfalls denunziert.

Thom schüttelte den Kopf. Nur wenige Monate zuvor war McIvers Akte noch rot markiert gewesen. Beim Innengeheimdienst bedeutete dies, dass man sie archiviert hatte und nicht mehr aktualisierte. Doch wegen seines

Wiederauftauchens auf dem Schirm der britischen Sicherheitsdienste war man wieder darauf zurückgekommen, und die Beamten hatten begonnen, Angaben zu McIvers Aufenthaltsorten sowie seine Aktivitäten während der vergangenen zwei Jahrzehnte nachzutragen. Darum gehörte sie zu den unverzichtbaren Quellen auf Thoms Tisch.

Er schlug den Ordner auf und sah sich die angehefteten Fotos an. Während der mehr als dreißig Jahre, die er nun schon im Nachrichtendienst und in der Agentenbetreuung arbeitete, waren ihm nur wenige Menschen untergekommen, die sich seines Erachtens nach wirklich vom Saulus zum Paulus gewandelt hatten. Noch wenige Augenblicke zuvor wäre er bereit gewesen, Declan McIver mit auf diese Liste zu setzen, doch jetzt würde er diese Akte gleich mit ins Obergeschoss nehmen, wo er Dennis Allardyce mitteilen müsste, dass die für dieses Kalenderjahr bereits zweite Fahndung nach McIver unverzüglich beginnen musste.

***

Der Aufzug klingelte, woraufhin Thom in einen glanzlosen Empfangsraum trat. Die Beleuchtung war gedämpft, und der unbesetzte Schreibtisch der Sekretärin des Direktors erinnerte ihn daran, dass die Schicht für alle Angestellten, die nicht in irgendeiner Weise mit der Informationsbeschaffung zu tun hatten, schon längst zu Ende war. Ein Flügel der Doppeltür, die in Dennis' Büro führte, stand momentan halb offen. Drinnen brannte Licht, und jemand bewegte sich.

Ein Teil von ihm wäre gern mit einem besserwisserischen »Hab ich's doch gewusst« ins Zimmer gestürmt. Denn Allardyce hatte McIver vorbehaltlos vertraut, und deswegen war es dem Iren umso leichter gefallen, seine Verbrechen zu begehen. Thom verdrängte erneut, wie er empfand, und klopfte leise an, während er vorsichtig hineinspähte. Wen er hinter dem Schreibtisch sah, erstaunte ihn allerdings.

»Sam ...« Er klemmte sich den Ordner unter den Arm und trat ganz ein.

»Ah, Harry, Sie müssen anscheinend einen sechsten Sinn haben. Ich wollte Sie nämlich gerade anrufen.«

Thom sah dabei zu, wie Samuel Reed Gegenstände auf dem Schreibtisch des Generaldirektors anordnete, und war sich bewusst, dass sein Starren eine offensichtliche Frage nach sich zog, deren Antwort er allerdings bereits zu kennen glaubte. Das Thames House hatte einen neuen Leiter – schon wieder.

Reed hörte auf, Sachen hin und her zu schieben, und erwiderte den Blick. »Ich fürchte, Dennis arbeitet nicht mehr für den Security Service. Aufgrund unvorhergesehener Umstände hat die Innenministerin vor wenigen Stunden seinen Rücktritt angeordnet. Ich werde seinen Posten zwischenzeitlich übernehmen.«

Thom lachte nervös. »Geht doch nichts darüber, gleichzeitig seine eigene Arbeit und die von jemand anderem machen zu müssen, nicht wahr?«

»Downing Street 10 ist unzufrieden damit, wie es hier in letzter Zeit zuging.« Reed wirkte frustriert und müde. »Von jetzt an muss deshalb alles wieder so laufen, wie es vor Dennis' Leitung gewesen ist. Das bedeutet, alles geht erst einmal durch die Hierarchie nach oben, und jeder wartet mit dem Handeln, bis es wieder zurückkommt.«

»Selbstverständlich.« Thom wusste, dass Allardyce die Betriebsabläufe in beispiellosem Maße verändert hatte. Seit Stella Rimington in den frühen 1990ern zur ersten Generaldirektorin mit öffentlichem Renommee geworden war, hatte dieses Amt im Verhältnis zum organisatorischen Aspekt zunehmend an politischer Bedeutung gewonnen, und die meisten Leiter waren den Spitzeln gegenüber, die unter ihnen arbeiteten, überheblich und distanziert geblieben.

»Ich kann nicht behaupten, dass mich Downing Streets Unzufriedenheit überrascht«, fuhr Thom fort. »So etwas geschieht nun einmal, wenn sich Politiker irgendwo einmischen und versuchen, gegen den Strom zu schwimmen.« Von Freude über das Ausscheiden des Direktors konnte er zwar nicht sprechen, denn unter dessen Führung hatte er es selbst ein maßgebliches Stück weiter nach oben geschafft, aber es wunderte ihn auch nicht wirklich. Allardyce war ein eigensinniger Außenseiter gewesen, und so etwas ging im verworrenen, kleinlichen Milieu der Geheimdienste leider nur selten gut.

Reed schaute auf den Ordner unter Thoms Arm. »Ich nehme mal an, Sie sind hier, um mir zu erzählen, dass Declan McIver derjenige ist, den wir dafür belangen müssen, Lord Domville niedergeschossen zu haben?«

Thom legte die Akte auf den Schreibtisch. »So stellt es zumindest Zürich dar, ja. Und woher wissen Sie das?«

»Ich habe gerade eben mit Officer Bell gesprochen.«

Thom entgegnete nichts, doch seine Frage konnte man ihm trotzdem im Gesicht ablesen. Er war der Leiter des Ressorts für Terrorbekämpfung in Irland und dem Inland, also derjenige, an den sich alle aktiven Agenten der Abteilung wendeten. *Warum hatte Reed ihm dazwischengefunkt?*

Dieser holte tief Luft und sah ihn verständnisvoll an, während er langsam ausatmete. »Harry, Ihnen das sagen zu müssen, tut mir wirklich aufrichtig leid, aber Sie werden als Bereichsleiter entlassen werden. Dem MI5 wurde vorgeworfen, den Mann misshandelt und getötet zu haben, den Dennis und Sie am Sonntagmorgen verhört haben. Das Innenministerium hat deshalb um Ihre Suspendierung gebeten.«

»Ich, äh … was?« Thom fuhr sich perplex mit der Hand durch die Haare. »Das ist doch blanker Unsinn. Ich habe niemanden misshandelt, geschweige denn getötet. Und Dennis auch nicht.«

»Ich weiß, ich weiß.« Reed hörte sich an, als halte er gerade ein Plädoyer vor Gericht. »Dennis hat jedoch eingeräumt, das Verhör sei hart gewesen, und wenn die Presse das spitzkriegt, wird es nicht mehr lange dauern, bis sie auch herausfindet, wer Sie sind.«

»Das kann sie nicht. Unsere Identitäten sind …«

»Wohlbehütete Geheimnisse, ja, aber es gibt Fotos von dem Tag von der Govan Wharf, wo Ihr Verhör stattgefunden hat. Man sieht Sie auf mehreren davon. Wie lange wird es wohl dauern, bis ein Nachbar, früherer Klassenkamerad oder sonst jemand den Medien erzählt, wer Sie sind?«

»Aber wieso wäre das denn so schlimm? Ich nehme schließlich nicht mehr an verdeckten Einsätzen teil.«

»Es wäre deshalb schlimm, weil die Regierung die Lage im Griff haben möchte, wenn etwas darüber bekannt wird.«

Thom senkte vorübergehend den Blick und schnaubte. »Also darf niemand mehr hier arbeiten, der nicht leugnen kann, dabei gewesen zu sein.«

»Es tut mir wirklich sehr leid, Harry.«

»Sparen Sie sich Ihre Entschuldigungen.« Thom warf aufgebracht die Arme in die Höhe und wandte sich ab. *Wie hatte das passieren können?* Er hatte doch schon seit mehr als zehn Jahren denselben Job im selben Büro. »Wohin werde ich denn stattdessen versetzt?«

Mit diesen Worten drehte er sich wieder zu Reed um. Dieser schüttelte den Kopf. »Ich habe für Sie gekämpft, glauben Sie mir das, aber diese Entscheidung entzieht sich meiner Kontrolle. Allerdings habe ich mich dafür eingesetzt, dass Ihre Pension sicher ist. Nach drei Jahrzehnten beim MI5 wird bestens für Sie gesorgt sein.«

»Ich muss in den Zwangsruhestand gehen?«

Darauf antwortete Reed nicht, doch sein Gesichtsausdruck sagte alles.

»Ich will mich aber nicht zur Ruhe setzen, sondern meine Arbeit machen – herausfinden, was mit Shane passiert ist! Ich will die Bombenattentäter stellen, und meinen Männern eine Runde ausgeben, wenn die Polizei die Bande endlich hochnimmt und die Gerichte sie für den Rest ihrer Leben hinter Gitter stecken. Das und nichts anderes will ich.«

»Ich tue ja, was ich kann, um Sie über all das auf den neuesten Stand zu halten. Was mit Ihnen geschieht, gefällt mir zwar nicht, aber ich kann es nicht ändern. Jetzt sehen Sie bitte zu, dass Sie Ihren Hut unauffällig nehmen, damit ich mein Versprechen einhalten kann, Sie wie jeden altgedienten Angestellten zu behandeln, der in Rente geht.«

»Na gut.«

Thom schlug sich die Idee aus dem Kopf, Reed zu sagen, dass er zur Hölle fahren und sich sein Versprechen in den Allerwertesten schieben könne.

»So soll's sein. Sie werden es schon überleben und einen Neuanfang schaffen. Da bin ich mir ganz sicher.«

Thom brauchte keinen Neuanfang. Wenngleich es für jemanden mit seiner Erfahrung gewiss besser bezahlte Jobs im Privatsektor gab, konnte er sich einfach nicht vorstellen, woanders als beim Innengeheimdienst zu arbeiten.

»Ihre Pensionierung tritt mit sofortiger Wirkung in Kraft. Ich möchte, dass Sie Ihren Leuten Anweisungen hinterlassen, damit diese ihren Fokus von der nationalistischen Bewegung in Schottland zurück auf die IRA verlagern und ihre ganze Zeit dafür aufwenden. Wobei Declan McIver und Shane O'Reilly ganz oben auf der Liste der Verdächtigen stehen sollen. Ich werde in der Zwischenzeit die Aufgaben des Generaldirektors, Vizedirektors und Leiters der Abteilung Terrorbekämpfung in Irland und dem Inland selbst übernehmen, bis sich die Lage etwas entspannt und wir permanente Kandidaten ins Auge fassen können.«

»Sie nennen Shane also jetzt einen Verdächtigen?«

»Das liegt überhaupt nicht in meinem Ermessen, Harry. Die Downing Street 10 ist der Ansicht, man dürfe die Möglichkeit seiner Beteiligung nicht länger ausschließen, was Dennis ja immer getan hat. Es heißt, McIvers Wiedereintreten in O'Reillys Leben könnte eine signifikante Veränderung dessen bewirkt haben, was ihm wichtig war und wo er sich zugehörig fühlte.«

»Die Downing Street kann mich mal. Ich kenne Shane O'Reilly seit mehr als zwanzig Jahren und würde eher glauben, dass die Premierministerin zur Terroristin geworden ist, als ihn für rückfällig zu halten.«

»Machen Sie das Ganze bitte nicht noch komplizierter, als es sowieso schon ist, Harry. Ich begleite Sie noch in Ihr Büro, dann können Sie dort Ihre Sachen zusammenpacken.«

»Rücken Sie mir bloß nicht auf die Pelle, Sam, ich finde mich hier perfekt allein zurecht, und Sie können sich darauf verlassen, dass ich das sehr gut ohne Beistand schaffe.«

»Das widerspricht aber den Regeln, wie Sie selbst wissen. Zwingen Sie mich jetzt nicht dazu, den Sicherheitsdienst rufen zu müssen.«

Thom starrte geradeaus, ohne sich zu bewegen. Die Vorstellung, die Inkompetenz von Politikern verfluchend aus dem Gebäude geschleift zu werden, reizte ihn auf einmal.

Reed legte eine Hand auf sein Telefon.

Aber schließlich gab er doch auf. »Gehen wir.« Manche Schlachten ließen sich einfach nicht gewinnen. Wenn er schon abdanken musste, dann wenigstens in aller Würde, trotz des brennenden Verlangens, das Gegenteil zu tun.

»Guter Mann.« Reed nahm die Hand wieder vom Telefon. »Guter Mann.«

# Kapitel 30

*21:21 Uhr Ortszeit, Harkraders Hütte, Braunwald, Schweiz*

Das Holz im Ofen knackte laut, als Harkrader die Glut schürte. Dann legte er noch ein Scheit auf. Das niedrig flackernde Feuer verlieh der Einrichtung der recht kleinen Hütte einen gelben bis orangefarbenen Schein und verströmte einen angenehmen Brandgeruch von dem alten Holz. Der Herbst war in der Schweiz stets die feuchteste Jahreszeit, und nachts konnten die Temperaturen durchaus schon fast den Gefrierpunkt erreichen, weshalb Rauchschwaden über Häusern ein allgegenwärtiger Anblick waren.

Mit dem Einbruch der Dunkelheit wenige Stunden zuvor hatte sich Declans Vorsatz erübrigt, Ausschau nach seinen Verfolgern zu halten. Jetzt konnte er nichts weiter tun, als sich auszuruhen und zu warten. Er musste sich einfach darauf verlassen, dass dieser abgeschiedene Ort und die wenigen Waffen, die sie besaßen, hinreichenden Schutz boten, falls sich im Laufe der Nacht etwas anbahnen würde. Er war allerdings mehr oder weniger überzeugt davon, dass ihnen niemand gefolgt war. Sie hatten sich dessen auf dem ausgetretenen Weideweg mehrmals vergewissert, der zu Harkraders Hütte führte. Da diese am Rand des winzigen Dorfs stand, mussten sie wohl auch nicht befürchten, von irgendwelchen Anwohnern bemerkt worden zu sein. Aufgrund der Größe dieses Nests und der Tatsache, dass Kraftfahrzeuge komplett verboten waren, würden sie leicht jeden erkennen, der nach ihnen suchte.

»Entspannen Sie sich. Hier kommt Ihnen niemand zu nahe.« Harkrader nahm auf einem altmodisch aussehenden, aber immerhin gepolsterten Holzsessel Platz. Dieser war gemeinsam mit einem weiteren sowie einem passenden Sofa im Halbkreis vor dem Herdstein aufgestellt, zu dem der Ofen gehörte. »Falls uns überhaupt jemand gefolgt ist, wartet er jetzt höchstens am Bahnhof in Linthal auf Sie. Die Verbindung von dort nach Braunwald ist nämlich die Einzige, die gemeinhin genutzt wird.«

Declan blieb dennoch am Fenster der Vorderseite der Hütte stehen und schaute hinaus. Was er zu sehen erwartete, wusste er eigentlich gar nicht. Im Regen und Nebel ließ sich über ein paar Dutzend Fuß hinaus sowieso nichts erkennen, doch dort zu verharren beruhigte ihn irgendwie.

»Sie wollten doch vorhin wissen, wie ich Sie in der Klinik gefunden habe«, fuhr der Alte fort. »Nun, da wir jetzt zur Ruhe gekommen sind und gegessen haben, kann ich es Ihnen gerne erklären.«

Declan zog daraufhin den Vorhang zu und wandte sich vom Fenster ab. Er setzte sich in den Holzsessel an der anderen Seite des Sofas und wartete.

»Mit dem Lungensanatorium kam ich zum ersten Mal vor zwölf Jahren in Berü…«

Die Tür eines der beiden Schlafzimmer der Hütte ging auf, und Harper trat in einem etwas zu großen Schlafanzug aus Flanell in den Wohnbereich. Harkrader lächelte, als sie sich auf dem Sofa niederließ. »Ich habe gehofft, dass Ihnen die Sachen passen würden. Sie sind zwar ein wenig altmodisch, aber bestimmt bequemer als vieles, was man heute so trägt.«

Sie erwiderte sein Lächeln kurz. »Er ist prima, danke.«

Sie gehörten meiner Nichte Corina. Seit zwölf Jahren liegen sie jetzt schon unbenutzt herum.« Harkrader schaute hastig weg. Dies berührte ihn offenbar emotional sehr.

*Zwölf Jahre.* Declan verband dies sofort mit der Tuberkuloseklinik.

Der Alte zog laut die Nase hoch und wischte sich dann eine Träne weg. »Entschuldigung. Wie gesagt, mit dem Sanatorium bekam ich vor zwölf Jahren zu tun. Alles fing im Kanton Zug und mit dem Verschwinden meiner Nichte an. Die zweite Hälfte des 20. Jahrhunderts verbrachte ich überwiegend im Dienst der Polizei des Kantons.

Declan musste daran denken, wie Harkrader ihn befreit hatte. Er war sich sofort sicher gewesen, dass der Mann Erfahrung mit Schusswaffen hatte, und darüber Bescheid wusste, wie man in ein Gebäude eindrang, wo Gefahr drohte. Jetzt kannte er auch den Grund dafür.

»Mitte der Achtziger«, erzählte Harkrader, »entwickelte sich Zug zu einer Steueroase für viele der reichsten Konzerne der Welt, und was einmal ein kleines Alpendorf gewesen war, weitete sich auf einmal zu einem stetig wachsenden städtischen Außenbezirk aus. Für die Einheimischen war das zunächst von Vorteil. Denn die höheren Steuerwerte wirkten sich überaus positiv auf mein Gehalt aus, und der Kanton konnte sich Weiterbildungsmaßnahmen für seine Beamten leisten. Doch wie bei allem gab es auch Schattenseiten.

Gemeinsam mit den reichsten Konzernen kamen auch einige der reichsten Männer ins Land, von denen es wohl einige offenbar nicht gewohnt waren, ein Nein gesagt zu bekommen, und deren Vorstellung davon, sich an Gesetze zu halten, darin bestand, Behörden zu schmieren, damit diese ein Auge zudrückten, wenn sie welche brachen. Nach zehn Jahren hatten die Probleme mit Drogen, Prostitution und Korruption schließlich überhandgenommen, alles unter dem Deckmantel einer familienfreundlichen Gemeinde an einem See, und der Polizeiberuf stellte eine größere Herausforderung denn je dar.

Dennoch ging es mir weiterhin ganz gut. Ich zog meine Nichte auf wie eine leibliche Tochter, und nachdem sie irgendwann weggezogen war, um zur Universität zu gehen, kehrte sie zum Arbeiten nach Zug zurück. Leider habe ich mein Anstands- und Ehrgefühl an sie vererbt, weshalb sie eines Tages spurlos verschwunden ist, als sie einen brutalen Prostitutionsring entdeckt hatte, der in einem seit langem verlassenen Krankenhaus zugange gewesen war, ohne es jemandem erzählen zu können.

Natürlich weigerte ich mich, die Sache einfach auf sich beruhen zu lassen, und ließ nicht locker, bis viele korrupte Entscheidungsträger, die nichts gegen die Probleme unternommen hatten, im Zuge eines bürgerlichen Aufbegehrens, um Reformen loszutreten, zum Rücktritt gezwungen wurden. Ich wünschte, ich könnte sagen, mein Kampf um Corina sei mit Festnahmen und gerechten Verurteilungen zu Ende gegangen, aber dem war nicht so. Die Schuldigen führten ihre Machenschaften daraufhin einfach irgendwo anders weiter, und sie tauchte nie mehr auf.«

Harkrader wollte den Anschein von Gefasstheit erwecken, während er angestrengt ins Feuer starrte.

»Sie war zuletzt in dem Lungensanatorium gesehen worden. Als meine Bemühungen durchkreuzt wurden, ihr Gerechtigkeit zuteilwerden zu lassen, zog ich mich irgendwann aus dem Dienst zurück. Seitdem steige ich jeden Tag den Berg hinauf, um auf dem herrenlosen Grundstück eine Ziegenherde zu hüten, was ich laut Schweizer Gesetz darf, und halte dort Ausschau. Ich wartete immerzu darauf, dass jemand dorthin zurückkehrte, und gestern Abend war es endlich so weit.«

Declan erschloss sich die Logik dahinter nicht so recht. »Und Sie dachten, dass Ihre Nichte vielleicht dabei wäre?«

Der Blick des Alten ruhte weiterhin auf dem Feuer, dessen Flammen unter dem Rauchabzug leckten. »Ich habe einmal gehofft, dass meine Corina noch am Leben ist, und ich sie irgendwann wiedersehen würde, doch das ist mittlerweile vorbei. Ich werde sie nie wiedersehen. Was auch immer man ihr angetan hat, liegt bereits viele Jahre zurück, und sie ist längst tot. Aber als ich diese Leute in der Klinik vorgefunden habe, wusste ich sofort, dass dort jemand Hilfe brauchte.«

Sie blieben mehrere Minuten schweigend sitzen, während die beiden Geretteten über die Schilderungen nachdachten. Declan rekapitulierte noch einmal die vergangenen vierundzwanzig Stunden. Kein Zweifel, seine Entführer waren verkommenes Pack gewesen, doch handelte es sich dabei tatsächlich um Mitglieder jenes Prostitutionsrings? In jedem Fall erfüllten sie die Kriterien, die man gemeinhin mit solchen Aktivitäten verband.

»Sie sagten zwischendurch einmal, dass Sie für einen britischen Geheimdienst arbeiten würden«, erinnerte sich Harkrader schließlich. »Wie sind Sie …«

»Das gilt nur für Sie.« Declan zeigte auf Harper. »Mein Werdegang ist ein bisschen … komplizierter. Ich würde Ihnen ja liebend gern erzählen, wir seien hier gewesen, um Mädchenhändlern auf die Schliche zu kommen oder diese Klinik genauer zu untersuchen, bis uns auf einmal diese Typen entführt haben, aber das wäre gelogen. Ich war zu einem Treffen in Risch unterwegs, sie ist mir gefolgt, und gestern vor dem Züricher Flughafen wurden wir beide überfallen.«

»Aus welchem Grund wollte Sie denn jemand verschleppen?«

Declan zuckte mit den Achseln. »Ha, da mir fallen zahlreiche Gründe ein, nur dass keiner davon einen Sinn ergibt, wenn ich daran denke, wo wir gerade sind und wer die Männer gestern Nacht gewesen sein könnten. Mir ist nämlich keiner von ihnen je zuvor begegnet.«

Harkrader fragte daraufhin: »Angeheuerte Gangster vielleicht?«

»Vielleicht. Der Kerl, der alle herumkommandiert hat – der Große, der uns in den Wald getrieben hat – gehörte früher zu den DDR-Grenztruppen.«

Hier mischte sich Harkrader erneut ein. »Ein ostdeutscher Wachbeamter? Woher wissen Sie das?«

»Der Mantel, den er trug, gehörte zur Uniform jener Einheit. Sie waren nur den höherrangigen Beamten vorbehalten, und auf einem grünen Band unten am rechten Ärmel stand außerdem ›Grenztruppen der DDR‹.«

»Heutzutage kommt doch jeder an solche Kleidung. Nach der Wiedervereinigung Deutschlands gab es diese Mäntel an jeder Straßenecke zu kaufen, und so, wie diese Typen aussahen, die bei ihm waren, handelte es sich dabei ausnahmslos um Skinheads. Die stehen doch auf solche Devotionalien. Das heißt aber nicht, dass sie der Truppe seinerzeit auch angehört haben.«

»Er schon, denke ich. Alt genug sah er zumindest aus, und sein Benehmen erinnerte mich schon sehr an einen Militäroffizier. Die anderen haben sich definitiv vor ihm gefürchtet. Außerdem war er nicht gerade durchschnittlich gebaut, aber der Mantel passte ihm dennoch perfekt – so als sei er ihm auf den Leib geschneidert worden.«

»Also reden wir hier von einem Neonazi oder Punker, der sich das Ding anfertigen lassen hat. Das beweist trotzdem nicht, dass er wirklich beim DDR-Grenzschutz war. In dieser Szene gibt man wahrscheinlich ständig Geld für so etwas aus.«

Declan wollte nicht länger darüber diskutieren. »Wie dem auch sei, alles ist möglich.« Er für seinen Teil glaubte allerdings sicher, dass dieser Mann irgendwann einmal Mitglied jener Formation gewesen war. Er hatte es schließlich selbst gesagt, nachdem er Harper aus der Zelle geholt hatte, doch nun mit ihr darüber zu streiten erübrigte sich für ihn. Es spielte nämlich eigentlich gar keine Rolle. Das oberste Gebot für sie beide lautete jetzt, den Kerl zu meiden, falls er sich noch in der Nähe herumtrieb, und schnellstmöglich aus dieser Gegend zu fliehen.

»Wir können nicht hierbleiben«, sagte Harper, als habe sie seine Gedanken gelesen. Sie zog die Beine unter ihrem Hintern weg und setzte sich jetzt aufrecht hin. »Zuallererst müssen wir Kontakt zum britischen Konsulat in Zürich aufnehmen. Denn die anderen Agenten, die gestern mit mir zusammen geflogen sind, werden es bestimmt sicherheitshalber aufgesucht haben.«

Declan sah sie einen Augenblick lang an. Er hatte geahnt, dass sie nicht allein gewesen war, hatte aber keine anderen Agenten bemerkt.

Sie schmunzelte. »Ja, ganz richtig. Sie sind offenbar doch nicht so toll, wie Sie glauben. Sie wurden von mehreren Kollegen verfolgt, und die sollten unbedingt erfahren, dass wir noch leben. Nicht auszudenken, was in der Zwischenzeit alles passiert sein könnte und welche Maßnahmen aufgrund unseres Verschwindens eingeleitet worden sind. Wir haben schon viel länger damit gewartet, als klug gewesen wäre.«

Declan rief sich erneut seine Optionen vor Augen. Einmal mehr war er in eine Situation geraten, mit der er überhaupt nichts zu tun haben wollte. Constance hatte Recht gehabt. Er wäre besser bei ihr geblieben, anstatt dem Irrglauben aufzusitzen, er könne irgendetwas daran ändern, was die Öffentlichkeit von ihm hielt. »Nehmen Sie ruhig Kontakt zum britischen Konsulat auf, wenn Sie wollen, aber ich kehre wieder nach England und zu meiner Frau zurück.«

Harper lehnte sich auf dem Sofa zurück und schaute ihn neugierig an. »Und wie bitteschön wollen Sie das ohne Hilfe des Konsulats schaffen?«

»Da hat sie nicht ganz unrecht, wenn Sie mich fragen«, warf Harkrader ein. »Sie sollten sich besser mit ihr zusammen ans Konsulat wenden. Die Schweizer Behörden werden garantiert Ärger machen, wenn sie herausfinden, dass Sie ohne ordentliche Papiere im Land sind.«

*Die hab ich doch,* dachte Declan, verkniff sich aber, dies zu äußern. Vor seinem Aufbruch aus Irland hatte er online einen Tresor gemietet sowie Dokumente für den Notfall und weitere Pakete per Post vorausgeschickt. Mit deren Inhalt war er in der Lage, sich hier vollkommen unauffällig zu bewegen beziehungsweise keinen Verdacht zu erwecken und sich auf diese Weise auch besser zu schützen. Von Zürich aus, wo seine Sachen aufbewahrt wurden, konnte er mühelos nach Frankreich und schließlich mit dem Zug oder einer Fähre nach England gelangen.«

»Davon einmal abgesehen«, fuhr Harkrader fort, »gibt es nur drei Wege aus Braunwald, und auf jedem davon droht Ihnen momentan große Gefahr.« Er nickte Harper zu. »Sie wird Ihre Unterstützung brauchen.«

»Ich kann gut allein auf mich …«.

»Nein, was er sagt, ist absolut richtig. Ich muss sowieso erst kurz nach Zürich. Wir verschwinden gemeinsam von hier, dann bringe ich Sie zum

Konsulat. Danach trennen wir uns wieder. Welche drei Wege sind das, von denen Sie gesprochen haben?«

Harkrader stand ächzend auf und ging zu einem klassischen Rollpult neben dem Hütteneingang. Er schloss es auf und nahm eine gefaltete Landkarte aus einer der Ablagen.

»Wir sind hier.« Nachdem er sie auf dem handgefertigten Tisch vor dem Sofa ausgebreitet hatte, zeigte er auf einen Punkt. Declan und Harper beugten sich nach vorn, um besser sehen zu können. »Die meisten, die herkommen oder den Ort wieder verlassen wollen, nehmen dazu die Braunwaldbahn, die am Bahnhof Linthal hält. Sie pendelt bis zum frühen Abend zwischen Berg und Tal. Fahren Sie damit nach Linthal, dort gibt es Anschlusszüge nach Norden in Richtung Zürich.

Die zweite Möglichkeit wäre Schlatt, eine Siedlung nicht weit nördlich von hier. Sie liegt deutlich tiefer und von dort aus, den Berg hinunterzusteigen, ist durchaus machbar. So gelangen Sie nach Luchsingen, einem weiteren Bahnhof an der Strecke in Richtung Norden. Da die Straße aber vom Lungensanatorium aus nach Luchsingen führt, würde jeder angeheuerte Verbrecher, der sein Geld wert ist und Sie finden möchte, die Bahnhöfe dort und in Linthal überwachen. Dass Sie sich wehren können, ist offensichtlich, aber wollen Sie Ihr Glück wirklich auf diese Weise herausfordern? Selbst wenn Sie überleben würden, sorgen Sie an diesen öffentlichen Orten für so viel Aufruhr, dass es Ihre weitere Reise umso gewagter machen wird.«

Declan betrachtete die Karte intensiv. »Bleibt also nur noch die dritte Möglichkeit.«

»Das ist die Unsicherste von allen, doch ich glaube nicht, dass jemand diesen Weg ernsthaft in Betracht zieht.« Harkrader fuhr südlich von Braunwald mit einem Finger über das Papier. »Er verläuft an den Osthängen der Glarner Alpen entlang. Wenn Sie diese Route zu Fuß nehmen, die ich Ihnen zeige, sind es ungefähr acht Kilometer bis zum Klausenpass.«

Declan folgte den Markierungen auf der Karte mit seinen Augen bis zu dem besagten Pass. »Sie endet in Altdorf, wo wir mit dem Zug nach Norden weiterfahren könnten, aber auf der Straße ist es wie weit? Fünfzig Meilen? Wir müssten per Anhalter reisen, um das schaffen zu können, ansonsten würden wir tagelang laufen müssen.«

»Wie gesagt, es ist die unsicherste Strecke der drei, aber Anhalter sieht man hier ständig, also dürfte es kein Problem sein, rasch mitgenommen zu werden.« Der Alte lächelte und nickte Harper zu. »Außerdem wird eine gut aussehende Frau an Ihrer Seite durchaus helfen.«

Declan lachte leise auf. Der Mann hatte recht. Man könnte sie und ihn für ein junges Paar halten, das in den Schweizer Alpen einen Wanderurlaub machte. »Sie hat mich gestern im Flugzeug angemacht.« Er grinste, wohingegen Harper nur stumm ihre Augen verdrehte.

Schließlich fuhr er die Route noch einmal mit einem Zeigefinger ab. Je länger er darüber nachdachte, desto besser gefiel ihm diese Idee. Nicht nur, weil die Wahrscheinlichkeit niedrig war, dass jemand dazu imstande war, den Pass flächendeckend zu bewachen; sie könnten außerdem, weil sie nicht auf öffentliche Transportmittel angewiesen waren, die Waffen mitnehmen, die sie aus der Klinik entwendet hatten. Ihre Munition ging zwar zur Neige, aber ein wenig war immer noch besser als gar nichts, falls sie wieder angegriffen werden würden.

»Wir brechen auf, sobald die Sonne aufgeht. Legen wir uns jetzt besser hin, um möglichst viel schlafen zu können.«

# Kapitel 31

*22:36 Uhr Ortszeit, Ecke Lambeth Palace Road, London, England*

Egan Hume hielt eine Hand hoch, als er sich dem Gelände der früheren Marienkirche näherte – ein Zeichen für seine Leibwächter. Während er durch eines der Tore in dem Eisengitterzaun ging, der den mittelalterlichen Kirchhof umgab, nahmen die Männer ihre abgesprochenen Positionen ein. Einer an dem Eingang, der andere am gegenüberliegenden Ende des Grundstücks, wozu er rasch den Garten durchquerte. Von diesen Positionen aus konnten sie ihn sofort über die Ankunft des Mannes informieren, mit dem er sich hier treffen wollte, und die beiden auch rechtzeitig vor ungebetenen Zuhörern warnen, die sich vielleicht einfinden würden, sobald ihre Unterhaltung begann.

Als sich Hume streckte, knisterte der Stoff seines Trainingsanzugs. Er joggte eigentlich nie nachts, sondern zog die frühen Morgenstunden für Sport vor, aber dies war eine Ausnahme, weil ihm keine bessere Tarnung für seine eigentliche Absicht eingefallen war. Während er seine Dehnübungen fortsetzte, gelangte er in die Mitte des Hofs und ging dort im Kreis unter den uralten Eichen umher, die einen Teil des weitläufigen Gartens auf dem Gelände der entweihten Kirche ausmachten.

»Ein wenig spät für einen Spaziergang, oder nicht?«

Die Stimme erschreckte Hume zutiefst. »Jesus!« Er erkannte den Sprecher, hatte aber keine Ahnung, wo sich dieser befand. Dadurch, dass er sich langsam auf der Stelle drehte, versuchte er, seine Ahnungslosigkeit zu kaschieren. »Mir so aufzulauern ist eine wirklich schlechte Angewohnheit von Ihnen. Eines Tages bekommen Sie deshalb noch Schwierigkeiten.« Hume warf einen Blick auf einen der Stadtpolizisten, die zu seinem Schutz beordert worden waren, doch dieser hatte noch gar nicht bemerkt, dass noch jemand hinzugekommen war.

Der Mann im Schatten schnaubte und schlug ein Feuerzeug an.

Egan wandte sich dem Geräusch zu, wobei die kurz aufflackernde Flamme Reeds Dreitagebart erhellte.

Er stand versteckt in der Mauernische eines der längst versiegelten Eingänge des Gotteshauses aus dem Mittelalter. Nachdem er am Filter gesaugt hatte, bis der Tabak brannte, atmete er langsam aus. »Sie scheinen vergessen zu haben, wer tatsächlich die Verantwortung für ihre Leibwächter trägt. Denken Sie etwa, die städtischen Behörden würden sie selbst ausbilden? Nein, wir bringen ihnen das nötige Handwerkszeug bei, aber es wäre doch gelacht, wenn wir nicht den einen oder anderen Trick für uns behalten würden, nicht wahr?«

»Ist das jetzt die Strafe dafür, dass ich Sie so spät angerufen habe – Ihnen beim Prahlen zuhören zu müssen? Mir zu drohen, bringt Ihnen rein gar nichts.«

Reed ging nicht auf diese Aussage ein. Er blieb einfach weiter im Schatten stehen und rauchte.

Hume räusperte sich. »Wir haben ein Problem, und Sie unterstehen dem Befehl, uns zu helfen.«

»Welche Art von Problem?«

Hume trat näher und lehnte sich an die Steinmauer der Kirche. »McIver ist uns entwischt. Unsere Leute sind zwar hinter ihm her, aber Kreft will, dass Sie ihnen für alle Fälle Verstärkung schicken.«

»Das ist aber nicht meine Aufgabe. Laut unserer Abmachung brauche ich so etwas nicht zu tun.«

Hume grunzte. »Ich habe ihm gleich gesagt, dass er mit dieser Reaktion Ihrerseits rechnen müsse. An Ihrer Stelle würde ich ihn aber nicht hängenlassen – nicht, falls Sie Ihr Versprechen halten wollen. Generaldirektor ist heutzutage kein außergewöhnliches Amt mehr.«

»Generaldirektoren mit meiner Erfahrung gibt es aber kaum. Vorausgesetzt, Sie beide legen es nicht darauf an, dass die nächste Regierung – *Ihre* Regierung – genauso sang- und klanglos untergeht wie die gegenwärtige, sehen Sie lieber zu, dass ich genau dort bleibe, wo ich bin.«

Dies nahm Hume äußerst gelassen zur Kenntnis. »Natürlich. Nichts weniger habe ich vor, sobald ich Premierminister bin, aber Sie müssen zuerst mit uns an einem Strang ziehen. Es gibt schließlich einen Grund dafür, dass Sie drei Jahrzehnte lang vor jemand anderem kuschen mussten: Sie haben nie begriffen, worauf es in diesem Metier wirklich ankommt.«

»Und das wäre?«

»Jeder hat gegen jeden etwas in der Hand.«

Reed zog noch einmal kräftig an seiner Zigarette. »So läuft das Spiel, das stimmt, und der Innengeheimdienst hat es erfunden.«

»Dann sind Sie bisher aber ein mieser Spieler gewesen. So oder so sind Ihre Befehle äußerst ungenau. Sollten Krefts Männer versagen, kehren Sie die Scherben zusammen. Wir können es uns einfach nicht leisten, dass dieser Halunke quer durch Kontinentaleuropa streift.«

Samuel blies eine Qualmwolke aus. »Momentan bekommen alle ihre neuen Aufgaben zugeteilt. Sie werden sich bald ausschließlich auf McIver und O'Reilly konzentrieren. Finden Sie in der Zeit heraus, wann und wo der Kerl zuletzt gesehen worden ist, dann versuche ich, was ich kann. Seien Sie aber gewarnt: Unsere Fähigkeiten, Einzelpersonen aufzuspüren, sind nicht so übernatürlich, wie es im Kino gerne dargestellt wird, und ich werde mir am Ende bestimmt nicht vorwerfen lassen, gescheitert zu sein.« Er schnippte den Zigarettenstummel in die Luft und beobachtete dann, wie er durch den Garten trudelte. »Kreft sollte sich um McIver kümmern, nicht ich.«

Hume sah, wie der Filter von der Steinmauer abprallte, die zum Eisenzaun gehörte, und in einem Blumenbeet landete. »Sei's drum, wir leisten trotzdem Teamarbeit. Scheitert ein Teammitglied, scheitern auch Sie, also lassen Sie es gar nicht erst so weit kommen.«

# Kapitel 32

*Mittwoch, 06:03 Uhr Ortszeit, Harkraders Hütte, Braunwald, Schweiz*

»Danke.«

Declan zog erst eine, dann die andere Schulter hinunter, damit ihm der Alte helfen konnte, einen Wanderrucksack anzuziehen. Davon einmal abgesehen, dass er ihre Leben gerettet hatte, erwies er sich als außerordentlich entgegenkommend, indem er ihnen frische Kleider und Proviant mit auf die Reise gab. Ob sich dies als einfacher, halbtägiger Fußmarsch an einen Ort erweisen würde, wo sie ein Auto anhalten würden, oder als mehrtägige Odyssee über den gesamten Klausenpass: Besser konnten sie unter den gegebenen Umständen nicht vorbereitet sein und sahen jetzt außerdem auch noch aus wie zwei eingefleischte Bergwanderer.

Harkrader verharrte gedankenverloren mit einem Blick auf Harper. Sie trug Sachen seiner Nichte, die ihr zwar ein wenig zu groß waren, aber ansonsten gut passten. Als sie ihm gegen eine Schulter tippte, wurde er sofort wieder geistesgegenwärtig, ehe er von ihr einen Kuss auf die Wange bekam. »Danke.« Ihr Gesichtsausdruck zeugte von Einfühlsamkeit, womit sie Verständnis für den Kummer zeigte, den er überdeutlich sichtbar empfand.

Declan glaubte, dass Harpers Augen feucht wurden, während sie den alten Mann anschaute. Er blieb ruhig stehen und wartete. Sie mussten langsam in die Gänge kommen, aber er konnte nachvollziehen, wie dankbar sie ihm war. Sie alle wussten schließlich ganz genau, was mit ihr geschehen wäre, wenn sie im Sanatorium hätte bleiben müssen.

»Ich werde mich Ihnen auf jeden Fall erkenntlich zeigen, das verspreche ich Ihnen. Immerhin arbeite ich für den MI6. Wir werden herausfinden, wer diese Kerle waren und ob sie irgendetwas mit dem, was Corina zugestoßen ist, zu tun hatten oder nicht. Falls ja, werden wir zusehen, dass sie dafür büßen.«

Harkrader lächelte sie an, erwiderte aber nichts.

Declan erkannte, dass er wusste, dass seine Nichte ungeachtet dessen, nicht wiederkommen und ihm das Leben zurückgeben würde, um welches er beraubt worden war. In seinen Augen handelte Harper unklug, indem sie dem Mann solche Versprechen gab. Denn aller Wahrscheinlichkeit nach führte es lediglich zu einer weiteren Enttäuschung, und davon hatte der Mann schon genug erleben müssen in seinem Leben. »Gehen wir.« Er klopfte Harkrader auf die Schulter und wandte sich dann von dem Alten ab.

Als er unter das Vordach der Hütte trat und zum Horizont schaute, holte er erst einmal tief Luft. Es wurde gerade hell über den steilen, grünen Hängen, den vereinzelten Blätterdächern und den kleinen Wohnhäusern, deren Fassaden mit Zedernholz verkleidet waren. Rings um Harkraders Bleibe herum bot sich nur dieses eine Bild, umgeben von schneebedeckten Gipfeln in der Ferne. Die Aussicht war nichts weniger als erhaben und weckte in Declan Sehnsucht nach genauso einem Ort, um dort sein Baby aufzuziehen und wieder enger mit seiner Frau zusammenrücken zu können. In einer Umgebung wie dieser sicher vor Altlasten bleiben zu können, war für ihn gut vorstellbar.

»Nicht vergessen«, ermahnte ihn der Schweizer, während Declan die Treppe hinunterging. »Halten Sie sich immer auf dem Pfad in südlicher Richtung und dicht an der Baumgrenze, bis Sie einen Wald und einen hohen Berg sehen. Dorthin kommen Sie auf einer geschotterten Straße. Sie können bis zum Pass darauf bleiben.«

Declan suchte noch einmal den Blick des Mannes und nickte hochachtungsvoll, während er die Gurte an seinen Schultern anpasste und einen Gurt vor seinem Bauch zuschnallte. Harper holte ihn auf dem Vorplatz der Hütte ein, woraufhin sie einen einsturzgefährdeten Werkschuppen und mehrere Stöße Feuerholz passierten, die mit Planen zugedeckt waren.

»Sie hätten ihm das nicht versprechen sollen.« Declan spürte sofort, dass sie ungehalten wurde. »Die Zirkusdirektoren werden sich kein bisschen für eine Schweizerin interessieren, die seit mehr als zehn Jahren für tot gehalten wird, das wissen Sie so gut wie ich.«

»Woher kennen Sie sich denn damit aus, wofür wir uns interessieren? Hat Ihnen Ihre Pfadfindergruppe in Irland eine passende Fortbildungsmaßnahme spendiert?«

Declan antwortete nicht. An und für sich durchschaute sie ihn voll und ganz. Er hatte nur selten mit dem MI6 verkehrt, und das war auch schon lange her. Andererseits musste jedem, der sich auch nur flüchtig mit Geheimdienstangelegenheiten auseinandersetzte, die Frage in den Sinn kommen, warum eine auswärtige Spionageeinheit in einem fremden Land an Ermittlungen in einem eingeschlafenen Mordfall teilnehmen sollte. Nichtsdestotrotz konnte er Harpers Gefühle nachvollziehen und er sah ein, dass sie sich wohl einfach von einstweiliger Rührseligkeit hatte beirren lassen.

»Hey, ich rede mit Ihnen!« Sie hielt ihn am Oberarm fest, damit er stehen blieb. »Das haben wir doch schon besprochen. Sie sind nicht so gut, wie Sie denken.«

Declan starrte sie an. »Und Sie wären ohne mich jetzt nicht hier.«

Er platzte mit diesen Worten einfach so heraus, bevor er sie durchdacht hatte. Mochten sie vielleicht berechtigt sein, entsprach Angeberei mit guten

Taten trotzdem nicht seinem Wesen. Er hatte viel zu viel auf dem Kerbholz, was es wiedergutzumachen galt. Während Harper ihn weiter mit einem bösen Blick strafte, schaute er auf den Boden und holte tief Luft.

»Also gut.« Er wandte sich ab und ging weiter. »Bringen wir das Ganze einfach hinter uns.«

Sie folgten Harkraders Richtungsangaben schweigend, indem sie einen ausgetretenen Wanderweg nahmen, der dicht an Baumgruppen vorbeiführte. Währenddessen stieg das Gefälle wiederholt an, bis die Pflanzen sich am Wegrand in einem üppigen Wald verwandelten, der sich über einen steilen Hügel hinweg erstreckte.

Als sich Declan umdrehte, schätze er, dass sie mittlerweile etwa die Hälfte der Strecke hinter sich hatten. Die einzelnen Häuser vor Braunwald waren noch schwach zu sehen. Harper, die etwa zwanzig Yards hinter ihm ging, erwiderte seinen Blick, als er nach oben zeigte. »Sieht ganz so aus, als seien wir hier richtig.«

Sie nahm es stirnrunzelnd zur Kenntnis, blieb aber weiterhin in Bewegung, anstatt bei ihm stehen zu bleiben, und betrat den Wald, wo sie sich an den Baumstämmen den Steilhang hinaufzog. Declan folgte ihr schnell. Unter den Wipfeln war es noch dunkel, denn die Sonne hatte das Astgeflecht über den beiden noch nicht durchbrochen. Als sie den höchsten Punkt erreicht hatten, konnte man ein tiefes Tal sehen, das zwischen zwei Bergzügen entlangführte, aber eine Straße schien dort nicht zu verlaufen. Darum mussten sie sich einfach auf Harkrader verlassen und weitergehen.

Auf ungefähr der halben Strecke den Hügel hinunter, wurde der Wald lichter, und genau wie von dem Alten beschrieben, hatte man an der Talschulter eine Schotterstraße angelegt. Sie führte in Serpentinen hinab durch mehrere kleine Waldstücke und an Gebäuden vorbei, die gewiss zu einem Bauernhof oder einem ähnlichen Betrieb in der Nähe gehörten. Harper zurrte ihre Rucksackgurte fester und ging dann weiter, ohne einen Ton von sich zu geben. Declan blieb noch kurz stehen, und prägte sich den Ausblick ein. Über dem Tal zogen Wolken in Richtung Norden, die reichlich regenschwer aussahen. Es würde feucht werden, so wie üblich in dieser Jahreszeit.

»Na großartig«, sagte Harper nach mehreren Meilen, als das Ende der Schotterstraße in Sicht kam und die ersten dicken Tropfen fielen. Binnen einer Minute prasselten Unmengen von Wasser auf sie ein. Declan stellte seinen Rucksack ab, öffnete den oberen Reißverschluss und nahm einen blauen Regenmantel heraus. Nachdem er ihn überstreift und den Rucksack wieder angezogen hatte, setzte er die Kapuze auf und legte noch ein steil abfallendes Wegstück zurück, bis der Schotter endlich in breiteren Asphalt überging. Dann schaute er nach Osten. Die Straße verschwand dort im

Zickzack zwischen den Bergen in der Ferne, und zwar vollkommen verkehrsfrei. Was nun?

Plötzlich ertönte eine Hupe: *Tut! Tut!*

Declan drehte sich um und sah einen olivgrünen Pinzgauer mit verblasster Schweizer Flagge an der Vorderseite um eine scharfe Kurve biegen. Der Fahrer bremste und ließ seine Scheibe ein paar Zoll hinunter. »Pfaff ist mein Name«, sagte er in gebrochenem Englisch. »Harkrader meinte, ich würde Sie ungefähr zu dieser Zeit hier finden. Sie seien nach Zürich unterwegs, wenn ich mich richtig erinnere.«

Declan schaute die Straße hinauf zu Harper und grinste breit.

*12:36 Uhr Ortszeit, Ecke Asylstraße-Hegibachstraße, Zürich, Schweiz*

»Danke.«

Declan beugte sich in den Wagen hinein und schaute dem Mann in die Augen. Die nahezu unglaubliche Glückssträhne im Zuge ihrer Bekanntschaft mit Harkrader dauerte sogar noch weiter an, obwohl er sie gar nicht mehr begleitete. Der Kerl war offenbar bestens vernetzt und hatte für sie beide herumtelefoniert, um einen Freund dazu zu überreden, eine seiner zwei wöchentlichen Fahrten von einer Molkerei im Oberseetal nach Zürich um einen Tag vorzuverlegen und dabei die malerische Route über den Klausenpass zu nehmen. Wenngleich es kaum zu erwarten war, dass der Riese und seine Handlanger den Zugbahnhof Altdorf beobachteten, war dieses Risiko Harper und Declan somit gänzlich erspart geblieben, weil sie im Vorbeifahren in dem alten Militärfahrzeug – sitzend auf gestapelten Appenzeller- und Emmentaler-Käselaiben für Restaurants in der Stadt – durch die Fenster geschaut hatten.

Nun lächelte Pfaff und nickte. »Bis zur Botschaft sind es noch ein paar Hundert Meter, sie befindet sich auf der rechten Seite.« Er zeigte in eine schmale Straße hinein, die so wie es aussah, fast nur von Wohnhäusern flankiert wurde. »Es ist ein graues Gebäude mit schwarzem Metalldach.«

Declan nickte und bedankte sich erneut bei dem Mann. Dann sah er dabei zu, wie dieser wendete und wegfuhr. Danach drehte er sich zu Harper um, die am Bordstein vor einer Bushaltestelle an der Ecke stand und zeigte in Richtung Konsulat.

»Er sagte, es geht dort entlang. Graues Gebäude, schwarzes Metalldach, rechte Seite.«

Sie bestätigte ihm, verstanden zu haben, und schaute Declan fragend an. Beide waren ein wenig verlegen. »Für Sie heißt es jetzt also zurück nach England?«

Er gab bewusst einen Anschein von Zwanglosigkeit. Sie hatten sich in Pfaffs Beisein nicht über ihre eigentlichen Gründe für den Besuch bei der britischen Auslandsvertretung unterhalten, sondern vorgegeben, einfache Wanderer zu sein, denen die Pässe abhandengekommen waren.

Declan schmunzelte. »Ach, interessiert Sie das wirklich?«

Harper kniff wieder einmal ihre Augen zusammen, was Sie offensichtlich gerne tat, entgegnete jedoch nichts. Erneut wussten weder sie noch er so recht, wie sie miteinander umgehen sollten.

»Na, wir sehen uns dann ja wohl dort wieder.« Sie steckte die Hände in die Taschen ihrer Jeans und drehte sich um. Während sie wegging, warf sie noch einen Blick zurück zu Declan.

»Aye, klar doch«, sagte er eher zu sich selbst als zu ihr. Obwohl er das Gefühl hatte, ihr Verhältnis zueinander habe sich insoweit geändert, dass sie nicht mehr alles hasste, wofür er stand, und grenze nunmehr eher an gegenseitiges Verständnis, trennten sich ihre Wege hier, egal ob er beschloss, nach England zurückzukehren oder nicht. In Anbetracht seiner Geschichte bei der IRA war das britische Konsulat der letzte Ort, den er aufsuchen sollte, um Hilfe zu erbitten.

Darum schulterte er seinen Rucksack wieder, wandte sich der Kreuzung zu und fasste die vier möglichen Wege ins Auge, die er einschlagen konnte. Vor seiner Abreise aus Irland hatte er einen zentral gelegenen Schließfachanbieter zur Aufbewahrung seiner Notfallpakete ausgewählt, diese abgeschickt und sich anhand einer Stadtkarte eingeprägt, wie er zu dieser Adresse gelangen konnte. In Hinblick darauf, wo der Zürichsee gelegen hatte, als sie in die Stadt gefahren waren, ging er also in Richtung Norden.

»Aua!«

Declan fuhr mit dem Kopf herum, als er den Schmerzensschrei hörte. Vor ihm lag eine Frau auf dem Bürgersteig, neben ihr ein Haufen Tüten voller Einkäufe, und sie schaute nach oben, während sie auf Deutsch vor sich hin schimpfte. »Wichser!«, schrie sie. »Sackgesicht!« Declan achtete aber schon nicht mehr auf sie oder ihre unflätige Ausdrucksweise. Denn er war vielmehr auf den Riesen fokussiert, der die Frau zu Boden geworfen hatte.

Bevor er überhaupt reagieren konnte, lenkten ihn der Lärm eines aufheulenden Motors und quietschende Reifen ab. In dieser Sekunde raste ein schwarzer Van Marke Volvo über die Kreuzung und kam direkt auf Declan zu.

Der Riese knurrte wütend, während er so schnell, wie es seine massige Figur zuließ, zu dem Iren aufschloss.

Dieser wandte sich ab und rannte los.

»Wir haben Gesellschaft!«

Harper war jetzt etwa fünfzig Yards vor ihm. Sie drehte sich um, erkannte die Situation und lief auf das Konsulat zu.

Selbst in Topform für einen Mann Anfang vierzig wusste Declan, dass er keine Chance gegen ein beschleunigendes Fahrzeug hatte. Das Motorengeheul wurde bereits lauter und gleich würde es ihn einholen. Er hastete weiter, so schnell er konnte, doch nicht lange, dann fuhr der Van neben ihm her und schließlich an ihm vorbei. Der Fahrer legte jetzt eine Vollbremsung hin, während er das Lenkrad herumriss, sodass der Wagen zwanzig Yards weiter quer vor ihnen stehen blieb und die schmale Straße versperrte. Drei Insassen öffneten nun zeitgleich ihre Türen.

Declan blieb allerdings nicht stehen, sondern erreichte den Volvo, genau in den Moment, als der vordere Beifahrer gerade aussteigen wollte. Mit dem Absatz eines Fußes trat er gegen die Tür, die daraufhin gegen das Bein des Mannes knallte, der gerade versuchte, sich aufzurichten. Von der Rückbank erhob sich ein anderer, der einen Elektroschocker in der Hand hielt.

»Dieses Mal nicht, mein Lieber.« Declan schlug ihm zuerst mit dem Handrücken und dann mit der Faust auf die Nase, weshalb der Kerl nicht einmal um die Autotür herumkam. Seine Knochen brachen, und er fasste sich brüllend ins Gesicht.

Nachdem Declan noch einmal gegen die vordere Beifahrertür getreten hatte, lief er vor den Wagen und schwang sich kurzerhand über die Haube. Er war schneller als der Mann am Steuer, der nun ausstieg, rannte an ihm vorüber und eilte weiter zum Konsulat.

»Los! Los!«, rief er Harper zu, die kurz angehalten hatte. Sie drehte sich wieder um und nahm die Beine in die Hand.

Declan folgte der Straße, die einen gewissen alpinen Charme mit mehrstöckigen Appartementgebäuden modernerer Prägung vereinte. Einen Block weiter hob sich die grau verputzte und schwarz überdachte britische Botschaft drastisch von der pastellfarbenen Umgebung ab.

»Rein mit Ihnen!« Declan hörte hinter sich erneut Reifen quietschen und den aufgedrehten Motor. Als Harper vor der Glasdoppeltür des Gebäudes ankam, riss sie hastig einen Flügel auf. Sie hielt ihn für Declan offen, während sie mit großen Augen zurückschaute.

Er war immer noch unterwegs, der Van heulte jetzt laut und würde ihn jeden Augenblick einholen. »Aus dem Weg!«

Harper verschwand durch die offene Tür, kurz bevor er ebenfalls hineinstürzte. Er fiel in einem kurzen Flur auf sie, während der Van den Bordstein überfuhr und den Türflügel aus den Angeln riss. Das Scharren wurde lauter – Blech, das an einer Mauer kratzte, und Räder am Boden, die nicht schnell genug greifen konnten, nachdem der Fahrer gebremst hatte. Überall stank es nach verbranntem Gummi.

Declan wälzte sich von Harper hinunter und tastete sich kurz ab. »Sind Sie okay?« Er stand auf.

Sie hielt sich mit schmerzverzerrtem Gesicht den Brustkorb. »Ich denke schon.«

»Tut mir leid.« Er half ihr auf und öffnete die nächste Glasdoppeltür, hinter der der Empfang des Konsulats folgte.

Angestellte schauten neugierig aus ihren Erdgeschossbüros heraus. »Alles in Ordnung mit Ihnen?« Ein Mann kam angelaufen und packte mit an, während Declan Harper hineinbrachte.

»Ja, wir werden es überleben.«

Abermals quietschten draußen Reifen, woraufhin Declan einen Blick über die Schulter warf. Damit einherging erneut der Lärm des aufbrausenden Motors, nur, dass er jetzt allmählich leiser wurde. Der Van raste nach dem misslungenen Überfall, so schnell er konnte, davon.

»Wir brauchen Hilfe vom britischen Konsulat.«

»Ich verstehe«, erwiderte der Mann, während er die beiden rasch taxierte. »Erster Stock, ganz hinten rechts, aber ich werde Sie hochbringen.«

»Ich habe bereits die Polizei gerufen«, warf eine Frau ein, die gerade ihr Büro verlassen hatte; das nächste neben dem Eingang.

Declan schaute kurz zu Harper, die seine Besorgnis offensichtlich teilte. *Wie sollten sie das Ganze vor den Behörden erklären?*

»Was ist hier los?«, rief ein Mann mit britischem Akzent von einer Galerie über ihnen, der sich zu einer Gruppe anderer aus den Büros im ersten Stock gesellt hatte. Alle wollten wissen, was der Aufruhr sollte. Declan schaute hinauf und sah dem Fragesteller in die Augen, der kurz rasierte Haare, einen Stoppelbart und eine athletische Figur hatte.

»Das gibt's doch nicht«, fuhr der Mann fassungslos fort. »Wir haben bereits nach Ihnen gefahndet.«

# Kapitel 33

»Harrison!« Harper schaute ebenfalls hoch, als der Mann an der Galerie entlang zur Treppe ging, um nach unten zu gelangen.

»Harper, mein Gott. Wo sind Sie gewesen?« Als er die letzte Stufe genommen hatte, umarmte er sie, ohne Declan auch nur einen Moment lang aus den Augen zu lassen. »Wir haben Sie schon für tot gehalten.«

Die Büroangestellten rings herum wechselten aufgeregte Blicke. Ein anderer Mann – groß mit dichtem, hochstehenden Haar – trat jetzt ans Geländer, bevor er rasch hinunterging. Auch er starrte Declan unaufhörlich an.

Dieser verhielt sich bewusst ruhig. Die beiden, die Harper kannten, schienen sich gleichermaßen zu freuen und beunruhigt zu sein, aber warum? Er hatte keinen von ihnen je zuvor gesehen, aber das überraschte auch nicht. Bestimmt kannten dafür viele Angestellte der britischen Regierung ihn und seine Vita. *Hatten sie deshalb Angst? Nahm die Obrigkeit etwa an, dass er schuld an Harpers Verschwinden war?* Das lag natürlich durchaus nahe.

»Ich wäre ohne ihn gar nicht hier.« Sie nickte Declan dankbar zu und klang leicht verärgert, als sie sich von dem ersten Mann löste, der von der Galerie heruntergekommen war, und drehte sich wieder zu ihrem Retter um.

Der kleinere Angestellte kratzte sich an seinen Stoppeln. Ihre Gereiztheit wunderte ihn offensichtlich. Er trug einen grauen Anzug mit roter Krawatte, und anhand seines Aussehens und seiner Haltung hätte Declan wetten können, dass er vor nicht allzu langer Zeit beim Militär gedient hatte.

»Harrison Bell.« Der Mann bot ihm die Hand an.

Declan drückte sie kurz.

»Das hier ist Alex Shaw.« Bell wies auf den Größeren. »Er ist der, äh … Vermittler Ihrer Majestät hier in Zürich.«

Declan begrüßte ihn nickend.

»Harrison, jemand ist hinter uns her«, erklärte Harper. »Wir müssen sofort untertauchen.«

»In Ordnung, selbstverständlich. Gehen wir erst mal nach oben.«

»Die Polizei wird jede Minute hier eintreffen«, erklärte einer der Büroangestellten.

»Ich kümmere mich schon um sie«, antwortete Shaw. Er knöpfte sein Jackett zu und ging auf den Eingang zu.

Bell trat mit einem Nicken zur Seite und streckte einen Arm aus, um Harper und Declan aufzufordern, ihn zu begleiten.

Letzterer zögerte allerdings. Er hielt sich nur ungern in einer britischen Botschaft auf, und dieser Harrison war ihm nicht geheuer. *Sollte er sich weigern, mitzukommen? Würde man ihn gehenlassen, wenn er es wollte?* Ihm fielen ihre Verfolger wieder ein. *Hatten sie die Gegend tatsächlich verlassen oder sich lediglich irgendwohin zurückgezogen, um darauf zu warten, dass er das Gebäude wieder verließ?* Er traute sich zu, es in diesem Fall mit ihnen aufzunehmen, doch wie lange könnte er sich sowohl ihnen als auch der Schweizer Polizei entziehen? Er musste die Gegend unbedingt so schnell wie nur möglich verlassen.

»Ist schon gut«, beschwichtigte ihn Harper, die Declans Unbehagen sofort erkannt hatte. Sie beugte sich zum ihm hinüber und sprach leise: »Harrison ist der Leiter der Einheit, die Sie nach Risch verfolgt hat. Er arbeitet für Allardyce.«

Declan schaute Bell erneut an, der dies mit einer Kopfbewegung bestätigte. »Das stimmt.«

»Ich muss umgehend mit ihm reden.«

Bell streckte seinen Arm erneut nach der Treppe aus. »Das lässt sich einrichten.«

Dieses Mal nahm Declan das Angebot an und ging hinter Harper her. Vielleicht beruhte der Eindruck, den Bell auf ihn machte, ja einfach auf gegenseitigem Misstrauen, was er ihm im Grunde nicht verübeln konnte. Zu früherer Zeit an einem anderen Ort hatten die beiden immerhin vollkommen unterschiedliche Interessen vertreten.

Auf der Galerie führte Bell Declan und Harper durch mehrere glanzlose Flure mit Glastüren. Ringsherum kehrten die Angestellten jetzt in ihre Zimmer zurück, nachdem ihre Neugierde fürs Erste befriedigt worden war. Bell blieb an einer Tür im hinteren Teil des Gebäudes stehen, die man mit einer Königskrone aus goldenem Vinyl über dem entsprechenden Schriftzug – *Britische Auslandsvertretung Zürich* – bedruckt hatte. Durch das Glas konnte er einen modern gestalteten Begrüßungsbereich mit einer Reihe von Empfangsschaltern, überkreuzte Fahnenstangen mit der britischen Flagge und ein Foto der Queen an einer Wand erkennen.

Bell öffnete die Tür und ließ seine beiden Gäste eintreten. »Mir nach.« Er ging wieder voraus, vorbei an der Rezeption und auf einen uniformierten Sicherheitsbeamten zu, der steif an einem Kasten an der Wand stand. Dieser schien für vertrauliche Post vorgesehen zu sein, und daneben führte eine Tür in den nichtöffentlichen Flügel des Konsulats. Der Mann schloss den Kasten gerade auf, als sie näherkamen.

Bell öffnete sein Jackett und nahm eine Pistole aus dem Holster an seinem Gürtel. »Ab hier sind keine Waffen mehr gestattet. Falls Sie welche bei sich tragen, müssen Sie diese hier abgeben.«

Harper stellte ihren Rucksack daraufhin auf den Boden und zog eine der Pistolen heraus, die sie tags zuvor in der verlassenen Klinik mitgenommen hatte. Diese reichte sie dem Wachmann und drehte sich nach Declan um.

Er kämpfte kurz mit sich, händigte dann aber ebenfalls seine Waffe aus. Der Angestellte nahm beide entgegen, legte sie in den Kasten und knallte diesen zu. Nachdem er sie mit einem Metalldetektor überprüft und ihre Taschen durchsucht hatte, entriegelte er die Tür mit einer Schlüsselkarte, woraufhin sie endlich eintreten durften.

Hinter den Fenstern der Empfangsschalter standen in zwei Reihen Schreibtische, jeder davon besetzt von Botschaftspersonal, das mit seinen täglichen Pflichten beschäftigt war. An den Wänden dieses Bereichs gab es Türen mit Schildern, die Einzelbüros von höhergestellten Mitarbeitern kennzeichneten, und fast jeder, der auf den Eingang schauen konnte, blickte auf, als die Drei eintraten.

»Wird allerdings ein wenig dauern, bis der Generaldirektor Zeit hat«, erklärte Bell, als er sich zu Declan umdrehte. »Um ehrlich zu sein, wende ich mich nicht jeden Tag mit so etwas an ihn. Man wird meinen Wunsch nach oben weiterreichen, und dann müssen wir wohl warten, bis er mich anruft. In der Zwischenzeit, falls es Ihnen nichts ausmacht, können Sie sich gerne in unser Wartezimmer für in Not geratene Reisende setzen. Dort gibt es etwas zu essen und eine Toilette, wo sie sich frisch machen können.«

»Gut, das ist nett.«

Bell winkte jetzt einen Mann an einem Tisch in der Nähe zu, woraufhin dieser zu ihnen kam und einen Schlüssel aus einer seiner Taschen nahm. Damit schloss er eine Tür gleich neben dem Eingang auf. Dahinter befand sich, so wie es aussah, ein Pausenraum für das Personal mit einer Küchenzeile, einem Kühlschrank, Getränkeautomaten und einem Sofa. Auf der anderen Seite des Zimmers gelangte man zu einem WC mit einer Dusche.

»Ich werde jetzt in London anrufen«, sagte Bell. »Mit etwas Glück dauert es nicht lange.«

Declan nickte, betrat das Wartezimmer und stellte seinen Rucksack auf das Sofa. Überraschenderweise hörte er, nachdem Bell die Tür geschlossen hatte, dass sie wieder abgesperrt wurde. Er rüttelte kurz am Griff und schlug dann mit der Faust dagegen. *Verdammt.*

Als er sich abwandte und sich in dem winzigen Raum umschaute, überschlugen sich seine Gedanken förmlich.

# Kapitel 34

»Moment, was soll das?« Harper trat ebenfalls auf die Tür zu.

Aber Bell stellte sich ihr in den Weg. »Lassen Sie's lieber. Ich weiß weder, wo Sie waren, noch was hier vor sich geht, doch der Mann in diesem Zimmer wird wegen Mordes an vier Personen gesucht und soll eine weitere lebensgefährlich verletzt haben.«

»Wovon sprechen Sie?«

»Dem Treffen in Risch.« Bell senkte seine Stimme und zog Harper auf ein Büro zu. »Die Teilnehmer wurden gestern Abend überfallen. Nur Ryan und Domville haben überlebt, doch der Zustand des Richters ist weiterhin kritisch. Möglicherweise schafft er es nicht.«

Harper ließ diese Informationen kurz sacken. »Okay, ich verstehe. Dass Declan das getan hat, kann aber nicht sein. Denn er war die ganze Zeit über bei mir.«

»Und wo genau?«

»Wir wurden gestern vor dem Flughafen angegriffen. Wir haben uns zwar gewehrt, doch dann bekamen wir Elektroschocks und landeten in einem Kofferraum. Man brachte uns in irgendein Krankenhaus in den Bergen.«

»Er war wirklich die ganze Zeit über bei Ihnen?«

Harper ließ die vergangenen vierundzwanzig Stunden Revue passieren. »Ja.«

»Ununterbrochen? Sind Sie sich ganz sicher?«

»Ja. Man hat uns zwar vorübergehend getrennt, als wir dort waren, aber ich weiß, dass er mit mir in dem Kofferraum lag, weil wir miteinander geredet haben.«

»Wann genau war das?«

Sie schüttelte den Kopf. »Die Uhrzeit kann ich Ihnen leider nicht nennen, aber die Sonne ging gerade unter, als die Entführer uns herausgelassen haben.« Wie alle Geheimagenten, die aktiv an Einsätzen teilnahmen, war Harper dazu ausgebildet worden, sich rasch möglichst viel von ihrer Umgebung einzuprägen, und die untergehende Sonne war ein offensichtlicher Anhaltspunkt gewesen, um die Tageszeit bestimmen zu können. »Wie spät war es, als die Gruppe überfallen wurde?«

»Der erste Notruf ging um fünf vor neun ein.«

»Wann geht hier die Sonne unter? Um Viertel vor? McIver kann also tatsächlich nicht dort gewesen sein. Ausgeschlossen.«

Bell fuhr sich genervt über das Gesicht.

»Wo befand sich dieses Krankenhaus genau?«

»Im Süden, also südwestlich von hier. Nicht weit entfernt von einem Dorf namens Braunwald.«

Bell bat sie daraufhin, ihm zu folgen. Vom Wartezimmer aus ein paar Türen entfernt betraten sie ein Büro ohne Namensschild und setzten sich dort an einen Schreibtisch. Er fuhr jetzt einen Computer hoch und lud eine Landkarte. Harper ging zu ihm hinüber, um auf den Monitor schauen zu können. Bell tippte »Braunwald« in die Suchmaske ein und verkleinerte den Bildausschnitt, um das Dorf im Verhältnis zu Risch sehen zu können.

»Ich hab's Ihnen doch gesagt«, meinte Harper, als sie die Entfernung zwischen beiden Orten sah.

Jetzt schüttelte auch Bell den Kopf. »Wie lange würde man diese Strecke mit dem Auto fahren: eine Stunde?«

»Mindestens. Glauben Sie mir. Keine Chance, dass es McIver war.«

»Und wie sind Sie von dort entkommen?«

»Mit Glück, kurz gesagt. Ein Einheimischer, der das Krankenhaus und dessen finstere Vergangenheit kennt, schaut regelmäßig dort vorbei. Er hat gesehen, was geschehen ist, und hat Declan daraufhin befreit.« Sie machte eine kurze Pause, um zu überlegen, wie sie alles Weitere formulieren sollte. »Declan zog danach los, um mich rauszuholen, was er nicht hätte tun müssen. Vielmehr hätte er einfach abhauen können. Nach einer Nacht bei diesem Einheimischen gingen wir dann heute Morgen gemeinsam zu Fuß den sogenannten Klausenpass entlang, wo der Mann jemanden hingeschickt hatte um uns mitzunehmen. Wir brauchten zwei Stunden bis hierher, und als wir ankamen, warteten unsere Entführer bereits auf uns.« Sie zeigte zum vorderen Teil des Gebäudes. »Deshalb auch die ganze Hektik. Ich schätze mal, dass wir daraufhin hier im Konsulat Unterschlupf gesucht haben, ist nachvollziehbar.«

Bell stand auf und ging mit seinen Händen in den Hosentaschen um den Tisch herum. »Ich habe mich gestern Nacht persönlich mit Senator Ryan unterhalten. Er hat mir erzählt, der Anführer der Männer, die sie überfallen haben, habe sich als Declan McIver ausgegeben.« Er schaute auf den Teppich, während er nachdenklich hin und her ging.

»Aber?«, fragte Harper, der sein grüblerischer Gesichtsausdruck aufgefallen war.

»Aber er sei maskiert gewesen.«

»Da haben Sie's! Warum würde er behaupten, eine bestimmte Person zu sein, und dann weiterhin eine Maske tragen?«

Bell nickte. »Diese Frage habe ich Ryan auch gestellt. Er meinte daraufhin, der Mann habe dieselbe Tätowierung gehabt wie McIver, sei genauso groß und ihm auch von der Figur her ähnlich gewesen, nicht zu vergessen der irische Akzent.«

»Wir beide wissen doch, dass das alles keine absoluten Merkmale sind. Unter der Maske hätte also in Wirklichkeit fast jeder stecken können.«

»Der Senator berichtete, dass der Mann damit gedroht hatte, Domville für die Urteile, die er in Irland getroffen hatte, zur Rechenschaft zu ziehen.« Bell schürzte seine Lippen. »Konkret ging es um den Tod einer Frau – Meaghan Raven, glaubte er, war ihr Name. Er erinnerte sich leider nicht mehr genau daran.«

»Gestern, also vor dem ganzen Theater in dem Krankenhaus, hätte ich das noch nicht gesagt, aber heute steht es für mich fest: Jemand wollte Declan mit dieser Tat anschwärzen.«

Bell holte tief Luft. »Nun gut, und was tun wir jetzt?«

»Ein erster Schritt wäre es, wenn Sie die Tür da drüben wieder aufsperren und tatsächlich mit Allardyce telefonieren würden, so wie Sie es uns versprochen haben.«

Daraufhin verließ er das Büro und machte den Angestellten mit dem Schlüssel auf sich aufmerksam, der bereits an seinen Tisch zurückgekehrt war. Der Mann stand auf und ging zum Wartezimmer. Bell widmete sich erneut Harper. »Ich fürchte, Allardyce an die Strippe zu bekommen wird ein bisschen schwierig. Denn er wurde gestern Abend entlassen. Wir haben jetzt einen neuen Vorgesetzten.«

Harper schaute ihn erschrocken an.

Er bekräftigte nickend. »Es ist wahr. Der Bereichsleiter hat den Posten kurzfristig übernommen, Samuel Reed.«

»Verbindlich?«

»Nur bis auf Weiteres.«

»Aber beim MI6 gibt es keine Veränderungen, oder?«

Bell verneinte. »Gott sei Dank nicht. Fürs Erste lässt man uns in Ruhe, aber wer weiß, wie lange noch, wenn nicht früher oder später jemand herausfindet, was es mit jenen Bombenanschlägen auf sich hat.«

Der Mann mit dem Schlüssel erreichte jetzt das Wartezimmer und sperrte auf. »Wie kann das sein? Er ist weg!«

Harper lief aus dem Büro. Als sie vor der Tür ankam, öffnete sie diese ganz. Mehrere Elemente der abgehängten Decke über dem Kühlschrank waren heruntergerissen worden. »Declan!« Sie rannte in den Raum hinein und schaute durch das Loch. »Declan!«

# Kapitel 35

Declan zog ein Stück von dem Schlauch ab, der den Lüftungsschacht mit einem breiten Abzugsgitter an der Außenmauer verband. Trotz des Brummens der laufenden Kompressoren hatte er das Gefühl, eine Frauenstimme zu hören. Hatten sie bereits bemerkt, dass er geflohen war? Er wollte allerdings nicht warten, um es herauszufinden. Nach zwei kräftigen Tritten brach das Gitter endlich heraus und fiel polternd hinunter.

Er schaute hinaus. Obwohl er nur wenig über das Gebäude wusste, vermutete er, dass dies die Rückseite war, was die enge Gasse unter ihm zu bestätigen schien. Beim Hinabspringen würde er zwanzig Fuß tief fallen, den Sturz aber dämpfen können, indem er sich erst langsam aus dem Schacht hängenließ und dann erst losließ. Vorsichtig rutschte er rückwärts hinaus und dann hinab, bis seine Arme zur Gänze ausgestreckt waren. Nachdem er erwartungsvoll die Luft angehalten hatte, ließ er los und fiel. Die Wucht des Aufpralls verringerte er dadurch, dass er die Knie beugte und sich rücklings abrollte. Dennoch tat die Erschütterung seinen Beinen nicht gut, weshalb er kurz schwankend stehen blieb, als er sich wieder aufgerafft hatte. Aber das war verschmerzbar.

Er riss sich zusammen und sah sich hektisch um. An einer Seite der Gasse befand sich ein voller Parkplatz, der während der Geschäftszeiten wohl dem Botschaftspersonal vorbehalten war. Eine Reihe von Bäumen und ein Eisenstangenzaun trennten das Grundstück von den angrenzenden Appartements, was Declan die Entscheidung darüber abnahm, ob er diese oder jene Richtung einschlagen sollte. Er drehte sich um und ging in die entgegengesetzte, wobei er vorsichtig aus der Gasse trat. Auch die nächste Straße war schmal, und überall an den Rändern parkten Pkws.

»Ich wusste, du würdest irgendwann wieder herauskommen.«

Declan fuhr herum und sah den Mann, dessen Nase er kurze Zeit zuvor gebrochen hatte, hinter einer Hecke an der Mauer des Konsulats stehen. Er hatte sich das Blut mittlerweile halbwegs gründlich aus dem Gesicht gewischt, doch der Knochenbruch war aufgrund der Schwellung und Rötung nicht zu verhehlen.

»Keine Bewegung.« Er zeigte Declan eine Pistole und vergewisserte sich, dass dieser sie sah, bevor er sie wieder herunternahm, damit niemand anderes, der in der Nähe war, Verdacht schöpfte.

Declan hob daraufhin seine Hände und frotzelte: »Sieht ganz aus, als würde es gehörig wehtun.«

Der Mann schaute ihn finster an. »Du wirst schon bald erfahren, wie weh.« Kurz kramte er in seiner Tasche nach einem Mobiltelefon, dann zog er es heraus, drückte lange auf eine Taste und hielt es sich ans Ohr. »Bringt den Wagen her. Ich habe ihn beim Rauskommen abgefangen.«

»Hey du da!«

Der Mann erschrak, als er eine Frauenstimme hörte. Declan brauchte gar nicht erst nachzusehen, weil er schon ahnte, wer es war. Harper war hinter ihm über die Deckensparren und durch den Luftschacht gekrochen. Er nutzte die zeitweilige Ablenkung und lief vor dem Mann davon.

»Hey du da!«, wiederholte Harper, als er unter ihr vorbeieilte. Er rannte durch die Gasse auf den anliegenden Parkplatz. Die Schritte des Mannes hallten laut auf dem Beton wider, nachdem er die Verfolgung aufgenommen und die Ecke umrundet hatte. Zwei Schüsse fielen, woraufhin sich Declan duckte und hinter stehenden Autos in Deckung ging. Feuerte der Kerl auf ihn oder auf Harper? Ihm fehlte leider die Zeit, um nachzuschauen.

Als er eine weitere Einfahrt auf den Parkplatz entdeckte, die auf die Hauptstraße führte, wo das Konsulat stand, lief er darauf zu, blieb jedoch abrupt stehen, als der Fahrer des Van vor ihm erschien, ebenfalls mit einer Pistole bewaffnet. Declan scherte spontan aus und stürzte, anstatt den geraden Weg beizubehalten, auf den Eisenzaun zu, der das Gelände umgab. Er sprang dagegen, zog sich hoch und ließ sich anschließend auf der anderen Seite in den kleinen Hinterhof eines Appartementgebäudes fallen. Während er über den schmalen Platz lief, stieß er Gitterroste und Abfalleimer in den Weg, um die Verfolger abzuhalten, bis er die Ecke erreichte. Dort sprang er über eine kniehohe Steinmauer und lief durch einen Landschaftsgarten in eine weitere Nebenstraße hinein. Schnell schaute er in beide Richtungen, um die Orientierung wiederzugewinnen. Nach wie vor war es das Wichtigste, nach Norden zu gelangen, wo er den Tresor gemietet hatte, aber er durfte nicht riskieren, irgendjemanden dort hinzuführen.

In der Nähe des Konsulats erklang jetzt Sirenengeheul, und Declan fiel die Polizei wieder ein. Wahrscheinlich war sie hier, um dem gemeldeten Vorfall mit dem Volvo-Van auf den Grund zu gehen, und hatte nun die Schüsse gehört. Er lief weiter und setzte seinen Weg durch die Nebenstraße fort, vorbei an anderen Wohnungs- und Bürobauten. Nach hundert Yards blieb er kurz an einer Kreuzung stehen und überlegte erneut, welche Richtung er wählen sollte.

»Argh!«

Ein Mann rempelte ihn so heftig an wie ein Football-Linebacker, fiel mit ihm gemeinsam um und blieb dann auf ihm liegen. Mit einem Mal sah Declan die Straße und die Gebäude ringsherum nur noch verschwommen. Er bemühte sich, den Zusammenstoß zu verdauen und bald wieder auf die

Beine zu kommen, doch der Mann, der ihn angegriffen hatte, war schneller und rammte ihm jetzt ein Knie in den Bauch. Er knurrte, während er immer wieder nachsetzte und ihn mit beträchtlichem Gewicht niederdrückte. Declan stöhnte bei jedem Treffer gequält auf. Endlich ließ sein Gegner von ihm ab und erhob sich. Er blinzelte, um wieder einen klaren Kopf zu bekommen und den Mann erkennen zu können. Als er schließlich das Gesicht über sich sah, stellte er fest, dass es der Riese war.

Dieser zog gerade sein Bein zurück, als wolle er einen Fußball treten. »Mal sehen, ob du dich davon wieder erholst.« Als er es nach vorne schnellen ließ – er vollführte diese Bewegung mit vollem Körpereinsatz – nahm Declan seine ganze Kraft zusammen, schaffte es aber trotzdem nur knapp, sich zur Seite zu wälzen. Da der Tritt mit vollem Schwung ins Leere ging, verlor der Riese die Balance und geriet ins Wanken.

Declan rappelte sich vorsichtig auf und holte tief Luft, als der Angreifer sein Gleichgewicht wiedererlangte und sich ihm zuwandte. Beim Atmen blähte er seine Nasenlöcher auf und röchelte leise, fast knurrend, mit verzerrtem Gesicht … als sei er wegen seiner pockennarbigen Haut nicht schon hässlich genug. »Komm nur her.« Er hob seine Fäuste und nahm dann eine Kampfhaltung an, die bei Militärverbänden auf der ganzen Welt Standard war. »Ich reiß dich auseinander.«

Ein Streifenwagen hielt jetzt ein paar Yards entfernt mit quietschenden Reifen an, und ein Beamter stieg aus. »Polizei!«, rief dieser auf Deutsch. »Bleiben Sie, wo Sie sind!«

Declan drehte sich um und lief davon. Nach zwanzig Yards erklangen Schüsse, also hastete er zu einem Rasen vor einem Appartementgebäude und versteckte sich dort unter den herabhängenden Baumästen. Er wusste nicht, wer geschossen hatte und ob die Kugeln ihm gegolten hatten, aber er rannte lieber einfach weiter.

Als er sich der nächsten Kreuzung näherte, kam er gerade schlitternd zum Stehen, als vor ihm abrupt ein anderer Streifenwagen anhielt.

»Polizei …«

Er wartete nicht auf die weiteren Befehle des Beamten, sondern verschwand geduckt durch das Tor eines Metallzauns und anschließend ins Erdgeschoss eines Wohnhauses, wo er in einen langen Flur mit vielen Türen gelangte. Am anderen Ende sah er einen weiteren Eingang. Als er den Weg halb zurückgelegt hatte, konnte er nicht mehr entkommen, denn nun wurde plötzlich die hintere Tür geöffnet, und Harrison Bell stürzte herein, dicht gefolgt von Harper.

»Stopp!«

Declan rannte kurzerhand in das Treppenhaus und stieg dort die Stufen hinauf, wobei seine Schritte auf dem dicken Teppichboden dumpf und laut nachhallten. Er ließ die Etagentüren links liegen und eilte immer weiter in die Höhe, bis er die Feuerschutztür am oberen Treppenabsatz erreicht hatte. Als er sie auftrat, schrillte augenblicklich eine Alarmsirene. Das flache Dach draußen war geschottert. Er machte kehrt, um sich in einem anderen Stockwerk zu verstecken, musste aber dann doch stehen bleiben, weil er zwei Etagen darunter auf Bell traf.

Declan kehrte also auf das Dach zurück und sah sich hektisch um. Jetzt war guter Rat teuer. Es gab keinen Weg nach unten, auf dem er nicht von irgendjemandem aufgehalten werden würde.

Als Bell zur Tür kam, hob er seine Hände hoch. »Stopp! Halten Sie einfach nur still!«

Harper erschien kurz darauf. »Declan, hören Sie auf ihn«, keuchte sie atemlos. »Er glaubt Ihnen.«

»Und warum versuchten Sie dann, mich einzusperren?« Declan ging zur Dachkante, um nach einer Feuerleiter zu schauen.

Harper fuhr fort: »Es sind mehrere Sachen passiert, von denen wir beide nichts wussten. In Ihr geplantes Treffen gestern Abend ist jemand hereingeplatzt und hat behauptet, Sie zu sein. Die Regierung ging deshalb davon aus, Sie hätten mich am Flughafen entführt und dann auch noch versucht, Domville zu töten. Harrison hat daraufhin lediglich seine Arbeit gemacht.«

»Das bekomme ich ständig zu hören!« Declan war es egal, welche Beweggründe Bell oder sonst irgendjemand hatte. Er wurde vom MI5 gejagt. Ein Unbekannter hatte irgendwelche Verrückten angeheuert, um dies ebenfalls zu tun, und das Letzte, was ihm noch von seinem Leben geblieben war, saß in einem Londoner Hotelzimmer und telefonierte vermutlich gerade mit Scheidungsanwälten in Amerika.

»Ich weiß, ich weiß«, sagte Harper und seufzte flehentlich. »Aber jetzt ist ihnen klar, dass Sie die ganze Zeit bei mir waren. Ich habe Harrison alles erzählt.«

»Und ihm werden sie glauben? Dass so etwas geschieht, wäre mir neu.«

Declan war sich nicht ganz sicher, was er von der ganzen Sache halten sollte. Er hatte nie zuvor mit Selbstmordgedanken gespielt. Das sah ihm überhaupt nicht ähnlich. Wenn er zuvor in ausweglosen Situationen gesteckt hatte, dann war ihm irgendwie stets eine Lösung eingefallen. Normalerweise oblag es eher ihm, anderen die Richtung zu weisen. Als er nach unten auf die Straße schaute, fiel ihm plötzlich auf, dass die Polizei dort die Stellung hielt. Aber wo waren der Riese und seine Männer abgeblieben? Hatten diese sich im Zuge der Ankunft der Beamten aus dem Staub gemacht?

Einen Block weit entfernt lag der Polizist, der ihn und seinen Gegner im Kampf hatte auseinandernehmen wollen, blutend auf dem Asphalt. Sein Streifenwagen war nirgendwo mehr zu sehen. Zwei weitere Beamte waren jetzt vor dem Gebäude aufgetaucht und sprachen aufgeregt in ihre Funkgeräte. Der Lärm von Sirenen in der Umgebung dröhnte bis zum Dach hinauf, da die Fassaden der Bauten in der Stadt den Schall nach oben warfen. Bis die Polizei des gesamten Kantons unten versammelt war, würde es nicht mehr lange dauern.

»Ich will Ihnen bestimmt nichts tun, mein Freund«, beteuerte Bell, während er langsam mit erhobenen Händen auf das Dach trat, als wolle er Declan vom Springen abhalten. »Ich kenne Sie nicht, und nichts von dem, was man mir über Sie erzählt hat, deckt sich mit Harpers Schilderungen dessen, was in den letzten vierundzwanzig Stunden geschehen sein soll. Da ich aber sie kenne und ihr vertraue, denn sie würde mich niemals anlügen, dürfen Sie von jetzt an darauf zählen, dass ich auf Ihrer Seite stehe. Was auch immer passiert, wir werden einen Ausweg finden.«

Declan schüttelte den Kopf. »Man hat mir eine Falle gestellt – schon wieder.«

»Dann werden wir eben denjenigen schnappen, der für all das verantwortlich ist.« Bell trat jetzt an die Kante des Dachs. Nun stand er unmittelbar neben Declan, allerdings knapp außerhalb seiner Greifweite. »Sie wissen doch, wie es im Geheimdienstwesen zugeht, weil Sie lange genug damit zu tun hatten. Manchmal erlebt man zufällig einen Durchbruch und identifiziert einen Verdächtigen, woraufhin alles Weitere zum Selbstläufer wird. Sie und Harper, Sie beide könnten so ein zufä…«

Abermals fielen Schüsse.

Declan warf sich sofort zu Boden, obwohl die Brüstung des Dachs kaum Schutz bot. »Runter!«

Aber Bell blieb starr stehen und machte ein verwirrtes Gesicht, als er an sich hinunterschaute und die beiden Einschusslöcher in seiner Brust entdeckte. Er taumelte jetzt vorwärts. Declan wollte nach einem seiner Beine greifen, kam aber nicht an ihn heran und musste deshalb mit aufgerissenen Augen dabei zusehen, wie Bell vom Dach stürzte.

»Harrison!« Harpers schriller Schrei war lauter als die Sirenen unten. Sie stand mit schmerzgeplagter Miene ein paar Yards entfernt und sprang hinter ein Aggregat der Gebäudeklimaanlage, als noch mehr Schüsse fielen.

Declan stand mühsam wieder auf, wobei seine Schuhsohlen aber auf dem Schotter abrutschten. Er hatte den Schützen nicht gesehen. War es die Polizei gewesen? Aber warum hätte sie das Feuer eröffnen sollen? Niemand auf dem Dach hatte eine Waffe gezogen. Er stellte sich jetzt hinter ein anderes Aggregat wenige Fuß neben Harper. »Wo ist der Schütze?«

Sie zeigte über eine ihrer Schultern. »Nachbargebäude. Auf dem Dach.«

»Ein Polizist?«

Sie verneinte kopfschüttelnd. »Der Kerl aus der Klinik. Der Große.«

*Falls der Riese wirklich auf dem Dach nebenan stand und auf sie feuerte, wo steckten dann seine Komplizen? Liefen diese gerade durch das Treppenhaus, um die Zeit zu nutzen, bevor ein größeres Polizeiaufgebot eintraf, um ihnen das Handwerk legen zu können?* Sie könnten jeden Augenblick auf dem Dach erscheinen, und die Aggregate würden sie nicht gleichzeitig von zwei Seiten decken können, der Tür und dem Nachbargebäude.

»Haben Sie eine Waffe?«

Harper schüttelte erneut den Kopf.

»Mist. Also gut, dann müssen wir eben Fersengeld geben.«

Sie nickte. Die Treppe war gut zehn Fuß weit weg, doch die Tür stand weit auf. Sie mussten es nur schaffen, hindurchzulaufen und sich vorher nicht treffen lassen.

»Sobald ich das Zeichen gebe.« Declan drehte sich um und machte sich bereit, indem er den Schotter zur Seite scharrte, um auf dem Betonboden des Dachs einen festen Tritt zu haben, wenn er losrannte. Als er hörte, dass Harper das Gleiche tat, warf er einen Blick zurück, um sicherzugehen, dass sie ebenfalls bereit war. Sie nickte erneut und fasste die Tür ins Auge.

»Jetzt!«

Declan schnellte vorwärts und sprang fast mehrere Fuß weit auf das Treppenhaus zu. Er zog den Kopf ein und blieb weiter in Bewegung, obwohl es ihm der rutschige Schotter äußerst schwermachte. Anschließend warf er sich durch die Tür und rollte sich seitwärts ab. *Wo blieb Harper? Hatte sie sein »Jetzt!« nicht gehört? Warum war er nicht wieder von dem Riesen beschossen worden?* Er nahm alles nur noch wie in Zeitlupe wahr, während er zur Tür schaute und auf die Agentin wartete.

Dann fielen plötzlich wieder Schüsse.

»Uff!«

Harper hechtete ins Treppenhaus hinein und schlug dort unsanft auf den Boden. Ihre Beine lagen noch draußen, doch Declan streckte sich und packte eine ihrer Hände, um sie weiter in das Gebäude hineinzuziehen, wohingegen sie ihre Fußspitzen gegen den lockeren Schotter drückte. Kugeln trafen jetzt die Tür und hinterließen dort münzförmige Dellen.

»Sind Sie verletzt?«, fragte er, nachdem sie die Beine eingezogen hatte.

Sie setzte sich hin und untersuchte ihren Körper. »Nein.«

»Wir müssen weiter.« Er stand rasch auf und schaute dann über das Metallgeländer in den Treppenschacht hinunter. Unten war im Moment niemand, doch das könnte sich jede Sekunde ändern. »Der Weg ist frei, aber bestimmt nicht mehr lange.«

»Und wohin jetzt?«

»Zunächst einmal runter.« Er nahm zwei Stufen auf einmal, während er den ersten Treppenlauf hinunterstürzte. Harper erhob sich ebenfalls und folgte ihm. Im Erdgeschoss spähte Declan vorsichtig durch die Tür in den Flur hinein. »Okay, die Luft ist rein.«

»Halt, warten Sie. Wo wollen Sie denn jetzt hin?«

»Erst einmal nur weg von hier.« Er zog sich ins Treppenhaus zurück und schaute ihr dann in die Augen.

»Aber Harrison, er …«

»Er kann uns nicht mehr helfen.« Declan starrte sie eindringlich an. Harper war eine einsatztaugliche Agentin, was aber nichts zu bedeuten hatte. Er wusste schließlich nichts von ihren bisherigen Missionen. *Waren dabei schon einmal Personen umgekommen, die ihr nahegestanden hatten? Konnte er sich darauf verlassen, dass sie weiterhin gefasst blieb?* Instinktmäßig hätte er dies bejaht. Denn sowohl im Sanatorium als auch gerade eben auf dem Dach hatte sie richtig gehandelt, und emotionale Reaktionen auf irgendeine brenzlige Situation waren bisher ausgeblieben. »Ich habe für den Notfall vorgesorgt und etwas in einem Schließfach in der Züricher Straße hinterlegt. Falls wir es bis dorthin schaffen, können wir die Stadt damit verlassen. Die Polizei wird bestimmt nicht vergessen, was hier geschehen ist, und nicht lange, dann fahndet jeder Beamte von Zürich nach uns.«

Harper nickte erneut.

»Gut, dann warten wir besser mal nicht länger.« Er schaute wieder in den Flur hinein, bevor er durch die Tür trat und zu dem anderen Ausgang lief, wo sich die Polizisten nicht versammelt hatten. Diese würden schon bald ausschwärmen, das Gebäude stürmen und es gründlich durchsuchen. Hoffentlich hatten sie nicht schon damit begonnen.

Als er den Ausgang erreichte, warf Declan einen Blick hinaus. »Ich denke, hier sind wir erst einmal sicher. Es ist eine Einbahnstraße, die von jener Ecke wegführt, und fast auf der gesamten Länge stehen Bäume, unter denen wir ungesehen bleiben.«

»Also weder Schüsse von oben, noch Polizisten, die aus der anderen Richtung kommen«, ergänzte Harper und bestätigte damit, dass sie seinem Gedankengang genau folgen konnte.

»Ganz genau.« Er zog das Karohemd aus, das Harkrader ihm überlassen hatte. Darunter trug er ein weißes T-Shirt. Harper tat es ihm gleich und entledigte sich ebenfalls einer Schicht Kleidung. Würde es ihnen gelingen, sich durch diese einfachen äußerlichen Veränderungen, unauffälliger fortbewegen zu können und aufgrund der Tatsache, dass er allein in das Wohngebäude gelaufen, nun aber in Begleitung unterwegs war, der weiteren Aufmerksamkeit der Fahnder entziehen können? Declan bot ihr eine Hand an, und sie nahm sie. Dann verließen sie gemeinsam das Gebäude wie ein junges Pärchen, das so vernarrt ineinander war, dass es gar nicht mitbekam, wie die Polizei an der gegenüberliegenden Seite aufmarschierte.

# Kapitel 36

*11:45 Uhr Ortszeit, Upper Richmond Road, Putney, London, England*

Harold Thom schaute auf den Boden seiner Tasse und wünschte sich unterbewusst, sie würde sich von selbst wieder füllen, damit er nicht aufstehen und wieder die vier Wände sehen musste, die ihn umgaben. Obwohl er noch keine vierundzwanzig Stunden arbeitslos war, fühlte er sich in seiner Einzimmerwohnung in einem umgebauten Haus an Putneys Hauptader bereits wie in einer Gefängniszelle. Er stellte die Tasse beiseite, strich die Zeitung auf dem Tisch vor ihm glatt und versuchte dann, sich wieder auf die Artikel zu konzentrieren. *Informierte sich der gewöhnliche Brite tatsächlich über dieses Medium und seine elektronischen Pendants?* Kein Wunder, dass keine Ordnung mehr im Land herrschte. Er fühlte sich bereits vollkommen entfremdet.

Am Morgen war er zum ersten Mal seit Ewigkeiten länger als bis sechs Uhr im Bett geblieben, weil er sich im Laufe der Nacht schlaflos herumgewälzt hatte. Während der vergangenen zwanzig Jahre war er immer bei Sonnenaufgang aufgestanden, hatte ein leichtes Frühstück zu sich genommen und willkürlich eine von fünf möglichen Nahverkehrsverbindungen für Pendler genommen, um innerhalb einer halben Stunde zum Thames House zu gelangen. Heute war es jedoch anders, und sich dies bewusst zu machen, verärgerte ihn unglaublich. Schließlich schob er auch die Zeitung beiseite, ohne die Stellenangebote zu sichten. Bei der Vorstellung, sich mit Mitte fünfzig noch Arbeit suchen zu müssen, wurde ihm übel, doch der Gedanke, mit seinem Ruhestand nichts anderes anfangen zu können als das, was er jetzt gerade tat, erschütterte ihn ebenfalls bis ins Mark. Wie vielen anderen, die er kannte, bedeutete ihm der MI5 alles im Leben.

Obwohl sich die tägliche Arbeit dort beileibe nicht so spannend gestaltete, wie es sich die Öffentlichkeit normalerweise ausmalte, war wenigstens immer etwas los gewesen, das ihn gedanklich auf Trab gehalten hatte, auch mit am Schreibtischstuhl festklebendem Hintern. Außerdem bewegte man in diesem Metier etwas. Den meisten seiner Nachbarn und dem Rest der Bevölkerung war dies vielleicht nicht ersichtlich, weil man nur wenige Bedrohungen, die durch saubere Leistungen des Geheimdiensts abgewendet wurden, je an die große Glocke hängte. Dennoch machte es einen Unterschied, und dies war mit ein Grund dafür gewesen, diesen Job auszuüben. Andernfalls hätte er den Arsch wahrscheinlich gar nicht mehr aus dem Bett bekommen.

Er versuchte, nicht über die offenen Fälle nachzugrübeln, die noch auf seinem Schreibtisch lagen. Es waren ja schließlich nicht mehr seine Fälle, und aller Wahrscheinlichkeit nach würde er niemals erfahren, wie sie ausgegangen waren, es sei denn, irgendetwas würde gewaltig schiefgehen. Um sich damit abzufinden, bedurfte es sicherlich einiger Zeit, aber da er keine großartigen Alternativen hatte, würde er das schon irgendwie schaffen. Er *musste* es schaffen. Wenn er als Spitzel eines gelernt hatte, dann die strikte Trennung verschiedener Lebensbereiche.

Auf einmal klingelte es an der Tür.

»Hmm.« Er erwartete niemanden und wollte eigentlich im Moment auch keinen Menschen sehen. Deshalb ignorierte er das Läuten einfach. Mit etwas Glück würde der Besuch gleich wieder abrücken.

Aber nun klingelte es schon wieder.

»Hau ab.« Er stand auf und stellte seine Tasse in die Spüle. Vermutlich war es die Nachbarin, die sich fragte, weshalb er auf einmal zu Hause war, und weitere Gerüchte über ihn verbreiten wollte. Er kam immer noch nicht darüber hinweg, dass sie ihn vor dem geschniegelten Australier Mitte vierzig, der einen Monat zuvor im Haus eingezogen war, als *andersrum* bezeichnet hatte.

Als es zum dritten Mal läutete, hielt der Besuch den Klingelknopf noch länger gedrückt.

»Zum Donnerwetter!« Thom ging wutentbrannt zur Gegensprechanlage und fragte: »Wer ist da?«

»Post für Sie, Sir. Ich soll hier ein Päckchen abgeben.«

In seinem Kopf blitzte sofort das Bild eines jener regenbogenfarbig lackierten Kurierdienstlaster auf, die tagtäglich durch London brausten, doch er hatte nirgendwo etwas bestellt. Er zog den Vorhang zurück und schaute hinunter auf die Straße. An den Rändern parkten viele Pkws, aber kein Lieferwagen.

Daraufhin ging er wieder zur Gegensprechanlage. »Ich habe nicht mit Post gerechnet. Wer ist denn der Absender?« Er öffnete jetzt den Küchenschrank, der der Tür am nächsten war, und nahm dort eine Walther PPK 380 mit Magazin vom oberen Regalboden. Nachdem er es hineingeschoben und durchgeladen hatte, hielt er die Waffe in einer Tasche seines Bademantels fest, um sie an der Tür verbergen zu können.

»Auf dem Päckchen steht: *Von Sherlock Holmes. Von einem ganz und gar ungemütlichen Ort.*«

Thom stutzte. *Was?* Er dachte angestrengt über diese Worte nach. Vor nicht allzu langer Zeit hatte er sie selbst gesagt, und irgendwie kam ihm die Stimme des Boten seltsam bekannt vor. »Ich mache Ihnen auf.« Er betätigte den elektrischen Türöffner und wartete, bis er Schritte im Flur hörte. Als er die Wohnungstür öffnete, wobei er so viel wie möglich von seinem Körper verbarg, näherte sich ihm ein eleganter Gentleman mit dunklem Mantel und Filzhut.

Thom nahm die Hand von der Pistole und öffnete die Tür ganz.

»Ich hoffe, Sie haben Tee im Haus.« Es war Dennis Allardyce, der mit hinter dem Rücken verschränkten Händen in die Wohnung trat.

»Kommen Sie doch rein«, murrte Thom und schloss die Tür wieder.

Allardyce beachtete ihn nicht weiter und ging bis in den Wohnbereich, wo er mitten im Raum stehen blieb. Sein Gastgeber beobachtete ihn dabei aufmerksam. Der alte Aristokrat mochte es nicht aussprechen, aber er kehrte deutlich hervor, dass ihn das spartanische Interieur nicht gerade beeindruckte.

»Ich hätte Sie fast abgeknallt!« Thom nahm die Pistole aus der Tasche, sicherte sie wieder und legte sie dann zurück auf den oberen Regalboden des Küchenschranks.

»Das hätte bestimmt für Schlagzeilen gesorgt.« Allardyce nahm seinen Hut ab und drehte sich zu Thom um.

Dieser las hastig mehrere ungewaschene Kleidungsstücke vom Sofa auf und stopfte sie in einen Wäschekorb. »Ich schätze mal, Sie haben bereits erfahren, dass ich nicht mehr in Lohn und Brot Ihrer Majestät stehe.«

»Das konnte ich mir mehr oder weniger denken, als ich Sie auf Ihrem Diensthandy anrufen wollte und ›Kein Anschluss unter dieser Nummer‹ hörte. Es überrascht mich aber offen gestanden nicht sonderlich.«

»Warum sind Sie hier?« Thom schlug keinen gediegenen Tonfall an und versuchte auch gar nicht, seinen Ärger zu verbergen. Warum sollte er auch? Er war Allardyce schließlich nichts schuldig und besaß im Gegensatz zu ihm kein Schloss, in das er einkehren konnte, geschweige denn einen gesellschaftlichen Status, mit dem er ungeachtet der Kontroverse um ihn ausgesorgt hätte.

»Ich bin hier, weil ein Verräter beim MI5 umgeht, und ich brauche Ihre Hilfe, um herauszufinden, wer es ist.«

Thom starrte einen langen Moment vor sich hin, ehe er die Behauptung grunzend abtat. »Wie kommen Sie denn darauf?«

»Lassen Sie es mich kurz für Sie zusammenfassen: Wir wurden gestern beide unserer Ämter enthoben, weil eine Einzelperson angegeben hatte, am Sonntagmorgen während eines Verhörs misshandelt worden zu sein. Denselben Mann fand man achtundvierzig Stunden später ermordet auf. Sie wissen ganz genau, dass mich keine Schuld an diesem oder jenem Vorfall trifft, und ich kann das Gleiche über Sie sagen.

Es gibt viele gute Gründe dafür, jemanden zu feuern, aber hier geht es immerhin um Mord. Der ist noch lange nicht geahndet, nur weil wir nicht mehr beim Security Service angestellt sind. Der Innen- und der Premierministerin spielt dies zwar politisch in die Hände, wenn es an die Öffentlichkeit gelangt, doch Findlays Anwälte und Angehörige, die schottische Unabhängigkeitsbewegung und die Medien werden sich trotzdem auf mich stürzen, möglicherweise auch auf Sie. Die zuständigen Ermittler werden Druck machen, bis sich der Staat schließlich gezwungen sieht, einzulenken und die Untersuchungen mit Verdacht auf eine Verschwörung auszuweiten. Ich habe lange darüber nachgedacht, und die einzige logische Schlussfolgerung für mich lautet: Jemand will uns etwas anhängen.«

Thom ließ sich auf dem Sofa nieder. Er hatte sich zu einseitig mit seiner Entlassung beschäftigt, um eine Anklage wegen Mordes zu befürchten. Ihm fiel wieder ein, was Samuel Reed am Abend zuvor zum ihm gesagt hatte, dass ein Nachbar oder jemand anders ihn identifizieren könne, nun da sein Foto mit dem Innengeheimdienst und einem Strafvergehen in Verbindung gebracht wurde. Eine Verurteilung – selbst wegen einer harmloseren Tat – würde mindestens das Ende seiner Rentenzahlungen bedeuten. Konnte dieser Tag tatsächlich noch schlimmer werden? Er schnaubte und schüttelte den Kopf. »Uns etwas anhängen? Wie denn?«

»Mit den Bildern von Reece Findlays Vernehmung … mit der Misshandlung … dem Mord. All das führte letztendlich zu unserer Kündigung. Insgesamt betrachtet wirkt es allerdings etwas zu sauber und aalglatt, um zufällig passiert zu sein. Und selbst, wenn man von einer sehr unwahrscheinlichen Fügung ausgeht, können weder Findlay selbst noch ›Independence Now‹ ansatzweise gewusst haben, wohin wir ihn für das Verhör bringen würden. Dann hätte es nämlich auch keine Fotos gegeben.«

Thom ließ sich das Ganze noch einmal gründlich durch den Kopf gehen. »Sie sind unseren Leuten also von seiner Wohnung aus gefolgt.«

»Das ist mir auch schon eingefallen, aber nein, das glaube ich ehrlich gesagt nicht. Die Govan Wharf wurde ganz bewusst von mir für die Vernehmung ausgesucht. Das gesamte Gelände ist von Bäumen umgeben. Wir hielten uns hinten im Hafenterminal auf, wo der Clyde entlangließt, und die einzigen anderen Gebäude, von denen aus man eventuell hätte fotografieren können, sind nach Westen und Norden hin etwa sieben beziehungsweise zehn Fußballplätze weit entfernt. Selbst mit dem längsten Teleobjektiv und einem der besten Bildstabilisatoren auf dem Markt wäre das kaum zu machen, zumal man mit keiner Kamera durch Bäume schauen kann. Haben Sie die Fotos gesehen?«

Thom schüttelte erneut den Kopf. »Nein.«

»Sie wurden von einer höheren Position aus geschossen und zeigen deutlich, wie Findlay ins Terminal geführt wurde – nicht wieder heraus, sondern nur hinein, nachdem er gebracht worden war. Um das zu schaffen, hätte der

Fotograf, der unseren Männern folgte, unbemerkt bleiben müssen, während er sich dem Gebäude im Schutz des Dickichts näherte. Die Entfernung entspricht der Länge von fünf Fußballplätzen, und noch dazu hätte er dafür auf einen Baum klettern müssen. Und bei alledem soll er auch noch die Zeit dafür gefunden haben, um die Schnappschüsse zu machen, bevor wir drinnen waren? Selbst für den jüngsten und fittesten Menschen, den ich mir vorstellen kann, wäre das körperlich ein Ding der Unmöglichkeit.«

Thom zuckte nur mit den Schultern. »Okay. Also war er bereits dort, bevor jemand von uns dort eintraf, oder er hat einen Fernauslöser für die Kamera benutzt.«

»Exakt, und nur eine Handvoll Kollegen im Thames House sowie dem Glasgower Regionalbüro wussten im Vorfeld von Govan Wharf. Und eine dieser Personen hat eindeutig nicht den Mund gehalten.«

Das erschloss sich Thom allerdings nicht so recht. »Ich kann ja verstehen, wenn jemand seinem Vorgesetzten mit belastenden Fotos schaden will, aber dafür gleich einen Mord begehen? Das ist mit einem extrem hohen Risiko verbunden, und das nur, um jemanden auf höherer Ebene zu beseitigen, den man sowieso nur selten zu Gesicht bekommt? Die Entscheidung, Sie zum Generaldirektor zu ernennen, stieß damals auf viel Kritik, das steht fest, doch Ihre Führungsweise, seit Sie im Amt waren, wurde durchaus wohlwollend aufgenommen – und das sagt Ihnen jemand von unten, der Ihre Vorstellungen umsetzen musste. Sie sind nicht mehr so unbeliebt, wie Sie vielleicht denken.«

»Unbeliebtheit hin oder her, in einem Punkt haben Sie vollkommen Recht: Das Risiko ist viel zu hoch und wenig ertragreich, aber ich meinte damit auch nicht, dass die Person, die von unserem Verhör erzählt hat, auch den Mord beging. Genau genommen glaube ich, dass es um sehr viel mehr geht als meine Absetzung. Derjenige, der hinter alledem steckt, versucht vermutlich, die gesamte Regierung zu stürzen, und wenn Sie mich fragen, begann sein Plan mit den Bombenanschlägen und O'Reillys Entführung, und nicht mit den Fotos von Findlays Befragung.«

Thom konnte das Ganze einfach nicht fassen.

»Überlegen Sie doch mal«, fuhr Allardyce fort. »Warum wurde der Mann tatsächlich umgebracht? Es kann nur aus einem einzigen Grund geschehen sein: Er wusste etwas, das jemand der Öffentlichkeit unbedingt vorenthalten wollte. Ich nehme mal an, es handelte sich dabei um die Tatsache, dass er zu Beginn dieser Geschichte dafür bezahlt wurde, damit er sich im Gebäude der Unabhängigkeitskampagne aufhielt, als man sie stürmte, sich vernehmen ließ, O'Reilly diffamierte und sich letztendlich sogar verprügeln ließ, nur um es uns anhängen zu können. Sein Pech war nur, dass dieser Plan weiterreichte, als ihm bewusst war, und sogar seinen Tod vorsah.«

»In Ordnung, das klingt soweit tatsächlich plausibel. Aber wer würde am meisten von einem Regierungssturz profitieren?«

»Egan Hume!«

»Wie kommen Sie gerade auf ihn?«

»Er ist Oppositionsführer und der naheliegende Kandidat, sollte seine Partei als Nächstes die Mehrheit erzielen. Doch falls er wartet, bis dies geschieht, könnte es gut sein, dass er sein Amt zwischenzeitlich niederlegen musste. Sein Parlamentssitz befindet sich in Glasgow und sollte sich Schottland in näherer Zukunft zur Unabhängigkeit entscheiden, würden alle Abgeordneten nördlich der Grenze ihre Posten frühzeitig verlassen müssen.«

»Aber wenn Clarke in Bausch und Bogen untergeht, ist sie zu einer neuen Unterhauswahl gezwungen. Hume könnte in diesem Fall Premierminister werden, und nur vielleicht würden dann mehr Schotten ihre Stimme dafür geben, ein Teil der Union zu bleiben, wenn jemand aus ihrem Land die Gesamtmacht über das Königreich hätte.«

»Genau.«

Thom holte tief Luft. »Das führt uns aber immer noch nicht zu der Person, die geplaudert hat, denn Hume hat keinen direkten Draht zum Secret Service.«

»Nein, das stimmt. Aber er ist in einer Position, dank welcher er jemandem, der diesen Draht hat, große politische Versprechungen machen könnte.«

»Wenn man etwas bei der Premierministerin guthat, kann das der eigenen Karriere durchaus auf die Sprünge helfen.«

»Richtig. Ich gehe eher davon aus, dass sich unser Verräter im Thames House befindet und im Moment in meinem Sessel im obersten Stock sitzt.«

Thom blickte auf. »Reed? Unmöglich. Ich kenne Sam schon seit dreißig Jahren. Er würde lieber sterben, als Landesverrat zu begehen.«

»Das mag sein, aber es gibt da etwas, das Sie übersehen und das seine Beteiligung meines Erachtens nach praktisch sicher bestätigt.«

»Und das wäre?«

»Am Sonntagabend wurde Declan McIver beinahe umgebracht, und Reed ist eine von nur drei Personen, die wussten, wo er wohnte. Die anderen beiden sind Shane O'Reilly und ich.«

Thom schnaubte bei dem Gedanken an McIver. »Woher wollen Sie wissen, dass da ein Zusammenhang besteht? Ebenso gut könnte es jemand von der IRA gewesen sein, der mit Glück herausgefunden hat, wo sich McIver versteckt hat.«

»Das habe ich McIver auch gesagt, als er am Montagmorgen zu mir gekommen ist, doch nach dem Vorfall am Züricher Flughafen bin ich mir dessen nicht mehr ganz so sicher.«

»Wir haben aber keine Ahnung, was dort genau geschehen ist. Die Flughafenbehörde hat die Videos ihrer Überwachungskameras noch nicht ausgewertet, und kurz, bevor ich gestern Abend verschwand, hat Ryan Adam erzählt, dass McIver der Schütze in Risch gewesen sei.«

Allardyce schaute hinunter auf einen braunen Teppich. »Und er hat das ganz genau gewusst?«

»Ich habe selbst nicht mit Ryan gesprochen. Das hat der MI6-Agent, den Sie auf McIver angesetzt hatten, und er teilte mir hinterher alles mit. Meine letzten Anweisungen als Abteilungsleiter liefen darauf hinaus, die Ermittlungen umzustrukturieren und McIver im weiteren Verlauf als Hauptverdächtigen im Fall der Sprengstoffanschläge anzusehen. Bedauerlicherweise lässt Downing Street 10 es aber von Reed so darstellen, als sei auch O'Reilly in die Sache involviert gewesen.«

»Das glauben Sie doch nicht etwa oder?«

»Keine Sekunde lang. Shane hat auf keinen Fall etwas damit zu tun. Das habe ich Reed auch gesagt, aber er sagte, dies liege nicht in seinem Ermessen.«

Allardyce schaute noch länger auf den Boden. »Damit hat er durchaus recht.«

»Hmm?«

»Damit, dass es nicht in seinem Ermessen liegt. Hume hat das so eingefädelt. Die Sache ist noch nicht gegessen. Meine Entlassung war lediglich der Anfang.«

»Was soll das heißen?«

»Bisher war es mir gar nicht klar, doch als Sie das gerade eben gesagt haben, hat es plötzlich klick gemacht. Die Miteinbeziehung von Reece Findlay und den schottischen Nationalisten wurde inszeniert, um mich als inkompetent dastehen zu lassen. Deshalb beschuldigte der Mann auch O'Reilly. Dessen mögliche Beteiligung führte Hume schon bei einer Besprechung mit der Premierministerin am Montagmorgen an, um mich unter Beschuss zu nehmen. Ich verließ dieses Meeting wie ein getretener Hund und hatte auch allen Grund dazu. Er brachte mich dazu, die Wahrscheinlichkeit auszuschließen, obwohl ich das nicht kategorisch tat, woraufhin alle im Raum gehört haben, wie ich mich trotz McIvers und O'Reillys Vergangenheit lautstark für sie eingesetzt habe.

Das waren vermutlich nicht die letzten Bombenattentate. Da kommt noch mehr. McIver und O'Reilly sind sozusagen die Brandbeschleuniger. Hume wird es so aussehen lassen, als ob Imogen Clarke mit meiner Ernennung einen Fehler begangen hat und wir aufgrund meiner Unterstützung zweier Ex-IRA-Mitglieder für solche Anschläge anfällig geworden seien. Weitere Bomben und Tode britischer Bürger sollen die Regierung nun zu Fall bringen.«

Thom beugte sich nach vorn und fuhr sich über das Gesicht. »Das ist reiner Wahnsinn.«

»Finden Sie wirklich? Für mich ergibt es nämlich in jederlei Hinsicht Sinn, nun da sich alle Teilaspekte ineinanderfügen.«

»Sagen wir einfach mal, Sie liegen richtig mit ihrer Annahme – was können wir dagegen unternehmen?«

»Wir suchen das Eine, was wir noch nicht haben: Beweise!«

Thom warf einen Blick auf die Zeitung auf seinem Küchentisch. »Na ja, es ist ja nicht so, als hätte ich im Moment irgendetwas Besseres zu tun. Also, wo fangen wir an?«

Allardyce war unschlüssig. »Ich weiß es nicht. Darum kam ich ja her. Sie sind viel besser als ich damit vertraut, wie diese Untersuchungen vonstattengehen.«

Thom überlegte kurz. »Zuallererst … brauchen wir einen Internen. Es sind Stunden vergangen, seit Sie oder ich ein Update erhalten haben, und Sie wissen ja, wie's läuft; mittlerweile könnte sich das Szenario bereits vollkommen verändert haben.«

»Die ganze Belegschaft des Thames House weiß inzwischen zweifellos schon, dass wir beide gefeuert wurden. Jemanden zum Reden zu bringen wird daher also bestimmt schwierig.«

»Nein, unmöglich, aber ich habe eine Idee. Sie ist zwar ein bisschen hinterhältig, aber so leiht uns wenigstens jemand ein Ohr, der weiß, was seit unserem Ausscheiden los gewesen ist.«

»Ich hole meinen Wagen.«

# Kapitel 37

*12:37 Uhr Ortszeit, Ecke Lambeth Road, London, England*

Thom stellte den Rückspiegel auf seine Blickhöhe ein und beobachtete, wie eine Frau mit Brille und grauem Regenmantel auf dem Gehsteig näherkam. »Wir können gerade von Glück reden.«

»Ach ja?« Allardyce saß auf der Beifahrerseite eines hellroten BMWs, der Thoms Mutter gehörte. Da sie vermeiden wollten, von jemandem verfolgt zu werden, hatten sie sich darauf geeinigt, diese Klapperkiste auszuborgen, anstatt einen Wagen zu nehmen, von dem man wusste, dass er einem von ihnen beiden gehörte.

»Das ist Ramona Evans. Sie arbeitet bereits seit fünfzehn Jahren in meiner Einheit.«

Sie schauten von der anderen Straßenseite dabei zu, wie die Frau vorbeiging und hinter einer Eckkneipe durch eine Tür verschwand, die Lambeth Walk hieß, so wie ein früher unter Londonern beliebter Tanz.

»Was nun?«, fragte Allardyce.

»Nun warten wir.«

***

Zwanzig Minuten später, nachdem die Frau wieder herausgekommen war, konnte Thom immer noch niemanden erkennen, der ihr folgte. Das hielt er für ein gutes Zeichen. Sie hatte die Tür abgeschlossen und ging zur Straßenkreuzung. Welche Richtung sie von dort aus einschlagen würde, sollte entscheiden, wie sich Thom ihr nähern würde.

»Sie sollte vier Dienststunden außer Haus sein, außer Reed hat die Pläne umgeschrieben.«

»Und falls er es getan hat?«

»Dann bleibt uns weit weniger Zeit, als wir brauchen werden.«

Die Frau betrat die Kneipe durch den Eingang an der Ecke.

Als seiner Einschätzung zufolge genug Minuten verstrichen waren, um etwas zu trinken zu bestellen und es sich bequem zu machen, stieß Thom seine Tür auf und stieg aus. »Warten Sie noch fünf Minuten, bevor Sie mir hinterherkommen.«

Allardyce nickte.

Thom schloss die Tür und überquerte die Straße. Er ging ein kurzes Stück in die Gasse hinein, um sich der Kneipe ungesehen nähern und dabei durch die Scheiben hineinschauen zu können. Nachdem er die Hände in die Taschen seines Kolanis gesteckt hatte, schlenderte er lässig an der Reihe schmutziger Fenster vorbei. Seine Intuition hatte ihn nicht getäuscht: Drinnen befanden sich keine Gäste außer Ramona Evans, die mit dem Rücken zur Tür saß und ihre Nase in ein Buch gesteckt hatte.

Thom trat ein. Das Lokal wirkte von innen genauso verkommen wie von außen. Ihm fiel das Wort »antiquiert« ein, während er die Theke und die Wandvertäflung aus gebleichtem Mahagoni betrachtete. Der Teppich war einmal edel dunkelrot und wie Saroughs mit einem Goldmuster versehen gewesen, doch jahrzehntelanger Fußverkehr während besserer Zeiten für das Gastgewerbe hatten ihm die Gemütlichkeit und den Charme buchstäblich ausgetreten. Ein Barkeeper schaute auf und nahm Thoms Eintritt mit einem Nicken zur Kenntnis, sagte aber nichts und bot ihm auch keinen Platz an.

»Ich habe gehört, der Yorkshire Pudding sei hier sehr gut«, begann Thom, während er sich Ramona Evans von hinten näherte, ohne auf das »Bitte auf die Platzanweisung warten«-Schild zu achten.

»Nein, er schmeckt eigentlich überhaupt nicht.« Sie klappte das Buch zu, das sie gelesen hatte, und drehte sich dann auf ihrem Stuhl um. Ihre Verwunderung war offensichtlich, als sie sah, wer der neue Gast war. »Harry, oh mein Gott.« Sie stand auf und umarmte ihn herzlich. »Was ist denn passiert?« Nachdem sie sich verlegen zurückgezogen hatte, schaute sie ihn besorgt an. »Auf der Arbeit haben sie gesagt, du seist aus gesundheitlichen Gründen unerwartet zu einer Auszeit gezwungen worden.«

Thom grunzte abfällig. »Sie haben mir einen Arschtritt verpasst, das trifft die Wahrheit schon eher.« Er zog den Stuhl genau gegenüber von ihr zurück und setzte sich gemeinsam mit ihr hin.

»Arschtritt? Wieso das?«

»Winkelzüge, was sonst?«

»Ach, Harry.«

Er beobachtete daraufhin, wie sich ein Ausdruck von Enttäuschung in ihre bekümmerte Miene schlich. Beim Secret Service bedeuteten Suspendierungen nur zu häufig, dass die Betroffenen gänzlich aus der Gemeinschaft ausgeschlossen wurden, die im Thames House herrschte. Wenngleich Freundschaften auch nach jemandes Ausscheiden noch vorübergehend hielten, trieben die Arbeit und die Verschwiegenheit, die im Umgang mit Zivilisten erforderlich war, über kurz oder lang einen unverrückbaren Keil dazwischen.

»Wäre es Ihnen lieber, wenn ich wirklich krank wäre?«

»Nein, Gott bewahre, natürlich nicht. Es ist bloß … Sie wissen schon.«

»Wir dürfen kein solches Gespräch miteinander führen.«

Sie nickte. »Warum sind Sie hergekommen? Woher wussten Sie, dass Sie mich hier finden würden?« Sie ahnte aufgrund der Art und Weise, wie er an sie herangetreten war instinktiv, dass er nicht bloß Trost oder Mitleid bei einer alten Bekannten und nunmehr ehemaligen Kollegin suchte.

»Sie brauchen dringend eine kleine Auffrischung in Sachen Spionagepraxis.«

Sie dachte einen Moment lang über diese Bemerkung nach. »Shanes Appartement. Mr. Gamgee.«

Thom grinste kurz. Allardyce hatte den Kater irgendwann im Laufe der Woche erwähnt und danach einen Mitarbeiter bestimmt, der in O'Reillys Wohnung vorbeischauen sollte, dann aber feststellen müssen, dass bereits jemand dort gewesen war. »Ich wusste, dass er jemanden bitten würde, sich um die verdammte Katze zu kümmern. Ob's eine Rolle spielt oder nicht, ich bin froh, dass Sie diejenige sind.«

Die Tür ging auf, und Allardyce trat ein. Als er neben Thom Platz nahm, machte Ramona große Augen. Der Ex-Chef ihres jetzigen Ex-Chefs …

»Wir brauchen Ihre Hilfe«, fuhr Thom fort.

Sie packte hastig ihre Sachen zusammen. »Nein, ich bedauere. Ich finde gerade so die Zeit, um Mr. Gamgee zu füttern, ein Mineralwasser zu trinken und dann zurückzukehren.«

»Ersteres haben Sie schon getan, und für den Rest ihrer vier Stunden sind Sie entschuldigt.«

»Nein, ich will mich nirgendwo mit hineinziehen lassen, egal, worum es auch geht.«

»Ramona.« Thom hielt sie an der Hand fest, als sie aufstand. »Bitte. Setzen Sie sich wieder und lassen Sie uns ausreden. Das kann ich nach fünfzehn Jahren in derselben Abteilung und Hunderten von Operationen, die wir gemeinsam bestritten haben, doch zumindest erwarten oder?«

»Nein, das dürfen Sie nicht.«

»Ich habe mir gut überlegt, was ich von Ihnen verlangen darf, und ich weiß, dass ich die letzte Person bin, von der Sie eine solche Bitte erwarten würden, aber Sie wissen, dass der MI5 mein Leben war.« Er zeigte mit seinem Kopf zur Seite, um auf das Thames House zu weisen. »Zwanzig Jahre habe ich in diesem Bunker verbracht, und zuvor bereits zehn im aktiven Dienst. Während der letzten achtzehn Stunden wurde das plötzlich alles hinfällig.«

Sie ließ sich langsam wieder nieder, blieb aber in Richtung Tür sitzen, als wolle sie jeden Augenblick aufbrechen. »Fünf Minuten.«

Er überließ Allardyce das Wort, der nun ruhig und glaubwürdig darlegte, was letzten Endes zu ihrer beider Entlassung geführt hatte. Als er fertig war, sprach Thom wieder. »Sie verstehen jetzt also, dass derjenige, dem das alles am meisten schadet, Shane ist, falls er überhaupt noch lebt.«

Ramona schloss ihre Augen und atmete tief ein.

Thom wusste nicht, ob O'Reilly und Sie etwas miteinander hatten, hätte sich aber nicht darüber gewundert. Auch wenn man es ungern sah, waren Büroromanzen unweigerlich eine Begleiterscheinung der Arbeit im Thames House. Dass sie während Shanes andauernder Abwesenheit in seiner Wohnung nach dem Rechten schaute, ließ eindeutig auf tiefere Gefühle zwischen den beiden schließen, und obwohl Thom dies ungern ausnutzte, war es Ramonas offensichtlicher Schwachpunkt.

»Ich brauche Ihnen ja nicht zu sagen, dass seine Beteiligung an diesen Verbrechen ausgeschlossen ist, doch falls Hume und Reed weiterhin freie Hand haben, wird er irgendwann deswegen belangt werden, genauso wie viele andere Leute. Der Innengeheimdienst ist die erste Verteidigungsinstanz dieses Landes. Wird er geschwächt, ist das ganze Land angreifbar.«

Sie wandte sich wieder ab. »Wenn ich tue, was Sie verlangen, und alles genauso geschieht, wie Sie es sagen, was werden die beiden dann von mir denken? Ihnen wird doch klar sein, dass ich eingeknickt bin. Dass ich schwach war und nicht vertrauenswürdig bin. Selbst wenn Sie Ihre Jobs wiederbekämen, wäre ich meinen los. Politik war schon immer ein schmutziges Geschäft, Harry, und deshalb halte ich mich lieber heraus. Wenn ich nicht sofort von hier verschwinde, ohne etwas zu sagen, wird nichts mehr so sein wie bisher.«

»Das können Sie sich sowieso abschminken, egal was Sie tun werden. Können Sie wirklich Tag für Tag mit dem Wissen weiterarbeiten, dass Sie im Dienst von Menschen stehen, die Mitbürger getötet haben, obwohl sie die Anweisung erhalten haben, diese zu schützen, und die auch die Mörder Ihres Kollegen sind? Shane wird nämlich sterben, falls er nicht sogar schon tot ist.«

Ramona hielt sich die Hände vor das Gesicht. »Woher weiß ich denn, dass das Ganze kein hinterhältiger Test ist?«

Thom zog behutsam an ihren Unterarmen und hielt sie fest. Dabei nickte er Allardyce zu. »Der Secret Service würde bestimmt nicht vorgeben, seinen Generaldirektor zu feuern, um die Standhaftigkeit einer Angestellten auf die Probe zu stellen. Wir meinen es ernst.«

Der durch und durch leidgeplagte Gesichtsausdruck der Frau brach ihm fast das Herz. Er bat sie um etwas, das zu unterlassen man dem gesamten MI5-Personal vom ersten Arbeitstag an geradezu einbläute.

Im Laufe ihrer Unterhaltung hatte sich Thom dabei ertappt, Dennis' Ideen zu hinterfragen. *War das Ganze wirklich schlüssig? Handelte es sich bei alledem tatsächlich um eine sehr unwahrscheinliche Fügung, so wie Allardyce gesagt hatte?* Das konnte nicht sein. Zufälle, die sich so sehr häuften, gab es im Informationsbeschaffungswesen nicht. Diese Ausbildung bedeutete genauso viel wie ein Gespür dafür, wann und vor wem man den Mund aufmachen sollte.

Ramona richtete sich jetzt im Sitzen auf und wischte sich eine Träne aus ihrem Gesicht, bevor sie tief Luft holte. »Ich werde jetzt gehen und ich sage Ihnen nur noch eines: Falls Ihre Behauptungen wirklich stimmen sollten, kommen Sie am ehesten zu Ihren Beweisen, wenn Sie Declan McIver finden. Reed sucht nämlich gerade händeringend nach ihm. Fast jeder aus unserer Einheit und dem Analysezentrum im Keller wurde zurückgepfiffen und nur für diese Aufgabe eingespannt. Den ganzen Morgen lang hat niemand Shane, die Anschläge oder etwas anderes in dieser Richtung erwähnt. Es geht nur noch darum, Declan McIver aufzuspüren.«

Thom schaute Allardyce an. »Warum sollten sie denn nach ihm fahnden, wenn sie ihn selbst am Flughafen in Zürich entführt haben?

Nachdem Dennis kurz überlegt hatte, lächelte er. »Weil er getan hat, was er anscheinend am besten kann – er ist ihnen entwischt!«

Ramona stand vom Tisch auf, wobei ihre Trauer und ihre Verunsicherung dahinschmolzen, sodass sie wieder die selbstbewusste, Kompetenz ausstrahlende professionelle Person hervorkehrte, die Thom gewohnt war. »Wir haben gerade erst mit der Zusammenfassung der Fakten angefangen, als ich aufgebrochen bin, doch es ergibt durchaus Sinn, wenn man sich die Berichte aus Zürich vor Augen führt.«

Sie klemmte sich ihr Buch unter den Arm, nahm ihre Handtasche und wandte sich hastig ab.

»Ms. Evans«, sagte Allardyce und streckte ihr einen kleinen Zettel entgegen. »Meine Handynummer – für den Fall, dass Sie etwas brauchen.«

Ramona drehte sich kurz wieder um, riss ihm das Papier aus der Hand und verließ dann das Lokal.

Thom sah, wie sie an den dreckigen Fenstern vorbeiging, pflichtbewusst in Richtung Thames House. Als sein früherer Protegé hatte sie ihn stolz gemacht. Ihr war es gelungen, ihm etwas zu schenken, ohne dies im wörtlichen Sinne wirklich zu tun.

Allardyce rückte seinen Stuhl zurück, um aufzustehen. »Sollte Declan tatsächlich entwischt und jetzt auf der Flucht sein, garantiere ich Ihnen, dass er sich so etwas wie einen Plan B ausgedacht hat, dem er nun folgt. Unvorbereitet zu handeln würde einfach nicht zu ihm passen.«

»Ich habe mich nicht hierauf eingelassen, um Declan McIver zu helfen.«

»Dann tun Sie es eben, um sich selbst zu helfen.«

Aber Thom wehrte sich dagegen. »Begreifen Sie denn nicht, wozu Sie mich da nötigen wollen? Ich habe während meiner gesamten beruflichen Laufbahn gegen die IRA gekämpft und jetzt soll ich einem ihrer Männer helfen? Das können Sie vergessen.«

»Ich nötige Sie bestimmt zu nichts, was Sie nicht bereits selbst getan haben. Auf die Einschätzung, dass Shane O'Reilly ein guter Mensch ist, haben Sie sich schon vor Jahren festgelegt – *so* fest, dass Sie ihn sogar ins Thames House brachten und mit ihm sprachen wie ein Vater mit seinem Sohn. Und Declan McIver ist aus dem gleichen Holz geschnitzt. Die beiden gehörten derselben Truppe an, und wenn Sie glauben, dass Shane sich gewandelt hat, dann schaffen Sie es auch, Declan McIver als geläutert zu sehen.«

Thom blickte ihn gedankenvoll an.

»Aber natürlich«, sagte Allardyce, während er sich erhob, »ist es Ihre Entscheidung, ob Sie mitmachen werden, oder nicht. Ich ziehe das Ganze auch ungeachtet Ihrer Unterstützung durch.«

Daraufhin gab Thom nach. »Schon gut, schon gut. Folglich müssen wir also als Erstes herausfinden, was es damit auf sich hat – mit diesem Plan B, den er hat – und ihn dann abfangen.«

»Ja, und es gibt nur eine Person, der er im Voraus davon erzählen würde … seiner Ehefrau.«

# Kapitel 38

*13:22 Uhr Ortszeit, St. James Hotel, Waterloo Place, London, England*

»Da Reed Declan McIver sucht, wird es nicht mehr lange dauern, bis er Constance McIver einen Besuch abstatten wird.« Allardyce schaute Thom beim Schalten zu, während sie in dem alten BMW durch einen Kreisverkehr fuhren, in dessen Mitte eine Statue von Karl dem I. stand. »Sollte er es nicht schon getan haben.«

Thom schloss dies aber aus. »Ich kenne Sam und tue mich deshalb schwer mit dem Gedanken, dass er jemandem absichtlich wehtut, wenn es sich vermeiden lässt, von einer schwangeren Frau ganz zu schweigen.«

»Ich mache mir ja nicht nur wegen Sam Sorgen. Immerhin hat er Egan Hume und wen auch immer sonst heißgemacht. Nur Gott weiß, wozu dieser Kerl fähig ist.«

Nun grunzte Thom zustimmend.

»Zum Glück wird sie auf Beharren Ihres Ehemanns hin, schon seit Montagnachmittag von einer Schutztruppe der Londoner Polizei bewacht.«

»Hmm, davon wird sich Hume aber bestimmt nicht aufhalten lassen.«

»Nein, jedenfalls nicht lange, aber es ist wenigstens etwas.« Als Thom nicht weit vom Eingang des Hotels entfernt anhielt, schaute Allardyce an dem dreistöckigen Gebäude hinauf, dessen neoklassische Architektur von streng symmetrischen Bögen und Säulen geprägt war, die man nach korinthischer Ordnung errichtet hatte. »Hoffen wir mal, dass es noch nicht zu spät ist.«

»Haben Sie denn keine Bedenken, dass die Wachposten Ihnen den Zutritt untersagen könnten? Die wissen doch bestimmt schon, dass Sie gefeuert worden sind.«

Allardyce setzte seinen Filzhut auf und öffnete die Beifahrertür. »Nein, denn die Männer aufzustellen war ein persönlicher Gefallen. Falls nötig, werde ich den Chefinspektor höchstpersönlich anrufen, der ihnen ihre Befehle gegeben hat.«

»Hmm.«

»Aber wie dem auch sei: Parken Sie diese Schrottkiste jetzt irgendwo und dann warten Sie im Foyer auf mich. Falls die Männer sich tatsächlich weigern sollten, mich hineinzulassen, simuliere ich einfach einen kräftigen Wutanfall und werde anschließend aus dem Hotel abgeführt, was sie lange genug ablenken wird, sodass Sie hochgehen können. Es ist Zimmer 317, und Sie müssen unbedingt sie unverzüglich von hier wegbringen.«

»Verstanden.« Thom legte wieder den ersten Gang ein.

Nachdem Allardyce die Tür geschlossen hatte, ging er über die Straße. Er zog sich den Hut tief über die Augen und stellte den Kragen seines Mantels so auf, dass es nicht gleich aussah, als versuche er, unerkannt zu bleiben. Auf Londons Straßen herrschte immerzu Betrieb, und wie in den meisten Städten schenkte kaum jemand anderen Passanten längere Beachtung.

»Guten Tag, Sir.« Der Portier zog die gläserne Eingangstür des Hotels auf und hielt sie für ihn offen.

Allardyce nickte und betrat das Foyer. Mit Krawatte, einem maßgeschneiderten Smith-Brothers-Anzug von Brooks unter dem Mantel und einem Lochcarron-Schal um den Hals passte er perfekt zu der Oberschichtklientel des Etablissements, während er zu den Fahrstühlen auf der anderen Seite des mit Marmor ausgelegten Empfangssaals ging. Er wich zur Seite, als mehrere Gäste ausstiegen, ehe er eine Kabine betrat. Dann drückte er wiederholt auf den Schließknopf, damit bloß nicht noch jemand hereinkam.

Im obersten Stock klingelte es, die Tür öffnete sich, und vor ihm tat sich ein langer Flur mit einem dunkelblauen Teppichboden, verschnörkelter Tapete, Deckenlampen und Gemälden in Bronzerahmen auf. Wie die Stadt, in der das Hotel stand, strahlte auch die Einrichtung altmodische Eleganz aus.

Der Flur endete an einer herrschaftlich wirkenden Tür, die momentan zur Hälfte offenstand. Allardyce nahm seinen Hut ab und ging vorsichtig hinüber. Es gab keinerlei Erklärung dafür, weshalb diese Tür nicht geschlossen war – *und wo steckten bloß die Wachleute?*

»Mrs. McIver?«

Er berührte die Tür zögerlich und stieß sie dann ganz auf. Er befürchtete schon das Schlimmste, da er von drinnen nicht sofort eine Antwort bekam.

»Mrs. McIver. Ich bin es, Dennis Allardyce. Sind Sie da?«

Schließlich trat er ganz ein und schaute sich sorgfältig um. *War er zu spät gekommen? War Reed oder jemand anderes, den Hume angeheuert hatte, bereits hier gewesen?* Im Zimmer schien allerdings alles an seinem angestammten Platz zu sein. Es sah genauer gesagt so aus, als ob es gar nicht belegt wäre.

»Mrs. McIver?« Er ging weiter hinein und schaute dann in den abgetrennten Schlafbereich. Sobald er den Blick senkte, wurde ihm übel. Denn auf dem Boden vor dem unteren Ende des Betts lag ein einzelner blauer Schuh. *Gehörte er Constance? Hatte sie ihn vielleicht auf der Flucht vor einem Eindringling verloren?* »Mrs. McI…«

»Ich habe Sie ja gehört.«

Allardyce seufzte erleichtert auf, als er sah, dass Constance lebte und unverletzt war.

Während sie sich im Rahmen der offenen Tür vor ihm aufbaute, ließ sich unschwer erkennen, weshalb die Frau Declan McIver derart bezauberte. Sie trug ein blaues Schwangerschaftskleid, das zu dem Schuh am Boden passte. Nachdem sie Dennis kurz in die Augen geschaut hatte, wandte sie sich ab und trat zurück in den Schlafraum.

Er riss sich zusammen und ging ihr hinterher.

Auf dem Doppelbett hatte Constance einen Koffer aufgeklappt und legte gerade Kleidungsstücke hinein, die sie zuvor ordentlich faltete. Allardyce schaute ihr einen Moment lang dabei zu. Er war aus zwei Gründen hier. Um zu erfahren, was sie über Declans Notfallplan wusste, und um zu veranlassen, dass sie an einen anderen Ort gebracht wurde, wo sie sicher vor denjenigen war, die sich gegen ihren Mann verschworen hatten. Aber so, wie es aussah, war sie gerade drauf und dran, Letzteres auf eigene Faust zu tun.

Er hustete leise. »Wo sind denn die Beamten? Sie sollten Sie doch …«

»Während der letzten Stunden war es nur noch einer. Der andere ist aufgebrochen, um jemanden zu holen, der mich fährt.«

Er senkte kurz den Blick. Das war doch wieder typisch für die Londoner Polizei … zu wenig Personal, wenn es dringend darauf ankam.

»Sie wollen weg? Wohin denn?«

»Nach Hause – in die USA.«

Allardyce runzelte die Stirn. Das hatte ihm nicht vorgeschwebt, auch wenn sie damit natürlich weit genug entfernt wäre, um davon ausgehen zu können, dass Constance dort nichts geschah.

»Versuchen Sie gar nicht erst, mich aufzuhalten. Mein Entschluss steht fest.«

»Ganz im Gegenteil. Unter diesen Umständen finde ich die Idee sogar sehr gut.«

Sie blickte fragend zu ihm auf. »Ist er tot?«

»Nein, das glaube ich nicht. Allerdings hat er gerade eine Menge Ärger am …«

Nun schaute sie wieder weg. »Erzählen Sie mir was Neues.«

Einen Augenblick lang blieb er still stehen, verblüfft aufgrund ihrer scheinbaren Sorglosigkeit. Nach ein paar Sekunden relativierte er diese Einschätzung allerdings wieder. Schließlich hatte er Constance schon seit Monaten nicht mehr gesehen, vermutete jedoch stark, dass sich ständig verstecken zu müssen, äußerst anstrengend gewesen sein musste und bestimmt Probleme verursacht hatte. Andererseits lag es ihm fern, sich in eine etwaige Ehekrise einzumischen.

»Wann geht denn Ihr Flugzeug?«

»Um vier Uhr.«

Er schaute auf seine Uhr. Etwas zu einem früheren Zeitpunkt einzufädeln wäre ihm schwergefallen. »Bestens. Ich werde zusehen, dass der letzte Beamte Sie sicher zum Flughafen bringt.« Er trat näher zu ihr und legte eine Hand auf ihre Schulter. Sie drehte sich zu ihm um und schaute dann wieder in seine Augen. »Wenn Sie dort angekommen sind, wo Sie hinwollen, ist es unerlässlich, dass Sie sich weiterhin bedeckt halten. Ich würde es nämlich ungern sehen, dass Sie verletzt werden, und Declan möchte das natürlich auch nicht.«

Constance atmete bedrückt ein und aus und nickte dann.

»Eines noch: Ich weiß, dass Declan jemand ist, der sich stets auf alles gefasst macht, und muss ihn unbedingt finden. Hat er Ihnen gegenüber etwas erwähnt, bevor er verschwand? Vielleicht einen Ort, den er aufsuchen will, oder was er vorhat, falls etwas schiefgeht?«

Constance fuhr mit dem Kofferpacken fort, während sie ein zusammengelegtes Kleid verstaute, ehe sie sich umdrehte und eine Schublade des Nachttischs öffnete. Nachdem sie einen weißen Umschlag herausgenommen hatte, hielt sie ihn Allardyce ohne Kommentar hin.

Er nahm ihn aufgeregt an sich. »Danke.«

Constance zeigte sich mit hochgezogenen Augenbrauen erkenntlich.

Er riss die zugeklebte Falz mit einem Zeigefinger auf und langte dann hinein. Der Umschlag enthielt drei Blätter. Allardyce öffnete sie nacheinander, wobei er den handschriftlichen Inhalt überflog.

»Es ist ein Brief – an Sie.« Er bot ihn Constance an.

»Ich will das aber nicht lesen.«

»Ich verstehe. Darf ich fragen warum?«

Sie suchte seinen Blick aufs Neue. Er konnte Kummer in ihren Augen erkennen, und außerdem war sie momentan den Tränen nahe. »Weil ich mit alledem fertig bin. Ich will nichts mehr mit Terroristen oder Spionen – was auch immer Sie und Ihresgleichen sind – zu tun haben. Nie habe ich es auf irgendetwas davon angelegt, also lehne ich es jetzt einfach ab. Ich möchte einfach nur noch nach Hause und mein … unser Leben fortsetzen.« Sie fasste sich an den Bauch.

Allardyce nickte. Er konnte ihre Haltung durchaus nachvollziehen. Nach zahllosen Jahren beim Geheimdienst, während seiner Zeit als Sicherheitsagent der Royal Air Force und als Politiker hatte er mit ansehen müssen, wie viele Familien im Zuge des Arbeitsstresses ausgebrannt oder zerstört worden waren. Obwohl Declan McIver nie offiziell für sie spioniert hatte, konnte man ohne Weiteres sehen, dass es im entgegengesetzten Lager ganz genauso zuging. Die sogenannten Bösen waren letzten Endes immer nur Menschen mit Angehörigen und Verbindlichkeiten abseits ihrer umstürzlerischen Machenschaften. Oft waren es genau diese Angehörigen und

Verbindlichkeiten, welche sich der MI5 und andere zunutze machten, um Subversive dazu zu bringen, für den Staat Informationen zu sammeln.

»Ich habe durchaus Verständnis dafür – vollkommenes Verständnis.« Dennis faltete die Blätter zusammen und steckte sie wieder in den Umschlag, während er sich abwandte, um zu gehen. »Wie gesagt, ich werde den Beamten auffordern, Sie zu begleiten, und wünsche Ihnen und Ihrem Kind nur das Allerbeste für die Zukunft. Das meine ich ganz ehrlich.«

***

»Wie ist es gelaufen?«, fragte Thom, der zwischen den Tischen und Stühlen des Foyers hervorkam, nachdem sein Gefährte den Aufzug verlassen hatte.

Allardyce hielt ihm den geöffneten Umschlag hin, während er zur Eingangstür ging.

»Sieht gut aus, was steckt drin?«

»Ein ausführlicher Brief an McIvers Frau. Er hat sich einen Tresor in Zürich reserviert und für alle Eventualitäten einige Hilfsmittel vorgeschickt. Genannt werden auch zwei Männer – einer heißt Klaus Richter, ein Deutscher, und der andere ist Franzose, Jean-Luc Boyette – aber weder der Name des Schließfachanbieters noch Telefonnummern, unter denen man die Männer erreichen könnte, sind beigefügt.«

»Mist.«

»Kann man wohl sagen, ja.«

»Sei's drum, ich habe nachgedacht und einen Einfall gehabt, der uns womöglich weiterhelfen könnte, denke ich. Die Sache ist aber äußerst riskant.«

»Erklären Sie es mir.«

»Sie haben doch vorhin gesagt, Ihrer Einschätzung zufolge handele es sich bei Reece Findlay um einen der ersten Beteiligten, wobei ich Ihnen zustimmen würde, aber es gibt noch jemanden, der von Anfang an involviert gewesen sein muss und von dem wir schon eine ganze Weile weder etwas gesehen noch gehört haben.«

»Ach ja?«

»Rory Blaney! Er ist der Informant, mit dem sich Shane eigentlich am Abend seines Verschwindens hätte treffen sollen.«

Allardyce blieb stehen und drehte sich zu ihm um. Dann rückte er näher, um das Gespräch trotz des regen Verkehrs im Foyer vertraulich halten zu können. »Wir wissen so wenig über ihn, dass er genauso gut tot sein oder selbst mit drinstecken könnte.«

»Mit drinstecken tut er nicht, davon bin ich fest überzeugt. Denn er ist kein Terrorist, sondern einer von uns. Das war er schon immer. Wir haben ihn nach dem Bombenanschlag von Omagh herangezogen, weil er einen Cousin bei der Real IRA hat und im Milieu bekannt war, aber ein aktiver Staatsfeind ist er nie gewesen.«

Allardyce ging weiter auf die Tür zu. »Also ist er jetzt tot.«

»Vielleicht, aber ob tot oder lebendig: Er hat trotzdem eine der ersten Anlaufstellen für die Verantwortlichen dargestellt. Ein Staatsbeamter, ein gewisser Detective Inspector Graham Smith aus der Region Dumfries und Galloway, geht der Sache gerade auf den Grund. Mit ihm hat sich Shane über die Jahre hinweg quasi angefreundet, denn Blaney hat in dieser Gegend gewohnt. Ich habe mich mit Smith in Verbindung gesetzt, nachdem Shane verschwunden war, und habe ihn gebeten, mir persönlich Bescheid zu geben, wenn er auf irgendetwas stoßen sollte. Ist schon ein paar Tage her, dass wir uns zum letzten Mal kurzgeschlossen haben, doch ich könnte ja mal wieder nachhaken. Mal sehen, ob sich mittlerweile etwas ergeben hat, das uns nutzen könnte.«

»Sie denken, er weiß noch nicht, dass Sie entlassen wurden?«

Thom antwortete gleichgültig: »Wie ich Ihnen bereits sagte, es ist riskant, aber versetzen Sie sich mal kurz in meinen Gedankengang hinein. Falls Reed wirklich zu den Hintermännern gehört, weiß er, wo Blaney ist, und möchte auf jeden Fall verhindern, dass dieser gefunden wird. Was auch immer also im Rahmen von Smiths Ermittlungen geschehen ist – falls überhaupt etwas – könnte unbeachtet liegen geblieben sein. Einen Anruf ist es doch wert, finde ich.«

Nachdem sich Allardyce den Sachverhalt kurz bewusst gemacht hatte, willigte er ein. »Ja, es ist zwar riskant, aber Sie haben recht. Sollte er noch nicht von Ihrer Entlassung erfahren haben, könnten wir ihn vielleicht dazu bringen, mit uns statt mit dem Thames House zu sprechen, indem wir einfach vorgeben, dass Sie weiterhin in Ihrem Amt sind. Jegliche Informationen, die er hat, helfen uns eventuell weiter. Tun Sie's!«

»Alles klar. Und was ist mit McIver? Wie können wir den ausfindig machen?«

Der Portier hielt den beiden die Tür auf, als sie das Hotel verließen, und Allardyce schaute ihn gefrustet an. »Ich habe leider keinen blassen Schimmer.«

# Kapitel 39

*14:39 Uhr Ortszeit, Züricher Straße, Lagerplatz AG, Schlieren bei Zürich, Schweiz*

»Hallo.«

Declan lächelte, als er vor den Kundenschalter des Schließfachanbieters trat, und schaute sich aufmerksam im Lokal um. In der Ecke des spärlich eingerichteten Büros stand ein kleiner Fernseher, in dem allerdings gerade eine Nachmittagstalkshow und keine Nachrichten liefen. Über dem Schalter hing eine Überwachungskamera, die so ausgerichtet war, dass das Objektiv sowohl das Personal als auch die hereinkommende Kundschaft erfasste. Declan hatte versucht, sich nach seinen Strapazen etwas frisch zu machen, sah aber immer noch wie ein verwirrter Ausländer in seltsamen Klamotten aus.

Die beiden Angestellten in hellbrauner beziehungsweise schwarzer Uniform wechselten Blicke bei seinem Anblick. Ihr Gebaren beunruhigte ihn. *Wussten sie vielleicht etwas, dass er nicht ahnte?* Gemeinsam mit Harper hatte er die Umgebung mehrere Minuten lang ausgekundschaftet und auf Aktivitäten geachtet, die eine Bedrohung vermuten ließen, bevor er eingetreten war, aber er hatte nichts dergleichen entdeckt.

Während er auf Deutsch weitersprach, kam ihm plötzlich die Idee, es zu seinem Vorteil zu nutzen, dass er einen so mitgenommenen Eindruck machte. Darum lachte er jetzt gespielt nervös auf. »Ich hatte eine Panne. Ich wollte den Wagen alleine reparieren, aber ich bin wohl leider kein großartiger Mechaniker und deshalb musste ich zu Fuß hierherkommen.«

Die kurzhaarige Frau hinter dem Schalter bemühte sich jetzt endlich um ein mitfühlendes Lächeln. »Oh nein, das ist ja schlimm. Haben Sie denn kein Mobiltelefon? Sie hätten doch Hilfe holen können.«

»Ich bin rein geschäftlich hier. Dummerweise kenne ich deshalb niemanden vor Ort, den ich hätte anrufen können. Würden Sie mir bitte den Schlüssel zu meinem Tresor geben? Mein Name ist Klaus Richter. Ich habe den Tresor online gemietet und meine Sachen vorausgeschickt, also fehlt mir leider der Schlüssel.«

Die Frau stellte sich daraufhin an einen der Computer und fing an zu tippen. »Haben Sie Ihren fünfstelligen Zugangscode?«

»Ja. Sechs-zwei-acht-zwei-drei.«

Nun lachte sie. »Den brauchen Sie mir nicht zu nennen. Ich sehe ja hier, dass Sie eine Zweimeter-Einheit auf der untersten Ebene reserviert haben. Kann das sein?«

Declan nickte.

»Gut. So wie es aussieht, haben Sie alles online ordnungsgemäß ausgefüllt. Geben Sie den Zugangscode einfach auf dem Tastenfeld neben Ihrem Tresor ein, und dann wird das Schloss aufspringen. Ich mache Ihnen die Tür auf, während Sie hinübergehen.« Sie deutete auf eine Reihe von Monitoren hinter dem Schalter, die jeweils eine von sechs Türen außerhalb des Büros zeigten. »Tür vier ist Ihrem Platz am nächsten. Erinnern Sie sich noch an die Nummer Ihrer Einheit?«

»Ja. Danke.« Er nickte erneut und machte sich dann auf den Weg durch den Eingang zurück nach draußen. Beim Öffnen suchte er die Gebäude und Grundstücke auf der anderen Straßenseite ab, ehe er hinausging. »Jetzt aber schnell«, sagte er auf Englisch, kaum dass die Tür hinter ihm zugefallen war. Harper wartete bereits hinter der nächsten Ecke, um von der Filiale aus nicht gesehen zu werden. »Wir müssen diesen Tresor leerräumen und dann zum Bahnhof fahren, so schnell es geht. Mit Glück sind wir fertig, wenn der Feierabendverkehr beginnt, sodass wir uns unter das Volk mischen können.«

Sie waren übereingekommen, eine Zugfahrt aus der Stadt hinaus sei am sichersten. Am Flughafen hätten sie zu vielen Sicherheitsbeamten unter die Augen treten müssen, und ein Auto zu mieten erforderte eine Menge Papierkram mit einem Ausweis und einer Kreditkarte, die weder Declan noch Harper hatten.

Er ging nun zu einer Tür, über der in Schwarz »4« stand. Der Schließmechanismus klickte, während er sich ihr näherte. Die Angestellte im Büro beobachtete ihn also wie versprochen. Vor der fensterlosen Metalltür zögerte Declan kurz. *Könnte jemand so schnell eine Verbindung zwischen ihm und einem gebürtigen Deutschen herstellen, der seit Anfang der 1970er tot war und dessen Namen er nun benutzte, um sich zu verstecken? Zirkulierten vielleicht bereits Fotos von ihm in den Schweizer Medien? Hatten die beiden in der Filiale ihn erkannt?* Er versuchte, seine Beklommenheit abzuschütteln. Die Zwangslage, in der er gerade wieder einmal steckte, machte ihn nur langsam paranoid. Während er seine beharrliche Unruhe unterdrückte, öffnete er die Tür. Das Quietschen der Angeln pflanzte sich auf einem leeren Flur dahinter fort, während er tief durchatmete, um seiner Angst Herr zu werden. »Es ist Einheit 76.«

Er trat ein und sah sich die Zahlen neben den Schließschränken an. »Moment mal.« Diese waren jeweils dreistellig. Warum begann hier alles mit einer Eins, obwohl seine Einheit eigentlich im Erdgeschoss stehen sollte und eine zweistellige Nummer hatte? Er legte eine Hand auf seinen Kopf, schaute Harper an und überlegte kurz. »Oh Mann.« Kopfschüttelnd dämmerte ihm gerade sein eigener Irrtum. Anders als in den Vereinigten Staaten, wo er schon mehrere Dienstleister wie diesen in Anspruch genommen hatte, war die unterste Etage hier nicht zwangsläufig das Erdgeschoss. »Verflucht, das Ganze ist im Keller.« Seine Absicht, ein Fach »unten« zu mieten, hatte darin bestanden, zügig darauf zugreifen und dann schnell wieder verschwinden zu können, doch das war im Keller ganz und gar ausgeschlossen.

»Zum Fahrstuhl geht es dort entlang.« Harper zeigte auf ein Schild an der Wand neben dem Eingang, auf dem *AUFZUG* stand.

Declan fluchte leise vor sich hin und ging dann hinter ihr her durch enge, nahezu labyrinthische Gänge mit orangefarbenen Rolltüren zu beiden Seiten, während sie der Ausschilderung folgte. In einer Ecke gegenüber vom Eingang gab es einen Lastenaufzug. Harper drückte den Rufknopf, woraufhin sie die Kabine rumpelnd herauffahren hörten.

Declan fasste jetzt erneut die Umgebung ins Auge. So tief unter der Erde mit dem Gebäude über ihnen hatten Sie absolut keine Fluchtchancen, falls sie jemand angreifen sollte.

»Wie geht Ihr Plan weiter?«, fragte Harper nun, während sie warteten. »Wir fahren zum Bahnhof, verlassen Zürich und was dann?«

»Nichts dann. Sie werden wieder Ihrer Wege gehen und ich meiner.« Der Fahrstuhl hielt dumpf dröhnend an. »Nun wo sich langsam herumspricht, was los ist, sind wir besser dran, wenn wir uns trennen.«

»Auf gar keinen Fall.«

Declan schob das Schutzgitter hoch, betrat die Kabine und wartete darauf, dass Harper weitersprach.

»Passen Sie auf. Nachdem Bell Sie eingesperrt hatte, erzählte er mir etwas, das Sie unbedingt wissen müssen. Allardyce wurde gestern entlassen. Sein Bereichsleiter Samuel Reed hat jetzt die Direktion übernommen.«

Er zog das Gitter wieder hinunter und drückte auf eine Taste mit einem nach unten zeigenden Pfeil, während ihm bewusst wurde, was sie gerade gesagt hatte. Dass Allardyce den MI5 verlassen hatte, war zweifellos bedenklich. Man konnte nämlich durchausbehaupten, dass der in die Jahre gekommene Aristokrat sein einziger Unterstützer in der britischen Regierung gewesen war, die sich andernfalls bestimmt nicht davor gescheut hätte, Declans Existenz einfach zu leugnen.

»Laut Harrison haben sowohl Reed als auch die Downing Street 10 Sie zum Verdächtigen Nummer eins gemacht, was die Bombenanschläge und den Überfall in Risch betrifft. Sie schaffen es nicht einmal bis vor die englische Grenze, ohne festgenommen zu werden – vor allem, wenn Sie nach London wollen. Es gibt keinen sicheren Weg für Sie.«

Declan schaute auf den Boden, während der Aufzug ruckelnd in den Keller fuhr. *Würde Dennis' Entlassung dazu führen, dass er Constance holen und in die USA zurückkehren musste?* Er war nicht zum ersten Mal illegal ins

Königreich eingereist, bislang aber stets mit dem Vorteil, dass die Behörden nichts von seinem Kommen gewusst hatten. Dieses Mal gestaltete sich das Ganze aber anders. Wurde allerorts nach ihm Ausschau gehalten, und wäre die Zeit auf deren Seite – er musste nämlich zuerst die Schweiz hinter sich lassen und sich dann durch Frankreich schlagen, bevor er überhaupt versuchen konnte, wieder ins Land hineinzukommen ... würde man bis dahin alle infrage kommenden Grenzübergänge abgeriegelt sowie jedem Inspektor, Streifenbullen und Zollbeamten, und jeder Politesse Fotos von ihm gegeben haben.

Er war noch gar nicht dazu gekommen, die gesamte Tragweite der Tatsache in Betracht zu ziehen, dass er angeblich den Überfall in Risch organisiert hatte, nachdem er es auf dem Dach des Konsulats von Harper erfahren hatte, doch jetzt wurde es ihm nach und nach immer klarer. Er würde sich gehörig ins Zeug legen müssen, um wieder ins Land eindringen zu können, und sollte es ihm tatsächlich gelingen, stand er vor dem Problem, mit seiner schwangeren Frau wieder hinauszugelangen. Der Aufzug kam jetzt sanft vibrierend im Keller an. Declan zog das Gitter hoch und sah sich um.

Unten sah es genauso aus wie in Erdgeschoss. Gebürstete Betonwände und alle paar Meter ein orangenes Rolltor und kein natürliches Licht. Stattdessen hingen in Metallkörben an der Decke schwach leuchtende Glühbirnen, deren Kegel dunkle Schatten in allen Winkeln und Ecken erzeugten.

Indem sich Declan erneut an den Zahlen neben den Schließschränken orientierte, ging er bis zum Ende eines kurzen Flurs. »Sechs-zwei-acht-zwei-drei«, sagte er, während er die entsprechenden Tasten drückte, woraufhin der Schließmechanismus des orangenen Rolltors von Einheit 76 leise klickte. Als er die Tür aufstemmte, sahen sie mehrere Kartons und Umschläge, die das Personal auf sein Geheiß hin hier eingeschlossen hatte.

»Schlag mich tot«, sagte Harper angesichts dieser Ansammlung. »Als Sie gesagt haben, für den Notfall vorgesorgt zu haben, war das offenbar kein Scherz.«

»Sieht viel beeindruckender aus, als es ist. Ich musste alles in kleinere Teile zerlegen, um es unauffällig durch den Zoll schleusen zu können.« Nun fiel ihm ein, dass ihm dies möglicherweise gar nicht gelungen war. Vielleicht überwachten die Schweizer Grenzbehörden ja die Lagerplatz AG und warteten jetzt nur darauf, dass der Mieter dieses Tresors aufkreuzte. »Auf geht's, packen wir den Kram aus.«

Declan dachte weiterhin über die Situation nach, mit der er nun klarkommen musste, als sie damit begannen, die Pakete aufzureißen und die Sachen in vielen Einzelteilen herauszunehmen, die er zusammen mit Mottenkugeln eingewickelt hatte. Als alle Kartons geöffnet waren, stellte er einige von ihnen zu einer behelfsmäßigen Werkbank nebeneinander und legte dann mehrere wiederverschließbare Plastikbeutel darauf. Diese öffnete er nacheinander und entnahm den jeweiligen Inhalt, um eine Glock-9mm-Pistole zusammenzubauen. Zuletzt bestückte er sie noch mit einem Magazin und lud sie durch.

»Schon erstaunlich, Ihr Weitblick bei dem, was Sie tun. Aber das deckt sich wohl mit dem, was ich über Sie gelesen habe.« Harper ordnete gerade Geldscheine aus einigen Umschlägen nach Wert und Herkunftsland. Insgesamt waren es 18.000 US-Dollar in Schweizer Franken, Euro und Britischen Pfund.

»Wie Sie sagen, hat also jemand das Treffen in Risch platzen lassen und sich anschließend als mich ausgegeben ja? Sind die anderen Teilnehmer alle tot?«

»Nein. Harrison hat erzählt, dass Ryan und Domville noch leben würden, Letzterer sei aber in äußerst schlechter Verfassung und würde es möglicherweise nicht schaffen.«

»Warum sollte denn jemand so etwas tun und behaupten, ich zu sein?« Declan glaubte allerdings, die Antwort darauf bereits zu kennen.

»Die Frage lautet nicht *Warum*, sondern eher *Wer?* Jemand will die Öffentlichkeit glauben machen, Sie seien für die Bomben, die Entführung und den versuchten Mord an zwei bekannten Politikern verantwortlich.«

Declan schüttelte den Kopf. Er war sich zwar sicher, dass er dort draußen zahlreiche Feinde hatte, doch ihm fiel niemand ein, der die Mühe auf sich nehmen würde, ein derart abgekartetes Spiel zu treiben. Die meisten von ihnen wären einfach zu ihm gekommen und hätten ihm eine Kanone ins Gesicht gehalten.

»Wir müssen uns mit dem Innengeheimdienst in Verbindung setzen und mit Reed reden. Er kann nicht mehr abstreiten, dass Sie nicht der Mann sind, den er sucht, selbst wenn Downing Street 10 ihn zu dieser Annahme zwingt. Der MI5 hat nämlich bestimmt mitverfolgt, wo Sie die ganzen Jahre hinweg gewesen sind.«

»Allardyce und O'Reilly wussten immer, wo ich war. Dass sonst jemand es tat, ist mir nicht bekannt gewesen.« Declan realisierte aber kaum, dass er sie gemacht hatte, dass diese Behauptung nicht ganz der Wahrheit entsprach. Denn jemand hatte herausgefunden, wo er war, und ihm Männer mit Waffen auf den Hals gehetzt. Markierte seine angebliche Verstrickung in den Überfall in Risch den zweitbesten Versuch seines Gegners, ihn auszuschalten, nachdem es ihm in Irland nicht gelungen war? Nein. Das ergab überhaupt keinen Sinn. Falls diejenigen, die es geschafft hatten, ihn zu entführen, als er in der Schweiz gelandet war, seinen Tod anstrebten, hätten sie ihn schon zu jenem Zeitpunkt oder in den darauffolgenden Stunden ermorden können, als sie ihn gefangen gehalten hatten. Doch dazu war es nicht gekommen. Demnach wollten sie ihn aus unerfindlichen Gründen lebend haben. Aber weshalb? Und bedeutete dies, dass der Auftraggeber der Schützen in Irland ein anderer war?

»Trotzdem«, beharrte Harper, womit sie Declan wieder auf ihre gegenwärtige Lage aufmerksam machte. »Selbst, wenn Reed nichts gewusst hat, kann ich ihm den Sachverhalt erklären, so wie ich es schon bei Bell getan habe. Falls es uns gelingen sollte, Ihren Namen wieder reinzuwaschen, wird es auch nicht mehr schwierig sein, nach England zurückzukehren. Ansonsten sehen unsere Chancen, sie wieder ins Land zu bringen, ohne dass Sie festgenommen werden, nämlich äußerst schlecht aus. An Ihrer Stelle wäre ich lieber ein freier Mann anstatt hinter Gittern, wo jeder vorgibt, unschuldig zu sein.«

Declan lächelte. »Seien Sie vorsichtig *Officer* Harper. Mancher könnte Verdacht schöpfen, ich würde Ihnen so langsam ans Herz wachsen, also …«

Dies tat sie schnaubend ab. »Der viele Regen in Irland hat Ihr Gehirn wohl unter Wasser gesetzt, was? Das ist nun mal meine beste Idee. Sollte Ihnen eine Alternative einfallen, bin ich ganz Ohr.«

Er lächelte sie weiterhin an. Obwohl er weder Samuel Reed noch andere Angestellte des Thames House kannte, fand er ihre Idee durchaus schlüssig. Er hatte bereits in einem britischen Knast gesessen und keine Lust auf einen weiteren Aufenthalt. Nachdem er in mehreren Kartons herumgekramt hatte, die noch voll waren, fand er schließlich ein Handy mit Guthabenkarte. »Das ist ein guter Plan. Lassen Sie uns jetzt von hier verschwinden.« Er warf Harper das Gerät zu. »Sie können auf dem Weg zum Bahnhof anrufen.«

# Kapitel 40

*14:02 Uhr Ortszeit, Thames House, London, England*

Samuel Reed saß gerade in einem Eckbüro im sechsten Stock des Thames House, an einem Schreibtisch, der eigentlich dem Leiter des Ressorts für Terrorbekämpfung in Irland und dem Inland gehörte. Obwohl man dem Generaldirektor eine Etage höher ein wesentlich geräumigeres und besser ausgestattetes Zimmer zur Verfügung stellte, bekleidete Reed momentan bekanntlich drei Posten – Generaldirektor, Vizedirektor sowie Abteilungsleiter – und hatte das Gefühl, in diesem Raum darauf hinarbeiten zu können, Declan McIver zu schnappen. Er schaute von dem Bericht auf, den er gerade las, als jemand am Fenster vorbeiging.

Hier im Großraumbüro waren Männer und Frauen, die normalerweise die Aufgabe hatten, die Sicherheit des Vereinigten Königreichs gegen Angriffe aus dem Inneren zu gewährleisten, und eifrig zusammen mit Nachrichtendiensten und Vollzugsbehörden in ganz Europa mit der Koordination einer groß angelegten Fahndung beschäftigt zu sein. Bei der Befehlsvergabe am Morgen hatte Reed noch einmal deutlich gemacht, dass kein Stein mehr auf dem anderen liegen bleiben dürfe. Jeder mögliche Fluchtweg, den McIver aus der Schweiz, wo er zuletzt gesehen worden war, genommen haben könnte, musste gründlich untersucht werden. Unglücklicherweise warf ihnen die Bürokratie allerdings ständig Knüppel zwischen die Beine, denn in ihren Bemühungen waren viele Grenzübertritte erforderlich, sodass Interpol hinzugezogen werden musste, weshalb sich die Kommunikation wesentlich langsamer gestaltete, als Reed es sich vorgestellt hatte.

Eine Mitarbeiterin erschien vor seiner Tür und öffnete. »Sir?« Sie beugte sich mit einem verunsicherten Gesichtsausdruck zu ihm hinein.

»Was ist denn?«

»Ein Anruf für Sie aus dem Siebten. Die Assistentin des Gener… Ihre Assistentin sagt, es sei wichtig.«

»Danke.« Er winkte sie hinaus, nahm das Telefon zur Hand und drückte eine Taste neben dem blinkenden Lämpchen der belegten Leitung. »Reed?«

»Direktor.« Es war eine weibliche Stimme, hörbar britischer Herkunft, doch er kannte sie nicht. »Wir haben noch nie miteinander gesprochen, aber ich weiß über den Führungswechsel beim MI5 Bescheid. Mein Name ist Harper. Ich bin eine der angeforderten MI6-Agentinnen gewesen, die Declan McIver beschatten sollten.«

Er legte den Bericht sofort nieder und widmete der Anruferin seine volle Aufmerksamkeit. »Fahren Sie fort.«

»Ich bin gerade in Zürich, Sir. Haben Sie die Nachrichten verfolgt?«

»Ja. Wir haben die Situation den ganzen Morgen lang im Auge behalten.«

»Dann wissen Sie auch von Officer Bell?«

Reed hielt kurz die Luft an. »Ja, ich weiß Bescheid.« Er stand jetzt aus dem Sessel auf und winkte hektisch der Kollegin, die ihn über den Anruf informiert hatte. Während sie sich auf den Weg zur Tür machte und sie öffnete, schwieg er kurz. Dann drückte er eine Taste am Sprechteil, um die Verbindung stumm zu schalten. »Lassen Sie diesen Anruf zurückverfolgen. Und zwar schnell.«

»Jawohl, Sir.« Die Frau schloss die Tür wieder und verschwand hastig.

Reed setzte sich und betätigte die Taste erneut, um weitersprechen zu können.

»Ich brauche Hilfe, Sir. Seit er erschossen wurde, bin ich auf der Flucht, und ich bin nicht allein.«

»Wer ist bei Ihnen? Werden Sie gegen Ihren Willen festgehalten?«

»Nein, Sir. Es ist Declan McIver. Er war nicht an dem Überfall in Risch beteiligt, wie man Ihnen weismachen will.«

Reed kratzte sich an der Stirn und starrte geistesabwesend auf einen Stapel Ordner auf dem Tisch vor ihm. »War er nicht?«

»Nein, Sir.«

»Und das wissen Sie *woher?*«

»Ich weiß es, weil ich ihn verfolgt habe, nachdem er in Zürich gelandet war. Wir wurden am Montagnachmittag vor dem Flughafen angegriffen, entführt und gemeinsam an einem Ort mit dem Namen Braunwald eingesperrt, bis wir schließlich gestern Morgen fliehen konnten. Als wir nach Zürich zurückkehrten, warteten die Männer, die uns gefangen hatten, bereits am Konsulat auf uns. Wir konnten ihnen zwar erneut entwischen, doch Officer Bell wurde dabei tödlich verwundet, bevor wir es schaffen konnten, die Stadt zu verlassen. Im Rahmen unseres Auftrags gab man uns nur einen weiteren Anlaufpunkt an, Sir – das Konsulat in Bern. Aber ich fürchte, auch dort wird man uns auflauern. Wir sind zwar reisefähig, doch Sie müssten uns den Weg freimachen. Brechen Sie die Fahndung nach McIver bitte ab.«

»Okay – okay.« Reed schob den Ordnerstapel beiseite, um einen Block und einen Kugelschreiber zu nehmen. »Sagen Sie mir, wo Sie genau sind und wie ich Sie kontaktieren kann.« Er blickte auf, als die Kollegin zurückkam und ihm zu verstehen gab, dass sein Befehl ausgeführt worden war. Die Technikexperten, die sich in jeder Abteilung des Thames House tummelten, verfolgten den Anruf nun zurück und würden den Ursprungsort im Nu herausfinden können.

»Wir sind unterwegs …«

»Warten Sie. Moment.« Reed wollte Zeit schinden. »Ich brauche etwas zum Schreiben.« Er tat so, als suche er nach einem Stift, obwohl er schon längst einen in der Hand hatte. Während er auf die Uhr schaute, verstrichen fünfzehn Sekunden. »So … jetzt weiter.«

»Wir sind unterwegs zum Bahnhof Glanzenberg und müssen schnellstmöglich aus der Stadt verschwinden. Die hiesige Polizei sucht nach uns und die Leute, die uns entführt haben, bestimmt ebenfalls.«

»Glan-zen-berg.« Reed sprach es extra silbenweise aus, als würde er mitschreiben, wobei weitere zehn Sekunden vergingen. »Verstanden, ich habe den Namen notiert. Welche Zugverbindung werden Sie nehmen? Wissen Sie schon ungefähr, wohin Sie wollen?«

»Nach Westen – weg von Zürich – und dann warten wir auf Ihre Bestätigung, dass wir uns frei bewegen können.«

Reeds Kollegin kam wieder zur Tür und streckte ihre beiden Daumen in die Höhe. Die Techniker hatten Harper und McIver also ausfindig gemacht. Reed reckte eine Faust wie zum Sieg. »Schalten Sie Ihr Telefon bitte nicht ab und geben Sie mir Zeit, alles zu klären. Ich werde Sie schon bald zurückrufen, und dann holen wir Sie da raus.«

»Danke, Sir.«

# Kapitel 41

*15:15 Uhr Ortszeit, Züricher Straße, Schlieren bei Zürich, Schweiz*

Declan schaute aus seiner Deckung hinab. Er kauerte auf einer schmalen Betonbrücke für Fußgänger und Radfahrer zum Überqueren der stark befahrenen, vierspurigen Züricher Straße, während der Verkehr unter ihm vorbeiraste. Wie nahezu jede glatte Fläche aus Beton in Europa war auch die Brüstung dieses Übergangs mit Graffiti übersät.

»Das hat aber ziemlich lange gedauert«, sagte er, als Harper zurückkehrte, nachdem sie die Verbindung zu ihren Befehlshabern im Thames House endlich getrennt hatte.

»Hören Sie auf zu meckern, ich rufe schließlich nicht jede Woche im Büro des Generaldirektors an. Bei so etwas muss man sich nun mal an bestimmte Protokolle halten. Bis ich an der richtigen Stelle war, verging halt ein wenig Zeit.«

»Und was ist dabei herausgekommen?«

»Sie sind ganz schön dreist, wissen Sie das?«

»Nur, wenn mir ein irrer Koloss mit Händen wie Schaufeln im Nacken sitzt – und ein ganzes Land voller Bullen noch dazu.«

Harper schaute ihn verärgert an. »Sieht ganz so aus, als seien wir aus dem Schneider. Reed wird uns helfen.«

Declan erkannte an ihrem Blick, dass sie sich dessen alles andere als sicher war. »Aber …«

»Nichts aber. Gehen wir weiter.« Sie steckte das Handy ein, das er ihr gegeben hatte, und überquerte die Brücke. Auf der anderen Seite ging sie eine Wendeltreppe hinunter.

Declan steckte die Hände in seine Taschen und folgte ihr. Unten an der Straße schaute er kurz über einen vollen Parkplatz auf ein modern aussehendes Bahnhofsgebäude mit einem Kebab-Stand aus Glaswänden. Sie hatten es schneller geschafft, als ihm gelegen kam. Denn die Nachmittagsstoßzeit begann erst in einer Dreiviertelstunde, und die Halle war im Moment vollkommen leer. Andererseits schien sich nirgendwo ein Polizist blickenzulassen, und anscheinend funktionierte der gesamte Betrieb mit Automaten anstelle von Bahnbeamten aus Fleisch und Blut. Hoffentlich würde sich das zu ihren Gunsten erweisen.

Die beiden näherten sich jetzt dem Gelände, indem sie zwischen stehenden Pkws hin und her gingen, ohne dabei auch nur eine Sekunde außer Acht zu lassen, dass jederzeit Ärger im Verzug sein könnte. Als sie den

Windfang betraten, der die Serviceautomaten vor Nässe und Kälte schützte, zog sich Declan die Baseballmütze, die er trug, tief ins Gesicht, und beugte den Kopf nach unten. Auf diese Weise trat er vor eines der Geräte. Harper setzte sich auf eine Bank in der Nähe, wo sie ihm den Rücken zuwandte.

Declan tippte jetzt auf die britische Nationalflagge, die der Monitor am oberen Rand anzeigte, um auf Englisch fortfahren zu können. Nachdem die Sprache von Deutsch auf Englisch umgesprungen war, betrachtete er die Optionen und rief schließlich die Sektion »Verbundfahrkarte« auf. Damit konnten sie nämlich so oft zwischen verschiedenen öffentlichen Verkehrsmitteln umsteigen, wie sie es im restlichen Verlauf des Tages mussten, ohne immer wieder neue Tickets kaufen zu müssen. Er bezahlte hundertfünfzig Franken und wartete, bis der Automat die Karten, eine Rechnung und das Wechselgeld in Münzen herausgab. Währenddessen richtete er den Blick nach unten und drehte sich leicht zur Seite, um die Kamera im Gerät zu meiden.

»Gleis zwei«, sagte Harper mit Verweis auf eine Anzeigetafel über ihnen, an der die Ankunftszeiten und Zielorte der einfahrenden Züge angezeigt wurden.

Declan zog sich wieder von dem Automaten zurück, wohingegen sie von der Bank aufstand, wo sie Ausschau gehalten hatte. Als sie zu ihm kam, ließ sie sich eine der Fahrkarten von ihm geben.

»Der nächste Zug in Richtung Westen fährt in sieben Minuten ab.«

Declan suchte nach ihrem Gleis, sah aber nur ungerade Zahlen auf den Schildern über den Bahnsteigen vor ihnen. »Kacke.« Er drehte sich zu einer Betoninsel um, über welche die Gleise mit den geraden Nummern zugänglich waren, allerdings abgeschnitten von mehreren Schienenspuren, weshalb man zuerst einen Tunnel durchqueren musste, um sie erreichen zu können – äußerst ungünstig für sie beide, weil sie dort in der Falle sitzen würden, sollte plötzlich die Polizei oder jemand anderes auftauchen.

Harper folgte seinem Blick, ehe sie wieder zu den Anzeigetafeln hochschaute. »Uns bleibt wohl nichts anderes übrig. Denn alle Züge nach Westen fahren an den geradzahlig nummerierten Bahnsteigen ab.«

Declan nickte und machte sich dann auf den Weg zu der Treppe, die in den Zugangstunnel führte. Der Bahnhof war wie alles in der Schweiz außerordentlich sauber. Am Fuß der Treppe blickten sie in ein Betongewölbe, das wie neu aussah. An den Wänden hingen Plakate zur Bewerbung von regionalen Veranstaltungen. Declan hielt vor dem Schild eines italienischen Restaurants inne, auf dem ein weiß gekleideter Koch mit einer dampfenden Pizza Peperoni abgebildet war. »So eine könnte ich jetzt auch verdrücken.« Je länger sie sich in dem Tunnel aufhielten und außer Sicht blieben, desto besser. Er wollte erst kurz vor der Einfahrt ihrer Bahn hinaufgehen.

»Aber nicht, solange Ihnen ein irrer Koloss mit Händen wie Schaufeln im Nacken sitzt«, entgegnete Harper in kindlichem Singsang, um nachzuäffen, was er vorhin geäußert hatte.

Auf einmal piepte es kurz in ihrer Tasche. Sie nahm das Mobiltelefon heraus. »Reed hat versprochen, mich zurückzurufen. Wir müssen aus diesem Grund darauf achten, dass wir immer Netzempfang haben.« Sie stieg deshalb die Treppe zu ihrem Gleis hinauf und nahm dort auf der nächstbesten Bank Platz, wobei sie auf das Display des Handys schaute.

Da Declan sicher war, wesentlich mehr aufzufallen als Harper, behielt er sie zwar im Auge, ging ihr aber nicht hinterher. Stattdessen lehnte er sich vor der untersten Stufe an die Tunnelwand. Kurze Zeit später hörte er eine Durchsage – erst auf Deutsch, dann auf Französisch und schließlich auf Englisch. Ihr Zug fuhr gleich ein.

Er wartete, bis die Waggons am Bahnsteig vollständig zum Stillstand gekommen waren, bevor er schnellen Schrittes die Treppe hinaufging. Er folgte Harper in eines der letzten Abteile, wo noch niemand saß. Nachdem er sich neben ihr niedergelassen hatte, schaute er auf ein beleuchtetes Schild über der Tür. »Ein Glück. Das ist ein Schnellzug.«

Harper nickte.

Solche Verbindungen wurden in Europa zu verkehrsschwachen Zeiten angeboten, wobei die Züge mehr als die Hälfte der Stopps aussparten, die morgens und abends für die Pendler eingelegt wurden. Dies bedeutete gleichzeitig, dass an wesentlich weniger Orten Beamte der TPO – der Transportpolizei der Schweizerischen Bundesbahnen – einsteigen konnten. Ein Signalton erklang, woraufhin die Türen geschlossen wurden. Declan beobachtete durch das Fenster, wie der Bahnhof an ihnen vorbeizog, als die Lok weiterfuhr, um zur nächsten Haltestelle zu brausen.

Harper schaute erneut auf ihr Mobiltelefon. Er spürte die Nervosität, die sie dabei ausstrahlte. *Würde Samuel Reed ihnen wirklich helfen, oder war die britische Regierung bereit, jemanden wie Declan, der auf ihrer Seite stand, über die Klippe springenzulassen, weil ihr die Fähigkeit fehlte, über seine vergangenen Treuepflichten hinwegzusehen?*

Der Zug fuhr nun schneller als die Pkws auf den Straßen am Rand der Strecke, und über viele Meilen hinweg flogen Züricher Vorstadtbezirke an ihnen vorbei. Declan hielt sich an einem Handlauf fest, als sie über eine Weiche auf das weite Gelände eines Depots abbogen, wo die Reste älterer S-Bahnen vor sich hin rosteten. Genauso wie viele Betonbauten auf dem Kontinent waren die Züge so sehr von Sprayern »verschönert« worden, dass man die Logos und Farben der früheren Betreiber vor lauter Farbe fast gar nicht mehr erkennen konnte. Nachdem die Lok erneut die Spur gewechselt hatte, fuhr sie in einen Engpass, der von dem Bahnfriedhof fort und zurück auf die Hauptstrecke führte.

Dem beleuchteten Schild über der Tür zufolge war in Brugg Endstation. Declan kannte die Gegend zwar nicht, doch auf einer Karte neben der Tür konnte er erkennen, dass der Ort ein gutes Stück nordwestlich von Zürich lag und damit der französischen Grenze näher war. Hoffentlich genügte diese Entfernung für ihr Vorhaben, unterzutauchen und weitere Reisevorkehrungen zu treffen, um unbescholten nach Frankreich und schließlich nach Großbritannien gelangen zu können.

Eine Klingel ertönte, während gleichzeitig ein Lämpchen neben einem der gelisteten Haltepunkte auf dem Schild über der Tür zu blinken anfing und der Zugführer bremste. Bei der Einfahrt in den Bahnhof standen einige Personen gefährlich nahe an den Bahnsteigkanten, während sie darauf warteten, an Bord gehen zu können. Harper warf einen erneuten Blick auf das Handy.

»Es wird klingeln, wenn jemand anruft«, meinte Declan schmunzelnd und setzte sich um, weil er weiterhin aufmerksam aus dem Fenster schauen wollte, ohne von jemandem gesehen zu werden, der einsteigen wollte oder einfach nur herumstand.

»Sie sind hier!«, rief ein Einheimischer plötzlich.

Da Declan die Sprache verstand, musste er nicht lange überlegen. Er drehte sich hastig um und schaute durch eine offene Tür. Draußen richteten zwei Männer Pistolen auf sie. Er betrachtete sie kurz. Es waren weder diejenigen aus dem Sanatorium noch Beamte der Bahnpolizei – das bestätigten ihre sichtbaren Tätowierungen und die verschlissenen Kleider. »Unsere Schonzeit ist anscheinend vorbei.« Er stand auf und stellte sich in den Mittelgang. Während er die Männer abwechselnd anschaute, trat er bedächtig vor, um ihnen entgegenzugehen. Konnte er seine eigene Pistole ziehen und sie beide niederstrecken, bevor sie auf ihn feuerten? Weil sie direkt vor ihm standen, brauchte er sich noch nicht einmal zu drehen, um seinen zweiten Schuss abgeben zu können. Es war also machbar, doch er musste schnell sein. *Sollte er es wirklich wagen? Was, wenn es sich dabei um irgendwelche getarnten Geheimagenten handelte?*

»Hände hoch! Sofort!«, rief einer der Männer.

Plötzlich rempelte der Riese die beiden aus dem Weg, um in den Wagen zu stürmen. Declan griff nach seiner Waffe und bekam den Griff auch zu fassen, doch der Kerl war so unvermittelt aufgetaucht, dass kaum noch Zeit zum Reagieren blieb. Er drückte den Iren, der schützend einen Arm hochgehoben hatte, gegen die Abteilwand, wobei die Pistole auf den Boden fiel. Dann boxte er ihm in den Bauch und nahm ihm den Atem.

»Freut mich, dich wiederzusehen, du Wurm!«

Declan rang panisch nach Luft, während er die krallenartigen Finger des Riesen an seinem Button-down-Kragen und am Gürtel spürte. Er musste sich vornübergebeugt halten, weil der Mann einfach zu stark war, und so wurde er aus dem Waggon gezerrt.

»Kümmert euch um sie!«

Kurz darauf berührten seine Füße den Boden nicht mehr. Der Riese hatte ihn hochgehoben und hielt ihn wie ein Profiringer im Kampf fest. Declan versuchte, ihm einen Ellbogen ins Gesicht zu rammen, traf aber nur die Brust, denn höher reichte sein Arm in seiner momentanen Position leider nicht.

»Arghh!«

Sein Gegner ließ ihn mit Schwung los, sodass er gegen eine Betonwand knallte. Der Schmerz beim Aufprall fuhr wie ein Blitz durch seinen Körper, und er schlug mit dem Gesicht auf den Bahnsteig auf. Erneut packte ihn der Riese, zog ihn mit seinen Pranken an den Kleidern hoch und legte ihn dann auf den Rücken.

»Dieses Mal entkommst du mir nicht«, knurrte er und drückte ihm ein Knie in den Magen. Mit dem letzten klaren Blick, den Declan noch fassen konnte, sah er eine knochige Faust auf sein Gesicht zuschießen. Dann drehte er den Kopf zur Seite, um auf die Wange anstatt auf die Nase oder den Mund getroffen zu werden. Sein Kopf prallte vom Betonboden ab, woraufhin alles rings um ihn herum zu rotieren schien.

»Jetzt bist du handzahm, was?«

Declan bekam noch vage mit, wie der Riese ihn wieder auf die Füße stellte und dann über eine seiner Schultern wuchtete.

»Lasst sie, verziehen wir uns!«

# Kapitel 42

Harper wehrte sich gegen einen der Angreifer, der sie mit beiden Armen fest umschlungen hielt.

»Lass sie ja nicht los!« Ein zweiter stellte sich vor sie und holte mit der Faust aus. Als er sie knurrend nach vorne schnellen ließ, neigte Harper ihren Kopf zur Seite, weshalb er nur ihr Ohr streifte und stattdessen das Gesicht seines Komplizen traf. Sie nutzte diese Ablenkung, indem sie mit aller Kraft mit einem Fuß aufstampfte, und ihr Schuhabsatz am Schienbein des ersten Mannes entlangkratzte. Zeitgleich stieß sie ihren Ellbogen nach hinten und rammte ihn in seine Rippen. Der Glatzkopf krümmte sich, woraufhin sie sich umdrehte und ihm einen unbändigen Schlag auf den Schädelbasisknochen versetzte, der ihn sofort zu Boden zwang.

»Du bescheuerte Kuh!«, brüllte der andere Mann auf Deutsch, wich zurück und legte mit seiner Pistole auf sie an.

Harper warf sich zwischen die Sitzbänke, kurz bevor er zwei Mal feuerte. Dann verschwand er durch die Waggontür.

Sie erhob sich aufgeregt keuchend. Anscheinend beabsichtigten der Riese und seine Schergen nach wie vor, Declan am Leben zu lassen und ihn mitzunehmen. Sie hob die Pistole des zusammengebrochenen Skinheads auf und hielt sie schussbereit, während sie vorsichtig ausstieg. Nun fiel ein Schuss, dessen Kugel den Waggon traf. Sie erwiderte das Feuer der davonlaufenden Nazi-Typen und rannte ihnen dann hinterher. Die Männer zerstreuten sich vom Bahnsteig aus und verschwanden in der Halle. Harper richtete die Waffe weiterhin geradeaus und folgte ihnen, wobei sie aber darauf achtete, stets eine Wand hinter sich zu haben. Sie hatte zwar nicht genau zählen können, wie viele Männer es waren, doch vier mussten es mindestens sein, ohne den Riesen hinzuzurechnen. *Wie sollte sie es mit so vielen zugleich aufnehmen? War sie wirklich gezwungen, sie alle niederzustrecken?* Diese Gedanken rasten ungeordnet durch ihren Kopf, während sie sich dem Eingang der Bahnhofshalle näherte.

Sie war mit drei älteren Brüdern unter einem Vater aufgewachsen, der in der britischen Armee gedient hatte, weshalb ihr Kämpfen stets ganz natürlich vorgekommen war. Hierbei handelte es sich allerdings nicht um eine bloße Rauferei zum Spaß. Sie dachte über ihre kurze Einsatzhistorie beim Auslandsgeheimdienst im Fort Monckton nach, einer Ausbildungsstätte des SIS an der südenglischen Küste. Dort hatte sie mit Angehörigen des Special Air und Boat Service sowie Mitgliedern anderer britischer Elite-

Militäreinheiten verkehrt – und sich deren Worte stets so zu Herzen genommen, als müsse sie jedes einzelne davon auf die Goldwaage legen, um eine gute Außendienstagentin werden zu können. Tatsächlich war sie so weit gekommen und gegen Ende des Irakkriegs eingesetzt worden.

Nun schaute sie um eine Ecke durch das Bahnhofsfenster und beobachtete, wie die Skinheads hinter dem Riesen zu einem schwarzen Mercedes-Kleinbus liefen, in dem zwei weitere Männer saßen. Insgesamt waren es also sieben Personen. Harper würde sich nie und nimmer gegen sie durchsetzen können, doch ihr blieb offenbar nichts anderes übrig, als es zu versuchen. Falls ihnen die Flucht tatsächlich glücken sollte … Nein, sie durften nicht davonkommen, nicht mit Declan. Egal was sie mit ihm vorhatten. Es würde eine Unzahl von Opfern fordern und den Tod auf den Britischen Inseln verbreiten. Das konnte Harper einfach nicht zulassen.

Sie öffnete deshalb die Tür der Bahnhofshalle und trat mit vorgehaltener Pistole ein. Dann verschaffte sie sich einen Überblick, zumindest so gut es ging. Infolge der Schüsse an den Gleisen waren alle anwesenden Zivilisten um ihre Leben gelaufen. Harper legte auf den nächsten Glatzkopf an und drückte einmal ab. Sein Schädel wurde nach hinten geschleudert, ehe er zusammensackte. Als sich die übrigen Männer daraufhin umdrehten, nahm sie augenblicklich ein neues Ziel aufs Korn. Für den zweitnächsten brauchte sie allerdings zwei Schüsse. Während sie einen dritten Mann anvisierte, sah sie Declan von der Schulter des Riesen fallen. Dieser reagierte schnell und wollte ihn auffangen, doch Declan hatte sich schon so weit erholt, dass er fortkriechen konnte.

»Holt ihn sofort zurück!«

Die Skinheads schauten jetzt hektisch hin und her, weil sie sich nicht sicher waren, wen sie zuerst angreifen sollten. Harper nutzte diese Gelegenheit, um erneut zu schießen, und fällte einen weiteren Mann, ehe jemand das Feuer erwidern konnte.

*Aber wo war Declan abgeblieben?* Sie musste ihn unbedingt finden. Während sie die Überlebenden mit weiteren Schüssen auf Abstand hielt, ging sie rückwärts, um zu den Gleisen zu gelangen, und stieß irgendwann mit dem Rücken die Eingangstür auf. Als diese wieder zufiel, feuerten die Männer weiter, und Harper duckte sich hastig.

Sie lief jetzt zur hinteren Ecke des Gebäudes. Die Bahnsteige erstreckten sich an den Schienen noch mindestens hundert Yards weiter, damit die Fahrgäste über die gesamte Länge eines angekommenen Zuges hinweg einsteigen konnten. An der Rückseite der Halle hob sie die Pistole erneut und schob sich vorsichtig um die Ecke. Ein kurzes Stück weiter fand sie Declan zusammengekauert hinter einem Müllcontainer.

»Hoch mit Ihnen, schnell!«

Sie sprang vom Bahnsteig hinunter und lief zu ihm. Nachdem sie ihn am Hemd von dem Container weggezogen hatte, stand er auf, doch sein Gesicht war blutverschmiert, und er hielt sich nur mit Mühe aufrecht.

»Wir müssen unbedingt von hier verschwinden. Sofort.«

Harper schob ihn vorwärts und richtete die Pistole gleichzeitig nach hinten. Er lief langsam auf den hinteren Teil des Bahnhofsparkplatzes zu. Abermals fiel ein Schuss, und kurz darauf zersprang nicht weit von ihnen entfernt, die Heckscheibe einer Limousine. Sie drehte sich um und feuerte erneut auf die Skinheads am Bahnsteig, während sie Declan hastig folgte. Die beiden Männer zogen jetzt ihre Köpfe ein, sodass Harper sie knapp verfehlte und stattdessen die Mauer der Halle traf.

»Wie viele Patronen haben Sie noch?«, fragte Declan nun. Er hatte mehrere Yards Vorsprung, weil sie sich die ganze Zeit um die Deckung ihrer Flucht bemühte. Sie erkannte zwar die Pistole anhand ihres Aussehens als Glock 22, hatte aber das Magazin nicht überprüfen können und darum keine Ahnung, wie oft sie noch feuern konnte – ein bescheuerter Anfängerfehler.

»Ich weiß es nicht! Laufen Sie einfach weiter!«

Jetzt hörten sie Bremsen quietschen, kurz bevor der schwarze Mercedes-Bus um die Ecke bog und genau auf die zwei zuraste. Harper drückte daraufhin noch einmal ab. Auf diese Weise schoss sie ein Loch in die Windschutzscheibe, woraufhin sich Risse über die gesamte Fläche des Glases ausbreiteten.

»Weiter!«

Sie trieb Declan auf das Ende des Platzes zu, und von dort aus in eine Sackgasse mit kleinen Bäumen und Sträuchern. Diese würden zumindest ein wenig Schutz bieten, auch wenn anschließend kein Weiterkommen mehr möglich war … oder vielleicht doch? Harper fiel jetzt eine Böschungsmauer aus Beton ins Auge, die am Rand des Gestrüpps begann. Als sie genauer hinschaute, stellte sie fest, dass das Gelände zur Straße hin steil abfiel.

»Diese Mauer dort. Die Mauer! Springen Sie!«

Declan tat wie geheißen und schlug sich durch die Büsche, als der Kleinbus schlitternd hinter ihnen anhielt und die Türen des Stauraums aufflogen.

Harper schoss jetzt auf den ersten Mann, der ausstieg, und traf ihn mitten in die Brust. Die Patronenhülse wurde ausgeworfen, doch dann rastete der Verschluss in der geöffneten Stellung ein. Das Magazin war leer! Sie wandte sich ab und rannte weiter. Kaum, dass sie das Gebüsch erreichte, erklang eine Maschinenpistole hinter ihr.

# Kapitel 43

Declan fuhr sich immer wieder mit einem Ärmel seines Hemds über die Platzwunde unter seinem Haaransatz, damit ihm nicht noch mehr Blut in die Augen lief. Als er vorübergehend etwas sehen konnte, erkannte er Harper, die sich gerade vor ihm auf die Straße fallenließ. Nachdem er seine Wunde noch einmal abgewischt hatte, half er ihr auf. In diesem Moment erfolgte die nächste MG-Salve, und die Kugeln schlugen weit über ihnen in den Beton der Böschungswand ein.

»Ich habe keine Munition mehr«, sagte Harper beim Aufstehen und hielt ihm die leere Glock entgegen.

Declan schaute zur Mauer hinauf.

Jeden Augenblick würde eine Gruppe schwerbewaffneter Skinheads dort erscheinen und ungehindert auf sie schießen können. Er musste sich zusammenreißen – seinen Körper aufraffen, um weiterzukämpfen – falls sie beide überleben wollten.

»Kommen Sie, Mann!«

Harper zog an ihm. Die Straße führte zwischen zwei Böschungen durch einen Betontunnel unter den Schienen hindurch. Sollten Sie es schaffen, beim Durchqueren nicht unter Beschuss zu geraten, bestand vielleicht noch eine winzige Chance, zu entkommen.

Schon erreichte der erste Skinhead die Mauer über ihnen. Er stützte sich mit beiden Händen auf, um auf die Straße zu springen, und richtete dann eine Uzi auf die beiden. »Lasst sofort die Faxen sein!«

Declan trat ihm die Waffe weg, machte einen Schritt nach vorn und schlug ihm dann seitlich gegen den Kopf, ehe er nach dem Haltegurt der Uzi griff, um sie ihm zu entreißen. Aber der Skinhead hielt sie fest und feuerte nun auch noch versehentlich. Declans nächster Hieb traf seine Schläfe. Sein Gegner taumelte und ließ die Waffe daraufhin endlich los. Declan rannte los, während er weiter an dem Gurt zog, nahm die Uzi dann in seine Hände und folgte Harper in den Tunnel hinein.

Oben auf dem Parkplatz quietschten Reifen, also konnten sie davon ausgehen, dass der Riese und seine Männer gerade in der Sackgasse zurücksetzten und die Verfolgung aufnahmen.

Declan stellte die Uzi jetzt per Kippschalter auf Halbautomatikbetrieb ein. Sie mussten nach Möglichkeit mit ihrer Munition haushalten. Im Laufen drehte er sich um und feuerte nur eine einzige Kugel ab, die von der Böschungsmauer abprallte. Dies reichte jedoch aus, um den einzelnen

Skinhead, der heruntergesprungen war, sofort in die Flucht zu schlagen. *Wo blieben nur die anderen?*

Am Ende des Tunnels schaute sich Harper hektisch um. Ein Pkw-Fahrer, der ihr ausweichen musste, drückte jetzt wütend auf seine Hupe. Declan richtete die Uzi auf die Gleise über ihnen, als er zu ihr aufschloss. *Konnte es sein, dass die Skinheads über die Schienen gelaufen waren, um ihnen den Weg abzuschneiden?* Er sah zwar niemanden, aber das Blut von seiner Stirn begann schon wieder, seinen Blick zu trüben.

»Dort entlang.« Harper zog an einem seiner Ärmel, also setzte er sich wieder in Bewegung. Er sah sie ein paar Fuß weiter vor sich, konnte aber nicht erkennen, wohin sie wollte. Demnach musste er ihr einfach vertrauen. »Die Pistole, die Sie aus einem der Kartons in dem Schließschrank mitgenommen haben – wo ist sie jetzt?«

Declan überlegte kurz, während er sich zum Weiterlaufen zwang und sich darauf konzentrieren musste, dass seine Beine nicht einfach unter ihm nachgaben. Dann nahm er die Uzi in seine andere Hand und fasste sich unter das Hemd. Die Waffe war weg! »Ich hab sie wohl am Bahnhof verloren.«

»Verdammt!«

In Harpers Stimme schwang Verzweiflung mit. Er war verletzt, und sie wusste nicht mehr weiter, von ihrer Erschöpfung mal ganz zu schweigen. Wahrscheinlich hielt sie nur noch ihr Adrenalin aufrecht. Sie mussten unbedingt ein sicheres Versteck finden, um Verschnaufen zu können.

Nach etwa hundert Yards bergab und einem Querfeldeinlauf näherten sie sich einem anderen Tunnel. Dieser führte unter einer mehrspurigen Schnellstraße hindurch.

Declan fuhr sich erneut mit einem Arm über die Augen und blickte dann auf den Tunnel zurück, den sie mittlerweile hinter sich gelassen hatten. Der schwarze Kleinbus ließ immer noch auf sich warten, doch er glaubte nicht, dass der Riese schon aufgegeben hatte. Bevor er in Worte fassen konnte, was er gerade dachte, kam der Mercedes aus dem Tunnel gerast und blieb abrupt stehen.

»Los, weiter!« Declan drängte Harper fast panisch auf die nächste Unterführung zu, um darin verschwinden zu können, ehe sie von den Kerlen bemerkt wurden. Es war aber offenbar schon zu spät. Der Fahrer des Busses beschleunigte erneut und steuerte dann geradewegs auf die beiden zu. Die Karosserie erzitterte auf dem Fahrwerk, als der Wagen um eine scharfe Kurve bog. Dann wurde er immer schneller.

Declan erreichte jetzt hinter Harper den Tunnel. Er war kürzer als der erste, und nachdem sie hindurchgelaufen waren, konnten sie zum anderen Ufer eines breiten Flusses mit einer Fachwerkbrücke für Kraftfahrzeuge schauen. Der Lärm des hochtourigen Verkehrs übertönte jegliche Geräusche, die der Mercedes erzeugte, während er zu der zweiten Unterführung raste. Declan sah sich wieder um. Vor ihnen stand jetzt eine Schlange von Autos, deren Fahrer darauf warteten, die einspurige Brücke überqueren zu können, und nach beiden Seiten hin erstreckte sich ein befestigter Weg, von ungefähr zwanzig Fuß Länge, vermutlich für Radfahrer zum Anhalten, bis der Tunnel frei war und sie in Ruhe hindurchfahren konnten. Als die Ampel, die den Verkehr an der Überführung regelte, auf Grün umsprang, hupten mehrere Wartende.

»Dorthin!« Declan stieß Harper wieder vor sich her in eine der Haltebuchten hinein, um den Autos den Weg in den Tunnel nicht zu versperren. Die Fahrer verhielten sich genauso, wie er es gehofft hatte. Sie drängelten jetzt, um schnell hineinzugelangen, weil ihnen der Mann an der Brücke, der mit einer Maschinenpistole herumfuchtelte, bestimmt riesige Angst einjagte. Wenige Augenblicke später quietschten wieder Bremsen, und ein erneutes Hupkonzert begann, als der schwarze Bus mit dem Riesen auf den Gegenverkehr stieß.

Als Declan mit Harper bis zum Ende des Radstreifens gelaufen war, suchte er nach einem Ausweg. Von dieser Stelle aus konnte er die Skinheads vorübergehend abwehren, falls es unbedingt sein musste, doch ihm wäre es lieber gewesen, sich rar zu machen, bevor die Polizei eintraf. Er wischte sich frisches Blut über seinen Augenbrauen ab und schaute dann über das Geländer. Der Hang zum Fluss hinunter war zwar sehr steil, aber mit etwas Vorsicht konnten sie dort hinabsteigen und sich vor ihren Verfolgern verstecken.

»Runter.« Er machte Harper mit einer Kopfbewegung auf sich aufmerksam und zeigte mit der Uzi auf die Straße. Sie verstand, was er meinte, stützte sich mit beiden Händen auf das Gelände und sprang hinunter. Als sie aufkam, rutschten ihre Füße weg, sodass sie auf den Hintern fiel und zum Ufer schlitterte. Declan behielt weiterhin die Fahrbahn im Auge, bis sie am Wasser zum Halten kam. Dann hängte er sich die Waffe über die Schulter und sprang ihr hinterher. Nachdem er genauso kontrolliert am Hang hinuntergeglitten war, kam er unverletzt am Fluss an.

Dort richtete er die Uzi nach oben auf die Haltebucht, doch weder der Riese noch einer seiner Männer waren ihnen gefolgt. *Hatte es im Tunnel etwa einen Frontalzusammenstoß gegeben?* Er hoffte, dass keine Unschuldigen ernstlich zu Schaden gekommen waren, doch falls Declan und Harper ihre Gegner auf diese Weise abgehängt hatten und diese außerdem noch eine Zeit lang mit der Polizei beschäftigt waren, könnte es dies durchaus wert gewesen sein.

Er stakste am Ufer entlang unter die Brücke.

Harper stellte sich zu ihm, legte ihre Hände auf die Oberschenkel und beugte sich zum Durchatmen nach vorn. »Ist alles … in Ordnung mit Ihnen?«

Er nickte und tupfte seine Stirn erneut trocken. Das Blut gerann jetzt zum Glück langsam und floss deshalb langsamer. Er lud gerade die Uzi durch, als ein Motor über ihnen aufheulte.

»Wie viele waren es?«

»Sieben.« Sie ließ sich auf dem Boden nieder. »Ich habe aber drei im Bahnhof und einen auf dem Parkplatz erschossen. Es müssten folglich also nur noch drei übrig sein.«

Drei Gegner waren zwar besser als sieben, doch der Riese gehörte auch noch zu ihnen. Dieser konnte sich zwar nicht so schnell wie schmaler gebaute Menschen fortbewegen, kompensierte dies aber mit Kraft und roher Gewalt. Sie konnten deshalb gar nicht genug Munition haben, um sich gegen ihn zu behaupten, wenn sie wieder auf ihn stießen.

Declan zog das Magazin aus dem Griff der Maschinenpistole. Sie wurde mit 9mm-Patronen bestückt – insgesamt vierzig, da es sich um ein zweireihiges Magazin handelte. Allerdings fehlten die Markierungen zum Ablesen des Munitionsstands, weshalb man anhand einer schmalen, langen Aussparung nur ungefähr erraten konnte, wie oft man noch schießen konnte. Er schätzte die Zahl der übrigen Patronen auf rund dreißig ein.

»Nehmen Sie die Waffe.« Er reichte Harper die Uzi und kniete sich hin, um sich über den vorbeiziehenden Fluss zu beugen. Mit hohlen Händen schöpfte er Wasser, klatschte es sich ins Gesicht und rieb sich kräftig damit ab. Auf diese Weise wollte er das Blut abwaschen. Von dem Gerangel mit dem Riesen tat ihm der ganze Körper weh, doch gebrochen war scheinbar nichts. Nachdem er sein Gesicht abgetrocknet hatte, blinzelte er mehrmals. Er sah jetzt nichts mehr verschwommen, doch seine Kopfschmerzen dauerten weiterhin an. Hoffentlich war es keine Gehirnerschütterung, aber wenn doch, konnte er auch nicht viel dagegen ausrichten.

»Lange dürfen wir nicht mehr hierbleiben.« Er erhob sich. »Die Polizei wird bestimmt jede Minute anrücken.«

# Kapitel 44

*14:59 Uhr Ortszeit, Arlington Street, St. James's, Londoner Innenstadt, England*

»Das war Smith.« Thom trennte die Verbindung und schaute Allardyce an. Der alte Spionagefuchs neben ihm im BMW erwiderte seinen Blick überrascht.

»Es ist genauso, wie ich es mir gedacht habe. Er weiß überhaupt nichts von meiner Entlassung. Seit unserem letzten Gespräch am Samstagnachmittag hat er nichts mehr aus dem Thames House gehört, aber es gab ja auch keine nennenswerten Neuigkeiten. Rory Blaney ist schlichtweg unauffindbar, und der einzige Anhaltspunkt zu seinem Verbleib sind zwei Iren, die an den Tagen vor seinem Verschwinden in der Gegend gesehen worden sind.«

»Zwei Iren.« Allardyce schüttelte den Kopf. »Die haben wirklich nichts anbrennen lassen, um McIver und O'Reilly Stricke zu drehen, was?«

Thom nickte. »Sowohl der Wärter des Friedhofs, auf dem Blaney gearbeitet hat, als auch die Bedienung des Pubs, in dem er regelmäßig aufschlug, wollen die beiden gesehen haben, doch keiner konnte sie Smith genauer beschreiben. Angeblich wurden sie nach Einbruch der Dunkelheit von zwei Männern mit Mänteln und Hüten angesprochen, die Blaney gesucht haben. Ihr Akzent sei das einzige Indiz für ihre Herkunft gewesen. Smith hat den Männern haufenweise, über die Jahre hinweg, gesammelte Fotos irischer Terroristen gezeigt, ohne dass der eine oder andere die Manteltäger erkannt hat. Sie verhielten sich dabei äußerst zurückhaltend.

»Also sind wir wieder genauso weit wie mit Blaney – zurück bei null.«

»Stimmt, aber ich habe trotzdem nicht vergeblich angerufen. Denn Smith wird von sich hören lassen, falls sich etwas tut.«

»Und sollte er in der Zwischenzeit herausfinden, dass Sie gefeuert worden sind, wird Reed sofort merken, dass wir hinter ihm her sind.«

Doch das kümmerte Thom gar nicht. »Informationen dringen zwar immer bis nach oben durch, gelangen aber selten bis in die untersten Etagen. Ich denke, wir sind auf der sicheren Seite, was das betrifft.«

»Die Undurchsichtigkeit des Spionagemilieus ermöglicht zwielichtigen Gestalten das Ränkeschmieden im Verborgenen.«

»Was?«

»Ein Spruch eines leitenden Offiziers aus meinem Geschwader – bringt das Nachrichtendienstwesen meiner Meinung nach genau auf den Punkt.«

»Na ja, jedenfalls können wir hinsichtlich Blaney momentan nur abwarten, aber was ist mit McIver?«

»Ich habe eine Idee. Ohne ein wenig Trickserei wird es zwar nicht funktionieren, aber da wir beide bekanntlich von unseren bewährten Informationsquellen abgeschnitten wurden, sehe ich leider keine andere Möglichkeit. Wie sieht die Lage aus?«

Thom schaute in den Rückspiegel des Wagens. Sie hatten vom St. James Hotel aus, das nun einige Blocks weit entfernt war, mehrere Umwege genommen, um sicherzugehen, dass niemand ihnen folgte, dann fast eine halbe Stunde lang in einer engen Sackgasse geparkt und darauf geachtet, ob irgendetwas Ungewöhnliches in der Umgebung vor sich ging. »Sieht ganz so aus, als hätten wir unsere Ruhe.«

»Gut.« Allardyce zeigte ans Ende der Straße, auf der sie gerade standen. »Folgen Sie mir.«

Er stieg aus und setzte seinen Filzhut auf. Nachdem sich Thom ihm angeschlossen hatte, machten sie sich auf den Weg in die Sackgasse, die vor zwei aus der Zeit gefallenen Appartementgebäuden mit pastellfarbenem Putz endete. In einer Ecke zwischen den beiden mehrstöckigen Bauten und dem Parkhaus eines Hotels in der Nähe stand wie eingezwängt ein plumper Ziegelsteinklotz mit hervorstechendem Mauerwerk und einem enormen, schlossartigen Bogentor als Eingang. An dessen Seiten hing ein Bronzeschild mit der Hausnummer 88, und auf einem dritten, das über dem Tor hing, stand *The Statesman.*

Thom bemerkte eine Überwachungskamera, die genau auf den Eingang gerichtet war – eine normal große Tür, die man in das gewaltige, mittelalterliche Tor eingesetzt hatte, sodass sie wie ein Teil davon aussah, wenn man nicht genau hinschaute. Daran hing ein mit Nägeln angeschlagenes Schild mit der Aufschrift *GESCHLOSSEN WEGEN RENOVIERUNG.*

Allardyce zog daraufhin eine Schlüsselkarte hervor und schob sie durch einen Metallscanner neben der Tür. Das Gerät piepte leise, woraufhin ein grünes Lämpchen aufleuchtete. Der Eingang war nun entriegelt, allerdings schien es keinen Griff zum Öffnen zu geben. Er drückte die Tür auf und sah eine kurze Treppe mit glattem Betonboden vor sich. Nachdem er eingetreten war, hielt er seinem Begleiter die Tür auf und nahm danach bereits die ersten Stufen. Bevor Thom ihm folgte, drehte er sich noch einmal um und suchte auf der Straße nach etwaigen Beobachtern. Als die Tür hinter ihnen zufiel, rastete das Schloss magnetisch klickend ein.

Unten brannte ein schwaches Licht, in dem Thom gerahmte Zeitungsausschnitte erkennen konnte, welche die Betreiber der kleinen Kneipe an die Backsteinwände gehängt hatten. Tische und Stühle reihen sich aneinander und ein Kellner mit schütterem Haar, weißem Hemd und Krawatte putzte hinter einem Eichentresen Gläser. Er schaute auf und nickte den beiden Männern zu.

»Was ist das hier?« Thom betrachtete das einfache Interieur, dem man nichts von einer Renovierung ansah.

»Ein Klub.«

Das sagte ihm auch nicht viel mehr.

»Ein Herrenklub, wenn Sie es so nennen wollen.«

Er sah sich die einfache Einrichtung daraufhin genauer an. »Ich schätze mal, so etwas habe ich mir immer ein wenig – extravaganter vorgestellt.«

»Das ist auch der Bereich für Nichtmitglieder. Den anderen Raum dürfen nur Mitglieder betreten, fürchte ich. Die erste Runde geht auf mich. Zwei Pints, George.«

Der Kellner machte sich sofort ans Zapfen, während Allardyce zur Theke ging. Er wechselte ein paar leise Worte mit dem Mann, bevor er die Biere entgegennahm. Als er wieder zurückkehrte, zeigte er auf einen Ecktisch. »Lord Louis Mountbatten hat dieses Lokal einst eröffnet.« Er stellte die Gläser ab und nahm Platz. »Der Haupteingang zu Brooks' befindet sich nur ein paar Hundert Fuß entfernt, aber er und seine engsten Vertrauten wurden es irgendwann leid, dass die Clubszene Anfang der 1970er zu niedrige Aufnahmeanforderungen stellte, weshalb sie etwas Eigenes gründeten – ein namenloses Etablissement, gut versteckt hinter einem heruntergekommenen Pub. Sie kauften das gesamte Gebäude, machten den Laden dicht und schufen einen Treffpunkt nach ihren ganz eigenen Wünschen. Und dort sind wir jetzt.«

Thom ging nicht weiter auf die Geschichte ein und setzte sich der Tür zugewandt an den Tisch. »Sie sagen mir jetzt aber bestimmt nicht, mit wem wir diese *Trickserei* betreiben werden, oder?«

»Mit einem alten Freund aus meiner Zeit bei der Royal Air Force.«

Thom war gar nicht aufgefallen, dass Allardyce irgendwelche Anrufe getätigt hatte. »Und er kommt einfach so vorbei, wenn Sie sich telepathisch mit ihm in Verbindung setzen?«

»Nein. Er wohnt wochentags sozusagen hier. Zum Lunch geht er stets um Punkt halb zwölf aus und kehrt nie später als drei Uhr wieder zurück. Ich habe gerade bei George nachgefragt; er ist noch nicht zurück, also warten wir einfach, bis er wiederkommt.«

Thom schaute auf seine Armbanduhr, als er das Türschloss erneut klicken hörte.

Allardyce zog seine Augenbrauen hoch, wie um *Was habe ich gesagt?* auszudrücken.

»Höllisch heiß draußen, George.« Ein großer Mann in einem blauen Regenmantel und Jeans hatte die Tür aufgestoßen und rief: »Zeit für ein Pint.«

Der Kellner nickte zu dem Ecktisch, damit sich der neue Gast umdrehte. Er hatte ein rosiges Gesicht, eine ergrauende, sorgfältig gepflegte Mähne und schwarze Augenbrauen. Sein Mund wirkte aufgrund der vielen Falten schief verzogen, doch jetzt grinste er breit. »Na so was, wenn das nicht mal Stovepipe ist.« Er wandte sich Thom zu. »Und ein Freund von ihm.«

Thom staunte nicht schlecht und wiederholte den Spitznamen leise, wohingegen Allardyce sofort aufstand, als der Fremde auf den Tisch zukam.

»Hätte nicht gedacht, dich so bald wiederzusehen, altes Haus. Wie ich sehe, hast du mir schon ein Glas bestellt.« Der Mann schnappte sich das Bier auf dem Tisch, wo sein Bekannter gesessen hatte, und trank einen Schluck.

»Hallo Ian. Wenn ich dir einen Kollegen von mir vorstellen darf – Harold Thom.«

»Wie geht es Ihnen, Harry?« Er klopfte Thom auf die Schulter, als ob sie alte Weggefährten seien.

*Harry* antwortete allerdings nicht.

»Mr. Thom, das ist Ian McAdam, Experte für Erkenntnisgewinnung im Ruhestand, ehemals 70. Luftwaffendivision für Nachrichten, Überwachung und Aufklärung sowie Analytiker des Militärgeheimdiensts, darüber hinaus ein vielseitiger Gesetzesbrecher und aktuell als Fachberater zugange.« Allardyce machte dabei Anführungszeichen mit seinen Fingern.

McAdam prostete ihm bei der Nennung der Titel mit seinem Bier zu, bevor er einen weiteren kräftigen Schluck trank.

»Bringen Sie mir noch ein Pint, George.« Allardyce setzte sich wieder und fuhr leise fort: »Wir müssen uns unterhalten, Ian. Leider bin ich mal wieder so weit, dass ich deine Hilfe einfordern muss.«

»Das kann ich mir gut vorstellen.« McAdam grinste erneut, als er sich niederließ. »Heute Morgen kennen die Medien kein anderes Thema als deine Entlassung. Was soll ich tun – der Innenministerin ein paar Krümel in den Käse streuen? Der Premierministerin vielleicht gleich mit? Dann bekämst du deinen Posten wohl längerfristig wieder zurück.«

»Mir geht es gar nicht darum, meinen Posten wiederzuerlangen, jedenfalls nicht im Moment. Der Innengeheimdienst wurde von jemandem aus unseren eigenen Reihen unterwandert, der sowohl gegen mich als auch gegen Mr. Thom und zwei andere Unschuldige hetzt, um uns unschädlich zu machen.«

»Meine Güte, Stovepipe. Du scheinst ja wirklich von einem Scheißhaufen in den nächsten zu tappen, habe ich recht?«

»Wenn du uns aus der Patsche hilfst, rettest du nicht nur viele Leben, sondern auch den Job von Mr. Thom und mir. Wir wären dir natürlich sehr dankbar und geneigt dazu, uns zu späterer Gelegenheit zu revanchieren.«

Dies war Harold allerdings ganz und gar nicht Recht.

»Und was genau tut Ihr Mr. Thom beruflich?« McAdam schmunzelte.

Der Angesprochene schaute ihn erbost an. »Ich bin der Leiter der Abteilung für Terrorbekämpfung in Irland und dem Inland im Thames House – oder ich war es, besser gesagt, bis gestern Abend.«

Ian nahm dies unbeeindruckt zur Kenntnis. »Könnte zu gebrauchen sein, aber in Irland läuft ja heutzutage nicht mehr viel, und hier im Land brauchen wir uns im Augenblick nur Sorgen über die rechte Protestbewegung zu machen, die im Zuge des erhöhten Einwandererstroms aus dem Mittleren Osten überall Blüten treibt. Meine Leute interessiert so etwas höchstens am Rande.«

»Ihre Leute?«

»Ian ist so etwas wie ein Unternehmensberater. Konzerne bezahlen ihn dafür, dass er sie über die eher verschleierten Entwicklungen auf der Welt auf dem Laufenden hält, damit sie jegliche Wendungen, die ihrem Geschäft schaden könnten, stets einen Schritt voraus bleiben.« Allardyce nickte, als der Kellner das dritte Bier brachte und sich dezent wieder hinter den Tresen zurückzog. »Mr. Thom hat dreißig Jahre beim MI5 und zwanzig davon im Thames House gearbeitet. Es gibt da draußen kaum einen Spionageveteranen, mit dem er keine Beziehung dieser oder jener Art pflegt. Ich bin überzeugt davon, dass du ihn irgendwann gut gebrauchen kannst.«

McAdam schaute einen Moment lang auf die Tischplatte.

»Und ich bin dir dann außerdem auch noch einen weiteren Gefallen schuldig.«

Nun lachte er. »Noch einen, Stovepipe? Ich spiel schon mit dem Gedanken, mich endgültig in deinem Schloss in den Cairngorms zur Ruhe zu setzen.«

»Dort werden die gegenwärtige Mrs. McAdam und du bestimmt sehr glücklich sein.«

Ian lachte wieder. »Mein Lieber, weißt du was? Die Sache ist geritzt – und sei es nur um der alten Zeiten willen. Also sag, was soll ich machen?«

»Die beiden anderen Unschuldigen, die ich gerade erwähnt habe, sind momentan auf der Flucht. Ich möchte, dass du sie und alles aufspürst, was mit ihren Namen in Verbindung steht ... Mobiltelefone, Hotelzimmer, Mietwagen ... wirklich alles.«

»Und ich dachte schon fast, es könnte schwierig werden. Bei dir ist nie unklar, was man erwarten darf, Stovepipe. Du bist immer nur auf der Suche nach etwas oder jemandem. Gib mir, was du über diese Kerle weißt, und dann lass mir ein Stündchen Zeit.«

Allardyce nahm daraufhin ein gefaltetes Blatt aus seinem Mantel und schob es über den Tisch.

McAdam öffnete und überflog es. »Wartet hier.« Er stand auf und ging zum Ende der Theke. Mit einer Schlüsselkarte aus einer seiner Taschen öffnete er eine Tür und verschwand.

»Stovepipe?«, fragte Thom neugierig.

»Das ist eine lange Geschichte.«

»Sieht ganz so aus, als ob wir Zeit hätten, aber Sie dürfen gerne direkt zu dem Teil springen, der mir erklärt, für wen und wozu ich gerade meine Lauterkeit verhandelt habe.«

»Ich habe Ihnen doch erst vor einer Minute gesagt, dass Ian Berater ist.« Allardyce nahm jetzt seine Dunhill-Chestnut-Pfeife aus der Manteltasche. »Das Ganze läuft nach dem Prinzip: Eine Hand wäscht die andere. Sie tun ihm einen kleinen Gefallen, er zeigt sich entsprechend erkenntlich, und so weiter und so fort.

Davon einmal abgesehen wird er Ihrer Lauterkeit garantiert nichts anhaben können. Um die ist es noch genauso bestellt wie vor dreißig Jahren, als Sie Ihren Arbeitsvertrag unterschrieben haben und beim Geheimdienst anfingen.«

Thom grunzte missmutig.

»Glauben Sie mir, wenn ich Ihnen sage, dass das Spiel früher schon genau so lief.« Allardyce stopfte in Ruhe seine Pfeife und zündete sie dann an. »Die Menschen in der DDR und im Ostblock hatten immer nur zwei Ziele: Überleben und Flüchten. Und für beides brauchten Offiziere und Agenten, die Informationen aus den Staaten hinter dem Eisernen Vorhang verkauften, mehr Verstand als Körperkraft.«

»Und Sie trauen diesem Typen?«

Dennis blies eine blaue Wolke Qualm in die Luft. »Ich würde nicht die Hand für ihn ins Feuer legen.«

# Kapitel 45

*16:06 Uhr Ortszeit, an der Limmat, Kanton Aargau, Schweiz*

Von der Brücke aus, unter der sie kurz Pause gemacht hatten, hatten Declan und Harper eine halbe Meile am Fluss zurückgelegt und dann eine öffentliche Bootsrampe entdeckt. Da dort mitten in der Woche niemand zugegen und die Polizei weiterhin mit der Klärung des Unfalls abgelenkt war, den der Riese auf der Jagd nach ihnen beiden in der verstopften Unterführung verursacht hatte, war es Declan gelungen, die Zündung eines der anliegenden Motorboote kurzzuschließen, ohne dabei unerwünschte Aufmerksamkeit zu erregen.

»Sie wissen, dass diese Verbrecher nur von einer Person erfahren haben können, dass wir an diesem Bahnhof waren oder?« Er setzte mit dem gestohlenen Linder 460 von der Anlegestelle zurück, drehte das Boot nach Norden und legte dann den Ganghebel um. Der Motor beschleunigte sofort gleichmäßig, sodass der Aluminiumrumpf zusehends schneller flussaufwärts glitt.

Harper erwiderte darauf nichts. Sie saß lediglich am Bug und starrte das Kartentelefon an, das er ihr gegeben hatte. »Ja«, sagte sie schließlich und warf das Handy kurzerhand über Bord. »Beim MI5 ist offenbar der Wurm drin.«

Declan nickte. »Sehr passend ausgedrückt.« Er behielt weiterhin die Ufer im Auge, während er um einen weiteren Knick in der Limmat steuerte, für den Fall, dass der Riese oder dessen Helfer unvermittelt irgendwo auftauchten.

»Also, was haben Sie jetzt vor?«, fragte Harper; nicht mehr länger in sich gekehrt, sondern wieder selbstbewusst und ganz die professionelle Geheimagentin, für die Declan sie mittlerweile hielt. »Meine Mittel haben leider nichts genutzt. Bleiben also nur noch Ihre, wie auch immer diese aussehen.«

Declan musste zuerst leicht lächeln und dann lauthals lachen. »Ich fürchte, Sie überschätzen meine Fähigkeiten, Officer Harper. Ich bin nur ein Kerl, der versucht, allein in der Wildnis zu überleben, habe nur wenige Verbündete und noch weniger Freunde.«

»Ich verstehe. Tja, bis auf Weiteres dürfen Sie mich gerne beiden Kategorien zurechnen. Und was machen wir jetzt?«

Er überlegte kurz. »Auf lange Sicht hat sich nichts an meinem Plan geändert. Ich werde nach London zurückkehren, um meine Frau zu holen, und anschließend werden wir gemeinsam von der Bildfläche verschwinden. Kurzfristig hingegen? Sie haben den Mercedes-Bus vorhin mehrmals getroffen. Hoffentlich hat der Unfall noch erheblichere Schäden angerichtet, sodass der Mistkerl das Ding komplett abschreiben muss, und uns erst mal nicht in die Quere kommen kann. Bis dahin dürften wir vor ihm unsere Ruhe haben. Wir müssen die Schweiz schnellstmöglich verlassen und uns an einem sicheren Ort verstecken, wo wir in Ruhe über unsere weitere Vorgehensweise nachdenken können.«

»In Ordnung.« Harper drehte ihren Kopf in Fahrtrichtung, wobei ihre Haare kräftig im Wind flatterten. »Dann ist ja alles Weitere vorerst geklärt.«

Nachdem Declan die nächste, engere Biegung auf dem Fluss genommen hatte, drosselte er den Motor. »Scheiße!«

Etwa fünfhundert Fuß vor ihnen befand sich die Stauwehr eines Wasserkraftwerks, von denen es viele in der Schweiz gab, und diese verhinderte jedwedes Weiterkommen. Declan hielt das Boot an und Harper stöhnte laut. »Und ich habe gerade angefangen, mich mit den Umständen anzufreunden.«

Er suchte aufmerksam beide Ufer des Flusses ab. Er sah zwar keine Spur von jemandem, der sie festnehmen oder angreifen wollte, doch wieder an Land zu gehen würde mehr Verkehr und die Gefahr nach sich ziehen, ihre vorläufige Freiheit zu gefährden.

»Und wenn wir wieder wenden?«

»Nein.« Declan schüttelte den Kopf. »Dann landen wir nur wieder in Zürich. Am besten versuchen wir das Boot loszuwerden und suchen uns dann einen anderen Weg. Aber schnell.« Er fuhr auf das von der Rampe aus gesehen entgegengesetzte Ufer zu. Knapp hundert Fuß näher an der Wehr lag ein verwitterter Pier aus Beton und an verrosteten Pollern war ein Anglerschlauchboot vertäut.

Declan steuerte darauf zu. Harper sprang schließlich an Land und band das Boot fest. Danach verließen sie den Platz mit nichts als ihren Kleidern am Leib, einem Rucksack mit der Uzi, die sie einem der Skinheads abgenommen hatten, Declans Geldscheinen aus dem Tresor sowie wenigen anderen Gegenständen, die an Bord gewesen waren, und schlugen sich in einen dichten Wald am Ufer der Limmat.

»Zumindest sieht uns hier niemand«, meinte Harper, während sie sich an den Bäumen in der Nähe die Böschung hinaufzogen.

Declan schaute über die Baumgrenze hinweg, als sie den Rand erreichten. Zwischen dem Wald und einer Siedlung davor verliefen ein paar Gleise der S-Bahn mit einer Überführung aus Metall, die mit Graffiti besprüht war und den Zugang zu einem Fußweg am Fluss entlang ermöglichte. »Scheint größtenteils ein Wohngebiet zu sein.«

»Wenn Sie einen Bootsmotor kurzschließen können, dann schaffen Sie das doch bestimmt auch bei einem Auto, oder?«

»Aye, aber hoffen wir mal, dass um vier Uhr nachmittags noch nicht allzu viele Leute zu Hause sind.«

***

Declan ging langsam auf die Überführung zu. Auf der anderen Seite bot sich ihm eine Fülle von Möglichkeiten. In praktisch jeder Hauseinfahrt standen Autos. Die Modelle ließen darauf schließen, dass hier jüngere Berufstätige lebten, die vermutlich häufiger öffentliche Beförderungsmittel benutzten, anstatt sich durch Zürichs enge Straßen und verwirrende Verkehrsmuster zu quälen. In der Schweiz benutzte man Pkws eher für Wochenendausflüge und nicht zum täglichen Pendeln, was den beiden nun zum Vorteil wurde. Es bedeutete nämlich, dass die Fülle von Wagen in der Gegend nichts darüber aussagte, wie viele Anlieger tatsächlich gerade zu Hause waren.

»Dort lang.« Declan ging an einem Straßenabschnitt neben einem maroden Lattenzaun und einer hohen Hecke entlang. Diese hatte fünfzig Yards weiter ein Loch. »Hier. Das klappt bestimmt.«

»Woher wollen Sie denn wissen, dass auf dem Grundstück ein Auto steht?«

Er zeigte auf eine unbefestigte Einfahrt. »Reifenspuren.« Sie gelangten zu einer Garage für einen Wagen, die nahezu vollkommen verborgen in wucherndem Gestrüpp stand. Ein zweistöckiges Haus ragte darüber auf, *doch war gerade jemand zu Hause? Sahen die Bewohner die beiden näherkommen?* »Das Profil zeigt in diese Richtung, also ist das Auto zuletzt hineingefahren worden, und nicht raus.«

»So, so.« Harper betrachtete die Spuren in der Einfahrt skeptisch. »Wenn Sie das sagen.«

Declan nahm den Rucksack ab und öffnete ihn. Er holte einen Schlitzschraubenschlüssel und eine Flachrundzange heraus, die er in einer Werkzeugkiste auf dem Boot gefunden hatte. Binnen weniger Sekunden war die Verkleidung des elektrischen Garagenschlosses abmontiert, und er entwirrte die Kabel im Gehäuse.

»So.« Als er zwei freigelegte Leitungsdrähte zusammenführte, hörte er mit Genugtuung, wie es leise klickte.

»Das haben Sie beim Basteln von Bomben in Belfast gelernt, oder?«

»Keineswegs. Beim Reparieren eines Garagentors in den USA!«

Harper antwortete nicht darauf, sondern zog das Tor hoch. Allerdings mit Gefühl, damit es nicht zu schnell aufging und dabei möglichst wenig Lärm verursachte.

An den Wänden im Inneren reihten sich Gartengeräte und Lagerschränke. Ein lindgrüner VW-Golf, der bereits ein wenig Staub angesetzt hatte, stand vorwärts eingeparkt in der Garage.

Declan sah sich beim Eintreten kurz um. Direkt von der Wohnung her schien keine Tür hineinzuführen. Er warf jetzt einen Blick in den Wagen hinein. »Tja, *leichtgläubig* ist zwar nicht das erste Wort, das mir dazu einfällt, aber der Schlüssel steckt.« Er öffnete die Fahrertür und stieg in den nicht gerade geräumigen Kleinwagen.

»Sieht nicht so aus, als würde er oft benutzt werden.« Harper fuhr mit dem Finger über den Staub auf dem Blech, bevor sie auf der Beifahrerseite Platz nahm. »Ich hoffe mal, dass das Ding überhaupt anspringt.«

Declan trat die Kupplung und drehte den Schlüssel um, woraufhin der Motor stotternd ansprang. Dann legte er den Rückwärtsgang ein und ließ das Auto aus der Garage rollen. Nachdem er in die Einbahnstraße eingebogen war, entfernten sie sich rasch von dem Haus. »Hoffentlich war wirklich niemand zu Hause.«

# Kapitel 46

*15:27 Uhr Ortszeit, Arlington Street 88, St. James's, Londoner Innenstadt, England*

Die Tür fiel unüberhörbar zu, und Ian McAdam kehrte aus dem Mitgliederbereich des Klubs zurück zum allgemeinen Ausschank.

»Also, ich habe jetzt, was du wolltest. Allerdings muss ich dich warnen, Stovepipe, viel gab es nicht zu finden. Stimmt das, was du über diese Kerle weißt, auch wirklich?«

»Ja, warum?«

McAdam setzte sich jetzt wieder neben ihn an den Tisch. »Weil es sich dabei um Phantome handelt, das ist so sicher wie das Amen in der Kirche. Ich habe nämlich zu keinem der beiden Namen etwas Nützliches gefunden. Weder Liegenschaften oder Fahrzeuge noch Kreditkarten. Nichts. Das Einzige, was ich entdeckt habe, war die Reservierung eines Schließfachs in Zürich und eine Bestellung von zwei Handys mit Guthabenkarten, jeweils eines pro Person. All das wurde vor ungefähr drei Wochen von einem Computerterminal einer öffentlichen Bücherei in Lisnaskea in Nordirland aus erledigt.«

Allardyce lächelte. »Dir entgeht nichts, was? Die beiden Namen gehören zu ein und derselben Person, und diese Handys genügen mir schon. Mehr brauche ich gar nicht.«

»Also, eines wurde gerade eben erst benutzt. Die letzte Datenübertragung fand erst vor zehn Minuten über einen Schweizer Funkturm statt – irgendwo in der Nähe von Zürich. Das Nest heißt Killwangen. Wir haben versucht, den genauen Ort zu bestimmen, doch das Signal brach leider ab, als habe jemand das Gerät plötzlich ausgeschaltet. Das andere Handy hat bisher überhaupt noch nichts gesendet. Mein Kontakt hat sogar versucht, es per Fernsteuerung einzuschalten, schaffte es aber nicht, weshalb man wohl davon ausgehen kann, dass der Akku entfernt wurde.«

»Er hat sich also auf eine Identität festgelegt, und das ist nur sein Ersatztelefon.«

»Scheint ganz so, ja. Außerdem ist er clever. Er schaltet es immer sofort wieder aus, wenn er es nicht braucht, damit ihm niemand folgen kann.«

»Gut. Vielleicht verhilft uns das ja zu dem entscheidenden Durchbruch, den wir so dringend brauchen. Danke, Ian.« Allardyce stand jetzt vom Tisch auf. »Zeit zum Gehen, Mr. Thom.«

»Für den alten Stovepipe ist mir doch nichts zu viel.«

McAdam strahlte ihn an. »Deine Revanche fordere ich aber bereits irgendwann in den nächsten Tagen ein.«

»Darauf verlasse ich mich.«

»Freut mich, Sie kennengelernt zu haben, Teuerster«, sagte McAdam, als sich Thom ebenfalls erhob.

Dieser antwortete nicht, sondern ging vor seinem Gefährten die kurze Treppe hoch und hielt ihm die Tür auf.

Draußen auf dem Bürgersteig hielt sich Allardyce eine Hand über die Augen, weil die Nachmittagssonne ihn so blendete, nachdem sie eine Stunde lang in einem Keller – mehr war der Klub ja im Grunde nicht – gesessen hatten. »Nun ja, jetzt sind wir Declan McIver im Vergleich zu vorher wenigstens ein gutes Stück nähergekommen.«

Thom brummte nur.

»Seine falschen Namen zu kennen, ist ein maßgeblicher Segen für uns – vielleicht der eine Vorteil, den wir gegenüber Reed beziehungsweise dem MI5 haben, und noch dazu beileibe keine Kleinigkeit. Denn ohne irgendeinen Namen sucht man buchstäblich nach einer Nadel im Heuhaufen.«

»Das weiß ich auch. Ich arbeitete schließlich bereits dreißig Jahre beim MI5 und zwanzig davon im Thames House. Es gibt da draußen kaum Spionageveteranen, mit denen ich keine Beziehung dieser oder jener Art pflege, schon vergessen?«

»Ach, ist der Herr immer noch sauer, weil wir jetzt bei McAdam in der Kreide stehen?«

Thom verzog verärgert sein Gesicht. »Nennen Sie mich von mir aus naiv, aber ich hätte einfach nie geglaubt, dass ich auch einmal mit Interna handeln würde. Ein ganzes Jahrzehnt habe ich in Nordirland verbracht und auf unterschiedliche Arten für Informationen bezahlt … mit Bargeld oder Autos und durch Wegschauen, wenn etwas Unredliches über die Bühne ging. Zu keiner Zeit jedoch wusste irgendeiner meiner Agenten oder Offiziere, mehr als sie mussten, über das, was hinter den verschlossenen Türen von Palace Barracks geschah.«

»Nordirland gehört zu Großbritannien. Das macht es in Sachen Informationsbeschaffung vollkommen anders, glauben Sie mir. Die Menschen hier, sogar diejenigen in den sechs Countys, haben es vergleichsweise gut.«

»Im Gegensatz zu …?«

»Ostdeutschland fällt mir da zuerst ein, aber es ging eigentlich überall hinter dem Eisernen Vorgang ähnlich zu. Nichts zieht so viel Ödnis und Zerfall nach sich, wie totalitäre Systeme. Ian, ich und der Rest der 70. Division haben zwanzig Jahre lang die meiste Zeit über solche grenzwertigen Dinge getan oder mit anderen zusammengearbeitet, die es taten. Schieberei gehörte dort nun einmal zum Alltag. Es war das einzige Mittel, sonst wäre man zu nichts gekommen. Niemals.«

»Hmm.«

»Nach dem Mauerfall und dem Zusammenbruch der Sowjetunion kam es einem auf einmal so vor, als sei ein mit Wundbrand infiziertes Glied amputiert und der Patient wieder für diensttauglich befunden worden. Damit deutete sich zum ersten Mal seit fast einem Jahrhundert an, dass die menschliche Rasse vielleicht – nur vielleicht – doch noch die Kurve kriegen würde. Leider ist aber immer sofort wieder ein neues Schreckgespenst zur Stelle.«

»Genau.« Thom entriegelte jetzt den hellroten BMW. »McAdam meinte, Sie seien ihm noch andere Gefallen schuldig – als ob Sie ihn schon zuvor zu Nachforschungen herangezogen hätten.«

»Auch das ist eine lange Geschichte.«

Thom stieg ein. »Derer scheint es viele zu geben, was Sie betrifft.«

»Ja, das ist durchaus richtig.« Allardyce ließ sich auf dem Beifahrersitz nieder und schloss die Tür. »Ich habe nun mal ein langes und turbulentes Leben hinter mir, Mr. Thom. Meine Erfahrungen sind nicht alle öffentlich bekannt, und dies aus gutem Grund.«

»Zu schade. Und was jetzt?«

»Jetzt tun wir das Einzige, was wir tun können: Wir wählen diese Handynummern so lange, bis einer unserer Anrufe angenommen wird.«

»Mehr nicht? Wir sitzen einfach nur hier herum und versuchen immer wieder, zu McIver durchzukommen?«

»Ich bin jederzeit für bessere Ideen offen.«

Thom schnaubte missmutig. »Na gut, dann also Telefondienst.«

# Kapitel 47

*17:42 Uhr Ortszeit, Thames House, Millbank, Londoner Innenstadt, England*

»Und zu welcher Uhrzeit geschah dies genau?« Samuel Reed schaute von dem Papier auf seinem Schreibtisch zu der Discounter-Wanduhr über der Bürotür.

»Während ich Mittagspause hatte, so gegen eins ungefähr.«

»Und das erzählen Sie mir erst jetzt, Officer Evans? Es ist kurz vor sechs Uhr abends.« Reed kam beim Grübeln von einem Gedanken zum anderen. Dennis Allardyce hatte es offensichtlich geschafft, die Einheit reinzulegen, die zu seiner Beobachtung geschickt worden war, und hielt sich nun nicht einmal mehr in der Nähe des Ortes auf, an dem er laut Bericht eigentlich sein sollte. In Wirklichkeit stiftete er Ärger, wozu er sowieso generell neigte, und hatte dabei, wie es schien, sogar noch Unterstützung gefunden.

Ramona Evans holte noch weiter aus. »Ich habe den ganzen Nachmittag lang versucht, mir selbst einzureden, dass das Ganze nicht passiert ist. Fünfzehn Jahre habe ich mit Harold Thom zusammengearbeitet und wäre deshalb wahrscheinlich eher davon ausgegangen, dass meine Mutter eine Verräterin ist als er.« Sie rieb sich die Augen. »Die beiden haben gesagt, dass Shane als mutmaßlicher Mittäter bei den Bombenattentaten genannt worden sei und umgebracht werden würde, falls Sie nicht verhindern würden, was gerade geschieht.«

Reed starrte auf den Schreibtisch. »Thom weiß also offensichtlich, wie nahe Sie Shane stehen. Das auszunutzen ist wirklich absolut niveaulos.« Er machte eine kurze Pause, um der Aussage Gewicht zu verleihen. »Wir tun wirklich, was wir können, um Officer O'Reilly aufzuspüren. Gerade Sie sollten sich dessen gewiss sein. Ich wünschte, ich könnte Ihnen eine Garantie bezüglich seiner Situation geben, doch ob und inwieweit er an allem beteiligt war, lässt sich momentan beim besten Willen noch nicht sagen.«

Evans nickte traurig.

Reed lehnte sich jetzt in seinem Sessel zurück. Er musste diese Angelegenheit mit Samthandschuhen anpacken. Die Kollegin hatte sich vertraulich an ihn gewendet, also war es wichtig, ihr mit aller Überzeugungskraft, die er aufbringen konnte, das Gefühl zu vermitteln, sie habe das Richtige getan. »Harold Thom ist kein Verräter, genauso wenig wie Dennis Allardyce. Allerdings sind es zwei verwirrte alte Männer, die schon viel zu lange in diesem Metier gearbeitet haben.« Reed musste unbedingt verhindern, dass Evans zu Allardyce rannte und ihn warnte – oder vielleicht doch nicht?

Möglicherweise brauchte er ja auch genau das. Er sah sich das Blatt auf dem Tisch noch einen Moment lang an, ehe er es zusammenknüllte und in den Papierkorb warf. »Das bleibt besser unter uns, verstanden?«

Evans nickte noch einmal langsam.

»Gut. Der Secret Service geht seit jeher fürsorglich mit seinen Angestellten um. Ich telefoniere jetzt ein wenig herum und sorge dafür, dass die beiden nicht weiter diffamiert werden und einen gebührenden Abschied bekommen. Für keinen der beiden ist diese Sache leicht gewesen, das verstehe ich mittlerweile.« Daraufhin schaute Reed aus dem Bürofenster. Die Nachrichtenoffiziere und Analytiker der Abteilung T ließen ihre Computer bereits heiß laufen. »Ich schätze mal, damit ist so weit erst mal alles gesagt. Sie hatten bestimmt einen anstrengenden Tag, nehmen Sie sich doch Urlaub. Trinken Sie heute noch ein Glas Wein, schauen Sie fern und gönnen Sie sich eine ordentliche Mütze Schlaf. Morgen sieht die Welt schon wieder ganz anders aus.«

»Eigentlich würde ich das lieber nicht tun. Shane zu finden ist mir genauso wichtig, vielleicht sogar wichtiger als …«

»Ich muss aber darauf bestehen. Denn Sie sind im Augenblick nicht ganz auf der Höhe und wissen das selbst auch, glaube ich. Ihre Gefühle gehen gerade mit Ihnen durch, nicht zu vergessen die Müdigkeit. Wir fassen natürlich alle weiteren Entwicklungen für Sie zusammen und setzen Sie wieder ein, sobald Ihr Urlaub vorbei ist.«

Evans vermittelte vorübergehend den Eindruck, noch weiter diskutieren zu wollen, gab aber nach wenigen Sekunden mit verkniffenem Gesichtsausdruck nach. »Jawohl Sir, danke sehr.«

Als sie aufstand, erhob sich auch Reed und begleitete sie lächelnd zur Tür. Nachdem Evans hinausgegangen war, machte er sie sanft wieder zu. Er beobachtete, wie sie zu ihrem Arbeitsplatz zurückkehrte und begann, ihre Sachen zusammenzupacken, während er sich nach dem Telefon auf seinem Schreibtisch ausstreckte. »Jeffrey, ich brauche umgehend die Personalakte einer gewissen Ramona Evans aus der Abteilung T. Schicken Sie mir außerdem noch zwei Einheiten ins Büro, die sich auf Beschatten und Bedrohungsreduktion verstehen – stante pede bitte.«

# Kapitel 48

*18:49 Uhr Ortszeit, am Titisee, Hochschwarzwald, Deutschland*

Am Ende einer beinahe einstündigen Suche nach einem unbewachten Grenzübergang hatte Declan mit dem gestohlenen VW-Golf den Rhein endlich am Kaiserstuhl überquert. Danach war er in Süddeutschland nach Norden und Westen in den berühmten Schwarzwald weitergefahren, um sich der Schweiz möglichst weit zu entziehen, ohne aber länger als ein paar Stunden bis zur Grenze Frankreichs zu brauchen, das er auf seinem Rückweg nach England passieren musste.

Zufrieden damit, erreicht zu haben, was er sich vorgenommen hatte, waren Harper und er schließlich auf einem Campingplatz an einem beliebten Touristenziel stehen geblieben, dem über dreihundert Morgen großen Titisee. Dort wollten sie ihre weiteren Schritte in Ruhe durchdenken.

»Sie haben ja bereits Verfolgungswahn.« Declan hatte bemerkt, dass Harper schon zum dritten Mal in zwanzig Minuten in den Seitenspiegel an ihrer Tür schaute.

Sie warf ihm einen bösen Blick zu. »Ach, wirklich?«

»Aber hallo. Im Häuschen des Platzwärters gab es weder einen Fernseher noch ein Radio, und wir waren ihm vollkommen egal. Demnach sind wir hier erst einmal sicher.«

»Wie schön, dass Sie da so zuversichtlich sind.«

Declan entschied sich dazu, diese Konversation nicht mehr weiterzuführen. Stattdessen richtete er seine Aufmerksamkeit lieber auf die vielen Stellplätze ringsherum, während sie an einem gestuften Hang hinauffuhren. Weil es saisonbedingt verstärkt regnete und gerade Mittwoch war, hielt sich außer den wenigen gelangweilten Angestellten kaum jemand auf dem Gelände auf. Es war folglich also bestens dazu geeignet, um eine ruhige Nacht zu verbringen.

»Der hier ist gut.« Declan schaltete herunter und bremste auf einem geschotterten Fleck, der mit der Nummer 29 markiert war. »Von hier aus haben wir den perfekten Überblick auf den Rest des Platzes, und der Wald beginnt gleich dort drüben, falls wir uns doch mal spontan verstecken müssen.«

»Ja, mitten in der Nacht verirrt im Schwarzwald. Echt perfekt.«

»Sie hätten ja nicht mitkommen müssen.«

»Was hätte ich denn sonst tun sollen?«

»Was *werden* Sie denn in Zukunft tun?« Declan stieg aus. »Morgen früh bin ich schließlich unterwegs zurück nach England.«

»Das haben Sie mir schon gesagt.«

»Da die Schnüffler gerade nicht wissen, wo ihnen der Kopf steht, darf ich behaupten, dass Ihre Liste von Optionen durchaus überschaubar ist.«

»Ach was?«

Er öffnete den Kofferraum des VW und nahm ein Wurfzelt heraus, das sie in einem kleinen Lebensmittel- und Haushaltswarengeschäft an der Einfahrt des Platzes gekauft hatten.

Harper ging zu ihm nach hinten und nahm einen Karton mit ihren anderen Besorgungen heraus. »Ich werde diesen Mutanten aus dem Sanatorium abklopfen und so in Erfahrung bringen, wer er ist und für wen er arbeitet. Und dann werde ich einen Weg finden, die Bande aufzuhalten. Der Security Service hat sich bestimmt bald wieder organisiert.«

»Das hört sich aber nach großen Herausforderungen an, und ich sag's nur ungern, aber die Organisation des Security Service lässt schon seit seiner Gründung zu wünschen übrig. Führungspersonal wechselt nun mal von Zeit zu Zeit – manchmal billigerweise, manchmal auch zu Unrecht. Im jetzigen Fall, schätze ich, trifft eher Letzteres zu.«

»Oh, wunderbar. Danke, dass Sie das klargestellt haben. Also soll ich mir meine Pläne einfach aus dem Kopf schlagen und einen Traum leben, indem ich den Rest meines Lebens als Bummlerin zwischen Campingplätzen in ganz Kontinentaleuropa friste?«

Declan löste den Gurt von dem scheibenförmigen Faltgestell, das mit hellblauem Vinyl bespannt war, warf es auf den Boden und schaute dann dabei zu, wie es sich von selbst zu einem bezugsfertigen Zweipersonenzelt aufrichtete.

»Mag ja sein, dass Sie sich an ein Leben auf der Flucht gewöhnt haben, doch ich werde das bestimmt nicht tun.« Harper ließ den Karton mit den Einkäufen vor der Einstiegsklappe des Zelts fallen. »Falls Sie glauben, Sie könnten auch nur in die Nähe Ihrer Frau gelangen, liegen Sie falsch. Ich garantiere Ihnen, dass die Behörden genau wissen, wo sie ist, und Ihnen auflauern werden. Jeder Zollbeamte, jeder Streifenpolizist und jeder Verkehrslotse im Land wird sich Ihr Fahndungsfoto bereits eingeprägt haben. Und sollte wirklich ein Wunder geschehen, das Sie irgendwie nach London zaubert, dann schlagen sofort eine halbe Million Überwachungskameras, die von einem der komplexesten und modernsten Sicherheitsprogramme der Welt gesteuert werden, bei ihren Betreibern Alarm, was das Zeug hält, sobald sie Sie entdecken. Dann wird sich jeder Zollbeamte, jeder Streifenpolizist und jeder Verkehrslotse auf Sie stürzen wie die Geier auf frisches Aas. Mit Glück schafft man Sie in irgendeinen Bunker, wo Sie zumindest Bedingungen aushandeln können, bevor Sie sich ergeben. Haben Sie Pech, wird man Sie einfach erschießen, sobald man Sie sieht.«

Declan hatte eine Weile an Harpers Worten zu kauen. Sie lag ja nicht falsch damit, aber auch nicht vollkommen richtig. »Da gibt es mehrere Dinge, die Sie nicht berücksichtigen. Ich kann es mir zwar nicht erklären, doch die Typen in der Klinik und diejenigen, die mich verleumden, wollen mich aus irgendeinem Grund lebendig haben. Sie hätten mich schon sehr oft ausschalten können, haben es aber nicht getan. Dass der Innengeheimdienst untergraben wurde, lässt mich außerdem vermuten, dass die Verantwortlichen ihn dazu benutzen wollen, um mich zu finden, anstatt die Polizei walten zu lassen. Dass die mich festnimmt, ist nämlich das Letzte, was sie sich wünschen. Das verschafft mir sozusagen einen Vorteil.«

»Einen kleinen und diesen auch nur vielleicht. Sie wollen nicht, dass die Polizei Sie stellt, weil sie deren Stellen in Mitteleuropa nicht kontrollieren können. Im guten alten England sieht es hingegen ganz anders aus. Sollten Sie dort gefasst werden, klopfen Staatsbeamte einfach im Zellenflügel von Paddington Green an, melden Sie dort ab und liefern Sie an den MI5 aus, woraufhin man nie wieder von Ihnen hören wird.«

Declan fuhr sich frustriert durch seinen Bart. Damit lag sie ohne jeden Zweifel absolut richtig.

»Ob es uns gefällt oder nicht – und mir gefällt es ganz und gar nicht – stecken wir beide zusammen da drin. Am ehesten kommen Sie also zu Ihrer Frau zurück und schaffen es, sie vor dem Schlimmsten zu bewahren, indem Sie mir dabei helfen, die Schuldigen zu bestimmen und ihnen das Handwerk zu legen.«

Declan zog seine Schultern hoch und lehnte sich gegen den Wagen. Sich in das Ganze einzumischen und noch eine weitere Verschwörung aufzudecken lag ihm absolut fern. Seinem Dafürhalten nach waren Verschwörungen wie eine Hydra: Man schlug einen Kopf ab, und zwei weitere wuchsen nach. Er hatte während seiner Zeit bei der IRA über die Jahre hinweg viele Verschwörungen erlebt und mit ansehen müssen, wie sich das Prinzip ein ums andere Mal wiederholt hatte. Was Harper sagte, stimmte dennoch. Was gab es da noch hinzuzufügen? Würde er sich je von dem Stigma der Entscheidungen lösen können, die er als junger Mann getroffen hatte? Er beugte sich in den Wagen hinein und nahm das letzte Kartenhandy aus dem Becherhalter.

»Was tun Sie da?«

»Ich schaue nach, ob wir hier Empfang haben.« Er hielt die Einschalttaste des LG-Geräts gedrückt und wartete, bis der Touchscreen aufleuchtete.

»Falls Sie gerade auf die Idee gekommen sind, Ihre Frau anzurufen, lassen Sie es besser bleiben. Der MI5 zapft bestimmt alle Kommunikationsmittel an, die sie hat, und würde den Anruf ohne Probleme bis hierher zurückverfolgen können.«

Declan musste Harper Recht geben – mal wieder. Eigentlich wusste er gar nicht, wen er anrufen sollte oder warum er das Telefon überhaupt eingeschaltet hatte. Aber er musste einfach irgendetwas tun, um seinen Frust auszugleichen und sich zu vergewissern, ob die Mobilfunknetze diesen entlegenen Ort abdeckten, war wohl nicht unklug.

Nun erschien der Startbildschirm, und ein Icon am oberen Rand anstelle des Empfangssymbols zeigte ihnen an, dass das Gerät gerade nach einem Netz suchte. Nach ein paar Sekunden erschienen zwei von fünf möglichen Balken.

»Hallo Welt. Wir haben stabilen Empfang.«

»Reizend. Na dann können Sie ja jetzt Ihre Mum anrufen und ihr versprechen, dass wir ihr eine Postkarte schicken werden.«

Declan ignorierte Harpers Hohn, da plötzlich etwas auf dem Touchscreen aufblinkte – ein neues Icon. Er starrte einen Moment lang verwirrt darauf.

Als sie seine gebannte Haltung bemerkte, stellte sie sich neben ihn. »Was ist das denn?«

»Eine Sprachnachricht!«

# Kapitel 49

»Wer würde denn eine Nachricht auf der Sprachbox einer Nummer hinterlassen, die jemandem mit einem falschen Namen gehört?«

Declan schüttelte den Kopf. Die Frage war selbstverständlich nur rhetorisch gemeint, denn sie beide dachten gerade eindeutig das Gleiche.

»Schalten Sie das blöde Ding sofort wieder aus. Falls jemand diese Nummer prüft, wird er uns sonst in Windeseile aufspüren können.«

»Wie wahrscheinlich wäre das denn? Sie wurde immerhin noch nie benutzt, und würde jemand sie tatsächlich prüfen, hieße das doch sowieso, dass meine Tarnung aufgeflogen ist.«

»Kennt noch jemand außer Ihnen diese Nummern?«

Er überlegte fieberhaft. Mit einem Mal fühlte er sich verletzlich und töricht.

»Meine Frau.«

Er hatte Constance seine Falschnamen mitgeteilt, die sorgfältig vom Secret Service beaufsichtigt wurde. Da sich Spitzel Declan jetzt nicht mehr verbunden zeigte, könnten sie die Leibwächter abgezogen haben, die Allardyce für sie angeordnet hatte. *War vielleicht jemand zu seiner Frau und den Informationen vorgedrungen, die er bei ihr zurückgelassen hatte? Befand sie sich in Sicherheit? Lebte sie überhaupt noch?* Ihm wurde schlecht, als ihm sein ungeborenes Kind einfiel.

Harper wollte ihm das Telefon wegschnappen, doch er entzog es ihr und tippte schnell auf das Sprachnachrichtensymbol.

Sie streckte sich erneut nach dem Gerät aus. »Was soll das? Sie legen es wohl darauf an, entdeckt zu werden.«

Er schlug Harpers Arm beiseite und stieß ihr dann mit dem Ellbogen in den Solarplexus.

»Urgh!«, ächzte sie, riss die Augen auf und beugte sich nach vorn, während sie ihre Hände an die Brust presste.

Declan schaute sie an und ließ erschrocken das Handy fallen. Sein Bewusstsein kehrte schlagartig ins Hier und Jetzt zurück, als er Harper packte und vom Umfallen abhielt. »Ich … ich … es tut mir so leid.« Er starrte sie an, während sie vor Atemnot stöhnend Luft holte.

Aus dem Lautsprecher des Telefons auf dem Boden ertönte jetzt eine barsche Stimme: »Bonsoir, Monsieur Boyette. Je suis Angus Gruemach et j'appelle du Pier Health Club Millbank pour vous informer que la boîte vous avez demandée – box cinq-cents – est indisponible. Donc, vous aurez besoin de choisir une autre. S'il vous plaît nous informer de vos souhaits en appelant 44 1 339 555265. Merci.«

Declan schaute zwischen dem Handy und Harper hin und her, während sie sich aufrichtete. Immer noch hielt sie sich die Brust und keuchte.

»Heben Sie's auf.« Sie schob ihn aus dem Weg. »Übersetzen Sie mir, was er gerade gesagt hat, und schalten Sie das Ding dann ab. Verflucht noch mal.«

Harper wandte sich ab, als er sich nach dem Telefon bückte. Er ließ die Nachricht noch einmal laufen und hörte dabei genau zu. Sein Französisch reichte für die meisten Alltagssituationen in frankophonen Ländern aus, doch der Anrufer war eindeutig kein Muttersprachler und sprach deshalb einige Wörter arg holprig aus.

»Angues Gruemach«, sagte Declan während der Wiedergabe. »Vom Millbank Pier Health Club. Box 500 sei leider nicht verfügbar, ich solle anrufen, um mir eine andere auszusuchen.« Er schmunzelte. »Das war Allardyce. Er warnt uns vor dem Verräter beim Geheimdienst und will, dass ich ihn kontaktiere.«

Declan wurde sofort euphorisch. Allardyce kannte seine Falschnamen, also hatte er Constance früh genug erreicht und hoffentlich auch für ihre Sicherheit gesorgt.

Harper lehnte sich gegen die Motorhaube des VW und schaute über eine Schulter zu Declan hinüber.

»Es tut mir wirklich leid.« Während er die Nachricht zum dritten Mal laufenließ, kratzte er die Telefonnummer in den Sandboden neben dem Auto.

»Woher wissen Sie denn, dass der Anrufer Allardyce war?«

»Es handelt sich dabei klar erkennbar um eine verschlüsselte Botschaft, und Angus Gruemach war eine Anspielung auf Gruemach Manor, wo er wohnt. In Millbank steht das Thames House, und während des Zweiten Weltkriegs nannte man den MI5 seines Postfachs wegen auch ›Box 500‹. Andernfalls wäre die Nachricht doch komplett unsinnig.«

»Aber das hört sich gar nicht nach Allardyce an. Sogar der schottische Akzent fehlt.«

Declan tippte auf den Touchscreen und wählte dann eine Nummer. »Es gibt nur eine Möglichkeit, uns zu vergewissern.«

Harper schien seine Theorie anfechten zu wollen, aber sie hatte nicht das Gefühl, dass sie sich gegen ihn durchsetzen konnte.

Declan legte das Telefon auf die Motorhaube und horchte, als er verbunden wurde.

»Das hat aber lange gedauert«, sagte Allardyce, nachdem er schon beim ersten Läuten abgehoben hatte. »Wir haben schon mit dem Schlimmsten gerechnet.«

Declan schaute Harper lächelnd an. »Was meinen Sie mit *wir?*«

»Ich war nicht der Einzige im Thames House, der seinen Platz räumen musste. Sagen Sie Hallo zu Mr. Thom.«

»Hallo.«

»Sie kennen Harold Thom zwar nicht, Declan, aber er kennt Sie. Er ist – oder besser gesagt war – Shanes direkter Ansprechpartner, bis er ohne viel Federlesen und unrechtmäßig gefeuert wurde.«

»Verstehe. Bedauere, das zu hören. Wo ist Constance? Geht es ihr …«

»Beruhigen Sie sich, Declan. Sie ist in Sicherheit. Ich habe mich persönlich darum gekümmert. Seit vier Uhr heute Nachmittag sitzt sie in einem Flieger nach Amerika.«

Declan atmete erleichtert auf. Sie in die Staaten zurückzuschicken entsprach zwar nicht seinen Vorstellungen, doch dort würde ihr wenigstens nichts geschehen, also begnügte er sich damit. »Ich danke Ihnen.«

»Nichts zu danken. Wahrscheinlich hätte das alles verhindert werden können, wenn ich das, was Sie am Montagmorgen zu mir gesagt haben, ernster genommen hätte.«

»Das ist doch Schnee von gestern. Erzählen Sie uns lieber, was genau passiert ist und wie Sie dagegen vorgehen wollen.«

»Wie Sie wohl anhand meiner Nachricht begriffen haben, wurde der MI5 kompromittiert. Jetzt hält ein Mann die Führungsposition inne, der zur politischen Opposition des Landes gehört. Er und seine unbekannten Verbündeten sind darauf aus, die amtierende Regierung zu stürzen, nur auf welche Art, das erschließt sich mir noch nicht so ganz. »Shane und Sie scheinen auf jeden Fall einen wichtigen Teil des Plans auszumachen, den diese Männer sich zurechtgelegt haben.«

»Erzählen Sie mir was Neues. Wir werden schon seit vorgestern gejagt, und die hätten mich schon mindestens sechs Mal umlegen können, wenn es in ihrem Sinne gewesen wäre. Das heißt aber zumindest, dass Shane auch noch am Leben ist – irgendwo.«

»Sie haben vermutlich recht. Aber wen meinen Sie mit wir? Wer ist bei Ihnen?«

»Mein Name ist Harper, Direktor Allardyce. Ich bin eine der SIS-Agentinnen, die Ihnen bereitgestellt wurden, um Declan zu beschatten.«

»Brillant, meine Liebe. Es tut gut, Ihre Stimme zu hören. Direktor Griffin hat sich große Sorgen um Sie und Ihre Kollegen gemacht.«

»Unser Einsatzleiter Officer Bell ist tot. Er wurde heute Morgen in Zürich erschossen.«

Allardyce seufzte. »Das tut mir leid. Ich werde diesbezüglich nachhaken, sobald ich dazu komme, doch im Augenblick sind leider andere Dinge wichtiger, beispielsweise …«

»Shane zu finden und die Verantwortlichen hinter alledem zu bestimmen«, ergänzte Declan. »Die Kerle, die uns gejagt haben, sind Deutsche – Neonazis oder ähnliches Pack. Ihr Anführer ist über zwei Meter groß und hat eine Visage wie ein Hundearsch.«

»Angeheuerte, die die Schmutzarbeit verrichten sollen, keine Frage. Der Maulwurf, den ich hier für einen der Hauptdrahtzieher halte, ist Egan Hume, ein Glasgower Politiker und Oppositionsführer in Westminster. Allerdings bezweifele ich, dass er allein arbeitet. Er ist zwar eine falsche Schlange, aber niemand, dem andere hörig sind.«

»Also fehlt noch der Geldgeber. Jemand mit Beziehungen und Finanzmitteln, die man zur Organisation von so etwas zwingend braucht.«

»Ja, das glaube ich auch. Die Frage lautet also: Wer ist er?«

»Und genau dies müssen wir herausfinden.«

»Früher oder später, ja, doch ein Name wird uns nicht viel bringen. Denn unabhängig davon, wie die Person heißt, wird sie garantiert bestens geschützt und unserem Einflussbereich weit enthoben sein.«

Declan grinste. »Vielleicht. Vielleicht aber auch nicht.«

»Mr. Thom und ich haben lange darüber nachgedacht, sind jedoch leider handlungsunfähig, da wir nicht auf unsere früheren Mittel zur Nachforschung zurückgreifen können. Am schmerzlichsten fehlen uns natürlich Beweise jeglicher Art. Mit dem Holzhammer darauf zu hauen würde uns allerdings auch nicht weiterhelfen, solange wir hinterher keine Fakten vorbringen können. Auf deren Beschaffung müssen wir uns also als Allererstes konzentrieren.«

»Richtig. Also gut, wo sollen wir Ihrer Meinung nach anfangen?«

»Ich fürchte, wir müssen ganz unten ansetzen und uns dann hocharbeiten. Wir haben bei einem Bekannten bei der hiesigen Polizei angefragt, um mehr über den Agenten zu erfahren, mit dem sich Shane treffen wollte, bevor er entführt wurde. Dieser Mann – Rory Blaney – war die erste Kontaktperson im Rahmen dieser Verschwörung, und Informationen über ihn führen uns idealerweise auf die eine oder andere Art zu den Machern im Hintergrund. Diesen Ansatz verfolgen wir deshalb weiter.«

»Dann werden wir den Fall von der anderen Seite her aufrollen.« Harper warf Declan einen Besserwisser-Blick zu. »Anstatt den Schwanz einzuziehen und weiter vor unseren Jägern davonzulaufen, gehen wir lieber auf Konfrontationskurs und bringen sie zum Reden.«

»Gut. Das muss fürs Erste genügen. Sie sind dort sicherer, als Sie es hier sein würden. Wir müssen aber irgendwie miteinander in Verbindung bleiben. Ich verlasse mich dabei auf meinen alten Freund, der die Telefonnummern ermittelt hat, die auf Ihren Namen angemeldet sind, Declan, allerdings nur unter Vorbehalt. Sie tun also gut daran, das Handy, das Sie gerade benutzen, schnellstens loszuwerden und sich etwas anderes einfallen zu lassen.«

»Skype«, schlug Harper vor. »Ein Profil ist schnell erstellt und relativ sicher. Klar kann man auch Internettelefonie überwachen, doch wer das versucht, muss erst einmal Unmengen von Daten sichten, was Analytiker Monate kosten würde, um etwas Nützliches herausziehen zu können.«

»Gute Idee«, pflichtete ihr Allardyce bei. »Und wie geben wir uns einander zu erkennen?«

»Wir senden einen Link an Ihre Handynummer, sobald wir einen Account eingerichtet haben, melden uns aber erst wieder bei Ihnen, wenn es auch etwas zu berichten gibt.«

»Verstanden. Passen Sie auf sich auf, Declan.«

»Selbstverständlich.«

Er trennte die Verbindung und schaute Harper erneut an. »Wir übernachten heute hier. Selbst wenn das Gespräch abgehört worden ist, kann uns nur der Riese gefährlich werden. Ruhen Sie sich aus. Ich übernehme die erste Wache.«

# Kapitel 50

*21:34 Uhr Ortszeit, am Titisee, Hochschwarzwald, Deutschland*

Declan rührte gerade in einer Dose Baked Beans, die sie in dem kleinen Geschäft vor dem Campingplatz gekauft hatten. Er war kurz vor Einbruch der Dunkelheit spazieren gegangen, um einen Überblick der Geländebeschaffenheit zu bekommen und um sich zu vergewissern, dass ihr Versteck unentdeckt bleiben würde. Seit ihrer Ankunft hatten sich ein paar Urlauber mehr eingefunden, doch im Großen und Ganzen war weiterhin nur sehr wenig los. Ein Großteil der Angestellten war bei Sonnenuntergang verschwunden, und die übrig gebliebenen wirkten genauso gelangweilt und gleichgültig wie zuvor.

Er drehte sich um, als er hörte, wie Harper den Reißverschluss des Zelts aufzog. Sie kroch heraus und zog ihre Tennisschuhe an. Nachdem sie aufgestanden war, streckte sie sich und kam zu ihm ans Feuer.

»Schwierigkeiten beim Einschlafen?«

Sie zuckte mit den Schultern. »Eigentlich nicht, aber ich versuch's lieber ein bisschen später wieder.«

Seit er wenige Stunden zuvor handgreiflich geworden war, hatte sich wieder die nur allzu bekannte Verlegenheit zwischen den beiden eingestellt. Declan war erst einmal zuvor gegen eine Frau tätlich geworden, und dies auch nur, weil diese ihn hatte angreifen wollen. Zuerst war ihm gar nicht bewusst gewesen, dass es sich dabei um eine Frau gehandelt hatte. Sie war gefährlich für ihn geworden, und dies allein hatte den Ausschlag gegeben. Als er nun über den Vorfall nachdachte, konnte er sich kaum noch daran erinnern, wann und wo es geschehen war. Es musste irgendwann während seiner mehrmonatigen Ausbildung unter Wympel gewesen sein, jener Sondereinheit der russischen SpezNas, doch zu jener Zeit hatte man ihn ständig quer durch Europa geschickt, weshalb ihm der exakte Ort leider nicht mehr einfiel. Darum ließ er die Vergangenheit ruhen und befasste sich wieder mit seinem jüngsten Ausrutscher. Er hatte Harper nicht wehtun wollen, sondern lediglich zu emotional reagiert. Das war aber andererseits keine Entschuldigung für sein Verhalten, weshalb er es verdiente, was sie jetzt möglicherweise über ihn dachte.

Während er die Bohnen umrührte, duftete es angenehm nach Schinkenspeck. Nach seinen Eskapaden überall in Europa kannte er sich im Zubereiten von Baked Beans perfekt aus. Da er wusste, dass man ihren Geschmack ein bisschen aufpeppen musste, hatte er außer dem Speck noch

Zwiebeln, eine grüne Paprika und braunen Zucker als weitere Zutaten gekauft.

»Sind Sie hungrig?« Er nahm den Topf vom Kocher und verteilte den Inhalt auf zwei Metallteller, die zu einem kompakten Reisegeschirr aus dem Campingplatzladen gehörten.

»Ausgehungert.« Harper nahm einen der Teller, schöpfte einen Löffel voll und blies dann über die Bohnen.

Sie aßen schweigend, während sie auf ihr Lagerfeuer starrten, dessen Holz die ganze Zeit knisterte und knackte.

Harper war zuerst mit dem Essen fertig. »Wer war Meaghan Raven?«

Declan dachte einen Augenblick lang über diesen Namen nach. Er beantwortete Fragen zu seiner Vergangenheit stets nur sehr widerwillig, doch dies war seit längerer Zeit das erste Anzeichen dafür, dass Harper überhaupt noch bereit war, mit ihm zu reden. Und reden mussten sie unbedingt miteinander.

»Woher haben Sie diesen Namen?«

»Der Schütze in dem Schweizer Schloss. Bell hat gesagt, dass der Kerl behauptet hat, was er tue, sei lediglich seine Rache dafür, was man Meaghan Raven angetan habe.«

Das Gesicht einer hübschen, jungen Frau mit dunklen Haaren erschien Declan auf einmal vor seinem geistigen Auge. Damals hatte sie es ihm wirklich angetan. Sie war älter als er gewesen und regelmäßig in den wenigen IRA-Kneipen und -Klubs aufgetaucht, die ihren Betrieb aufgrund der sektiererischen Gewalt in Nordirland noch nicht aufgegeben hatten. Sie hatten miteinander geflirtet und sich gegenseitig schöne Augen gemacht, bis seine und ihre Freunde schließlich so genervt davon gewesen waren, dass sie die Köpfe zusammengesteckt hatten, um die beiden zu verkuppeln – und sie auf einer verlassenen Rinderfarm alleinzulassen, die der lokalen Jugend einschlägig bekannt gewesen war.

Die Erinnerung daran brachte Declan spontan zum Lächeln. Als älterer Teenager hatte er sich als typisch zäher Bursche aufgespielt, vor Selbstbewusstsein strotzend und in Hinblick auf seine Kampffähigkeiten zuversichtlicher, als er es hätte sein sollen. Jetzt brachte ihn das unsterbliche Bild eines dürren Blondschopfs mit engem Knopfhemd aus Polyester, einer Schlaghose sowie von der Punkrock-Szene angeregter Jacke und Frisur fast zum Lachen. In einer Clique junger Männer war er durchaus beliebt gewesen und als Teil einer neuen Generation im Rahmen der Schlachtpläne der IRA angesehen worden, aber in den Händen jener Brünetten Anfang zwanzig war er geschmolzen wie heiße Butter.

»Meaghan McCraven hieß sie und sie war meine Freundin.« Er hörte auf zu lächeln und stocherte geistesabwesend in der Glut herum. In jenen

Tagen hatte er schon auf eine mehrjährige Beteiligung an den bewaffneten Konflikten in Nordirland zurückblicken können. Im Zuge dessen waren viele von denen gestorben, die seine Eltern ermordet hatten, aber bis zu jener Ernüchterung, die das Ende seiner Phase als Paramilitär und Systemfeind bedeuten sollte, waren noch ein oder zwei Jahre ins Land gezogen.

»Wir hatten uns ein paar Jahre lang unregelmäßig getroffen, bevor ich zur Ausbildung nach Osteuropa und Afghanistan aufbrach. Als ich wieder zurückkam, war ich allerdings nicht mehr derselbe. Ich erkannte plötzlich, dass sich Meaghan eher für meine Tätigkeit in der Miliz und mein Ansehen interessierte als dafür, wer ich wirklich war – oder wer ich langsam wurde. Zum letzten Mal gesehen habe ich sie am Flughafen Aldergrove, wo sie von vier Polizisten der RUC abgeführt wurde. Bevor diese sie zur Wache brachten, vergewaltigten sie Meaghan mehrmals und prügelten sie fast tot. Vier Monate später starb sie dann im Knast von Armagh.« Er zerbrach den Stock, mit dem er die Flammen geschürt hatte. »Die Beamten wurden von jeder Schuld freigesprochen, nachdem sie vorgegeben hatten, unterwegs von Wegelagerern überfallen worden zu sein, doch Beweise dafür, dass ihre Geschichte stimmte, gab es nicht. Mit diesem Fall betraut, war damals ein ganz neuer junger Richter, Mr. Justice Thomas Domville.«

Harper blieb still sitzen, ohne ihren Blick vom Feuer abzuwenden, während sie diese Geschichte sacken ließ. Declan warf die eine Hälfte des Stocks in den Wald hinein.

»Sie haben also tatsächlich ein Motiv, Domville zu hassen.«

»Oh ja, das kann man wohl sagen. Damals machte es mich extrem wütend. Es führte dazu, dass ich vorübergehend sogar wieder bei der IRA mitmischte. Allerdings konnte ich die Taten der Polizisten und das Urteil des Richters nicht rückgängig machen, was ich insgeheim wohl auch genau wusste. Mir war klar, dass sich nichts verändern würde, solange sich die Verantwortlichen auf beiden Seiten nicht veränderten und der Gewalt und dem Krieg abschworen, um sich auf andere Weise zu ihrem Recht zu verhelfen. Zwingen konnte ich niemanden dazu, ich konnte nur bei mir selbst anfangen. Also tat ich das und verließ die IRA.«

Harper schaute jetzt auf den Boden zwischen ihren Füßen und dem Feuer.

»Ich würde gern behaupten, dass ich mich nicht danach zurückgesehnt habe, aber das wäre gelogen. Das Leben war hart. Ich hatte keinerlei Berufsausbildung und habe mich auf nichts als Kämpfen verstanden, wobei mich der Terror von Zeit zu Zeit lockte, als ob jemand versuchte, mich wieder hineinzuziehen. Dazu wäre es tatsächlich fast gekommen, als meine ganze ehemalige Einheit umgebracht wurde – verraten von den IRA-Führern in Belfast wegen Meinungsverschiedenheiten mit unserem Oberbefehlshaber.«

Als er einen Blick zu ihr hinüberwarf, bemerkte er, dass Harper ihn anstarrte. »Sie fragen sich jetzt bestimmt, ob ich es nicht doch gewesen bin … ob ich Sie irgendwie an der Nase herumführe.« Er tat dies achselzuckend ab. »Ich war's nicht. Mit alledem habe ich wirklich nichts zu tun. So etwas tue ich nicht mehr.«

»Nein, ich wäre nicht hier, wenn ich Sie verdächtigen würde. Sie sind … Sie sind überhaupt nicht so, wie ich es mir vorgestellt habe, und ich, äh … ich weiß ehrlich gesagt auch gar nicht genau, was ich momentan von Ihnen halten soll. Mein ganzes Leben lang hat man mir eingebläut, dass die IRA das eine große Übel sei, das die Gesellschaft rings um mich zerstöre, also ist die Vorstellung, Sie könnten ein anständiger Mensch sein, obwohl Sie ihr früher angehört haben … einfach seltsam für mich.«

»Lassen Sie uns nicht vorschnell urteilen.« Declan lachte. »Nicht wenige in der IRA wollten die Gesellschaft, in der Sie und sie selber lebten, tatsächlich zerstören. Das waren Kommunisten, notorische Revolutionäre und Anarchisten. Mit der Zeit schien es so, als wollten mehr und mehr Mitglieder aus dem harten Kern der IRA Großbritannien einfach nur brennen sehen, anstatt sich für die Bürgerrechte der Minderheiten oder die Entstehung einer vereinten Republik Irland mit zweiunddreißig Countys einzusetzen.

Die Propagandamühlen beider Parteien haben auf Hochtouren gearbeitet und tun dies eventuell sogar heute noch. Als ich das kapiert habe, fiel es mir plötzlich wie Schuppen von den Augen. Die Sowjets waren Propagandaexperten. Hinter dem Eisernen Vorhang habe ich erlebt, was Zensur wirklich bedeutet. Ich habe Massenkundgebungen gesehen und was in den Zeitungen stand, was ich im Radio hörte und selbst was bei den Ansprachen in Bildungseinrichtungen, für Ideen und Theorien geäußert wurden, durchschaute ich als vollkommen falsch. Das Schlimmste von allem war allerdings, dass andere, die diese Falschheit auch erkannt haben, vor dem totalitären Staat machtlos waren, etwas daran zu ändern. Als ich damit begann, diese Umstände mit meinen Erfahrungen zu Hause zu vergleichen, wurde mir langsam bewusst, dass die Geschichten, die in Nordirland erzählt wurden, nur Tatsachenverdrehungen waren, die immer nur dem Zweck ihrer Urheber dienten. Im Grunde genommen gilt das bis zu einem gewissen Grad für alle politischen Schilderungen.

Jahrelang habe ich deshalb sowohl mein eigenes Handeln als auch die Taten anderer, die ich mit angesehen hatte, hinterfragt. Dabei gelangte ich letzten Endes zu dem Schluss, dass keine Partei wirklich unschuldig war – und dass beide Seiten gewisse Tatsachen einfach nicht akzeptierten oder bewusst ignorierten, um sich an ihre verfestigten Ansichten klammern zu können. Letzten Endes lief alles auf Einzelne hinaus, die subjektive Entscheidungen getroffen hatten und jetzt mit Blut an ihren Händen leben mussten. Nur sie konnten sich für bessere Umstände starkmachen, und nur Sie sind bis heute dazu in der Lage.«

»Sehen Sie. Genau das meinte ich. Solche Selbstbeobachtungen erwartet man normalerweise nicht von irgendeinem dahergelaufenen IRA-Mitglied, oder übrigens auch dahergelaufenen SAS-Soldaten.«

Declan wollte gleichgültig wirken, errötete aber ein wenig. Er legte die Uzi, die sie mitgenommen hatten, vor Harper auf den Boden, wandte sich ab und legte sich mit einem aufgerollten Schlafsack als Kissen auf den Boden. »Jetzt sind Sie mit dem Wachdienst dran.«

# Kapitel 51

*21:59 Uhr Ortszeit, Lincoln House – Basil Street 15, Knightsbridge, Londoner Innenstadt, England*

»Ich sagte es Ihnen doch, Sie können jetzt damit aufhören.« Allardyce schaute hoch, nachdem er telefoniert hatte. »Die Beschatter, die Reed auf mich angesetzt hat, gehen davon aus, dass ich in Schottland bin.«

Thom wandte sich von dem Fenster im sechsten Stock ab, nachdem er dort eine Weile Ausschau gehalten hatte, und ließ den Vorhang wieder zufallen. »Es freut mich, dass Sie sich dessen so sicher sind.«

»Ich habe gerade mit meinem Fahrer Mr. Gordon gesprochen.« Allardyce hob sein Smartphone in die Höhe. »Er hat mir bestätigt, dass die beiden Männer, die ihn heute Morgen von dieser Adresse aus verfolgt haben, bis zum Gruemach Manor mitgekommen sind und immer noch dort warten. Sie hätten sich in einer Hütte in der Nähe einquartiert, vermutlich um meine Bewegungen im Auge zu behalten und Reed Bericht zu erstatten.«

Thom grunzte und setzte sich auf eines der zwei Sofas einer blauen Garnitur, die zur antiquarischen Einrichtung des Wohnzimmers gehörte. Sie hatten sich darauf geeinigt, früh am nächsten Morgen nach Norden zu fahren und in Schottland nach Rory Blaney zu suchen. Zuallererst galt es aber, sich auszuruhen und wieder zu Kräften zu kommen. »Wie genau haben Sie es denn heute früh geschafft, sie abzuhängen? Angeblich sind diese Männer doch so erfahren in dem, was sie tun.«

Dennis grinste. »Ein Trick eines alten Spions. Einer der Portiers hier ist im Laufe der Jahre ein enger Freund von mir geworden und nahm nach einer kleinen Irrfahrt einfach meinen Platz ein. Mr. Gordon hielt also an, ich stieg aus und der Portier ein, woraufhin ich mich im Dunkeln versteckte und dabei zusah, wie sie weiterfuhren. Zwischen ihrer Heckstoßstange und meinen Verfolgern lagen vielleicht ein paar Dutzend Yards. Offengestanden habe ich nicht damit gerechnet, dass es klappen würde, aber falls ein altes Semester wie ich der Jugend eines voraus hat, dann vermutlich die Kenntnisse darüber, wie man sich früher zurechtgefunden hat, als man noch ohne Navigationsgeräte, Handy-Apps und Satelliten auskommen musste.«

Thom lachte kurz auf. »Solche Abhängmanöver habe ich in den frühen Tagen auch das eine oder andere Mal vollführt.«

Das Smartphone in Dennis' Hand läutete nun. Er schaute seinen Gefährten alarmiert an.

»Wer ist das?«

»Ich weiß es nicht.«

Thom machte ein besorgtes Gesicht.

Allardyce tippte auf den Bildschirm und hielt sich das Gerät ans Ohr. »Ja bitte?«

»Direktor, ich bin es, Ramona Evans, Sir. Es tut mir sehr leid, dass ich Sie anrufen muss, aber Sie haben mir Ihre Nummer gegeben und gemeint ...«

»Das ist gar nicht schlimm, meine Liebe.« Er sah Thom vielsagend an und aktivierte die Freisprechfunktion. »Was wollen Sie? Sind Sie wohlauf?«

Die Frau hatte offensichtlich geweint. »Nein, Sir. Ich habe einen schweren Fehler gemacht, glaube ich. Direktor Reed weiß, dass wir beide miteinander gesprochen haben.«

»Ich verstehe.«

Thom fluchte und kehrte zum Fenster zurück, um seinen selbstauferlegten Wachdienst fortzusetzen. »Und wie hat er reagiert, als er es erfuhr?«

»Er versicherte mir, ich hätte in dieser Situation richtig gehandelt. Angeblich leide ich gerade unter einem Trauma und solle mir deswegen Urlaub nehmen, um wieder einen klaren Kopf bekommen zu können. Das wollte ich nicht, aber weitere Probleme zu verursachen war mir auch zuwider, also habe ich mich damit einverstanden erklärt und bin gegangen.« Evans zog ihre Nase hörbar dicht am Sprechteil hoch. »Als ich in ein Taxi stieg, mit dem ich nach Hause fahren wollte, war ich mir sicher, dass ich den Fahrer schon einmal gesehen hatte, aber ich wusste nicht genau wo, also tat ich es einfach als Irrtum ab. Ich habe mir eingeredet, dass ich einfach nur überspannt wäre.«

»Falls Sie Evans' Nummer haben, dann haben die jetzt auch Ihre«, flüsterte Harold. »Sie können jetzt in einer Minute oder vielleicht sogar noch schneller herausfinden, dass Sie gar nicht in Schottland sind.«

Allardyce hielt den Lautsprecher des Telefons mit einer Hand zu. »Anscheinend haben sie es bereits geschafft.«

»Ich bin jetzt seit ein paar Stunden zu Hause«, erzählte Evans weiter, »und ein Mann mit einem Hund ist schon mindestens ein halbes dutzend Mal um den Block gekommen. Sowohl mein Festnetztelefon als auch mein Handy haben wiederholt geklingelt, doch der Anrufer legte immer sofort auf, und ich sehe in dem leerstehenden Appartement gegenüber ein schwaches Licht brennen.«

»Die Anrufe rühren wohl daher, dass man ihre Leitung abhört«, meinte Thom.

»Sie sind nicht überspannt, meine Teuerste, sondern Sie werden beobachtet. Wo genau wohnen Sie?«

»In der Nähe der Bahnhaltestelle Crossharbour im East End, Sir.«

»Gut. Sie müssen jetzt sofort von dort verschwinden, aber unauffällig. Tun Sie das augenblicklich und werden Sie auch Ihr Handy los. Suchen Sie sich ein anderes Telefon und rufen Sie mich anschließend zurück. Dann machen wir einen Treffpunkt aus.«

»Ja, Sir.«

Allardyce trennte die Verbindung.

Thom wandte sich wieder vom Fenster ab. »Falls die sie wirklich beobachten, hat sie keine Chance, ihr Appartement zu verlassen, ohne verfolgt zu werden.«

»Hoffen wir, dass sich ein Teil ihrer langjährigen Ausbildung nun bezahlt macht.« Allardyce stand auf und nahm seinen Mantel vom Haken neben der Eingangstür. Thom ging ebenfalls hinüber, zog seinen eigenen an und folgte ihm dann in eine Lobby, wo ein alter Tisch mit einer Saisonpflanze in einem Topf stand und sich drei Türen befanden – eine die ins Treppenhaus führte, die anderen beiden zu dem Aufzug. Als Allardyce dessen Rufknopf betätigte, öffnete sich ein Aufzug sofort. Er trat ein, steckte einen Schlüssel ins Auswahlpaneel und drückte daraufhin die Taste für das Erdgeschoss.

»Sie haben die Nummer jetzt«, meinte Thom, nachdem sich die Tür geschlossen hatte, woraufhin die Kabine hinunterfuhr. »Man wird Sie hier bald ausfindig machen, also dürfen Sie das Handy nicht weiter bei sich tragen.«

»Sie hatten meine Nummer schon immer. Sie gehört schließlich dem Staat. Aufgrund meiner Position wurde das Gerät aber so wie jene von Premierministern und Staatssekretären sorgfältig von einem der weltbesten privaten Kommunikationssicherheitsunternehmen verschlüsselt. Es ist spezifisch dafür geeignet, in der Spionage gängigen Methoden zur Dechiffrierung standzuhalten. Ein noch sichereres Verbindungsmittel gibt es für uns nicht.«

Thom zog daraufhin eine Augenbraue hoch.

Dennis steckte das Handy wieder ein. »Trotzdem müssen wir schnellstmöglich verschwinden. Nun da Reed weiß, dass er gelinkt wurde, wird er zuallererst hier nach mir suchen. Außerdem müssen wir in die Stadt, um uns mit Ms. Evans treffen zu können, wenn sie zurückruft.«

Harold nickte. »Draußen ist mir nichts Verdächtiges aufgefallen. Hoffentlich haben Sie recht, und Reed war lange genug der Ansicht, dass Sie nördlich der Grenze schottisches Ale schlürfen.«

Im Erdgeschoss öffnete sich jetzt die Fahrstuhltür mit einem Klingeln, und Allardyce betrat einem kurzen Flur mit Teppichboden. An dessen Wänden hingen gerahmte impressionistische Gemälde der Londoner Skyline, und noch mehr alte Tische mit Saisonpflanzen in Töpfen standen herum.

»Guten Abend, die Herren«, begrüßte sie ein älterer Portier, während er die holzverkleidete Tür des Haupteingangs öffnete und diese für die Gentlemen festhielt.

Als sie hinauskamen, sah sich Thom erst einmal sorgfältig auf der Straße um. Dort standen seit Stunden dieselben Autos, und niemand schien drinzusitzen. Dann jedoch stoppte er Allardyce, als dieser auf den klapprigen BMW zugehen wollte, mit dem sie hergefahren waren, denn nun huschten plötzlich Scheinwerfer über das schwarz-weiß-rote Schild der Basil Street an der Ecke des Gebäudes.

»Was ist?«

Der alte Aristokrat hielt inne und sah dann, wie zwei Pkws mit Diplomatenkennzeichen in die schmale Einbahnstraße bogen. »Zurück ins Hotel. Sofort!«

Der Portier schaute zwischen ihnen und dem Wagen hin und her, während sie wieder durch die Tür hineinstürzten.

»Halten Sie die Männer in den Autos hin«, bat ihn Thom.

Im Aufzug benutzte Allardyce erneut den Schlüssel und wählte die sechste Etage. »Haben Sie Ihre Schlüssel dabei?«

Der Portier nahm daraufhin einen Anhänger aus einer seiner Taschen.

Allardyce nickte Thom zu, der die Schlüssel entgegennahm und dann zu ihm in den Fahrstuhl trat.

»Halten Sie sich von ihnen fern, Cecil«, sagte Allardyce, während die Tür zuging. »Mit solchen Männern sollten Sie sich besser nicht anlegen, zumindest nicht heute Abend.«

Thom schaute ihn auf der Fahrt nach oben an. »Wer sind diese Männer?«

»*Was* sind sie? So sollte diese Frage eher lauten. Eine Spezialeinheit zur Bedrohungsreduktion – Killer in Ermanglung eines treffenderen Begriffs.«

»Was? Wir haben doch keine …«

»Und ob.«

Kaum, dass sie den sechsten Stock erreicht hatten und die Tür aufging, stieg Allardyce aus, ging zu seiner Suite und schloss sie auf. Nachdem er eingetreten war, ging er durch den Wohnbereich in einen Flur, an dem Fotos von Angehörigen seiner Familie hingen.

»Sie wollen doch nicht etwa behaupten, dass der Secret Service professionelle Killer zur Beseitigung unpässlicher Personen beschäftigt.« Thom holte ihn ein, als Dennis an einem der hinteren Fenster des luxuriösen Appartements stehen blieb. »Das ist doch Unsinn.«

»Sie werden das Treppenhaus und die Aufzüge bewachen, aber von diesem Fenster aus ist eine Notfalltreppe zugänglich. Von der Straße aus sieht man diese nicht. Wir können sie erreichen, wenn wir uns nicht vollkommen dumm anstellen.« Er legte einen Riegel um und schob das Fenster langsam hoch. »Alter vor Schönheit.«

Thom starrte ihn fassungslos an.

»Hören Sie, ich bin Generaldirektor des Innengeheimdienstes gewesen und ich kann Ihnen versichern, dass es dort eine ganze Menge gibt, von dem Sie nichts ahnen. Jetzt nehmen Sie mich diesbezüglich lieber beim Wort und versuchen Sie zusammen mit mir, von hier zu entkommen, oder bleiben Sie hier und erleben Sie hautnah, wieso diese Männer hier angerückt sind und was sie tun werden. Es ist Ihre Entscheidung.«

Nun seufzte Thom. »Was für eine Misere.« Er ging auf ein Knie nieder und schaute zum Fenster hinaus. Allardyce hatte recht. Da war eine Wendeltreppe, die zwei Etagen hinunter auf das Dach einer benachbarten Feuerwache führte. Von dort aus wiederum schraubte sich eine ähnliche Konstruktion bis auf das Dach eines ebenerdigen Anbaus, wo wiederum eine Leiter in den Hof hing.

»Also gut, auf geht's. Halten Sie sich an mir fest.«

Thom spürte, wie Allardyce zupackte, als er seine Arme in Richtung der Notfalltreppe ausstreckte. Sobald er sie zu fassen bekam, zog er sich darauf zu und ließ seine Beine aus dem Fenster hängen, woraufhin er kurz in der Luft baumelte, bis er auf dem Geländer Halt fand. »Verflucht!« Das Eisengeflecht wackelte bedenklich, weil sich die Verschraubung offenbar größtenteils von den Backsteinen gelöst hatte, in der sie versenkt gewesen war.

»Beeilung.« Allardyce streckte sich durch das Fenster nach ihm aus. Thom schlang einen Arm um eine Stützstange und machte den anderen lang, um seinem alten Gefährten zu helfen, der jetzt gerade vorsichtig durch den Rahmen kletterte. Als der Aristokrat sicher auf dem Treppenabsatz stand, hob Thom seinen Arm erneut und schloss das Fenster wieder sorgfältig.

»Gut, gut.« Allardyce zog ihn zu sich auf den Absatz. »Die werden sich hüten, Augenzeugen zu hinterlassen, und deshalb nicht allzu schnell nach oben gelangen können. Sehen wir deshalb zu, dass wir schnell wieder von hier runterkommen.«

Während Thom Allardyce folgte, achtete er darauf, möglichst behutsam auf die Metallstufen zu treten. Am Fuß der Treppe schaute er zurück zum Fenster der Suite. So wie es aussah, war noch niemand dort eingebrochen. »Erreicht man den Hof auch von der Straße aus?«

»Ja, aber nur von der anderen Gebäudeseite aus und nur mit einem Schlüssel zu einem Tor, das ziemlich hoch ist. Es gibt jedoch einen einfacheren Ausweg – eine weitere Feuertreppe hinunter in die Gasse neben der Feuerwache. Wenn wir dort hinabklettern, sind wir ganz schnell in Brompton. Die Geschäfte haben zu dieser Zeit noch geöffnet, und menschenleer ist die Gegend sowieso nie. Wenn wir es schaffen, ein Taxi anzuhalten, sind wir gerettet.«

# Kapitel 52

Thom trat zögerlich bis zur Dachkante vor und schaute dann nach unten. Vier Etagen tiefer am Boden hielt sich keine Menschenseele auf. An der Ecke brummte nur eine Straßenlaterne und ein Stück weiter in der Gasse strömte rauschend Dampf durch ein Kanalgitter. »Der Weg ist frei, so wie's aussieht.«

»Falls wir Glück haben, stehen die Männer, die die Gegend draußen bewachen, nicht geballt an einer Stelle und machen sich zu viele Gedanken wegen etwaiger Zeugen, als darauf zu kommen, dass wir fliehen könnten. Am besten machen wir das jetzt aber zügig. Sie gehen vor, denn ich bin alt und langsam.«

Thom nickte und betrat die nächste Wendeltreppe. Genau wie die Erste vibrierte sie. Er hielt sein Gleichgewicht, indem er das Geländer festumklammerte, und ließ dann seinen Blick in der Gasse hin und her schweifen, um mögliche Angreifer frühzeitig zu entdecken. Die Leiter, in welche die Wendeltreppe auf dem ebenerdigen Anbau überging, bestand ebenfalls aus Eisenstreben. Beim Klettern behielt er die Umgebung weiterhin im Auge. Als er das Pflaster unter seinen Füßen spürte, trat er zurück und beobachtete, wie Allardyce sich ungelenk von der Treppe auf die Leiter schwang. Plötzlich hustete jemand leise, und neben Thom rieselten von oben Steinsplitter hinab, weshalb er sofort mit dem Kopf herumfuhr. Am Anfang der Gasse stand eine schwarz gekleidete Gestalt und richtete eine Pistole mit Schalldämpfer auf Allardyce.

»Sie haben uns entdeckt!« Er drehte sich um und rannte auf den Bewaffneten zu. »Kommen Sie schnell da runter!«

Der Mann senkte die Pistole jetzt, um auf Thom zu zielen. Dieser starrte den Angreifer an, während er auf ihn zulief, und bekam es mit der Angst zu tun, wobei er sich aber zugleich fragte, wie es sein würde, erschossen zu werden – oder würde er gar nichts spüren, wenn die Kugel ihn traf und tötete? »Finden Sie Ramona und sehen Sie zu …«

Ein Schuss ertönte in der Gasse. Ein zweiter folgte, beide umso lauter zwischen den hohen Gebäuden. Der Bewaffnete wankte nun. Thom schob eine Schulter vor und rammte ihn. Dann fiel er auf ihn und rollte sich schließlich auf die Straße. Die Pistole schlitterte über den Asphalt. Thom rappelte sich auf und schlug dem Mann mitten ins Gesicht, sodass dessen Hinterkopf auf den Boden knallte. Danach reagierte er nicht mehr und blieb mit weit geöffneten Augen liegen. Thom stockte und untersuchte ihn hastig. Zwei Kugeln – eine in die Brust, die andere in den Bauch – hatten ihn getötet.

»Jesus Christus.« Nachdem Thom aufgestanden war, tastete er ängstlich seinen eigenen Oberkörper nach Verletzungen ab. Als er sich umdrehte, stand Allardyce auf den Sprossen der Leiter, und hielt sich mit einer Hand fest, während er die andere mit einer Walther in den Fingern ausstreckte.

Thom schaute schnell in beide Richtungen, ehe er seinen Mantel zurechtrückte, indem er mit den Schultern zuckte, und sich dann wieder in die Gasse zurückzog. Er erreichte Allardyce unten an der Leiter und blickte auf den toten Mann hinab. »Schnell weiter, der Rest ist schon im Anmarsch.«

Er stieß Dennis vor sich her zum anderen Ende der Gasse, während in der Basil Street Stimmen laut wurden. Sie nahmen jetzt einen überdachten Fußgängerweg und standen kurz darauf auf der hell erleuchteten Brompton Street. Die festliche Straßenbeleuchtung erzeugte ein spektakuläres Lichtspiel … die Ecken der Gebäude funkelten golden, während scharenweise Menschen auf den Gehsteigen des Gewerbebezirks Knightsbridge entlangzogen. Einige wenige waren vor dem überdachten Weg zusammengekommen, und suchten neugierig nach dem Ursprung der Schüsse und waren darauf gefasst, die anderen Einkäufer vor etwaigen Gefahren zu warnen.

Allardyce verbarg seine Pistole hastig in der Manteltasche und folgte Thom, der sich jetzt durch das Gedränge zwängte und schließlich mitten auf der Straße ein Taxi sah, woraufhin er einen Pfiff ausstieß und es heranwinkte. Die Bremslampen des Wagens leuchteten auf, und Thom betrat den Asphalt. Der laufende Verkehr musste bremsen, um ihm auszuweichen, und nicht wenige Teilnehmer hupten aufgebracht.

Thom zog jetzt die Hintertür des schwarzen TX4 auf und hielt sie offen, damit auch Allardyce einsteigen konnte.

»Christ Church in Whitechapel bitte.« Beim Einsteigen schloss er schnell die Tür.

»Die Kirche wird aber schon geschlossen haben, bis wir dort …«

»Tun Sie's einfach.«

»Wie Sie wollen, Mann«, erwiderte der Fahrer über die Gegensprechanlage des Autos.

Thom drückte daraufhin einen Schalter an der Decke über der Tür, um das System abzuschalten. Ein rotes Lämpchen daneben erlosch, was bedeutete, dass sie jetzt ungestört reden konnten.

Allardyce atmete beschwerlich ein und aus. »War der Kerl tot?«

»Ja, ich denke schon.«

»Bestimmt war er ein guter Mann, der einfach nur Befehle ausführte.«

Thom schaute durch das Türfenster nach draußen, wo die Lichter und die Passanten zusehends verschwammen, je schneller das Taxi wurde. »Ja, das mag durchaus sein.«

Sie fuhren mehrere Meilen, ohne miteinander zu sprechen, wobei sie den Wellington Arch, das Gelände des Buckingham Palace und die beiden Kirchen aus dem 17. und 18. Jahrhundert passierten – Saint Clement Danes und Saint Mary le Strand – die den Übergang von Westminster nach London City markierten.

Allardyce räusperte sich, als das Taxi in Richtung Osten abbog und am Ufer der Themse weiterfuhr. »Warum gerade Whitechapel?«

»Der erste Ort auf dem Weg ins East End, der mir einfiel.«

»Ach so, eine gute Idee. Hoffentlich hat es Ms. Evans bis dorthin geschafft.«

»Sie meinen, falls die Killer, die wir eigentlich gar nicht angestellt haben sollten, ihr nicht den Garaus gemacht haben?«

Allardyce machte augenblicklich ein betretenes Gesicht.

Thom schlug sich mit einer Faust auf das Knie. »Wir müssen sie unbedingt finden, bevor die es tun.«

Wieder wurde es unangenehm still zwischen den beiden, als der Wagen den Tunnel des U-Bahnhofs Blackfriars erreichte und hineinfuhr.

Allardyce rutschte nervös auf seinem Platz hin und her. »Reed hat die Männer auf uns angesetzt, nicht auf Evans. Ihr sind nur Kundschafter gefolgt, die wahrscheinlich darauf gewartet haben, dass sie sich mit uns in Verbindung setzen würde. Diese Leute werden ihr nichts tun.«

»Aber Sie denken doch wohl nicht, dass Reed ihr das einfach so durchgehen lassen wird, oder? Bestimmt wird man uns alle drei als Landesverräter darstellen, die benutzt und dann aus dem Weg geschafft wurden – vermutlich von Declan McIver und der IRA.«

Allardyce gab ihm schulterzuckend recht, als sie den Tunnel hinter sich ließen.

Thom legte den Lautsprecherschalter wieder um. Das Lämpchen leuchtete rot auf. »Wir haben es uns anders überlegt. Bringen Sie uns bitte zur Hinterseite der Canary Wharf in der Nähe des Blackwall Basin.«

»Wird gemacht, Sir.«

Thom schaltete erneut ab. Der Fahrer hielt sich unterdessen rechts und fuhr gleich hinter dem Tower in Richtung Norden.

»Dass wir Evans dort drüben finden, ist äußerst unwahrscheinlich. Und Sie gehen davon aus, dass sie weder die U-Bahn noch ein Taxi genommen hat. Falls doch, kann sie überall sein, bloß nicht mehr in East End.«

Thom seufzte und fuhr sich über das Gesicht.

»So frustrierend es auch sein mag, wir tun trotzdem gut daran, uns irgendwo zentral aufzuhalten und auf ihren Anruf zu warten.«

»Vergessen Sie das von gerade eben«, sagte Harold, nachdem er den Lautsprecher erneut eingeschaltet hatte. »Wir wollen jetzt doch zur Christ Church.«

»So langsam sollten Sie sich mal einig werden, Mann.«

»Halten Sie den Mund und tun Sie einfach nur Ihren Job.«

»Vollspinner!«

Thom stellte die Anlage wieder ab, als der Fahrer bremste, um eine scharfe Kurve zu nehmen, die weiter nach Norden führte.

Auf einmal ertönte ein schrilles Klingeln. Thom schaute Allardyce an, und dieser fasste sich kopfschüttelnd an den Mantel. »Das ist nicht meins.«

Es war Thoms Smartphone. Er nahm es heraus und sah sich aufmerksam die angezeigte Nummer an. »Das ist Smith.«

»Gehen Sie ran. Vielleicht gibt es ja was Neues über Blaney oder Mr. O'Reilly.«

»Thom?«

»Hier ist Graham Smith aus Dumfries.« Der Mann hatte eine tiefe Stimme und sprach mit einem schottischen Akzent.

Thom tippte auf das Freisprechsymbol. »Haben Sie etwas gefunden, Inspektor?«

»Ja, eine Leiche.«

Wieder begegneten sich die Blicke der beiden.

»Touristen sind heute Abend darauf gestoßen, kurz bevor es dunkel wurde; an einem Fluss ungefähr dreißig Meilen von hier.«

»Haben Sie die Leiche schon identifiziert?«

»Nein, aber die Beschreibung deutet ganz auf Blaney hin.«

Thom seufzte erleichtert.

»Der Staatsanwalt ist jetzt da und wird den Toten noch heute Nacht in die Royal Infirmary bringen. Ich melde mich noch einmal bei Ihnen, sobald ich mit ihm gesprochen habe.«

»Danke, Inspektor. Ich werde mein Handy über Nacht griffbereit halten.«

»Bis dann.«

Smith trennte die Verbindung.

»Wenigstens war es nicht Shane.«

Thom steckte das Telefon wieder ein. »Ja, und auch nicht Evans.«

Nun läutete es erneut. Es war der gleiche Klingelton, den Thom eingestellt hatte.

Allardyce zögerte zunächst beim Herausziehen seines Smartphones. Als er dann aber die Nummer des Anrufers sah, reichte er es Thom.

»Hallo?«

»Oh, Harry. Gott sei Dank.«

»Ramona. Wo stecken Sie? Sind Sie in Sicherheit?«

»Ich denke schon, jedenfalls für den Augenblick.«

»Wo sind Sie?«

»In einer Telefonzelle ein paar Blocks von Bermondsey Station entfernt.«

»Einwandfrei, das war sehr klug von Ihnen.« Thom fiel ein Stein vom Herzen. »Ist Ihnen jemand gefolgt?«

»Nein, da bin ich mir ganz sicher.«

»Wir sind gerade mit einem Taxi unterwegs nach Whitechapel. Können wir uns dort treffen?«

»Dazu muss ich zwar durch Waterloo und Westminster, aber ja.«

»Nein. Steigen Sie einfach an der London Bridge aus und gehen Sie dann über die Themse zum Monument. Von dort, bis nach Aldgate East ist es nur ein Katzensprung. Wir warten an der Christ Church auf Sie.«

»Okay, gut.«

Thom hörte es rascheln, während Evans an dem Telefon nestelte. »Ramona?«

»Ja?«

»Seien Sie bitte vorsichtig.«

»Ja, natürlich.«

Das Handy piepte nach Beendigung des Gesprächs. Thom warf es auf den Sitz und schaute dann Allardyce an, während das Taxi unter den Hochbahnschienen des Londoner Nahverkehrs durchfuhr, woraufhin die Glasfassaden und Lokalschaufenster von St. Katherine und Wapping den alten Ziegelsteinwohnbunkern der Mittelschicht von Whitechapel wichen. »Sie haben definitiv eine Menge zu erklären.«

# Kapitel 53

*22:26 Uhr Ortszeit, Fournier Street, Whitechapel, Ostlondon, England*

»Am 30. September 1888 um ein Uhr früh fuhr Louie Diemschutz mit seiner Kutsche auf Dutfield's Yard vor. Dabei wieherte sein Pferd und bäumte sich auf.«

Der Umhang tragende Schauspieler hielt eine Kerze in die Höhe, damit man sein Gesicht sah. »Als Diemschutz auf den Boden schaute, um zu verstehen, was los war, sah er etwas Dunkles vor dem Eingang der Berner Street 40 liegen. Nachdem er vom Bock gesprungen war, um es genauer zu untersuchen, schlug er ein Streichholz an, damit er es besser erkennen konnte, doch die Flamme erlosch beinahe sofort wieder im Wind.« Bei diesen Worten blies er die Kerze aus. »Aber in der kurz aufflackernden Helligkeit konnte er den langgestreckten Körper einer Frau erkennen … Elizabeth Stride, das dritte Opfer von Jack the Ripper …«

»Verzieh dich.« Thom zündete sich eine Zigarette an, als der Schauspieler in Reichweite kam und ihm eine Hochglanzbroschüre entgegenstreckte, die eine der vielen Besichtigungsrundfahrten durch den Bezirk mit Bezug auf den Serienmörder bewarb. Da der Mann einsah, dass er bei ihm nicht landen konnte, wich er zurück und wandte sich ab, um woanders auf Zuschauerfang zu gehen.

»Unsägliche Schwindler«, knurrte Thom. »Eine Handvoll Prostituierte werden aufs Entsetzlichste ermordet, und die machen einen ganzen Wirtschaftszweig daraus.« Er sah sich von dem überdachten Gebäudeeingang aus, wo er saß, auf der Straße um und zog an seiner Zigarette. In der Tat umgab diese Gegend etwas Unheimliches, was an den schmalen Kopfsteinpflasterstraßen, einer stattlichen gotischen Kirche, in der sich die örtlichen Prostituierten einst vor Ordnungshütern versteckt hatten, sowie den beengenden Verhältnissen inmitten von Reihenhäusern mit verfärbten Backsteinfassaden lag – und natürlich auch an den Lampen, die alles in gespenstisches Licht tauchten.

»Schon irgendetwas Neues?«, fragte er über Funk, denn Allardyce hatte in einem Elektronikgeschäft in der Nähe zwei Walkie-Talkies für sie gekauft. Die Verbindung war zwar eher rauschend als *be*rauschend, doch so konnten sie sich wenigstens miteinander unterhalten, ohne in Hörweite des jeweils anderen sein zu müssen, und obwohl die Kanäle bestimmt nicht abhörsicher waren, war kaum anzunehmen, dass Samuel Reed diese auf der Suche nach den beiden überwachte.

»Nichts«, antwortete Allardyce über das zweite Gerät. »Ich sehe sie nirgendwo – und im Übrigen auch sonst keinen Menschen.«

»So ein Mist.«

»Ist ja immer noch Zeit. Von Bermondsey aus braucht man ungefähr vierzig Minuten hierher, und unterwegs verhält sie sich bestimmt unauffällig. Sie wird schon bald hier sein.«

»Pff, falls Ihre beschissenen Killer sie nicht vorher kriegen.«

»Killer war vielleicht doch eine zu drastische Bezeichnung«, fuhr Allardyce aus seinem Versteck fort. »Ich habe vor lauter Aufregung vermutlich ein wenig übertrieben.«

Thom schnaubte. »Nun gut, dass uns Kugeln um die Ohren fliegen, war auch nicht das, was ich mir unter Witzemachen vorgestellt habe. Ich bin nur froh, dass der Kerl uns verfehlt hat.«

»Das lag wohl weniger an seiner Genauigkeit als an den Patronen. Es war nämlich Unterschallmunition, die beim Feuern fast lautlos ist, aber eben nur für sehr kurze Entfernungen vorgesehen ist.«

»Oh, na großartig. Wir bezahlen also nicht bloß Killer, sondern statten sie auch noch mit Munition aus, die Hinrichtungen aus unmittelbarer Nähe ermöglicht. Einfach fantastisch. Gibt es vielleicht sonst noch etwas, das Sie mir zu beichten haben? Rauben Sie mir meine Illusionen doch am besten in einem Rutsch, und nicht stückchenweise.«

»Sie haben doch gar keine Illusionen mehr. Diese Männer sind keine kaltblütigen Mörder wie im Kino, die herumlaufen und jeden ausschalten, der sich nur Schnipsel von potenziell schädlichen Informationen aneignet. Sie arbeiten für die Abteilung B, und ich versichere Ihnen, dass ihr normales Tagewerk vollkommen routinemäßig ist. Betrüblicherweise – für sie, genauso wie für uns – scheint Reed beschlossen zu haben, sie alles andere als routinemäßig einzusetzen. Kaum vorstellbar, was er ihnen erzählt haben muss, um sie glauben zu machen, diese Befehle seien rechtens.«

Thom zog wieder an seiner Zigarette, wobei die glühende Spitze kurz Licht auf seine Mundpartie warf.

»Es ist so, wie ich es beschrieben habe«, fuhr Allardyce fort. »Der Mann, der dort in der Gasse sein Leben ließ, war bestimmt kein schlechter Mensch.«

Thom blies Qualm aus. »Trotzdem, dass der MI5 noch nicht einmal vor Mord zurückschreckt, geht mir einfach gegen den Strich.« Die bläuliche Rauchfahne waberte vom Kirchhof über die Straße.

Allardyce seufzte schließlich. »So viele Tote, und wozu? Nur, um Premierminister werden zu können? Das scheint es mir kaum wert zu sein.«

Thom richtete sich auf und drückte seine Zigarette aus, als ein Eisentor an der hinteren Mauer, die den Hof umgab, knarrte und ein Schatten in einem Frauenmantel vortrat. Sie schaute erst nach links, rechts und hinten, bevor sie zögerlich an der Seite der Kirche entlangging.

»Sehen Sie das?«

»Ja.« Thom schaute angestrengt hin, erkannte das Gesicht der Frau jedoch noch nicht. »Ich sehe sie. Ist das Ramona?«

»Lässt sich noch nicht genau sagen.«

»Ich geh mal näher ran, um sie besser sehen zu können.«

Ein Klicken im Lautsprecher bestätigte ihm, dass Allardyce seine Worte gehört hatte.

Thom beobachtete weiter, wie die Frau am Gebäude vorrückte, ohne zu bemerken, dass er sich zwischen den geparkten Autos am Straßenrand verbarg. Sie hatten keinen exakten Treffpunkt mit Ramona Evans ausgemacht, sondern ihr nur gesagt, dass sie an der Christ Church auf sie warten würden.

Er rührte sich nicht, bis die Gestalt schließlich an einer Ecke der Kirche stehen blieb. Sie war so groß wie Evans, doch er erkannte ihr Gesicht im Dunkeln leider immer noch nicht. Während sie innehielt, starrte er sie aufmerksam an.

»Ahh!«

Zu diesem Schrei bewog die Frau ein anderer Schatten mit einem Umhang, der nur wenige Zoll vor ihr hinter der Kirchenwand hervorsprang. »Am 30. September 1888 um …«

»Lassen Sie mich sofort in Ruhe!«

»Ich habe dir schon einmal gesagt, dass du dich verziehen sollst«, knurrte Thom nun hinter den beiden am Rand des gepflasterten Hofs. Der Schauspieler drehte sich um und schaute ihn abfällig an. »Na los, hau ab! Du kannst deinen Quatsch doch auch sonst wo verzapfen.«

Der Mann verdrehte die Augen und verschwand. Ramona fiel Thom um den Hals und drückte ihr Gesicht gegen seine Brust.

Er hielt sie fest, während er sich im angrenzenden Gewerbegebiet nach Gefahren umschaute. »Haben Sie getan, was Allardyce vorgeschlagen hat? Sind Sie an der London Bridge ausgestiegen?«

Sie nickte.

»Gut. Und wurden Sie verfolgt?«

»Nein.« Sie zog die Nase hoch. »Ich habe das Gebäude, in dem ich wohne, durch den Hintereingang verlassen, habe zwei Mal kehrtgemacht und bin unterwegs immer wieder stehen geblieben, aber da war niemand.«

»Und das Telefon haben Sie weggeworfen?«

»Das habe ich in der Wohnung liegenlassen.«

»Auch gut. Gehen wir jetzt besser von der Straße runter.«

***

Thom blickte zurück, als die schwere Holztür der Kirche zufiel, was unter der hohen Decke des Saals ein lautes Echo erzeugte.

Allardyce kam jetzt durch den Mittelgang auf sie zu, nahm dabei sein Funkgerät heraus und schaltete es aus. Nachdem er sich auf einen von zahlreichen Stühlen mit Holzlehnen gesetzt hatte, die sich im Hauptschiff aneinanderreihten, legte er es neben sich.

»Also dann, erzählen Sie uns alles Weitere bis hierher.« Während er einen Arm über die Rückenlehne seines Platzes legte, wandte er sich Thom und Ramona zu, die mit Blick auf die prunkvolle Kanzel der Apsis hinter ihm saßen. »Was ist genau passiert?«

Ramona runzelte die Stirn. »Ich habe den ganzen Nachmittag damit gehadert, was Sie mir in Lambeth erzählt haben. Ich hatte das Gefühl, das es einfach nicht stimmen kann, weshalb ich es unbedingt meinen Vorgesetzten mitteilen müsse. Das war leider dumm von mir. Ich hätte Ihnen beiden glauben sollen. Reed arbeitet nun in Ihrem alten Büro, Harry. Im Thames House laufen alle Fäden bei ihm zusammen. Er fungiert als Generaldirektor, kümmert sich weiterhin um die Aufgaben von dessen Vertreter und leitet noch dazu die Abteilung T.«

»Mein lieber Schwan.« Thom ließ seinen Kopf hängen. »Alles, was mit diesem Fall zu tun hat, wird unweigerlich auf seinem Tisch landen beziehungsweise von ihm ausgehen – sämtliche gesichteten Informationen, die Beaufsichtigung jeder Außendienstoperation und die Entscheidungen, die er fällen darf, wie er es will. Er verfügt also mittlerweile über die totale Kontrolle.«

Ramona nickte. »Nach dem Lesen meines Berichts wurde er sichtlich nervös. Er sagte, was wir besprächen, müsse unter uns bleiben, und warf die Notizen, die er sich gemacht hatte, einfach weg – ein Verhalten, wie ich es auf der Führungsebene noch nie zuvor erlebt habe. Kein einziges Mal. Da war mir auf einmal klar, dass ich in ernsten Schwierigkeiten stecke. Er meinte, ich müsse mir sofort Urlaub nehmen, und ehe ich das Gebäude verließ, hielt mich auf einmal der Sicherheitsdienst auf. Ich wurde gründlich gefilzt, was fast noch niemals geschehen ist, außer auf Verdacht, und als ich endlich hinaus durfte, fuhr rein zufällig ein Taxi durch die Thorney Street – auch etwas, das so gut wie nie passiert. Alles Weitere habe ich Ihnen ja schon am Telefon erzählt. Merkwürdige Typen und Anrufer, die gleich wieder auflegten, Licht in einer leeren Wohnung auf der anderen Straßenseite. Ich wusste genau, dass da etwas ganz und gar Unlauteres vor sich ging, doch mir fiel niemand ein, an den ich mich hätte wenden können. Also wählte ich irgendwann die Nummer, die Sie mir gegeben hatten.«

»Es kommt leider noch schlimmer.« Thom schaute Allardyce von der Seite an. »Keine fünf Minuten nach Ihrem Anruf machte uns eine Spezialeinheit zur *Bedrohungsreduktion* Ärger.«

»Eine *was?*«

»Killer!«

»Killer? Beim MI5 arbeiten keine …«

»Offensichtlich schon.«

Allardyce bestätigte dies nickend.

»Unglaublich.« Evans hielt sich die Hände vors Gesicht und rieb es, als sei sie unglaublich erschöpft. »Sie meinen also, Reed will uns umbringen lassen?«

»Falls man ihm das durchgehen lässt, ja. Aber die Betonung liegt auf *falls*. Wie ich Mr. Thom bereits erklärt habe, sind das keine Agenten, die einfach so empfindungslos Morde begehen. Sie werden nur in ganz bestimmten Situationen mobilgemacht … wenn eine undichte Stelle beim Secret Service zahlreiche Leben gefährdet. Ausnahmslos alles, was sie tun, muss sich dementieren lassen. Reed nimmt ein erhebliches Risiko in Kauf, sie einzusetzen, und er weiß das auch ganz genau. Nun da wir drei weit genug von unseren Wohnungen entfernt sind, dürften wir nichts zu befürchten haben. Man wird uns auf keinen Fall mitten auf der Straße niederschießen, das kann ich Ihnen garantieren.«

Das glaubte Thom nicht. »Der Kerl in der Gasse schien sich davor nicht unbedingt zu scheuen.«

Allardyce schaute ihn ungehalten an. »Ja, aber noch einmal: Ich denke nicht, dass er uns wirklich treffen wollte. Vielleicht hatte er vor, uns wieder die Leiter hinauf und in die Suite zurückzujagen, damit man uns dort erledigen könnte.«

»Wie dem auch sei, was tun wir jetzt? Darauf warten, dass Reed etwas Besseres einfällt, um uns loszuwerden?«

»Nein. Wir werden uns einen sicheren Fleck zum Übernachten suchen, wo auch Ms. Evans mehrere Tage lang bleiben kann. In der Zwischenzeit fahren wir wie geplant nach Schottland.«

Thom starrte einen Augenblick lang auf den Boden. »Ich kenne nur einen Ort, der diese Kriterien erfüllt.«

# Kapitel 54

*Donnerstag, 07:09 Uhr Ortszeit, am Titisee, Hochschwarzwald, Deutschland*

Declan beugte sich am Ufer des großen Sees nach vorne und schaute in den Nebel auf der Oberfläche, während er Geschirrspülmittel in den Topf spritzte, den er für die Bohnen am Abend zuvor benutzt hatte. Er schrubbte das Innere mit einer Bürste und wusch ihn im Seewasser aus, bevor er sich erhob und auf dem festgetretenen Pfad, den er vom Campingplatz aus genommen hatte, den gestuften Hang hinauf zurückkehrte. Aus der Ferne sah er, wie ein paar andere Camper, die nun nach und nach wach wurden, in ihren Lagern umhergingen. Soweit er es abschätzen konnte, waren die Nachrichten von seinem Tun in Zürich oder dem Überfall auf Schloss Buonas kaum über die Schweizer Behörden der beiden Orte hinaus durchgesickert, doch Harper und er mussten trotzdem weiterhin auf der Hut bleiben.

Er erreichte die Hügelkuppe, ohne außer Atem zu geraten, und ging jetzt zu ihrem Stellplatz am Waldrand. Unter taktischen Gesichtspunkten hatten sie am Abend zuvor versagt, weil sie einfach eingeschlafen waren, und deshalb über Nacht niemand auf das Lager aufgepasst hatte. Declan war eine halbe Stunde zuvor zu sich gekommen und war nun dabei, sich ihrer Sicherheit vor Ort zu vergewissern und ein wenig aufzuräumen, Letzteres ein Vorwand für Ersteres. Harper schlief währenddessen noch.

Er stellte den Topf ab und pfiff leise vor sich hin, als er sich bückte und an einem Häuflein Decken rüttelte, aus dem unten ein Paar Tennissocken herausragten. Prompt wurde die Bettwäsche beiseitegeschoben, Harper saß sofort aufrecht und schaute sich aufgeregt um.

»Sachte, sachte.« Declan hielt seine Hände hoch. »Alles gut, nichts passiert.«

Sie atmete erleichtert auf. »Was, äh … ist denn los?« Ihre Haare waren zerzaust, weil sie diese vor dem Hinlegen nicht zusammengebunden hatte, und ihre Kleider knittrig von der nächtlichen Feuchtigkeit.

Declan lächelte. »Anscheinend haben wir uns beide richtig gründlich ausgeruht.«

»Ohhh.« Sie rieb sich die Augen. »Ich weiß nur noch, dass ich am Feuer mit Ihnen gequatscht habe, es ging um … um …«

»Um Meaghan McCraven.«

»Richtig. Ich Dummkopf.«

Declan machte weder sich selbst noch ihr einen Vorwurf. »Ende gut, alles gut, aber wir sollten uns trotzdem bald auf den Weg machen.«

Harper nickte und erhob sich.

»Ich habe mir etwas überlegt.« Declan schaute dabei zu, wie sie anfing, Sachen aufzulesen und in den Karton zu legen, den sie aus dem Geschäft des Campingplatzes mitgenommen hatten. »Wir packen die ganze Sache glaube ich vollkommen falsch an. Wir sollten eher auf Konfrontationskurs mit diesen Typen gehen, wie ich es zu Allardyce gesagt habe. Uns eine klügere Herangehensweise ausdenken.«

»Und wie wollen Sie das tun?«

»Über den Riesen.«

Harper hielt inne und sah Declan fragend an.

»Ich habe Ihnen doch erzählt, dass er den DDR-Grenztruppen angehört hat, Sie erinnern sich daran?«

»Ja, und dass ich das stark angezweifelt habe.«

»Richtig. Also, nehmen wir doch einmal an, es stimmt. Dann lässt sich, glaube ich, davon ausgehend auch in Erfahrung bringen, wer er ist, ohne dass wir ihn persönlich zum Reden zwingen müssen.«

Das bewog Harper zu einem kritischen Blick.

»Warten Sie doch erst einmal ab, bis ich das Ganze fertig erklärt habe.« Declan stand auf und ging zu ihr. »Dieser Kerl, der ist nicht normal – das ist niemand, dem man täglich auf der Straße begegnet. Sie haben ihn gesehen und wissen, was ich meine.«

Sie nickte wieder.

»Sollte er tatsächlich für den ostdeutschen Grenzschutz gearbeitet haben – und darauf gehe ich jede Wette ein – dann kann man das bestimmt anhand irgendwelcher Dokumente nachvollziehen. Man sagt den Deutschen doch immer nach, sie seien in ihrer Buchführung geradezu pedantisch, und viele jener DDR-Dokumente sind mittlerweile sogar öffentlich einsehbar. Man hat bestimmt die Hälfte der Schauplätze von Machenschaften der Nazis, der Stasi und anderen Verbrecher, die sich während der letzten fünfundsiebzig Jahre dort breitgemacht haben, zu Touristenattraktionen umgemünzt.«

»Ich bin aber nach wie vor der Ansicht, dass Sie sich nur an Strohhalme klammern. Anzunehmen, dass der Typ Grenzbeamter gewesen ist, nur weil er den Mantel eines solchen getragen hat, ist …«

»Aber es ist der konkreteste Anhaltspunkt, den wir haben, beziehungsweise sogar der einzige.«

Harper zog daraufhin ihre Schultern hoch. »Na ja, okay, aber dennoch.«

»Übrigens fußt meine Vermutung ja nicht nur auf diesen Mantel. Ich hatte Umgang mit diesem Schlag Mensch. Länger als zwei Jahre war ich hinter dem Eisernen Vorhang beschäftigt und ich habe gesehen, wie sie gearbeitet haben. Daher weiß ich auch, wie sie sich verhalten, und dieser

Mann sieht nicht nur so aus, sondern drückt sich auch aus wie diejenigen, die ich beobachtet habe, während sie unbewaffneten Bauern auf der Flucht außer Landes in den Rücken geschossen haben.«

»In Ordnung, dann gehörte er eben zu den Grenztruppen. Die DDR-Regierung legte aber durchaus Wert darauf, dass ihre Verbrechen nicht herauskamen. Als sich der Fall der Mauer abzeichnete und sie ihr bevorstehendes Ende erkannten, unternahmen sie große Anstrengungen, um alles zu vernichten, was gegen sie verwendet werden könnte. Selbst wenn dieser Kerl beim Grenzschutz gearbeitet hat und es Aufzeichnungen darüber gab, woher sollen wir dann wissen, dass diese auch erhalten geblieben sind? Und falls ja, ist es immer noch nicht gesagt, ob uns nur dreißig, vierzig oder fünfzig Prozent davon weiterhilft.«

Declan stimmte ihr in diesen Punkt anstandslos zu. »Dahinter steckt eine größere Geschichte, ich habe da so ein Gefühl im Bauch. Der Mann schlägt dermaßen aus der Art, dass es einfach nicht viele andere wie ihn geben kann, schon gar nicht in einem so kommunistisch geführten Staat, der für Menschenrechtsverstöße berüchtigt war und Verfügungen über ärztlich behandelte Bürger für experimentelle Zwecke erlassen hat. Sollte es uns gelingen, Akten über ihn aufzutreiben, finden wir vielleicht auch seine Familie oder jemanden, der weiß, für wen er heute arbeitet – und das wäre für uns ein gewaltiger Satz nach vorn.«

Harper schürzte ihre Lippen. »Ja, das kann sein.«

»Ich meine, welche anderen Optionen haben wir denn? Nehmen wir uns den Kerl zur Brust und bauen darauf, dass er redet, wenn wir ihm Daumenschrauben anlegen? Dazu müssen wir ihn zuerst finden, aber es gibt keine Hinweise darauf, wo er zurzeit steckt. Zuletzt gesehen haben wir ihn an einem Ort, den wir nach all unseren Gesetzesübertritten in den vergangenen paar Tagen auf keinen Fall wieder aufsuchen sollten. Dort dürfte es mittlerweile vor Polizisten nur so wimmeln, und auch wenn wir ihn tatsächlich stellen könnten, müssten wir uns zuvor an seinen Männern vorbei zu ihm durchschlagen – das zu versuchen hat uns bisher nicht sonderlich gutgetan – und darauf spekulieren, dass er letzten Endes in entsprechender Verfassung ist, um auszusagen.«

»Also dann.« Harper öffnete den Kofferraum des VW Golf und stellte den Pappkarton hinein. »Probieren wir's auf Ihre Tour, aber ich bewahre mir dennoch weiterhin meine gesunde Skepsis. Solche Informationen zu sichten, könnte Wochen, ja vielleicht sogar Monate dauern.«

»Geben Sie mir einen Tag Zeit – vierundzwanzig Stunden. Folgen wir bis dahin keiner handfesten Spur, orientieren wir uns einfach wieder um und packen den Stier mit aller Kraft, die wir aufbringen können, bei den Hörnern.«

»Abgemacht.«

»Klasse.« Declan nahm daraufhin sein Smartphone heraus, legte den Akku ein und setzte das Gehäuse wieder zusammen. »Wir brauchen eine Internetverbindung.«

»Sind Sie sicher, dass Sie ausgerechnet diese benutzen wollen?«

»Wir verschwinden doch sowieso bald von hier.«

»Das stimmt. Dann tun Sie es.«

Declan schaltete das Gerät ein und wartete, bis der Startvorgang beendet war. »Zwei Balken Empfang. Hoffentlich reicht das.«

»Worauf haben Sie es denn abgesehen?«

»Irgendein Landesarchiv oder eine andere Quelle, die Militärdokumente kompiliert hat.«

»So etwas dürfte es wahrscheinlich in Berlin geben.«

»Richtig, das kann gut sein.«

»Bis dorthin fährt man von hier aus ein paar Stunden, mindestens.«

»Nicht per Zug, das geht schneller.«

»Wieder auf die Bahn zurückzugreifen ist aber meiner Meinung nach der falsche Weg. Mit dem Auto sind wir besser dran.«

»Schon klar, doch wir müssten dann jederzeit damit rechnen, dass der Diebstahl gemeldet und mit uns in Verbindung gebracht wird.«

»Das ist aber weit hergeholt. Woher soll die Polizei denn wissen, dass wir es waren? Was schätzen Sie, wie viele Autos täglich in Zürich gestohlen werden? Die Stadt ist groß, es sind bestimmt Dutzende.«

Declan ging nicht weiter darauf ein, sondern fütterte die Suchmaschine im Webbrowser mit mehreren Schlüsselwörtern. »Die Verbrechensrate der Schweiz ist verschwindend niedrig.«

»Egal, denn in dem Blecheimer steckt kein Peilsender, und ähnliche Modelle fahren in ganz Europa herum. Ich finde, Sie überschätzen die Kapazitäten der Vollzugsbehörden himmelweit.« Harper raffte die Decken zusammen, unter denen sie geschlafen hatte, und legte sie in den Wagen. »Bevor die deutsche Polizei überhaupt etwas von dem Diebstahl erfährt, müsste ihn ihr Schweizer Pendant bei Europol anzeigen, woraufhin er den ganzen Büroapparat bis zu den Mitgliederbehörden durchwandern dürfte – was ebenfalls Tage oder gar Wochen dauern würde.«

Declan grinste. »Kein Wunder, dass die Regierungen oft nichts geregelt kriegen.«

Harper schaute ihn wieder pikiert an.

»Ach, soll mir recht sein.« Er hielt erneut die Hände hoch. »Sie haben gewonnen, wir bleiben beim Pkw.«

Die Suchmaschine zeigte die erste Ergebnisseite an. »Da haben wir's. Wie wäre es hiermit?« Declan tippte einen Link an. »Ein Artikel einer gewissen Dr. Lena Murawski.« Er ging zum Wagen und lehnte sich neben Harper gegen die Haube, während die Webpräsenz einer medizinischen Zeitschrift – so sah es zumindest aus – aufgebaut wurde. Nachdem er am oberen Bildschirmrand Englisch als Sprache gewählt hatte, lud er die Seite neu.

Harper zog seine Hand näher zu sich, um mitlesen zu können. »Erblast einer finsteren Zeit: eine Studie über Medikamententests an ostdeutschen Patienten.«

Declan überflog den Bericht. »Sie schreibt, dass medizinische Versuche an Behinderten damals recht üblich gewesen seien. Konzerne aus dem Westen hätten die DDR-Regierung großzügig für den Zugang zu menschlichen Subjekten vergütet.«

»Das ist schrecklich, aber was bringt uns das?«

Für Declan lag das Ganze auf der Hand. »Falls die Grenztruppen Behinderte eingestellt haben, dann bestimmt nicht viele. Vielleicht kann uns diese Wissenschaftlerin ja sagen, wie wir den Riesen finden können.«

»Das ist auch wieder extrem weit hergeholt.«

»Ja, sicher.« Declan scrollte zur Biografie der Autorin. »Hier steht, sie arbeitet heutzutage in der Forschung des Deutschen Bundesarchivs, Abteilung Militär.«

»In Berlin, richtig?«

Declan suchte auf der Seite nach der entsprechenden Information. »Nein, in Freiburg im Breisgau. Das ist von hier aus etwa eine knappe Stunde entfernt.«

Harper schaute ihn an.

Er lächelte wieder. »Vierundzwanzig Stunden, das war unsere Abmachung, nicht wahr?«

»Ja. Fahren wir.«

# Kapitel 55

*08:21 Uhr Ortszeit, Wiesentalstraße, Freiburg im Breisgau, Deutschland*

»Da wären wir.« Declan zeigte auf das Gebäude.

Das *BArch-MA*, so die deutsche Abkürzung, stand im Süden der Stadt in einem Bezirk, wo sich Industrie und Wohnsiedlungen die Waage zu halten schienen. Declan schaltete herunter, fuhr rechts ran und blickte dann an den zwölf Etagen hinauf. Das Bauwerk wirkte unscheinbar, umgeben von einem Maschendrahtzaun mit dem Staatswappen auf einem Metallschild, und überragte alle anderen Gebäude in der Umgebung, was nicht nur seine Größe, sondern auch den Sicherheitsaufwand betraf, der dort betrieben wurde.

Sein Standort hätte für die beiden allerdings kein besserer sein können. Denn viele Besichtigungsausflüge führten Gäste der beliebten Schwarzwälder Urlaubsressorts ins südwestlich gelegene Freiburg, das tatsächlich keine Stunde von dem Campingplatz entfernt war, auf dem Declan und Harper übernachtet hatten. Nun jedoch in Anbetracht des sorgsam abgeschotteten Geländes fragte er sich, ob ihr Glück sie vielleicht doch verlassen hatte.

Harper reckte ihren Hals, um bis zum Dach hochschauen zu können. »Sieht nicht gerade einladend aus.«

»Laut Website ist es aber für die Öffentlichkeit zugänglich.«

»Da wir nun mal hier sind, können wir auch genauso gut einen Blick hineinwerfen.«

Declan legte wieder den ersten Gang ein und fuhr an einem von zwei Toren vor, wo ein Kasten mit einer Klingeltaste hing. Diese drückte er und wartete, wobei ihm zwei Überwachungskameras auffielen … eine von oben auf den Wagen gerichtet und die andere durch die Windschutzscheibe auf ihre Gesichter. »Bitte lächeln.«

»Wie kann ich Ihnen helfen?«, fragte eine Frau auf Deutsch. Declan lächelte nun wirklich. »Sprechen Sie Englisch?« Kein Zweifel, sie konnte ihn sehen.

»Ja.« Sie wiederholte ihre Frage entsprechend.

»Prima. Guten Tag. Wir sind in Ihr Land gekommen, um unsere Stammbäume zu erforschen.«

»Haben Sie einen Termin vereinbart?«

Declan warf einen kurzen Blick zu Harper. »Nein. Wir wussten nicht, dass das vonnöten ist.«

Das Tor vor ihnen rollte jetzt langsam seitwärts. Das Getriebe des elektrischen Öffners knarrte beim Ziehen an der Kette, mit der es an dem Gitter befestigt war.

»Melden Sie sich bitte am Empfangsschalter an.«

Declan und Harper sahen einander kurz an, während er weiterfuhr und auf einen praktisch leeren Parkplatz einbog. Dabei schaute er sich unauffällig auf dem Gelände um. Neben dem zwölfstöckigen Hauptgebäude befanden sich, hinter dem Zaun noch vier weitere mit je einer Etage, die an Lagerhallen denken ließen. Wegen der hohen Umfriedung, die mit Stacheldraht verstärkt war, der Kameras und der geschützten Toreinfahrten schien man Sicherheitskräfte aus Fleisch und Blut wohl nicht mehr zu brauchen.

»Was erzählen wir denen denn jetzt überhaupt?«, fragte Harper, als Declan vor einer Tür anhielt, bei der es sich wahrscheinlich um den Haupteingang handelte.

Er trommelte einen Moment lang mit den Fingern auf dem Lenkrad herum. »Ich heiße Richter mit Nachnamen, und mein Vater ist nach Großbritannien ausgewandert, als ich noch klein war. Ich habe allerdings einen Onkel, dessen Namen ich nicht kenne. Er soll in Ostdeutschland gelebt und bei den Grenztruppen gedient haben. Das weiß ich, weil mein Vater auf diese Weise aus der DDR floh … eben mithilfe seines Bruders. Wir suchen deshalb nach Informationen über ihn und Mitglieder einer Familie, die er gegründet haben könnte.«

»Verstanden. Klingt ganz so, als müssten wir uns länger hier aufhalten.«

Declan beachtete ihren Zynismus nicht weiter, auch weil ihm beim Aussteigen ein mechanisches Brummen auffiel. Als er zu den vermeintlichen Lagerhallen hinüberschaute, die allesamt keine Fenster hatten, sah er auf jedem Dach eine Reihe viereckiger Metallkästen – Belüftungsaggregate für Industriezwecke, wie er mutmaßte, zur Regulierung der Innentemperatur, um den Verfall empfindlicher Schriftstücke zu verhindern, die man vermutlich dort aufbewahrte.

Er drehte sich um und folgte Harper über einen betonierten Weg zur Tür des Archivs, deren Metallblatt nur ein schmales Schlitzfenster besaß. Sie öffnete die Tür und trat ein. Declan blieb hinter der Schwelle stehen, solange sich seine Augen noch an die schwache Beleuchtung gewöhnten. Dann erkannte er, dass das Büro selbst für Regierungsverhältnisse sehr schlicht eingerichtet war. Es belief sich auf eine Reihe von Metalltischen mit schulterhohen Trennwänden dazwischen und in einer Reihe stehender Aktenschränke an der Wand gegenüber. Eine gelangweilt wirkende Frau mit Dutt und dicht vor ihren Augen sitzender Brille erhob sich spürbar wenig begeistert, um die Gäste zu begrüßen.

»Ohne einen Termin müssen Sie zuerst einen Leseantrag ausfüllen, um Einlass ins Archiv erhalten zu können.« Sie heftete jetzt einen dünnen Stoß Formulare aus einem Ordner auf ihrem Tisch zusammen und hielt sie den beiden hin.

»Und wenn wir doch einen Termin haben?«, fragte Declan und trat näher, ohne die Papiere entgegenzunehmen.

»Dann hätten Sie das am Tor bestimmt gesagt und die notwendigen Angaben bereits per E-Mail eingereicht.«

»Ach so.« Schließlich ließ er sich die Blätter geben. »Womöglich können Sie uns ja mitteilen, ob die Art von Informationen, die wir suchen, überhaupt hier gelagert wird, bevor wir uns hiermit Arbeit machen.«

Darauf reagierte die Angestellte mit ungeduldiger Miene, und Declan erzählte ihr die Geschichte, die er bereits im Auto mit Harper durchgesprochen hatte.

Danach sagte die Frau tief Luft holend: »Die Bestände des Militärarchivs umfassen circa hunderttausend Bände deutscher Militärgeschichte seit 1867. Es handelt sich dabei um eine Sammlung von Schriftstücken aus diesem Bereich, wie sie in Hinblick auf die turbulente Ära, die sie abdeckt, nicht vollständiger sein könnte. Dass Informationen zu der Person, die Sie suchen, hier hinterlegt sind, ist also sehr gut möglich, doch sie ohne einen Namen zu finden, ist fast unmöglich.«

»Dieser Mann«, begann Declan aus dem Stegreif, anstatt sich weiter an das zu halten, was er sich zurechtgelegt hatte, »entsprach nicht der Norm. Mein Vater beschreibt ihn als ungewöhnlich groß und außerordentlich stark behaart, was bei mir den Verdacht auf so etwas wie eine krankhafte Störung erregt hat. Und das kann bestimmt nicht üblich gewesen sein in einem … einem Land wie …«

»Der Deutschen Demokratischen Republik als Toilette des Kommunismus.« Zum ersten Mal, seit die Zwei eingetreten waren, ließ sich die Frau aus der Reserve locken. »Jawohl. Meinen Eltern war nicht so viel Glück beschieden, derart teilnahmsvolle Verwandte zu haben. Sie litten und starben hinter der Mauer.«

»Das tut mir sehr leid.« Harper schaute verlegen auf den fleckigen Teppich vor ihren Füßen.

Declan schwieg, um dem heiklen Thema mit gebührender Andacht Rechnung zu tragen.

Die Frau riss sich wieder zusammen und stellte sich an ihren Schreibtisch.

»Wir sind kürzlich im Internet auf die Studie einer gewissen Frau Dr. Lena Murawski gestoßen, in der es um die Behandlung geistig und körperlich Behinderter in der DDR ging. In ihrer Biografie stand, dass sie hier in der Forschung arbeitet. Ist das korrekt?«

»Ja, das ist es.«

Nun lächelte Declan wieder. »Schon klar, wir kommen unangekündigt, aber eigentlich habe ich gehofft, mit ihr sprechen zu können. Wäre das eventuell möglich?«

Die Frau griff zu einem Telefon. Declan achtete genau auf ihren Gesichtsausdruck, während sie wählte. Die meisten Europäer, die er auf Reisen getroffen hatte, waren stets ausgesprochen hilfsbereit und hinlänglich an Touristen gewöhnt gewesen. Speziell Deutsche kamen mitunter ein wenig schroff daher, was aber in der Regel meist an Missverständnissen aufgrund ihrer peniblen Art lag.

Nach einem kurzen Gespräch legte die Angestellte wieder auf. »Ich habe gerade mit ihr gesprochen, sie kommt gleich herunter.«

Declan knuffte Harper mit einem Ellbogen in die Seite.

»Der Form halber füllen Sie aber bitte noch den Leseantrag aus, solange Sie warten.«

# Kapitel 56

Declan unterschrieb am unteren Rand der letzten Seite des Doppelblatts mit dem deutschen Namen von dem Reisepass, den er bei sich trug. Als er den letzten Strich der eleganten Signatur zog, die er sich spontan ausgedacht hatte, ging eine Tür hinter den Metallschreibtischen auf, und eine blonde Frau in einem dunkelblauen Rock und einer Bluse trat ein.

»Guten Tag.« Sie lächelte und sprach mit deutlich schwächerem Akzent als die Empfangsangestellte. »Ich bin Lena Murawski, Forschungsleiterin für die DDR-Zeit. Johanna hat erzählt, Sie suchen nach jemandem, der den Grenztruppen angehört und an irgendeiner Behinderung gelitten haben könnte.« Sie kam mit einer ausgestreckten Hand auf Declan zu.

»Ja.« Harper baute sich vor ihm auf, ehe er die Hand der Wissenschaftlerin schütteln konnte. »Den Onkel meines Ehemanns.«

Die Frau blieb abrupt stehen, lächelte aber weiter, als sie Harper ihre Aufmerksamkeit widmete. »Und wie viel wissen Sie über ihn?«

Harper wiederholte die Geschichte, die Declan gerade eben erzählt hatte, wobei sie noch weitere Körpermerkmale hinzufügte, an die sie sich nach ihren Begegnungen mit dem Riesen erinnerte, und gab vor, diese von alten Familienfotos zu kennen. Er hörte ihr gespannt zu. Sie tat sich wie die meisten britischen Geheimdienstagenten eher durch geistige Stärke als durch Muskelschmalz hervor. Sie war wirklich eine ausgemachte Lügnerin.

»Ich verstehe.« Murawski lächelte immer noch, als Harper mit ihrer Beschreibung fertig war. »Er muss heute schon sehr alt sein – und ein Held für Ihre Familie, kein Zweifel. Stand Ihr Vater, nachdem er aus der DDR geflohen war, nicht mehr mit ihm in Kontakt?«

Declan erwiderte ihr Lächeln. »Mein Vater starb leider, als ich noch die Grundschule besuchte. Geblieben sind mir nur die Erinnerungen an ihn und die Beschreibungen seines Bruders. Er hat meiner Schwester und mir oft geschildert, wie er gemeinsam mit unserer Mutter getürmt ist. Als Kinder hingen wir den beiden immer gebannt an den Lippen.«

»Wir wissen, dass es ohne Namen nahezu ausgeschlossen ist, ihn zu finden.« Harper nickte der Empfangsdame an ihrem Schreibtisch zu. »Andererseits hoffen wir, dass Sie imstande dazu sind, uns wenigstens in die richtige Richtung zu lenken.«

»Ja, das kann ich auch womöglich. Bitte folgen Sie mir.«

Murawski drehte sich um und ging auf die Tür zu, durch welche sie kurz zuvor hergekommen war. Harper schloss sich ihr zuerst an, dann Declan, der noch kurz stehen blieb, um Johanna den Leseantrag zu überreichen und ihr stumm, aber aufrichtig *Danke sehr* zu sagen.

»Mein Fachgebiet ist die medizinische Forschung in Deutschland während des Zweiten Weltkriegs und der Jahrzehnte danach.« Murawski öffnete die Tür für die beiden. »Meine Magisterarbeit befasste sich mit dem Zusammenbruch des Kliniksystems in der Republik und dessen Auswirkungen auf die Bevölkerung.«

Sie führte ihre Gäste jetzt durch einen tapezierten Flur, in dem alle Türen geschlossen waren. Auf jedem der Schilder daneben stand »Lesesaal«. Am Ende befand sich ein Fahrstuhl, dessen Rufknopf sie drückte, woraufhin sie gemeinsam warteten.

»Meine Doktorarbeit habe ich über die Behandlung von Menschen geschrieben, die von Geburt an psychisch gestört waren oder im Laufe ihres Lebens geistigen Schaden genommen hatten. Sie wissen bestimmt, dass die Nationalsozialisten Experimente mit Behinderten durchgeführt haben, die entsetzlicher nicht hätten sein können. In den letzten Jahren haben wir außerdem Dokumente entdeckt, die finanzielle Schulterschlüsse zwischen vielen globalen Pharmaunternehmen und der DDR-Regierung nachgewiesen haben, wodurch nicht regulierte und unbeaufsichtigte Menschenversuche seitens westlicher Staaten möglich geworden sind.«

Declan fluchte leise. »Und Sie haben eine Liste der Opfer oder etwas in der Art?«

Die Aufzugkabine kam nun an, und die Tür öffnete sich zur Hälfte, bevor sie irgendwo festzuklemmen schien. Murawski schob sie mit einem entschuldigenden Lächeln ganz auf.

»Ja, sozusagen.« Dann trat sie ein. »Ich finde von Woche zu Woche mehr Beweise, habe dazu aber auch viele Akten sichten müssen. Vor sechs Monaten habe ich eine Übertragung von Berlin zu uns beantragt, um mit der Sondierung militärischer Aufzeichnungen beginnen zu können.« Nachdem die Tür zugegangen war, fuhr der Fahrstuhl hoch. »Bislang lassen die Ergebnisse allerdings noch zu wünschen übrig. Sie können sich bestimmt gut vorstellen, dass die Nationale Volksarmee Gebrechen bei ihren Soldaten überhaupt nicht gerne gesehen hat. Ich interessiere mich jedoch weniger für die Soldaten als für diejenigen, mit denen sie in Berührung gekommen sind. Ihre Beschreibung – ein großer Mann mit starkem Haarwuchs – erinnert mich konkret an einen Fall, der mir vor ein paar Monaten zwischen die Hände kam.«

Declan und Harper schauten einander an. *War es dieser Wissenschaftlerin durch Zufall gelungen, die Identität des Riesen zu bestimmen, der sie während der beiden vorangegangenen Tage durch die Schweiz gejagt hatte?* Als der Aufzug den vierten Stock erreichte, öffnete sich die Tür wieder nur bis zur Hälfte, weshalb Murawski sie erneut von Hand aufschieben musste.

Die beiden folgten ihr jetzt durch einen weiteren tapezierten Flur mit vielen Türen. Eine davon öffnete sie, nachdem sie etwa auf halben Weg stehengeblieben war. »Mein Büro.« Sie trat zur Seite und streckte einen Arm aus, um die beiden hineinzubitten.

Declan sah sich beim Betreten des Raums aufmerksam um. Er war eng wie das Gebäude insgesamt und genauso karg eingerichtet, ausgenommen einiger weniger Privatfotos, die logischerweise Murawski aufgestellt haben musste. *Waren sie und Johanna eigentlich die Einzigen, die hier arbeiteten?* Er musste wohl erst noch weiteren Angestellten begegnen, obwohl die Zahl der Pkws auf dem Parkplatz suggerierte, dass es wenigstens noch ein paar geben musste.

Die Frau schloss die Tür hinter sich, nachdem sie hereingekommen war, und ging zu einem Aktenschrank neben ihrem Schreibtisch. Dort zog sie ein Schubfach auf, blätterte durch Kartonmappen und nahm schließlich eine Akte heraus.

»Der Mann, den ich meine, heißt Maximilian Karg.« Sie reichte die Mappe an Harper weiter.

Diese schlug sie auf.

Declan schaute mit hinein und war unglaublich überrascht. »Das ist er!« Dann hielt er sich erschrocken eine Hand vor den Mund, denn er wollte ja die Fassade aufrechterhalten, dass er auf der Suche nach einem lange verschollenen Verwandten hergekommen war. »Er muss es sein.«

Als Harper ihm die Mappe anbot, nahm er sie. Das Foto, das am oberen Rand mehrerer auf Deutsch beschrifteter Seiten festgeheftet war, zeigte einen riesenhaften Mann mit zerrauften, schwarzen Haaren, der an einem Picknicktisch saß und augenscheinlich einen Krankenkittel trug. Er war zwar korpulenter als der Brutalo und hatte ein noch hässlicheres Gesicht, entstellt von welchem Leiden auch immer, doch die äußerliche Ähnlichkeit ließ sich definitiv nicht leugnen. Zumindest zeichnete diesen Mann die gleiche Behinderung wie den Riesen, weshalb er auch ein Blutsverwandter sein könnte.

Murawski setzte sich an ihren Schreibtisch. »Ich habe nichts gefunden, was darauf hindeutet, dass er bei den Grenztruppen gedient hat, aber eine Verbindung zwischen ihm und ihnen bestand definitiv. Sein Lebenslauf ist wirklich hörenswert.«

»Wieso?« Declan zog das Foto heraus, um sich die Seiten darunter genauer anzusehen. Er überflog das Geschriebene. Anscheinend handelte es sich dabei um Murawskis Notizen zu einem Treffen mit dem Mann auf dem Bild. Darunter steckte ein mit Buntstiften bemaltes Blatt, das ein schlossähnliches Gebäude und mehrere grinsende Strichmännchen zeigte. Es sah aus wie die Zeichnung eines kleinen Kindes für seine Eltern.

»Max, wie er gern genannt werden wollte, wuchs in Thüringen auf, nicht weit entfernt von dem Heim für körperlich und geistig Behinderte, wo er heute lebt. Seine Familie ist anscheinend in keiner Weise aktenkundig geworden, doch seinen Ärzten und Therapeuten gelang es, seinen Werdegang über die Jahre hinweg anhand kleiner Details, die er während seiner Behandlung und in Gesprächssitzungen preisgab, relativ vollständig zu dokumentieren.« Murawski zeigte auf das Bild in Declans Hand. »Und mithilfe seiner Zeichnungen, die nicht immer so ... farbenfroh sind.«

Er klappte das Blatt zur Seite, um ein weiteres darunter zu betrachten. Darauf waren verkleinert viele andere Zeichnungen abgebildet, alle mit einem schwarzen, blutüberströmten Hund, der entweder von bewaffneten Soldaten oder von Leichen umgeben war.

»Die Division der Grenztruppen, die an der Grenze zwischen Thüringen und Hessen in der Nähe seines Geburtsorts stationiert war, überzeugte fast alle Bewohner auf der ostdeutschen Seite davon, dass Max – der liebe Max, der keiner Fliege etwas zuleide tat – der Werwolf von Volkerode sei.«

Harper wiederholte: »*Der Werwolf von Volkerode?* Was soll denn das sein?«

Murawski lächelte, sie wirkte selbst ein wenig verständnislos. »Ein Ungeheuer aus einer Geschichte, mit der man kleinen Kindern und ungebildeten Dorfleuten im Mittelalter Angst eingejagt hatte. Der deutsche Volksschatz kennt viele solche Legenden, doch meines Wissens nach wurde keine andere auf diese Weise missbraucht. Die Grenzbeamten redeten den Menschen vor Ort nicht nur ein, dass Max dieser Werwolf wäre, sondern sie verübten sogar grausame Gewaltakte, die der Junge mit ansehen musste, und hängten ihm dann die Innereien seiner vermeintlichen *Opfer* um den Hals. Mit dem ganzen Theater vertrieben sie nach und nach jeden aus dem Grenzgebiet. Nach dem Mauerfall in Berlin und der Auflösung der Armee, stürzten sich die Bewohner der Gegend zuallererst auf Max und versuchten, ihn zu töten. Wie durch ein Wunder überlebte er und landete schließlich ein paar Jahre später auf verschlungenen Wegen in der Obhut der Anstalt Königsborn.«

Declan und Harper wechselten wieder Blicke untereinander.

Murawski lächelte erneut. »Sie ist ein privat subventioniertes Langzeitheim, benannt nach der Villa beziehungsweise deren Grundstück am Rand von Volkerode, auf dem sie steht.«

»Das muss mein Onkel sein. Ich meine, wenn ich an einige der Fotos zurückdenke, die ich kenne, hat sich sein Aussehen natürlich verändert. Er war darauf jünger, dünner und nicht so stark vernarbt im Gesicht, aber das hier kann nur er sein. Hat sich sein Zustand verschlimmert, oder ...«

Murawski zog ihre Schultern hoch. »Das weiß ich leider nicht. Um es zu erfahren, müssten Sie mit seinen Ärzten sprechen. Sie haben sich aber ausgesprochen entgegenkommend gezeigt, als ich sie aufgesucht habe, nachdem ich Max' Geschichte gehört hatte. Er hat – soweit bekannt – keine Angehörigen, doch da es sich bei der Anstalt, wo er untergekommen ist, um eine Privateinrichtung handelt, die nicht von unserer Regierung gefördert wird, muss irgendjemand für seine Pflege dort zahlen. Vielleicht hat sein Lebenslauf ja das Herz wohlhabender Gönner dergestalt berührt, dass sie sich seiner angenommen haben.«

»Wir sollten dort hinfahren und ihn besuchen.«

Declan nickte.

»Falls Max wirklich Ihr Onkel ist und seinem Bruder tatsächlich bei der Flucht aus der DDR geholfen hat, waren die Misshandlungen der Grenzwachen eventuell eine Strafe dafür.«

Declan konnte dem leider nur zustimmen. Er hatte hinter dem Eisernen Vorhang mehrmals von Regierungsinstanzen verübte Grausamkeiten bezeugt, weshalb er wusste, dass sie zumindest nicht unvorstellbar, wenn nicht sogar relativ üblich gewesen waren. »Danke, Frau Murawski.« Er stand auf und bot ihr seine Rechte an. »Sie waren äußerst hilfreich.«

»Wirklich sehr, ja.« Harper erhob sich und schüttelte die Hand der Forscherin ebenfalls. »Wir sagen Max, dass Sie uns geschickt haben.«

»Bitte tun Sie das. Und sollte sich herausstellen, dass er tatsächlich Ihr Verwandter ist, würden Sie mich bitte über seine Verfassung auf dem Laufenden halten? Er ist wirklich ein ganz besonderer Mensch.«

»Versprochen.« Declan öffnete die Bürotür, woraufhin Harper als Erste hinausging. »Nochmals danke.«

***

Nachdem er die Fahrertür des VW zugezogen hatte, steckte er den Schlüssel ins Zündschloss.

Harper stieg neben ihm ein. »Was meinen Sie?«

»Dass unser Riese Max' Bruder oder Cousin ist. Irgendein enger Verwandter jedenfalls. Die Ähnlichkeit lässt einfach keinen anderen Schluss zu.«

»Das mag sein, aber Sie haben Murawski ja gehört. Er ist sowohl körperlich als auch geistig behindert. Selbst wenn unser Mann tatsächlich mit ihm verwandt ist: Was lässt Sie glauben, dass Max in der Lage ist, uns irgendetwas Nützliches über ihn zu erzählen?«

»Ich will ja gar nicht mit Max reden. Mich interessiert eher die Finanzbuchhaltung dieser Anstalt. Wer dafür zuständig ist, muss nämlich den Namen desjenigen kennen, der für Max' Aufenthalt dort aufkommt, und ich wette darauf, dass es entweder unser Riese selbst oder dessen Arbeitgeber ist. Auf jeden Fall gewinnen wir eine Menge, wenn wir es in Erfahrung bringen, sodass wir den Typen endlich eine Nasenlänge voraus sind.«

Harper entfaltete daraufhin eine Landkarte der Region, an der sie sich auf der Hinfahrt orientiert hatten, und betrachtete sie einen Moment lang. »Von hier aus sind es mehr als fünfhundert Kilometer bis nach Volkerode. Am besten brechen wir sofort auf.«

# Kapitel 57

*08:14 Uhr Ortszeit, Rowdowns Road, Dagenham, Ostlondon, England*

Das sichere Versteck, das Thom vorschwebte, war ein stuckverziertes Endreihenhaus, das man anscheinend nachlässig hinter älteren Backsteinbauten angefügt hatte. Statt der üblichen Eisengitter oder kniehohen Ziegelmauern, welche die meisten Gärten in der Gegend eingrenzten, stand hier ein Holzzaun, und das Gras dahinter war fast so hoch wie dessen Latten, ein Zeugnis der Nachlässigkeit der älteren Bewohnerin und des Sohnes, der beruflich zu viel zu tun hatte, um regelmäßig zu Besuch zu kommen, geschweige denn Rasen zu mähen.

An einem kleinen Tisch vor einer Küchenzeile, die extrem renovierungsbedürftig war, nippte Allardyce an einer heißen Tasse Kaffee und wartete, während Thom bei seiner Mutter nach dem Rechten sah, einer liebenswerten Frau mit ersten Anflügen von Zerstreutheit und nur noch schwachem Verständnis für Dinge, die über ihren eigenen Lebensalltag hinausgingen. Allardyce schaute sich in der Küche und dem kleinen Wohnbereich um. Er selbst war in eine Familie hineingeboren worden, deren Reichtum gewährleistet hatte, dass ihm ein Leben in solchen Verhältnissen stets erspart geblieben war. Genauer gesagt waren die vergangenen acht Stunden die längste Zeit gewesen, die er je in einer für den gewöhnlichen Briten normalen Wohnung verbracht hatte. Allerdings hatten ihm die kurze Ruhepause, die warme Dusche und die Mahlzeit in diesem Haus in Anbetracht der gegebenen Umstände sehr gut getan. Er lächelte kurz, als Ramona Evans eine aufgewärmte Tasse Kaffee aus der Mikrowelle nahm und sich zu ihm an den Tisch setzte.

»Und Sie glauben wirklich, dass wir hier sicher sind?« Sie sprach leise und warf einen Blick zur Treppe hinauf, um sich zu vergewissern, dass Thom sie nicht hörte. Dass sie Vorbehalte hegte, was die Sicherheit in ihrem Geheimversteck für die nächsten paar Tage betraf, erkannte man an ihren Augen.

Allardyce fand dies ein wenig undankbar. »Ich denke, dass Sie woanders kaum sicherer sein könnten, meine Teure, und hier ist es wesentlich gemütlicher als in durchschnittlichen Schlupfwinkeln, wie Sie sie sicherlich auch allzu gut kennen, nachdem Sie Agenten betreut haben, die sich vermutlich regelmäßig in solche zurückziehen mussten.«

»Es ist bloß ... na ja, es ist das Haus seiner Mum. Wie kann es sein, dass der MI5 nicht weiß, wo die Mutter eines Abteilungsleiters wohnt?«

Allardyce senkte seine Stimme ebenfalls. »Sie ist nicht seine leibliche Mutter. Mr. Thom und sein Bruder wurden in einem Heim von St. Christopher's erzogen. Die Frau, die sie bis heute *Mum* nennen, war eigentlich nur eine Sozialarbeiterin, die sich vor all den Jahren um ihre Bedürfnisse gekümmert hat, wobei sie die beiden aber nie offiziell adoptiert hat.«

Evans betrachtete die Tasse in ihren Händen. »Ich sollte den Generaldirektor vermutlich nicht anfechten, aber es gibt einen Grund dafür, dass Sie den Secret Service geleitet haben.«

Allardyce wies dies schnaubend von sich. »Ich weiß davon, weil Thom es mir erzählt hat. Gestern Abend, als wir herkamen, war ich genauso skeptisch und habe ihn darauf angesprochen. Seine Erklärung entsprach genau dem, was ich Ihnen gerade gesagt habe. Diese Elternbeziehung basiert einzig und allein auf Liebe, ganz und gar unkompliziert und ohne Biologie oder Bürokratie.«

Evans lächelte zaghaft und schlürfte ihren Kaffee. Ihre Verlegenheit dauerte an, bis er weitersprach.

»Unabhängig davon, wie alles enden wird, bedauere ich es, dass Sie in das Ganze hineingezogen wurden.«

»Hmm. Tja, ich würde gerne behaupten, ich sei eher ein wahrheitsliebender Mensch, anstatt einfach nur in den Tag hineinzuleben und so zu tun, als sei immer alles eitel Sonnenschein, aber ich habe ehrlich gesagt noch nie etwas anderes als das getan. Zu keiner Zeit wollte ich eine Heldin sein, großartig etwas bewegen oder etwas in der Art. Mein Job beim Geheimdienst war nichts weiter als das: ein Job.« Sie trank noch einen Schluck. »Wenn ich die letzten fünfzehn Jahre zusammenfasse und mir vor Augen halte, was sie mich gekostet haben – Sozialkontakte, ein Sexleben, einen Ehemann, womöglich sogar Kinder – frage ich mich ernsthaft, wie ich es so lange in diesem Dienst aushalten konnte. Wahrscheinlich hatte ich nie genug Schneid, um über den Tellerrand dessen hinauszuschauen, was so schnell zur Gewohnheit wurde. Gut möglich, dass mir das Schicksal jetzt zu verstehen gibt, dass ich etwas ändern muss.«

Allardyce streckte eine Hand aus und legte sie auf die von Ramona, als Thom aus dem schmalen Treppenhaus kam. »Wir schauen in ein paar Tagen wieder vorbei und dann werden wir alles aufklären. Falls Sie ein Gewohnheitstier sind, werde ich mein Bestes geben, um dafür zu sorgen, dass Sie es auch bleiben können.«

»Fertig?« Thom klappte den Kragen seines Mantels hoch.

Allardyce stand auf.

»Jeden Tag kommt eine Pflegekraft hierher und bleibt ein paar Stunden, um ihr bei der Hausarbeit zu helfen.« Thom wandte sich Evans zu und wies nickend auf die Treppe. »Ich habe dem Dienst für die nächsten Tage abgesagt, damit sich die Nachbarn nichts weiter dabei denken, wenn sie Sie sehen.«

Evans lächelte wieder zaghaft. »Hört sich an, als sei meine Tarnung perfekt.«

Thom grunzte und verließ das Haus.

Draußen fühlten sich die beiden unweigerlich in die harte Wirklichkeit zurückgeworfen: Die Sonne ging auf, die Wohnsiedlung wurde munter. Falls die Anwohner Allardyce erkannten, würde die Gerüchteküche der Greise, die vorwiegend in Dagenham lebten, sofort zu brodeln beginnen und die Tarnung auffliegen, die für Evans vorgesehen war. Dann würde nicht mehr viel bis zu einer Katastrophe fehlen.

»Wir müssen jetzt schnell verschwinden.« Thom wartete, während Allardyce auf die Vorderterrasse trat und die Haustür schloss. »Es sind schon viel zu viele Leute wach, und die Morgenstaus dürften sich mittlerweile aufgelöst haben.« Das Einzige, was Dennis gefährlicher werden könnte als neugierige Nachbarn, war das Steckenbleiben im Verkehr neben Autofahrern, die im Radio die Frühnachrichten hörten. Also hatten die beiden ihren Aufbruch bis zum Ende der ersten Stoßzeit des Tages hinausgezögert. »Bis zur Fernstraße sind es von hier aus nur ein paar Meilen. Wenn wir uns beeilen, kommen wir noch vor zwölf in Dumfries an.«

Allardyce stimmte ihm zu. Der vom Staat eingesetzte Inspektor, der mit Rory Blaneys Verschwinden betraut war, hatte bei seinem letzten Anruf bestätigt, dass die Leiche am Vorabend gefunden worden und in der Tat der ehemalige Spion der Real IRA sei. Nun würde man zur Autopsie übergehen, und der Pathologe könnte bis zum Lunch bereits vorläufige Ergebnisse einreichen.

Als die beiden unter dem Vorbau heraustraten, setzte Allardyce seinen Filzhut und eine Sonnenbrille auf. Sie gingen um das Haus zu einer geschotterten Einfahrt, wo Thoms Vauxhall Vectra, ein neueres Modell, neben dem hellroten BMW seiner Mutter stand.

»Hase!«

Er drehte sich erschrocken nach der Frauenstimme um. Die Haustür war wieder aufgegangen, und nun trippelte eine alte Dame heraus, die eine Blechdose und eine Thermoskanne in den Händen hielt.

»Möchtest du denn gar keine Wegzehrung mitnehmen? Du könntest unterwegs hungrig werden.«

Thom schaute peinlich berührt drein, während sie ihm die Dose in die Hände drückte und ihn auf die Wange küsste.

»Du bist ein braver Junge!« Sie schüttelte den Kopf und wandte sich dann an Allardyce. »Und Sie auch. Mir ist egal, was die auf den fürchterlichen Nachrichtensendern über Sie erzählen. Wenn mein Hase sagt, Sie seien ein guter Mensch, dann glaube ich ihm das. Sehen Sie zu, dass ihm nichts geschieht, und bringen Sie ihn wieder wohlbehalten zu seiner Mutter zurück, ja?«

Allardyce schmunzelte und schaute kurz zu Ramona hinüber, die jetzt auch an der Haustür stand. »Sicher doch.«

»Danke, Mum.« Thom spitzte seinen Mund und schien seine Schnürsenkel auf einmal sehr spannend zu finden. »Wir kommen morgen oder übermorgen wieder zurück.« Nachdem er die Fahrertür des Vectra aufgezogen hatte, stieg er ein.

Allardyce tat es ihm auf der anderen Seite gleich. *»Hase?«* Er schloss seine Tür grinsend.

Thom sah ihn entnervt an. »Eigentlich war ich ein pummeliges Kind. Trotzdem nennt sie mich so, seit ich denken kann. Erzählen Sie das aber bitte nicht Shane, okay?«

# Kapitel 58

*14:17 Uhr Ortszeit, Queensberry Street, Dumfries, Schottland*

»Warum halten wir denn hier an?« Allardyce schaute sich um, als Thom einen Block hinter der Stadtmitte von Dumfries mit dem Vauxhall an den Straßenrand fuhr. Über den Sandsteingebäuden in der Umgebung und einer Statue des Dichters Robert Burns ragte der Turm der mittelalterlichen Greyfriars Church auf.

»Ist doch ein schöner Tag, um sich mal die Beine zu vertreten.«

»Hier?« In den zahlreichen Restaurants herrschte ein stetes Kommen und Gehen. Weiter unten an der Straße arbeitete ein Bauunternehmen. »Ich finde das einen Tick zu öffentlich.«

Beide waren sich dahingehend einig, dass der Staatsbeamte, mit dem sie sich besprechen wollten, herausgefunden haben könnte, dass man Thom entlassen hatte, und das Treffen demnach eventuell eine Falle sein könnte. Deshalb hatten sie beschlossen, dass er am besten allein ging, und Allardyce mehrere Meilen Abstand hielt.

Thom blieb weiterhin gelassen. »Die Gegend bietet sich halt an. Genießen Sie das Landschaftsbild und schlagen Sie ein paar Haken für den Fall, dass Ihnen jemand auf den Fersen sein sollte. Sollte alles glattgehen, hole ich Sie dann in einer Stunde eine halbe Meile südlich von hier am Dock Park ab.

»Aye, Hals- und Beinbruch.« Allardyce setzte seinen Hut auf und stieg aus.

Thom fuhr weiter.

*14:25 Uhr Ortszeit, Royal Infirmary – Bankend Road, Dumfries, Schottland*

Das elektronische Schloss der Tür zischte leise hinter Thom. Er ging an der Anmeldung vorbei, wo zwei gelangweilt wirkende Medizintechniker saßen.

»Wohin der Herr?« Keiner der beiden schaute hoch.

Thom zog seine Brauen zusammen. »Zum Leichenschauhaus.« Er blieb nicht stehen. Immerhin kannte er den Weg. Der Inspektor hatte ihm genau erklärt, wo der Tote lag, wegen dem er hier war. Als er einen in die Jahre gekommenen Fahrstuhl erreichte, drückte er eine Taste, woraufhin sich die

Tür öffnete. Dann betrat er die Kabine mit Blick in den Flur hinein, den er gerade genommen hatte. Ein Mann mit einem grau melierten Bart, der ihm äußerlich etwas Wildes angedeihen ließ, betrat gerade das Gebäude und blieb vor der Anmeldung stehen. Die Aufzugtür ging zu, gerade als er die Techniker am Schalter ansprach.

Thom fuhr jetzt ein Stockwerk tiefer in den Keller. Dort tat sich vor dem Fahrstuhl ein weiterer langer Flur auf, der sich kaum von dem im Erdgeschoss unterschied, bloß dass hier kein natürliches Licht einfiel. Die weißen Wände und die Leuchtstofflampen schufen ein Ambiente, wie es trister nicht hätte sein können, doch andererseits führte dieser Weg ja auch in ein Leichenschauhaus, obendrein in einem Gebäude, das nur Verletzte oder Kranke aufsuchten. Darum brauchte es wahrscheinlich auch nichts Feierliches herzumachen.

Thom ging nicht weit, sondern kam bereits nach kurzer Zeit an einem Wandschild vorbei, auf dem »Totenaufbewahrungsraum« stand, und blieb vor dessen Tür stehen, die mit B107 gekennzeichnet war. Es handelte sich dabei um einen Untersuchungssaal, in dem er sich mit Detective Smith treffen sollte. Wenn er die Tür öffnete, würde der Inspektor vielleicht vor der Leiche stehen, umringt von bewaffneten Polizisten, die nur darauf warteten, Thom in ein Gefängnis zu werfen, oder – schlimmer noch – einer der Mörder, die es gar nicht geben sollte, würde eine schallgedämpfte Pistole auf seinen Kopf richten. Die Vorstellung, der MI5 habe Killer welcher Art auch immer eingestellt, wirkte immer noch surreal für ihn, weshalb ihm im Moment niemand mehr geheuer war, mit dem er in den letzten paar Tagen Bekanntschaft gemacht hatte. *Würde Reed es auch auf Smith und sogar auf seine Familie abzielen, nur um seinen Verrat zu verschleiern? Wie weit war dieser Mann zu gehen bereit?*

Thom zögerte dementsprechend, den Türknauf zu drehen. Im Laufe der Jahre hatte er als Angestellter des MI5 schon viele unangenehme Situationen erlebt, weshalb es ihm auch nicht fremd war, dem Tod nahe zu sein. Die Führung von Staatsspitzeln auf Belfasts Straßen zu Hochzeiten des Nordirlandkonflikts hatte ständige Schulterblicke nach etwaigen Schützen und die stete Frage nach sich gezogen, wann sein Auto wohl beim Betätigen der Zündung explodieren würde. In den Jahrzehnten jedoch, seit ihm ein Posten im Thames House zugefallen war, hatte er ganz vergessen, wie intensiv sich der Drang, die Flucht zu ergreifen, tatsächlich auf Körper und Geist auswirkte.

Schließlich machte er die Augen zu und drehte den Knauf. Weglaufen kam nicht infrage. Während er die Tür aufdrückte, riss er sich mit aller Kraft zusammen. Beim Eintreten sah er einen bärbeißigen Mann mit einem Anflug von grauen Bartstoppeln, einer Glatze und einem braunen Filzhut in der

Hand, der den Eindruck erweckte, gerade eine Achterbahnfahrt durchlitten zu haben. Neben ihm stand ein blonder Kerl, der freundlicher wirkte und einen Tweed-Anzug mit Manchester-City-Anstecknadel am Aufschlag trug, sowie ein ernst dreinblickender Mann, der sichtlich indischer Abstammung war und einen weißen Laborkittel trug. Die Drei hatten sich an einer fahrbaren Trage zusammengefunden, auf der ein zugedeckter Menschenkörper lag.

Harold war zutiefst erleichtert, niemanden mit der Absicht anzutreffen, ihn zu töten.

Der düster aussehende Mann schaute auf und nickte. »Thom?«

Thom nahm seinen Angestelltenausweis des Verteidigungsministeriums heraus.

»Detective Inspector Smith, Special Branch.« Der Mann warf einen flüchtigen Blick auf die Marke und wandte sich dann den anderen beiden zu. »Das sind Col Bury, Staatsanwalt für Dumfries und Galloway, sowie Vinay Kolhatkar, der pathologische Assistent hier.«

»Freut mich, Sie kennenzulernen«, sagte Thom, klang dabei aber überhaupt nicht so.

»Ich muss zugeben, so etwas zum ersten Mal zu tun«, gestand ihm der Staatsanwalt. »Detective Inspector Smith hat mir einen Namen und eine Adresse genannt und die Identität des Mannes mit einem Führerscheinfoto bestätigt, doch dass er verschwunden war, schien offenbar niemand bemerkt beziehungsweise niemanden gekümmert zu haben.«

Thom brummte etwas Unverbindliches. Ermittlungen infolge des Todes von Informanten warfen stets mehr Fragen auf, als Aufschluss zu geben, und dieser Fall würde da wohl keine Ausnahme bilden.

Der Pathologe deckte nun Kopf und Oberkörper der Leiche auf. Es war ein Mann über dreißig mit dunklen, pomadisierten Haaren, wulstigen Höckern über den Augen und einer spitzen Nase. Er hatte auffallend reine Haut, und die Beleuchtung im Raum hob seine Totenblässe noch zusätzlich hervor. Quer über seinen Bauch und den unteren Brustbereich zogen sich zahlreiche offene Schnittwunden, die ungefähr zwei Zoll tief waren. Die Haut hatte sich an einer Seite vom Fleisch gelöst und war aufgeplatzt, die andere Seite nahm eine kreisrunde Prellung ein.

»Zuerst haben wir eine Akte ohne Namen für ihn angelegt«, erklärte der Anwalt, »doch auf Smiths Geheiß hin wurde er als Rory Blaney ausgewiesen, wohnhaft in Lockerbie, Sherwood Crescent 9. Können Sie etwas damit anfangen?«

Thom nickte in Erinnerung an das MI5-Dossier des Mannes. »Ja. Das ist Rory Blaney. Sieht nach Messerstichen aus. Waren sie auch die Todesursache?«

Der Pathologe zeigte auf die Verletzungen und erklärte: »Es wurde mehrmals auf ihn eingestochen, ja, doch das hat ihn nicht umgebracht, sondern ihn nur außer Gefecht gesetzt, sodass er sich nicht mehr wehren konnte. Früher oder später wäre er diesen Wunden ohne ärztliche Behandlung erlegen, aber letzten Endes erfolgte sein Tod durch Ertrinken.«

Dies bestätigte auch der Inspektor. »Er wurde mit gefesselten Händen und Füßen im Water of Ae entdeckt.«

Kolhatkar hob die Seite des Lakens an, um auf Druckstellen an einem Handgelenk zu verweisen. »Die Abschürfungen sind teils jüngeren, teils älteren Datums, wie man an den verheilten Stellen erkennen kann, was bedeutet, dass er nicht unmittelbar nach der Fesselung starb. Die Gelenke wurden zusammengebunden, woraufhin er eine Zeit lang daran zerrte und es schließlich aufgab, oder man nahm ihm die Fesseln irgendwann ab. Dann müssten ihm später aber neue angelegt worden sein, an denen er sich wiederum schnitt, während er versuchte, sie zu lösen. All das lässt die gleiche Vermutung zu: Er wurde vorübergehend am Leben gehalten und erst dann ertränkt.«

Szenen aus dem Video der Geiselnehmer – Shane verprügelt und gefesselt – zogen vor Thoms geistigem Auge vorüber. »Water of Ae? Nie gehört.«

»Das ist ein Nebenarm des Annan«, erklärte Smith. »Er fließt vom Forest of Ae aus nach Südosten Richtung Lockerbie. Blaney klemmte an einer seichten Stelle auf der Höhe eines Parkplatzes fest, der zu einem beliebten Wanderweg ungefähr fünfzehn Meilen nördlich von hier gehört.«

»Wurde er dort auch ertränkt oder von woanders angeschwemmt?«

Der Inspektor schlug eine Mappe auf und legte mehrere Tatortfotos auf den zugedeckten Unterleib der Leiche. »Im Wasser selbst ließen sich keinerlei Spuren finden, aber auch in der unmittelbaren Umgebung deutete nichts darauf hin, dass ihm dort Gewalt angetan worden war. Man könnte ihn also durchaus weiter flussaufwärts hineingeworfen haben, sodass er bis dorthin trieb, doch sonderlich weit entfernt kann die Stelle trotzdem nicht gewesen sein. Denn der Fluss ist selbst jetzt nach den verstärkten Regenfällen nicht sehr tief und ein eher träges Gewässer.«

Der Pathologe nickte. »Das Wasser macht leider auch die Bestimmung des Todeszeitpunkts schwierig, weil es die natürliche Abkühlung des Körpers beschleunigt hat. Wenn ich mich allerdings festlegen müsste, würde ich mit Bezug auf seine einsetzende Starre sagen, dass er irgendwann gestern während der frühen Morgenstunden gestorben ist.«

»Ich bin heute Morgen ein Stück weit den Fluss hinaufgegangen, um nach Belegen dafür zu suchen, dass der Mord dort geschehen ist, habe aber nichts entdeckt. Sich da draußen zurechtzufinden ist nicht ganz leicht. Der Wald gehört immerhin zu den abgeschiedensten Orten im Süden Schottlands.«

»Also kannten sich die Täter in der Gegend aus?«

Der Inspektor wollte sich nicht darauf festlegen. »Schwer vorstellbar, dass sich jemand dort herumtreibt, ohne zu wissen, wohin er will, aber wie ich schon sagte: Die Region zieht viele Wanderer an, also kann ich das leider genauso schlecht einschätzen wie Sie.«

Thom überlegte. »Ich werde die erforderlichen Papiere vorbereiten lassen und Anweisungen zum Überstellen der Leiche hierherschicken.«

Der Pathologe deckte Blaneys Torso und Gesicht wieder zu, während Smith die Fotos an sich nahm.

»Ich gehe mal davon aus, dass Sie uns im Rahmen der Strafverfolgung auf den aktuellen Stand bringen werden«, meinte der Staatsanwalt.

»Die Strafverfolgung wird wahrscheinlich nicht mehr in Ihren Zuständigkeitsbereich fallen, sollte es dazu kommen«, antwortete Thom.

Bury fuhr sich mit der Hand über seine kurz geschnittenen Haare. »Wie dem auch sei, setzen Sie mich bitte über alles in Kenntnis, was ich wissen sollte.«

Nachdem Thom ihm dies versprochen hatte, verließ der Mann den Raum und Kolhatkar schloss sich ihm kurz darauf an.

Smith betrachtete die Liege nachdenklich. Außer Thom war er der Einzige im Raum, der wusste, dass man Blaney wegen seiner Tätigkeit als MI5-Informant ermordet hatte. Der Staatsanwalt und der Pathologe ahnten bestimmt etwas, doch nichts würde je bestätigt werden, es sei denn, man bezog den Fall in breiter angelegte Nachforschungen ein, von denen Teile der Öffentlichkeit davon erfuhren, worauf Thom insgeheim hoffte.

»Auf dem Grabstein wird nicht einmal sein wirklicher Name stehen, oder?«, fragte der Inspektor.

Thom schüttelte den Kopf. »Seine Angehörigen werden nie erfahren, dass er gestorben ist, und jetzt nach dem Tod wird er so einsam bleiben, wie er es vermutlich zeit seines Lebens gewesen ist. So läuft es aber leider nun einmal.« Thom wandte sich ab, um zu gehen.

Um die Wahrheit zu sagen, hatte Blaney seines Erachtens nach sogar noch Glück gehabt. Falls er entlarvt und deshalb umgebracht worden war, dann von denjenigen, die er bespitzelt hatte. Der MI5 wickelte seine Akte jetzt wohl ab, als habe er nie existiert, und niemand würde nach den Mördern fahnden. Die einzigen Hinweise darauf, dass er in der Gegenwart unter diesem Namen in diesem Land gelebt hatte, würden in versiegelten Dokumenten im Thames House zu finden sein. Es war eine kalte und harte Realität, entsprach aber der Art und Weise, wie diese Dinge gehandhabt wurden, wenn es andere Quellen zu schützen und akute Bedrohungen im Auge zu behalten galt. In dieser Situation bestand zumindest ein wenig Hoffnung darauf – egal wie gering sie auch sein mochte – dass Blaneys Mörder ihre gerechte Strafe noch bekommen würden.

»Danke für Ihre Hilfe.« Thom öffnete die Tür und verließ den Raum. »Geben Sie bitte Bescheid, wenn Sie noch etwas Neues herausfinden.«

Nachdem er die Tür hinter sich geschlossen hatte, drehte er sich um und stieß mit einem Mann zusammen. »Verzeihung.« Im Vorbeigehen begegneten sich die Blicke der beiden.

Es war der wild aussehende Kerl mit dem schwarzgrauen Bart, den Thom vorhin schon im Erdgeschoss gesehen hatte. »Entschuldigen Sie.« Er schaute rasch weg und steckte dann die Hände in seine Taschen, während er weiter durch den Flur ging.

Thom beobachtete ihn einen Augenblick lang. Fremde hatten ihn noch nie stutzig gemacht, doch mittlerweile kam ihm jeder bedrohlich vor. Er verwarf den Gedanken aber wieder, als der Mann um die Ecke verschwand. Nun war es an der Zeit, Allardyce abzuholen und sich in den besagten Forest of Ae zu begeben.

# Kapitel 59

*14:59 Uhr Ortszeit, St. Andrew's Church, Shakespeare Street, Dumfries, Schottland*

Allardyce schaute am Turm der katholischen Kirche hinauf, während er mit seinen Fingern über das rostige Eisentor fuhr, das den Durchgang zum Heiligenschrein versperrte. Er wusste nicht genau, wie alt das Bauwerk war, doch seine Architektur und die Verwendung von Sandstein ließen an eine weit zurückliegende Epoche denken. Das Felsgestein, das noch vereinzelt sichtbar war und einen Teil des Hofs der moderneren Kirche umschloss, deutete an, dass der Turm und sein Zwilling zehn Yards weiter einst die Eckpunkte eines wesentlich größeren Gebäudes markiert hatten. Solche Dinge hatten Dennis schon immer hellauf begeistert. Dass das Altertümliche gegenüber dem Neuzeitlichen überwog, hob seine Heimat von anderen Ländern ab und lockte Besucher aus aller Welt an die Gestade des eigentlich winzigen Eilands. Er las die Inschrift der Kupferplatte an der Südmauer des Turms und verweilte noch einen Moment, indem er vorgab, sie weiter zu betrachten, obwohl er in Wirklichkeit die Umgebung ins Auge fasste. Er war auf Umwegen durch die Straßen der alten Stadt gekommen und bisher hatte er noch niemanden bemerkt, der ihn verfolgte. Entweder beschattete ihn die gesamte Bevölkerung, oder Thom und er waren tatsächlich unbeobachtet.

Auf einmal ertönte eine Hupe. Als er sich umdrehte, bog der blaue Vauxhall um die Ecke. Sie hatten gar nicht abgemacht, sich hier zu treffen. Dennis schaute auf seine Uhr. Zu früh war es noch dazu. *War etwas schiefgegangen?* Er schob seine rechte Hand in die Manteltasche, während Harold am Bordstein entlangrollte.

»Was haben Sie herausgefunden?« Allardyce öffnete die Beifahrertür und schaute in den Wagen hinein.

»Gleich. Steigen Sie erst einmal ein.«

Er sah sich noch einmal um.

»Ja, ich weiß, ich bin früh dran und wollte Sie eigentlich woanders abholen, aber hier ist ja sonst niemand. Falls doch, hätten wir ihn längst bemerkt.«

Allardyce fiel jetzt ein grüner Peugeot auf, der am Ende der Straße anhielt, aus der Thom wenige Augenblicke zuvorgekommen war. Der Fahrer schaute in ihre Richtung und sprach dabei in ein Mobiltelefon. *Hatte der Mann seinen Gefährten hierher verfolgt, oder litt er schon wieder unter Paranoia?*

Erneut hupte jemand – der Fahrer eines Wagens, der hinter Thom hatte bremsen müssen. Er warf die Arme in die Luft, die universelle Geste für ein: *Worauf um alles in der Welt wartest du?*

Nach einem letzten Blick auf den grünen Peugeot stieg Allardyce in den Vauxhall.

Thom gab sofort Gas und bog hinter der Kirche ab. »Blaney wurde erstochen und fünfzehn Meilen nördlich von hier in der Nähe eines Ortes namens Ae in einen Fluss geworfen.«

»Der ist mir ein Begriff, aber ich kenne mich dort leider nicht aus.«

»Muss wohl ziemlich weitab vom Schlag sein, überwiegend Waldgebiet. Smith meinte, die Täter müssen mit der Gegend vertraut gewesen sein, sonst hätten sie das nicht im Dunkeln durchziehen können.«

»Oder sie haben sich eine Zeit lang irgendwo in der Umgebung versteckt.«

Thom nickte. »Exakt. Das ist zwar nicht viel, aber einen konkreteren Anhaltspunkt haben wir momentan nicht. Von dort aus ist es auch nicht weit bis in die Städte, wo die Bomben hochgingen, und nach Glasgow, wo man O'Reilly zuletzt gesehen hat, weshalb sich der Wald als Versteck eigentlich aufdrängt. Immerhin ist es ein Anfang. Sobald wir aus der Stadt verschwunden sind, halten wir an und schauen uns auf der Karte genauer an, was uns erwartet.«

Er bog um eine weitere Spitzkurve und fuhr durch einen Kreisverkehr weiter nach Westen. Nach einer Meile verschwanden die Sozialwohnbauten und Backsteinfassaden allmählich, woraufhin Lagerhallen und die Lokale des Geschäftsviertels von Dumfries das Bild bestimmten.

Allardyce lehnte sich zurück, legte seinen linken Arm auf den Fensterrahmen der Tür und schaute in den Seitenspiegel. Etwa hundert Yards hinter ihnen fuhr scheinbar ohne Eile der grüne Peugeot – eine Entfernung und Geschwindigkeit, die er ein klein wenig *zu* zwanglos fand.

Thom bemerkte, dass sein Begleiter gebannt zur Seite schaute. »Was ist los? Was stört Sie?«

»Grüner Peugeot, keine Insassen außer dem Fahrer. Er ist schon hinter uns, seit wir vorhin losgefahren sind.«

Thom warf ebenfalls einen Blick in den Rückspiegel. »Scheiße.«

Allardyce beobachtete den Wagen weiter. *Folgte der Mann ihnen bewusst, oder konzentrierte er sich in erster Linie auf sein Telefongespräch und achtete kaum darauf, was vor oder hinter ihm geschah?*

»Festhalten.« Thom beschleunigte, obwohl sie sich gerade einem weiteren Kreisverkehr näherten. Er bog ein, ohne zu bremsen, behinderte dadurch zwei andere Autos und verursachte beinahe einen Auffahrunfall. Die Stoßdämpfer des Vectra quietschten merklich, als sich sein Schwerpunkt verlagerte, doch Thom nahm seinen Fuß trotzdem nicht vom Gaspedal und starrte gebannt auf die Nadel des Tachometers.

Allardyce ließ den Peugeot nicht aus den Augen. Der Fahrer bremste beim Einordnen in den Kreisverkehr kurz, um an den beiden Wagen vorbeizukommen, denen Thom den Weg abgeschnitten hatte, wurde dann aber ebenfalls wieder schneller und schloss zusehends auf, womit sich bestätigte, dass er sie in der Tat verfolgte und jetzt auch wusste, dass sie es erkannt hatten.

»So ein Mist!« Thom schlug mit einer Faust auf das Lenkrad. Ihr Anhang gab die Route vermutlich gerade per Handy weiter, *bloß an wen? An die Polizei? Den Secret Service?*

Meile um Meile zog ohne Seitenstraße dahin, und hohe Hecken zu beiden Seiten vermittelten den Eindruck, es handele sich hierbei um eine Rennstrecke anstatt um die Umgehung der Vororte von Dumfries. Der Vauxhall ließ sich selbst mit durchgetretenem Gaspedal kaum auf siebzig Sachen bringen, also hatte der Fahrer des kleineren, sportlichen Peugeots keinerlei Schwierigkeiten, an ihnen dranzubleiben.

Schließlich lehnte sich Thom zur Seite und öffnete das Handschuhfach. »Nehmen Sie die.« Er zeigte auf eine Walther PPK und zwei Magazine. »Irgendwann ist mal Schluss.«

Allardyce zog die Pistole aus ihrem Holster, steckte ein Magazin ein und lud sie durch.

Direkt hinter einer Überführung war der nächste Kreisverkehr, doch dieser wurde gerade nicht befahren. Auf der Gegenspur näherte sich in der Ferne lediglich eine rote Limousine. Allardyce steckte die Waffe zurück, hob sein Becken vom Sitz und schnallte das Holster unter dem Mantel an seinem Gürtel fest.

Thom nahm den Fuß vom Gas, als sie sich dem Kreisverkehr näherten. Ihr Verfolger ließ sich prompt zurückfallen. »Und los.« Thom trat es wieder durch, bog in die falsche Richtung ein und wich dann einem Wagen aus, der von Osten kam. Jemand hupte, als der Peugeot von der Fahrbahn driftete und gerade noch so eben einer Kollision entging.

»Abgehängt!« Thom schlug siegessicher auf das Lenkrad, während er in den Rückspiegel schaute.

Allardyce richtete sich wieder im Sitz auf, als sie weiterfuhren. Plötzlich sah er etwas am linken Rand seines Blickfelds.

»Achtung!«

Die rote Limousine war ebenfalls falsch in den Kreisverkehr eingebogen. Sie scherte über den Mittelstreifen aus, während Thom auf die Spur in Richtung Westen wechselte, und rammte anschließend die hintere Seitenwand des Vauxhall, sodass sie ins Schleudern gerieten.

Thom lenkte mit aller Gewalt ein, um den Wagen unter Kontrolle halten zu können, war aber zu schnell. Er kam von der Straße ab und krachte kurz darauf in eine Leitplanke.

Das Trägheitsgesetz schlug sich auf Allardyce nieder. Sein Körper bewegte sich im Tempo des nunmehr unbewegten Autos weiter, sodass alles ringsherum verschwamm, ehe der Seitenairbag mit einer Ausdehnungsgeschwindigkeit von fast zweihundert Meilen pro Stunde auf seinen Kopf traf. Schmerzen schossen ihm durch alle Glieder, während er zur Fahrerseite zurückprallte und im Sitz zusammensackte. Er schloss seine Augen und kniff sie krampfhaft zusammen. Tränen traten hervor, doch er kämpfte weiter gegen die Schmerzen an und bemühte sich, wieder Herr seiner geistigen Fähigkeiten zu werden. Leider erholte er sich seit dem Überschreiten der Fünfzig mit jedem weiteren Jahrzehnt deutlich langsamer von Erschütterungen.

»Dennis! Dennis!«

Er spürte plötzlich eine Hand an seiner rechten Schulter und wurde kräftig geschüttelt. »Ich bin … nicht verletzt«, log er, nachdem er die Augen geöffnet hatte, und wünschte sich, das Innere des Wagens würde endlich aufhören, sich um ihn zu drehen. Das Gefühl ließ zum Glück allmählich nach, und er konnte das graue Vinyl der Armaturen fokussieren.

Draußen quietschten jetzt Reifen auf dem Asphalt. Allardyce hob seinen Kopf und schaute durch die gerissene Windschutzscheibe, als der grüne Peugeot an ihnen vorbeiraste. Der Fahrer grinste mit einem Blick auf den demolierten Vauxhall, kurz bevor er sich vom Unfallort entfernte.

# Kapitel 60

*16:10 Uhr Ortszeit, Ecke der Straßen Plutschweg und Rasen, Volkerode, Deutschland*

Declan bremste und schaltete herunter, bis der VW am Westrand des winzigen thüringischen Dorfs Volkerode zum Stehen kam. Wie so viele Ortschaften in Mitteldeutschland lag es umgeben von hügeligen Landwirtschaftsflächen und Wäldern in einem relativ flachen Tal. Bei den meisten Gebäuden handelte es sich um Fachwerkhäuser, und die regenreiche Jahreszeit, die den beiden schon seit Tagen zu schaffen machte, verlieh der Kulisse trotz der milden Temperaturen etwas Unheilvolles.

»Was denken Sie?« Declan schaute an der T-Kreuzung in beide Richtungen, während Harper die Karte studierte, die sie zur Orientierung in der Gegend verwendeten.

Sie waren von Süden gekommen und eine halbe Stunde lang im Kreis gefahren, um die Anstalt namens Königsborn zu finden. Unverständlicherweise gab deren Internetseite keine genaue Adresse an, sondern nur ein Postfach im nahegelegenen Ershausen.

Harper war ratlos. »Keine Ahnung. Wenn ich mich recht entsinne, sah das Heim auf Murawskis Fotos recht abgelegen aus, also wird es wahrscheinlich zwischen den vielen Hängen und Bäumen hier sehr schwer zu finden sein.«

»Das stimmt. Wir sollten uns ein Geschäft im Dorf suchen. Vielleicht kann uns dort jemand den Weg beschreiben.«

Declan fuhr weiter und beschleunigte den Wagen, um auf der kreuzenden Straße wenden zu können. Als er beim Vorwärtsrollen nach Osten schaute, musste er gleich wieder bremsen, weil ein olivgrüner Trabant mit offenem Faltdach und hoher Geschwindigkeit in der Nähe um die Ecke kam.

Er schaute dem Fahrer aufmerksam in die Augen und behielt das Auto im Blick, während es vorbeizog. Die drei anderen Insassen machten allesamt ernste Gesichter und hielten landwirtschaftliche Geräte in die Höhe, als seien es Waffen. Auf dem Heck festgezurrt lag größtenteils ausgeweidet der Kadaver einer Ziege, und die Innereien hingen hinunter.

»Arschloch!« Der Fahrer hupte und streckte seinen Mittelfinger aus.

Declan fuhr wieder an, lenkte nach Westen ein und folgte dem Trabi.

Harper schaute von der Karte hoch. »Was tun Sie da?«

»Ich habe da so eine Ahnung.«

Er trat fester auf das Gas und raste an den letzten Gebäuden des Dorfs vorbei. Nun tat sich ein weites Terrain aus Weizenfeldern vor ihnen auf, und der dürftig befestigte Straßenbelag ging in eine noch ungleichmäßigere Fahrbahn über. Schlecht verlegte Betonplatten mit einem Streifen aus Sand und Gras dazwischen.

Dank des Allradantriebs und der robusten Federung kam der Trabant wesentlich schneller voran als der VW-Kleinwagen, doch Declan ließ sich trotzdem nicht beirren und fuhr weiter, vorbei an der Ruine eines alten Bauernhauses und um eine scharfe Kurve, in der die Hinterräder wegrutschten. Er riss das Lenkrad grob herum und behielt sein Tempo bei, bremste aber ungefähr hundert Yards weiter ab, als die Straße und damit auch der Trabi in einem dichten Wald verschwanden.

»Na, wenn das mal kein netter Zufall ist.« Er blieb am Waldrand stehen und las ein Schild aus faulendem Holz am Straßenrand. Ein Paneel war entweder heruntergefallen oder vom Pfosten gerissen worden, auf dem anderen aber stand in verblassten schwarzen Buchstaben »Königsborn«, nur dass jemand mit roter Farbe *Ungetüm!* darüber gesprüht hatte.

»Was bedeutet das Wort?«

»Monster«, übersetzte Declan stirnrunzelnd.

»Diese Kerle suchen anscheinend Streit. Ich vermute, sie wollen zu diesem Heim.«

»Ob oder ob nicht, es gibt nur einen Weg, um es herauszufinden.«

Er ließ die Kupplung kommen und rollte dann in den Wald hinein, dessen Blätterdach im Verbund mit der starken Bewölkung das Gefühl vermittelte, dass es mitten in der Nacht und nicht kurz nach vier Uhr nachmittags sei. Der Weg mäanderte knapp zwei Kilometer weiter unter fast geschlossenem Laubwerk entlang und zweigte dann am Ende des Waldstücks abrupt nach beiden Seiten ab. Vor ihnen erstreckte sich jetzt ein breites, überwiegend brachliegendes Feld, auf dem vereinzelte Kiefern standen.

Harper betrachtete das Gelände sichtlich vor den Kopf gestoßen, denn dafür war ganz offensichtlich ein üppiger und schöner Wald abgeholzt worden. In einer Richtung erhob sich umwuchert von Gestrüpp ein Stück Maschendrahtzaun, an dem ein verwittertes, unlesbares Metallschild hing.

Als Declan seinen Blick von links nach rechts schweifen ließ, erkannte er, dass sich die Rodung im Norden und Süden in der Ferne verlief wie ein welliges Band. »Die alte Zonengrenze.«

Harper nahm es zunächst stumm zur Kenntnis, was es mit diesem Brachland auf sich hatte. »Der Eiserne Vorhang.«

»Aye. Das muss einmal die Grenze zwischen Thüringen und Hessen, Kommunismus und Demokratie gewesen sein.«

Er betrachtete das Gelände noch einen Moment lang still. Vor Beginn seiner Ausbildung bei der Spezialeinheit der Russen war er gemeinsam mit elf anderen Soldaten der IRA-Truppe Black Shuck über die innerdeutsche Grenze geschmuggelt worden, und zwar durch eine Agentenschleuse – einen von vielen Tunneln, die man im Grenzgebiet an entlegenen Stellen gegraben hatte, um DDR-Spione zur Informationsbeschaffung und Suche nach bekannten Abtrünnigen in den Westen bringen zu können.

Bei seinem letzten Aufenthalt in Deutschland war die Grenze allerdings ein Todesstreifen gewesen, schwer befestigt auf jede nur erdenkliche Art – angefangen bei Stacheldrahtzäunen und Minenfeldern über bewaffnete Patrouillen und Panzersperren bis hin zu Senkgruben zum Schutz gegen Radfahrzeuge und bewehrt von Wachtürmen. Zurück war nur ein öder Landstrich geblieben, angesichts dessen man sich die brutalen Zwänge nur noch schwer vorstellen konnte, denen das Land noch wenige Jahrzehnte zuvor unterworfen gewesen war. Sie gehörten nun wie die Regierung, die sie durchgesetzt hatte, der Vergangenheit an.

Declan lächelte, während er sich daran erinnerte. *War außer ihm und seinen Kameraden überhaupt jemand so dumm gewesen, die Grenze von Westen nach Osten zu passieren?* Viele andere hatten es bestimmt nicht getan. Bei seinem Abstecher hatte er einen ersten Eindruck der Verhältnisse einer kommunistischen Gesellschaft erhalten und wie nie zuvor gewusst, dass sein eingeschlagener Weg vielleicht doch der falsche war. Die *Provisionals* mochten keiner klar festgelegten Ideologie verhaftet gewesen sein, sie waren aber – und das schon seit ihrer Gründung – untrennbar mit *Sinn Fein* verbunden, einer linksgerichteten Partei mit einem Programm, in dem der Sozialismus mitschwang, so wie ihn die Ostblockstaaten kultiviert hatten. Konnten Grenzbefestigungen und bewaffnete Wachposten in einem von *Sinn Fein* regierten Irland zur Normalität werden? Diese Frage hatte er sich während seiner Zeit hinter dem Eisernen Vorhang bei vielen Gelegenheiten gestellt.

»Hey.« Harper berührte seinen rechten Arm, was ihn sofort wieder in die Gegenwart zurückbrachte. »Sehen Sie mal, da drüben.«

Er folgte ihrem Finger zu einem weiteren Schild, das auf Königsborn verwies und allem Anschein nach umgefahren worden war. Nachdem er seine Erinnerungen beiseitegeschoben hatte, wählte er die Strecke nach Norden und fuhr an der ehemaligen Grenze entlang. Der Wald lichtete sich hinter einer scharfen Kurve, wo die Straße eine steile Anhöhe hinaufführte, zusehends.

Declan hielt an. Auf der Kuppe des ungefähr fünfhundert Meter hohen Hügels vor ihnen stand am Rand des Hains, umgeben von einer Feldsteinmauer, die ebenfalls rot mit dem Wort *Ungetüm!* besprüht worden war, ein dreistöckiges Herrenhaus in Richtung der früheren Grenze. Typisch deutsche Architektur mit einem Spitzdach und Holzrahmenfenstern.

Vor einem korrodierten Metalltor parkte tatsächlich der olivgrüne Trabant, dem sie gefolgt waren, jetzt allerdings mit nur einem Insassen auf der Beifahrerseite. Die drei anderen harrten vor der Einfahrt aus und reckten die Werkzeuge, die sie im Wagen mitgenommen hatten, bedrohlich in Richtung Himmel, während sie mit einem Mann in einem weißen Laborkittel sprachen, der hinter dem Tor stand.

Declan fuhr die Steigung hinauf, wurde aber erst bemerkt, als er nur noch wenige Yards hinter dem Trabi stehen blieb.

»Sind Sie sicher, dass das eine kluge Idee ist? Sich mit ein paar Ansässigen anlegen, dürfte das Personal nicht unbedingt davon überzeugen, dass Sie auf der Suche nach einem jahrelang verschollenen Onkel hier sind.«

»Sieht nicht so aus, als würden die gerade einen freundlichen Plausch halten.« Declan stieg aus. »Seid ihr nicht ein bisschen zu alt für halbstarkes Gehabe?«, rief er auf Deutsch.

Ein muskulöser Mann, der wie aus einem Baumstamm geschnitzt aussah, wandte sich daraufhin vom Tor ab und musterte Declan. »Das geht dich nichts an, Tommy.« Er sprach nur gebrochen Englisch und hob drohend eine Schaufel. »Zieh wieder Leine.«

Declan erkannte ihn als den Fahrer des Trabis. »Wir sind hier, um einen Patienten im Heim zu besuchen, und du stehst uns im Weg. Also geht mich das sehr wohl etwas an.«

Der Deutsche lächelte schief. »Hier gibt es keine Patienten, Tommy, nur sabbernde Dummköpfe, die nicht einmal was Anständiges zu fressen kriegen. Darum vergreifen sie sich auch an meinem Vieh.« Er zeigte mit vorgeschobenem Kinn auf die tote Ziege, die festgebunden auf dem Heck seines Autos lag.

»Das ist nicht wahr!« Der Mann mit dem Kittel lehnte sich gegen das Tor. »Sie haben keinen Beweis dafür ...«

Einer der Mitfahrer, die ebenfalls davor standen, schlug mit seinem Rechen gegen die Stäbe, woraufhin der Mann verstummte und zurückwich.

»Hör gut zu, Tommy. Zieh sofort Leine, oder wir tun dir weh!«

Declan lächelte. »Bedauere, falsch verbunden.«

Der Muskelprotz begriff den Scherz offenbar nicht. »Packt ihn!«

Die zwei anderen vor der Einfahrt drehten sich um und gingen gemeinsam mit ihm auf Declan zu, kesselten ihn ein und bereiteten sich auf den Angriff vor.

»Ha!« Der eine schlug jetzt mit seiner Schaufel zu, doch Declan hielt sie noch in der Bewegung fest und nutzte den Schwung, um seinen Gegner damit auf einen der anderen zu stoßen. Die beiden fielen in dem Moment um, als der dritte, seinen Rechen schwingend, vorwärtsstürzte. Genau, als das Werkzeug auf Declan niederging, trat dieser zur Seite, sodass es ihn verfehlte und im weichen Boden stecken blieb.

Er grinste breit. »Versuch's doch noch einmal.«

Der Mann ließ den Rechen los und hob stattdessen seine Fäuste.

Declan ging rückwärts, während sich die zwei anderen ebenfalls aufrafften. Dann versuchten sie erneut, ihn zu umzingeln. Er trat nach hinten aus, als einer um ihn herumging, und rammte ihm dabei den Fuß in den Bauch. Der Mann beugte sich vor Schmerzen vornüber, wohingegen Declan sofort wieder in Defensivhaltung ging und den beiden anderen Angreifern zugewandt blieb. »Ich könnte den ganzen Tag so weitermachen!«

»Also, mir wird dabei langsam langweilig, also lassen wir's doch einfach.«

Das hatte Harper gesagt. Declan blickte zum VW hinüber, über dessen Dach sie nun mit der Uzi zielte. Die Deutschen schauten zwischen ihm und der Maschinenpistole hin und her, während sie sich wohl fragten, ob sie wirklich feuern würde. Dann drückte sie ab, eine Kugel pfiff an ihnen vorbei und traf den Ziegenkadaver.

»Das hat ein Nachspiel, Tommy.«

Das Trio gab auf und sammelte hastig die Ackergeräte vom Boden ein. »Wir sehen uns wieder.«

Sie kehrten zu ihrem Auto zurück, in dem der vierte Mann sitzen geblieben war – ein älterer Kerl, der Declan eindringlich und verachtungsvoll anstarrte. Er schnauzte die anderen beim Einsteigen an, ehe der Motor angelassen wurde. Der Trabant wendete jetzt und fuhr einen Augenblick später auf und davon.

»Das ist für dich, Schultz!« Einer der Insassen drehte sich auf der Rückbank um und schnitt mit einem Taschenmesser das Seil am Heck durch. Der Körper der Ziege rollte daraufhin hinunter und blieb mitten auf der Straße liegen, nachdem noch ein Teil der Eingeweide herausgequollen war.

Harper behielt die Uzi weiterhin oben, bis der Wagen fünfzig oder sechzig Yards zurückgelegt hatte.

Declan grinste wieder. »Ich schätze mal, wir haben uns ein paar Freunde gemacht.«

Sie verdrehte einmal mehr ihre Augen und nahm die Waffe wieder herunter. »Erledigen wir jetzt endlich, weshalb wir hergekommen sind.«

Er wandte sich gemeinsam mit ihr dem Eisentor zu. Hatten Sie nun die Chance vertan, dem Personal weiszumachen, dass sie aus einem ganz trivialen Grund hergekommen waren? Würde ihnen nach dieser Aktion noch ernsthaft jemand abkaufen, dass sie ein ganz normales Ehepaar waren, das Ahnenforschung betrieb und einen lange unauffindbaren Angehörigen suchte?

Der Mann, der mit den Unruhestiftern gestritten hatte, war jetzt stehen geblieben und sah die beiden durch das rostige Gitter an. Er legte seine Hände auf das Tor, um sie genauer anzuschauen. »Also, was verschlägt Declan McIver zum Stift Königsborn?«

# Kapitel 61

Declan war mehr als nur erstaunt. *Hatte der Mann gerade seinen richtigen Namen benutzt?* Jawohl. So viel zu ihrer Ahnenforschungs-Nummer. Er betrachtete den Kerl einen Moment lang. Auf dem Namensschild, das an die Brusttasche seines Kittels genäht war, stand nur ›A. Schultz‹. Er hatte kantige Züge und blonde, schulterlange Haare, wegen denen man ihn eher mit einem Surfbrett an irgendeinem Strand vermutet hätte, als in einem Pflegeheim für körperlich und geistig Behinderte in der Pampa. Was aber am deutlichsten auffiel, war sein Akzent.

»Sie sind … Amerikaner.«

Schultz lachte kurz auf. »Wie überaus scharfsinnig erkannt.«

»Ich sagte Ihnen doch, wir hätten uns heraushalten sollen.« Harper steckte die Uzi in eine Sporttasche, die von dem Boot stammte, das sie tags zuvor entwendet hatten.

Declan bemühte sich, nicht mehr zu starren wie ein Reh in aufgeblendete Autoscheinwerfer, und näherte sich langsam dem Tor. »Woher wissen Sie, wer ich bin?«

»Ich schaue Fernsehnachrichten.«

Das ärgerte ihn. Dass sein Gesicht mittlerweile weltweit über den Äther gejagt wurde, hatte immense Nachteile.

Harper trat vor. »Ich bin Officer Harper im Dienst des MI6, dem Auslandsgeheimdienst Ihrer Majestät von Großbritannien. Declan arbeitet jetzt für uns. Er hilft uns dabei, einen Verräter in unserem Innengeheimdienst MI5 zu finden.«

Schultz schaute an ihnen vorbei die Straße hinunter, auf welcher der Trabant verschwunden war. Er zögerte kurz, bevor er einen Schlüsselring hervorzog. »Sie haben wohl etwas gut bei uns.« Er entriegelte das Tor, öffnete es und hielt es fest, während die beiden das Grundstück betraten. Als er es schloss, klirrte das Metall laut. Anschließend sperrte er sorgfältig ab und ging auf die Eingangstür des Herrenhauses zu.

Declan folgte ihm gemeinsam mit Harper.

»Wie sind Sie denn als Amerikaner hier gelandet?«, erkundigte er sich auf dem Weg über einen Schotterplatz, der auf einen Hof für Kurzzeit Parker führte. Die Anlage wirkte sorgfältig gepflegt, wobei die Landschaftsgestalter so umsichtig gewesen waren, eine friedliche und ruhige Atmosphäre zu erschaffen. Declan konnte sich gut vorstellen, wie hübsch und bunt es hier im Frühling war, wenn zahllose Blumen blühten.

»Werfen Sie mir von mir aus naiven Idealismus vor, doch ich bin Mediziner geworden, um etwas zu bewirken. Mein Familienname ist deutsch, und als ich diese Stellenausschreibung entdeckte, und mich über die Gegend schlaugemacht hatte, fand ich die Aussicht interessant, hier zu arbeiten. Und darin habe ich mich nicht getäuscht. Interessant geht es hier mitunter ganz gewiss zu.« Er drehte sich um und zeigte zurück auf das Tor.

»Wer waren diese Typen?«

»Die Reichelts – Lennart und Renato, ein Bauer und sein Sohn, deren Familie sich über mehrere Generationen hinweg einen beträchtlichen Teil des Ackerlands in dieser Gegend angeeignet hat.«

»Mehrere Generationen?«, hakte Harper nach, die ein paar Schritte hinter Schultz ging. »Ich dachte immer, nach der Teilung Deutschlands seien die meisten Nutzflächen in den Staatsbesitz der DDR übergegangen?«

»Das stimmt auch, außer die Eigner waren stolze Mitglieder der SED. Als solche erlangten sie eine erlauchte Position in einer der ›Genossenschaften‹ und durften allen anderen vorschreiben, was gut für sie sei. Diese Gewohnheit endete zumindest im Falle der Reichelts nicht bei der Wiedervereinigung.«

Noch während sie auf die Tür zugingen, wurde diese geöffnet. Schultz blieb stehen und streckte einen Arm aus, damit seine Besucher zuerst eintreten konnten. Als Declan es zögerlich tat, traf er auf ein halbes Dutzend Pflegeangestellte. Er schaute sie nacheinander an, und sie erwiderten seine Blicke mit äußerstem Argwohn. Dass Sie hier standen, um das Heim für den Fall zu verteidigen, dass die unerwünschten Gäste eindrangen, war offensichtlich.

Declan drehte sich jetzt zu Schultz um, als dieser hinter Harper hereinkam. »Die haben doch nicht ernsthaft gedacht, dass Ihre Patienten ihr Vieh reißen würden, oder?«

Schultz wandte sich zuerst an das Pflegepersonal. »Sie sind jetzt weg. Wir können weiter unserer Arbeit nachgehen.«

Daraufhin zerstreuten sich die Angestellten und verschwanden durch die Flure der dürftig beleuchteten Anstalt oder hinter irgendwelchen Türen. Alle langsam und behäbig, als sei ihnen ein Kampf gegen Einbrecher lieber als die Rückkehr zur Arbeit.

»Nein.« Schultz machte die Eingangstür zu und sperrte sie ab. »Sie würden sich davor hüten. Die Reichelts besitzen und bebauen diese Ländereien schon seit etwa hundert Jahren, vielleicht sogar noch länger. Einer ihrer Ahnen hat vor zweihundert Jahren in die Familie eingeheiratet, die in Besitz der Güter war, doch sie verloren sie bei der Teilung Deutschlands. Im Zuge der Wiedervereinigung entschädigte die Regierung die ehemaligen Eigner für vom Staat genommenes Land oder gab es ihnen wieder zurück.

Ausgenommen davon waren nur ehemalige Militärstandorte wie dieser, die behalten wurden, um die Verbrechen der DDR-Obrigkeit genauer untersuchen zu können.«

»Militärstandorte?« Declan sah sich um. So wirkte das Gebäude gar nicht, es war eher ganz gewöhnlich für ein nicht mehr ganz neues Pflegeheim. Auf deprimierende Art und Weise funktionsgerecht.

»Diese Anstalt fungierte einst als eine der Hauptkasernen für die Verbände der Grenzbehörde in der Region. Sie bot sich aufgrund ihrer Größe und Lage hervorragend dafür an, weshalb zeitweise mehr als tausend Soldaten hier untergekommen sind. Wegen dieses Hintergrunds hielt die Bundesrepublik einige Jahre lang daran fest, bevor es schließlich zur Versteigerung kam, wobei Dr. Dieter Rottenberger die Reichelts unterbot. Er ist momentan der Besitzer der Anlage.«

»Also sind es einfach nur schlechte Verlierer?«

»Richtig. Trotzdem ist es ihnen mit diesem Monstermärchen gelungen, so viel Aufruhr zu erzeugen, dass wir hier draußen mehr oder weniger allein bleiben. Die Bewohner von Volkerode wollen nichts mit uns zu tun haben, und die Reichelts schauen regelmäßig vorbei, um dafür zu sorgen, dass ihre Lügen auch nicht in Vergessenheit geraten. So wie auch gerade eben wieder. Wahrscheinlich haben sie die Ziege selbst getötet, weil sie krank war, und kamen dann auf die Idee, den Kadaver noch anderweitig zu verwenden.«

Schultz steckte den schweren Schlüsselbund, den er bei sich trug, wieder ein. »Nun gut, wie kann ich Ihnen helfen? Ich kann mir nicht vorstellen, dass es in einem deutschen Behindertenheim etwas gibt, wofür sich ein britischer Verräter interessiert.«

»Wir suchen nach einem Patienten namens Maximilian Karg«, antwortete Declan. »Es handelt sich womöglich um den engen Verwandten eines Mannes, der für dieselben Leute wie der *Verräter* arbeitet, weshalb wir davon ausgehen, mehr darüber herausfinden zu können, wer sie sind.«

»Max meinen Sie?« Schultz machte ein bedauerndes Gesicht. »Ich fürchte, er wird Ihnen keine große Hilfe sein. Das Wenige, was wir über seine Vergangenheit wissen, haben wir uns aus dem erschlossen, was er hin und wieder brabbelt, und anhand seiner Zeichnungen.«

»Das wissen wir, uns wurden mehrere Zeichnungen vorgelegt.« Harper hielt eine Visitenkarte in die Höhe. »Wir haben Max mithilfe von Dr. Murawski aus dem Bundesmilitärarchiv ausfindig gemacht.«

Schultz las die Karte. »Ah, Lena. Stimmt, sie war vor ein paar Monaten hier.«

»Wir sind auch nicht auf das aus, woran sich Max erinnert, sondern wir möchten wissen, wer für seinen Aufenthalt hier zahlt«, verdeutlichte ihm Declan. »Soweit wir gehört haben, wird diese Anstalt nicht vom staatlichen Gesundheitssystem gefördert, also müssen Privatleute Ihre Dienste vergüten.«

»Und Sie glauben, in dem Fall sei es dieser besagte Verwandte?«

»Oder vielleicht auch dessen Arbeitgeber.«

Schultz nickte und verschränkte nachdenklich die Hände hinter dem Rücken. Er schien eine Antwort auf eine unausgesprochene Frage zu formulieren. Es dauerte ein wenig, bis er fortfuhr: »Sie sind auf der richtigen Fährte. Das Heim ist in der Tat ein Privatunternehmen, und um den Großteil der finanziellen Angelegenheiten kümmert sich Anna Eichendorf, unsere Buchhalterin. Ich bringe Sie zu ihrem Büro.«

Schultz führte die beiden daraufhin ein kurzes Stück über einen Flur mit vielen Türen und ging dann in ein schmales Treppenhaus. »Unsere Geschäftsräume und Personalunterkünfte befinden sich im dritten Stock, weil den Patienten die Aussicht von oben unangenehm ist. Max bildet dahingehend die einzige Ausnahme. Er regt sich immer sehr darüber auf, Wände und Zäune zu sehen, weshalb wir sogar seine Ausgangszeit einschränken mussten.«

»Warum er sich über Wände aufregt, kann ich mir gut vorstellen«, meinte Declan, während sie hinaufgingen, in Erinnerung an die Kritzeleien, die er in Murawskis Büro gesehen hatte – den schwarzen Hund, der von toten Soldaten umgeben war. Auf jedes Blatt hatte Maximilian so etwas wie eine Wand oder einen Zaun gezeichnet, was eindeutig belegte, dass er in der Vergangenheit etwas Traumatisches erlebt hatte, das in engem Zusammenhang mit der Befestigung der damaligen Grenze stand.

In der dritten Etage öffnete Schultz schließlich eine Tür, woraufhin sie einen weiteren Flur betraten, von dem abermals zahlreiche Zimmer abzweigten. Er ging zu einem davon, klopfte an und trat dann sofort, ohne zu warten, ein.

Declan folgte ihm bis auf die Schwelle, wo er zur Seite trat, damit sich Harper neben ihn stellen konnte. In dem fensterlosen Büro saß eine Frau mittleren Alters mit einer Brille auf der höckerigen Nase. Auf ihrem Holzschreibtisch stand ein Computer, und neben ihr befand sich ein alter Mann in einem weißen Arztkittel. Dieser hatte sich gerade nach vorne gebeugt, um zu sehen, worauf sie am Bildschirm des PCs zeigte. Als sie gestört wurden, schauten beide überrascht hoch.

Schultz erklärte ihnen den Sachverhalt kurz auf Deutsch. Zu Declans Verblüffung wurde sein Name verschwiegen, denn der Pflegehelfer bezog sich lediglich mit der Beschreibung »Harpers Partner« auf ihn. Um dieser Bekanntmachung nicht zu widersprechen, trat Declan zur Seite und überließ seiner Begleiterin das Wort, als es darum ging, ihr Anliegen zu wiederholen.

Der Mann mit dem Kittel richtete sich jetzt auf, sodass man das Namensschild an seiner Brust lesen konnte. Darauf stand »Dr. med. D. Rottenberger«.

»Ihnen ist doch bestimmt bewusst, dass Informationen über Patienten in diesem Heim kraft des deutschen Datenschutzrechts nicht einfach so herausgegeben werden dürfen«, sagte der Doktor auf Englisch mit einem starken Akzent. »Ich kann Ihnen leider nichts zeigen, was hier vor Ort aufgezeichnet wurde, und jemand anderes kann es auch nicht.« Er warf einen Blick auf Schultz und die Buchhalterin.

»Wir wollen ja auch gar keine Informationen über einen bestimmten Patienten«, stellte Harper klar. »Wir wollen nur wissen, wer Maximilian Krugs Behandlung finanziert. Ihr Datenschutzgesetz muss doch eine Klausel bezüglich Dritter enthalten.«

»Ja, die gibt es in der Tat – für außenstehende Betreuungspersonen und aus steuerrechtlichen Gründen, doch Sie sind weder Ersteres noch der Fiskus, also muss ich Sie bitten, uns zu verlassen. Und zwar unverzüglich.« Rottenberger schaute Schultz lange und eindringlich an. »Sie hätten sie gar nicht erst hereinlassen dürfen.«

Der Angestellte blickte mürrisch auf den Boden, während Declan fieberhaft überlegte, was er jetzt noch unternehmen konnte.

»Ich bringe sie jetzt wieder hinaus«, sagte Schultz schließlich und drehte sich zur Tür um.

»Sehr wohl, tun Sie das.« Rottenberger betrachtete ihn kritisch. »Und dann werden wir uns mal darüber unterhalten müssen, weshalb Sie gegen einfach die Heimregeln verstoßen.«

»Dort entlang, bitte.« Schultz wollte die beiden mit einem ausgestreckten Arm aus dem kleinen Büro geleiten.

Doch Declan rührte sich nicht vom Fleck und starrte den Arzt angriffslustig an.

»Bitte«, beharrte Schultz, indem er eine Hand an die Brust des Iren legte. »Lassen Sie sich zu nichts hinreißen, weshalb ich bereuen müsste, Sie auf das Grundstück gelassen zu haben.«

Declan suchte jetzt den Blick des jungen Pflegehelfers und sah ihm einen Moment lang in die Augen.

In ihnen zeichnete sich ein flehender und verzweifelter Ausdruck ab. *Hatte er noch etwas auf dem Herzen?* Schließlich wandte sich Declan doch ab und verließ das Büro, und hörte prompt, wie die Tür ins Schloss fiel. Harper und er hatten den weiten Weg hierher auf sich genommen und vermutlich kurz davor gestanden, Informationen zu erhalten, die Hunderte Bürger Großbritanniens vor schweren Verletzungen oder dem Tod bewahren könnten und Hinweise auf Shane O'Reillys Verbleib. Sie hätten zur Entlarvung gefährlicher Verschwörer führen können. Wollten Sie sich tatsächlich von deutschen Gesetzen aufhalten lassen? Er schaute Harper an.

»Ich weiß, was Sie gerade denken«, warf Schultz ein, der die beiden genau im Auge behalten hatte. Dann senkte er seine Stimme: »Es gibt aber noch eine andere Möglichkeit. Folgen Sie mir.«

Declan und Harper wechselten erneut einen Blick, während sie mit dem Pfleger ins Treppenhaus zurückkehrten. Als die Zwei hinter Schultz eingetreten waren, vergewisserte dieser sich mit einem letzten Blick auf den Flur, dass niemand in der Nähe war, und schloss die Tür.

»Ich kann Ihnen besorgen, was Sie suchen. Denn alle Akten werden in einem Schrank hinter Annas Schreibtisch aufbewahrt – die Akten für zweihundertdreiundzwanzig Patienten, und zwar ihre Versicherungsdetails genauso wie ihre Krankengeschichten, die Modalitäten der Zahlung für ihren Aufenthalt und die Kontaktdaten für Notfälle.«

Harper verschränkte herausfordernd ihre Arme vor der Brust. »Aber?«

Schultz antwortete verlegen: »Aber Sie müssen zuerst auch etwas für mich tun.«

»Und das wäre?«

»Die Reichelts.« Er zeigte zur Vorderseite des Geländes. »Ich will, dass Sie sich um sie kümmern. Und zwar ein für alle Mal.«

# Kapitel 62

»Ein für alle Mal?« Declan fasste nicht, was er da gerade gehört hatte. »Wir sind doch keine Mörder.«

Aber Schultz ließ sich nicht beirren. »Es braucht doch niemand zu erfahren. Dieses Pack ist außer Rand und Band. Sie sind keinen Deut besser als die hohen Tiere der Nazis oder der DDR, deren Gräueltaten so berühmt geworden sind. Die Patienten hier bedeuten ihnen nichts – nur das Land, auf dem die Anstalt steht, und die beträchtliche Summe Geld, die sie einheimsen könnten, wenn sie es bebauen und ein Touristenzentrum darauf hochziehen würden.«

Declan kniff seine Augen zusammen. »Das war in Wirklichkeit der eigentliche Grund dafür, dass Sie uns reingelassen haben, richtig? Sie haben mich erkannt und sahen so eine Gelegenheit, ein Problem aus der Welt zu schaffen oder?«

Der junge Mann senkte wieder den Blick. Als er den Kopf anhob, wirkte er umso entschlossener. »Ich bin hier nicht das Übel … die Reichelts sind es. Sie haben uns mit ihren Lügen von allem und jedem abgeschnitten. Wir können nicht einmal mehr in die Stadt fahren, um unsere Post abzuholen, sondern müssen viele Kilometer bis zum nächsten Ort zurücklegen. Falls Sie Max' Akte wollen, die auch einen vollständigen Bericht darüber enthält, weshalb und wann er hergebracht wurde, sowie die Zahlungsmodalitäten seiner Bezugsperson, müssen Sie tun, was ich von Ihnen verlange.«

Declan warf Harper ein fassungsloses Grinsen zu. *Dachte Schultz im Ernst, sie würden Menschen hinrichten, die sie nur kurz zu Gesicht bekommen hatten, auf die Anweisung eines Mannes hin, den sie kaum fünf Minuten kannten?*

Schultz Nasenflügel bebten. »Na gut, weigern Sie sich ruhig. Lassen Sie es bleiben, aber dann verschwinden Sie gefälligst sofort von hier.« Er zeigte die Treppe hinunter. »Wenn Sie allerdings jetzt aufbrechen, bekommen Sie diese Akte niemals. Sollten Sie Ihre Vorgesetzten in London, oder wo auch immer, anrufen und veranlassen, dass diese sich mit deutschen Behörden anlegen, werden Sie die ganze Wahrheit niemals erfahren. Sie müssen nämlich wissen, dass ein Drittel des Jahresbudgets dieser Einrichtung von den Beiträgen abgedeckt wird, die Rottenberger für Maximilians Versorgung erhält.« Er ließ diese Tatsache kurz schweigend nachklingen. »Diese Leute haben das Fünffache dessen bezahlt, was die Pflege des Mannes kostet, nur um sicherzugehen, dass niemand Fragen darüber stellt, wer er ist und wie er hier gelandet ist. Rottenberger hat viel mehr Angst vor Max' Gönner als vor dem deutschen Gesetz. Sie werden also nur zu sehen bekommen, was er von Rechtswegen her zu zeigen verpflichtet ist: auf Papier gedruckte Lügen.«

Declan nickte langsam. »In einem Punkt liegen Sie vollkommen richtig, mein Freund. Niemand wird je etwas erfahren.« Er öffnete die Tür wieder und schaute in den Flur hinein.

Schultz wollte ihn zurückzuhalten.

Nun packte Declan ihn vorne am Hemd und zerrte ihn hinaus.

»Nein! Warten Sie! Was soll das?«

Er stieß den Jüngeren vor sich her zur Tür von Eichendorf Büro. Ohne ihn loszulassen, trat er mit einem Fuß über der Klinke dagegen, sodass diese aufbrach.

Drinnen fuhr Rottenberger erschrocken hoch. »Was?«, fragte er auf Deutsch. »Nein! Sie dürfen nicht ...«

Declan schubste Schultz auf den Chefarzt zu, woraufhin die beiden zusammenstießen und mehrere Sekunden lang mit ihrem Gleichgewicht kämpften, sich schließlich aber aneinander festhalten konnten.

Die Buchhalterin hob den Hörer ihres Telefons und begann aufgeregt, eine Nummer zu tippen.

»Das würde ich lieber bleibenlassen, Schwester«, drohte ihr Harper, die mit vorgehaltener Uzi im Türrahmen erschien.

Eichendorf legte hastig wieder auf. Nachdem sich Schultz und Rottenberger wieder einigermaßen gefasst hatten, gingen sie auseinander, stellten sich mit dem Rücken an die Wand des Büros und starrten auf die Waffe.

»Also gut, falls alles stimmt, was er eben erzählt hat«, fing Declan an und wies mit einer Kopfbewegung auf den Pfleger, »verfügen Sie über eine Menge Informationen bezüglich Maximilian Karg. Ich will sie. Und zwar alles. Besorgen Sie sie mir, dann geschieht niemandem hier etwas.«

Rottenberger strafte Schultz mit einem hasserfüllten Blick und murmelte irgendetwas auf Deutsch.

»Beeilung!« Declan schlug mit einer Faust auf den Aktenschrank hinter dem Schreibtisch.

Eichendorf zuckte zusammen und drehte sich auf ihrem Sessel um, dann fuhr sie damit zurück und zog die untere Schublade des Schrankes an der hinteren Wand auf. Anschließend blätterte sie Dutzende von Mappen durch, bis sie am Ende mit einer von ihnen, zwischen den Fingern innehielt. Diese war drei Mal so dick wie die anderen und wurde von einem Gummiband zusammengehalten. Die Frau zögerte kurz, bevor sie die Papiere mit beiden Händen herausnahm, sich dem Schreibtisch zuwandte und sie ihnen hinwarf.

Declan zog die Mappe zu sich herüber und betrachtete sie ausführlich. *Karg, Maximilian* stand mit blauer Tinte in Druckbuchstaben darauf.

»Sehen Sie, was Sie angerichtet haben?«, knurrte Rottenberger Schultz an.

Declan zog das Gummiband ab, klappte die Mappe auf und vertiefte sich in die Dokumente. Sie waren zwar in Deutsch verfasst, aber er konnte Überweisungsbelege von mehreren unterschiedlichen Banken und auch stornierte Schecks erkennen, außerdem einen kleinen Stapel Fotos. Nachdem er den Deckel wieder geschlossen hatte, spannte er das Gummi um den Karton.

»Kommen Sie mit.« Er winkte Schultz zu sich, während er rückwärts zur Tür ging. Harper hielt die beiden anderen im Büro zurück, bis der Pfleger den Raum mit erhobenen Händen hinter Declan verlassen hatte.

Draußen wurde er wieder von ihm gepackt und ins Treppenhaus gedrängt. Declan hörte die Zimmertür zuknallen und schaute noch einmal zu der Stelle, wo Harper gerade den Telefonhörer mit herausgerissenem Kabel in den Flur warf. »Sieht exakt nach dem aus, was wir brauchen.« Dann eilte er die Stufen hinab – so schnell, dass er kaum spürte, wie er dabei auftrat.

Unten öffnete er die Erdgeschosstür und blickte hinaus. Der Korridor zum Eingang war leer. Nachdem er Schultz hinausgestoßen hatte, legte er den Weg dorthin so hastig zurück, dass seine Schritte laut widerhallten.

Zwei Drittel hatte er bereits hinter sich gebracht, als zwei Pflegekräfte aus dem Nebenflur traten. Harper richtete sofort die Uzi auf sie. »Zurückbleiben!«

Die beiden hoben erschrocken ihre Hände und zogen sich sofort zurück, als Declan die Eingangstür erreichte. »Machen Sie sofort auf.«

Schultz nahm daraufhin seine Schlüssel heraus und suchte unbeholfen nach dem richtigen.

»Schneller.« Declan sah sich nervös um.

Als Schultz den Schlüssel endlich gefunden hatte, öffnete er die Tür.

»Jetzt das Tor.« Declan zog ihn hinaus an die milde Nachmittagsluft. Der Mann taumelte vor ihm her zur Einfahrt, wo er wieder unbeholfen mit den Schlüsseln herumhantierte. Nachdem er die Flügel endlich entriegelt hatte, zog er einen auf und hielt ihn verbittert fest.

»Es tut mir wirklich leid, dass Ihnen Ihre Nachbarn die Hölle heißmachen, Kollege.« Declan verließ das Grundstück. Am VW angekommen, warf er die Mappe auf den Fahrersitz und wartete auf Harper. »Wird höchste Zeit, dass wir uns von hier verziehen. Können Sie Deutsch lesen?«

»Kein Wort.«

»Dann fahren Sie.«

Er nahm die Akte wieder zur Hand und auf dem Beifahrersitz Platz, während sie sich ans Lenkrad setzte. Sie startete jetzt den Motor und wendete im weiten Bogen. Als sie an der ausgeweideten Ziege vorbeirasten, schaute er in den Rückspiegel und sah, dass Schultz immer noch am Tor verharrte und ihnen hinterher starrte. *Was würde er jetzt tun? Die Polizei verständigen? Ihr und den Medien seine Begegnung mit dem Terroristen McIver unterbreiten?* Declan gefiel sich nicht besonders in der Rolle, Unbedarfte zu bedrohen, und jedes Mal, wenn er es getan hatte, quälte es ihn bis heute. *Aber war ihm etwas anderes übrig geblieben?*

Harper lenkte hart in eine Kurve ein, woraufhin er seine Aufmerksamkeit wieder auf die Mappe voller Informationen richtete. Sie verschwanden im Wald, wo Declan aufgrund des schlechten Lichts nicht erkennen konnte, was auf den Papieren stand. Deshalb überblätterte er diese und zog stattdessen den Stapel Fotos heraus.

»Was ist denn das?«

»Das weiß ich noch nicht.« Er ging die Bilder in Ruhe nacheinander durch. Sie schienen alle am Tag von Maximilian Kargs Ankunft in Königsborn gemacht worden zu sein, jedes aus einer anderen Perspektive. Sie zeigten eindeutig zwei jüngere Männer, die dem Riesen aus dem Sanatorium ähnelten. Einer führte den anderen, während ein jüngerer Dr. Rottenberger sie begrüßte. Am Tor parkte ein schwarzer Rolls-Royce, neben dem zwei weitere Männer standen. »Max ist unbestreitbar mit unserem Jäger verwandt, denn sie sind beide gemeinsam auf diesen Fotos zu sehen.«

»Fotos? Wieso enthält die Akte Fotos?«

Daran fand Declan nichts ungewöhnlich. »Offensichtlich interessierte sich Rottenberger sehr dafür, wer Max zu dem Heim gebracht hat. Die Bilder zeigen die Personen, ihren Wagen – alles, und zwar aus unterschiedlichen Blickwinkeln, rasch hintereinander aufgenommen, direkt nach ihrer Ankunft. Ich schätze, er wollte sich hiermit für den Fall absichern, dass jemand versuchen würde, ihn irgendwie zu betrügen.«

»Wunderbar. Denn seine Angst könnte unser Glück sein.«

Declan antwortete ihr nicht. Er bemühte sich stattdessen, trotz der Dunkelheit im Wald das eine oder andere Gesicht zu sehen. Speziell einer der zwei Männer an dem stehenden Rolls-Royce ließ ihn einfach nicht los. Er hielt das betreffende Foto an die Scheibe, damit mehr Licht darauf fiel.

»Was ist? Was erkennen Sie auf dem Bild?«

Er legte die Aufnahme beiseite und ging die restlichen Fotos jetzt zügiger durch. Insgesamt waren es mehr als zwei Dutzend, und das eine, mit dem er sich aufgehalten hatte, gehörte zu den untersten. Er holte das Drittletzte heraus; eine Nahaufnahme des Mannes neben dem Auto. »Das ist Lukas Kreft!«

# Kapitel 63

*15:54 Uhr Ortszeit, Kreuzung der A75 mit der A709, Dumfries, Schottland*

»Eines können wir, glaube ich, ohne jeden Zweifel festhalten.« Allardyce sprach leise, während er beobachtete, wie ein Abschleppwagen den schwerbeschädigten Vauxhall Vectra auf der Ladefläche mitnahm. »Wir stehen kurz vor einer Enthüllung, was irgendjemandem ganz und gar nicht in den Kram passt.«

Thom brummte zur Kenntnisnahme, als sich ihnen ein Polizeibeamter in Zivil näherte. Die beiden saßen nicht weit entfernt von der Stelle, wo sie eine Stunde zuvor von der Fahrbahn gedrängt worden waren, auf einer Leitplanke. Zuerst hatten sie sich davonstehlen wollen, was jedoch aufgrund des Schadens am Wagen nicht möglich gewesen war, und die Aufmerksamkeit eines anderen Verkehrsteilnehmers, den sie mit in den Unfall verwickelt hatten, bedingte nun den Aufmarsch von Polizei und Ersthelfern eines lokalen Krankenhauses.

»Wir sind gleich fertig, Sir.« Der Mann überflog kurz seine Notizen. »Die Fahrt zur Royal Infirmary dauert nur wenige Minuten. Sind Sie sicher, dass Sie sich nicht untersuchen lassen möchten?«

»Ja, ziemlich sicher.« Allardyce presste ein Kälte-Sofortkissen gegen seine Wange.

Die Sanitäter hatten ihn nach ihrer Ankunft gründlich durchgecheckt und nichts weiter als ein paar Prellungen beziehungsweise Abschürfungen entdeckt, weshalb ein Besuch in der Notaufnahme seines Empfindens nach nicht nötig war. Offengestanden hätte er sich allerdings wohl doch besser einweisen lassen, denn eine ganze Seite seines Körpers fühlte sich an, als sei er mit einem Rammbock bearbeitet worden. Sein Gesicht war nach dem Zusammenprall mit dem Sitzairbag grünblau angeschwollen, und die Wahrscheinlichkeit von angebrochenen Knochen ohne zu röntgen recht hoch. In seinem fortgeschrittenen Alter könnten selbst leichte Verletzungen erst nach Wochen und nur unter ärztlicher Behandlung heilen, doch er konnte sich dadurch im Moment einfach nicht aufhalten lassen. Nicht jetzt. Nicht in Anbetracht der Lebensgefahr für so viele Personen, die er längst zu seinen Freunden zählte, und für zahllose unschuldige Briten. Folglich musste er in sich gehen, und Kraft zum Durchhalten finden. Irgendwie.

Der Beamte nickte. »Na gut dann, Sir. Wir melden uns bei Ihnen, wenn wir den anderen Fahrer finden.«

Thom nickte kurz, ehe der Polizist zu seinem Wagen zurückkehrte. Dort schaltete er das Blaulicht ab und verließ den Unfallort, ehe der Krankenwagen sich ihm anschloss. »Also, anscheinend haben die uns alles abgekauft, aber ich denke nicht, dass *er* uns jetzt in Ruhe lassen wird.«

Allardyce schaute über die Straße auf das andere Autowrack, das noch nicht weggeräumt worden war. Detective Inspector Graham Smith lehnte an dem älteren Ford Escort und schaute sich aufmerksam um, während eine blaue Magnetlampe auf seinem Dach rotierte. Als die Streifen- und Krankenwagen verschwunden waren, steckte er die Hände in die Taschen seines Mantels und überquerte die Fahrbahn. Dann räusperte er sich und sah die beiden Unfallopfer mehrere Sekunden lang stumm an. »Ich arbeite schon seit fast zwanzig Jahren bei der Polizei von Dumfries und Galloway. Während dieser Zeit habe ich mich um alles von Verkehrsdelikten angefangen bis hin zu Fragen der Staatssicherheit gekümmert, also können Sie Ihre Hintern darauf verwetten, dass ich schon mehr als genug Unfälle gesehen habe.« Er drehte sich in die Richtung um, die der andere Beamte eingeschlagen hatte. »Nun da die Kollegen weg sind: Warum erzählen Sie mir nicht einfach, was wirklich passiert ist? Denn ich brauche mich nicht großartig anzustrengen, um zu erkennen, dass mehr als zwei Fahrzeuge an dem Unfall beteiligt waren.«

Thom senkte daraufhin den Blick und überlegte sich seine Antwort ganz genau. »Ein grüner Peugeot hat uns verfolgt. Wir haben versucht, ihn abzuhängen, doch das hat nicht funktioniert. Als wir zu diesem Kreisverkehr kamen, haben wir gehofft, ihn austricksen zu können, indem wir falsch einbiegen würden. Dabei rammten wir aber leider die rote Limousine, die uns dann gegen die Leitplanke drückte.«

»Und die beiden Fahrer sind einfach so verschwunden?«

»Genau.«

Thom wollte an dieser Stelle zunächst abbrechen, entschied sich dann aber dagegen. »Das heißt vermutlich, dass sie unter einer Decke steckten, denn der Fahrer in dem Peugeot telefonierte die ganze Zeit über, während er hinter uns herfuhr.«

»Wie sah er denn aus?«

Thom schüttelte den Kopf. »Deutlich habe ich ihn leider nicht gesehen, aber er muss ungefähr Mitte vierzig gewesen sein und hatte einen schwarzgrauen Bart. Ich habe aber keine Ahnung, was den Fahrer der Limousine angeht. Alles geschah viel zu schnell, als dass ich mich an mehr als an die Lackfarbe erinnern könnte.«

»Ich verstehe. Ich weiß zufälligerweise, womit Sie Ihren Lebensunterhalt verdienen, also sind die Gründe, die jemand dafür haben könnte, Sie zu verfolgen, ziemlich offensichtlich.« Smith nahm sich nun Allardyce vor.

»Weniger gut nachvollziehen lässt sich hingegen, weshalb der Generaldirektor – oder sollte ich sagen, der ehemalige Generaldirektor? – Sie bei einer Fahrt begleitet, von der ich dachte, sie gelte der routinemäßigen Nachuntersuchung eines Mordes an einem Informanten.«

Allardyce und Thom schauten einander kurz an. Es handelte sich hierbei um die offensichtliche Frage, die bis dato noch niemand hatte stellen wollen, wenngleich sie allerdings absolut absehbar gewesen war. *Was sollten sie jetzt tun? Konnten sie Smith trauen? Könnte er den Fahrer des Peugeot auf die beiden angesetzt haben? Falls nicht, würde er ihnen entgegenkommen? Oder würde er auf den offiziellen Weg bestehen und das Thames House darüber informieren, wo sie gerade waren?* Diesbezügliche Sorgen zeichneten Thoms Züge, als Allardyce ihn ansah, doch sie hatten nicht die Zeit, um auch nur eine davon zu diskutieren. Er atmete deshalb tief ein, bevor er dem Inspektor antwortete, jedoch nicht ohne sein Gesicht vor Schmerzen zu verziehen, sobald sich seine Lungenflügel weiteten.

»Das lässt sich insofern erklären, weil es alles andere als eine routinemäßige Nachuntersuchung war«, sagte Thom schließlich anstelle von Dennis. »Wir vermuten nämlich, dass Rory Blaney, der erste Anknüpfungspunkt im Zusammenhang mit einer Verschwörung gewesen ist, die sich bis auf die höchsten Ebenen von Whitehall ausgeweitet hat. Die Ermittlungen in diesem Fall haben uns beide sowohl unsere Ämter als auch mittlerweile zwei Mal beinahe unsere Leben gekostet. Dennoch werden wir nicht aufhören nachzuforschen, egal was die Sache letztendlich über unseren Geheimdienst aussagt.«

Allardyce bestätigte diese Worte stumm nickend, ohne dabei den Eisbeutel von seiner Wange zu nehmen.

Harold fuhr fort: »Nach den Anschlägen in Penrith und Carlisle wurde Blaney ausgenutzt, um einen unserer Angestellten zu ködern und zu entführen, woraufhin man wiederum diesen Mann benutzte, um die Führungsriege des Security Service mit hineinzuziehen. Sobald sich Direktor Allardyce der Angelegenheit angenommen hatte und offizielle Schritte eingeleitet worden waren, wurden sie plötzlich des Mordes an einem Zeugen beschuldigt. Das ist eine ganze Menge zum Verdauen, aber glauben Sie mir, wenn ich Ihnen versichere, dass ich das Ganze schon aus allen erdenklichen Richtungen betrachtet habe, und nichts anderes ergibt einen Sinn, so sehr ich es mir auch wünschen würde. Am Mittwochabend um halb sechs wurde der Security Service dann endgültig unterwandert und befindet sich nun in den Händen eines Mannes, der nicht der Regierung Ihrer Majestät die Treue schwört, sondern einer Gruppe, die es sich zur Aufgabe gemacht hat, unser Land mit Motiven anzugreifen, über die wir im Moment nur spekulieren können.«

»Das Motiv ist unserer Ansicht nach«, ergänzte Allardyce mühsam, »die Absetzung der Premierministerin zugunsten eines Nachfolgers aus ihren Reihen, wer auch immer dies ist.«

»Mein Gott.« Smith betrachtete die beiden erneut prüfend. Sein Blick wechselte nun von einem zum anderen, während er versuchte, zu verarbeiten, was sie ihm gerade erzählt hatten. »Diejenigen, die Blaney getötet und seine Leiche in den Fluss geworfen haben, sind … wer?«

Thom zuckte mit den Schultern. »Wir halten sie für Auftragskiller, angeheuert von den Strippenziehern – eventuell sind es sogar dieselben, die den Sprengstoff in Carlisle und Penrith gelegt haben. Wir dachten uns, falls wir sie finden und sie zum Reden bringen, könnten wir die Klärung dieses Falles beschleunigen und uns die Leute greifen, die im Inneren walten, und somit ihre weiteren Schritte voraussagen. Normalerweise würden wir die Sache vollkommen anders anpacken, doch da wir beide ja jetzt offiziell arbeitslos sind, stehen uns leider wesentlich weniger Mittel als früher zur Verfügung.«

»Und Sie sind wirklich der Meinung, dass diese Leute Sie von der Straße abgedrängt haben?«

Thom bestätigte dies.

»Warum sind Sie dann nicht direkt getötet worden? Warum hätten die Täter Fahrerflucht begehen und nur darauf hoffen sollen, dass Sie beide bei dem Unfall ums Leben kommen?«

»Ich weiß es nicht.« Thom zuckte wieder mit den Schultern. »Wegen der Zeugen vielleicht.« Als er sich an dem verlassenen Kreisverkehr umschaute, schüttelte er angesichts der Dummheit seiner Bemerkung den Kopf. Laut ausgesprochen hörte sich diese Intrige wie die Handlung eines Films mit schlechtem Drehbuch an, aber so begegnete der Mensch der Welt eben. Die Wirklichkeit verlief im Gegensatz zu literarischen oder filmischen Werken selten in logischen Bahnen.

»Kann sein, dass sie uns gar nicht töten wollten«, meinte Allardyce. »Womöglich wollten sie uns nur vorübergehend ausbremsen.«

Smith nickte, doch sein Gesichtsausdruck ließ immer noch vermuten, dass er nicht von ihren Schilderungen überzeugt war.

Thom sah Allardyce an, als habe er gerade eine Erleuchtung gehabt, und schaute dann wieder zum Inspektor. »Der entführte Offizier war Shane O'Reilly.« Mehr sagte er nicht, denn der Name sollte nachdrücklich wirken.

Smith blickte ihn mit einem Mal enttäuscht an. »Das gibt's doch nicht.«

Thom bekräftigte dies. »Deshalb wollte ich ja mit Ihnen reden. Ich wusste, Sie und Shane hatten im Laufe der Jahre, seit er in Lockerbie aufgeschlagen ist, so etwas wie eine berufliche Beziehung miteinander geknüpft.«

Smiths Blick verharrte jetzt auf dem Boden.

»Es war auch nicht weit von hier entfernt, nur eine knappe halbe Stunde«, fügte Allardyce hinzu. »Er sollte sich eigentlich an Blaneys Arbeitsplatz mit ihm treffen, dem Dryfesdale Cemetery. Sein Range Rover wurde am nächsten Morgen hinter dem Gelände gefunden. Das war Mitte letzter Woche. Am Samstagnachmittag landete dann plötzlich ein Video auf meinem Schreibtisch, bei dem es sich im Grunde um eine Auslöseforderung handelte, doch die zu erfüllen war uns unmöglich.«

»Lebt er noch?«

»Davon gehen wir aus«, antwortete Thom. »Wir haben den Eindruck, den Entführern ist daran gelegen, Shane und einen anderen Iren am Leben zu halten, weil sie die beiden zu Sündenböcken für die ganze Verschwörung machen wollen. Shane und dieser andere Kerl haben …«

»Damit meinen Sie Declan McIver oder nicht?«

Diesen Namen von Smith zu hören, überraschte Thom sichtlich. »Ja. Declan McIver.«

»In Hinblick auf ihren gemeinsamen Hintergrund eignen sich die Zwei natürlich wunderbar als Prügelknaben.«

Allardyce nahm das Eiskissen herunter. »Mir war gar nicht bewusst, dass Mr. O'Reilly …«

»Und ob.« Smith zog seine Hände jetzt aus den Manteltaschen und setzte sich neben die beiden auf die Leitplanke. »Allerdings bin ich schon lange genug Bulle, um zwei und zwei zusammenzählen zu können, zumal sich die Teile des Puzzles dank meiner gelegentlichen Arbeit für die Staatsbehörden … na ja … nach einer Weile ineinandergefügt haben, besonders seit letztem Frühling.«

Als Allardyce den Kopf nach vorn beugte, zuckte er unwillkürlich zusammen.

Thom drehte sich zu ihm und legte einen Arm um seinen Rücken. »Sie brauchen einen Arzt!«

»Nein, mir geht es schon bald …«

»Er hat recht.« Smith erhob sich und half Allardyce beim Aufstehen. »Ich bringe Sie jetzt ins Krankenhaus.«

»Das geht aber nicht. Wir haben keine Zeit …«

»Wenn Sie sterben, ist weder Shane noch sonst jemandem damit geholfen.« Thom stand ebenfalls auf und stützte Allardyce auf der einen Seite, während Smith die andere übernahm. Gemeinsam richteten sie ihn auf und führten ihn langsam über den Asphalt. »Ich werde Shane finden! Irgendwie.«

»Wir könnten uns doch die Aufzeichnungen der Verkehrsüberwachungskameras ansehen, um zu bestimmen, wer in den anderen beiden Wagen gesessen hat. Möglicherweise führen diese uns ja zu jemandem, der weiß, wo O'Reilly abgeblieben ist.«

Thom blieb mit Allardyce stehen. Sie schauten Smith fassungslos an.

»Was ist? Wundern Sie sich etwa darüber, dass ich Ihnen etwas von alledem glaube? Ich kann nicht behaupten, ich bin mir dessen sicher, aber ich werde mich darauf einlassen – wenigstens vorerst – weil es um O'Reilly geht.«

»Uns kommt jede Hilfe gelegen«, erwiderte Allardyce mit Schmerzensmiene, als tue ihm sogar das Sprechen weh.

»Ich bin fast aus allen Wolken gefallen, als ich erfahren habe, dass Shane bei der IRA gewesen ist, aber ich kam irgendwann darüber hinweg.« Smith öffnete eine Tür zur Rückbank seines Escort. »Genauso wenig erbaut bin ich davon, Declan McIver zu helfen, der in meinen Augen durchaus ein Terrorist geblieben sein könnte. Sollte sich dabei jedoch ergeben, dass ich denjenigen das Handwerk legen kann, die diese Anschläge und all die Toten zu verantworten haben, rechne ich damit, auch darüber hinwegzukommen.«

Thom verharrte noch einen Moment lang, ohne seinen Blick von Smith abzuwenden. »Somit sind wir schon zwei.«

Plötzlich holte Allardyce zischend Luft und schnitt eine gequälte Grimasse.

»Dennis! Dennis!«

Sein Knopf fiel kraftlos zur Seite.

»Dennis!«

# Kapitel 64

*16:13 Uhr Ortszeit, Royal Infirmary, Bankend Road, Dumfries, Schottland*

Smith bog hastig mit seinem Escort um die Ecke, sodass die Aufhängung aufgrund der abrupten Gewichtsverlagerung ächzte. Dank des Magnetblaulichts auf seinem Dach und einer zwölf Volt starken Zweitonsirene hinter dem Kühler waren sie mehrere Minuten schneller zur Notaufnahme des Krankenhauses gelangt, als es ansonsten der Fall gewesen wäre.

Die Sirene heulte noch genauso wie in alten Zeiten, was die Blicke derer auf den Ford zog, die sich auf dem Parkplatz und an der Bushaltestelle des Klinikgeländes aufhielten, während er vorbeiraste. Vor der Notaufnahme standen mehrere Sanitäter neben einem Krankenwagen, brachen ihre Unterhaltung aber sofort ab, um zu dem Wagen zu eilen, sobald dieser anhielt.

»Was ist passiert, Inspektor?«, fragte einer.

Thom stieß seine Tür mit einem Fuß auf und rutschte von der Rückbank nach draußen, wobei er Allardyce, der das Bewusstsein verloren hatte, vorsichtig losließ, sodass dieser quer auf den Polstern liegen blieb.

»Ein Verkehrsunfall. Ist etwa eine Stunde her«, sagte ein zweiter Sanitäter, während er angelaufen kam.

Thom kannte ihn vom Unfallort. Der Mann war gemeinsam mit einer Kollegin zum Schauplatz gerufen worden. »Er hatte Schmerzen beim Sprechen. Aber als wir ihn in den Wagen setzen wollten, fiel er in Ohnmacht.«

»Wie lange ist das jetzt her?«

»Etwa acht Minuten.«

»Also gut, Sir. Machen Sie bitte Platz.«

Jemand tippte Thom auf die Schulter. Er drehte sich um und sah Smith. Sie gingen gemeinsam vom Auto weg, während sich ein Sanitäter durch die hintere Tür über Allardyce beugte. Ein anderer lief auf die andere Seite und tat das Gleiche.

»Er atmet nicht mehr!«

»Bring mal jemand ein Spineboard rüber!«

Ein jüngerer Sanitäter rannte zur Hecktür des Krankenwagens und nahm dort ein orangefarbenes Brett aus Kunststoff heraus, an dem mehrere Gurte befestigt waren. Gemeinsam mit einem Kollegen schob er es vertikal in den Escort. Die beiden anderen Männer traten zurück, um an Allardyce Kopf und Füßen zu warten.

»Bei drei!«

»Eins – zwei – drei!«

Daraufhin legten sie den Bewusstlosen auf die Seite, wobei sie darauf achteten, ihn möglichst gerade zu halten. Währenddessen schob ihm einer der anderen das Brett unter. Als es richtig platziert war, legten sie ihn wieder hin und schnallten ihn fest.

»Raus jetzt mit ihm, schnell!«

Sie zählten wieder bis drei, ehe sie das Spineboard von der Rückbank zogen und es vier anderen Sanitätern überließen. Nun wurde Allardyce vom Auto weggetragen und auf den Boden gelegt, um sofort mit den Wiederbelebungsmaßnahmen zu beginnen, wozu die Männer die Gurte wieder lösten.

Eine Frau bog Allardyce' Kopf nach hinten und hörte, ob er Luft holte, bevor sie zwei Mal in seine Lunge blies und ihn dann mit einem Ambubeutel weiterbeatmete. »Eins – zwei – drei«, zählte ihr Kollege laut und fing mit der Herzmassage an.

Während er damit fortfuhr, starrte Thom fassungslos auf das Geschehen. Der Anblick kam ihm so unwirklich vor – so als geschehe das Ganze eigentlich gar nicht. Ohne Allardyce säße er immer noch in seiner Wohnung, würde sein Selbstmitleid mit Kaffee oder billigem Sprit ertränken und sich fragen, was beim MI5 derart schiefgelaufen war, dass er seinen Job verloren hatte.

»Her mit dem Defibrillator!« Derselbe junge Sanitäter, der auch das Spineboard geholt hatte, stürzte jetzt vom Krankenwagen aus mit einem blau-gelben Kasten herbei. Die Kollegin, die Allardyce beatmet hatte, reichte den Beutel weiter, nahm den Koffer, klappte den Deckel auf und fing dann an, das Gerät vorzubereiten. Als es bereit war, brach ihr Partner die Herzmassage ab und riss das Hemd des Liegenden auf.

Sobald die Elektroden an die entsprechenden Stellen auf der Brust angeklebt waren, traten die beiden Männer zurück. Nun sollte das Gerät seine Arbeit tun. Als ein rotes Herz aufleuchtete, vergewisserte sich die Sanitäterin noch einmal, dass alle Abstand genommen hatten, und drückte den Auslöser. Dennis' Körper zuckte, während der Kondensator seine Energie an die beiden Elektroden abgab.

Danach überprüfte einer der Männer den Puls. »Immer noch Herzstillstand!«

Darum begannen sie mit einem zweiten Durchlauf, und der Kondensator lud wieder auf.

Thom starrte weiter dorthin, während Allardyce' Arme erzitterten und seine Zunge immer wieder reflexartig aus dem Mund schnellte. *Was, wenn er es nicht schaffen würde? An wen sollte sich Thom dann wenden, wenn er endlich die Beweise hatte, hinter denen sie so erbittert her waren?*

Die Ersthelfer waren jetzt für den zweiten Stromstoß bereit. Dabei verkrampfte sich Dennis' Körper abermals, und er verdrehte die Augen, während sich sein Brustkorb deutlich hob. Man wartete kurz, bis die Zuckungen nachließen, und fühlte erneut nach dem Puls, je ein Sanitäter am Hals und am Handgelenk.

»Er atmet. Ich spüre seinen Herzschlag. Er wird stärker.«

»Der Puls ist regelmäßig. Herz pocht jetzt wieder kräftig. Hören Sie mich?«

Allardyce riss seine Augen weit auf und starrte ihn verwirrt an.

»Ruhig bleiben, mein Freund. Wir kümmern uns um Sie. Keine Sorge.«

Die Automatikschiebetür der Notaufnahme ging auf, und ein Arzt, gefolgt von zwei Pflegern, die eine fahrbare Trage schoben, kam zu den Sanitätern gelaufen.

»Was ist passiert?«, rief er und ging neben Allardyce auf die Knie.

»Ein Unfall vor ungefähr einer Stunde«, wiederholte ein Mann. »Er verlor erst sein Bewusstsein, und vor knapp zwölfeinhalb Minuten setzte sein Herzschlag aus.«

»Okay.« Der Arzt maß Allardyce Puls, während die Ersthelfer ihn ruhig hielten. »Sir, ich bin Dr. Brymer. Können Sie sich daran erinnern, wie Sie heißen? Wissen Sie, wo Sie sind?« Er beugte sich nach vorn und wartete.

Thom beobachtete, wie sich Dennis' Mund bewegte, aber er konnte nicht hören, was dieser sagte. Was auch immer es war, der Arzt schien damit zufrieden zu sein.

»Bringen wir ihn hinein.«

Auf drei wuchteten die Sanitäter das Spineboard auf die Trage.

Thom trat vor und suchte den Blick seines Gefährten, der den Eindruck vermittelte, dass er wahrnahm, dass man ihn wegfuhr. Er wurde aufgeregt und bedeutete den Männern, stehen zu bleiben, während er versuchte, durch die Beatmungsmaske zu sprechen, die noch auf seinem Mund haftete. Der Arzt und die Pfleger gingen aber nicht darauf ein.

»Warten Sie!«, verlangte Thom.

Nun blieb Dr. Brymer stehen und blickte zurück.

Thom ging zur Seite der Trage und schaute Allardyce fest in die Augen. »Was ist, Dennis?«

»Wir müssen diesen Mann umgehend behandeln, Sir«, drängte ihn der Arzt.

Allardyce streckte sich langsam nach der Tasche seines Mantels aus, der von der Seite der Trage herunterhing. Thom hielt abwehrend eine Hand hoch, tastete mit der anderen am Stoff und nahm schließlich das Handy seines Freundes heraus.

»Ist das alles?«, fragte Brymer. »Dann weiter.«

Die Krankenhausangestellten schoben den Verletzten jetzt schnell in das Gebäude hinein, während Thom ihnen hinterherschaute. Allardyce' Blick schien ihm zu vermitteln: »Schnappen Sie diese Bastarde für mich.«

# Kapitel 65

*16:56 Uhr Ortszeit, Bezirkshauptquartier der schottischen Polizei, Cornwall Mount, Dumfries, Schottland*

Smith blieb mit seinem Escort dicht vor einer Tür an der Rückseite eines stattlichen Ziegelsteingebäudes stehen, das komplett verglast war. Auf weißen Schildern an der Außenmauer standen in blauer Schrift ›Polizei Schottland‹ und etwas kleiner in Schwarz ›Bezirkshauptquartier‹. Nun da sich Allardyce sicher in der Obhut der Royal Infirmary befand, war es an der Zeit, die Aufnahmen der Verkehrsüberwachungskameras auszuwerten, die Ihnen bei der Identifizierung der Fahrerflüchtigen helfen könnten.

Thom warf einen Blick auf den Parkplatz des Fuhrparks der Behörde und wunderte sich darüber, wie überschaubar dieser war. Dumfries und Galloway nahmen den gesamten Südwesten des Landes ein, und auch wenn hier verglichen mit Gegenden wie Edinburgh oder Glasgow relativ wenige Menschen lebten, handelte es sich doch um ein weitflächiges Gebiet im Verhältnis zu einem so kleinen Polizeiaufgebot. Falls sich die Männer, die in Nordengland die Bombenanschläge verübt hatten, irgendwo in dieser Umgebung versteckten, wurde Thom allmählich klar, weshalb sie dies taten.

»Haushaltskürzungen«, erklärte ihm Smith beim Aussteigen und ging eine kurze Treppe hinauf zu der fensterlosen Tür. Smith hielt eine Schlüsselkarte vor einen Leser, woraufhin das Schloss aufsprang. »Uns sind weniger als sechzig Prozent des Personals geblieben, das wir noch letztes Jahr um die gleiche Zeit hatten. Die Fahrzeuge, die sie gerade gesehen haben, befinden sich alle nicht mehr im Einsatz. Ungefähr genauso viele sind derzeit unterwegs.«

Thom blickte wieder zurück, um die Wagen mit dem blau-gelben Schachbrettmusterlack im Kopf durchzuzählen. Es war ein ernüchterndes Gefühl. Er hatte Geschichten von Verkehrsunfällen und Verbrechen gehört, denen mancherorts, wo die Behörden ihrer Geldmittel beraubt worden waren, tagelang niemand auf den Grund gehen konnte, doch dem Geheimdienstapparat in London anzugehören und sich mit Vorfällen von größerer Tragweite auseinanderzusetzen führte dazu, dass man sich keine Gedanken mehr darüber machte, wohin all die Steuergelder flossen.

Smith öffnete die Tür und hielt sie fest. »Verstört Sie das? Darüber hinaus wurden letztes Jahr sieben Notrufzentralen in Schottland geschlossen. Wer jetzt die Polizei verständigt, egal wie ernst das Anliegen ist, wird erst einmal an eine Hauptdienststelle umgeleitet und dann an Einsatzkräfte weiterverwiesen. Für die Politiker ist das praktisch und es schont die Kassen tatsächlich, doch hier draußen im Alltag, wenn man auf einen Ernstfall reagieren muss und sich die Angestellten, die ihn vermitteln, lokal überhaupt nicht auskennen, werden schnell die falschen Einheiten abberufen, sodass Notleidende stunden- ja manchmal sogar tagelang warten müssen, bis ihnen geholfen wird. Der Gesetzesvollzug in Schottland steht vor einem Scherbenhaufen.«

Thom nahm sich diese Informationen zu Herzen, nachdem er das Gebäude betreten hatte, und schaute sich in dem modernen und gefliesten Inneren um. Es kam ihm genauso leer wie der Parkplatz vor.

Smith schloss die Tür, führte ihn weiter hinein und dann eine Treppe hinunter. »Für jeweils zwanzig Mann, die uns genommen wurden, bekamen wir einen Kamerawächter. Anscheinend glaubt die Regierung, Verbrechen auf Video festzuhalten, würde bei den Ermittlungen Geld zu ihrer Aufklärung ermöglichen. Dummerweise ist das totaler Quatsch. Kameras sehen nicht alles, egal wie viele aus verschiedenen Winkeln auf eine Stelle gerichtet sind, und sie können weder hören noch riechen, schmecken noch fühlen, wie ein Mensch es tut.«

Thom schnitt eine finstere Miene. Smith war eindeutig ein Verfechter der alten Schule, wenn es um sein Metier ging. Die Zeiten hatten sich jedoch geändert, obwohl man ihm diese Einstellung natürlich nicht verübeln konnte. Er selbst hasste es ja auch, wenn jemand, der nie im Thames House gewesen war, Verordnungen erließ und Änderungen an ihrer bisherigen Verfahrensweise erzwingen wollte. Gute Geheimdienstarbeit hing wahrscheinlich genauso wie beflissener Polizeidienst sehr stark von der menschlichen Komponente ab.

»So viel zum Thema Schutz des Volkes vor Verbrechen. Wir tun im Moment nichts weiter, als hinterher sauber zu machen.« Am Fuß der Treppe öffnete der Inspektor eine Tür, die auf einen Korridor mit einem achteckigen Querschnitt führte. »Aber was soll's? Das ist jetzt das Problem anderer Leute. Der Polizeiflügel, der dem Staat direkt untersteht, wird auch vom Staat finanziert – genau wie der Rest Ihrer Spionagebande. Deshalb habe ich diese Stelle ursprünglich angenommen. Die könnten den ganzen Laden hier dichtmachen, und ich dürfte immer noch tagein, tagaus Kindermädchen für Ihre Agenten und Laufbursche für Ihre Offiziere spielen. So wurden die Prioritäten verlagert … also nicht auf den örtlichen Polizeidienst. Ich wünschte bloß, diese Stümper in Edinburgh und London würden begreifen, wie stark beides voneinander abhängt. Um die Qualität geheimdienstlicher Arbeit ist es schlecht bestellt, wenn niemand lokal am Ball bleibt, um die Dinge zu sehen und zu hören, die gesehen und gehört werden müssen.«

Thom hätte ihm gern beigepflichtet, entschied sich aber dafür, nicht weiter darauf einzugehen. Denn er konnte sowieso nicht ändern, wofür Holyrood und Westminster die Steuereinnahmen verschleuderten. Er schaute sich auf dem leeren Gang um. Links und rechts reihten sich geschlossene Türen aneinander, doch nichts ließ darauf schließen, dass hier irgendetwas gearbeitet wurde.

»Zum Überwachungsraum geht's hier entlang.«

Thom folgte Smith schweigend bis zu einer Tür am Ende des Korridors, und nachdem Smith sie geöffnet hatte, rief er: »Aufwachen, Murphy. Ich habe was für dich zu tun, also hör mal kurz auf damit, auf die Ärsche von Joggerinnen mit engen Leggins zu zoomen.«

»Ich bin hellwach, Kumpel, denn ich muss ja schließlich immer Standbilder von den schönsten für dich machen.«

Smith grinste und trat ein. Thom blieb vor dem Raum stehen und schaute durch die Tür.

Drinnen hingen an einer Zementplattenwand mindestens ein Dutzend Computermonitore mit hochauflösenden Bildern aus der Region. Auf einigen passierten gerade Autos Kreuzungen oder sie fuhren auf Straßen entlang, wohingegen andere Kameras Fußgänger zeigten – im Stadtzentrum, so wie es aussah. Dann wechselten die Einstellungen auf einmal, und die Bildschirme gaben ein paar Sekunden lang Eindrücke anderer Kameras wieder, bevor sie erneut umsprangen.

In der Mitte des Raums saß ein Mann mit ergrautem Haar und Dreitagebart.

Smith schaute auf seine Uhr. »Deine Schicht fängt um drei Uhr an, oder?«

»Richtig.«

»Dann brauchen wir die Aufnahmen, die während deiner letzten Schicht gemacht worden sind.«

»Wonach suchst du denn genau?«

»Als Erstes nach einem grünen Peugeot. Der müsste ungefähr gegen Viertel vor drei durch Dumfries gefahren sein. Wenn du das Kennzeichen auf den Schirm kriegen könntest, wäre das klasse.«

»Aye. Mal sehen, was wir haben.« Erst jetzt, als sich der Mann auf seinem Sessel umdrehte, bemerkte er Thom. Er starrte ihn kurz an und sagte dann: »Murray McDonald, Kollege.«

Smith stellte ihn vor: »Das ist Tom Harrelson, er kommt aus Yorkshire.«

Thom bestätigte diese Lüge nickend. Mehr als diesen kleinen und falschen Informationsschnipsel sollte der Wachmann nicht als Erklärung bekommen, doch dem Anschein nach schien ihm auch bewusst zu sein, dass er besser nicht weiter nachhaken sollte. Deshalb machte er sich ans Werk, indem er zu einem Computer rollte, der abseits aller anderen an der hinteren Wand des Raums stand, und begann, auf dessen Tastatur herum zu tippen. Binnen weniger Augenblicke nach der Eingabe mehrerer Passwörter erhielt er Zugriff auf einen Ordner voller alter Dateien, die Thom für 24-Stunden-Aufzeichnungen aller aktiven Überwachungskameras in der Gegend hielt.

»Irgendeine Ahnung, wohin dieser Peugeot unterwegs war?«, fragte McDonald.

»Von Brooms Road zur Annan Road, und zuletzt gesehen wurde er auf der A75 in Richtung Norden.«

»Dann müssten ihn die Kameras vor Greenbrae Loaning aufgeschnappt haben.« Er drückte ein paar Tasten und wählte eine Datei aus. Als sie geladen war, liefen Videos sechs stationärer Kameras an einem Kreisverkehr ab, die den Verkehr in unterschiedliche Richtungen verfolgten. McDonalds bewegte den Mauszeiger, um den Mitschnitt von der genannten Straße zu selektieren, und klickte sich dann bis zur entsprechenden Zeitmarke durch. Nach mehreren Minuten, in denen sie nur normal vorbeiziehende Fahrzeuge gesehen hatten, entdeckte Thom sich selbst in seinem blauen Vauxhall gemeinsam mit Allardyce. Nur wenige Sekunden später erschien etwa fünfzig Yards hinter ihnen der grüne Peugeot.

»Da«, rief Smith. »Wieder zurück.«

McDonalds klickte ein Stück weiter links auf die Ablaufleiste und vergrößerte dann den vorderen Teil des Verfolgungswagens in dem Moment, als er an der Kamera vorüberfuhr. Dies wiederholte er noch mehrmals, damit Smith, der hinter ihm stand, die Autonummer auf einem Notizblock notieren konnte.

»Ich hab sie. Die nächste Kiste wird allerdings schwieriger. Denn ich kenne nur ihre Farbe und die ungefähre Route, die sie genommen hat.«

»Schieß los.«

»Es war eine rote Limousine, auch auf der A75, aber in Richtung Süden und zuletzt gesehen wurde sie an der Abzweigung auf die A709.«

»So weit im Westen hängt leider keine Kamera mehr, aber es gibt eine Anlage an der Kreuzung A71 und A75, die den Verkehr stadteinwärts und -auswärts abdeckt.«

»Das könnte eventuell reichen.«

McDonalds schloss die Datei und suchte nun eine andere heraus. Dieses Mal beschränkte er sich auf eine einzelne Kamera über der nördlichen Ausfahrt eines Kreisverkehrs. Wieder klickte er ungefähr die richtige Uhrzeit an, schaute dann konzentriert hin und hielt die Wiedergabe an, als er sah, wie ein roter Wagen von Süden her durch den Kreisverkehr kam, um auf die A75 abzufahren. »Meinst du diese hier?«

Smith gab die Frage mit einem Blick stumm an Thom weiter.

Dieser betrachtete die Limousine auf dem Monitor angestrengt. *War es diejenige, die sie in dem Kreisverkehr gerammt hatte?* Er konnte es nicht genau sagen, weil er sie nur ganz kurz gesehen hatte. Er zog den Zeitstempel des Standbildes zurate. Sowohl die Lackierung als auch das Modell stimmten, und sie fuhr im richtigen Moment in die richtige Richtung. Es konnte keine andere sein. Er nickte.

»Ja, sieht ganz so aus«, antwortete der Inspektor schließlich. »Lass das Ganze noch mal laufen.«

Diese Aufnahme war wesentlich grobkörniger, weil die Kamera viel weiter von dem Kreisverkehr entfernt hing. Sie schien den Verkehr, der zu dieser Stelle hin verlief, aber einzufangen.

»Geht das nicht auch schärfer?«

»Nein, mehr ist leider nicht rauszuholen.«

Smith steckte seinen Block wieder ein. Die Bildqualität war zu schlecht, um das Kennzeichen erkennen zu können. »Also gut, schick mir die letzten vierundzwanzig Stunden dieser beiden Kameras. Außerdem will ich alle Aufzeichnungen aus der Umgebung des Krankenhauses sehen.«

»Die kann ich dir geben.«

***

Als der Fahrstuhl läutete und auf der zweiten Etage anhielt, stieg Smith aus und Thom folgte ihm. Hier bekam er endlich ein wenig mehr Polizeiarbeit zu Gesicht. Zumindest ein paar uniformierte Beamte tummelten sich ringsherum, obwohl es anders, als er es in einem Bezirkshauptquartier erwartet hätte, erstaunlich leise zuging. Er folgte dem Inspektor zu einem Eckbüro ohne Namensschild an der Tür.

Dort herrschte eine Enge wie in einer Besenkammer; die Läden waren zugezogen, und in schmalen Lichtstreifen, die zwischen den Lamellen einfielen, tänzelten Staubflocken in der Luft. Auf allen waagerechten Oberflächen stapelten sich Aktenordner, und in einem Aschenbecher auf einem Schreibtisch aus Pressspan direkt neben einem PC, der nicht eingeschaltet war, lagen unzählige Zigarettenstummel.

Smith ließ sich mit seinem wuchtigen Leib im Bürosessel nieder und fuhr dann den Rechner hoch. »Willkommen beim Special Branch … so, wie er im Bezirk Dumfries und Galloway arbeitet. Der letzte Verantwortliche hier hat ein absolutes Chaos hinterlassen. Über die Hälfte dieser Akten liegt schon seit Jahrzehnten unerledigt hier herum.«

Thom setzte sich auf die Kante eines Stuhlsitzes, wobei er versehentlich einen Stoß Dokumente umwarf.

»Entschuldigung.«

Smith machte sich nichts daraus, denn der Computer hatte jetzt das Betriebssystem fertig geladen. Er zog den Notizblock mit der Autonummer hervor. »Mal sehen, was unsere königliche Regierung über BV03-NTE weiß.« Das Programm, das er öffnete, kannte Thom auch aus dem Thames House, es wurde landesweit in den MI5-Büros verwendet.

Es handelte sich dabei um einen Aggregator ... so die Bezeichnung in Spionagekreisen ... eine Software zum Sammeln von Inhalten aus anderen Anwendungen, mit denen sie verknüpft war. Manchmal legal, aber nicht immer. Ihre Hauptfunktion bestand darin, auf digitalem Weg Informationen wie Telefonverbindungslisten, Kfz-Papiere, Strafregister, Volkszählungsdaten oder Ähnliches auskundschaften zu können, die sich zum Abgleich ansonsten irrelevanter Details anboten, um einen genaueren Eindruck von Personen oder Orten erhalten zu können, die bei den Behörden das Interesse geweckt hatten.

Smith klickte sich durch mehrere Menüs, ehe er die Autonummer eingeben konnte. Sekunden später spuckte das Programm bereits die verfügbaren Informationen aus.

Thom beugte sich vorwärts, um sie besser lesen zu können.

»Verdammt!« Smith massierte sich sein Gesicht. »Der Wagen ist auf eine Firma in Glasgow zugelassen. Round Tower Limited.«

Das gab Thom zu denken. Dass es sich um eine gewerbliche Registrierung handelte, stellte insofern ein Problem dar, weil es eine Identifikation des Fahrers ausschloss, es sei denn, man fühlte dem Unternehmen noch genauer auf den Zahn, wozu man jedoch Mittel benötigte, die sie momentan nicht hatten ... oder vielleicht doch?

Smith rief jetzt den Webbrowser auf und googelte den Namen. »Nichts zu finden.« Er blätterte sich durch die ersten paar Ergebnisseiten. »Könnte also ein Scheinunternehmen sein.«

»Stimmt. Was ist mit JINA? Suchen Sie doch damit nach Querverweisen des Namens auf Akten, die eventuell noch irgendwo bearbeitet werden.«

Smith sah ihn fragend an. »JINA?«

Thom schaute verlegen auf die Tischplatte, weil ihm bewusst geworden war, dass er viel mehr über die Sammelsoftware und ihre Funktionen wusste als Smith. »Das steht für ›Joint Intelligence‹, weil alle Geheimdienste das Programm nutzen, und irgendwas mit ›Aggregator‹. Die hellen Köpfe in der Regierungskommunikationszentrale haben sich das Kürzel ausgedacht. Sie wissen ja, wie die drauf sind.«

Der Inspektor lachte humorlos auf. »Nett. Ich schätze mal, wir benutzen es relativ selten, denn ich wüsste nicht, wie ich Akten in Bearbeitung finden könnte.«

»Dann lassen Sie mich mal an den PC.«

Smith stand auf und streckte eine Hand aus. »Nur zu.« Er ging um den Schreibtisch herum und holte dabei eine Zigarette aus der Brusttasche seiner Jacke.

Thom nahm vor dem Monitor Platz und starrte einen Moment lang darauf. Da die Software Daten zusammentrug, die in rechtlicher Hinsicht äußerst fragwürdig waren, erhielten nur höherrangige Angestellte der Geheimdienste Zugriff auf die gesamten Funktionen. Als Vergleich zwischen eingeschränkter und vollständiger Bedienbarkeit ließ sich etwa der Unterschied zwischen dem Ford Escort, den Smith fuhr, und einem Aston Martin anführen, von dem er vermutlich als kleine Junge geträumt hatte.

Mit Thoms Benutzerrechten ließ sich eine Fülle von Features freischalten, die der Anzeige aller seinem Ressort zugewiesenen Geheimdienstakten in Bearbeitung dienten, doch höchstwahrscheinlich hatte man ihm diese Rechte mittlerweile schon entzogen. Abteilung B, die für das Personalwesen und die innere Sicherheit verantwortlich war, arbeitete in solchen Belangen meist besonders gründlich. Sobald jemand in den Ruhestand trat, kündigte oder entlassen wurde, wurden sofort alle Sicherheitspasswörter geändert, die die Person benutzt hatte – für Gebäudetüren, Computer, Fahrzeuge oder was auch immer.

Eine Möglichkeit zog er aber noch vor allen anderen in Erwägung: eine Falle. Denn so etwas hätte er nicht zum ersten Mal erlebt. Ein Angestellter, der des Betrugs an dem Geheimdienst verdächtigt wurde, für den er arbeitete, konnte seine Benutzerrechte behalten, damit er irgendwann leichtsinnig wurde, man seine Aktivitäten verfolgen, seine Kontakte ausmachen und so ein Strafverfahren vom Zaun brechen konnte, in dessen Zuge er vor Gericht und schließlich in den Knast kam.

Thom dachte kurz über diese Theorie nach. Die Erkenntnis, akut durch Allardyce und ihn bedroht zu sein, hatte Reed offenbar in Zugzwang gebracht. Dies belegte auch der Umstand, dass er Killer ausgesandt hatte. Doch deren Unvermögen, sie zu töten, und dass sie beide am vorangegangenen Abend in London untergetaucht waren, musste seine Panik mindestens verzehnfacht haben. Harold wusste jedoch nach über zwanzigjähriger Zusammenarbeit mit Reed, dass der Kerl nicht dumm war. Nicht mehr lange, dann würde er bemerken, dass Allardyce vor allem eines benötigte, um ihn zu Fall zu bringen: Fakten und Informationen, wie die, die von dem Programm auf dem Bildschirm wenige Zoll vor Thoms Augen zusammengetragen wurden.

»Haben Sie Familie, Inspektor Smith?«

»Ja, ich bin verheiratet und Vater eines Sohnes«, antwortete der Ermittler beiläufig, während er die Zigarette anzündete. Als er Thom anschaute und realisierte, dass es diesem gar nicht um Small Talk ging, hielt er inne, sodass die Flamme des Feuerzeugs die Zigarette verkohlte. »Wieso?«

Darauf bekam er allerdings keine Antwort. Wenn dies eine Falle war und Thom vorsätzlich hineintappte, würden die Techniker der Regierungskommunikationszentrale innerhalb weniger Minuten herausfinden, wo er sich aufhielt, und sogar den genauen Standort des PCs, auf dem er sich eingeloggt hatte. *Wie aber würde Reed darauf reagieren?* Das nächste MI5-Außenbüro befand sich in Glasgow, also mindestens zwei Stunden Autofahrt entfernt, und sie würden die jahrzehntealten Schnellstraßen Schottlands und zahlreiche Landstraßen nehmen müssen, um hierher zu gelangen. Bis ihn also jemand erreichte – vorausgesetzt, es gab Personen, die Reed hinreichend vertrauenswürdig dafür erschienen, um sich der Sache anzunehmen – würde Thom längst aufgebrochen und zu weit entfernt sein, um ihm anhand von Hinweisen, die das Programm möglicherweise gab, auf die Schliche kommen zu können.

Letzten Endes jedoch war es Smiths Computer, weshalb der Verdacht automatisch auf ihn fallen würde. Könnte Reed so verzweifelt sein, dass er jemandem ohne die geringste Gelegenheit, es zu bezeugen, Schaden zufügen würde, oder würde dem Inspektor die Tatsache zum Schutz reichen, dass Informationen, die der MI5 und das Polizeisonderkommando untereinander austauschten, meistens nach oben und nur selten nach unten durchsickerten? Könnte er ihnen im Falle des Falles glaubwürdig vermitteln, nichts von Thoms Tun gewusst zu haben? Es war ein gewagtes Spiel.

»Falls das klappt, werden wir entdeckt, sobald ich mit meinem Log-in-Code auf das Programm zugreife. Regierungskommunikationszentrale, MI5 – bis sie uns stellen, ist es dann nur noch eine Frage von Sekunden, aber anders gelange ich leider nicht an die Daten, die wir brauchen. Sollten Sie sich nicht unmittelbar daran beteiligen wollen, würde ich Ihnen raten, sofort von hier zu verschwinden, Ihre Vorgesetzten anzurufen und dafür zu sorgen, dass Ihre Weste weiterhin weiß bleibt.«

Smith schaute mehrmals zwischen Thom und dem Bildschirm hin und her, dann streckte er die Hand mit der brennenden Zigarette aus und zerdrückte diese im Aschenbecher, während er eine neue aus seiner Jacke zog. »Ich bin noch ein Stockschwinger vom alten Schlag, Mr. Thom. Ich mache bei niemandem auf gut Freund, der mich bedroht oder auf Menschen und Dinge abzielt, die mir etwas bedeuten. Tun Sie's einfach.«

# Kapitel 66

*18:12 Uhr Ortszeit, Färberstraße und Max Planck Straße, Friedrichsdorf, Deutschland*

Declan erhob sich vom Beifahrersitz des VW und ließ seinen Blick über den vollen Parkplatz schweifen, als Harper die Handbremse zog. Sie hatten sich darauf geeinigt, den gestohlenen Wagen loszuwerden und öffentliche Verkehrsmittel zu nutzen. Dies war der beste Weg, um sich in Sicherheit zu bringen. Sie brauchten zuerst einmal Zeit zum Auswerten der Bankbelege, wovon dann abhängen würde, wohin sie als Nächstes aufbrechen würden. Hoffentlich fanden sie dabei auch eine Spur zu denjenigen, die sich gegen ihn verschworen hatten.

Da er sich in der Gegend nicht auskannte, war er auf der Suche nach einer geeigneten Stelle im Kreis gefahren und irgendwann auf einen Toom-Baumarkt gestoßen. Der Umweg hatte sich aber gelohnt, denn dabei hatte Declan zum einen in der Umgebung nachsehen können, ob sich aufgeweckte Ordnungshüter in der Nähe herumtrieben, und außerdem einen Bahnhof entdeckt. Dieser befand sich weniger als eine Meile südlich dieses Parkplatzes.

Harper stieg jetzt aus und schlug die Fahrertür zu.

Declan trat vor dem Kofferraum an ihre Seite und legte einen Arm um sie, sodass sie wie ein Pärchen wirkten, als sie weggingen. Angesichts des Betriebs in dem Markt würde der Wagen voraussichtlich mehrere Stunden lang unbemerkt bleiben, selbst wenn jemand gezielt nach ihm suchen würde. Er schob die Sporttasche über seiner Schulter höher, kurz bevor die Toom-Filiale mit dem auffällig roten Dach und der lindgrüne Volkswagen hinter einer Ecke verschwanden.

Nachdem sich Harper nach eventuellen Verfolgern umgesehen hatte, schüttelte sie Declans Arm ab. »Was haben Sie jetzt vor?«

»Die übernächste Zughaltestelle ist Bad Homburg. Dort erledigen die meisten Touristen ihre Einkäufe, also trifft man dort auch auf viele Auswärtige. Es gibt unzählige kleine Gasthäuser, da fallen wir überhaupt nicht aus dem Rahmen.« Er nahm die Tasche herunter und gab sie ihr. »Halten Sie sie mal.«

Harper schulterte sie und sah ihn an. »Was soll das?«

Er hatte das Kartenhandy hervorgezogen. »Ich hinterlasse schnell eine Sprachnachricht für Allardyce.«

»Bloß nicht. Wir haben doch abgemacht, die Skype-Accounts zu nutzen. Wenn Sie …«

»Dann halte ich mich eben nicht an unsere Abmachung. Dieses Gerät war von heute Morgen an ausgeschaltet, und jetzt sind wir bereits zweihundert Meilen weiter. Ich mache es ja sofort wieder aus, wenn ich fertig bin, sodass das Gebiet, das jemand nach uns absuchen müsste, falls er überhaupt ein Signal von uns einfängt, viel zu groß wäre.«

Harper starrte ihn missbilligend an.

»Abgesehen davon, hatten sie gestern Nacht zehn Stunden Zeit, um uns einzuholen – vorausgesetzt, sie überwachen uns – und sind nicht aufgekreuzt. Einen deutlicheren Beweis dafür, dass sie im Trüben fischen, gibt es doch wohl nicht.«

»Na gut.« Sie ging nun mehrere Yards allein an hohen Hecken entlang über den Bürgersteig. Währenddessen legte Declan den Akku auf der Rückseite des LG-Smartphones ein und schaltete es an. Nachdem er mehrere Sekunden auf einen Hinweis zu eingegangenen Nachrichten gewartet hatte, obwohl er eigentlich nicht damit rechnete, tippte er auf das grüne Hörersymbol neben Allardyce' Nummer und lauschte, während eine Verbindung hergestellt wurde.

Es raschelte kurz in der Leitung, als hätte der Angerufene Schwierigkeiten, sein Telefon festzuhalten. »Ja? Declan?«

Er suchte Harpers Blick, bevor er antwortete. An der Stimme erkannte er sofort den Mann wieder, den Dennis als seinen Begleiter bezeichnet hatte. Dass dieser den Anruf entgegennahm, wunderte ihn allerdings sehr.

»Hmm … Declan? Sind Sie das?«

»Jepp. Thom oder?«

»Richtig. Thom – Harold Thom. Äh, wie geht es Ihnen?«

»Gut. Wo ist Dennis?«

»Er … also, nun ja … Er liegt im Krankenhaus. Wir standen kurz davor … zu dicht vielleicht. Man hat uns unterwegs angegriffen, als wir Dumfries verlassen wollten. Man hat uns von der Straße abgedrängt und Dennis wurde dabei verletzt.«

Declan zog seine Brauen zusammen und schaute besorgt zu Harper hinüber, die sich wieder umgedreht hatte und jetzt auf ihn wartete.

»Er kommt aber wieder auf die Beine«, schob Thom rasch hinterher. »Die in der Notaufnahme hatten alles im Griff, als wir … als ich ihn alleingelassen habe.«

»*Wir?* Wer ist gerade bei Ihnen?«

»Wir haben uns mit einem Polizisten der Staatsbehörde in Verbindung gesetzt, der Shane kennt. Er hilft uns jetzt ebenfalls bei der Suche. Wir sind drauf und dran, ihn zu finden. Sie müssen aber auch etwas zu erzählen haben, sonst würden Sie sich nicht melden.«

»Das stimmt.«

Die beiden Flüchtigen schauten einander längere Zeit in die Augen. *Konnten sie Thom einweihen? Hatte er Allardyce vielleicht ausgebootet und nur darauf gewartet, dass sie wieder anriefen?* Declan ging schnell alle Möglichkeiten im Kopf durch. Soweit er erkennen konnte, blieb ihnen nur eine unzweideutige Option: Früher oder später mussten sie jemandem trauen, sonst war es unmöglich, irgendetwas von alledem zu Ende zu bringen. Er atmete langsam aus. *Warum also nicht bei Harold Thom anfangen?* »Es ist Kreft. Lukas Kreft. Wir haben die Familiengeschichte seines Arbeiters in Erfahrung gebracht und ein Foto gefunden, das eindeutig ihn zeigt. Er ist derjenige, für den der Riesentyp arbeitet, der uns jagt.«

Thom schwieg vorübergehend. »Teufel auch«, fluchte er dann. »Sind Sie sicher? Kreft wurde bereits auf Herz und Nieren …«

»Das reichte wohl nicht aus. In England kann man ihm vielleicht nichts nachweisen, doch in der Schweiz unterhält er eine ganze Gruppe von Schlägern.«

»Ein einzelnes Foto ist gelinde gesagt ziemlich nebensächlich.«

»Natürlich, aber wir haben noch mehr, wir sind nur noch nicht dazu gekommen, die Sachen genauer durchzusehen. Aber wir arbeiten gerade darauf hin. Wo sind Sie jetzt? Wovor standen Sie denn so knapp, als Sie angegriffen wurden?«

»Vor weiteren Kerlen für die Schmutzarbeit. Wir vermuten, dass die Männer, die hinter den Bombenanschlägen und Shanes Entführung stecken, irgendwo in der Gegend um Dumfries und Galloway verschanzt sind. Im Augenblick versuchen wir gerade, ihren Unterschlupf zu finden.«

Declan holte tief Luft, während er sich vor Augen rief, was Allardyce über die begrenzten Mittel der Zwei gesagt hatte. Selbst wenn sie auf das Versteck stoßen würden, gab es nur wenig, was sie für O'Reilly tun konnten. In ein Gebäude einzudringen, wo möglicherweise Geiseln festhalten wurden, war bereits mit erfahrenen Helfern und entsprechender Ausrüstung heikel, doch dabei auf beides verzichten zu müssen, hieß, man legte es darauf an, dass viele Beteiligte ums Leben kamen – auch diejenigen, die man eigentlich retten wollte. Declan überlegte kurz, ob er sich mit dem Gedanken abfinden sollte, dass Shanes Schicksal besiegelt war, doch die Vorstellung verzehrte ihn von innen, weshalb ihm langsam übel wurde.

Er blieb ruhig stehen und konzentrierte sich eine Zeit lang nur auf das Luftholen. »Wir gehen irgendwo in Deckung und verschaffen uns zuerst einmal einen Überblick über das, was wir bisher herausgefunden haben. Hoffentlich führt uns dies zu konkreten Beweisen oder zu jemandem, der weiß, dass Kreft mitschuldig ist.«

»Genau die brauchen wir. Denn ohne solche Beweise läuft alles bloß wieder auf einen komplizierten Gerichtsprozess hinaus, der nichts klären wird.«

Zu wissen, wer Kreft war, genügte Declan bereits. Denn wäre es nach ihm gegangen, hätte er den Kerl aufgespürt und ihn auf die einzige Weise zur Rechenschaft gezogen, die Menschen wie er wirklich verstanden. Dies wäre jedoch für niemand anderen als für ihn genug gewesen. Die ermittelnden Regierungsinstanzen würden auf wasserdichte Indizien bestehen. »Wir hören bald wieder voneinander.« Er trennte die Verbindung, nahm den Akku wieder aus dem Handy und steckte es zurück in seine Hosentasche. Wenn ihm daran gelegen war, die Scherben seiner Existenz gemeinsam mit Constance zu kitten, musste er sich unbedingt an die Regeln der anderen halten.

Jetzt schloss er wieder zu Harper auf.

»Wer war das?«, fragte sie, weil sie mitbekommen hatte, dass das Gespräch nicht wie vorgesehen verlaufen war.

Declan erzählte ihr daraufhin alles.

»Und Sie verlassen sich auf diesen Kerl?«

»Was bleibt uns denn sonst noch übrig?« Er ging weiter. »Lassen Sie uns jetzt einen Zug nehmen.«

# Kapitel 67

*17:19 Uhr Ortszeit, Bezirkshauptquartier der schottischen Polizei, Cornwall Mount, Dumfries, Schottland*

Thom schaute auf den Bildschirm des Handys, als die Verbindung abbrach, und legte es danach wieder auf den Tisch.

»Das war er also, hmm?«, fragte Smith, der einen längeren Teil seiner zweiten Zigarette hatte abbrennen lassen, »der Superstar der IRA?«

Thom runzelte die Stirn. Er wusste, was der Inspektor meinte. Smith hatte sich genauso wenig wie er selbst an die Vorstellung gewöhnt, dass Declan McIver auf ihrer Seite stand. Genau genommen bezweifelte er es noch immer und konnte sich durchaus vorstellen, dass der Mann ausschließlich im eigenen Interesse handelte. Dann schlug er sich diesen Gedanken wieder aus dem Kopf. Unabhängig von McIvers Beweggründen schien er zumindest für den Augenblick am besten damit beraten zu sein, wenn er seine Interessen jenen der Regierung Ihrer Majestät anpasste. Dies musste genügen – zumindest bis auf Weiteres. »Die Liste unserer Verbündeten ist nicht gerade lang. So ungern ich es auch zugebe, aber wir haben momentan leider keinen besseren Ersatz für einen Agenten am Puls des Geschehens als ihn.«

Smith nickte daraufhin und klopfte das abgebrannte Ende seiner Zigarette in den Aschenbecher.

Thom wandte den Drehstuhl, auf dem er saß, jetzt wieder dem Computermonitor zu. Vor der Unterbrechung hatte er sich gerade in den Spionage-Aggregator einloggen wollen, den der MI5 benutzte. Nun zögerte er kurz, während er auf das leere Eingabefeld blickte, ehe er seinen aktuellen Benutzernamen und das Passwort eintippte, die man ihm zugewiesen hatte. Im Laufe eines Jahres wurde dergleichen über Personalwechsel hinaus immer willkürlich geändert.

Am unteren Bildschirmrand rotierte nun mehrere gefühlte Minuten lang ein Warte-Icon, obwohl es in Wirklichkeit wahrscheinlich nur wenige Sekunden dauerte. Thom atmete erleichtert auf, als die vertraute Bedienoberfläche erschien, was bedeutete, dass seine Zugangsdaten akzeptiert worden waren. »Es kann losgehen.«

Er begann sofort mit der Eingabe von Stichworten, um die Suche ein wenig einzugrenzen. Sobald die Techniker der Regierungskommunikationszentrale ihn bemerken und glauben würden, dass er ihnen auf den Leim gegangen war, würden sie Reed verständigen, der dann vor der Wahl stand, dass er den Zugang entweder sperren ließ, sobald er Thoms Standort bestimmt hatte, oder ihn fortfahren ließ, um eine Flucht hinauszuzögern, während er jemanden auf den Weg schicken würde, um sich des Störenfrieds persönlich anzunehmen. In jedem Fall drängte aber die Zeit.

Auf einmal läutete das Festnetztelefon auf dem Schreibtisch.

Der Inspektor ging ran und stellte dabei auf Lautsprecher um. »Smith?«

»McDonald hier, aus dem Keller. Ich habe die Videos jetzt zusammengestellt, die du haben wolltest.«

»Danke.« Smith wollte die Verbindung bereits trennen, aber bevor er dazu kam, ergänzte McDonald: »Ich habe mich noch ein wenig umgesehen, als ihr weg wart. Vielleicht interessiert dich ja, dass sowohl der grüne als auch der rote Wagen die Stadt wenige Minuten nach der Ankunft des Letzteren über die A701 wieder verlassen haben. Der Peugeot folgte der Limo dabei. Anscheinend gehörten die beiden zusammen, Kumpel.«

»Ja, anscheinend. Danke.« Nun beendete Smith das Gespräch. »Genau, wie ich es mir gedacht habe.«

»Hm-mm.« Thom wartete, während die Suchergebnisse für Round Tower Limited ausgelesen wurden. Die Aktenzeichen erschienen nacheinander auf dem Bildschirm, geordnet nach dem Eingabedatum. Insgesamt waren sechzehn Fälle in Bearbeitung, die den Namen des Unternehmens enthielten.

Thom las die Liste. »Die Akten betreffen alle Immobilien oder Fahrzeuge.« Ganz unten befand sich noch eine, die von der britischen Steuerbehörde angelegt worden war, wo anhand des Unternehmensregisters Bilanzprüfungen durchgeführt wurden. »Außer diese hier.« Er klickte die Datei an.

Daraufhin zeigte das Programm eine längere Reihe von PDFs von Regierungsdokumenten, die man zur Anmeldung eines Gewerbes einreichen musste. Thom scrollte langsam nach unten. Round Tower Limited existierte noch kein Jahr, hatte seinen Sitz laut Adressangabe in Aberdeen und war als Beteiligungsunternehmen im Bereich Immobilien angegeben. Die Namen der Besitzer und Investoren wurden allerdings per Gesetz des Königreichs geheim gehalten – Informationen, die nur Richter einer entsprechenden Gerichtsstelle einsehen durften.

Thom schüttelte den Kopf und blätterte weiter bis zu einem Schriftstück, das der Konzern selbst hinzugefügt hatte – auf Firmenbriefpapier. Er betrachtete das Logo in einer Ecke des Kopfs, eine Zeit lang, bis er es wiedererkannte, aber er wusste einfach nicht woher. Darum ließ er die vorangegangene Woche im Geist Tag für Tag Revue passieren und erinnerte sich schließlich an die Vernehmung, die er gemeinsam mit Allardyce am Glasgower Pacific Quay durchgeführt hatte. Diese war überhaupt erst die Ursache für den ganzen Ärger gewesen. Reece Findlay, der unkooperative Verdächtige, hatte sich nur winzige Einzelheiten abtrotzen lassen … dass ihn zwei Männer aufgesucht hätten, sich als Angestellte eines Sicherheitsunternehmens ausgegeben und eine Visitenkarte mit einem mittelalterlich aussehenden Logo zurückgelassen hätten. Ein ebensolches prangte auch am oberen Rand des Briefpapiers, das Thom jetzt vor Augen hatte ... das Logo von Round Tower Limited.

Er war gleichermaßen überrascht und gespannt, während er auf den Monitor starrte. Der Zusammenhang bewirkte zwar keine dramatischen Veränderungen, bestätigte jedoch, dass sie den richtigen Riecher gehabt hatten. Jetzt ließen sich den Personen, die sich angeschickt hatten, Bombenanschläge in Großbritannien zu verüben und Regierungspersonal zu kidnappen, ein Name und Papiere zuordnen. *Wie aber würde ihm dies nutzen?* Ein Ausgangspunkt für weitere Nachforschungen war wunderbar, doch, was er jetzt brauchte, war etwas, auf dessen Grundlage er sofort handeln konnte.

Thom rief erneut die Liste der Aktenkennzeichen auf und ging sie noch einmal in Ruhe durch. Zuerst klickte er die Fahrzeugdateien an, die das System aus den Archiven der Kfz-Zulassungsstellen im Land gefiltert hatte. Er schaute sich eine nach der anderen an. Dreizehn an der Zahl, mit Fotos verschiedener Automarken und Modelle. Am Ende hatte er ein Dokument aus der Mitte geöffnet, das einen grünen Peugeot betraf, und konnte mindestens zwei der roten Limousine zuweisen. Allen gemein war die Tatsache, dass es sich dabei um ältere, reparaturbedürftige Wagen handelte, die man eher vor der Wohnung eines durchschnittlichen Universitätsstudenten als im Fuhrpark eines Gewerbes vermuten würde. Thom war äußerst ratlos. »Wozu braucht denn eine Immobiliendachgesellschaft eine Handvoll Rost ansetzender Mühlen?«

»Um sie mit Sprengstoff zu bestücken.« Smith zog an seiner Zigarette.

Thom nickte. Etwas Näherliegendes fiel ihm momentan auch nicht ein. Jeder der Wagen war offenbar nur zu einem einzigen Zweck gekauft worden ... um ihn mit einer Bombe bestückt an einer stark befahrenen Straße irgendwo im Königreich zu parken, so wie man es in Penrith und Carlisle getan hatte.

»Dreizehn Autos! Oh Gott. Die könnten das halbe Land in die Luft jagen.«

»Hoffen wir, dass sie nicht vorhaben, sie alle einzusetzen.« Thom ging zu den Immobiliendateien über. Diese betrafen zwei Grundstücke, beide mit Gebäuden, die wie die Fahrzeuge zuvor, heruntergekommen aussahen, sowie von ihren Besitzern aufgegeben worden zu sein schienen.

»Perfekt«, sagte Smith. »Ein leer stehendes Haus mitten im Nirgendwo und eine Lagerhalle an einem Hafen in – lassen Sie mich raten – Aberdeen. Außerdem deckt sich die Adresse mit der des Hauptsitzes der Firma. Zweimal goldrichtig!«

»Diese Gebäude schreien geradezu danach, von Bombenbastlern als Giftküchen benutzt zu werden.

»Genau, und ich würde mein Jahresgehalt darauf verwetten, dass wir, wenn wir hinter den Deckmantel des Unternehmens schauen würden, um die Besitzer zu finden, Papiere mit Shane O'Reillys Unterschrift fänden. Das Ganze wurde nur inszeniert, um entlarvt zu werden, damit es so aussieht, als hätten er, Blaney, McIver und vermutlich die IRA allgemein von Anfang an dahintergesteckt.«

Smith blickte argwöhnisch zu Boden. »Sind wir uns denn sicher, dass sie tatsächlich nicht dahinterstecken?«

Thom drehte sich jetzt mit dem Sessel zu ihm um. »Ich bin mir absolut sicher, dass weder Rory Blaney noch Shane O'Reilly in diese Sache verwickelt waren oder sind. Sie kennen beide. Beweisen Sie mir, dass ich mich irre.«

Smith schüttelte seinen Kopf. »Ich wollte das doch nur mal in den Raum gestellt haben. Fünf Jahre lang habe ich Blaney bei seinen Einsätzen betreut. Er wäre lieber gestorben, als sich an einem weiteren Sprengstoffattentat zu beteiligen. Den Tod hätte er vorgezogen – und tat dies wahrscheinlich auch – anstatt wegzuschauen, während weitere Bomben hochgingen.«

Thom nickte. Es stimmte, davon war er überzeugt. Rory Blaney hatte nie zu den aktiven Mitgliedern der IRA gehört, allerdings hatte er von dem Plan der Reals gewusst, jenen Anschlag in Omagh im August 1998 zu begehen, bei dem neunundzwanzig Menschen getötet und mehr als zweihundert verletzt worden waren, und nichts dagegen unternommen, bis es zu spät gewesen war.

Im Anschluss daran hatte er sich allerdings an die Polizei gewendet, um Informationen preiszugeben, mit deren Hilfe die zwölf Täter festgenommen worden waren. Dieses eine Gespräch mit den Behörden hatte genügt, um Blaney auf die Abschussliste der IRA zu setzen, weshalb er dem Innengeheimdienst zum Schutz überstellt worden war. Im Zuge dessen hatte er sich in Lockerbie eingefunden und dort bis zu seiner Ermordung friedlich gelebt.

»Wo ist das Haus?«, fragte Smith. »Denn in einem der beiden Gebäude müssen sie O'Reilly festhalten, und ich tippe auf das Haus, weil es offensichtlich in einer ländlichen Gegend steht.«

Thom wandte sich daraufhin wieder dem Computer zu und klickte auf die Akte des Hauses. Dann las er leise die Adresse vor.

*Croalchapel Farmhaus*
*Forest of Ae*
*Dumfries, DG1 1QB*
*Schottland*

»Forest of Ae.« Vor seinem geistigen Auge sah Thom erneut Blaneys Leiche im Wasser treiben. Sie war an einer seichten Stelle des Flusses gefunden worden, der durch diesen Wald verlief, und Smith hatte zuvor erwähnt, wer auch immer ihn hineingeworfen habe, sei auf jeden Fall ortskundig gewesen. Falls sich die Täter also tatsächlich dort in der Nähe versteckten – und zwar nicht erst seit gestern – lag der Staatsbeamte mit seiner Vermutung absolut richtig. »Wie groß ist dieses Waldgebiet?«

»Weitläufig, das steht fest«, antwortete Smith. »Vermutlich eines der größten in ganz Schottland.«

»Das ist schlecht. Denn dann könnte es Wochen dauern, dieses Haus zu finden.«

Der Inspektor zeigte nach Norden. »Da draußen finden Sie es vielleicht nie. Es gibt nur wenige Regionen im Land, die so schwer zugänglich sind wie dieser Wald.«

»Zu dumm.« Thom betrachtete das Foto des Gebäudes. Es war ein einstöckiges Cottage, umgeben von hochgewachsenen Sträuchern, als stehe es schon seit längerer Zeit leer. Er spürte plötzlich mit Gewissheit, dass Shane O'Reilly dort gefangen gehalten wurde, doch dieses Gefühl machte ihn nur umso hilfloser. Shanes Kidnappern musste bewusst sein, dass nicht mehr viel fehlte, um sie zu stellen. Zu dem Zeitpunkt, als Smith und er den Standort des Hauses entdeckt hatten, könnte die Geisel schon längst weggeschafft worden sein – oder noch schlimmer: exekutiert.

»So eine Scheiße!« Thom schlug mit der Faust auf den Schreibtisch. Hatten sie wirklich all diese Mühen auf sich genommen, nur um ihre Freunde schließlich doch tot aufzufinden und bevor sie verhindern konnten, dass die Attentäter eine weitere Bombe legten? Je länger er auf den Monitor starrte, desto weniger zweifelte er daran, dass es genauso kommen würde.

# Kapitel 68

»Nehmen wir doch mal kurz Abstand von alledem.« Smith stand auf und ging vor dem Tisch hin und her. »Wir übersehen bestimmt irgendetwas, das uns weiterhelfen könnte.«

»Ganz bestimmt.« Thom stützte seinen Kopf auf die Hand, ohne den Blick vom Bildschirm abzuwenden. »Aber was könnte es sein?«

»Ich weiß es nicht, aber es muss einfach einen Anhaltspunkt geben. Fassen wir das Ganze also kurz zusammen.« Smith schaute sich um, während er laut dachte. »In der schottischen Provinz orientiert man sich, um die Post einfacher zustellen zu können, an den Adressnamen anstatt an den Hausnummern. Deshalb heißt dieses Haus auch vermutlich Croalchapel Farm. Es muss gar kein richtiger Bauernhof sein.«

»Richtig, aber es muss irgendwo ein Verzeichnis dieser Namen oder zumindest einen Postboten in der Gegend geben, der es kennt.«

»Aber jetzt ist es schon nach fünf, ich kenne zwar die Öffnungszeiten der Regierungsbüros in London nicht, doch unsere schließen immer gegen halb fünf.«

Thom richtete sich im Bürosessel auf und schaute dann mit erneutem Interesse auf den Monitor. »Falls so ein Verzeichnis tatsächlich existiert, müsste es doch ebenfalls in JINA enthalten sein. Die Software wurde schließlich zum Abrufen genau solcher belangloser Informationen entwickelt.« Er speicherte einen Screenshot des Immobiliendokuments und setzte dann die Suchmaske zurück, sodass alle Aktenzeichen zu Round Tower Limited verschwanden.

Anschließend tippte er »Croalchapel Farm« in das leere Eingabefeld und drückte die Enter-Taste. Plötzlich verblasste das Bild, und ein weißes Hinweisfenster öffnete sich.

*Ihre Sitzung ist abgelaufen.*
*Bitte loggen Sie sich erneut ein.*

»Mist.« Thom schloss das Fenster und kehrte zum Log-in-Bereich zurück. Dort gab er wieder seinen Benutzernamen und das Passwort ein. Das Bild verblasste erneut, und ein anderer Hinweis erschien.

*Benutzerdaten nicht erkannt.*
*Bitte versuchen Sie es noch einmal.*

»Verflucht und zugenäht!« Thom schob die Maus weg. »Sie haben mich rausgeworfen. Jetzt bekommen wir also bald Gesellschaft.«

Er konnte jetzt gar nicht schnell genug überlegen. »Falls die Regierungskommunikationszentrale tatsächlich seinen Account für die Software gesperrt hatte, wusste sie auch, wo er gerade war, und schickte sehr wahrscheinlich bereits jemanden her. *Wie lange würde dieser jemand wohl ungefähr brauchen?* Seit seiner Entscheidung, den Köder zu schlucken, den man seines Erachtens für ihn ausgelegt hatte, war ihm aufgefallen, dass er im Vorfeld eines nicht berücksichtigt hatte. Er wusste nichts über die Männer, die Allardyce als Einheit zur Bedrohungsreduktion beschrieben hatte, weder ihre Anzahl noch wo überall im Land sie vielleicht angesiedelt waren oder auf welche Weise sie sich fortbewegten.

Mit einem Hubschrauber flog man höchstens eine halbe Stunde von Glasgow nach Dumfries und anderthalb Stunden von London aus. Doch würde Reed einen so unverhohlenen Vorstoß wirklich wagen? Thom verwarf diesen Gedanken wieder und bemühte sich, seine Angst hinunterzuschlucken. Er wollte für nichts von alledem sein Leben lassen, aber er war auch noch nicht so weit, alles hinzuschmeißen. Was er jetzt brauchte, war eine Beschreibung des Wegs zur Croalchapel Farm, und zwar so schnell wie möglich.

»Und was ist mit zum Verkauf stehenden Immobilien?«

Thom schaute Smith an, als ihm die Idee geradezu ins Gesicht zu springen schien.

»Sie sagten doch, keiner der Datensätze zu Round Tower sei älter als ein Jahr, also muss das Gebäude erst kürzlich gekauft worden sein«, fuhr der Inspektor fort. »Es wäre doch vorstellbar, dass diese Leute wussten, wem es zuvor gehört hatte, und alles unter der Hand abgewickelt haben, doch das halte ich für ausgeschlossen. Würde ich eine Verschwörung anzetteln, würde ich darauf achten, keinerlei Spuren zu hinterlassen, und einen Ort auswählen, zu dem ich überhaupt keinen Bezug habe.«

Thom nickte, griff wieder zur Maus und schloss das JINA-Programm.

»Und an diesem Ort, der so weit abgelegen ist, haben sie das Haus bestimmt nicht einfach so entdeckt, indem sie herumgefahren und nach ›Zu verkaufen‹-Schildern Ausschau gehalten haben. Sie fanden es …«

»Online!« Thom öffnete sofort den Browser und tippte »Croalchapel Farm« in die URL-Such-Leiste. Fast sofort, nachdem er bestätigt hatte, zeigte Google die ersten Ergebnisse an. »Da haben wir's!« Er wählte die obere Webseite in der Liste; die Homepage eines Maklerbüros namens DKG Airth Limited. Dort war ein Haus mit drei Schlafzimmern in ruhiger Lage im Forest of Ae beworben worden. Man hatte das dazugehörige Foto zwar mit einem VERKAUFT-Balken durchgestrichen, doch es zeigte dasselbe Gebäude wie die Regierungsakte. »Ich glaub, ich spinne.«

Smith beugte sich über Thoms Schulter und schaute genauer hin. »Da! Klicken Sie in der Landkarte auf die Straßenansicht.«

Daraufhin erschien ein Satellitenbild der Gegend, auf dem die Adresse mit einem blauen Punkt markiert war. Mit der Maus vergrößerte er das Grundstück langsam, wobei er auf die jeweilige Entfernung zu bekannteren Städten achtete.

»Das ist Ae Village.« Smith zeigte auf eine kleine Siedlung. »Der Wald beginnt gleich nördlich und westlich des Dorfs.«

Thom verschob den Ausschnitt jetzt so, dass neben dem blauen Punkt auf dem Haus auch der Ort zu sehen war. »Wie weit mag es wohl von dem Dorf entfernt sein? Vier, vielleicht fünf Kilometer?«

»Ja, so ungefähr. Holen Sie das Gebäude mal nahe ran und fahren Sie den Weg von der Einfahrt zum Dorf nach.«

Thom zoomte heran, soweit er konnte. Das Haus stand auf einer Lichtung, zu der mehrere Straßen führten, doch keine davon schien sonderlich breit zu sein. »Es gibt anscheinend nicht nur einen Weg dorthin.«

»Das sind Feuerschneisen. Der Forest of Ae wurde künstlich angelegt. Die Forstverwaltung pflanzte ihn Ende der 1940er und baute anschließend ein Netz aus Zufahrtsstraßen, um ihn pflegen zu können und Waldbränden vorzubeugen.«

»Ein Hoch auf die Verwaltung.« Thom folgte einigen der Straßen mit dem Zeigefinger, während er hier und dort etwas anklickte. »Sieht nach drei möglichen Ein- und Ausfahrten aus. Wie viele Männer würden Ihnen für eine Erstürmung zur Verfügung stehen?«

Smith dachte kurz nach. »Die nächste Spezialeinheit ist in Glasgow stationiert, aber mir fehlt leider die Befugnis, sie für einen Einsatz heranzuziehen.«

»Ach so. Und was haben Sie sonst noch?«

»Der Polizeiwache unterstehen sechs bewaffnete Eingreiftrupps, mit jeweils zwei Beamten mit einem Schließfach für 9mm-Pistolen im Wagen und montierter MP5.«

»Und die könnten Sie heranziehen?«

Smith zuckte mit den Achseln. »Es wäre zwar ein wenig ungewöhnlich, aber ja. Ich kenne die Männer. Sie hätten keine Vorbehalte, wenn ich ihnen sagen würde, dass es ein Notfall ist.«

»Es ist ein Notfall.« Thom zoomte wieder heraus. »Auf dieser Webseite findet man offensichtlich alles … Karten, Fotos, Etagenpläne und noch mehr. Drucken Sie das bitte alles aus und verteilen Sie es an die Truppen. Vergewissern Sie sich, dass sich jedes Mitglied hinlänglich mit dem Ort vertraut macht. Drei Drei-Mann-Teams sollen die Wege bewachen, während wir beide das Haus mit den drei übrigen Beamten stürmen.«

Der Inspektor nickte, obwohl sein Blick fahrig im Raum herumirrte.

»Trauen Sie sich das zu? Haben Sie Erfahrung im Umgang mit Feuerwaffen?«

»Ja, natürlich. Allerdings war ich noch nie an einer Razzia beteiligt. Von Geiseldramen ganz zu schweigen.«

»Ich auch nicht, aber es gibt sonst leider niemanden, den wir rufen können.«

Thom stand vom PC auf und ging zur Tür.

»Wo wollen Sie jetzt hin?«

»Allardyce warnen. Denn bis der MI5 hier anrückt und Fragen stellt, kann es nicht mehr allzu lange dauern. Die werden ihn garantiert finden. Verständigen Sie jetzt Ihre Männer, und sagen Sie ihnen, sie sollen sich bereitmachen. Trommeln Sie alle irgendwo auf dem Weg in den Wald zusammen, um den Einsatz zu besprechen. Und wenn Sie damit fertig sind, rufen Sie mich an. Dann treffen wir uns. Ich brauche aber vorher noch einen Wagen.«

Smith nahm ein Schlüsselbund aus seiner Tasche. »Nehmen Sie meinen, dann fahre ich mit einem aus unserem Fuhrpark.« Er warf ihm den Anhänger zu.

Thom fing ihn auf und nickte ihm zum Dank zu. »Wir können es schaffen«, sagte er beim Verlassen des Büros, obwohl er insgeheim selbst daran zweifelte. Er war nie beim Militär oder bei der Polizei gewesen, sondern hatte stets eine Rolle hinter den Kulissen eingenommen – Informationen gesammelt und deren Geber befehligt. Seine Aufgabe hatte seit jeher darin bestanden, alle Fäden zusammenzuhalten. Ansatzweise mit Kampfmaßnahmen in Berührung gekommen war er nur während seiner Zeit in Belfast, wo er regelmäßig beobachtet hatte, wie man Erstürmungen und Durchsuchungen organisiert hatte. Er hoffte deshalb, dass es ihm gelingen würde, die von Smith angeforderten Männer so zu leiten, dass sie ein Feuergefecht vermeiden konnten, wenn sie Shane O'Reilly befreiten. Während er die Treppe zum Parkplatz hinunterging, machte er sich jedoch bewusst, dass das, was er jetzt tun würde, seinem Freund genauso gut das Leben kosten könnte.

# Kapitel 69

*17:59 Uhr Ortszeit, Royal Infirmary – Bankend Road, Dumfries, Schottland*

Thom hielt seine Marke vom Verteidigungsministerium bereit, als der Arzt gefolgt von der Krankenschwester, die ihn rufen gegangen war, hinter einem Vorhang herauskam. Obwohl Smith und er Allardyce in die Klinik gebracht hatten, waren sie nicht mit ihm verwandt und waren sowohl Ausweise als auch Erklärungen schuldig geblieben. Angesichts des stabilen Zustands des Verletzten, nun da die Ersthilfemaßnahmen abgeschlossen waren, wollte das Personal so einiges wissen, auf das Thom keine Antwort geben konnte.

»Isla meinte, Sie seien hier, um Mr. Allardyce zu sprechen, aber ich fürchte, das ist nicht möglich, es sei denn, Sie sind ein Angehöriger. Aber das sind Sie nicht, oder?«

Thom hielt das Mäppchen hoch, in dem seine Marke des Ministeriums steckte.

Der Arzt betrachtete sie einen Moment lang. »Das ist für mich unerheblich. Weder die Patienten noch mein Krankenhaus fallen in den Zuständigkeitsbereich des Verteidigungsministeriums. Wenn Sie mit ihm sprechen wollen, dann müssen Sie warten, bis er nach oben verlegt wird, wo wir regelmäßige Besuchszeiten haben.«

»Wissen Sie eigentlich, wer der Mann in Ihrer Obhut ist?«

Der Arzt wurde jetzt langsam ungehalten. »Ja, das weiß ich.«

»Dann wissen Sie bestimmt auch, welcher Tätigkeit er nachgeht, und können sich demzufolge auch meine erschließen.« Thom schaute ihm in die Augen, bis sich seine Aussage bei dem Arzt eingeprägt hatte. »Ich kann Ihnen versichern, Doktor, dass es sich hierbei um etwas handelt, das Sie nicht verbocken wollen.«

Dennis' Entlassung aus dem Amt des MI5-Leiters war publik gemacht und medial im Rahmen der Geschichte um die Bombenanschläge und der andauernden Terrorgefahr thematisiert worden, doch Thom wusste, dass der Brite an sich im Großen und Ganzen nur wenig Wert auf genaue Details legte, sondern sich beim Lesen mit den Schlagzeilen und einem oder zwei Abschnitten eines Artikels begnügte. *Wusste dieser Arzt von dem Führungswechsel?* Falls nicht, besaß er tatsächlich die Dreistigkeit, einen Angestellten des Innengeheimdiensts – einer Behörde, die im Auge der Öffentlichkeit zu gleichen Teilen überschätzt und missverstanden wurde – in Zweifel zu ziehen?

Der Arzt atmete seufzend aus und wich dem Blick seines Gegenübers aus. »Na gut. Bringen Sie ihn zu ihm.«

»Danke.« Thom klappte das Mäppchen wieder zu und steckte es in die Innentasche seines Mantels, als sich die Schwester ihr Klemmbrett wie einen Teddybären an die Brust drückte und ihn in die Notaufnahme führte. Diese war genau wie die paar anderen, die Thom im Laufe der Jahre gesehen hatte, ein großer Raum hinter zugezogenen Vorhängen voller medizinischer Gerätschaften. Er folgte der Frau in die hintere Ecke, wo sie behutsam eine Trennwand zur Seite zog.

»Sie haben Besuch.« Daraufhin öffnete sie den Stoff ganz und trat vor.

Thom schaute ihr in die Augen, während er den Vorhang aufhielt und nachrückte. Nachdem er ihn wieder zugezogen hatte, beobachtete er ihre Füße darunter. Sie blieb noch kurz stehen, ehe sie fortging. Als er sicher war, dass sie weit genug weg war, um ihn inmitten der brummenden, piependen Geräte und Monitore nicht mehr verstehen zu können, drehte er sich zum Bett um.

Dennis Allardyce öffnete seine Augen und blinzelte gegen die Helligkeit an. Er wirkte irgendwie älter und gebrechlicher, als Thom ihn jemals zuvor gesehen hatte, auch wegen des Beatmungsschlauchs in seinen Nasenlöchern und wegen des Krankenkittels aus weichem Stoff anstatt seines gewohnten Anzugs und der Krawatte.

»Sie sind uns jetzt dicht auf den Fersen. Ich wollte Sie unbedingt vorwarnen.« Thom ging zum Bett und setzte sich auf einen Stuhl für wartende Familienmitglieder. »Declan hat herausgefunden, wer wirklich hinter all dem steht, und Reed weiß jetzt, dass wir hier sind. Er wird also jemanden schicken – vielleicht eine ganze Mannschaft so wie gestern Abend.«

Allardyce nahm die Worte zur Kenntnis, während er sich langsam mit der Zunge über die Lippen fuhr, wobei er den Mund mehrmals auf- und zumachte, um den Speichelfluss anzuregen. »Wer … wer steht denn hinter dem Ganzen?«

Thom warf vor erneuter Sorge, dass sie jemand belauschen könnte, einen Blick unter die Trennwand. Aber davor stand niemand. »Declan meint, es sei Kreft. Er sagt, sie hätten Beweise dafür gefunden, während sie sich über einen der Männer kundig gemacht haben, von denen sie verfolgt werden.«

»Ich habe es geahnt. Ich habe sie sogar darauf hingewiesen. Steckt sie … steckt sie auch mit drin?«

»Wer soll mit drinstecken?«

»Clarke.«

»Die Premierministerin?« Thom schüttelte den Kopf. »Ich weiß es nicht. Aus welchem Grund sollte sie denn damit zu tun haben?«

»Die beiden haben eine Affäre. Sie und Kreft! Der MI5 weiß das schon seit Jahren.«

Thom schnaubte herablassend. »Oh mein Gott.« Er starrte mit offenem Mund auf den Boden. Das erklärte so einiges darüber, warum man während Krefts Gerichtsverhandlung keine belastenden Beweise gegen ihn gefunden hatte. Er war also von ganz oben geschützt worden. Thom spürte, wie sein Blut in Wallung geriet. *Wie sollten er und seine Posten im Thames House denn ihre Arbeit verrichten und das Land sauber halten, solange solchen Männern, freien Lauf gelassen und von Personen den Rücken freigehalten wurde, die man gewählt und ernannt hatte, um die Regierung zu führen?*

Er versuchte, seinen Zorn zu unterdrücken. »Das klären wir zu einem passenderen Zeitpunkt. Im Augenblick müssen wir uns erst einmal darauf konzentrieren, was uns jetzt bevorsteht – früher oder später.«

Allardyce setzte sich behutsam aufrecht hin.

»Ich bin wohl jemand, den man am ehesten einen Angehörigen nennen kann, also sagen Sie mir sofort, wo er ist.«

Die aufbrausende Stimme hallte durch die Notaufnahme, weshalb Thom aufstand und sich nach irgendetwas umschaute, womit er sich und Allardyce verteidigen konnte. *War dies einer von Reeds Killern? Einer der Verantwortlichen für den Unfall, wegen dem Allardyce jetzt hier lag?* Aber der Verletzte hielt ihn mit einer feuchtkalten Hand fest. Thom entzog sich ihm und hob den Stuhl hoch, auf dem er gesessen hatte, als er ein Paar schwarze Schuhe unter dem Vorhang bemerkte. Als der Stoff dann zurückgezogen wurde, holte er mit dem Möbelstück aus.

»Nein!«

Eine Sekunde später – und er hätte sich nicht mehr bremsen können und zugeschlagen. Er kämpfte mit seinem Gleichgewicht, als ihn die Hebelkraft des schweren Stuhls vorwärtszuziehen drohte. Schließlich stellte er ihn ab und atmete erleichtert auf, denn als er hochschaute, begegnete er dem Blick von Allardyce' langjährigem Gehilfen und Chauffeur Tom Gordon.

»Dennis.« Der grauhaarige, glattrasierte Mann stellte sich Thom gegenüber an die andere Bettseite. »Ich bin sofort aufgebrochen, nachdem Sie angerufen haben.« Er schaute abwechselnd ihn und seinen Arbeitgeber an. »Sie haben offenbar mit jemand anderem gerechnet, nicht wahr?«

Thom klärte den Bediensteten schnell auf.

»Ich verstehe.« Gordon versteifte seine Schultern und baute sich gebieterisch vor ihnen auf, so wie es Harold noch nie erlebt hatte. »Schwester!«

Die Krankenschwester erschien daraufhin vor dem abgetrennten Bereich.

»Wir haben mit seinem Hausarzt gesprochen und wollen ihn nach Hause bringen, wo er sich wohler fühlt. Seien Sie bitte so gut, ihn von diesen Apparaten loszumachen und seine Kleider zu holen, ja?«

»Aber Dr. Brymer hat ihn noch nicht entlassen.«

»Das ist mir egal!«

Die Schwester wusste vorübergehend weder ein noch aus.

»Beeilung.«

Daraufhin begann sie, die Schläuche der Infusion und der Lungenmaschine zu entfernen, die Allardyce ans Bett fesselten, ging kurz hinaus und kehrte einen Moment später mit einem Stapel zusammengelegter Kleider zurück.

»Warten Sie bitte vor der Notaufnahme auf uns, Mr. Thom. Ich werde ihm jetzt beim Anziehen helfen.«

***

Harold verließ die Notaufnahme misstrauisch, während er alles ringsherum im Auge behielt. Als sein Blick auf etwas fiel, womit er nicht gerechnet hatte, verkrampfte sich sofort sein Magen. Auf einem befestigten Quadrat mit einem aufgesprühten H mitten auf der Krankenhauswiese stand ein Hubschrauber. Während er die Maschine betrachtete, hätte er wetten können, dass sie noch nicht da gewesen war, als er wenige Minuten zuvor hierhergekommen war. Wieder schaute er sich um. *Würden sich die Mitglieder der Einheit zur Bedrohungsreduktion sofort auf ihn stürzen?* Plötzlich ging die Schiebetür hinter ihm noch einmal auf. Er fuhr panisch herum.

Es waren Gordon und Allardyce, die herauskamen. Letzterer trug nun wieder seine üblichen Kleider, sah aber immer noch sehr schwach und verstört aus.

Der Chauffeur wies auf den Helikopter. »Ich fliege ihn auf das Anwesen. Dort ist er relativ sicher, und im Bedarfsfall kann sich sein Hausarzt rund um die Uhr um ihn kümmern.«

Thom konnte also wieder aufatmen. Das Fluggerät gehörte Allardyce. Er erklärte sich nickend einverstanden und streckte einen Arm aus, damit sich der Aristokrat bei ihm unterhaken und zu seinem wartenden Flug führen lassen konnte.

»Wir werden heute Abend nicht nach Hause zurückkehren, Mr. Gordon«, antwortete Dennis nun.

Der Bedienstete blieb abrupt stehen und schaute ihn verwirrt an.

»Es ist längst an der Zeit, dass ich die Verbrechen persönlich beende, die Samuel Reed von meinem Schreibtisch aus begeht. Rufen Sie bitte meinen Arzt in London an und informieren Sie ihn über mein Kommen.«

Als Thom den Blick des Chauffeurs suchte, erwartet er, dass der Mann Widerspruch einlegen würde, doch das tat er nicht. Allardyce hatte sich unmissverständlich ausgedrückt. Er würde sich nicht umstimmen lassen.

Das Respekt einflößende Verhalten wenige Minuten zuvor war Gordon komplett vergangen, als er nickte und seinen Weg zu der wartenden Maschine mit Allardyce fortsetzte.

»Werden Sie uns begleiten, Mr. Thom?«

»Nein. Wir gehen davon aus, dass wir den Ort gefunden haben, an dem O'Reilly festgehalten wird. Ich treffe mich jetzt mit Smith und einem Aufgebot von Polizeibeamten aus einer Spezialeinheit für bewaffnete Eingriffe. Wir werden den Ort bald stürmen.«

»Dann viel Glück dabei, mein Lieber. Behalten Sie mein Telefon und geben Sie mir sofort Bescheid, wenn Sie etwas Neues zu berichten haben. Mr. Gordons Nummer ist in der Kontaktliste gespeichert.«

Thom nickte, als die beiden sich entfernten. Er wartete, bis sie eingestiegen waren und die Rotoren anfingen, zu beschleunigen. Wenige Momente später hob der Hubschrauber bereits ab, stieg auf und verschwand über dem Dach des Krankenhauses.

Er konnte sich zwar nicht erklären, was »die Verbrechen persönlich beenden« heißen sollte, hatte aber das Gefühl, dass Allardyce Methoden kannte, über welche sich nur mutmaßen ließ. Falls er in den vergangenen achtundvierzig Stunden eines erfahren hatte, dann die Wahrheit darüber, wozu der MI5 imstande war.

# Kapitel 70

*19:04 Uhr Ortszeit, Hotel Höhenhaus, Bad Homburg, Deutschland*

Declan rieb sich frustriert die Augen, während er die Dokumente durchsah, die er auf dem Kunstholztisch vor sich ausgebreitet hatte. Von hier aus würde er seine weiteren Handlungen planen, nachdem er mit Harper in einer unscheinbaren Frühstückspension an den Schienen direkt gegenüber des S-Bahnhofs Bad Homburg eingekehrt war. Sie hatten diese Herberge wegen ihrer idealen Lage gewählt, denn man konnte schnell aus ihr verschwinden und die ganze Zeit problemlos Ausschau nach der Polizei oder dem Riesen halten, falls irgendjemand zu ihnen aufschloss.

Jetzt lehnte sich Declan auf seinem Stuhl zurück und seufzte leise. Das Durcheinander vor ihm erinnerte ihn an Steuererklärungen während seiner Zeit als Betreiber eines Immobilienunternehmens in den USA – eine Jahreszeit, in der jeder Kleingewerbetreibende in den Vereinigten Staaten gewissermaßen in einen Winterschlaf fiel, während er über Ordnern oder Kisten voller wahllos zusammengeworfener Rechnungsbelege brütete, um ein unnötig kompliziertes Papier zu erstellen, aus dem hervorgehen sollte, wie viel Geld er verdient hatte beziehungsweise welchen Anteil davon er den Finanzministerien von Bundesstaat und Land schuldete. Im Gedenken daran schmunzelte er und erlaubte sich ein leises Lachen. Steuerbescheide waren für ihn stets die Schattenseite seiner unternehmerischen Selbstständigkeit gewesen, doch im Vergleich zu seiner gegenwärtigen Situation hätte er sie jederzeit vorgezogen. Schließlich schlug er sich die Erinnerung aus dem Kopf, rückte wieder bis zur Kante des Stuhlsitzes vor und setzte seine Arbeit fort.

Die Bankauszüge, Einzahlungs- und Überweisungsbestätigungen, die ihm vorlagen, schienen mindestens zehn Jahre zu umspannen, außerdem gab es Kopien annullierter Schecks zahlreicher Finanzinstitute in Deutschland und der Schweiz sowie seitenweise handgeschriebene Vermerke. Declan hoffte, die Dokumente in einer Reihenfolge anordnen zu können, beginnend mit den Zahlungen für Maximilian Karg an Dr. Rottenberger. Am Ende sollte die Bank stehen, von der das Geld abgehoben worden war und sich idealerweise eine nachvollziehbare Verbindung zu Lukas Kreft herstellen lassen.

Während sich Declan weiter durch den Papierberg quälte, suchte er nach einer Adresse in der Nähe der Anstalt Königsborn, wo Rottenberger praktizierte. Der Arzt wohnte bestimmt nicht weit weg – vielleicht sogar vor Ort in dem Gebäude – und erledigte seine Bankangelegenheiten wahrscheinlich in einer Filiale, wo er persönlich vorstellig werden konnte, ohne eine lange Fahrt auf sich nehmen zu müssen.

Was diese ungeheure Aufgabe noch zusätzlich erschwerte, war der Umstand, dass es sich um Dokumente auf Deutsch handelte, also einer Sprache, in welcher sich Declan zwar einigermaßen fließend mitteilen konnte, aber beim Lesen amtlicher oder juristischer Schriftstücke haperte es gewaltig. Plötzlich sprang ihm ein Beleg mit einer Adresse in Ershausen ins Auge, wo sich der Internetseite des Behindertenheims zufolge dessen Postfach befand. Aller Wahrscheinlichkeit nach war das Bankkonto hinter der Adresse der sprichwörtliche Nullpunkt. Nun galt es, nach und nach darauf aufzubauen, und zwar so schnell wie möglich.

***

Declan hob seinen Kopf, als er den Fahrstuhl im Flur hörte. Bad Homburg bestand wie viele andere deutsche Städte aus alten und neuen Bauwerken. Mancherorts konnte man durch gepflasterte Straßen gehen und sich halb hölzerne Häuser anschauen, die vor Jahrhunderten errichtet worden waren, wohingegen man woanders nichts weiter sah als zeitgenössische Architektur, die oftmals den Raum dessen eingenommen hatte, was während der zwei Weltkriege zerstört worden war. Die Herberge, die sich Harper und er ausgesucht hatten, schien eine Mischung aus alt und neu zu sein. Die unteren Etagen waren älter und traditioneller angelegt, die oberen, wo sich ihre Zimmer befanden, moderner und bestimmt ein Anbau infolge erheblicher Beschädigungen. Declan beobachtete nun, wie ein Lichtstreif an der Türschwelle erschien, während gleichzeitig Schritte lauter wurden. Die Art-Deco-Lampen draußen würden allerdings Schatten werfen, anhand welcher man erkennen konnte, wohin der Besuch ging.

Er legte das Blatt hin, das er gerade gelesen hatte, und streckte jetzt eine Hand nach der Uzi aus, die er als Papierbeschwerer benutzt hatte, denn der Schatten bewegte sich nicht von seiner Zimmertür weg. Der Kartenleser piepte, und das Schloss sprang auf.

»Ich bin's.« Harper öffnete die Tür wenige Zoll.

Declan beruhigte sich langsam wieder. »Irgendwas bemerkt?«

»Nein.« Sie trat ein. »Ich bin jetzt im Umkreis von zehn Blocks unterwegs gewesen, jeweils fünf auf beiden Seiten der Schienen, und habe mir in dem Lokal auf Höhe des Bahnhofs eine halbe Stunde lang die Zeit mit einem Kaffee vertrieben. Niemand ist währenddessen vorbeigekommen oder hat die Pension beobachtet.«

»Großartig. Ich glaube nämlich, dass ich hiermit so gut wie fertig bin. Passen Sie bitte auf, wo Sie hintreten.« Er hatte die Papiere Blatt für Blatt am Boden gestapelt, während er darum bemüht gewesen war, sich einen umfassenden Überblick zu verschaffen. Deshalb zogen sich die Dokumente nun wie Schlangen um jedes Möbelstück im Raum bis hin zur Tür, wo sie sternförmig ausgelegt waren.

»Dort habe ich angefangen.« Declan zeigte auf eine Stelle, wo alle Linien spitz wie ein Tannenzapfen zusammenliefen. »Bei der Sparkasse Ershausen, Ortsfiliale Dingelstädt.«

»Ershausen. Das ist doch die Stadt in der Nähe von Volkerode, wohin das Behindertenheim seine Post zustellen lässt, richtig?«

»Ja. Davon ausgehend habe ich mir alles Weitere erschlossen und sämtliche Überweisungen von dem Konto verfolgt. Das führte zu dieser Linie.« Er zeigte auf die Längste, die mit dem Stern endete. »Rottenberger hat nur einen geringen Betrag für den täglichen Gebrauch in Deutschland angelegt. Der Rest wurde aufgeteilt und an sieben verschiedene Konten bei sieben verschiedenen Banken in der Schweiz überwiesen. Das ist der Haufen an der Tür.«

»Aber um dieses Geld geht es uns nicht, oder?«

»Nein. Wir interessieren uns nur dafür, wo es herkommt, doch ich musste zuerst die ganzen Zusammenhänge herstellen, um sichergehen zu können, dass ich auch nichts außen vorgelassen habe. Die Herkunft des Geldes habe ich damit bestimmt.« Er zeigte auf vier Reihen von Zetteln, die dem Schreibtisch am nächsten waren. »Es handelt sich hierbei um Transfers auf das Geschäftskonto der Anstalt während der letzten zwölf Jahre. Sie gingen in dieser Zeit von vier verschiedenen Schweizer Konten aus, die sich durch 21-stellige Nummern unterscheiden lassen.«

»Und Namen gibt es keine? Wie finden wir denn jetzt heraus, wer der Inhaber ist?«

Declan hielt sein Smartphone in die Höhe, mit dem sie schon wiederholt telefoniert hatten.

Harper wusste nicht, was er damit meinte.

»Wir können nicht so einfach herausfinden, wer der Inhaber ist. Was das angeht, sind die Schweizer Banken sehr gewissenhaft. Was sich aber in Erfahrung bringen lässt, sind die Namen der Institute, und dann fragen wir dort einfach jeweils an, wem die Konten gehören.«

Harper bedachte ihn mit einem stechenden Blick. »Klar, denn die rücken ja einfach so damit heraus – in einem Land, das für sein striktes Bankgeheimnis bekannt ist.«

»Ich habe nicht behauptet, dass es leicht ist, aber ich bin mir sicher, dass wir jemanden finden werden, der sich dazu breitschlagen lässt, wenn wir ihm die entsprechenden … Zusicherungen machen.«

»Wir können es ja mit Drohungen probieren, aber was passiert, wenn wir feststellen, dass die ganzen Überweisungen ausschließlich von Scheinfirmen gemacht wurden, die sich jemand einzig und allein für die Zahlungen an Rottenberger hat einfallen lassen?«

»Ich bin zuversichtlich, dass wir genau das feststellen werden. Im Schweizer Bankwesen läuft aber alles ein wenig anders als in der restlichen Welt – umso mehr, wenn wir uns in den Dimensionen eines Lukas Krefts bewegen.«

Declan dachte an seine bisherigen Erfahrungen mit dem Schweizer Banksystem. Als Mitglied der Black-Shuck-Einheit der IRA und Musterrekrut von deren Gründer Eamon McGuire hatte er schon einige heikle Geschäfte mit illegalen Schusswaffen und ausländischen Geldern geführt, die zum Kauf derselben aufgewandt worden waren. Und jedes Mal hatte er sich persönlich mit einem Schweizer Bankangestellten treffen müssen, um die Summen an sich nehmen zu können – eine Dienstleistung, die nicht von Privatkundenbanken angeboten wurde, aber bei Instituten, die mit den Millionären und Milliardären der Welt zu tun hatten, durchaus Standard war.

»Falls es dann leichter für Sie zu verstehen ist, stellen Sie sich den gewöhnlichen Banker in der Schweiz einfach als eine Art Türhüter vor. Sollten die Konten Briefkastenunternehmen gehören, wurden diese von einem Angestellten der Bank angemeldet, und dieser weiß deshalb auch, wessen Schutz sie dienen, wetten?«

Harper betrachtete die Papierhaufen am Boden, während sie darüber nachdachte. »Wie dem auch sei.« Sie zog ihre Schultern hoch. »Wie finden wir jetzt die betreffenden Leute?«

Declan zeigte auf den Touchscreen, der seine Rechercheergebnisse anzeigte. »Jede Schweizer Bank hat eine drei- bis fünfstellige Leitzahl, die in den Kontonummern enthalten ist, und diese sind öffentlich zugänglich. Die Ziffernfolge, die in jeder dieser Kontonummern hier steckt, lautet 00348, die Bankleitzahl von R.W. Sell & Co. im schweizerischen Zug.«

»Und lassen Sie mich raten: Wikipedia weiß eine Menge über R.W. Sell & Co., oder?«

Declan lächelte und tippte ein weiteres Browserfenster an. »Es hält sich im Rahmen, aber es gibt tatsächlich einen Eintrag, weil die Bank mal eine unschöne Begegnung mit Bernie Madoff hatte. Auf dieser und auf den verlinkten Seiten steht alles, was wir brauchen.« Er schaute auf den Bildschirm und begann, vorzulesen: »R.W. Sell & Co. ist ein Bankkonsortium, das 1992 in Zug in der Schweiz gegründet wurde. Ihre aktiven Teilhaber sind Raymond Wesley Sell sowie seine Söhne Christopher und Andrew. Die Gruppe betreut weltweite Anlagen von Privatkunden und versteht sich in erster Linie auf Vermögensverwaltung und Investmentberatung. 2015 verwahrte sie eine Summe von fünf Milliarden Schweizer Franken.«

Er klickte einen Link an und überflog, was unter diesem angezeigt wurde. »Raymond Wesley Sell ist ein britischer Unternehmer, der 2008 vorübergehend Aufsehen erregte, nachdem er vierhundertsechzig Millionen Dollar in drei Hedgefonds des Anlagebetrügers Bernie Madoff verloren hatte … bla, bla, bla … Er wurde 1937 im Londoner Stadtteil Wandsworth geboren … bla, bla, bla … Sell begann seine geschäftliche Laufbahn 1968 als Mitbegründer der Ölgesellschaft Kreft Oil von Lucian Prentis Kreft …«

»Nicht zu fassen.«

»Nach Krefts Tod 1988 übernahm Sell den Vorstandsvorsitz und besetzte diesen Posten bis 1991, als Lucian Prentis ›Lukas‹ Kreft Jr. infolge des Testaments seines Vaters zum Geschäftsführer ernannt wurde. Daraufhin verließ Sell das Unternehmen und gründete R.W. Sell & Co., ein Privatbankkonsortium in der Schweiz.«

»Eine Bank, die größtenteils mit dem Geld seiner Freunde aus dem Kreft-Clan aus der Taufe gehoben wurde, kein Zweifel.«

»Genau.«

»Was uns also unweigerlich wieder zurück in die Schweiz führt. Wann geht's los?«

»Sofort.«

# Kapitel 71

*18:58 Uhr Ortszeit, lokale Straße, Ae Valley, Schottland*

Thom sah sich ununterbrochen um, während er über Hügel und durch Täler fuhr, vorbei an moosbedeckten Felswänden zwischen brachliegenden Feldern. Er war seit einer halben Stunde in diesem Niemandsland unterwegs, aber immer noch nicht auf Ae Village und die in fünf Richtungen führende Kreuzung gestoßen, wo er sich mit Smith treffen wollte. Der ständige Nieselregen – typisch für Schottland – und das schwindende Licht der Sonne, die immer weiter unterging, je länger er brauchte, machten es ihm nicht gerade leichter. *War er irgendwann einmal falsch abgebogen?* Man konnte die einspurigen Landstraßen bestimmt ohne Weiteres mit Einfahrten verwechseln, die sich meilenweit dahinzogen. Fuhr er vielleicht schon längst in eine vollkommen andere Richtung und bemerkte es nicht einmal? Er nahm sein Smartphone vom Beifahrersitz und tippte den Bildschirm an. Kein Netz. Nun fluchte er und betätigte den Scheibenwischer noch einmal, nachdem sich zu viele Tropfen auf dem Glas gesammelt hatten.

»Ach du dickes Ei!«

Plötzlich musste er auf die Bremse treten und hart einlenken, weil auf einmal eine Schafherde die Straße vor ihm überquerte. Nur noch wenige Zoll, und die Schnauze des Escort wäre gegen eine uralte Steinmauer geprallt. Thom lehnte sich im Sitz zurück und holte tief Luft.

»Jesus, Maria und Josef.«

Nachdem er den Schaltknüppel in Parkstellung geschoben hatte, zog er die Handbremse an, dann stieg er aus und drehte sich einmal im Kreis. Er befand sich jetzt zwar an einer Kreuzung, doch es war nicht ihr Treffpunkt. Hier ging es in drei verschiedene Richtungen weiter – vielleicht auch in vier, wenn man das Loch in der Mauer mitzählte, wo im Moment die Schafe herauskamen. Auf einem weißen Schild an einer Eisenstange stand in schwarzer Schrift GLENMAID, aber nichts ließ auf ein Dorf in der Umgebung schließen. Es gab nicht einmal eine Scheune oder Landwirtschaftsgeräte.

Er schaltete den Bildschirm des Handys erneut ein und hielt es in der Hoffnung hoch, wenigstens ein schwaches Signal zu empfangen. Wie kommunizierten die Bewohner solcher Gegenden denn bloß miteinander? Thom steckte das Gerät wieder ein und kniff seine Augen zusammen, als würden sie sich dadurch schneller an die einbrechende Dunkelheit gewöhnen. Als er auf seine Uhr schaute, stellte er fest, dass ihm höchstens noch eine halbe Stunde bis zur Dämmerung blieb. Falls er den Weg zu ihrem abgesprochenen Treffpunkt nicht in den nächsten paar Minuten fand, würde er nie zur Croalchapel Farm kommen, und die Rettungsaktion war vorüber, bevor sie überhaupt begonnen hatte.

Auf einmal leuchteten von irgendwo hinter ihm zwei Scheinwerfer über die leeren Felder. Er drehte sich um und sah einen Wagen auf derselben einspurigen Straße näherkommen, über die er gerade erst hergekommen war. Vielleicht wusste dieser Fahrer ja, wie man nach Ae Village gelangte, und konnte Thom sagen, wo genau er vom Weg abgekommen war. Er ging deshalb zur anderen Seite des Escort und streckte die Arme in die Luft, um rudernd auf sich aufmerksam zu machen.

Das herankommende Auto passierte jetzt eine Steigung und fuhr anschließend durch eine Kurve, sodass er es jetzt besser erkennen konnte. Was er sah, erfreute ihn allerdings überhaupt nicht und verursachte ihm Bauchschmerzen. Denn das Blau und Gelb eines Streifenwagens der schottischen Polizei wurden gerade hinter den Lichtkegeln sichtbar.

Der Ford Tourneo Connect jüngeren Baujahrs bremste und blieb schließlich genau vor ihm stehen, woraufhin sich leise surrend die Scheibe der Beifahrertür senkte. Zwei Beamte schauten Thom, der verdutzt dastand, mit einem fragenden Gesichtsausdruck an. Bestimmt handelte es sich um dieselben, die er während der bewaffneten Erstürmung anleiten musste. *Doch wie sollten sie ihm Vertrauen schenken, wenn er sich schon auf dem Weg dorthin verirrt hatte?*

Er verdrängte sein Unbehagen und zog seinen Ausweis des Verteidigungsministeriums hervor. »Ich bin Thom.« Er hielt das Mäppchen in die Höhe. »Detective Inspector Smith wollte sich mit mir an einer Fünffachkreuzung außerhalb von Ae Village treffen. Sie wissen nicht zufällig, wo diese ist, oder?«

Der Beifahrer betrachtete den Ausweis einen Augenblick lang. »Wir sind selbst dorthin unterwegs. Folgen Sie uns einfach.« Er drehte sich zu seinem Partner um und zeigte auf die Straße vor ihnen. Der Kollege löste daraufhin die Bremse des van-artigen Wagens und stellte den Schalthebel auf Dauerbetrieb.

Thom steckte den Ausweis wieder ein und kehrte zu seinem Escort zurück. Nachdem er vor der Mauer zurückgesetzt hatte, hängte er sich an das Heck der Polizisten, während sie auf der einspurigen Landstraße beschleunigten. Noch zwei Meilen lang passierten sie weitere Felder, bis hinter einer scharfen Kurve plötzlich ein Nadelwald begann. Zwischen den Bäumen konnte Thom grüppchenweise weiße Gebäude erkennen.

Es ging noch eine Meile auf und ab, bis sie schließlich eine Steigung hinunterfuhren, wo sie erneut um eine scharfe Kurve bogen und endlich die Kreuzung erreichten, die in vier weitere Richtungen abzweigte. Dort standen weiße Schilder, die auf verschiedene Touristenattraktionen in der Gegend hinwiesen, und auf dem größten davon – es zeigte auf die Gebäudeansammlung – stand AE VILLAGE.

In einer geschotterten Haltebucht, die zum Ausweichen bei Gegenverkehr diente, befanden sich Smith und die anderen Beamten. Sie hielten hinter einem BMW X1 in den Farben der schottischen Polizei und einem weiteren Ford Tourneo Connect an. Thom folgte ihnen, als die Männer dort stehenblieben.

»Sie sind aber spät dran.« Der Inspektor warf einen Blick auf seine Uhr, während Harold ausstieg. »Ich habe die anderen schon mal vorgeschickt. Sie dürften die beiden hinteren Einfahrten mittlerweile gesichert haben, und wer den vorderen nimmt, muss automatisch hier vorbeikommen.«

»Wie viele Leute haben wir denn bekommen?«

»Heute Abend waren leider nur vier bewaffnete Einheiten im Dienst, also acht Mann.«

Thom wandte sich den beiden anderen Beamten zu. »Wer von Ihnen ist der erfahrenere Schütze? Wurden Sie auch für Geiselbefreiungen oder Feuergefechte ausgebildet?«

Die beiden schauten einander an. Kurz darauf hob einer von ihnen die Hand. »Sergeant Matt Hilton, Sir. Mein Partner Senior Constable David Barber und ich fahren seit 2006 bewaffnete Patrouillen. Unsere Waffenscheine haben wir vergangenes Jahr mit einem Kurs zu polizeitaktischen Eingriffen aufgefrischt, der auch Verhaltensweisen im Umgang mit Geiselnehmern und Heckenschützen zum Inhalt hatte.«

»Gut. Dann begleiten Sie uns bitte.« Thom drehte sich zu dem zweiten Beamtenpaar um. »Ich möchte, dass Sie die vordere Einfahrt übernehmen, von der der Inspektor und ich gerade gesprochen haben.«

Smith zog jetzt mehrere Papiere unter seinem Mantel hervor und nahm dann seine Männer ins Gebet, um ihnen den Einsatz noch einmal genau zu erklären. Nach einem kurzen Wortwechsel kehrten sie zu ihrem Auto zurück und fuhren weiter.

»Alles klar.« Thom winkte die anderen jetzt näher heran, und ließ sich die Dokumente von Smith aushändigen. »Somit liegt es nun an uns, ins Gebäude einzudringen. Wir sind also diejenigen, die bis auf das Gelände vorstoßen werden, was unbedingt schnell und unauffällig vonstattengehen muss. Wir wissen zwar nicht, ob die Entführer über Waffen verfügen, vermuten jedoch, dass an diesem Ort Bomben gebaut wurden, und müssen deshalb mit Widerstand rechnen. Behalten Sie diesen Lageplan.« Er reichte Hilton eine Seite mit der Raumverteilung, die sie im Internet entdeckt hatten. »Prägen Sie sich das Ganze gut ein.«

Der Beamte betrachtete den Plan aufmerksam. »Es gibt aber zwei Eingänge. Wie genau gehen wir vor, jeweils zwei Mann an jedem Eingang?«

»Das entscheiden wir, wenn wir das Haus aus der Nähe sehen können. Los geht's.«

»Sie fahren«, verlangte Smith. »Denn ich habe mich viel länger mit dieser Karte beschäftigt, und es wird immer dunkler.«

Thom stieg vorne rechts in den BMW ein und brach auf der einspurigen Landstraße in Richtung Norden auf.

***

»Dort«, rief Smith nach zwei Meilen, als sie an einem Schild mit der Aufschrift RASTPLATZ AE VALLEY vorbeikamen und einen der Ford Tourneo am Rand eines Schotterwegs stehen sahen. Die zwei Polizisten, denen Thom zum Treffpunkt gefolgt war, trugen jetzt Panzerwesten und hielten MP5-Pistolen schussbereit. Sie standen an der Einmündung Wache. Als er dort einbog, traten sie sofort zur Seite. Der weitere Weg war kaum mehr als eine Sandbahn und führte durch ein unbebautes Feld in einen finsteren Wald hinein.

»Sehen Sie.« Smith zeigte durch die Windschutzscheibe.

Thom schaute in die angegebene Richtung. In der Ferne stieg zwischen zwei bewaldeten Hügeln eine Rauchfahne auf. War es so kalt, dass jemand Feuer machen musste?

»Das muss das Haus sein.«

Thom rollte langsam und vorsichtig weiter, während er das Magazin aus einer Glock 9mm nahm, die er von einem der Eingreiftrupps bekommen hatte. Er zählte kurz die Patronen und lenkte währenddessen mit einem Knie den Wagen, während er das Magazin zurück in den Griff schob und die Waffe durchlud.

Seine Erfahrung mit Schusswaffen beschränkte sich auf seinen Wehrdienst, der bereits Jahrzehnte zurücklag, und einen Qualifikationskurs, an dem er teilgenommen hatte, um eine Sondererlaubnis zu erhalten, eine Waffe zu Hause aufbewahren zu dürfen – ein sehr seltenes Recht in Großbritannien, und nur für Personen, die beweisen konnten, dass ihr Leben in Gefahr schwebte. Allein beim Innengeheimdienst zu arbeiten genügte noch nicht, doch da er in Nordirland Nachrichtenoffizier mit einer maßgeblichen Funktion während der Troubles gewesen war, hatte man es ihm schließlich bewilligt.

Nach einer halben Meile endeten die Felder schließlich vor dem dichten Wald. Als sie hineinfuhren, wurde es ohne den Sonneneinfall schlagartig dunkler. Kurz darauf war es stockfinster wie in einer mondlosen Nacht, sodass die Scheinwerfer die einzige Lichtquelle waren und so das Kommen der beiden automatisch ankündigten.

»Dort entlang«, sagte Smith an einer Gabelung. »Halten Sie sich an den nächsten drei Abzweigungen links und stoppen Sie hundert Yards hinter der letzten.«

Thom fuhr jetzt noch zwei Meilen weiter auf dem kurvenreichen Weg, bis sich die Wipfel vor ihnen an einer Fahrbahnseite lichteten. Zehn Yards entfernt ragten zwei bemooste Steinsäulen mit verrosteten Angeln vor ihnen auf, die zu einem Tor gehörten, das offensichtlich nicht mehr existierte. In eine Säule hatte man den Namen Croalchapel Farm eingeritzt.

»Das ist es.« Der Inspektor faltete die Landkarte zusammen und warf sie auf das Armaturenbrett. »Hinter der Kuppe in einer Senke.«

Thom schaltete die Scheinwerfer aus und hielt an. Die Polizisten hinter ihnen taten es ihm gleich.

Nachdem er aus dem BMW gestiegen war, machte er sich auf den Weg den Hügel hinauf. Von oben aus sah er in der Mitte einer Lichtung zweihundert Yards unter ihnen ein einstöckiges Gebäude, das von einer altertümlich aussehenden Steinwand umgeben war. Aus einem der drei Schornsteine stieg Rauch auf. Nicht weit von der Haustür entfernt standen der grüne Peugeot und die rote Limousine, Letztere mit offenem Kofferraum, so als habe vor nicht allzu langer Zeit jemand etwas eingeladen.

»Sie sind anscheinend noch da«, meinte Sergeant Hilton, als er sich neben Thom stellte. »Haben Sie den Lageplan zur Hand?«

Smith stieß hinzu und nahm die Papiere aus seinem Mantel.

Hilton schaute wiederholt auf den Plan und dann zum Haus hinunter. »Sieht ganz so aus, als könnte es passen. Es gibt eine Vorder- und eine Hintertür. Gehen wir jetzt jeweils mit zwei Mann?«

Thom betrachtete die Fassade einen Augenblick lang. »Nein, wir gehen alle gemeinsam durch eine Tür. Sie beide sind am besten ausgebildet, also stürmen Sie zuerst und sichern das Gebäude dann. Der Inspektor und ich folgen Ihnen.«

Das gefiel Hilton überhaupt nicht. »Wir sind keine Sondereinheit, Mann.«

»Das hier ist für uns alle Neuland. Sie sind doch bestimmt schon mal in gefährliche Gebäude eingedrungen, oder?«

»Einmal.«

Thom kam es so vor, als verlasse ihn auf einmal sein ganzer Mut. Er schaute mehrere Sekunden lang hinunter auf das Bauernhaus. Falls sich O'Reilly tatsächlich dort befand und falls er noch lebte: *Wie gut standen ihre Chancen, ihn wohlbehalten dort herauszuholen? Wie hoch war die Wahrscheinlichkeit, dass sie selbst wieder unbescholten herauskamen, wenn sie in dem Gebäude auf bewaffnete Terroristen stoßen würden?* Wieder betrachtete er den Lageplan in Smiths Händen. *Andererseits, welche anderen Optionen hatten sie sonst?*

»Gut, dann gehen wir jetzt!«

# Kapitel 73

*19:15 Uhr Ortszeit, baufälliges Bauernhaus, Forest of Ae, Schottland*

Thom betrat den Wald hinter Hilton und Barber, die mehrere Yards Abstand von der Straße hielten, während sie langsam von Baum zu Baum den Hügel hinabstiegen. Unten blieben sie stehen und schauten zum Haus hinüber. Aus dieser Entfernung von ungefähr fünfzig Yards, wirkte es viel heruntergekommener als von der Kuppe aus. Einige Dachziegel waren heruntergefallen, Fensterscheiben zerbrochen, und Steine im Gemäuer hatten sich gelockert. In dem Felswall, der das Grundstück umgab, fehlte das Tor, und längere Abschnitte waren komplett eingestürzt oder umgeworfen worden. Hier wohnte augenscheinlich schon seit vielen Jahren niemand mehr.

Holton drehte sich zu Thom und Smith um. »Wir sind jetzt bereit zum Stürmen. Sie beide bleiben erst einmal draußen und warten, bis wir Ihnen Entwarnung geben. Ich will schließlich nicht erschossen werden, nur weil Sie überreagieren.«

Thom ärgerte sich über diese Bemerkung, suchte aber trotzdem Smiths Blick, um zu bestätigen, dass dieser den Plan verstanden hatte. Der Inspektor nickte stumm. Hilton hatte ja recht. Sie taugten beide in keiner Weise für ein solches Unterfangen.

Die Polizisten nahmen jetzt ihre Maschinenpistolen hoch und stießen bis zum Waldrand vor. Nachdem sie sich links und rechts auf der Straße umgesehen hatten, schlichen sie weiter auf das Haus zu.

Thom ging ihnen hinterher, während er seine Glock auf den Boden gerichtet hielt und überquerte die Fahrbahn zum Vorhof des Gebäudes. Nachdem er an einer zusammengebrochenen Stelle des Walls über einen Steinhaufen gestiegen war, schaute er zwischen den Fenstern und der Vordertür hin und her, um sofort erkennen zu können, wenn jemand ihr Kommen bemerkt hatte.

Die Beamten erreichten die rote Limousine und zielten mit ihren Waffen in den offenen Kofferraum, während sie sich daran vorbei in Richtung Eingang bewegten.

Auf einmal flackerte orangegelbes Licht durch die Fugen des Türrahmens. Der Streifen wurde breiter, als sich plötzlich ein Mann im Rahmen aufbaute; ein Schatten vor einem brennenden Kaminfeuer.

Thom blieb mit leichter Verzögerung stehen und hob seine Pistole, als der Mann und ein zweiter heraustraten.

»Polizei! Polizei! Wir sind bewaffnet!«, riefen Hilton und Barber gleichzeitig, als sie auseinandergingen und sich den beiden Männern von den Seiten her näherten. »Hände hoch! Bleiben Sie, wo Sie sind!«

Der erste Mann schaute aufmerksam zwischen den Beamten hin und her. Thom erkannte ihn anhand seines melierten Bartes als den Fahrer des Peugeot. Der zweite Kerl erstarrte in der Tür und streckte die Arme über seinem Kopf aus.

»Polizei! Hände hoch, und zwar jetzt sofort!«

Aber der Bärtige rührte sich nicht. Er blieb einfach wie eine Statue stehen, nur seine Pupillen wanderten immerzu aufgeregt von links nach rechts.

Thom starrte ihn gespannt an.

Der Mann schien kurz zu zucken, woraufhin plötzlich ein Gewehr, das an einem Schultergurt hing, hinter seinem Rücken nach vorne rutschte.

»Waffe! Waffe! Waffe!«

»Tun Sie's nicht! Tun Sie's nicht.«

Er hielt das Gewehr fest, als es ihm in die Hände fiel, schloss eine Hand um den Griff und legte auf sie an. Prompt ratterte es mehrmals in der abendlichen Dunkelheit, der Körper des Mannes erzitterte und Löcher erschienen in seiner Brust, die sofort zu bluten begannen.

Thom stürzte vorwärts, während der Getroffene zusammenbrach und die Schüsse langsam erstarben.

»Halten Sie ihn auf! Halten Sie ihn auf!« Der zweite Mann, der den Eingang bis jetzt nicht verlassen hatte, zog sich hastig ins Haus zurück. Thom erreichte die Tür, als Hilton und Barber das Gewehr des Gefallenen aufhoben und ihn gründlich untersuchten. Harold richtete seine Waffe in das Gebäude hinein und bemühte sich, dessen genauen Plan aus seinem Gedächtnis abzurufen. So verharrte er einen Augenblick und schaute in ein kleines Wohnzimmer.

Das Feuer im Kamin knackte und knisterte, als er eintrat. Drei Türen, die alle weit aufstanden, führten in mehrere Nebenräume. Ihm war klar, dass er sich nicht so weit hätte vorwagen dürfen. Er verstand rein gar nichts davon, wie man feindliches Terrain absicherte, ohne dabei selbst zu Schaden zu kommen, doch andererseits hatte sich nun auch alles ein wenig anders ergeben als vorgesehen.

*Wohin war der zweite Mann verschwunden?* Hinter jeder der Türen herrschte Dunkelheit, denn die Lampen, waren allesamt ausgeschaltet. Thom rückte weiter in den rustikalen Wohnbereich vor, allerdings nicht ohne darauf zu achten, die Schusslinien zu meiden, die sich durch die drei offenen Türen ergaben. Er hatte nicht erkennen können, ob der andere Mann bewaffnet gewesen war, doch das war angesichts des Gewehrs draußen stark anzunehmen.

Hilton und Barber betraten nun ebenfalls das Gebäude. Smith folgte ihnen.

Ersterer zeigte auf eine Seite des Hauses, was Thom nickend quittierte. Er würde diesen Bereich abdecken, die zwei Beamten den gegenüberliegenden. Er stellte sich jetzt in eine Ecke des Wohnzimmers, während er seine Pistole niedrig hielt, und beobachtete, wie die Polizisten den Raum verließen. Danach horchte er auf ihre Schritte im Haus und entspannte sich ein wenig, weil weitere Schüsse auf sich warten ließen.

Als sie wieder zurückkehrten, zeigte Hilton auf die andere Seite, und Thom nickte. Die Beamten näherten sich den Türen auf seiner Seite und schoben sich vorsichtig nacheinander hindurch, kamen aber nur wenige Sekunden später wieder herein.

Thom schaute ihnen in die Augen und nickte erneut. Was sie dachten, konnte er sich denken. Der einzige Raum, in dem sie noch nicht nachgesehen hatten, war das vordere Schlafzimmer … das sich hinter einer geschlossenen Tür befand. »Irgendetwas gefunden?«, flüsterte er.

Hilton schüttelte den Kopf. »In einem Raum sieht es aus wie in einer Gefängniszelle, in dem anderen liegt Campingausrüstung herum.«

Thom wies auf die geschlossene Tür. »Dann ist das da also unsere Bombenwerkstatt.«

Hilton bejahte.

Plötzlich kamen Thom Bedenken. *Würden sie beim Öffnen vielleicht einen Zündmechanismus auslösen? Nein, denn der zweite Mann musste sie ebenfalls genommen haben, und hätte ja bestimmt nicht sein eigenes Leben riskiert. Oder vielleicht doch?*

Thom packte seine Pistole fester und machte sich auf alles gefasst, als Barber eine Hand um den Türknauf legte. Er drehte langsam daran, öffnete die Tür und stürmte in das Zimmer hinein.

»Wegbleiben!«, rief plötzlich jemand heiser mit einem irischen Akzent.

Barber ging sofort auf ein Knie nieder, während Hilton am Türrahmen vorbei hinter ihm eintrat und über den Kopf seines Kollegen zielte.

»Zurück, sofort!«

Thom lief ebenfalls zum Zimmer und schaute hinein. Dort stand zwischen kniehoch gestapelten Säcken mit Düngemittel der zweite Mann und benutzte Shane O'Reilly als menschlichen Schutzschild.

Harold blieb kurz das Herz stehen, als er den Entführten sah. Dessen Gesicht war grün und blau geschlagen, seine Kleidung blutgetränkt, aber er lebte! Noch zumindest. Thom betrachtete anschließend den Bombenbauer. Dieser hatte zwar keine Waffe, aber er hielt einen Zünder in der Hand und verbarg seinen Körper, so gut er konnte, hinter Shane.

»Wir sind zu viert, und Sie ganz allein. Es gibt keinen Ausweg für Sie.«

Der Mann kniff seine Augen zusammen. »Ihnen bleiben noch genau drei Minuten, bis wir alle in die Luft fliegen.« Er legte einen Kippschalter um, der den Sprengstoff scharfmachte, und hielt dann einen Zeigefinger über den Zündknopf des Auslösers. »Wenn ich draufdrücke, explodiert die Bombe trotz des Countdowns sofort. Sie können gar nicht so schnell auf mich schießen, dass ich nicht mehr zum Auslösen komme. Also ... die Wahl liegt ganz bei Ihnen. Entweder bleiben wir alle hier stehen und sterben, oder Sie verziehen sich verdammt noch mal und lassen mich laufen.«

Thom starrte auf den Auslöser mit der Zeitzündung. Die Uhr tickte, während sie hier tatenlos herumstanden. Er zweifelte nicht an der Echtheit der Bombe, denn immerhin sah man die Drähte zu einem Ziegel Knetmasse laufen, der an der Seite eines Treibstoffkanisters haftete, und er war sich sicher, dass es sich bei der weißen Substanz in den durchsichtigen Säcken, die im Zimmer lagen, um Ammoniumnitrat handelte – und zwar um genug, um ein ganzes Stadtviertel dem Erdboden gleichzumachen.

»Die Zeit läuft! Allein die Stoßwelle wird alles im Umkreis von hundert Metern in Stücke reißen.«

»Na gut, na gut. Zurücktreten. Lassen wir ihn raus.«

Thom schaute O'Reilly in die Augen, bevor er rückwärts durch die Tür ins Wohnzimmer trat.

Hilton und Barber folgten ihm, zielten aber weiterhin auf den Terroristen.

Dieser verließ den Raum schließlich ebenfalls, verbarg aber weiterhin möglichst viel von seinem Körper. Vor der Tür blieb er erneut stehen. »Die Bullen verziehen sich jetzt ganz schnell mit ihren Kanonen, oder ich gehe keinen Schritt weiter.«

Thom gab Hilton und Barber zu verstehen, dass diese das Haus durch die Vordertür verlassen sollten.

Die beiden wechselten zwar zweifelnde Blicke, taten aber, was ihnen aufgetragen worden war.

»Und jetzt zumachen, die Tür.«

Nachdem Thom dies getan hatte, war er mit Smith, O'Reilly und dem Entführer allein. Dieser traute sich nun weiter vorwärts, immer noch geschützt durch seine Geisel, und trat schließlich rückwärts in die Küche. »Idioten!« Er stieß den Gefangenen in den Wohnbereich und schlug die Tür hinter sich zu. Harold hielt Shane fest, während Smith in die Küche stürzte.

»Lassen Sie ihn fliehen!« Thom zog Shane zur Eingangstür und riss sie auf. »Raus, schnell!« Er schob ihn in den Vorhof, wo bereits Hilton und Barber warteten, bis Smith hinterherkam. »In den Wald, los!«

Thom wurde plötzlich klar, dass sich der Terrorist, der bestimmt nicht alleine war, viel schneller vom Gebäude entfernen konnte als sie, und den

Sprengstoff dann jede Sekunde zünden könnte. Während sie davonliefen, bildete er die Nachhut. Hilton und Barber stützten währenddessen O'Reilly auf dem Weg über den Platz und die Feuerschneise in den Wald hinein.

Dann krachte es plötzlich aus Richtung des Hauses, als sei eine Abrissbirne in ein leeres Schwimmbecken geprallt.

»Runter, sofort runter!«

Ein greller Blitz und ein ohrenbetäubender Knall zerstörten daraufhin die abendliche Ruhe.

# Kapitel 74

*20:38 Uhr Ortszeit, Hauptbahnhof, Frankfurt, Deutschland*

Die Neonbeleuchtung im Bahnhof verschwamm, als die Euro-Rail-Regionalbahn mit einem Ruck losfuhr.

Endlich waren Declan und Harper unterwegs nach Süden. Er machte es sich jetzt auf seinem Platz in der ersten Klasse bequem, nachdem er sich die ganze Zeit über nach etwaigen Verfolgern umgeschaut hatte. Aus diesem Grund war seine Wahl auch auf den vordersten Waggon des Zugs gefallen, denn dieser hatte der Ausfahrt am nächsten gestanden, also hätten sie schnell verschwinden können, falls es nötig gewesen wäre. War es aber zum Glück nicht gewesen.

Harper gab ihm das Handy wieder, während er seine Füße auf den Sitz gegenüber legte. Sie hatte ein Foto geöffnet, das einen älteren Mann mit zwei jüngeren unter einem Schild mit der Aufschrift »R.W. Sells & Söhne« zeigte. Declan betrachtete es aufmerksam. Der Ältere nahm die Mitte ein und er war auch derjenige, mit dem sie sprechen mussten. Raymond Sell gab mit seinen fülligen weißen Haaren und einem buschigen Schnurrbart ein äußerst stattliches Bild ab.

»Wann wurde das Foto gemacht?«

Harper wusste es leider nicht. »Ich habe es in einem Onlinearchiv eines internationalen Finanzmagazins gefunden, das für die Bank wirbt. Die Ausgabe kam im Februar 2010 heraus.«

»Also ist es schon eine ganze Weile her.«

»Ja, aber ein besseres habe ich leider noch nicht entdeckt. Anscheinend lassen sich Schweizer Bankiers nur sehr ungern ablichten. Ich schätze mal, diese Werbeanzeige und ähnliche gehörten zu Sells Strategie, das Konsortium nach seinen Verlusten wegen Madoff wieder zu etablieren.«

»Das klingt logisch.«

»Das Foto ist vielleicht nicht aktuell, aber kann sich sein Aussehen in den letzten Jahren so stark verändert haben?«

Declan machte sich im Moment allerdings keine großen Gedanken darüber. »Da Sie nichts Besseres finden, muss es uns genügen. Was ist mit den Geschäftsbüros?«

»Diese befinden sich schon seit der Gründung im obersten Stockwerk desselben Gebäudes. Es steht im Herzen der Zuger Innenstadt an einem gewissen Kolinplatz. Sollte also nicht besonders schwer zu finden sein.«

»Sehr gut.«

Declan konnte noch nicht absehen, was sie erwartete, wenn sie Raymond Sells Büros erreichten, konnte aber angesichts der späten Stunde davon ausgehen, dass die Büros geschlossen waren, und ohne zu wissen, wo der Inhaber wohnte, würde ihnen nichts anderes übrig bleiben, als bis zum Morgen dort zu warten, und direkt nach Geschäftsöffnung mit ihm zu reden.

Er schaute auf die Zeitanzeige und schaltete das Handy dann wieder aus. Die Fahrt nach Zug dauerte noch mehrere Stunden.

# Kapitel 75

*20:09 Uhr Ortszeit, kontrollierter Luftraum über London, England*

»Flugsicherung, hier spricht Gulf November Alpha Romeo November. Wir nähern uns von Nordwesten. Unser Ziel ist der Hubschrauberlandeplatz Battersea.«

Allardyce verfolgte den Funkverkehr des Piloten durch sein Schallschutzheadset mit. Obwohl sie noch mehrere Meilen nordwestlich der City flogen, gelangten sie bereits in die Londoner Kontrollzone; einen Luftraum mit einem Verkehrsaufkommen und Sicherheitsbestimmungen, die weltweit ihresgleichen suchten.

Während der Bell AB 206 JetRanger mit einer Geschwindigkeit von hundertvierzig Meilen pro Stunde weiterflog, beobachtete er durch das Fenster wie die Wälder und Felder von Buckinghamshire den mäandernden Straßen und dicht besiedelten Wohngegenden der nordwestlichen Londoner Vororte Harrow und Wembley wichen.

»Alpha Romeo November, Transponder-Code 7-0-6-7, auf vierhundert Meter absteigen und H 1-0 folgen.« Der Pilot änderte daraufhin den Anstellwinkel der Rotoren entsprechend über einen Hebel neben sich, woraufhin sich Allardyce kurzzeitig, solange die Maschine sank, seltsam schwerelos fühlte.

»Alpha Romeo November, Code 7-0-6-7 eingestellt, steigen ab vierhundert Meter ab und folgen dann H 1-0.«

Allardyce schaute zum Nachbarsitz und bog das Mikrofon seines Headsets zurecht. »Würden Sie Nassir und Dr. Penry bitte über unsere Landung informieren, Mr. Gordon?«

Der Bedienstete verzog daraufhin sein Gesicht. Dennis wusste genau, was ihn störte, ohne dass Tom seine Bedenken äußerte. Seit er von den Ereignissen in der vorangegangenen Nacht erfahren hatte, war diesem die Rückkehr seines Arbeitgebers nach London nicht geheuer, noch dazu in einem so auffälligen Transportmittel wie einem Helikopter. *Aber hatten sie eine andere Wahl?* Davonzulaufen und sich zu verstecken war momentan die falsche Reaktion. Sie standen nämlich kurz davor, alles zusammenzutragen, was sie brauchten, um beweisen zu können, dass den Geschehnissen eine Verschwörung zugrunde lag, die sie leider dazu nötigte, die Initiative zu ergreifen.

»Sollte man uns eine Falle gestellt haben, Mr. Gordon, werden wir in der Dunkelheit nicht imstande sein, diese aus der Luft zu erkennen.«

»Richtig, Sir.«

Gordon nahm ein Mobiltelefon aus seiner Brusttasche, wählte eine gespeicherte Nummer und wartete dann darauf, verbunden zu werden. Dank der Bluetooth-Kommunikationssysteme, die sie alle trugen, konnten sowohl Allardyce als auch der Pilot den Anruf mitverfolgen.

»Nassir.«

»Guten Abend, ich bin es, Tom Gordon. Sir Allardyce hat mich gebeten, Ihnen mitzuteilen, dass wir bald landen werden.«

»Sehr gut, Sir. Wir warten bereits.«

»Ausgezeichnet.«

Nachdem Gordon die Verbindung getrennt hatte, steckte er das Gerät wieder ein.

Allardyce hätte es zwar vorgezogen, sich am Boden von seinem Chauffeur befördern zu lassen, doch es gab nun einmal Situationen, die den Gebrauch eines eigenen Fahrzeugs ausschlossen. In solchen Fällen verließ er sich ganz auf Nassir, der aus Ägypten ins Vereinigte Königreich immigriert war. Er besaß ein Taxi neueren Typs und hatte sich auf Dennis' Bitte hin gründlich vom Innengeheimdienst überprüfen lassen.

Nun schaute der Ex-Generaldirektor durch die kuppelartige Windschutzscheibe des Hubschraubers. Aus dieser Höhe betrachtet schien der Boden sogar noch schneller vorbeizurasen. Die Londoner Skyline tat sich undeutlich in der Abenddämmerung auf, während die Maschine nach rechts abdrehte, fort von den geräumigen Wohngebieten der Vororte und hin zu den mehrstöckigen Appartementgebäuden und Häuserblocks im weiteren Umkreis der Innenstadt. In der Ferne schlängelte sich die Themse wie eine halbierende Trennlinie hindurch.

»Alpha Romeo November, wir nähern uns dem eingeschränkten Luftraum auf H-1-0.«

Der Helikopter überflog nun den Fluss, wobei der Pilot gleichzeitig Flugrichtung und -höhe veränderte. Er drehte jetzt hart nach links ab und folgte der Themse nach Westen in Richtung London Mitte.

»Alpha Romeo November bereit zum Wechsel auf H-4.«

»Alpha Romeo November.«

Allardyce kannte sich nicht mit den einzelnen Routen aus und fragte sich, wie die Piloten deren Beginn und Ende bloß auseinanderhalten konnten, wusste aber durchaus, dass die Flugsicherung strikte Bahnen für Hubschrauber vorgab und Abweichungen davon nicht nur selten, sondern üblicherweise sogar verboten waren.

Nach einem weiteren Schwenk nach links drosselte der Pilot merklich das Tempo, bis er über einem T-förmigen Platz aus Beton mit einem gelb aufgemalten H schwebte, der hundert Yards weit in den Fluss hineinreichte.

»Alpha Romeo November, Landeerlaubnis bestätigt.«

»Alpha Romeo November, verstanden.«

Allardyce vollzog die Landung durch die Scheibe mit. Der Platz war auf drei Seiten von mehrstöckigen Metall- und Glasgebäuden umgeben, stark verwinkelt und mit mehr Ecken versehen, als er zählen konnte. Falls Reed tatsächlich Wind von seiner Rückkehr bekommen hatte, konnte ein wartender Mörder frei wählen, wo er sich versteckte. Allerdings handelte es sich bei diesem Landeplatz um einen öffentlich zugänglichen Ort, der von der Zivilluftfahrtbehörde beaufsichtigt wurde. Die Nachricht eines Gewaltverbrechens an diesem Ort würde sich sofort wie ein Lauffeuer ausbreiten und mit hoher Wahrscheinlichkeit als Terrorakt ausgelegt werden, was peinlichst genaue Untersuchungen nach sich ziehen würde. *Konnte Reed in den vorangegangenen vierundzwanzig Stunden dermaßen verzweifelt geworden sein, dass er dies in Kauf nahm?*

Vor dem Hochsicherheitszaun, der den Hubschrauberlandeplatz von den öffentlichen Straßen ringsherum abgrenzte, sah Allardyce einen schwarzen Jaguar XF mit gelbem Taxikennzeichen. Nassir wartete tatsächlich schon auf sie. Er hatte seine Hände oben links und rechts ans Lenkrad gelegt, als sich ihre Blicke begegneten, und beobachtete aufmerksam die Landung.

Als die Kufen den Betonboden berührten und die Triebwerke aufheulten, legte der Pilot mehrere Hebel um und begann nun, die Systeme abzuschalten. Allardyce ließ die Rotoren so lange ausdrehen, bis man gefahrlos aussteigen konnte, als zwei Männer in blauen Overalls mit leuchtend orangefarbenen Westen und Schutzhelmen aus dem Erdgeschoss eines nahen Gebäudes kamen. Einer ging auf die Passagiertür des Hubschraubers zu, während der andere das Tor der Pkw-Einfahrt entriegelte und öffnete.

Nassir schaltete jetzt auf Dauerbetrieb und passierte das Tor, dann fuhr er einen engen Bogen und hielt nur wenige Yards neben der Maschine an. Nachdem er ausgestiegen war, öffnete er eine der hinteren Türen, so wie es Chauffeure zu tun pflegten.

Ein rundlicher Mann mit schütterem weißen Haar und einer Brille stieg jetzt aus und blieb wartend vor dem Wagen stehen.

Allardyce erkannte Dr. Penry sofort, denn er ließ sich jetzt schon seit fast dreißig Jahren von ihm behandeln, wenn er in London weilte.

Der eine Helmträger – ein Flugbegleiter – zog jetzt die Passagiertür auf, sodass Allardyce frischer Wind ins Gesicht wehte. Der Empfang am Boden gestaltete sich so reibungslos, wie man es sich als Würdenträger, Prominenter oder Geschäftsmogul nur wünschen konnte, und wurde ihm eindeutig von Profis bereitet. Allerdings befand sich ein Würdenträger, Prominenter oder Geschäftsmogul in er Regel nicht im Fadenkreuz eines Verräters.

Allardyce betrat unter Schmerzen den Beton, denn nach dem längeren Sitzen wieder aufgestanden zu sein, bekam ihm eindeutig schlecht. Aber er verdrängte sein Unbehagen und ließ sich auf dem Weg zum Jaguar von Gordon und Dr. Penry helfen, wobei er nervös hin und her schaute, weil er sich immer noch bedroht fühlte.

Schließlich stieg er hinter Gordon in den komfortablen Luxuswagen ein. Die Türen wurden geschlossen, und kurz darauf sprang schon der Motor an. Nassir hantierte mit dem Schalthebel, ehe er vom Gelände fuhr.

Penry drehte sich jetzt nach hinten um. »Dennis, Sie sind doch absolut verrückt! Was haben Sie sich denn bloß dabei gedacht? Sie müssen sich unbedingt zu Hause in Ihrem Bett auskurieren.«

»Dazu habe ich leider keine Zeit. Nicht heute Abend.«

# Kapitel 76

*20:29 Uhr Ortszeit, Thames House, Millbank, Londoner Innenstadt, England*

Samuel Reed beendete stirnrunzelnd das Gespräch. Eine Stunde zuvor hatte er von einer Explosion irgendwo in der Provinz im Süden Schottlands erfahren, sich aber immer noch keine verlässlichen Informationen darüber besorgen können, was genau geschehen und wer daran beteiligt gewesen war. Die einzige Behörde in der Umgebung, die schnell genug hatte reagieren können, war die nächste Polizeidienststelle gewesen, und auch wenn jetzt Kriminal- oder besser gesagt Staatsbeamte aus Glasgow dorthin unterwegs waren, würde bestimmt noch eine Stunde verstreichen, bis sie vor Ort eintreffen würden. Also konnte Reed nur warten. Er drehte sich um und heuchelte Gelassenheit vor Hume. »Noch nichts Neues.«

Egan Hume trommelte mit seinen Fingern nervös auf den Armlehnen des Ledersessels herum, in dem er saß. »Ich bin nicht bereit, meine Karriere und möglicherweise sogar meine anhaltende Freiheit von der Kompetenz irgendwelcher irisch-republikanischen Versager abhängig zu machen, also sehen wir lieber zu, dass wir uns absichern. Falls die das Ganze vergeigt haben sollten, will ich es sofort wissen.«

»Thom weiterhin Zugriff auf unsere Computer zu gewähren war natürlich gewagt. Aber so konnten wir ihn ausfindig machen, sobald er sich eingeloggt hat, dabei nahmen wir aber in Kauf, dass es sich gegen uns ausspielen könnte, sollten Allardyce und er sich nicht an einem Ort befinden, der sich von uns aus schnell erreichen lässt. Anscheinend sind die Würfel jetzt aber zu ihren Gunsten gefallen. Einmal angenommen, sie haben tatsächlich Spuren gesammelt, die sie zu dem Bauernhaus führen, hängt jetzt alles Weitere von den beiden Neandertalern ab, die sich dort verbergen.«

»Zwei in die Jahre gekommene Spitzel dürften wohl kein Problem darstellen, aber solange nichts bestätigt ist, müssen wir leider davon ausgehen, dass etwas schiefgelaufen ist, und dementsprechende Schritte einleiten, um für alle Eventualitäten vorgesorgt zu haben.«

Reed ging jetzt um seinen Schreibtisch herum und schaute aus dem achten Stock auf die Themse hinunter. Lastkähne, Touristenboote und ein paar Privatschiffe fuhren flussaufwärts, während sich an beiden gepflasterten Ufern Passanten und Fahrzeuge bewegten. Die Welt dieser Menschen blieb größtenteils unberührt von den Angelegenheiten, mit denen er schon seit drei Jahrzehnten seinen Lebensunterhalt verdiente.

In Egan Humes Gegenwart zu stehen war ihm allerdings extrem zuwider. Er hasste es auch, sich mit einem solchen Mann verbünden zu müssen, doch nachdem er hinter jedem gelackten Arschkriecher, der bei einem Einstellungsgespräch den Personalausschuss und einen Haufen halbseidener Politikkasper aus der Downing Street blenden konnte, die zweite Geige gespielt hatte, war dies nun sein einziger Weg an die Spitze … und nichts weniger als diese wollte er jetzt endlich erklimmen.

Zwar waren eine erhebliche Gehaltserhöhung und die Gewissheit, zum Ritter geschlagen zu werden – sein lang gehegter Kindheitstraum – beileibe nicht zu verachten, aber er hatte es trotzdem nicht für sich selbst getan. Nein, in Wahrheit hatte er es für den Security Service und für das britische Volk getan.

In dieser Phase, die als Post-Snowden-Ära in die Geschichte eingehen würde, standen die Nachrichtendienste auf der ganzen Welt und die Regierung wie nie zuvor unter Beobachtung, vor allem im von politischer Korrektheit besessenen Westen. Die Öffentlichkeit Großbritanniens brauchte die Informationen vom MI5, die zur Festnahme möglicher Schädlinge führte, und um dem gerecht zu werden, brauchte der MI5 wiederum einen Insider als Direktor – jemanden, der sein Fähnchen nicht einfach in den wechselhaften politischen Wind hängte und dessen Instinkte in Zeiten des Friedens aber auch des Krieges geschärft worden waren. Jemanden wie ihn!

Er stützte sich auf das Fensterbrett auf und ließ sich von seiner aufwallenden Siegesgewissheit mitreißen, bis er plötzlich Egan Humes Spiegelbild in der Scheibe bemerkte. Nun verging ihm die Freude sofort wieder. *Sollte sich seine Rolle als Leiter des Security Service nicht dadurch definieren, dass er niemandem und nichts gegenüber verpflichtet war außer dem, was der Sicherheit des Landes zuträglich war?*

Typen wie Egan Hume und Lukas Kreft würden stets einen Lohn für ihre Unterstützung bei seiner Beförderung einfordern. Ein Teil dessen, was sie verlangten, war ihm bereits im Vorfeld dargelegt worden, zum Beispiel, dass er Humes Sieg bei den bevorstehenden Parlamentswahlen durch MI5-Ressourcen erzwingen sollte, doch er war überzeugt davon, dass es damit noch lange nicht getan sei. So sehr er sich auch bemüht hatte, sein Handeln mit Vernunft zu rechtfertigen und sich einzureden, dass das Ganze kein schrecklicher Irrtum gewesen war, wurde ihm allmählich bewusst, dass es eben doch genau so war.

Er atmete schnaubend aus. »Und welche Schritte schweben Ihnen jetzt vor, Mr. Hume?«

Der Politiker erhob sich aus seinem Sessel und fing an, im Büro herumzugehen. Einen Moment später zuckte er mit den Schultern. »Was weiß denn ich? Sie sind doch schließlich der Spionageexperte. Sie sollten es doch eigentlich gewohnt sein, ständig die Hosen herunterlassen zu müssen, und Mittel kennen, um zu verhindern, dass man sie dabei erwischt. Ich weiß nur, dass ich mich im Augenblick sehr schutzlos fühle und wir unbedingt etwas dagegen unternehmen müssen. Wurde diese Operation nun vermasselt oder nicht?«

Reed beobachtete das Treiben am Fluss weiter. »Natürlich wurde sie vermasselt. Doch die eigentliche Frage lautet: Inwieweit? Zu dieser Explosion hätte es gar nicht kommen dürfen, solange McIver noch nicht im Gebäude gewesen ist, und momentan lässt er immer noch auf sich warten.«

»Sie glauben also, dass sie aufgegeben und die Flucht ergriffen haben? Ihrer Vermutung zufolge haben sie also Allardyce, Thom oder wen auch immer kommen sehen und sind getürmt – sie haben den Zeitzünder aktiviert und haben sich auf und davon gemacht?«

Reed versuchte, weiterhin Ruhe zu bewahren. »Ich bezweifele, dass sie die Eier dazu hatten, auf verlorenem Posten zu kämpfen, also ja: Sie sind verschwunden, wenn Sie mich fragen. Das war aber vermutlich auch das Klügste, was sie hätten tun können. Streng genommen sollten wir sogar froh sein, falls es ihnen gelungen ist. Vorausgesetzt, es gab weder Zeugen noch weitere Tote über die hinaus, die wir mit eingeplant hatten, müssten wir es schaffen, den Vorfall so aussehen zu lassen, wie er aussehen sollte.«

»Aber was ist mit McIver? Der treibt sich immer noch irgendwo dort draußen herum. Wie verfahren wir mit ihm weiter?«

Auf einmal klickte es laut, und Scharniere quietschten, die hörbar lange nicht mehr beansprucht worden waren. Die beiden Männer drehten sich in dem Moment um, als ein Bücherregal an der Wand neben dem Schreibtisch wie ein Türblatt ins Büro hinein geöffnet wurde.

Umrissen von schwachem Licht, das auf seinen Rücken fiel, baute sich plötzlich Dennis Allardyce vor ihnen auf. »Ja, Sam, wie verfahren wir denn jetzt mit McIver?«

Reed fielen fast die Augen aus dem Kopf.

Der Aristokrat trat weiter in die Helligkeit. »Das Thames House steckt voller Geheimnisse, Sam. Wären Sie auf ehrlichem Weg zu Ihrem neuen Posten gekommen, hätte man Sie bestimmt auch in alle eingeweiht.«

Als sich Reed wieder bewegte, um zu erkennen, was in dem Raum hinter Allardyce lag, rutschte ihm buchstäblich das Herz in die Hose. Die Maße entsprachen einem durchschnittlich großen Schlafzimmer, und darin standen reihenweise Computer mit angeschlossenen Kopfhörern sowie Tonaufnahmegeräte. An einem der PCs saß der Fahrer des ehemaligen MI5-Leiters – Gordon Soundso. Reed hatte den Namen vergessen.

»Der Generaldirektor führt stets zahlreiche Gespräche in diesem Raum und über diese Telefone. Manchmal mit Staatsoberhäuptern, manchmal mit den Leitern anderer Informationsdienste oder auch nur mit seinem eigenen Stab. Die meisten davon werden mitgeschnitten und aus verschiedenen Gründen gespeichert, genauso wie die Unterhaltung, die gerade eben stattgefunden hat.«

Reed senkte den Blick und ihm brach unter den Armen und am Hals der Schweiß aus. Diese ganze Sache war von vorne bis hinten eine schlechte Idee gewesen – die schlechteste überhaupt. *Aber wie sollte er den Schaden jetzt eindämmen? Konnte er seine Karriere noch irgendwie retten? Oder würde er den Rest seines Lebens hinter Gittern verbringen müssen?* Er sprang panisch von einem Gedanken zum nächsten und wieder zurück.

Falls die Aufnahmen, die Allardyce gerade gemacht hatte, an die Öffentlichkeit gelangen würden, konnte Reed einpacken. Als er den alten Mann ansah, kämpfte er seinen emotionalen Taumel nieder. Der Mitschnitt musste unter allen Umständen unter Verschluss bleiben, und um dies zu garantierten, gab es nur eine Maßnahme. *Aber würde er es fertigbringen, sie zu ergreifen?* Er schleppte sich an seinen Schreibtisch und öffnete dort eine Zigarrenkiste. Unter den lange gelagerten Cohiba Siglos, die seine Frau ihm damals geschenkt hatte, als er noch zuversichtlich gewesen war, dass er das Amt des MI5-Chefs antreten würde – so flüchtig diese Euphorie auch gewesen sein mochte – bewahrte er eine geladene Ruger .380 auf.

Er starrte auf das vernickelte Teil, das man unter den Tabakblattwickeln sehen konnte, und hatte seine Mühe, ruhig und gleichmäßig zu atmen. Gemeinsam mit Kreft und Hume hatte er schon so viele Morde begangen, dass er gar nicht mehr mitzählen konnte. Doch dieser würde anders sein. Denn jetzt musste er seinen eigenen Finger am Abzug einhaken. Nie und nimmer könnte er sich dann noch herausreden, dass der Plan nicht auf seinen eigenen Mist gewachsen war und so oder so umgesetzt worden wäre.

Schließlich holte er tief Luft und stellte sich breitbeinig hin. Infolge dieser leichten Bewegung wurde das Licht hinter ihm von einer Messingplatte an der Unterseite des Kistendeckels reflektiert und traf auf seine Augen. Er las daraufhin die Gravur.

*Für Sam.*
*Auf dass du das Land leitest wie deine Familie – mit unerschütterlicher Hingabe, eisernem Willen und sanfter Hand.*
*Deine Alison*

Fast röchelnd atmete er aus und klappte die Kiste mit einem Ruck wieder zu. Seine Ehefrau und seine nunmehr erwachsenen Kinder hatten nicht die leiseste Ahnung davon, wie er seinen Broterwerb bestritt, aber wie Kinder, die einen Superhelden anhimmelten, würden sie niemals etwas auf ihn kommenlassen. Ein schöner Held war er. Jetzt fuhr er über die Inschrift der Messingplatte auf dem Deckel, während er sie las.

*Samuel Reed*
*Generaldirektor, MI5*

Die Kiste und ihr ursprünglicher Inhalt waren Zeugnis von Alisons fester Überzeugung gewesen, dass er dauerhaft auf seinem neuen Posten bleiben würde, sobald die Entscheider seine Führungsqualitäten erst einmal erkannt hatten. Einst hatten die Zigarren das Erreichen eines Ziels markiert, dem er schon seit seinem Dienstantritt dreißig Jahre zuvor nachgegangen war. Seit einigen Monaten erwiesen sie sich jedoch zusehends als Symbol seines Scheiterns; als Zeichen für etwas, das ihm weiterhin vorenthalten bleiben würde, egal wie sehr er sich auch anstrengte, es zu erreichen. Aber das sollte jetzt endlich aufhören. Er würde es sich nicht mehr gefallen lassen, sondern endlich Farbe bekennen und seinen rechtmäßigen Platz einnehmen.

Rasch öffnete er den Deckel erneut, sodass das Metall laut auf den Schreibtisch schlug, schob die Zigarren achtlos beiseite und griff zur Waffe. Als er sie herausnahm und durchlud, stieg sanfter Tabakduft auf. Er drehte sich um und gab einen einzelnen Schuss ab.

# Kapitel 77

Als Egan Hume mit einem Loch in der Stirn in den Ledersessel sackte, und sich ein beträchtlicher Teil seines Gehirns hinter ihm verteilte, starrte Allardyce ihn fassungslos an. In der Annahme, die nächste Kugel gebühre ihm, sprang er in den Geheimraum zurück, kaum dass der erste Schuss verklungen war. Intuitiv suchte er in einer seiner Taschen nach der Walther, die mit der Zeit eine ebenso wichtige Rolle in seinem Alltag eingenommen hatte, wie seine morgendlichen Tabletten, doch sie war nicht da. Er überlegte und überlegte …

Tom Gordon war fassungslos im Büro sitzen geblieben. Er drehte seinen Kopf jetzt zwischen Allardyce und dem versteckten Aufzug hin und her, mit dem sie unbemerkt hergekommen waren.

Aber sein Arbeitgeber schüttelte den Kopf. Wenn sie den Fahrstuhl erreichen wollten, würden sie automatisch in Reeds Schusslinie geraten, und keiner von ihnen beiden war noch jung beziehungsweise schnell genug, zumal die Tür immer noch weit offenstand. Gordon streckte sich jetzt nach dem Hebel aus, um sie zu schließen und dadurch Zeit zu schinden, hörte aber, noch bevor er dazu kam, zwei unverkennbare Geräusche … wie ein Magazin aus einem Waffengriff rutschte und auf Teppichboden fiel … wie der Träger den Schlitten zurückzog, um die verbliebene Kugel aus der Ladekammer zu entfernen, und es knallte dumpf. Reed hatte die Pistole offenbar weggeworfen.

Allardyce sah Gordon an und atmete erleichtert auf. Der Chauffeur nickte. Sie hatten beide dasselbe gehört. Allardyce schob sich nun langsam am Türrahmen entlang ins Büro zurück und schaute seinen früheren Stellvertreter an.

Dieser stand am Fenster und drückte seine Hände flach gegen die Scheibe. »Bringen Sie mich zur Polizei. Es ist aus!«

Allardyce ging noch weiter in den Raum hinein, bis er zwischen Reed und der fallengelassenen Waffe stehen blieb. Dann hob er den Hörer vom Schreibtischtelefon und hielt ihn ihm hin. »Nein, Mr. Reed. Es hat gerade erst begonnen.«

*20:54 Uhr Ortszeit, Cabinet Office, Whitehall 70, London, England*

Nassir wechselte jetzt mit dem Jaguar XF auf einen Bushaltestreifen vor der langen Reihe neoklassischer Regierungsgebäude. Allardyce stieg hinten aus und schaute sich in beide Fahrtrichtungen um. Wie immer in Westminster, egal zu welcher Uhrzeit, wimmelte es vor geschwätzigen Touristen und Ansässigen in Feierlaune sowie einem erheblichen Polizeiaufgebot, damit beide Gruppen auch in der Spur blieben. Er trat zur Seite, als Samuel Reed und Dr. Penry über die Rückbank rutschten und nacheinander ausstiegen.

Gordon lehnte sich jetzt auf dem Beifahrersitz zur Seite und sah Allardyce aufmerksam an, als Nassir wieder losfahren wollte. »Wir bleiben in der Nähe!«

Der alte Mann nickte, dann rollte der Wagen davon. Nun stand er mit dem Arzt und Reed vor dem befestigten Tor der Downing Street 10.

Reed fuhr sich über das Jackett und richtete seine Krawatte. »In meinen frühen Jahren beim Geheimdienst stand ich oft hier und fragte mich, wie es wohl sei, durch dieses Tor zu gehen – und an den Entscheidungen teilzuhaben, die dahinter getroffen werden. Dass ich es einmal unter solchen Umständen tun würde, hätte ich nicht gedacht.«

Allardyce nickte erneut. Er spürte Reeds Anspannung, während die beiden behelmten Offiziere aus einem Wachhäuschen auf das schwarze Eisentor zukamen. Der Mann musste sich in Kürze vor Personen, welche die höchsten Ämter im ganzen Land bekleideten, dazu bekennen, was er gemeinsam mit Lukas Kreft und dem nunmehr verstorbenen Egan Hume getan hatte.

»Die Herren.« Einer der Offiziere entriegelte ein Drehkreuz und trat beiseite. Die drei gingen hindurch, wobei die Achse der Schleuse leise quietschte. Als der Wachhabende wieder absperrte, fotografierte ihn ein Tourist in der Nähe, wobei der Blitz die schmale Gasse kurz erhellte. »Dort entlang.« Er hängte sich den Schlüsselbund wieder an seinen Gürtel und ging über eine gepflasterte Straße. Schließlich gelangten sie auf einen Parkplatz zwischen dem Cabinet Office und dem offiziellen Wohnsitz der Premierministerin, wo sie an einer Hintertür erneut stehenblieben.

Allardyce war schon viele Male hier gewesen. In diesem Gebäude befanden sich die Büros der vielen Minister und Bürokraten, welche die Regierung Ihrer Majestät bildeten. Im Untergeschoss war der berüchtigte Besprechungsraum A des Cabinet Offices untergebracht – COBRA war sein verheißungsvoller Name in den Medien und in der Popkultur – wo sie sich jetzt auch einfinden sollten.

Die Tür ging auf, und ein anderer Offizier übernahm die Begleitung der drei. Das Interieur des Cabinet Offices zeugte von jahrzehntelangem Gebrauch ohne irgendeine Renovierung. Weiße Wände, antik wirkende Deckleisten und dazu passende Holzvertäflungen in Fluren und Büros, an denen die Männer hastig vorbeigingen. Von der Hintertür aus brauchten sie nicht lange, bis sie das Foyer mit dem Aufzug erreichten, zu dessen Betrieb der Bedienstete einen Schlüssel herausholen musste. Sie warteten, bis die Kabine mit einem Klingeln zum Halten kam.

Sie fuhren schweigend hinab. Wenngleich Allardyce Samuel Reed während seiner Zeit als Generaldirektor relativ gut kennengelernt hatte, gab es jetzt nichts mehr zwischen ihnen zu sagen. Der Kerl hatte Landsleute erschossen und Staatsverrat begangen – und das für hundertdreißigtausend Pfund Gehalt jährlich und ein Büro mit einer hübscheren Aussicht.

Als der Aufzug klingelnd im Untergeschoss anhielt und die Tür aufging, erstreckte sich davor ein enger Flur, der im Zweiten Weltkrieg zu einem unterirdischen Luftschutzbunker gehört hatte. Ein kurzes Stück entfernt gab es eine Tür, die an einen Tresor erinnerte, mit zwei Metallhebeln zum Verschließen im Falle eines nationalen Notstands. Diese wurde von zwei Wächtern flankiert.

»Dr. Penry.« Allardyce wandte sich jetzt seinem Arzt zu. »Ich fürchte, Sie dürfen mich leider nicht weiter begleiten, mein alter Freund. Sie werden hier warten müssen.«

Der Angesprochene nickte. »Aber natürlich. Ich bin ja nur ein, zwei Meter weit weg, sollten Sie irgendetwas brauchen.«

Allardyce nahm es zur Kenntnis und wandte sich dann der Panzertür zu. »Und Dennis – Sie bleiben ruhig da drin, ja?«

Er lächelte und trat ein.

Drinnen sah es viel gemütlicher aus als im Rest des Kellers. Das Wanddekor entsprach dem im Erdgeschoss, war allerdings wesentlich moderner. Der Raum enthielt einen langen Konferenztisch mit zahlreichen Freisprecheinrichtungen, edlen Ledersessel und einer Reihe von LED-Monitoren an der hinteren Wand für gesammelte Informationen und Liveübertragungen von Ereignissen mit Bewandtnis für die nationale Sicherheit, sollten die anwesenden Minister und die sonstigen Staatsbeamten diese benötigen.

Reed trat als Letztes ein. Allardyce stellte sich neben ihn und schaute in die finster aussehenden Gesichter der Menschen am Tisch. Die Tür wurde leise geschlossen. Die Premier- und Innenministerin sowie ein fahrig wirkender Mann, den Dennis als Generalstaatsanwalt Englands kannte, saßen ungeschminkt beziehungsweise leidlich formell gekleidet zusammen und erwiderten den Blick des Spionageveteranen, der sie einberufen hatte, stumm und voller Erwartung.

Meg Unruhs Augen bewegten sich zwischen Reed und Allardyce hin und her, doch sie sprach immer noch kein Wort.

Schließlich räusperte sich Imogen Clarke. »Jemand ergreife bitte das Wort. Und zwar jetzt. Erklären Sie mir, was zur Hölle hier los ist.«

Allardyce richtete sich auf und fing an zu sprechen: »Guten Abend, Prime Minister, Home Secretary und Attorney-General. Ich bin hier, um Sie alle über einen Verrat an unserem Land zu informieren. Mein ehemaliger Vize, der jetzige MI5-Generaldirektor Samuel Reed, hat sich gegen Ihre Regierung verschworen, um Egan Hume zum Premier zu machen. Er und seine Komplizen sind für die jüngsten Sprengstoffanschläge und die damit einhergehenden Schießereien verantwortlich, und nicht etwa schottische Nationalisten oder die IRA, wie sie es kolportiert haben. Sie haben die Ermittlungen von Beginn an in eine falsche Richtung gelenkt, um es so aussehen zu lassen, als sei ich unfähig – und somit auch Sie, Madame Prime Minister – weshalb man uns schließlich abgesetzt hat.«

Die versammelten Personen wechselten erschrockene Blicke; alle drei bestürzt in Anbetracht dessen, was sie gerade erfahren hatten.

Jarred Harms, der bebrillte Generalstaatsanwalt, war der Erste, der etwas erwiderte: »Und Sie haben Beweise dafür?«

Allardyce nahm sein Smartphone aus der Brusttasche seines Jacketts und rief den Audiomitschnitt auf, den Gordon ihm von einem Computer in dem Geheimzimmer aus per E-Mail zugeschickt hatte. Er tippte jetzt auf das Starticon zum Abspielen und legte das Gerät auf den Tisch.

Die Ministerinnen und der Staatsanwalt lauschten gebannt, während die Konversation zwischen Reed und Hume ablief. Sie reagierten zwar jeweils unterschiedlich, aber allesamt angewidert auf den Schuss, der das Leben des Politikers beendet hatte. Als es vorbei war, schauten sie sich wieder gegenseitig an und dann ruhten ihre Blicke lange auf Reed.

Die Premierministerin erhob sich schließlich aus ihrem Sessel, immer noch mit verstörtem Gesichtsausdruck. »Angesichts der Tatsache, dass Mr. Hume jetzt nicht zugegen ist, schätze ich, dass er nicht mehr unter uns weilt oder?«

Allardyce bestätigte dies. »Das ist leider korrekt.«

»Unerhört, das Ganze.« Sie ging aufgeregt vor den LED-Bildschirmen hin und her, wobei sich ihre Miene mehrmals geringfügig veränderte, während ihr das mögliche Nachspiel durch den Kopf ging. »Wer war abgesehen von Mr. Hume und Ihnen, Mr. Reed, noch daran beteiligt? Wer sind die *irisch-republikanischen Versager,* die in dieser Aufnahme erwähnt werden?«

Reed ließ den Kopf hängen und weigerte sich, irgendjemanden anzusehen. »Hume und ich sind die einzigen Regierungsmitglieder gewesen. Die dritte Person ist … Lukas Kreft. Außerdem heuerte dieser noch Männer an … mit einschlägiger Erfahrung, um uns zu helfen.«

Die Premierministerin starrte ihn fassungslos an. Allardyce beobachtete sie aufmerksam. *Würde ihr Liebesverhältnis mit Kreft die Reaktion auf diese Mitteilung beeinflussen, dass er mit zu den Verrätern gehörte? Würde Sie Reed jetzt als Lügner bezichtigen oder weiterhin auf Krefts Unschuld beharren?*

Er trat vor. »Ein, äh … Außendienstagent, wenn man ihn so nennen kann, stellte eine direkte Verbindung zu Kreft her, über einen angeheuerten Schläger und eine Schweizer Bank. Während Reed und Hume die Informationen bereitstellten und die notwendigen Kapriolen auf politischer Ebene schlugen, brachte Hume die erforderlichen Arbeitskräfte und die Geldmittel ein. Die Anschläge und die Schießereien sind das Werk von Männern, die er bezahlt hat. Falls noch weitere Personen involviert waren, wird dies erst noch aufgedeckt werden müssen.«

Die Miene der Premierministerin erstarrte. »Die Explosion in Schottland … was wissen Sie darüber? Handelte es sich hierbei um das nächste Bombenattentat? Gab es Todesopfer?«

Allardyce verneinte. »Ich weiß, dass es kein Attentat war. Zweifelsohne ist die Explosion das Ergebnis von Anstrengungen eines Freundes und einer Gruppe von Polizisten aus Dumfries, die Terroristen zu stellen und Mr. Underhill zu befreien; den vermissten MI5-Angestellten. Ich habe aber leider noch niemanden von ihnen per Handy erreichen können und kenne deshalb noch keine konkreten Details, auch nicht über etwaige Opfer.«

Clarke sah Meg Unruh an. »Wie wird unsere offizielle Reaktion in diesem Punkt aussehen?«

»Ich habe bereits mit dem schottischen Polizeipräsidenten gesprochen. Ein Verband aus Kriminal- und Special-Branch-Beamten aus Glasgow befindet sich gerade im Einsatz, doch ihr Zielort liegt dem Bericht zufolge relativ weit weg vom Schlag. Mobilfunknetze decken ihn wahrscheinlich nicht ab. Wir werden also wahrscheinlich nichts Handfestes erfahren, bis die Männer dazu gekommen sind, die Lage zu sondieren, und jemanden zum Anrufen losschicken, doch ich bin mir sicher, dass sie Anweisungen für den Umgang mit Medienvertretern erhalten haben, sollten tatsächlich welche auftauchen.«

»Gut. Ich möchte eine Versammlung in diesem Raum, sobald es Neuigkeiten gibt.«

»Jawohl, Ma'am.«

Unruh nahm jetzt ein Smartphone von ihrem Schoß und begann, eine Nachricht zu tippen.

Die Premierministerin ging weiter auf und ab, während sie auf den Boden und an die Wände schaute, so als könnten sich ihr die Zusammenhänge dadurch erschließen. »Ich nehme mal an, Mr. Reed, Ihr Grund dafür, auf Mr. Hume zu schießen und ihn umzubringen, bestand darin, dass Sie erkannten, wie sich das Blatt gewandelt hatte. Ihnen wurde auf einmal bewusst, dass dieser unüberlegte, stümperhafte Versuch, Macht zu gewinnen, vorbei war, weshalb Sie den Informationsfluss unbedingt eindämmen wollten. Es ging Ihnen jetzt nur noch darum, Einfluss darauf zu nehmen, wie später alles dargestellt wird, wenn es herauskommt. Also binden Sie uns Ihren Bären nun auf.«

Reed sah noch gequälter aus als einen Moment zuvor. »Es gibt keinen Bären aufzubinden. Ich hatte von Anfang an Vorbehalte, was meine Beteiligung anging. Meine persönlichen Ambitionen haben offenbar mein Urteilsvermögen getrübt. Ich weiß wirklich nicht, warum ich Hume erschossen habe. Ich schätze mal, weil … er gelogen und versucht hätte, sich herauszuwinden. Ich konnte es nicht darauf ankommen lassen, dass er damit durchkommen würde. Es war an der Zeit, endlich die Wahrheit ans Licht zu bringen. Lukas Kreft ist ein gewissenloses Monster, der zuerst versucht hat, die US-Regierung zu unterwandern, und danach unsere Regierung. Hunderte Menschen sind deshalb gestorben, und ich schäme mich entsetzlich für mein Zutun dabei.«

»Und zwar zu Recht. Wachen!«

Die schwere Tür wurde aufgezogen, und die beiden uniformierten Polizisten, die davorgestanden hatten, traten nun ein.

»Schaffen Sie diesen Mann hier raus und sehen Sie zu, dass er das Gebäude nicht verlässt.«

»Ja, Ma'am.«

Reed senkte seinen Kopf erneut und fügte sich anstandslos, als ihm die Beamten die Arme hinter dem Rücken verschränkten und ihm Handschellen anlegten. Im Raum war es still, während er abgeführt und die Tür wieder geschlossen wurde.

Dann nahm Clarke wieder Platz. »Also gut, so wie es aussieht, sind Sie wieder Generaldirektor des Secret Service, Dennis. Herzlichen Glückwunsch. Damit sitzen Sie jetzt am Kopfende dieses Tisches. Ich möchte zunächst einmal eine ausführliche Schilderung dessen, was genau geschehen ist und auch wie. Diese Wirrnisse werden noch heute Nacht gelöst. Bis dahin verlässt niemand den Raum.«

Allardyce nickte einmal mehr. Er hatte das alles nicht getan, um wiedereingestellt zu werden, aber er würde sich gewiss nicht darüber beklagen. Als Mann im fortgeschrittenem Alter wusste er genau, dass seine verbleibende Zeit als aktiver Mitarbeiter im Geheimdienstwesen des Vereinigten Königreichs sich eher in Monaten als in Jahren messen ließ. Wenn er sein Amt irgendwann ein weiteres Mal niederlegte, wollte er Sorge dafür tragen, dass dies unter seinen eigenen Bedingungen geschah.

Nachdem er zum Kopfende des Tischs gegangen war, nahm er langsam Platz. Er fühlte sich körperlich erleichtert, kaum dass der Sessel statt seiner Beine sein Gewicht trug. Kraft der Regeln für COBRA-Meetings fungierte der Vertreter der Instanz, die es einberufen hatte, als Wortführer und Vermittler zwischen seinen Mitarbeitern – den Personen, die sich dem jeweiligen Notfall tatkräftig widmeten – und denjenigen, deren Erlaubnis zum Fortfahren man zu mehreren Gelegenheiten brauchte.

»Da ich Anfang der Woche meines Amtes enthoben worden bin, standen mir nur noch sehr begrenzte Mittel zur Verfügung. Die Leute, die mir dabei geholfen haben, diese Intrige zu unterbinden, sind gleichzeitig selbst davon betroffen gewesen. MI5-Abteilungsleiter Harold Thom hält sich momentan in Schottland auf, und eine von MI6 bereitgestellte Agentin namens Harper ermittelt zu diesem Zeitpunkt in der Schweiz gegen Mr. Kreft. Aufgrund des Versuchs, die Vergehen auf die IRA zu schieben, wird sie auf ihrer Reise von Declan McIver begleitet.«

Allardyce machte eine kurze Pause, um die Reaktionen auf die Beteiligung dieses speziellen Mannes abzuwarten. Die Ministerinnen und der Staatsanwalt wechselten abermals Blicke, sagten jedoch nichts, darum fuhr er fort: »Solange wir auf Neuigkeiten zur Situation in Schottland warten, können wir aber schon einmal einen Lagebericht von Harper einholen.«

# Kapitel 78

*22:19 Uhr Ortszeit, Bahnhofstraße, Zofingen, Schweiz*

Der Nachtzug der Schweizer Bahn fuhr an einer weiteren verlassenen Haltestelle vorbei. Declan erhaschte einen kurzen Blick auf ein blaues Schild mit dem Namen des Ortes und suchte diesen daraufhin auf der Karte. Dank dieser Art von Verbindung hatten sie bereits die Hälfte der Strecke zu ihrem Ziel hinter sich, denn angehalten wurde immer nur in Ballungsräumen und Touristengebieten.

Das Dorf verschwand jetzt genauso abrupt wie die vielen anderen zuvor, und einmal mehr wich die alpine Architektur gebirgiger Landschaft. Selbst in der nächtlichen Dunkelheit und bei einer Geschwindigkeit von fast zweihundert Meilen pro Stunde erkannte man unter dem zunehmenden Mond Teile der grünen Natur mit vereinzelten Bauernhäusern und kurvigen Straßen.

Das Handy auf dem Klapptisch vor Harper vibrierte jetzt auf einmal, während sie unter ihrer Jacke vor sich hin döste. Declan nahm es und schaute auf den Bildschirm. Es war eine britische Nummer, die sich nur um eine Ziffer von jener unterschied, über welche sich Dennis immer mit ihnen ausgetauscht hatte. Folglich musste er es also sein.

»Hallo?«

»Declan, Allardyce hier. Können Sie dort, wo Sie gerade sind, ungehindert sprechen?«

»Aye.«

»Der Generalstaatsanwalt sowie die Premier- und Innenministerin hören gerade mit. Der MI5 befindet sich wieder in den Händen der Regierung, so wie es sich gehört. Wir diskutieren momentan darüber, was geschehen ist und welche Handlungsmöglichkeiten wir nun haben. Wo ist Harper?«

Declan tippte sie sanft an. »Der Maulwurf ist weg? Das sind doch gute Nachrichten … denke ich zumindest. Harper ist hier, einen Moment.«

Sie regte sich neben ihm. »Was tun Sie da? Wer ist da dran?«

»Allardyce, die Premierministerin, und noch zwei andere.«

Nun deckte sie sich hastig auf. »Geben Sie schon her.« Sie nahm das Telefon und schaute ihn verärgert an, während sie auf das Freisprechsymbol tippte. »Harper am Apparat.«

»Officer Harper, Generaldirektor Allardyce hier. Wir sitzen gerade bei einer Besprechung in COBRA. Vizedirektor Reed wurde festgenommen, und wir stellen gerade die alte Ordnung wieder her. Wo sind Sie beide im Augenblick?«

Harper räusperte sich und richtete sich im Sitzen auf. »In einem Erste-Klasse-Abteil der Bahn, unterwegs nach Zug.«

»Zug?«

»Ja, das ist eine … ein Ort in der Schweiz.«

»Eine internationale Steueroase«, warf Clarke ein. »Kreft wohnt in der Stadt und leitet mindestens eines seiner Unternehmen von dort aus. Was wollen Sie dort? Haben Sie etwa vor, ihn auf eigene Faust zur Rede zu stellen, nur Sie beide? Sind Sie verrückt geworden?«

»Wir konnten bisher leider keine sonderlich konkreten Pläne ausarbeiten«, meinte Allardyce. »Als wir uns zuletzt unterhalten haben, wollten Sie doch mit dem Bankier Raymond Sell sprechen. Ist das jetzt nicht mehr der Fall?«

»Doch, doch. Sells Hauptsitz befindet sich in Zug. Wir hatten keine Ahnung, dass Kreft ebenfalls dort wohnt. Das dürfte die Sache nur noch mehr verkomplizieren. Denn sollte er erfahren, dass seine Verschwörung aufgeflogen ist, wird er alles versuchen, um seine Spuren zu verwischen. Und in Bezug darauf könnte ihm Sell brandgefährlich werden. Weiß Kreft, dass wir ihm etwas anhängen können?«

Am anderen Ende der Leitung herrschte daraufhin vorübergehend Schweigen.

»Unseres Wissens nach nicht«, antwortete Allardyce schließlich. »Hume ist tot, und Reed in Verwahrung. Keiner der beiden war zuvor imstande, Kreft zu warnen, also könnte er allerhöchstens aus eigenen Stücken logische Schlüsse gezogen haben, falls er irgendwie von der Explosion in Schottland erfahren hat.«

»Es gab eine Explosion in Schottland?« Declan dachte sofort an O'Reilly und an das Vorhaben, ein Gebäude zu stürmen, wo sie ihn und die Geiselnehmer vermutet hatten. »Ist Shane …«

»Wir wissen es nicht, Declan. Noch nicht zumindest.«

»So ein Mist.«

Der Zug rumpelte an einem leeren Bahnhof eines weiteren Schweizer Nests vorbei und um eine enge Kurve am Fuß eines Bergs.

»Sobald wir etwas Genaueres über die Umstände in Schottland wissen, gebe ich Ihnen sofort Rückmeldung, doch bis dahin tun Sie gut daran, sich voll und ganz auf Ihre bevorstehende Aufgabe zu konzentrieren.«

»Da Kreft in Zug ist, brauchen wir Sell gar nicht. Sagen Sie uns einfach, wo wir ihn finden können, und verbinden Sie mich dann mit einer Kontaktperson, die Zugang zu Waffen hat, dann brauchen Sie sich keine weiteren Gedanken über …«

»Nein, er darf auf keinen Fall verletzt werden!«

Auf den Zwischenruf der Premierministerin folgte erneut eine lange Stille.

Dann erhob der Generalstaatsanwalt das Wort: »Unter rechtlichen Gesichtspunkten haben wir nicht viele Möglichkeiten. Uns fehlt jedwede Befugnis für einen Einsatz im Hoheitsgebiet der Schweiz. Wenn das alles mit rechten Dingen zugehen soll …«

»Mir ist egal, ob es politisch richtig ist oder nicht. Hauptsache, es wird erledigt. Das war nun schon das zweite Mal, dass sich ein Salonbolschewist gegen mich aufgelehnt hat, und ich werde dafür sorgen, dass es kein dritter mehr versucht.«

»Mr. McIver, Sie arbeiten nicht im Dienst dieser Regierung. Sie sind nur ein Zivilist. Sitzen Sie nicht dem irrtümlichen Glauben auf, Sie seien von uns beauftragt worden oder dazu befugt, irgendetwas zu unternehmen. Ihre Verstrickung hierin ergab sich lediglich aus unglücklichen Umständen, und vor dem persönlichen Hintergrund, den Sie mitbringen, sind Sie gut damit beraten, Ihren Mund zu halten, während wir uns der Sache annehmen. Habe ich mich klar …«

»Lady, *Sie* sitzen dem irrtümlichen Glauben auf, ich würde auch nur einen Penny auf eine Befugnis von Ihnen geben. Das tue ich nämlich nicht. Bis Sie vor fünf Minuten angerufen haben, war ich hier ganz und gar auf mich allein gestellt, und das wird, was mich betrifft, auch weiterhin so bleiben.«

»Ich will diesen Mann nicht mehr am Telefon und bei dieser Operation …«

Die Verbindung brach abrupt ab.

Harper schaute McIver finster an. »Declan, das da war gerade die Premierministerin von …«

»Das ist mir vollkommen schnuppe. Die gehen dieses Ding an wie ein politisches Spiel … und gefährden damit mein Leben; das kann und werde ich nicht zulassen. Kreft ist bösartig und muss aus dem Verkehr gezogen werden. Und zwar für immer.«

»Ich stimme Ihnen ja zu, aber wir können uns der Regierung trotzdem nicht einfach in den Weg stellen, denn damit erreichen wir nur das genaue Gegenteil dessen, was wir eigentlich wollen, und können es später auch nicht mehr ändern. Seit wir uns kennengelernt haben, lamentieren Sie immer, dass Ihr Ziel darin bestehen würde, zu ihrer Frau und nach Hause zurückzukehren, um ihr altes Leben wiederaufbauen zu können. Falls Sie auch nur die geringste Hoffnung schöpfen wollen, das zu tun, müssen Sie sich wenigstens an ein paar Regeln halten.«

Declan starrte auf die LED-Anzeige vorne im Waggon, wo die Minuten und Kilometer bis zur nächsten Haltestelle heruntergezählt wurden.

»Ist ja schon gut.«

# Kapitel 79

*21:26 Uhr Ortszeit, Cabinet Office, Whitehall 70, London, England*

Allardyce schaute von seinem Platz am Kopfende aus dabei zu, wie Clarke außer sich immerzu vor den LED-Monitoren von einer Seite des Raums auf die andere wanderte.

»Dieser Mann darf sich an keinem einzigen Einsatz beteiligen, der noch stattfinden wird. Außerdem sollte ich Sie nicht an seine persönliche Historie erinnern müssen, Dennis. Er ist ein rebellischer Straftäter, ein Umstürzler und ein Terrorist.«

»Er ist, Madame Prime Minister, der einzige Posten mit Kampferfahrung, den wir im Moment in Eingreifnähe haben.«

»Kampferfahrung? Eingreifnähe? Wo genau gedenken Sie denn einzugreifen, Dennis? Ich werde bestimmt keinen Militärschlag gegen einen britischen Privatmann genehmigen, selbst wenn sich dieser des Verrats schuldig gemacht hat.« Sie blieb kurz stehen und richtete dann einen Zeigefinger auf den Generaldirektor. »Und ich weiß genau, dass wir noch weitere Agenten in der Schweiz haben. Es darf sich höchstens um eine Erkundungsmission handeln. Ich verlange einen unleugbaren und wasserdichten Beweis dafür, dass Lukas Kreft Dreck am Stecken hat, bevor weitere Schritte gegen ihn eingeleitet werden.«

»Ja, wir haben weitere Agenten in der Schweiz.« Allardyce klopfte geistesabwesend mit seinem Smartphone auf den Tisch. Die Premierministerin reagierte zu emotional. In seinen Augen beeinträchtigte ihre lange Beziehung zu Kreft ihr Urteilsvermögen, und er hatte keine Lust mehr, diese Angelegenheit wie ein rohes Ei zu behandeln. »Bedauerlicherweise wäre es aber angesichts der wahren Umstürzler Reed, Hume und Kreft, die uns in dieser Woche bedrängt haben, ein Fehler, auf irgendeinen dieser Agenten zurückzugreifen.

Denn im Laufe der letzten paar Tage hat Reed für praktisch die gesamte MI5-Abteilung Inlandsterrorismus neue Prioritäten gesetzt … Declan McIver finden, um ihn wieder Kreft anheimzustellen und mit Vorwürfen wegen mehrerer Verbrechen zu belasten, die er gar nicht begangen hat. Im Zuge dessen hat Reed, wenn Sie mich fragen, bestimmt auch all unseren Schweizer Agenten Rote Notizen geschickt, woraufhin diese wohl jeden Gefallen eingefordert haben, den ihnen jemand schuldete, und alle Kontakte heranzogen, die sie geknüpft haben. Den Schaden zu beheben, den dieser Bereich unseres Geheimdienstapparats genommen hat, wird wahrscheinlich Jahre dauern.«

Die Premierministerin wurde wütend.

»Darüber hinaus brauche ich Sie bestimmt nicht darauf aufmerksam zu machen, dass Kreft ein wohlhabender Mann und bereits die zweite Generation seiner Familie mit prägendem Einfluss auf die Ölindustrie ist ... eine Branche, in der man nicht umhinkommt, Geschäfte mit einigen der gefährlichsten Staaten der Welt zu machen ... Iran, Russland, Venezuela. Für mich besteht kein Zweifel daran, dass Kreft Beziehungen zu den Oberhäuptern all dieser Länder pflegt und deshalb ohne Weiteres dazu imstande ist, mit einem davon eine sichere Ausreise und ein neues Zuhause außerhalb unseres Einflussbereichs auszuhandeln. Falls unsere Regierung ernsthaft darauf aus ist, die Schuldigen zu stellen – und ich finde, das sollte sie sein – dann führt leider kein Weg daran vorbei, unverzüglich zu handeln.«

»Ich unterbreche Sie ja nur sehr ungern«, warf der Generalstaatsanwalt ein, während er die Brille auf seiner Nase hochschob, »aber Sie beide scheinen die ganze Zeit einen sehr wichtigen Faktor zu vergessen. Die Schweizer müssen umgehend darüber in Kenntnis gesetzt und wenigstens gefragt werden, wie sie sich unsere weitere Vorgehensweise vorstellen. Immerhin geht es dabei um ihr eigenes Land. Wenn wir einen internationalen Eklat vermeiden möchten, gilt es, etwaige Operationen gemeinsam durchzuführen. Die Schweiz ist nicht Pakistan. Der Nachrichtendienst des Bundes ist nicht der gewissenlose Islamische Staat. Momentan spielt die Dringlichkeit, dies abzuwickeln, dabei keine Rolle, und genauso unerheblich ist auch die Frage, ob es sich dabei um eine Festnahme, eine Aufklärungsmission oder was auch immer sonst handelt. Es soll im nichtbritischen Ausland geschehen, und dies rechtfertigt einseitiges Handeln in keiner Weise, Punkt aus.«

Die Premierministerin ließ ihren Blick jetzt mehrere Sekunden lang über die Maserung des Holztisches schweifen. Als sie wieder aufschaute, atmete sie einmal tief durch, wobei ihr Zorn abzuflauen schien. »Ich werde keiner dieser Aussagen widersprechen. Könnte ich auch nicht, aber meine Meinung steht trotzdem fest: Es muss in erster Linie bei der reinen Aufklärung bleiben. Weisen Sie mich ruhig zurecht, falls ich mich irre, aber ich dachte, Sie seien aus einem von zwei Gründen hinter dem Bankier her. Weil Sie nicht wussten, wo Lukas war beziehungsweise wie Sie ihn finden sollten, oder weil Ihnen ein unumstößlicher Beweis fehlte, den Sie benötigt hätten, wenn Reed nicht aufgegeben hätten, und vor Gericht immer noch benötigt wurde. Welcher Grund war es?«

Allardyce legte seine Stirn in Falten. »Beide.«

»Dann ist doch alles klar.« Clarke zeigte auf sein Handy. »Wir brauchen das, weshalb die beiden nach Zug fahren, wo sie aller Voraussicht nach in dieser Stunde ein leeres Bürogebäude vorfinden werden, wenn sie ankommen, was bedeutet, dass wir uns alle auf eine lange Wartezeit einstellen müssen. Machen Sie ihnen bitte deutlich, dass sie rein gar nichts unternehmen dürfen, ohne sich vorher mit uns abzusprechen. Klären Sie das jetzt sofort.

In der Zwischenzeit – Mr. Harms hat durchaus recht – müssen die Schweizer über alles in Kenntnis gesetzt werden. Dafür sollten wir jetzt unsere Zeit aufbringen. Entscheidungen über irgendwelche Festnahmen treffen wir, sobald die Hilfsbereitschaft und Teilnahme derer bestätigt ist, die auch wirklich jemanden festnehmen können.«

Allardyce tippte daraufhin mehrmals mit dem Daumen auf den Touchscreen seines Telefons, und wartete auf die Verbindung. Er hatte zwar anders verfahren wollen, doch dies war zumindest ein Schritt in die richtige Richtung. »Officer Harper? Sehr gut. Folgendes wird nun passieren …«

# Kapitel 80

*23:32 Uhr Ortszeit, Postplatz, Zug, Schweiz*

Die Türen der kleineren, weniger komfortablen Regionalbahn öffneten sich zischend, woraufhin Declan auf den Perron trat. Sie waren am Zuger Hauptbahnhof umgestiegen und auf einer Strecke für Pendler weitergefahren, um ihrem Ziel endlich näherzukommen. Passagiere in anderen Abteilen verließen diese jetzt ebenfalls und machten sich auf den Weg zu einem überdachten Durchgang. Als Harper ausstieg, schaltete sie sofort das Smartphone aus.

»Da geht's lang.« Declan zeigte nach Südosten. Da er die Karte bereits zurate gezogen hatte, kannte er den Weg. Die Dreierkreuzung am Kolinplatz war nur zwei Blocks entfernt.

Sie folgten jetzt den anderen Reisenden bis zum Ende des Durchgangs, wo alle unterschiedliche Wege einschlugen. Einige trafen auf Angehörige, die am Straßenrand parkten, andere verschwanden einfach in nahegelegenen Häusern oder Appartements. Declan tat so, als schenke er niemandem besondere Beachtung, und ging weiter nach Osten.

Zug war wie die meisten Schweizer Städte annähernd zeitgenössischer Größe eine nahtlose Verschmelzung aus Historie und Moderne. Die Straßen sahen aus wie frisch asphaltiert, die Gebäude, die sich dicht gedrängt aneinanderreihten, bestanden aus Stein und Fachwerk, dazwischen befanden sich verwinkelt angelegte Gemeinschaftsplätze mit Gehwegen aus Kopfsteinpflaster als Verbindung.

Declan bewegte sich zielstrebig, als wisse er bei jeder Abbiegung, was dahinter lag, obwohl das nicht stimmte. Anhand von Satellitenbildern ließ sich nun mal unmöglich Genaueres über die Topografie eines Ortes in Erfahrung bringen, und am Boden selbst sah alles immer ein wenig anders aus.

Auf einem tropfenförmigen Platz blieb er schließlich stehen, drehte sich um und wartete auf Harper. Dank der vielen Ecken und Kurven eignete sich das Wegenetz ganz vortrefflich, um Verfolger abzuhängen, obwohl er sich eigentlich nicht vorstellen konnte, dass jemand hinter ihnen her war. Ausgehend von seinem jüngsten Telefonat schien die britische Regierung jetzt wieder auf seiner Seite zu stehen, wohingegen der Riese und seine Lemminge niemals weit genug hätten kommen können, um Harper und ihm erneut gefährlich werden zu können.

»Geben Sie's zu.« Sie grinste, als sie ankam. »Sie haben sich verirrt.«

Declan wollte es nicht eingestehen, aber er war tatsächlich leicht orientierungslos. Nun sah er auf einmal mehrere Autos, die an der Einmündung einer Gasse vorbeifuhren. »Die Hauptstraße liegt dort.«

Als sie das Ende der Gasse erreichten, verschaffte sich Declan erst einmal einen erneuten Überblick der Umgebung. An der verkehrsstärksten Straße von Zug standen kunstvoll gewundene Eisenlampen, die so aussehen sollten wie alte Laternen mit Kerzen. Ihr gedämpftes Licht verlieh den Gebäuden in der Nähe und den gepflasterten Nebengassen ein altertümliches Flair, das genauso beabsichtigt war, wie Declan vermutete.

»Da ist er.« Harper zeigte nach Süden in die Mitte eines T-Kreuzes. »Der Kolinplatz.«

Architektonisch stellte die Innenstadt eine bunte Mischung dar – einerseits verfügte sie über Spuren mittelalterlicher Wurzeln in Form von kirchenartigen Torbögen und steinernen Hervorhebungen, andererseits über eher moderne Bauten mit grellbuntem Putz, hölzernen Verzierungen und Grünanlagen. Kaum ein Haus besaß mehr als drei Etagen, und fast alle hatten steile Treppendächer.

Neben dem berühmtesten Wahrzeichen von Zug, dem fünfhundert Jahre alten Zytturm mit Glocke und Uhr, befand sich das Büro, das Declan im Internet gesehen hatte. Die Geschäftsräume von R.W. Sell & Co. waren zweifellos in einer erlesenen Immobilie untergebracht, die gar nicht besser zu einem Vermögensverwaltungsunternehmen hätte passen können, denn schließlich galt es in dieser Branche, Eindruck bei den Kunden zu schinden.

Declan betrachtete das Gebäude aufmerksam. Aus einem Fenster im dritten Stock direkt unter dem Dachansatz fiel Licht auf die Straße. »Da arbeitet noch jemand!«

Harper nickte.

»Kommen Sie.« Er legte ihr einen Arm um die Schultern und schob sie vorwärts. »Machen Sie Fotos mit dem Handy und schalten Sie den Blitz ein.«

Harper wischte über den Touchscreen, hob das Gerät hoch und hielt es zum Fotografieren in verschiedene Richtungen, während sie über den Bürgersteig schlenderten wie zwei turtelnde Touristen. Obwohl die meisten Geschäfte und Restaurants für heute bereits geschlossen hatten, trieb sich noch mancher auf der Suche nach einem Absacker in dieser Stadt herum, die wie ein europäisches Dorf wirkte.

Die beiden überquerten jetzt die Kreuzung und setzten sich an einen Brunnen. Harper machte unauffällig noch mehr Schnappschüsse. Jedes Mal, wenn sie auf den Auslöser tippte, zuckte ein gleißendes Licht auf, sodass Declan ein paar Sekunden lang deutlich erkennen konnte, was um sie herum vor sich ging. Auf einem Einzelparkplatz neben der Bank, der eindeutig der Kundschaft vorbehalten war, stand ein einzelner schwarzer G-Klasse-Mercedes, ein Geländewagen.

»Diese Kisten kosten eine ganz schöne Stange Geld.« Harper fotografierte ihn ebenfalls.

»Stimmt. So etwas gibt es bei keiner Flughafenvermietung.« Declan schaute wieder zu dem erleuchteten Zimmer im dritten Stock. »Bestimmt ist Sell noch hier.«

»So spät? Glauben Sie das wirklich?«

»Ja.« Er gab ihr einen Kuss auf die Wange, um den Schein zu wahren, dass sie ein Paar waren. »Er oder einer seiner Söhne – oder vielleicht auch alle drei. Sehen wir's uns doch einfach mal genauer an.«

»Das dürfen wir aber nicht. Wir sollen doch zuerst Bescheid geben. Allardyce hat uns verboten, irgendetwas ohne Erlaubnis zu tun.«

»Mein Bauchgefühl sagt mir aber, dass hier etwas im Busch ist, verstehen Sie? Sehen Sie vielleicht in irgendeinem Lokal in der Gegend noch Licht?«

»Nein.«

»Also. Gut möglich, dass er hergekommen ist, um Beweise zu schreddern und Festplatten zu formatieren. Wir haben einfach keine Zeit für solche Mätzchen.«

»Und was sollen wir Ihrer Meinung nach jetzt unternehmen? Die Tür eintreten und den Laden stürmen?«

Declan zuckte mit den Schultern. Er hatte schon dümmere Ideen gehört.

Harper schnaubte. »Wir sind hier nicht mehr in der deutschen Provinz. Würde jemand etwas sehen oder hören, hätten wir innerhalb weniger Minuten die Kantonspolizei am Hals. So fordern wir doch bloß heraus, dass man uns festnimmt, woraufhin Sell und Kreft sofort klar wäre, dass ihre Zeit abgelaufen ist.«

»Dann überlegen wir uns eben eine unauffälligere Möglichkeit.« Declan nahm eine ihrer Hände, stand auf und zog sie hoch. »Fotografieren wir doch am Ufer weiter.«

Sie ließen den Brunnen hinter sich und passierten die Kreuzung zum Zytturm. An dessen Fuß gelangte man unter einem Torbogen hindurch in eine Straße zum nahen Gestade des Zuger Sees. Vermeintliche Touristen beim Besichtigen erregten kein Misstrauen, und Declan konnte sich so genauer umsehen, wie es ihm vorschwebte.

»Wow.« Als sie ankamen, nahm er das Handy von Harper entgegen. »Lassen Sie mich mal ein paar Fotos von Ihnen machen.« Sie spielte mit, indem sie unterschiedliche Posen vor dem Gemäuer der Steingebäude und an dem Torbogen einnahm. Im Blitzlicht konnte Declan alles sehen, was er wissen musste.

Nicht weit von dem Mercedes-Geländewagen entfernt hatte die Bank einen Nebeneingang, ebenfalls mit einem Torbogen darüber. Die einfache Tür wurde von einem schlaksigen Mann in einem schwarzen Anzug bewacht. Declan sah sich in seiner Ahnung bestätigt. Jemand hielt sich gerade in dem Gebäude auf, und ganz offensichtlich war etwas Unlauteres im Gange.

»Wir brauchen jetzt unbedingt noch ein Bild von uns beiden gemeinsam.« Er näherte sich daraufhin dem Eingang, wo der Mann Wache stand. »Verzeihung, würde es Ihnen etwas ausmachen, ein Foto von meiner Verlobten und mir zu machen?«

Der Wächter wirkte angespannt, als Declan auf ihn zuging.

»Sprechen Sie Englisch?« Er streckte ihm das Telefon entgegen. »Nur ein Foto, bitte.«

Der Mann schaute sich sichtlich hin- und hergerissen um.

Declan stellte sich so vor ihm hin, dass er ihn im Auge behalten konnte und gleichzeitig Harper sah. »Ich glaube, er versteht uns nicht, Schatz.«

Sie schaute ihn verwundert an. »Ach, zieh doch jetzt keine Schnute.«

»Ich verstehe Sie durchaus, aber Sie müssen sich jemand anderes suchen. Ich bin gerade im Dienst.«

»Oh, selbstverständlich.« Declan lächelte. »Andererseits ist es doch keine große Sache. Sie müssen doch einfach nur hier …«

Der Mann schaute mit zusammengekniffenen Augen auf den hellen Bildschirm, als Declan diesen einschaltete.

»… draufdrücken.« Damit rammte er ihm einen Ellbogen gegen den Kehlkopf und setzte sofort mit einem Schlag auf den Nasenrücken nach. Der Wächter riss daraufhin seine Augen auf und stöhnte, als ersticke er gleich. Als Declan ihm einen Fausthieb gegen die Schläfe versetzte, fiel er röchelnd auf die Knie. Der vierte Treffer galt derselben Stelle, woraufhin der Mann zusammensackte und mit dem Gesicht auf dem Pflaster liegen blieb.

Harper drehte sich hastig um und suchte auf der Straße nach Anzeichen dafür, dass jemand sie gesehen oder etwas gehört hatte.

»Lange wird er nicht bewusstlos bleiben.« Declan steckte das Handy ein und rollte den Ohnmächtigen auf den Rücken. »Mal sehen, was er bei sich hat.« Er schob das Anzugjackett des Mannes zur Seite und entdeckte prompt ein Schulterholster mit einer silberfarbenen Sig P226 darin. Nachdem er die Pistole und zwei zusätzliche Magazine herausgezogen hatte, kontrollierte er sie und legte sie auf den Boden. Dann kramte er in den Taschen des Mannes herum, bis er ein Schlüsselbund mit einem Mercedes-Anhänger fand. An dem Ring waren zwölf herkömmliche Schlüssel befestigt. »Jetzt sind wir am Drücker. Gehen wir rein!«

Harper wandte sich nun von der Straße ab. Sie langte in die Sporttasche, die sie beide schon seit Bad Homburg mitschleppten, und nahm die Uzi des Skinheads aus der Bande des Riesen zur Hand. Nachdem sie diese durchgeladen hatte, ging sie auf die Tür zu.

Declan hob die Pistole und die Reservemagazine des Wächters auf, ehe er sich an der anderen Seite des Eingangs aufstellte. »Bereit?«

Harper bejahte.

Während er die Sig in einer Hand hielt, drehte er den Schlüssel im Schloss mit der anderen um. Dann drückte er die Tür auf.

# Kapitel 81

Harper richtete die Uzi in das Gebäude hinein, als die Tür gegen die Innenwand schlug. Nichts tat sich. Declan trat vorsichtig ein und überprüfte dann den Raum nach möglichen Bedrohungen. Es handelte sich um einen beschaulichen Empfangsbereich mit zwei Sesseln, einem Kaffeetisch und einer Topfpflanze neben einer Treppe, die mit einem Teppich bezogen war. Außerdem gab es noch einen alten Fahrstuhl. In der Luft lag der strenge und unangenehme Geruch von Zigarrenqualm, was Declan von einem milliardenschweren Unternehmen nicht erwartet hätte.

Als Harper zu ihm aufschloss, zielte sie die Stufen hinauf. »Alles klar.«

Er nickte und schob die Pistole daraufhin in den Bund seiner Jeans. Dann kehrte er nach draußen zurück und ergriff den Bewusstlosen unter den Achselhöhlen. »Na dann mal rein mit dir, du Lulatsch.« Nachdem er ihn über die Schwelle geschleift und mitten im Raum niedergelegt hatte, zog er den Schlüssel hervor, schloss die Tür von innen und sperrte sie ab. »Das wäre geritzt.« Er zog die Pistole wieder heraus.

Harper stieg vor ihm die Treppe hinauf, was allerdings nicht ohne Knarren des alten Holzes unter dem Teppichboden vonstattenging.

Am oberen Absatz befand sich eine Glastür mit dem Namen der Bank in schablonierten Lettern. Declan konnte dahinter einen weiteren beschaulichen Raum erkennen. Drei einzelne Schreibtische, jeweils mit Sessel, Computer und Regalen voller Ordner für Finanzdokumente befanden sich darin.

Harper zog jetzt die Tür auf, und er schlich hinein. Hinter dem engen Sekretariatsbereich führte ein Flur an zwei weiteren Türen vorbei zur nächsten Treppe. Er rückte in den Durchgang vor. An den Türen hingen jeweils Schilder mit dem Namen der Söhne des Geschäftsführers. Declan drückte die Klinken vorsichtig hinunter, doch sie waren beide verschlossen. Nach Feierabend hatte man eben alles verriegelt, obwohl sich auf jeden Fall noch jemand in der Bank aufhielt, und er vermutete stark, dass es der Senior selbst war.

Als er die Treppe erreichte, richtete er die Pistole wieder nach oben. Denn am Absatz sah er Licht unter einer Tür durchscheinen, hinter welcher bestimmt Sells Büro lag. Was Declan brauchte, um das Komplott zu beenden, das sein Leben auf den Kopf gestellt hatte und ihn vermutlich seine Ehe kosten würde, war zum Greifen nahe. Er spürte es, aber er musste erst warten, bis Harper hinterherkam …

Dann flüsterte er ihr zu: »Falls diese Treppe so laut knarrt wie die erste, haben wir ein Problem. Lassen Sie uns also besser schnell hinaufgehen.«

»Und was passiert, wenn das Ganze hier eine Falle ist? Es könnte doch auch sein, dass dieser Schläger und seine Männer da drin auf uns warten.«

Declan schaute wieder nach oben. »Es gibt nur einen Weg, um das herauszufinden, *Schatz.*«

Sie rümpfte die Nase, nickte aber.

Declan nahm immer zwei Stufen auf einmal und zielte auf die Tür, sobald er sie erreichte. Als er mit einem Absatz gegen die Stelle über der Klinke trat, riss das Holz, doch sie blieb trotzdem geschlossen. Er versuchte es noch einmal und dann brach sie auf, Splitter des Rahmens flogen in den Raum hinein.

»Nicht schießen! Nicht schießen!«

Declan starrte Raymond Sell an. Die Zeit hatte es nicht gut mit ihm gemeint. Er war im Vergleich zu dem Foto aus dem Internet sichtlich gealtert. Der einst Respekt gebietende und überdurchschnittlich große Mann hielt sich jetzt gebeugt und wirkte gebrechlich. Sein dichter, weißer Schopf war zu feinen Strähnen ausgedünnt, sein Schnauzer allenthalben noch ein schmales Bärtchen, und Leberflecke übersäten sowohl sein Gesicht als auch seine Hände.

»Ich werde Sie nicht erschießen.« Declan senkte die Pistole nun.

Sell atmete heiser auf und ließ seine Arme hinunterhängen. Indem er die Lider zusammenkniff und seinem Gegenüber in die Augen schaute anstatt auf die Waffe zu starren, drückte er aus, dass er McIver wiedererkannte. »Ich weiß, wer Sie sind. Sie ...« Sein Akzent klang jetzt auf einmal auffallend britisch. »Sie sind McIver. Sie sind ...«

»... derjenige, nach dem alle suchen, richtig.«

Sell schob sich langsam zu einem Ledersessel hinüber, der hinter einem alten Eichenschreibtisch stand, und ließ sich beschwerlich darin nieder. »Da Sie es geschafft haben, bis zu mir zu gelangen, kann ich verstehen, warum sich alle so dermaßen vor Ihnen fürchten.«

Declan fiel jetzt ein Kamin ins Auge, in dessen Abzug verkohlte Papierfetzen aufstiegen. »Anscheinend waren Sie gerade im Begriff, Schriftstücke zu vernichten, wegen denen wir hier sind.« Er setzte sich in einen identischen Ledersessel vor dem Tisch und legte lässig ein Bein hoch. »Kreft ist bereits im Bilde, oder? Er weiß, dass das Spiel aus ist, und hat Ihnen deshalb befohlen, die Originaldokumente und auch die Computerdaten zu zerstören, oder? Ihnen müsste allerdings klar sein, dass er es nicht darauf beruhen lässt. Sie wissen genau, dass er darauf achten wird, jede potenziell undichte Stelle zu versiegeln, was darauf hinausläuft, niemanden übrig zu lassen, der später auspacken könnte.«

Sell schlug die Augen nieder und schaute auf einen Stoß Papiere auf dem Tisch. »Die Schuld der Väter.« Er schob die Dokumente mit einem Finger auseinander. »Prentis war ein kluger Mann. Ein Visionär. Ein Abenteurer. Über Menschen wie ihn werden heutzutage Bücher geschrieben und Filme gedreht. Er gehörte zu denjenigen, die jeder Situation Möglichkeiten abgewinnen konnten und anderen dabei halfen, diese zu nutzen, wobei er selbst natürlich auch davon profitierte. Er baute sich mit Handschlägen und Freundschaften ein Imperium auf, doch als er starb, ging es mit ihm unter. Nicht umsonst heißt es, ein jeder habe eine besondere Schwäche, und das war in Prentis' Fall seine Familie. Während er die Welt erkundete, alles Mögliche aufkaufte und expandierte, blieb seine Familie nur Nebensache. Seine Frau lebte sozusagen alleinstehend, und sein Sohn wuchs ohne richtige Vaterfigur auf.

Ich habe in meinem Leben ähnliche Fehler begangen. Dankenswerterweise waren meine Söhne noch jung genug, um manches wiedergutzumachen. Ich ließ sie daran teilnehmen, wie ich diese Bank etablierte. Ich gab meine Kenntnisse an sie weiter, sodass beide ihre eigene Nische in der internationalen Finanzbranche und Vermögensberatung finden konnten. Einer meiner Fehler wird mich letzten Endes jedoch alles kosten, was ich habe.«

»Kreft Junior.«

Sell nickte. »Ich habe mich von Beginn an um Lukas' Geld gekümmert. Er war der erste Kunde dieser Bank, und ohne ihn hätte sich deren Gründung beziehungsweise die ersten Betriebsjahre wesentlich schwieriger gestaltet. Ich wusste zwar, dass er andere Gepflogenheiten als sein Vater hatte, habe mir jedoch eingeredet, nichts daran ändern zu können, und dass es uns langfristig nicht schaden würde. Kunden treffen nun einmal schlechte Entscheidungen und handeln unseren Ratschlägen ständig zuwider.

Dann brockten wir uns allerdings Madoff ein. Eine halbe Milliarde Dollar zu verlieren, wenn man die Aufgabe hat, Kundengelder im Haifischbecken des internationalen Finanzwesens zu verwalten, ist äußerst verwerflich. Mein Ruf war daraufhin so kaputt, dass die Bank fast daran zugrunde gegangen wäre. Dass ich wieder mit dem Sohn eines alten Freundes anbandelte, bewahrte uns letzten Endes jedoch davor.«

»Und mit dem Geld gingen Sie dann weitere Verpflichtungen ein.« Declan begriff mit einem Mal, weshalb sich Sell in den letzten Jahren äußerlich so dramatisch verändert hatte. Abgesehen vom Zahn der Zeit selbst gab es nichts, was so beharrlich an einem Menschen nagte wie Stress. Das wusste er aus eigener Erfahrung nur zu gut oder glaubte es zumindest zu wissen.

»Ja, und in meiner Eile, alles zu retten, was ich mir so hart erarbeitet hatte, erkannte ich nicht, dass Lukas so gut wie alles, was ihm durch seinen

Vater zugefallen war, zerstört hatte. Im Gegensatz zu dessen Prinzipien – Beziehungen knüpfen, Risikobereitschaft, Langzeitinvestitionen – war Junior nur durch Drohgebärden und Einschüchterungen zu seinem Status gelangt. Er hatte Verträge mit Diktatoren und Despoten abgeschlossen und das Unternehmen zur Finanzierung politischer Machtausübung und eines unhaltbaren Lebensstils missbraucht. Ohne seinen Vater waren ihm geringere Männer zu Lehrern und Vorbildern geworden. Was er sich aufgebaut hatte, war kein Imperium, sondern ein Kartenhaus – und dass auf dem Fundament des weltweiten Krieges gegen den Terror.«

Sell faltete daraufhin seine Hände im Schoß und neigte den Kopf nach vorn, als würde er beten. Stille kehrte ein.

Declan grunzte verächtlich. »So herzerweichend diese Jammergeschichte auch ist: Warum haben Sie nie dagegen aufbegehrt? Sie hätten sich doch an die Behörden wenden können … an die Geheimdienste … an irgendjemanden. Dann wäre er vielleicht aufzuhalten gewesen, doch sie haben es einfach unterlassen. Was sind das für Menschen, die dabei zusehen, wie Hunderte von Leben zerstört werden, und nicht mit den Informationen herausrücken, die sie haben? Ich sag's Ihnen – Feiglinge! Diejenigen, die nur an sich selbst und an ihre eigenen Interessen denken, aber einen feuchten Dreck auf andere geben. Solche Menschen.«

Sell nahm es gleichgültig hin. »Ich habe es verdient. Sie schätzen mich vollkommen korrekt …«

»Ja, ja, sparen Sie sich das Geseier.« Declan stand auf und drehte sich zu Harper um, die noch immer in der Tür stand und wiederholt die Treppe hinunterschaute. »Holen Sie mir jetzt Ihre Vorgesetzten an die Strippe. Wir haben, was Sie wollen, und er kommt mit uns. Ob er will oder nicht.« Er nahm das Smartphone heraus und warf es ihr zu.

Sell beugte sich in seinem Sessel nach vorn. »Wohin soll ich mitkommen? Was haben Sie …«

»Es gibt noch eine Chance für Sie, etwas geradezubiegen.«

Harper aktivierte die Freisprechfunktion, als es in der Leitung tutete.

»Ja?«

»Direktor Allardyce? Officer Harper hier. Wir sind nicht ganz nach Plan vorgegangen, Sir, aber dafür haben wir Raymond Sell gestellt. Er ist hier bei uns.«

Am anderen Ende blieb es kurz still, dann meldete sich die Premierministerin. »Verfügt er über Informationen und Unterlagen zur Belastung der Verantwortlichen hinter alledem?«

Harper schaute Sell fragend an.

Dieser verzog daraufhin sein Gesicht und starrte mit einem fahrigen Blick auf den Schreibtisch, während er abwägte, was er antworten sollte.

Declan beobachtete, wie der alte Mann mit sich haderte. »Das ist sie … Ihre Chance, das zu tun, was Sie bereits vor einem Jahr oder früher hätten tun müssen, und erzählen Sie mir nicht, dass er Sie tötet, wenn Sie reden. Versuchen wird er es so oder so.«

»Ja.« Sell hob den Kopf wieder an. »Ich habe detaillierte Informationen zum Geldfluss im Rahmen der Anschläge in Großbritannien als auch des einen vereitelten in den USA im vergangenen Jahr.«

»Und Sie sind bereit, uns diese Informationen zu geben, jegliche Fragen dazu zu beantworten und ihre Richtigkeit unter Eid vor Gericht bekräftigen?«

»Ja, unter einer Bedingung.«

»Die da lautet?«

»Ich habe Vorkehrungen für meine Söhne und deren Familien getroffen. Garantieren Sie mir, dass sie keinerlei Anklage befürchten müssen. Ich möchte, dass sie in jeder Hinsicht straffrei bleiben.«

Clarke schwieg. Declan stellte sich vor, wie sie gerade vertraulich mit dem Generalstaatsanwalt tuschelte, der seines Wissens nach ebenfalls in London war.

»Also gut. Wir sind bereit, Ihnen diese Garantie zu geben, gesetzt den Fall, wir können die Beteiligten mithilfe Ihrer Informationen bestimmen und verurteilen.«

»Das können Sie.«

Allardyce sagte: »Officer Harper und Mr. McIver, falls Sie sie begleiten möchten, Ihre Aufgabe besteht nun darin, Mr. Sell sicher nach London zu bringen. Ich schicke Ihnen ein Flugzeug, doch da dies alles nach wie vor unter Ausschluss der Schweizer Regierung geschieht, muss es Sie an einem entlegenen Ort abholen. Während ich die Einzelheiten dazu kläre, müssen Sie ihn da rausholen. Können Sie sich einen fahrbaren Untersatz besorgen?«

Declan tastete nach dem Schlüssel des G-Klasse Autos in seiner Jeans. »Das haben wir schon.«

»Ausgezeichnet. Wir sprechen uns wieder, wenn Sie unterwegs sind. Gute Fahrt.«

Allardyce beendete daraufhin das Gespräch.

Sell erhob sich zögerlich. »Die Informationen, die sie wollen, sind …«

Declan ging um den Tisch herum, während er die Pistole auf den Bankier richtete.

»Was … was soll das?«

Harper trat nach vorn. »Declan …«

Er hielt die Waffe an die Schläfe des alten Mannes. »Bevor ich Sie irgendwohin mitnehme, verlange ich, dass Sie mir sofort sagen, wer mit Ihnen zusammen in dieser Sache drinsteckt und wie Sie dabei geholfen haben.«

»Declan! Stopp!«

»Nein! Ich werde mich nicht mit ihm auf den weiten Weg nach London machen, nur um dann festzustellen, dass es sich um einen weiteren clever ausgedachten Trick handelt. Lassen Sie hören … los!«

Sell schnappte nach Luft, als ob sein Speichel schlagartig versiegt sei. »Ich … äh … ich …«

»Drücken Sie sich mal ein bisschen klarer aus.«

»Der … äh … Anschlag in den USA im letzten Frühling war der erste. Also … offensichtlich. Die Vorbereitungen hatten ein Jahr oder länger gedauert. Ich war nicht direkt daran beteiligt, weshalb ich nicht alle Einzelheiten kenne, nur wie die Gelder dafür gehandhabt wurden. Der, äh … Senator. Kemiss. Wir eröffneten Konten für ihn auf den Kaiman-Inseln. Diese Konten dienten der Verteilung der Finanzen an die anderen Mitwisser. Kreft legte Wert darauf, seinen Namen und jene aller Personen, die zu ihm hätten führen können, vollständig aus allem herauszuhalten. Regelmäßig wurden nun Überweisungen an ein Bankkonto in Zypern getätigt, die sich insgesamt auf eine Million Euro beliefen. Der Name des Inhabers ist mir leider nicht geläufig, doch die Russen legen mittlerweile schon seit Jahren Geld darauf an. Ich kann nur mutmaßen, dass der tschetschenische Terrorist damit aus dem russischen Gefängnis befreit wurde. Der Betrag muss an ein hohes Tier in Russland gegangen sein.«

Hier stockte Sell kurz, woraufhin ihm Declan den Lauf der Pistole fester an den Kopf drückte.

»Irgendwelche ehemaligen Privatsöldner wurden dann angeheuert, sechs an der Zahl. Vier in den Staaten und zwei in England. Sie erhielten ihren Lohn über dieselben Konten. Alles sollte so aussehen, als habe Kemiss über die Jahre hinweg Rücklagen auf den Kaiman-Inseln geschaffen. Das kann ich zwar nicht beweisen, aber ich gehe davon aus, dass die ganze Sache in erster Linie nur ein Probelauf für Kreft war. Die Unterlagen zu diesen Transaktionen dürften für ein Strafverfahren genügen. Dann ließe sich noch mehr finden … weitere Namen, Zeugen, Aussagen.

Und … und … über die aktuelle Krise und die beiden Anschläge. Dieses Mal steckte Kreft viel tiefer mit drin. Er setzte seine eigenen Männer ein. Zwei aus Irland und einen Deutschen namens Karg. Alle Drei werden regelmäßig eingespannt, wenn er jemandem Angst einjagen oder drohen will. Ich habe Dokumente, die belegen, dass sie schon jahrelang auf seiner Lohnliste stehen, ausschließlich bezahlt von Scheinunternehmen, die ich angemeldet habe. Ich kenne …«

»Das reicht.« Declan nahm die Sig wieder hinunter. »Es könnte Jahre dauern, das alles aufzuklären.« *Würde er sein altes Leben je weiterführen können? Oder war er zu einem Dasein im Fegefeuer verdammt, das ihn vermutlich seine Ehefrau gekostet hatte? Könnte er sich irgendwann wieder frei fühlen und einfach nur sein Leben leben?* »Verdammt!«

Sell atmete erleichtert auf. »Ordnung in diesen Wust zu bringen wird ziemlich lange dauern, ja.« Er räusperte sich. »Aber alle Informationen, die Sie dazu benötigen, befinden sich hier auf meinen externen Festplatten.« Er zeigte auf vier gestapelte Geräte neben seinem PC, die wie Modems aussahen. »Ich habe nichts von dem, was mit Kreft zu tun hatte, auf den Bankservern gespeichert, damit es niemand entdeckt.«

»Ziehen Sie die Kabel raus und packen Sie sie ein.« Harper kehrte zur Tür zurück und schaute erneut die Treppe hinunter. »Wir müssen verschwinden!«

Declan steckte die Pistole wieder ein und trat vor den Schreibtisch. Er entfernte die Festplatten nacheinander vom PC-Tower und wickelte die Kabel darum. Sell nahm eine schwarze Laptoptasche, die neben dem Tisch stand, und hielt sie auf. Nachdem der Ire die Geräte hineingelegt hatte, zog er den Reißverschluss zu.

Declan nahm die Tasche und ging damit zur Treppe. »Halten Sie ihn hinter sich und ein paar Yards Abstand von mir.«

Harper nickte.

Sell räusperte sich noch einmal. »Entschuldigen Sie bitte, aber ich tue mich dieser Tage schwer beim Treppensteigen.« Er zeigte auf den Fahrstuhl neben dem Absatz.

Harper kehrte daraufhin ins Büro zurück. »In Ordnung. Ich bringe ihn runter. Nehmen Sie die Treppe und passen Sie auf, dass uns niemand ins Gehege kommt.«

Daraufhin nickte er. Sie packte den alten Mann an einer Schulter und führte ihn zum Aufzug. Declan wartete vor der obersten Stufe, bis es klingelte und die Kabine oben ankam. Während er die Pistole abermals ausrichtete, machte er sich auf den Weg hinunter, als die Fahrstuhltür hinter ihm aufging.

»Hallo, Raymond. Sie sind nicht ans Telefon gegangen.«

# Kapitel 82

Declan erschrak. Er erkannte die Stimme sofort, deshalb drehte er sich um und zielte nach oben.

»Töten Sie sie.«

Declan eilte hinauf und erreichte gerade den Absatz, als eine Automatikwaffe ertönte.

Im Büro gingen Scheiben zu Bruch, und Kugeln schlugen in die Wände und den Rechner auf Sells Schreibtisch ein.

Declan überlegte hektisch hin und her. Er konzentrierte sich darauf, wo die Schüsse hergekommen waren, und schlussfolgerte daraufhin, dass der Angreifer am Aufzug stand. Bemüht um Ruhe stürzte er durch die Tür und feuerte in rascher Folge, wobei er den Kopf und Hals eines einzelnen Schützen traf. Der Mann ging blutend zu Boden und seine MP5 verstummte.

»Hallo, Wurm.« Im Fahrstuhl stand der Riese und hob seine Pistole.

Declan wich hastig ins Treppenhaus zurück, woraufhin zwei weitere Schüsse fielen und die Aufzugtür mit einem erneuten *Ding!* schloss. Dann trat er wieder ins Büro, während er mit der Waffe auf den Liegenden zielte, und trat ihm die Maschinenpistole aus der Hand. Aber der Mann war tot.

»Harper?« Declan sah sich aufgeregt nach ihr um.

Doch sie antwortete nicht. Als er um den Tisch herumging, sah er sie mit angezogenen Knien daliegen, bedeckt von Staub und Wandputz. »Sind Sie verletzt?« Er ließ seine Pistole fallen und kniete neben Harper nieder. »Hat er Sie …«

»Nein, ich wurde nicht getroffen.« Sie klopfte sich ab. »Mir fehlt nichts.«

Aber er erkannte, dass ihr die Vorstellung, dem Tod nur knapp entronnen zu sein, gehörig zusetzte. »Wo ist Sell?«

Sie schüttelte den Kopf.

Declan stand auf und schaute sich wieder in dem Raum um. »Er ist nicht mehr hier.« Hatte der Riese ihn umgebracht? Er versuchte, sich daran zu erinnern, ob der Alte mit in der Kabine gewesen war, doch es war alles viel zu schnell passiert. »Gehen wir.« Er wartete nicht darauf, ob sie sich ihm anschloss oder nicht, sondern rannte sofort die Treppe hinunter, nachdem er seine Pistole aufgehoben hatte. Er hielt zwar seine Waffe in die Höhe, dachte beim Laufen aber kein bisschen daran, dass ihm noch weitere Angreifer ihm in die Quere kommen könnten.

Nun nahm er je drei Stufen auf einmal und sprang dann laut hörbar auf den Absatz. Anschließend stieß er in den Flur vor und lief bis zur Treppe ins Erdgeschoss weiter, wobei er sich nur einmal kurz umdrehte und in den Sekretariatsbereich hineinzielte. Als er das Geländer erreicht hatte, sah er die Tür unten im Empfangsraum zufallen. Erneut flog er geradezu hinab und drehte sich dann im Sprung zur Seite, um in den Aufzug feuern zu können.

Dieser stand offen, war jedoch abgesehen von mehreren Patronenhülsen am Boden leer. In der Mitte des Raums lag immer noch der Wachmann, den er bewusstlos geschlagen hatte, jetzt allerdings mit einem Einschussloch im Kopf.

Declan riss die Eingangstür auf und lief durch den überdachten Säulenvorbau. Als er unter dem Torbogen hervorstürzte, bemerkte er gerade noch, wie die Tür zur Rückbank einer schwarzen Mercedes-Limousine geschlossen wurde. Er rannte darauf zu und sah durch die Scheibe Raymond Sells Gesicht. Der Alte saß eingezwängt zwischen dem Riesen und einem der Glatzköpfe, war aber definitiv noch am Leben. Die Hinterreifen drehten jetzt auf dem Pflaster durch, während der Wagen schlingernd davonfuhr.

»Scheiße!«

Declan schaute ihm hinterher. Die Gebäude an der Straße warfen das Brummen des Motors in die ansonsten vollkommen stille Nacht zurück.

»Wo ist er?«

Er drehte sich um. Harper stand mit der MP5 des toten Schützen im Eingang der Bank. »Weg! Was für ein Elend … los hinterher, beeilen wir uns.« Er hastete zu dem G-Klasse-Geländewagen und fischte den Schlüsselbund aus seiner Hosentasche. »Wir müssen sie einholen.«

»Ist er am Leben?«

»Noch, ja.«

Declan stieg ein und warf die Tasche mit den Festplatten vorsichtig auf den Rücksitz. »Mann, was ist das?« Bei dem Zündschlüssel des Luxusautos handelte es sich um eine neuartige Entwicklung, die er nicht kannte. Es war kein Schlüssel im üblichen Sinn, sondern so etwas wie eine Fernbedienung. Er dachte momentan allerdings viel zu hektisch, um zu begreifen, was er jetzt damit tun musste.

Harper schaltete die Taschenlampe des Smartphones ein und richtete sie auf das Steuer. »Halten Sie den Anhänger dicht an die Lenksäule und drücken Sie dann den Knopf.«

Als Declan dies tat, sprang der Motor sofort an. »Na großartig.« Er löste die Handbremse.

Die Schüsse und der Lärm hatten einiges Aufsehen in der Umgebung erregt. In den Nachbargebäuden war Licht angegangen, und mehrere Anwohner lehnten sich aus Türen oder Fenstern auf die Straße, um herauszufinden, was gerade vor sich ging.

Declan gab Gas und fuhr jetzt vom Kolinplatz aus in Richtung Norden. Der Riese hatte mindestens dreißig Sekunden Vorsprung, was unter den beengenden Verkehrsbedingungen in Zug durchaus wie eine Stunde wirkte.

Etwa sechshundert Fuß oberhalb des Platzes näherten sie sich jetzt einer Y-Kreuzung.

»Wo entlang?« Harper schaute ratlos in beide Straßen.

Declan hatte die schwarze Limousine zwar beim Wegfahren beobachtet, war aber danach direkt zum Geländewagen gelaufen, bevor sie irgendeine Abzweigung genommen hatte. Nun bremste er und kam beinahe zum Stehen. In Richtung Norden verschwand die Zuger Hauptader als gerade Linie in der Ferne, nach Westen hin endete ein letzter Gebäudeblock vor dem Ufer des Sees, an dem die Straße dann weiterführte. »Ich weiß es nicht.« Nun fiel ihm plötzlich die Markierung auf dem Asphalt auf. »Das ist eine Einbahnstraße. Also geradeaus. Sie sind geradeaus gefahren!«

Plötzlich erfasste Scheinwerferlicht den Geländewagen. Declan warf einen Blick in den Rückspiegel. Von hinten näherte sich mit hoher Geschwindigkeit ein Auto mit eingeschaltetem Fernlicht. »Festhalten!« Er packte das Lenkrad und machte sich auf einen Zusammenstoß gefasst. Der Unbekannte prallte gegen ihr Heck und schob sie auf diese Weise auf die Kreuzung zu.

Harper wurde vorwärtsgeschleudert, aber zum Glück von ihrem Sicherheitsgurt festgehalten. Die MP5 in ihren Händen fiel allerdings in den Fußraum.

Declan brauchte einen Moment, um seine Orientierung wiederzugewinnen, während er einen zweiten Motor brummen hörte. Als er aufschaute, sah er einen anderen Geländewagen am Wrack des Fremden vorfahren und anhalten. Ein Mann stieg aus und öffnete eine der hinteren Türen des Wagens, bei dem es sich um einen Range Rover handelte.

»Sieh sicherheitshalber mal nach!«

Der Mann drehte sich um und zückte eine Pistole.

»Runter!«

Mehrere Schüsse fielen jetzt schnell hintereinander, Kugeln schlugen in die Scheiben ein und pfiffen über ihre Köpfe hinweg. Declan hielt sich weiterhin geduckt, bis es wieder still wurde. Als er hörte, dass eine Tür zugeknallt wurde, richtete er sich wieder auf und sah den Range Rover, der dunkel lackiert war, nach Westen verschwinden.

»Sind Sie …«

»Los, hinterher!«

Er nahm den Fuß vom Bremspedal, gab wieder Gas und bog in die Straße ein. Wenngleich er nicht abschätzen konnte, wie stark die G-Klasse beschädigt war, kam er problemlos vom Fleck, und der Wagen schien auch weiterhin manövrierfähig zu sein.

Harper hob die Maschinenpistole auf und schaltete auf Halbautomatikbetrieb, als sie um eine Kurve fuhren, die am Zugersee entlangführte. Vor ihnen wich gerade ein Auto, das aus der Gegenrichtung kam, dem rasenden Range Rover aus. »Einbahnstraße, wie gesagt. Die fahren in die falsche …«

»Ich weiß, ich weiß!« Declan lenkte zur Seite, um an dem anderen Auto vorbeifahren zu können, das nun mitten auf der Straße angehalten hatte. Obwohl er das Gaspedal bis auf den Boden durchtrat, konnte es der Range Rover leistungsmäßig mit der G-Klasse aufnehmen und behielt seinen Vorsprung bei. An einer weiteren Y-Kreuzung blieb der Fahrer auf der Einbahnstraße, wechselte aber dann über den Mittelstreifen auf die korrekte Spur.

Declan tat es ihm gleich. »Sehen Sie!« Er zeigte an dem Rover vorbei. Dort am Straßenrand stand die schwarze Mercedes-Limousine, deren Insassen anscheinend gerade darauf warteten, dass ihre Komplizen zu ihnen aufschlossen. »In diesem Wagen sitzt Sell.«

Der Fahrer lenkte hinter dem Rover auf die Straße ein und folgte diesem mit hoher Beschleunigung, sodass schwarzer Qualm vom Gummiabrieb hinter ihm aufstieg.

»Wohin wollen sie denn nur? Was ist das hier für eine Strecke?«

»Keine Ahnung, aber sie haben einen Fehler gemacht. Denn wären sie auf der richtigen Spur geblieben, hätten wir sie niemals eingeholt.« Er hielt das Lenkrad ruhiger und schob seinen Fuß auf das Gas. »Jetzt können wir es vielleicht doch noch schaffen.«

# Kapitel 83

*23:53 Uhr Ortszeit, gesprengtes Bauernhaus, Forest of Ae, Schottland*

Thom schaute von seinem Platz auf der Heckstoßstange eines Krankenwagens dabei zu, wie Beamte des Sonderkommandos und der Kriminalpolizei mit der Durchsuchung dessen fortfuhren, was noch von der Croalchapel Farm übrig geblieben war. Er konnte sich allerdings nicht vorstellen, was sie zu finden gedachten. Denn sollte nicht schon der Sprengstoff alle potenziellen Beweise vernichtet haben, war es beim Einsatz der örtlichen Feuerwehr geschehen, die sich rasch eingefunden und das brennende Gebäude mit Wasserschläuchen bespritzt hatte. Übrig geblieben waren lediglich ein paar Dutzend verkohlte Balken, schwarzes Gemäuer und mindestens eine Lastwagenladung Asche.

»Sind Sie Thom?« Ein zur Glatze neigender Mann mit einem beigefarbenen Trenchcoat näherte sich ihm. An seiner Brust hing eine Ausweiskarte.

»Der bin ich.«

»Chief Inspector Andrew Scorah. Wir sind hier so gut wie fertig.«

»Irgendetwas Nützliches gefunden?«

Der Ermittler zog seine Augenbrauen zusammen. »Nein, ehrlich gesagt nicht.«

Genau wie Thom es befürchtet hatte, gab es kaum noch Indizien, weshalb den Beamten keine andere Wahl blieb, als sich auf Aussagen von Augenzeugen zu verlassen, also auf die Worte von Detective Inspector Graham Smith, Sergeant Matt Hilton, Constable Barber, Officer Shane O'Reilly und seiner Wenigkeit.

Scorah fuhr fort: »Die Kriminalpolizei wird tage-, wahrscheinlich sogar wochenlang hier beschäftigt sein, um Spuren zu sichern und zu katalogisieren, doch alles deutet darauf hin, dass es genauso gelaufen ist, wie Sie es ausgesagt haben. Ihnen steht es also jetzt frei, von hier zu verschwinden.«

Thom zeigte sich mit einem Nicken erkenntlich, obwohl er nichts anderes, als das erwartet hatte. Selbst wenn die Kriminalpolizei den Verdacht gehegt hätte, dass hinter ihren Aussagen noch mehr steckte, wären ihre Kollegen vom Staat eingeschritten, um zu verhindern, dass MI5-Angestellte inhaftiert worden wären. Man hätte den Vorfall daraufhin heruntergespielt oder gar in dem Maß vertuscht, wie es notwendig gewesen wäre. Dies kennzeichnete die Zweckgemeinschaft, die diese beiden Abteilungen bildeten, von jeher.

Thom fragte den Inspektor mit vorgeschobenem Kinn: »Haben Sie hier draußen Handyempfang?«

»Null.«

»Zu dumm. Meine Vorgesetzten in London sind nämlich bestimmt schon gespannt darauf, was hier passiert ist.«

»Wir haben ein Satellitentelefon in unserem BearCat.« Scorah zeigte auf einen Panzerwagen, mit dem das Spezialkommando zur Bombenentschärfung aus Glasgow angerückt war. »Damit müssten Sie durchkommen.«

»Danke.« Thom stand auf und drehte sich ins Innere des Rettungswagens um. »Haben Sie jetzt lange genug Händchen mit der Sanitäterin gehalten? Da gibt es nämlich jemanden in London, der bestimmt von uns hören will.«

»Ach, sagen sie denen doch, die können mich mal. Das war eine lange Woche, also …«

Thom grinste Shane O'Reilly an, der an Bord des Wagens auf einer Trage lag, während sich zwei Ersthelferinnen um seine kleinen Schnittwunden und andere leichte Verletzungen kümmerten, die er sich während seiner Gefangenschaft zugezogen hatte. »Ich werde liebe Grüße von Ihnen ausrichten.«

»Aye, tun Sie das.«

Thom zog sein Handy aus der Tasche, während er auf den BearCat zuging. Er schaute auf die gespeicherte Nummer von Allardyce' Chauffeur. Hoffentlich hatte es der alte Mann bis nach London geschafft und seinen Plan, wie auch immer dieser ausgesehen hatte, durchsetzen können.

»Ich werde aufpassen, dass Sie ungestört bleiben.« Der Ermittler öffnete jetzt die Hecktür des BearCat und trat zur Seite.

Thom nickte, aber war so etwas eigentlich überhaupt noch möglich … ungestört bleiben? Er wusste es nicht so recht. Im Laufe seiner dreißigjährigen Karriere beim MI5 hatte er schon an vielen Einsätzen teilgenommen, unter anderem beim Beschatten Verdächtiger, doch selbst beobachtet zu werden, wie in den vergangenen Tagen, war eine aufschlussreiche Erfahrung gewesen. Ob er sie noch einmal machen wollte? Dessen war er sich nicht sicher. Ungeachtet der Seite, von der er es betrachtete.

# Kapitel 84

*Freitag, 01:05 Uhr Ortszeit, Haldenstraße, Luzern, Schweiz*

Declan und Harper waren nach wie vor mit achtzig Meilen pro Stunde unterwegs, aber immer noch zehn Wagenlängen von der Limousine entfernt. Sie hatten die beiden Autos bis zum Nordufer des Zuger Sees weiterverfolgt und fuhren jetzt in südwestlicher Richtung hinter ihnen nach Luzern.

»Wohin wollen die denn nur?« Harper rutschte auf dem Beifahrersitz herum. »Wissen die überhaupt, dass wir noch da sind?«

»Oh ja, das tun sie, sie müssen sich nur erst überlegen, wie und wo sie uns abhängen sollen.«

»Na, darauf können wir uns aber freuen.«

»Ja. Wie viele Patronen haben Sie noch?«

Harper zog das Magazin aus der MP5. »Sechs in der Waffe, außerdem noch zwei weitere Magazine.« Sie nahm die Sporttasche aus dem Fußraum, in der sie die Waffen und die Munition aufbewahrten. »Beide noch voll.«

»Gut.« Declan lächelte. »So kenne ich mein Mädchen.« Ihm war es vor lauter Eile bisher noch gar nicht aufgefallen, doch anscheinend hatte sie sich die Tasche beim Verlassen von Sells Büro geschnappt und sich auch noch die Zeit genommen, dem Toten nicht nur die Maschinenpistole zu entwenden, sondern auch die beiden Magazine.

Er zog die Sig P226 von der Mittelkonsole, wo er sie zuvor abgelegt hatte. »Checken Sie die hier bitte auch noch. Ich glaube, ich habe vier Mal damit geschossen.«

Sie nahm die Waffe und löste das Magazin. »Richtig, vier Patronen fehlen.«

»Okay. Füllen Sie sie mit denen aus der HK. Dann haben wir drei volle Magazine für die Sig und zwei für die MP.«

Harper kam seiner Bitte nach. »Fertig. Eine ist noch übrig.«

»Her damit.«

Sie gab ihm die Patrone, die zuletzt im Magazin der Uzi gesteckt hatte. Er drückte sie kurz an seinen Mund und steckte sie dann ein. »Ein Glücksbringer. Den werden wir brauchen.«

Vor ihnen sprang eine Ampel auf Gelb um. Anders als in Zug, wo die Straßen so spät beziehungsweise so früh noch leer gewesen waren, herrschte kurz vor Luzern schon viel Verkehr. Als die Ampel auf Rot schaltete, passierte der Rover sie und die Kreuzung dahinter, ehe die Wartenden auf der vorbeiführenden Straße anfuhren. Auch die Limousine blieb nicht stehen, entging jedoch nur knapp einer Kollision mit einem anderen Wagen, dessen Fahrer daraufhin wütend hupte.

»Kacke!« Declan drückte ebenfalls mehrmals auf die Hupe, musste aber zwangsläufig anhalten, als mehrere andere Verkehrsteilnehmer die Kreuzung nehmen wollten und verwundert und verärgert ihre Hände in die Luft streckten. Sobald der Weg wieder frei war, gab er Gas und missachtete dabei die Rotphase.

Der Vorsprung der beiden Autos entsprach nun der Länge zweier Fußballplätze. Sie erreichten jetzt das Luzerner Zentrum. Declan behielt die Autos im Auge, während sie Fußgänger zum Ausweichen nötigten, und sie sich nach Kräften bemühten, ihre Geschwindigkeit trotz der veränderten Umstände – urbaner Raum statt einsehbarer Fahrbahn – zu halten.

Die Straßen wurden jetzt enger, und Declan hupte abermals, weil er wegen eines Autos ausscheren musste, das genau vor ihm einbog. Sie durften auf keinen Fall noch weiter zurückfallen. Es bedurfte nur einer Reihe rasch aufeinanderfolgender Abzweigungen, und schon hätten sie Raymond Sell für immer verloren.

Passanten starrten ihnen erschrocken hinterher, als sie an Hotels, Parkhäusern und Restaurants vorbei durch die Innenstadt rasten. Nach zwei Blocks wurde die Straße in Richtung Ortskern wieder breiter. Dessen Bau datierte, was für die Schweiz nicht ungewöhnlich war, bereits mehrere Jahrhunderte zurück, ohne dass er viel von seiner mittelalterlichen Atmosphäre eingebüßt hätte. Auf der einen Straßenseite konnte man an einer alten Hafenmauer des Vierwaldstättersees entlangflanieren, wohingegen auf der anderen Seite geschichtsträchtige Banken, Geschäfte und Hotels mit Seeblick standen, allesamt beflaggt mit dem unverkennbaren Schweizer Kreuz.

Wieder und wieder schlug Declan auf die Hupe, um Personen rings um sie herum zu verscheuchen. Der Rover und die Limousine vor ihnen bogen jetzt erneut ab. Declan tat das Gleiche und bemühte sich weiterhin, die Entfernung zu ihnen zu verringern. Nachdem er eine Kurve genommen hatte, überquerte er eine zweispurige Brücke an der Mündung eines Flusses. Nicht weit neben ihnen verband eine hölzerne Fußgängerbrücke mit einem Turm in der Mitte, der mittelalterlich aussah, beide Ufer des Stroms. Es war die Kapellbrücke, das berühmteste Bauwerk von Luzern.

»Also dann. Es ist so weit. Hier werden sie versuchen, uns abzuschütteln.« Auf der anderen Seite der Brücke veränderte sich das Stadtbild erneut. Die historischen Gebäude und die weitläufigen Plätze aus Pflastersteinen waren verschwunden, die Straßen wurden wieder enger, und von den beiden Spuren der Brücke zweigten nun gleich mehrere ab. Der Rover fuhr weiter geradeaus, vorbei an einem Mittelstreifen, der mit Bäumen bepflanzt war, und streifte dabei eine Ecke eines Fahrradparkhäuschens voller Touristen auf Besichtigungstour. Die Limousine überrollte jetzt mehrere Velos, sodass die Einzelteile über die Straße schlitterten.

Declan wechselte auf die freie Gegenspur, um an dem Mittelstreifen und den Fahrradteilen vorbeizukommen. Dank dieses Manövers holten sie wieder merklich auf und verkürzten den Abstand um ein Drittel. Es überraschte ihn, dass der Rover weiterhin geradeaus fuhr, anstatt eine der Nebenstraßen zu nehmen, wo er mit einer Reihe schneller Wendungen Verwirrung hätte stiften und sich entziehen können.

Hinter dem Bahnhof bekam Declan gerade noch die Kurve zu einem weiteren mehrspurigen Verkehrsknoten. Es war ein Kreisverkehr, in dem der Rover auf die Gegenspur wechselte, sodass er jetzt am äußeren Rand fuhr, wo er um die herankommenden Autos schlingerte. Die Limousine tat das Gleiche, doch der Fahrer musste dabei stark bremsen.

Dadurch konnte Declan noch weiter aufholen, was sich aber leider wieder relativierte, weil auch er gezwungen war, langsamer zu fahren, um jemanden auf der Außenspur des Kreisverkehrs zu rammen. Als sie diesen verließen, begradigte sich die Straße wieder, und die Kulisse der Innenstadt wich einem eher von Wohnhäusern geprägten Bild. Die Fahrbahn wurde jetzt noch enger, weshalb kaum zwei Wagen aneinander vorbeikamen. Deshalb zerkratzte das G-Klasse Auto beim Passieren auch mehrere Türen und riss Seitenspiegel ab.

Harper grinste schief. »Sell wird es nicht gefallen, was wir seiner Mühle antun.«

»Tja, aber eine Kugel im Schädel würde ihm noch viel weniger gefallen.«

»Falls Sie ihn töten wollten, hätten sie das doch schon in Zug getan. Was, glauben Sie, haben die wirklich mit ihm vor?«

Declan überlegte kurz. Bislang hatte er darüber noch gar nicht richtig nachgedacht. Er war davon ausgegangen, dass Kreft Sells Kopf wollte, weil der alte Mann zu viel wusste, doch Harper hatte recht: Seine Entführer hätten ihn schon längst umbringen können. »Ich weiß es nicht.«

Sie erreichten das Ende der Siedlung, wo die Straße abermals breiter wurde und am See entlangführte. Da sie sich am Ufer häufig wand, musste der Fahrer des Rover zwangsläufig langsamer fahren. Declan schaffte es deshalb, die Hälfte der Distanz wettzumachen, obwohl auch er die vielen Kurven natürlich mit Bedacht nehmen musste. Dabei schnitt er Ecken und wich wiederholt dem Gegenverkehr aus, was für einige empörte Gesichter sorgte.

Kurz bevor der Weg gerade weiterführte, scherte er wieder auf die rechte Spur aus. Ein rot-blau rotierendes Licht vor ihnen ließ Berge erkennbar, die sich auf der einen Seite der Straße dahinzogen.

»So wie's aussieht, hat unser kleines Rennen jemanden hellhörig gemacht.«

»War ja klar.« Harper schaute zwischen Declan und einer Reihe von Polizeiautos hin und her, welche bereits die Fahrbahn versperrten.

»Wie viele sind das?«

»Keine Ahnung, drei?«

Er schaute weiterhin gespannt auf die Straßensperre. *Sie mussten also ebenfalls notgedrungen stehen bleiben, oder nicht?* Es gab schließlich keine Ausweichmöglichkeit. *Waren sie wirklich bereit, eine Auseinandersetzung mit der Polizei zu riskieren?* Der Rover beschleunigte wieder. »Scheiße! Die wollen da einfach durchrasen!«

Schüsse fielen, und die Beamten liefen an ihren Autos auseinander, um sich in Sicherheit zu bringen. Der wuchtige Geländewagen raste mit gleichbleibendem Tempo auf die Blockade zu, dann sprühten seine Vorderräder plötzlich Funken, und er geriet ins Schleudern.

»Eine Nagelsperre!« Declan schlug überschwänglich mit der Faust auf das Lenkrad.

Der Rover blieb jedoch immer noch nicht stehen. Der Fahrer lenkte jetzt gegen und kollidierte mit zwei Streifenwagen gleichzeitig, sodass er sie beiseiteschieben und dazwischen hindurchfahren konnte. Das Auto schwankte heftig beim Überqueren der Bahnschienen, während sich der Mann am Steuer bemühte, ihre Schlagseite aufgrund der zerfetzten Vorderreifen auszugleichen. Dabei verlagerte sich der Schwerpunkt, und Declan konnte beobachten, wie sich der Rover mehrmals überschlug, bevor er auf einer Seite liegen blieb.

Erneut wurde geschossen, die Limousine wich den Nägeln auf dem Asphalt aus und glitt dann zwischen den beiden demolierten Streifenwagen hindurch.

Declan gab auch wieder Gas.

»Was tun Sie da? Wir können uns doch nicht einfach mit der Polizei anlegen!«

»Welcher Polizei denn? Die muss sich erst mal wieder sammeln. Wir dürfen Sell auf keinen Fall verlieren.«

Als er sich den Nägeln näherte, bremste Declan ab und umfuhr sie geschickt. Der Rover war jetzt vor einem Parkplatz liegen geblieben. Die Limousine hielt daneben an.

»Das ist die Gelegenheit! Das Ganze muss jetzt kurz und heftig über die Bühne gehen. Was wollen Sie?«

»Die Pistole!«

Declan zog die MP5 auf seinen Schoß.

»Ich werde an den Wagen vorbeifahren, dann sind Sie zwischen uns und den Bullen eingekesselt.«

Harper nickte und hatte die Pistole schussbereit.

Er hielt das Lenkrad bemüht ruhig und beschleunigte erneut, während er die zerbeulten Polizeiautos hinter sich ließ. Die Beamten waren immer noch total verstört und ließen es einfach so geschehen. Vor dem umgestürzten Rover musste Declan einen kurzen Schlenker machen, um ihn passieren zu können. Hinter dem Bahnübergang zog er die Handbremse und lenkte ein, sodass der G-Klasse Wagen eine 180-Grad-Drehung vollzog und mitten auf der Straße stehen blieb.

# Kapitel 85

Declan öffnete die Fahrertür und hielt die MP5 über den Türrahmen, während er hastig ausstieg. Zwei Skinheads verließen die Limousine und rannten, ebenfalls mit Maschinenpistolen bewaffnet los, um einem dritten Mann in einem Anzug Feuerschutz zu geben, der gerade durch ein Fenster aus dem Rover kletterte und versuchte, einem anderen Insassen herauszuhelfen. Declan zielte und drückte ab, als Kugeln die Windschutzscheibe seines Mercedes trafen. Seine Schüsse verfehlten ihr Ziel, schlugen die Angreifer aber dennoch in die Flucht. Er folgte ihnen, während er mit der MP5 weiterfeierte, als sie auf den Parkplatz liefen und sich zwischen den stehenden Autos versteckten.

Der Mann auf dem Rover drehte sich mit erhobener Pistole um. Harper schoss von der Beifahrerseite des G-Klasse Wagens aus. Sie traf ihn zwei Mal in die Brust, woraufhin er vom Wagen fiel.

»Geben Sie mir Deckung, ich hole Sell!«

Harper drehte sich um, und griff die Schützen auf dem Parkplatz an, als Declan mit vorgehaltener Maschinenpistole zwischen seinem Auto und dem Rover losrannte. Die Limousine in der sich Sell befand, stand noch daneben.

Auf einmal ging eine der Hintertüren auf, und der Riese stieg aus. Er legte mit einer Flinte auf sie an.

Declan warf sich neben dem Geländewagen auf den Boden, bevor das Gewehr ein ums andere Mal losdonnerte.

»Bewegung! Los Bewegung!«, brüllte der Riese jetzt in seiner Muttersprache.

Als Declan an einer Seite des Wracks vorbeischaute, konnte er niemanden sehen.

Sein Gegner feuerte immer weiter und erteilte dabei Befehle.

Die Schüsse aus der Richtung des G-Klasse Autos – hörbar kleinere Kaliber – hörten nun endlich auf, sodass sich Declan nach Harper umschauen konnte. Diese verbarg sich gerade hinter dem Wagen. Entweder war ihr die Munition ausgegangen, oder sie hatte es nicht geschafft, gleichzeitig den Riesen und die anderen Männer auf Abstand zu halten.

Auch auf dem Parkplatz schoss niemand mehr, also erhob sich Declan und ging mit eingezogenem Kopf um den Rover herum. Dabei konnte er Sell sehen, der gerade eben von einem Skinhead zwischen zwei Autos weggezogen wurde, und hob die MP5 wieder hoch.

»Dort entlang!« Die beiden anderen Skinheads standen hinter den geparkten Wagen auf und begannen, vereinzelte Schüsse abzugeben, einer auf den Rover und der andere auf den G-Klasse Wagen.

Declan ging erneut in Deckung, bemerkte aber gerade noch rechtzeitig, wie sich die Gruppe von den Autos wegbewegte. Im Feuerschutz der Glatzköpfe mit den Maschinenpistolen verschwanden sie eine Treppe hinab, wo ein Tunnel unter den Bahnschienen hindurchführte, die zwischen dem Parkplatz und einem kleinen Vorort verliefen. Schließlich nahmen die Skins ihre Waffen wieder herunter und folgten ihnen.

Harper rannte derweil mit der Sporttasche vom Mercedes zum Rover hinüber. »Wo sind sie jetzt?«

»Durch die Unterführung dort drüben.« Declan ging vorsichtig zu dem erschossenen Anzugträger und nahm ihm die Pistole aus der Hand. Es war eine Sig 226, genauso, wie sie auch Sells Wachmann getragen hatte. Als er das Jackett des Mannes aufschlug, fand er dort zwei Ersatzmagazine in einem Schulterholster.

»Scheint sein zweiter Leibwächter gewesen zu sein.«

Declan verstaute die beiden Magazine gemeinsam mit der P226 in der Sporttasche. »Aye.«

»Hilfe!«

Er drehte sich mit erhobener MP5 zu dem Wrack um.

»Helfen Sie mir!«

Jemand streckte seine Hände durch die zerbrochene Scheibe.

»Halten Sie mir den Rücken frei.« Declan hielt die Maschinenpistole an ihrem Schultergurt fest und warf einen Blick auf die Polizisten, die sich gerade wieder sammelten, aber noch nicht zum Eingreifen bereit waren. Er stieg auf den Rover und schaute hinein. Der Fahrer – ein weiterer Bodyguard in einem Anzug – lag tot oder bewusstlos zur Seite gesackt auf den Glasscherben des linken Türfensters. Declans Blick wanderte langsam zu den hochgehaltenen Händen und daran hinunter auf ein blutüberströmtes Gesicht. Er erstarrte.

»Polizei! Keine Bewegung!«, hörte er auf Deutsch.

Er packte die Hände des Mannes unter ihm und zog, so fest er konnte. Denn es war Lukas Kreft, der nun auf den Armaturen Halt fand und langsam aus dem Wrack kletterte.

»Polizei! Keine Bewegung.«

Harper war sichtlich überrascht, Kreft zu sehen, riss sich aber zusammen und half ihm, als er von der Seite des Rover sprang. Sobald er vor ihr landete, trat sie zurück und richtete ihre Waffe auf ihn. Kreft blieb schweigend stehen und hob seine Arme.

Declan hüpfte ebenfalls herunter und stellte sich mit dem Rücken an den Wagen, der zwischen ihnen und den Polizisten lag. Er starrte Kreft mehrere Sekunden lang an. Der Kerl trug einen edlen maßgefertigten Anzug, der jetzt allerdings sehr mitgenommen aussah, und blutete aus einer Kopfwunde. *War diese Wendung jetzt ein Segen oder ein Fluch?* »Zeigen Sie mal her.« Declan zwang ihn auf die Knie und betrachtete die Verletzung. »Sie werden es überleben.« Dann drehte er sich zu der Unterführung auf dem Parkplatz um. Der Riese und seine Männer mussten erst noch auf der anderen Seite wieder herauskommen. Jetzt waren sie diejenigen, die in der Klemme saßen.

»Hier spricht die Polizei! Werfen Sie Ihre Waffen weg und treten Sie mit erhobenen Händen vor.«

Declan ging an Harper vorbei am Wagen nach vorne, um die Entfernung zum Tunnel einschätzen zu können. Leider konnten die Beamten jederzeit angreifen, und er durfte sich auf keinen Fall festnehmen lassen. Schließlich wandte er sich wieder Kreft zu und zog ihn am Hemd auf die Beine. »Sie bleiben zwischen uns und in Bewegung, bis ich stehen bleibe, verstanden?«

Kreft sah ihn trotzig an.

Declan wandte sich jetzt an Harper. »Egal was geschieht: Nicht umdrehen. Verbergen Sie Ihre Waffe, sonst haben die einen Grund, um auf Sie zu schießen. Laufen Sie einfach weiter und behalten Sie dabei den hinteren Ausgang der Unterführung im Auge.«

Harper schulterte die Sporttasche und ließ ihren Blick über den Parkplatz schweifen, bis sie die Tunnelöffnung entdeckt hatte. »Alles klar.«

»Polizei! Bleiben Sie …«

Declan lief los. Er hörte Krefts und Harpers Schritte hinter sich, während sie gemeinsam über das Pflaster und dann auf den vollen Parkplatz eilten. Dort rannte er auf ein blaues Schild zu, das auf die Unterführung verwies und in Weiß mit *Alpnachstad* beschriftet war.

»Polizei! Bleiben Sie sofort stehen!«

*Würden die Beamten ihnen jetzt folgen?* Dieser Ruf klang leiser, aber sicher war sich Declan nicht. »Bloß nicht umdrehen!« Als er das Schild erreichte, sprang er nach vorne gebeugt zwischen zwei parkende Wagen, ließ sich sofort auf den Bauch fallen und zielte dann mit der MP5 in den Tunnel hinein. Am Eingang war niemand, doch er konnte leider nicht bis zum anderen Ende hindurchschauen.

Harper drängte Kreft zwischen die Autos und stellte sich dicht neben ihn, während sie ihre Pistole an seinen Hinterkopf drückte.

Declan drehte sich zu ihr um. »Was ist mit den Bullen?«

Sie schüttelte ihren Kopf. »Die sind immer noch an ihren Wagen.«

»Sehr gut.«

Er richtete sich auf seinen Knien auf und zog Kreft näher zu sich heran. »Jetzt müssen Sie als Schutzschild herhalten.« Er stieß ihn auf die Treppe zu und ging dann hinterher, wobei er genau auf den Rücken des Milliardärs zielte. »Beeilung!« Kreft nahm je zwei Stufen auf einmal und betrat dann den Tunnel. Declan hob die Maschinenpistole höher, während er ihm folgte.

Am anderen Ende verschwand gerade der letzte Skinhead nach oben, wo ein Rondell angelegt war. Er fuhr herum und legte mit seiner MP5 an.

»Runter!«

Declan warf Kreft um, als der Glatzkopf eine Salve abgab. Seine Kugeln trafen die Fliesen an den Wänden der Unterführung, bevor er die restlichen Stufen nach oben hastete.

Jetzt war der Weg frei. Declan zog Kreft wieder hoch und scheuchte ihn weiter. Harper lief nur ein paar Schritte hinter ihm. Gleich darauf ging er langsamer und richtete seine Waffe nach oben auf den Platz, als er sich der hinteren Treppe näherte.

»Polizei! Geben Sie auf!«

Anscheinend waren die Beamten ihnen vom Parkplatz aus mit einigem Abstand gefolgt. Oben auf dem Rondell ertönte Automatikfeuer.

»In Deckung!«, rief jemand auf Deutsch.

Eine weitere Salve brach los. Die Polizei konzentrierte sich jetzt voll und ganz darauf, den Skinheads Einhalt zu gebieten, damit diese aufgaben, schoss aber mit Rücksicht auf die Zivilbevölkerung in der Umgebung nicht zurück.

Declan rannte die Hälfte der Stufen hinauf, bis er auf den Platz schauen konnte. Er hielt sich zurück und die Maschinenpistole schussbereit. Der Riese hatte Raymond Sell mit sich auf einen überdachten Bürgersteig neben ein Gebäude gezogen, das wie eine Zughaltestelle aussah. Auf dem Dach stand in silbernen Buchstaben PILATUSBAHN.

Vor einer Reihe von Waggons, die wie alte Zugabteile aussahen, kauerten am hinteren Ende des Steigs neben einem Blechmülleimer zwei Handwerker in Overalls. Die Skinheads deckten ihre Komplizen, während diese in einen der Wagen stiegen.

»Ihr nehmt uns mit, und zwar sofort!«

Einer der Skins bedrohte die Bahnangestellten mit seiner Waffe, woraufhin der nächste zum Führerhaus lief. Kurz darauf sprang ein Motor an, und die restlichen Männer stiegen rückwärtsgehend ein, während sie ihre Pistolen herumschwenkten. Ein Ruck ging jetzt durch die Waggons, ehe sie ratternd wie eine Achterbahn auf dem Weg zu ihrem Scheitelpunkt den Steilhang hinauffuhren, an dessen Fuß das Gebäude stand.

McIver schaute hastig zurück. »Noch einmal: Sie bleiben bei mir, drehen sich nicht um und halten Ihre Waffe weiterhin versteckt.«

Harper bestätigte dies stumm, packte Kreft an einer Schulter und stellte ihn vor sich.

Declan hielt seine Pistole niedrig und ging die restlichen Stufen zum Rondell hinauf. Während er der Bahn hinterherschaute, lief er zwischen geschlossenen Kiosken hindurch, die verstreut auf dem Platz standen, und dann über eine Straße zu der überdachten Haltestelle. Als er an den Schienen nach oben blickte, verschwanden die Waggons gerade hinter einer Kurve.

Er wandte sich jetzt dem zurückgebliebenen Mechaniker zu. »Wohin fährt diese Bahn?«

Der Mann sah sich um, als sei er verwirrt.

Declan wiederholte die Frage auf Deutsch, während er gleichzeitig auf die Schienen zeigte.

»Zum Gipfel des Bergs«, antwortete der Mechaniker daraufhin.

»Was gibt es dort?«

»Hotels. Restaurants. Geschäfte.«

»Verdammt.«

Harper, die Kreft vor sich her geschubst hatte, kam jetzt ebenfalls bei ihm an. »Was sollen wir tun?«

Als Declan über das Rondell schaute, sah er, dass die Polizisten mittlerweile den Tunnel betreten hatten. Er wandte sich wieder an den Mechaniker und wies mit seiner Waffe auf einen der anderen Waggons. Er wollte zwar nicht wie ein Geiselnehmer wahrgenommen werden, hatte aber gerade leider keine andere Möglichkeit. »Bringen Sie uns nach oben. Folgen Sie Ihrem Kollegen. Aber schnell!«

Der Mann ging zu dem Wagen und betrat die Führerkabine. Dort drehte er einen Zündschlüssel um, woraufhin der Motor stotternd startete. Harper stieß Kreft in den Passagierraum, wohingegen sich Declan genau neben den Mechaniker stellte, der nun einen Hebel nach vorn schob, sodass die Bahn mit dem Aufstieg begann. Wie bei der ersten Bahn griffen ihre Zahnräder, ohne welche das Fahrzeug das Gefälle nie hätte bewältigen können, mit einem gleichmäßigen *Klick-Klick* ineinander.

Declan blickte währenddessen zurück. Sechs Polizeibeamte verließen gerade die Unterführung und postierten sich strategisch, ehe sie das Rondell überquerten. Er war überzeugt davon, dass es lediglich die Vorhut einer noch viel größeren Einheit war. Bald würde es in diesem kleinen Touristenort am Rande Alpnachstads nur so vor Uniformierten wimmeln.

# Kapitel 86

*01:16 Uhr Ortszeit, Bergbesucherzentrum, Pilatus, Schweiz*

Nick Wilson stand am Geländer einer Betonaussichtsplattform auf dem Pilatus. Mit seiner Nikon D7100 fotografierte er den Nebel, der über den See im Tal aufstieg. Am Ufer strahlten die Straßenlaternen von Luzern wie unzählige, weit entfernt schwirrende Glühwürmchen.

»Immer noch auf Motivsuche?«

Als Nick die Kamera herunternahm, sah er Garry Küssnacht, seinen deutschen Mitreisenden und langjährigen Freund, hinter sich die Treppe heraufkommen.

»Der Ausblick hier ist der helle Wahnsinn. An Motiven fehlt's mir ganz bestimmt nicht.«

»Warte erst mal bis morgen, wenn du von den Höhlengängen unten die andere Seite zu sehen kriegst.«

»Höhlengänge?«

Gary lehnte sich an die Brüstung der Plattform, die sich zwischen den beiden Hotels auf dem Berg befand. Das Bellevue sah aus wie eine Keksdose und galt mit seinem Selbstbedienungsrestaurant als günstige Unterkunft vor Ort, während sich das Pilatus-Kulm, ein eher traditionelles Gebäude, an eine wohlhabendere Klientel richtete und bereits seit über einem Jahrhundert existierte.

»Ja, das Massiv ist voller Höhlen. Einige liegen dicht unter der Felsoberfläche und sind an vielen Stellen offen, sodass man hinausschauen kann.«

»Bei der Wahl dieses Ausflugsziels hast du dich wirklich selbst übertroffen, Gary. Ich kann dir gar nicht genug dafür danken.«

»Morgen, nachdem wir uns eine Weile in den Höhlen und auf den Gipfeln umgesehen haben, fahren wir nach Interlaken und dann in die französischen Alpen. Der Pilatus ist beeindruckend, aber nichts im Vergleich dazu.«

Nick machte noch ein Foto. »Und mal wieder bin ich sprachlos.«

»Du brauchst auch nichts weiter zu sagen. Ich freue mich darüber, dass du es endlich hergeschafft hast. Deshalb habe ich mir vorgenommen, dich so weit zu bringen, dass du, wenn wir nächste Woche in Paris aufschlagen, wo dein Flieger zurück in die Staaten geht, Europa nie mehr verlassen willst.«

Nick nahm die Kamera herunter und ließ seinen Blick umherschweifen, dann drehte er sich um und lehnte sich neben Gary an das Geländer. Er hatte den Kontinent zwanzig Jahre lang besuchen wollen, doch das Leben war ihm irgendwie stets dazwischengekommen. Wie die meisten Menschen räumte er Ehe, Kindern und Job stets oberste Priorität ein, weshalb er knabenhafte Träume von Wanderschaft auf der ganzen Welt immer auf »irgendwann einmal« aufgeschoben hatte. Zu seinem vierzigsten Geburtstag jedoch war er fest entschlossen gewesen, dieses *Irgendwann* sei jetzt gekommen. Er hatte seinen früheren College-Mitbewohner angerufen, der in Deutschland geboren und dorthin zurückgezogen war, um sich um seine alternden Eltern zu kümmern, und alle weiteren Vorbereitungen mit ihm zusammengetroffen. Nun im Herbst nach der Haupttouristensaison waren sie zu einer Rundreise durch Deutschland, die Schweiz und Frankreich aufgebrochen, die sie abwechselnd mit dem Auto, dem Fahrrad und zu Fuß bestritten.

Nick war auf einmal zutiefst gerührt. Er liebte seine Frau und die Kids wirklich sehr und konnte kaum erwarten, sie wiederzusehen, aber hiermit wurde ein lang gehegter Traum für ihn wahr. »Du hast mich schon längst so weit, Kumpel. Wo kann ich ein Arbeitsvisum beantragen?«

Gary lachte.

Nick ging jetzt zur anderen Seite der Plattform und hielt sich die Kamera wieder vor das Gesicht. Während er das Objektiv auf die fernen Gipfel des Pilatus im Osten richtete und durch den Bildsucher schaute, blendete ihn ein grelles Licht und machte seine Komposition hinfällig. Er nahm das Gerät wieder herunter. »Du hast doch gesagt, die letzte Bahn des Tages fährt ungefähr zur Abendessenszeit.«

Gary schaute nach unten und sah, dass gerade eine der roten Zahnradbahnen für den Gästeverkehr zwischen Berg und Tal um eine neunzig Grad-Biegung kam. Ihr Einzelscheinwerfer auf dem Dach leuchtete die Schienen vor ihr aus, während das stoisch klickende Getriebe sie weiter voranbrachte. Er wunderte sich selbst darüber. »Das stimmt eigentlich auch. Vielleicht gab es ja irgendeinen Notfall oder so etwas.«

Der Wagen verschwand jetzt in einem Depot am Hang des Gipfels neben dem Besucherzentrum, und es knallte einmal laut, als die Räder in einer Halterung einrasteten.

Nick blickte über die Brüstung des Aussichtspunkts durch die Fensterscheibe des Zentrums, das neben einem Fahrkartenschalter auch einen Souvenirladen enthielt. Da sich das Personal ausgesprochen merkwürdig verhielt, schien es genauso überrascht von der Ankunft dieser Bahn zu sein wie sie beide.

Auf mehrere ruckartige Bewegungen im Abteil hin folgte plötzlich ein Schrei aus dem Gebäude.

»Auf den Boden, sofort!«

Dieselbe Person schrie noch einmal, und dann brüllten diejenigen herum, die gerade mit der Bahn eingetroffen waren.

Nick drehte den Kopf jetzt zwischen seinem Freund und dem Besucherzentrum hin und her. »Übersetz das mal bitte für mich.«

Gary schluckte. »Jemand hat den Angestellten gerade befohlen, sich auf den Boden zu legen, ansonsten würde er sie erschießen.«

Nick wurde flau im Magen. Da man den Berg nur mit einer Seilbahn, die im Sommer fuhr, und der Zahnradbahn, die wohl gerade einen Haufen Terroristen hergebracht hatte, verlassen konnte, waren Gary, er und alle anderen Gäste somit hier oben gefangen.

# Kapitel 87

*01:15 Uhr Ortszeit, Strecke der Pilatusbahn, Ämsigen, Schweiz*

Der Mechaniker blickte von einem Schaltkasten auf und runzelte seine Stirn. »Ich kann das nicht reparieren.«

»Das gibt's doch nicht!« Declan schlug mit der Faust auf die Platte des Steuerpults, deren Oberfläche mit einer holzgemaserten Folie beklebt war.

Auf halber Strecke den Berg hinauf waren Schüsse gefallen, und an einem Bahndepot hatten sie die Treffer schließlich entdeckt – in einem rechteckigen Metallkasten wenige Fuß vor den Schienen, der zum Verstellen einer Weiche diente, damit zwei Wagen gleichzeitig passieren konnten. Der Riese und seine Männer hatten sie mittig ausgerichtet und dann die Bedienung zerstört, sodass man sie nicht mehr auf dieses oder jenes Gleis stellen konnte. Das musste unbedingt repariert werden, ansonsten blieb die Zahnradbahn weiterhin außer Betrieb.

»Gibt es noch einen anderen Weg zum Gipfel?«

Der Mechaniker zeigte zur Seite.

Declan sah einen unbefestigten Pfad, der sich an den Schienen entlang schlängelte. Vor dem Gelände des Depots wurde er breiter und dahinter wieder enger, bis er oben im Gebirge verschwand. Kühe mit großen Glocken an den Hälsen standen still am Streckenrand und senkten gelegentlich ihre Köpfe, um dicke Büschel Gras aus der Wiese zu rupfen.

»Das ist der einzige andere Weg?«

Der Mechaniker bejahte. »Dort, wo Sie hinwollen, gibt es keine Straßen. Während der Sommermonate fährt außer uns auch noch eine Gondelbahn, aber ansonsten gibt es nur diesen Wanderweg.«

»Sie sagten doch etwas von Hotels, richtig? Wie viele Gäste sind im Moment da oben?«

»Das weiß ich nicht. Gunther und ich arbeiten nur in der Nachtschicht und sind für Routinewartungen an den Waggons verantwortlich. Bis wir oben ankommen, ist die letzte Bahn schon unten, und wer sich dann noch am Gipfel aufhält, muss wohl oder übel bis zum Morgen dortbleiben.«

»Wie viele Personen könnten es zu dieser Jahreszeit ungefähr sein?«

Der Mechaniker zuckte mit den Schultern. »Zwanzig bis dreißig vielleicht, die Belegschaft mitgezählt. Ist ja gerade Nebensaison.«

»Das ist ärgerlich, denn dadurch gewinnen sie noch einen weiteren Vorteil. Vier Bewaffnete können zwanzig bis dreißig Personen ohne Weiteres in Schach halten.«

Harper beugte sich jetzt auf ihrem Platz im Abteil nach vorn. »Glauben Sie, die werden wirklich Geiseln nehmen?«

»Na ja, wegen der wunderbaren Aussicht sind sie bestimmt nicht dort hinaufgefahren. Sobald ihnen klar wird, dass wir ihren Mann hier haben und es keinen Weg mehr nach unten gibt, könnten sie alles Mögliche tun, um die Oberhand zu behalten. Falls das bedeutet, diesen Abschaum und sich selbst mit dem Leben Unschuldiger loszukaufen, werden sie sich bestimmt nicht davor scheuen.«

Harper hielt sich die Hände vor das Gesicht. »Das darf doch nicht wahr sein.«

Kreft schnaubte gekränkt.

Declan sah wieder den Mechaniker an. Ihnen blieben nur zwei Möglichkeiten zur Auswahl: Entweder rauf oder runter, und in keinem Fall durften sie einen warmen Empfang erwarten. »Fahren Sie mit der Bahn zurück. Schildern Sie der Polizei, was genau passiert ist, und machen Sie ihr deutlich, dass wir keinerlei Schuld daran tragen. Wir sind britische Agenten und nicht hier, um Ärger zu stiften. Würden Sie das tun?«

Der Mann nickte und stellte sich wieder an das Steuerpult.

Declan verließ daraufhin die Kabine und betrat den Steilhang draußen. Harper hängte sich die Sporttasche um, zog Kreft hoch und stieß ihn ebenfalls hinaus. Der Schweizer startete den Motor, woraufhin die drei dabei zusahen, wie die Bahn den Berg hinabfuhr. Ihr stetiges Klicken war noch hörbar, als die Dunkelheit des Tales den Wagen schon längst verschluckt hatte.

»Und los.« Declan drängte Kreft zu dem Weiler am Rande der Schienen.

Die Haltestelle, die auf einem blauen Richtungsweiser als Ämsigen aufgeführt war, lag eingezwängt auf einem kleinen Plateau und bestand aus drei Gebäuden – einem verwitterten Almhaus weit oben auf einem Hügel in der Nähe und einem Unterstand, wo momentan anscheinend Ersatzteile für die Bahnwagen gelagert wurden, und natürlich dem Depot selbst, einem lang gezogenen Saal mit überdachtem Vorhof, wo Feuerholz gestapelt lag.

Anhand ihres Aussehens vermutete Declan, dass die Haltestelle früher die abgeschiedene Adresse einer Familie gewesen war, die sich der Pflicht angenommen hatte, die Bahnstrecke im Gebirge zu beaufsichtigen, so wie es in der Kolonialzeit bei den Wärtern all der Leuchttürme entlang der amerikanischen Ostküste der Fall gewesen war.

Declan führte Kreft jetzt die Treppe zum Vorplatz hinauf und öffnete die quer beschlagene Eingangstür. Das Innere belief sich tatsächlich auf nur einen Raum, den man mit altmodischen Möbeln und Geräten eingerichtet hatte, um den vielen Touristen, die den Ort besuchten, etwas zu bieten.

»Setzen!«

Kreft blieb unwillig stehen. »Oder was sonst?«

Declan schlug ihm die Maschinenpistole gegen den Solarplexus. »Sonst das!«

Der Milliardär fiel keuchend auf den staubigen Boden.

»Nachschlag gefällig, du Arschloch?«

Kreft kroch zur Wand gegenüber dem Eingang und tat wie befohlen, während er sich in eine sitzende Haltung hochzog. »Das werden Sie noch … bereuen.«

Declan ignorierte ihn und trat vor ein Waschbecken, das an derselben Wand hing. Als er einen Eisengriff drehte, staunte er nicht schlecht, als klares Wasser aus dem einzelnen Hahn floss, dessen Leitung von draußen durch die Mauer hereinführte. Mit hohlen Händen schöpfte er etwas davon, um sich das Gesicht und die Haare nasszumachen beziehungsweise um sich den Schweiß und den Schmutz abzuwaschen, der sich während der letzten Stunden angesammelt hatte. Es war so kalt, dass ihm fast die Luft wegblieb, dafür aber ungeheuer erfrischend. Anschließend hielt er die Hände noch einmal unter den Ausguss und trank. Erst jetzt wurde ihm bewusst, wie erschöpft und durstig er gewesen war.

Schlaf und Nahrung wurden für Menschen schnell zum Luxus, die versuchten, ein weiteres Grundbedürfnis zu erfüllen: Überleben.

Harper stand jetzt in der Tür. »Wir müssen dringend mit London telefonieren. Sie warten dort bestimmt schon fieberhaft auf unsere Rückmeldung.«

Declan schaute hoch und nickte, ohne sich aber vom Becken abzuwenden. »Trinken Sie erst einmal etwas. London läuft uns schon nicht davon.« Er fuhr sich mit einer Hand durch die Haare, sodass etwas von dem eisigen Wasser an seinem Rücken hinunterlief und sein Shirt durchtränkte. Er erschauderte und grinste dann ausgelassen. »Oh, das ist einfach nur großartig.«

Harper steckte die Sig in ihren Hosenbund und ging durch den Saal. Auch sie hielt ihre Hände unter den Hahn und spritzte sich Wasser ins Gesicht. »Oh mein Gott, das ist fast so wie beim ersten Mal, als ich … Ach, vergessen Sie's.« Sie trank vornübergebeugt. Nachdem sie sich ein wenig Zeit gelassen hatte, drehte sie den Hahn zu und richtete sich wieder auf. »Also gut, jetzt zu London.«

Declan griff zu einem handgewebten Tuch mit dem Pilatus-Drachensymbol, das an einer Leiste neben dem Becken hing und auf alt getrimmt aussah. Er ließ wieder Wasser laufen und machte es gründlich nass, bevor er es Kreft zuwarf. »Waschen Sie sich!«

Kreft fing das Tuch auf und benutzte es dazu, um sich das getrocknete Blut vom Kopf und aus dem Gesicht zu wischen.

Harper nahm währenddessen das Smartphone aus der Hosentasche.

Declan ließ sich auf dem Boden nieder und lehnte sich erfrischt mit dem Rücken an die Wand. Die kräftigende Wirkung des Wassers dauerte noch weiter an. »Denken Sie wirklich, dass uns hier jemand helfen kann? Meinen Sie nicht eher, dass die vielleicht alles nur noch verschlimmern?«

In der Ferne knatterte irgendetwas dumpf. Harper rannte zum Eingang, und Declan sprang ebenfalls auf. Sie stellten sich beide auf den Vorhof des Depots und schauten zum Himmel hinauf. Da die Tannen ringsherum so hoch waren und noch dazu Nebel aufzog, sahen sie nichts, aber das Geräusch stammte zweifellos von den Rotorblättern eines Hubschraubers.

Sie schaute ihn an. »Um die Schweizer Polizei davon abzuhalten, den Berg zu stürmen und diesen Ort mit Automatikwaffen zu umstellen, fällt mir nichts Besseres ein als ein Anruf nach London, also ja: Ich denke, dass man uns helfen kann.« Sie wählte eine Nummer.

Declan machte keine Anstalten, sie aufzuhalten, obwohl er kurz mit dem Gedanken spielte. In seinen Augen würden Politiker die ohnehin schon chaotische Situation nur noch weiter verkomplizieren. Andererseits hatte Harper nicht ganz unrecht. Gegen den Riesen und die Schweizer Behörden zugleich würden sie beide sich nicht durchsetzen können.

Er kehrte wieder ins Depot zurück und betrachtete Kreft. Mit dem Geschäftsmann in ihrer Gewalt hatte sich ein unverhoffter Trumpf für sie ergeben. *War er aber wirklich ein wertvoller Gefangener oder war er nur eine Gefahr, die erst noch ersichtlich werden musste?* Declan tippte eher auf Ersteres, auch wenn er sich dessen nicht hundertprozentig sicher sein konnte. Er setzte sich wieder auf den Boden, dieses Mal direkt neben die Tür, und ruhte sich kurz aus – zum ersten Mal seit gefühlten Wochen. *Die Ruhe vor dem Sturm,* dachte er.

»Direktor Allardyce? Ich bin es, Officer Harper, Sir. Ich weiß, wir hatten abgesprochen, Sie würden sich wieder melden, sobald Sie wissen, wie Sie uns hier herausholen, aber ich muss Ihnen leider mitteilen, dass sich etwas ergeben hat, das möglicherweise einiges verändern wird.«

# Kapitel 88

*12:33 Uhr Ortszeit, Regierungskomplex Whitehall, London, England*

Im Besprechungsraum herrschte Stille, während die versammelten Führungskräfte zuhörten, wie Harper von den Entwicklungen seit ihrem letzten Telefonat berichtete.

Allardyce regte sich sofort auf. »Mehr Pech hätten wir nicht haben können. Herrgott noch mal!« Er ließ eine Faust auf den Tisch niedergehen.

Die Premierministerin hingegen blieb unheimlich ruhig, während sie an die Wand gegenüber starrte, als könne sie hindurchschauen. »Lukas?«

Allardyce legte sein Smartphone hin und schob es ihr zu.

Nach längerem Schweigen am anderen Ende der Leitung begrüßte Kreft sie heiser, fast wie gemartert: »Hallo Imogen.«

Clarke schlug ihre Augen nieder, als bestätige ihr die Stimme, wie ernst die Lage wirklich war. Schließlich seufzte sie und hob ihren Kopf wieder an. »Wir … äh … wir haben gestern Nacht eine Menge beunruhigender Gerüchte gehört, Lukas. Würden Sie uns diesbezüglich bitte erhellen?«

Kreft lachte fast unhörbar. »Das braucht dich wirklich nicht zu wundern, Imogen. Ich habe dich jahrelang vorgewarnt. Du hättest einfach auf mich hören sollen.«

»Warnen? Wovon reden Sie?«

»Von den Kriegen, den Interventionen und den Bündnissen mit unseren entfernten, leicht reizbaren Verwandten auf der anderen Seite des Atlantiks. Ich predige das schon ewig. Deshalb kippte die Mehrheit von Labour, und jetzt wird es die Torries – *deine* Mehrheit – zu Fall bringen. Das geht immer so weiter, bis endlich mal jemand auf mich hört.«

»Darauf schieben Sie also alles? Auf diese Weise rechtfertigen Sie sich selbst gegenüber so viel Tod und Zerstörung? Indem Sie sich zu einem Weisen aufspielen, der zu guter Letzt eingreifen musste, um die Welt zu verbessern?«

Sie machte eine kurze Pause, damit Kreft antworten konnte, was er jedoch nicht tat, obwohl sein anmaßender Unterton während der letzten Bemerkungen aussagekräftig genug gewesen war.

»Niemand hier kauft Ihnen das ab, Lukas, und das dürfte auch für die Welt insgesamt gelten. Warum sprechen wir also nicht die wahren Gründe dafür an, dass Sie … dass *du* diesen kleinen Staatsstreich versucht hast? Warum reden wir nicht mal über die Verträge zur Ölförderung in der Nordsee, die ich gebilligt habe, obwohl du etwas dagegen hattest? Oder über die Subventionen, zu denen dein Unternehmen aufgrund unserer früheren Beziehung nicht mehr berechtigt war, als ich Premierministerin wurde? Ich glaube nicht eine Sekunde lang, dass du mit hehren Absichten gehandelt hast, verstehst du? Für mich sieht es eher so aus, als habe dich meine Regierung in ihrem Streben nach mehr Transparenz schlichtweg zu viel Geld gekostet, Lukas.«

Kreft wusste darauf nichts zu entgegnen.

»Anhand deines Schweigens gehe ich mal davon aus, dass du dem zustimmst. Sehen Sie zu, dass der Kerl aus der Leitung verschwindet.«

»Was sollen wir jetzt mit ihm tun, Ma'am?«, fragte Harper.

Clarke faltete ihre Hände vor dem Gesicht und starrte wieder die Wand an. »Ich glaube, ich möchte nicht, dass Sie irgendetwas mit ihm tun, Officer Harper. Falls ich Sie richtig verstanden habe, waren Sie beide nicht nur der Auffassung, eine Verfolgungsjagd quer durch ein fremdes Land veranstalten zu dürfen, sondern haben sich dabei auch noch auf eine Schießerei in einer Zivilgegend eingelassen, die zu der Entführung von mindestens einer Person geführt hat, was sich letzten Endes zu einer Geiselnahme von Dutzenden auswachsen könnte. Liege ich damit ungefähr richtig?«

Harper erwiderte zunächst nichts darauf, sagte aber dann: »Ja, Ma'am.«

»Ja, Ma'am«, wiederholte die Premierministerin prustend. »Und Ihnen oder McIver ist kein einziges Mal der Gedanke gekommen, dass es vielleicht nicht die klügste Idee wäre, sich so aufzuführen? Dass Sie vielleicht – nur vielleicht – lieber aufhören sollten, zu Ihrem Handy greifen und weitere Anweisungen einholen sollten? Nein, nichts dergleichen, denn dann wären Sie nämlich jetzt bereits unterwegs zu irgendeinem geheimen Unterschlupf oder Abholort, den zu finden sich Direktor Allardyce für Sie bemüht hat.«

»Wir haben uns nicht freiwillig auf diese Jagd eingelassen.« Declan hörte sich an, als sei er ein gutes Stück vom Telefon entfernt. »Es geschah zwangsweise. Wir haben einen Mann verteidigt, den wir in Ihrem Auftrag sicher nach London bringen sollten, und jetzt, nachdem er uns entwischt ist, stellen Sie es auf einmal ganz anders dar, damit Sie selbst fein raus sind.«

»Sie waren nicht befugt dazu, sich selbst oder sonst jemanden zu verteidigen. Sie sollten nur eine Aufgabe erfüllen, und zwar nur diese eine. Als Sie das nicht geschafft haben, hätten Sie sofort aus der Region verschwinden müssen. Wir sind hier nicht in einem James-Bond-Film; durch Ihr Tun haben Sie internationale Spannungen verursacht, und jetzt werden vielleicht noch weitere Unbeteiligte ihr Leben lassen müssen, bevor das alles vorbei ist.«

»Oh, und das ist warum auch immer bedauerlicher, als die Tatsache, dass bereits Dutzende von Unbeteiligten gestorben sind, während Ihr Verein da oben bei Tee und Gebäck zusammensaß – gemeinsam mit einem falschen Freund?«

»Ich habe die Nase langsam gestrichen voll von Ihnen Mr. …«

Allardyce lenkte laut ein, bevor das Streitgespräch noch weiter ausarten konnte: »Bei allem gebührenden Respekt, Madame Prime Minister, Declan sagt da nichts Unwahres. Wir haben die beiden beauftragt, Raymond Sell unversehrt herzubringen, und wussten dabei ganz genau, dass ihm gewisse Kreise quasi den Tod wünschten, weshalb sie sich aktiv darum bemühen würden, sollte sich die Gelegenheit dazu ergeben. Das ist bedauerlicherweise früher geschehen, als irgendjemand von uns erwartet hätte, macht aber weder Declan noch Harper für das darauffolgende Durcheinander verantwortlich. Sie haben einfach so gehandelt, wie sie es für am Besten hielten, und jetzt müssen wir davon ausgehend weitere Maßnahmen ergreifen. Alles andere wäre Korinthenkackerei, wie es so treffend heißt.«

»Ich würde Dennis tendenziell zustimmen«, warf Meg Unruh ein. »Wir müssen das Außenministerium einschalten und den Schweizern mitteilen, dass gerade britische Agenten in ihrem Land im Einsatz sind. Die Vollzugsbehörden dort werden sich unbestreitbar bereitmachen und ihre Kräfte bündeln. Lassen Sie uns folglich alles tun, was sich machen lässt, um eine verworrene und ungewisse Lage für alle Betroffenen zu entspannen.«

»Entspannen?« Clarke wandte sich der Innenministerin zu. »Verzeihen Sie, aber mir leuchtet nicht so ganz ein, wie sich das Ganze für irgendjemanden – geschweige denn für alle – wieder entspannen soll, also nein! Wir werden nicht das Außenministerium hinzuziehen und auch nicht in der Schweiz oder woanders anrufen. Meines Erachtens nach löst sich dieses Problem relativ schnell von selbst, wenn wir den Dingen einfach ihren Lauf lassen.«

»Und die beiden aufgeben?« Allardyce war fassungslos. »Das … das ist nicht …«

Die Premierministerin stand jetzt abrupt auf. »So wie ich es sehe, haben sich alle Beteiligten schwerer Verbrechen schuldig gemacht. Sei es durch Pläne mit üblen Hintergedanken, subversive Aktionen oder grobe Inkompetenz, sie sind alle Teil des Problems, und ohne sie stünden wir jetzt wesentlich besser da. Exekutive und Terrorabwehr der Schweiz werden im Verbund schneller und konsequenter damit aufräumen, als wir es aus dieser Entfernung tun könnten.« Sie trennte die Verbindung jetzt. »Geben Sie mir Bescheid, wenn alles geklärt ist.« Dann ging sie um den Tisch herum und auf die Tür zu.

»Das können …« Allardyce erhob sich ebenfalls, »wir nicht tun.« Er blieb stehen, während ihm Clarke den Rücken zukehrte und der Generalstaatsanwalt gemeinsam mit der Innenministerin aufstand. »Wir …«

Clarke öffnete die Tür und verließ das Zimmer.

»Die Konsequenzen jeglicher Handlungen dieser Regierung sind unter rechtlichen und diplomatischen Gesichtspunkten zu ernst, Dennis. Es handelt sich dabei um ein Problem der Schweiz *in* der Schweiz, und nur ihre Regierung ist dazu berechtigt, dieses in Angriff zu nehmen. So und nicht anders sollte es auch sein.« Der Staatsanwalt schob die Brille auf seiner Nase wieder hoch und folgte der Premierministerin.

»Zur Hölle mit Recht und Diplomatie, Mr. Harms!«, rief Allardyce dem Mann aufgebracht hinterher, der den Eindruck eines Flüchtigen vermittelte. »Das sind doch nichts weiter als Ausflüchte, mit denen Sie sich aus der Affäre ziehen wollen.«

»Ruhig bleiben, Dennis«, beschwichtigte ihn Dr. Penry, der nun in den Raum hineinschaute, da die Tür geöffnet worden war. »Nehmen Sie lieber wieder Platz, ja?«

Allardyce drehte sich zum Meg Unruh um, die zwar ebenfalls aufgestanden, aber noch nicht zur Tür gegangen war. »Das darf nicht geschehen. Declan McIvers Lauterkeit lässt sich natürlich infrage stellen, Harpers hingegen nicht. Sie ist Staatsagentin mit einem Bilderbuchwerdegang beim MI6. Wir würden damit eine unserer besten Agentinnen aufgeben.«

Unruh blieb weiterhin skeptisch. »Die Premierministerin liegt nicht vollkommen falsch, mit dem, was sie sagt, Dennis. Soweit ich es verstanden habe, bestand Harpers Aufgabe offiziell darin, McIver bei seiner Ein- und Ausreise in die Schweiz zu beschatten, und nicht gemeinsam mit ihm eine Hetzjagd über Landesgrenzen hinweg zu veranstalten.«

»Stimmt, und sie bemühte sich durchaus darum, diese Aufgabe auch zu erfüllen, bis sie beide im Auftrag von Lukas Kreft angegriffen und entführt worden sind – dem Mann, der das alles mithilfe von Verrätern in Westminster und dem Thames House organisiert und geleitet hat. Jeder Schritt, den die zwei seitdem getan haben, erfolgte lediglich als Reaktion auf den Gegenwind, den sie bekamen. Sie dürfen weder dafür verantwortlich gemacht werden noch als Sündenböcke dafür herhalten müssen, dass wir nicht imstande gewesen sind, die Verschwörung früh genug zu erkennen. Genau dieselben Instanzen dieser Regierung, die zum Schutz unserer Bürger vor einem solchen Übergriff vorgesehen sind, wurden stattdessen missbraucht, um diesen zu ermöglichen. Sollte man außer Kreft noch jemandem die Schuld zuweisen, dann höchstens uns – dieser Regierung.«

»Die Premierministerin hat korrekt erkannt, dass dieser Vorfall nicht an die Öffentlichkeit dringen wird, wenn sie alle getötet werden.«

Allardyce ließ seinen Kopf hängen und schaute auf den Tisch. *Wie viele Leben wurden von berechnenden Politikern einfach so aufs Spiel gesetzt und geopfert, denen es in erster Linie nur um ihre eigene Karriere ging?* Als er wieder aufblickte, schaute er Unruh tief in die Augen. »Falls Sie das vollkommen eiskalt und pragmatisch abhaken möchten, dann gut, dann sei es so. Ja, eine Zeit lang wird es der Öffentlichkeit vorenthalten bleiben. Erklärungen für die Sprengstoffanschläge, die Tode so vieler britischer Bürger sowie die Morde an Egan Hume und Reece Findlay muss trotzdem jemand abgeben. Vorausgesetzt, die Premierministerin und diese Regierung sehen davon ab, mit dem Vertuschen fortzufahren, denn jetzt wo Lukas Kreft aufgehört hat, kommt die Wahrheit über kurz oder lang unweigerlich ans Tageslicht. Die Vorgehensweise der Schweiz lässt sich in keinem Fall voraussagen, weshalb wir das Resultat nicht abschätzen können. Alle könnten sterben oder überleben, denkbar wäre beides.«

Diese Worte überzeugten Unruh bis zu einem gewissen Grad. Ihr Blick schweifte im Raum herum, während sie die verschiedenen Möglichkeiten abwägte. Schließlich nahm sie das Smartphone vom Tisch und schaute Allardyce noch einmal aufmerksam an. »Imogen ist im Zuge dieses versuchten Staatsstreichs derart aufgelöst, dass sie nicht in angemessener Weise damit umgehen kann, doch wenn ich übernehmen sollte, wird es alles andere als einfach.«

Dennis geriet ins Grübeln.

»Zuallererst gilt es, die Bevölkerung über diese Situation in Kenntnis zu setzen, wobei wir kontrollieren müssen, wie es dargestellt wird. Imogen Clarke sollte unter Verruf zurücktreten, woraufhin ich für ihre Nachfolge kandidiere und die Wahl gewinnen muss. Um dabei nur ansatzweise eine Chance zu haben, brauchen wir allerdings Belege dafür, dass ihre Entscheidungen falsch, unbesonnen und eventuell sogar illegal waren, wohingegen meine fortan natürlich über alle Zweifel erhaben sein müssen, Dennis. Ich frage mich, wie wir das schaffen sollen ...«

Er starrte in Unruhs Gesicht, in dem Bestreben erkennen zu können, ob sie ihm das suggerierte, was er vermutete. Sie zuckte mit keiner Wimper, sondern verharrte einfach und erwiderte seinen Blick ruhig. Ja, sie legte ihm tatsächlich gerade nahe, was er gedacht hatte ... einen erneuten Putsch gegen die Premierministerin des Vereinigten Königreichs, dieses Mal allerdings nicht durch einen korrupten Industriellen mit der Hilfe eines hinterhältigen Politikers und eines ehrgeizigen Spitzels, sondern von zwei Personen, die Clarke persönlich eingestellt und auf deren Ergebenheit, die ihr zugesichert worden war, sie gebaut hatte.

Allardyce wandte sich ab. Er bildete sich einiges darauf ein, der britischen Krone drei Jahrzehnte lang ethisch korrekt gedient zu haben. Dabei hatte er keine einzige Versprechung nicht eingehalten, wenn er auch zu vielen Anlässen davon abgesehen hatte, überhaupt welche zu machen oder einem anderen Staatsdiener das sprichwörtliche Messer ins Kreuz zu rammen. Seine Laufbahn gründete darauf, Geschäfte unter der Hand zu vermeiden, auf die sich die Politiker nur allzu gern einließen, und dies war ihm am Ende teuer zu stehen gekommen. Allerdings bedeutete ihm seine persönliche Ehre mehr, als zu noch höheren Positionen innerhalb der Regierung aufzusteigen. Was seine spätere Grabinschrift betraf, wünschte er sich, dass der Verfasser zuerst an jenes klassische Verständnis von Ehre denken würde, welche die Welt zu einem besseren Ort machte. *Durfte sich Allardyce noch weiter damit brüsten, wenn er mit dem konform ging, was Unruh verlangte? Oder würde man es als Schlüsselmoment seiner Karriere auffassen? Konnte es alles andere, was er geleistet hatte, in den Schatten stellen und der Öffentlichkeit das Bild vermitteln, dass er eine betrügerische, egoistische Ratte war, die er Zeit seines Lebens nie hatte sein wollen?*

Seine Schultern sackten unter der Bürde dieser Entscheidung nach unten. Ehre oder Überleben, dazwischen gab es nichts. Wählte er Ersteres, könnten Menschen sterben, von deren Güte er vollkommen überzeugt war; wählte er Letzteres, konnten sich sämtliche Leistungen seines Lebens als vergeblich herausstellen. Seufzend wandte er sich wieder der Ministerin zu. *Wie sollte er zugleich verächtlich auf Politiker hinabsehen, die danach strebten, ihren Status zu erhalten, und dennoch an sein eigenes Vermächtnis denken?* Da er kein Heuchler sein wollte, stand sein Entschluss fest. »Sie haben Clarkes Gespräch mit Kreft mitverfolgt, oder?« Er zeigte auf das Handy.

Unruh schaute auf das Gerät und nickte.

»Sie sind nach wie vor zusammen. Clarke redet zwar gern von einer früheren Beziehung, doch der MI5 hat Beweise dafür, dass diese immer noch besteht. Falls die Medien davon erfahren … nun ja, Sie wissen, was ich damit meine.«

Nun war es ausgesprochen, obwohl es nicht nach seiner eigenen Stimme geklungen oder sich so angefühlt hatte, als habe er seinen Mund bewegt. Während er verharrte, nahm er einen Ausdruck von Erkenntnis in Unruhs Zügen wahr. Ihr war die jüngere Geschichte von Imogen Clarkes Romanze mit Lukas Kreft gar nicht bewusst gewesen, weshalb die Offenbarung einem fehlenden Stück für ein Puzzlespiel gleichkam.

Sie hielt ihm das Smartphone hin. »Rufen Sie die beiden noch einmal an und versprechen Sie ihnen, dass wir uns nach Kräften bemühen werden, dieses Drama zügig und friedlich zu beenden.«

Allardyce nickte. »Ja, Ma'am.«

# Kapitel 89

*01:51 Uhr Ortszeit, Strecke der Pilatusbahn, Ämsigen, Schweiz*

Declan entnahm das Magazin der MP5 und zählte die Patronen. »Das hier sind fünf. Wie viele haben Sie noch in der Sig?«

»Declan, es muss doch noch eine andere Möglichkeit geben. Wir können keinen Angriff auf die Poli…«

»Wie viele Patronen sind es?«

Harper zog die Pistole aus ihrem Hosenbund und drückte einen runden, geriffelten Knopf an der linken Seite, woraufhin das Magazin in ihre Hand fiel. Sie schaute durch die Löcher darin. »Zwei … oder drei. Und eine weitere steckt noch in der Kammer.

»Nehmen Sie sie heraus, wir müssen es ganz genau wissen.«

Sie pulte die Patronen heraus und zog dann den Verschluss zurück, um die geladene zu entfernen. »Vier insgesamt.«

»Gut. Nehmen Sie diese hier auch.« Declan schob die Munition der Maschinenpistole mit einem Daumen aus dem Magazin. Nachdem er sie Harper überreicht hatte, warf er die leere Stange auf den Boden. »Füllen Sie dieses Magazin auf und setzen Sie eines der vollen ein.« Er zog den Reißverschluss der Sporttasche auf, die sie aus Bad Homburg mitgenommen hatten, und reichte ihr eines der vier Magazine für die Pistole. »Somit hätten wir drei volle für die Sig plus dieses eine mit neun Patronen, außerdem ein weiteres volles für die MP.«

»Vierundachtzig Schuss also alles in allem?«

»Nein.« Er nahm die andere P226 heraus, die dem toten Leibwächter im Range Rover gehört hatte, und ließ das Magazin herausfallen. »Da sind noch dreizehn, also summa summarum siebenundneunzig.«

Nun lachte Kreft auf. »Damit schaffen Sie es nicht einmal, jemandem dort oben einen Kratzer zuzufügen. Sind Sie jemals da gewesen? Auf Sie wartet ein Anstieg von fünftausend Fuß, und wenn Sie den Gipfel dann endlich erreichen, treffen Sie auf vier schwerbewaffnete Killer in überlegener Position, die sich hinter zahlreichen Geiseln verstecken.« Er lachte weiter. »Und wenn Sie nach unten zurückkehren, wartet dort oder auf dem Weg wahrscheinlich bereits eine Armee von Polizisten auf Sie. Was heißt *Wir sind geliefert* auf Gälisch?«

Declan ging nicht auf diese Frage ein, sondern sagte zu Harper: »Wir tun weder das eine noch das andere. Wir sind noch nicht sonderlich weit oben, höchstens dreitausend Fuß. Lassen Sie uns jetzt in Richtung Norden und

Osten gehen, bis wir einen Abstieg finden, um zu einem der Orte zurückkehren zu können, durch die wir beim Hinauffahren gekommen sind. Dort suchen wir uns dann ein Auto.«

»Und was wird aus ihm?«

»Sie haben den Tenor in London doch gehört. Wir sind nun auf uns allein gestellt. Er nützt uns jetzt nichts mehr. Wir binden seinen Arsch einfach an irgendeinem Baum in der Nähe fest und hoffen, dass ihn ein Bär frisst.«

Harper atmete stoßartig aus. Declan spürte, dass sie sich noch nicht ganz mit der Vorstellung angefreundet hatte, von ihrer Regierung im Stich gelassen worden zu sein. Wie allzu viele Patrioten auf der Welt, hatte sie die Bedürfnisse ihres Landes zur Kenntnis genommen und den Kampf gegen den neuesten Feind aufgegriffen, der auf den Plan getreten war. Gleichermaßen – also wie viele andere auch – musste sie auf die harte Tour lernen, dass Einzelpersonen auf dem geopolitischen Schachbrett gerne mal als Bauernopfer gebracht wurden.

»Die Schweiz wird sich schon um den Überfall am Gipfel kümmern. Niemand ist besser zur Terrorbekämpfung gerüstet. Sie und ich, wir werden eine ganze Weile von der Landkarte verschwinden. Das ist zwar scheiße, aber so läuft es nun mal, wenn man entbehrlich geworden ist.« Er zwinkerte ihr zu. »Ich habe gehört, an der Costa Blanca könne man ein laues Leben führen und Dreizehn gerade sein lassen.«

Das brachte Harper halbwegs zum Lächeln.

»Das Einzige, was wir nicht tun dürfen, ist hierbleiben.« Er schwang sich die Sporttasche über die Schulter. »Wir müssen schnell verschwinden.«

Abgesehen von ihren Munitionsreserven enthielt das Gepäckstück den Rest des Geldes, das Declan in Zürich aufbewahrt hatte, und den europäischen Reisepass, der ihn als Franzosen namens Jean-Luc Boyette auswies. Damit konnte er in den meisten Ländern auf dem Kontinent ohne Probleme untertauchen, bis sich die Wogen wieder geglättet hatten und er in der Lage war, dafür zu sorgen, dass Harper die notwendigen Mittel erhielt, um für unbestimmte Zeit vom Radar zu verschwinden. Danach würde er sich auf den Weg in die Staaten machen und sich vergewissern, wie es um seine Ehe mit Constance – falls es sich überhaupt noch so nennen ließ – bestellt war.

Er blieb stehen und dachte an das aktuelle Datum. Sein Kind sollte Ende des Jahres geboren werden. *Würde er dabei zugegen sein? Würde er dazu kommen, die ersten Schreie des Säuglings zu hören – einer Tochter, wie er sehr sicher zu wissen glaubte?* Die Frage bereitete ihm Bauchschmerzen, und seine Glieder fühlten sich auf einmal unglaublich schwer an. Die vergangenen paar Tage waren ein einziger Überlebenskampf gewesen, weshalb er keine

Zeit gefunden hatte, sich den Preis bewusst zu machen, den er für seine Verstrickungen zahlen könnte. Er ließ zu, dass die Tasche zurück auf den Boden fiel, und drehte sich zu Kreft um. Dieser würde ihm möglicherweise das verleiden, was ihm andere Eltern als den herrlichsten Moment ihres ganzen Lebens beschrieben hatten.

Der Geschäftsmann erwiderte seinen Blick frech grinsend. »Machen Sie doch ein Foto …«

Declan zog jetzt ein Bein zurück und trat wie ein Fußballspieler zu. Krefts Kopf schlug gegen die Wand hinter ihm und prallte daran ab. Er verzog das Gesicht, und Blut rann aus seinem Mund.

»Sie haben es mit dem Stehlen, nicht wahr?« Declan packte ihn am Hemd, um ihn zum Aufstehen zu zwingen. »Dem Nehmen von Dingen, die anderen Leuten wichtig sind, damit Sie ihnen diese madigmachen können, was?« Nachdem er ihm in den Bauch geboxt hatte, setzte er mit einem Schlag gegen den Kopf nach. »Dann nehmen sie mal *das.*«

Der Milliardär brach zusammen.

Declan bückte sich.

»Stopp!« Harper zog ihn an seinem Shirt zurück, wobei das Handy aus ihrer Hose fiel, weil er sich so heftig wehrte. »Stopp!«

Kreft kroch zur Wand zurück, als sei er dort sicherer.

Declan gab nach.

Harper starrte ihm fest in die Augen. »Wir haben etwas Besseres zu tun – von hier verschwinden!« Sie hob die Sporttasche auf und drückte sie gegen Declans Brust, während sie sich vor Kreft aufbaute. »Die Zeit drängt.«

Er machte mit erhobenen Händen deutlich, dass er fertig war … in jeder Hinsicht. Keine noch so grobe körperliche Gewalt würde zurückbringen können, was er eingebüßt hatte.

Nun hängte sich Harper die Tasche um, ohne von der Stelle zu weichen.

Declan beugte sich nach vorn und hob das Smartphone auf. »Lassen Sie ihn einfach da sitzen.« Er drehte sich um und öffnete die Eingangstür.

»Polizei! Hände hoch!«

Sofort ließ er den Griff los und sprang zurück. Er hatte gerade genau in die Mündung einer Remington 870 geschaut. Ein einzelner Beamter in Kampfmontur hielt das Gewehr und trat ins Depot, ehe sechs weitere in den gleichen dunkelgrünen Räumungskommando-Uniformen nachrückten, die allesamt MP5-Pistolen im Anschlag hielten.

»Polizei! Wir sind bewaffnet!«

Declan streckte seine Hände über dem Kopf aus und ging so weit wie möglich rückwärts, ohne gegen die hintere Wand zu stoßen.

Harper blieb wie vom Blitz getroffen stehen, und hob ihre Arme ebenfalls, ruckartig wie bei einer Turnübung in die Höhe.

Die Polizisten verteilten sich schussbereit an der vorderen Wand des Saals.

Kreft, der noch immer mit angezogenen Knien am Boden lag, stöhnte gequält auf.

»Hände hoch, Sie auch!«

Er setzte sich vorsichtig aufrecht hin und gehorchte.

»Englisch? Sprechen Sie Englisch? Helfen Sie mir. Bitte.«

»Jetzt auf den Bauch legen und die Arme ausstrecken!«

Kreft sank wieder auf den Boden, während Harper in die Knie ging. Declan spürte eine Vibration in seiner Hand und bemerkte, als er an sich hinunterschaute, dass er das Smartphone immer noch festhielt.

»Fallenlassen!«

Er drehte das Gerät ein klein wenig, um die Nummer des Anrufers erkennen zu können. Es war Allardyce!

»Fallenlassen, und zwar sofort!«

Er schaute auf die Flinte und dann wieder auf das Handy. *Was wollte der Direktor von ihm? Hatte London doch nicht das letzte Wort gesprochen?* Aber es war nicht mehr von Belang. Selbst wenn er den Anruf entgegengenommen hätte, wäre Dennis außerstande gewesen, ihnen jetzt zu helfen. Der Secret Service hatte in der Schweiz nämlich nichts zu melden. Nicht einmal zu Hause in Großbritannien kam er ohne die Unterstützung seiner Kontakte bei der Staatspolizei zurecht.

Declan kniete jetzt ebenfalls nieder und legte sich schließlich auf den Bauch, wobei er das Telefon vorsichtig wegschob und zuschaute, wie es über den Boden rutschte. Es vibrierte weiter, doch die Polizisten stiegen einfach darüber hinweg, ohne sich etwas dabei zu denken. Vier von ihnen hoben die Waffen der beiden auf und zogen Handschellen von ihren Gürteln.

Dann drückte plötzlich ein Knie gegen seinen Rücken direkt unterhalb des Genicks, und der Beamte, dem es gehörte, packte eine seiner Hände, woraufhin Declan das kalte Metall einer Handschelle spürte, kurz bevor sie geschlossen und sein Arm nach hinten gebogen wurde. Er kniff die Augen zusammen, während ihm der Mann den anderen Arm ins Kreuz zog, um die zweite Handschelle anzulegen. Dann half ihm ein zweiter dabei, Declan auf die Beine zu heben. Nun sah er, wie die übrigen Polizisten das Gleiche mit Kreft und Harper wiederholten.

»Hoch!«

Die beiden wurden jetzt hochgezogen und zum Eingang geführt.

Declans Blick fiel auf einmal auf den gestickten Aufnäher am Ärmel der Uniform eines Beamten. Das Emblem zeigte einen angriffslustigen Tiger und den umlaufenden Schriftzug »Bundeskriminalpolizei Tigris«. Bereits zum zweiten Mal in weniger als einer Woche wurde er von einer Behörde festgenommen, die er für die Schweizer Polizei hielt, nur dass es diese Männer, falls er von ihren militärischen Befehlen und Gebaren ausging, verdammt ernst meinten.

# Kapitel 90

*01:22 Uhr Ortszeit, Marsham Street 2, Innenministerium Ihrer Majestät London, England*

Allardyce machte Platz, als Meg Unruh wortlos aus dem Aufzug stieg und zur Tür ihres Büros ging. Sie hatten beschlossen, ihr nächstes Meeting nicht im Besprechungsraum A in Whitehall abzuhalten, damit weder die Premierministerin noch jemand anderes von ihren Plänen erfahren würde.

Im Zimmer setzte sich Unruh jetzt hinter ihren Schreibtisch. »Horace wird sich gleich melden. Sein Zutun ist für unseren Erfolg unverzichtbar. Als Außenminister hat er die Aufgabe, Beziehungen zu ausländischen Würdenträgern und gewählten Staatsdienern aufzubauen. Er wird also genau wissen, wen wir in der Schweiz kontaktieren müssen.«

Allardyce schloss die Tür und nickte. Ihm war zwar vollkommen klar, worin die Aufgabe eines Außenministers bestand, aber ihm war wenig daran gelegen, sich zum Narren zu machen, indem er sie darauf hinwies. Während er sich vor dem Tisch niederließ, schaute er kurz auf seine Uhr. Erneut war er froh, seine Füße entlasten und ausruhen zu können. Dass Declan und Harper seinen Anruf nicht entgegengenommen hatten, bereitete ihm allerdings Kopfzerbrechen. Er war Verpflichtungen eingegangen, um ihre Leben zu schützen, und konnte nicht zurückrudern, weshalb sich die Ergebnisse unbedingt bezahlt machen mussten.

Dass für den Verschlüsselungsstandard SCIP kompatible Telefon auf Unruhs Schreibtisch läutete plötzlich. Sie drehte es um, damit auch Allardyce in die Kamera schauen konnte, und drückte eine rot blinkende Taste auf dem Bedienfeld. »Guten Morgen – oder besser gesagt Abend bei Ihnen, Horace.«

Ein eindrucksvoller Mann mit grauen Haaren, die wie in den 1970ern frisiert waren, und einer dicken Brille erschien jetzt auf dem Bildschirm. Horace Taylor-Jones hatte sich während der dreißig und mehr Jahre, die ihn der Direktor nun kannte, äußerlich nur geringfügig verändert.

»Horace«, hob Allardyce an.

Der Außenminister nickte mit einer Miene, die deutlich machte, dass die Anwesenheit eines MI5-Mannes seinem Dafürhalten nach nichts Gutes verheißen konnte. »Dennis. Es freut mich, Sie zu sehen … schätze ich zumindest.«

»Ja, aber lassen Sie uns nicht um den heißen Brei herumreden, ja?«, unterbrach ihn Unruh direkt. »Horace, wir benötigen Ihre Hilfe.«

»Na, das möchte ich stark annehmen, wenn Sie sich so plötzlich bei mir melden. Hier in Hongkong ist es gerade halb sieben, und ich komme zu spät zu einer Versammlung. Wo drückt denn der Schuh?«

Meg setzte ihren Ministerkollegen so behutsam und gleichzeitig souverän sie konnte, in Kenntnis.

»Großer Gott. Haben Sie beide vollkommen den Verstand verloren?«

Die Frage ärgerte Allardyce, obwohl er natürlich mit genau dieser Reaktion gerechnet hatte.

»Einen Premier aus der eigenen Partei stürzen zu wollen, ist absolut hirnrissig. Sie sollten das überdenken, solange das Kind noch nicht in den Brunnen gefallen ist.«

»Diese Regierung geht so oder so den Bach hinunter, Horace. Die Frage ist nur, ob wir es auch tun oder ob wir etwas zur Schadensbegrenzung unternehmen und so vielleicht unsere Mehrheit retten können. Legen wir die Hände in den Schoß, riskieren wir ein erfolgreiches Misstrauensvotum und neue Parlamentswahlen. In einem solchen Klima hätte niemand von uns den geringsten Einfluss und könnte durchaus dazu gezwungen sein, ins Oppositionslager umzuziehen.«

Der Außenminister kratzte sich daraufhin am Kinn und betrachtete irgendetwas außerhalb des Bildbereichs. »Himmel, Meg. Sie sprechen davon, jemanden zu treten, der bereits am Boden liegt. Imogen hätte doch niemals im Leben ahnen können, dass dieser Kreft so etwas tun würde. Falls eine Jahrzehnte zurückliegende Uni-Sexgeschichte ein Verbrechen ist, gehe ich davon aus, dass wir alle hochkant rausgeschmissen werden müssten.«

Unruh drückte ihre Handinnenflächen gegeneinander. »Diese Geschichte ging aber noch weiter, und zwar schon seit einiger Zeit. Krefts Name fiel letztes Jahr im Zusammenhang mit der Tragödie in jener Schule in den USA. Das Strafgericht unter Domville ermittelte, fand aber keine konkreten Beweise für seine Beteiligung, doch die Eröffnung dieses Falls förderte welche zutage. Dennis und seine Mitarbeiter wurden von Clarke daran gehindert, auf diese Beweise hin Schritte einzuleiten. Mindestens ein Drittel der Todesopfer in der gegenwärtigen Situation verschuldet sie deshalb ganz allein.«

Taylor-Jones nippte an einer dampfenden Tasse. »Also gut, dann muss sie eben abtreten. Und Sie haben vor, sich für ihre Nachfolge aufstellen zu lassen?«

»Ja. Ich beabsichtige, heute entschlossen durchzugreifen, was Imogen Clarke wohl aus persönlichen Gründen nicht fertiggebracht hat. Wenn der Trubel in der Schweiz erst einmal vorbei ist, habe ich eine Basis für meinen Führungsanspruch, an dem sich nur schwerlich rütteln lässt.«

»Na dann, ich gratuliere.«

»Danke. Ich möchte Ihnen aber auch gratulieren – zu Ihrer Beförderung zum Schatzkanzler.«

Taylor nahm noch einen Schluck seines heißen Getränks und schien Unruh jetzt genau in die Augen zu schauen. »Ich verstehe. Und womit habe ich mich um diese Beförderung verdient gemacht?«

»Mit Ihrem mutigen Eingriff in der Schweiz.«

Allardyce konnte buchstäblich beobachten, wie die Gedankenmaschinerie des Außenministers in die Gänge kam, während er Risiken und Erfolgschancen gegeneinander abwägte. Wenn Politiker eines waren, dann leicht durchschaubar. Als er dies sah, drängte sich ihm das Bedürfnis auf, ein Bad zu nehmen.

»Ich habe an der Londoner Wirtschaftsuniversität studiert.«

Unruh lehnte sich in ihrem Sessel zurück. »Ich weiß.«

Taylor-Jones schaute wieder von der Kamera seines Telefons weg, während er geistesabwesend seine Lippen schürzte.

»Zeit ist ein ungeheuer wichtiger Faktor in dieser Sache, Horace«, warf Allardyce ein, der dieses rückgratlose Kalkül langsam leid wurde.

»Gleich.« Der Mann stand von seinem Platz auf und verschwand kurz. Als er zurückkehrte, hielt er ein Smartphone in der Hand. Er wählte eine Nummer und wartete. »Hier spricht Horace Taylor-Jones«, sagte er schließlich, »Außenminister Großbritanniens. Vizepräsidentin Virenque, bitte.« Er machte eine Pause und hörte sich die Antwort an. »Dann wecken Sie sie. Und zwar sofort!«

# Kapitel 91

*02:31 Uhr Ortszeit, Strecke der Pilatusbahn, Alpnachstad, Schweiz*

Declan schaute zur Spitze der Kolonne, während die Gruppe von zwölf Polizisten und ihren drei Gefangenen den Wald endlich verließen und in dem dichten Nebel verschwanden, der über dem Berg hing. Seine Waden taten nach dem langen Marsch auf dem äußerst steilem Gefälle weh. Er hörte Motorengeräusche und sah in der Ferne Autos, die vermutlich zu einem erheblichen Polizeiaufgebot gehörten. Die Gruppe setzte ihren Weg an den Bahnschienen zu dem Depot fort, wo sie den Aufstieg begonnen hatte.

Hinter ihm waren vier Beamte, die ihn auf Schritt und Tritt beobachteten. Er spürte ihre Blicke geradezu in seinem Rücken. Drei weitere gingen vor ihm, die übrigen fünf flankierten Harper und Kreft im vorderen Drittel des Zugs. Fest stand: Die Schweizer Polizei wusste genau, wer er war, und hielt ihn offenbar mit Abstand für die gefährlichste Person von ihnen dreien.

Die Männer vorne wechselten jetzt vom Pfad auf die Gleise, woraufhin man im Gänsemarsch weiterging, während das Gelände zum Ufer des Vierwaldstättersees hin stark abfiel. Nach mehreren Dutzend Yards betraten sie den überdachten Bahnsteig der Tal-Haltestelle der Pilatusbahn. Bei ihrer Ankunft wurden sie sofort von zwölf weiteren Beamten umstellt und auf das Rondell geführt, das zwischen dem Bahnhof der SBB und dem Rand des Örtchens Alpnachstad lag.

Der dunkle Touristenplatz wurde gerade in ein provisorisches Einsatzbasislager verwandelt. Etwas weiter weg auf dem ebenen Asphalt zwischen dem zerschossenen G-Klasse-Mercedes und dem umgekippten Range Rover war ein Eurocopter A365 gelandet. Mindestens ein Dutzend Streifenwagen standen auf den Straßen, während aus jeder Richtung in Zweier- oder Dreierkolonnen noch weitere kamen. Zwanzig bis dreißig Beamte liefen hin und her, um mobile Sperren zu errichten und zu bemannen, schoben Tische auf einer Caféterrasse zusammen, um Karten darauf auszubreiten und teilten den Anwohnern wiederholt durch Megafone mit, wie sie sich verhalten sollten.

»Hier spricht die Kantonspolizei Obwalden. Zu Ihrer Sicherheit bitten wir Sie, Ihre Häuser nicht zu verlassen. Wählen Sie in Notfällen die 117, und wir schicken Ihnen Hilfe.«

Im Mittelpunkt der Umtriebigkeit stand ein schwarzer Camion, der zu einem fahrbaren Kommandozentrum umfunktioniert worden war, mit einer Reihe getönter Fenster, Metalltrittstufen und blau-silberner Beschriftung in vier Sprachen, die ihn als Polizeiwagen auswies.

Am Fuß einer der Stiegen stand ein sonnengebräunter Mann mit stoppelig rasierten schwarzen Haaren und einem dunklen Bartschatten. Er trug einen Trenchcoat, aus dessen Brusttasche ein Ausweisetui hing, und rauchte gerade eine Zigarette. Er winkte die Beamten heran, die Declan führten. »Bringen Sie sie her.«

Die Männer gehorchten und stellten sich mit ihnen – Declan in der Mitte – vor die Stufen des fahrbaren Kommandozentrums.

Der Mantelträger zog noch einmal an seiner Zigarette und blies Declan den Rauch mitten ins Gesicht. Dann schnippte er sie in eine Pfütze in der Nähe und schlug sein Revers auf, um die Hände in die Hüften stemmen zu können, wobei man sah, dass er ein braunes Polohemd mit einem Schweizer Kreuz auf der rechten Brustseite trug und eine Pistole in einem Holster mit sich führte. »Ich habe eine Woche lang nach Ihnen gesucht.«

Declan roch eine Mischung aus Schweiß und Nikotin. Anscheinend hatte der Kerl diese Woche wenig mehr getan, geschweige denn, sich gewaschen.

Mit einer Kopfbewegung wies der Mann auf den Camion. »Schaffen Sie ihn da rein. Setzen Sie die anderen beiden getrennt in Ihre Autos. Die brauche ich nicht.«

Wieder gehorchten die Beamten augenblicklich, sodass sich die Gruppe aufteilte. Declan wurde jetzt die Stufen des schwarzen Wagens hinaufgeführt.

»Halt!«, rief Harper plötzlich. »Ich bin britische Staatsdienerin. Ich kann das alles erklären. Sie müssen mich unbedingt anhören.«

Die eine Hälfte der Polizisten entfernte sich einfach weiter mit ihr, während Declan durch die Tür des Kommandozentrums gestoßen wurde.

Drinnen nahmen Funkgeräte, Mikrofone und LED-Monitore eine ganze Seitenwand ein. Vor dem Kommunikationssystem befanden sich drei Plätze, einer war besetzt von einem Beamten an einer Tastatur, der gerade auf einem Bildschirm Videoaufnahmen sichtete. So wie diese aussahen, schienen die Schweizer Drohnen zu verwenden, um Informationen zu dem Fall zu sammeln, den sie gerade zu lösen versuchten.

Declan wurde jetzt in den hinteren Bereich des Kommandozentrums geschoben, wo eine Glaswand mit Schiebeelement eine Fläche von etwa acht mal sechs Fuß abtrennte, auf der ein Metalltisch mit acht Stühlen stand. Die Männer schlossen das Abteil auf und zwangen ihn, sich am Kopfende des Tischs niederzulassen. Daran und auch am Boden wurden jetzt ein Paar Hand- beziehungsweise Fußfesseln befestigt, um seine Arme und Beine zu sichern. Anschließend verließen die Männer ihn und schoben die Scheibe hinter dem Mantelträger sorgfältig zu.

»Ich bin Hauptkommissar Johannes Brenner von der Bundeskriminalpolizei.« Er steckte sich eine neue Zigarette an, während er Platz nahm, dann lehnte er sich auf seinem Stuhl zurück und sah Declan an, während er kräftig inhalierte und den Qualm langsam ausstieß. »Ich weiß, dass der Secret Service Sie in die Schweiz geschleust hat, also können Sie sich das Märchen vom Staatsdiener getrost sparen. Sie haben den britischen Innengeheimdienst dazu benutzt, um herzukommen, und entzogen sich dann seiner Überwachung, um ihr eigentliches Ziel umsetzen zu können. Britische Staatsdiener schießen nämlich nicht auf britische Richter. Sie sind ein Terrorist!«

Declan schwieg. Er hatte während seiner IRA-Zeit umfassende Einweisungen für den Umgang mit Vollzugsbehörden erhalten und auch dementsprechende Erfahrungen gesammelt, wusste aber im Moment noch nicht genau, wie er auf seine Festnahme reagieren sollte.

»Mir geht es im Augenblick um Informationen, die Sie haben und die ich brauche. Die Kantonspolizei, deren Straßensperre Sie durchbrochen haben, hat mir mitgeteilt, dass zwei Gruppen vor ihr geflohen seien – Sie, der Mann und die Frau in Ihrer Begleitung und noch eine weitere Gruppe von vier oder fünf Personen.« Brenner schaute sich mit spöttischer Miene um. »Wir haben aber nur Sie drei gefunden, als Sie sich in Ämsigen versteckt haben. Wo sind die anderen? Und was haben diese vor? Sagen Sie's mir.«

Declan beugte seinen Kopf nach vorn, um sich am Augenlid kratzen zu können, schwieg jedoch. *Würde es ihm eher helfen oder schaden, mit diesem Bullen zu sprechen?* Er hatte überhaupt nichts mit dem Überfall auf Thomas Domville zu tun, doch die Schweizer agierten eindeutig weiterhin auf der Grundlage von Informationen, die ihnen die Verräter innerhalb der britischen Regierung eingetrichtert hatten. *Konnte er ihnen diesen Irrtum begreiflich machen?*

Brenner aschte auf den Tisch und zog erneut an seiner Zigarette. »Kommen Sie schon, erzählen Sie mir alles. Wir versuchen schon seit über einer Stunde, die Angestellten auf dem Berggipfel anzurufen, doch niemand meldet sich. Die andere Gruppe ist dort oben, nicht wahr? Sie sind weitergefahren, während Sie drei zurückgeblieben …«

»Diese Männer gehören nicht zu uns, und ja, sie sind dort oben. Was dieser Koloss getan hat, als sie ankamen, weiß ich aber nicht. Wir haben sie gejagt und genauso wenig Ahnung davon, was sie vorhaben, wie Sie.«

»Gejagt? Wieso haben Sie sie gejagt? Wer sind diese Kerle?«

Declan hatte nichts zu verlieren, wenn er dem Mann darlegen würde, was er wusste. Immerhin konnte seine Situation ja nicht noch schlimmer werden. Deshalb schilderte er dem Kommissar einfach kurzerhand alle relevanten Geschehnisse seit seiner und Harpers Entführung vor dem Züricher Flughafen.

Brenner rauchte weiter. »Ha, Sie Briten sind wirklich fantastische Lügner.« Er ließ den Qualm langsam zwischen seinen zusammengebissenen Zähnen herausquellen. »Man kann nie genau bestimmen, ob Sie die Wahrheit sagen oder nicht.«

Er streckte jetzt einen Arm nach hinten aus und klopfte gegen die Glastür. Ein Beamter trat daraufhin ein.

»Bringen Sie die zwei anderen her.«

Der Mann verschwand, ohne etwas zu erwidern.

»Schauen wir mal, inwieweit sich Ihre Aussagen decken. Wäre doch gelacht, wenn wir niemandem von Ihnen Einzelheiten zu dem, was hier gerade vor sich geht, abringen könnten.«

Declan überlegte, was Kreft wohl erzählen würde, und übte sich einfach weiter in Gelassenheit. »Sie vergeuden nur Ihre Zeit – und gefährden damit die Geiseln auf diesem Berg. Falls diese überhaupt noch am Leben sind.«

»Was soll ich Ihrer Meinung nach denn sonst tun? Sie behaupten, in eine Falle getappt zu sein, aber das will mir immer so gut wie jeder weismachen, den ich festnehme. Alle denken sich dann Geschichten aus, wie: Mein Kollege war's. Meine Frau ist schuld. Mein Hund. Wer auch immer.«

»Offengestanden ist es mir egal, was Sie tun. Ich habe gesagt, was ich loszuwerden hatte, glauben Sie es oder nicht. Fakt ist und bleibt aber: Auf dem Gipfel zeichnet sich gerade ein Geiseldrama ab, und je mehr Zeit Sie verschwenden, weil Sie sich nicht festlegen wollen, ob meine Wenigkeit oder sonst jemand schuldig ist, desto weniger Zeit bleibt Ihnen, um darüber nachzudenken, wie Sie diese Leute dort oben befreien können. Und das war jetzt mein letztes Wort.«

Brenner stieß abermals Qualm aus. In dem Kämmerchen, das an einen geheimen Besprechungsraum erinnerte, wurde es zusehends dunstiger.

Der Qualm brannte Declan bereits in den Augen, doch er war entschlossen, schweigend sitzen zu bleiben, so lange ihn der Kommissar dazu zwang. Falls es auf eine Belastungsprobe hinauslief, hatte er schließlich nichts zu verlieren.

Der Beamte, der fortgeschickt worden war, kehrte nun zurück, allerdings weder mit Harper noch mit Kreft.

Auf eine Geste von Brenner hin, die so viel wie »Was um alles in der Welt ist passiert?« bedeuten konnte, hielt der Mann ein Handy in die Höhe, auf dessen Touchscreen zu sehen war, dass gerade ein Telefonat lief – allerdings war es auf stumm geschaltet, damit der Anrufer nichts hörte. Der Kommissar stand auf, verließ das Abteil und schob die Scheibe zu, ehe er das Gerät entgegennahm und an sein Ohr hielt.

Declan verstand nichts von dem, was da draußen beredet wurde, doch anhand von Brenners Reaktionen und Körpersprache war ersichtlich, dass er sich nicht gerade sehr über die wie auch immer gearteten Neuigkeiten freute, die ihm der Anrufer gerade mitteilte. Nachdem er die Verbindung getrennt hatte, sagte er etwas zu jemand anderem im Kommandozentrum, der nicht zu sehen war, und kehrte dann mit einem Gesicht wie drei Tage Regenwetter zurück.

»Anscheinend entspricht Ihre Aussage tatsächlich der Wahrheit, und Ihre Regierung hat meine offenbar davon überzeugt, dass Sie unverzüglich nach London zurückbefördert werden müssten.« Er nahm daraufhin ein Schlüsselbund aus einer seiner Taschen und warf ihn auf den Tisch, sodass McIver ihn nehmen konnte. »Ich habe den Befehl erhalten, Sie nach Zürich zu begleiten, wo bereits ein Flugzeug auf Sie wartet.«

Declan zog den Schlüsselbund zu sich und sperrte nun zuerst seine Handfesseln auf, um an seine Füße gelangen zu können. Dann stand er vom Tisch auf und wollte durch die Tür gehen, doch Brenner versperrte ihm den Weg. »Ich muss Sie zwar nach London fliegen lassen, doch das heißt noch lange nicht, dass Sie diese Reise genießen dürfen.«

Ein Beamter mit Hand- und Fußfesseln für den Gefangenentransport kam jetzt zu ihnen.

Der Kommissar lächelte breit.

# Kapitel 92

Declan trippelte unter Brenners Führung mit den Fußmanschetten, von denen eine Kette zu einem Hüftgürtel führte, an dem seine Hände festgemacht waren, aus dem mobilen Kommandozentrum die Stufen hinunter auf den Platz.

Hier und dort versammelte Polizisten hielten bei ihrer Arbeit inne und machten sich über ihn lustig. Aber Declan beachtete sie nicht. Nicht weit entfernt neben einem Streifenwagen standen Harper und Kreft mit ähnlichen Fesseln.

Das Gelächter und Klatschen der Beamten ging weiter.

»Es reicht.« Brenner brachte sie mit einer Handbewegung zum Schweigen. »Das Ganze ist noch nicht gegessen. Die Menschen in diesem Hotel brauchen nach wie vor unsere Hilfe.«

Nun verstummten die Männer und widmeten sich wieder ihren Aufgaben.

Declan störte sich an der Erwähnung von »diesem Hotel«. *Hatte man dem Kommissar mittlerweile berichtet, was am Gipfel geschehen war? Hatte sich der Riese mit der Belegschaft und den Gästen jetzt in einem der beiden Hotels verschanzt?* Dies zu tun lag natürlich nahe, und falls es sich dabei nicht um seine erste Geiselnahme handelte, würde er seine Gefangenen bestimmt in Gruppen von sechs oder sieben Personen aufteilen, um sie für den Fall, dass jemand zu ihrer Befreiung anrückte, an strategisch wichtigen Punkten im Gebäude festhalten konnte. Kaum auszudenken, wie diese Sache enden könnte …

Brenner öffnete jetzt eine der hinteren Türen des Streifenwagens, dann drehte er sich um und wollte Declan zum Einsteigen zu sich ziehen, doch ehe er dazu kam, lief ein Polizist auf ihn zu und flüsterte ihm etwas ins Ohr. Der Kommissar schaute ihm fassungslos ins Gesicht und dann auf den Bahnsteig der Pilatusbahn.

Declan tat dies ebenfalls, denn auf den Gleisen, über die sie auch ins Tal zurückgebracht worden waren, stiegen jetzt vier Beamte herab. Und zwei von ihnen schleppten jemanden zwischen sich.

»Bewachen Sie sie«, rief Brenner mehreren Männern in seiner Nähe zu, während er zur Haltestelle hinübereilte. Einige andere Beamte begleiteten ihn zu ihren Kollegen, die den Bahnsteig nun ebenfalls erreichten, und entlasteten sie nach ihrem Marsch, indem sie die fünfte Person übernahmen, einen Verletzten.

Declan beobachtete das Ganze über das Dach des Autos hinweg. *Hatte die Polizei die Geiselnehmer etwa angegriffen und dabei jemanden verloren?* Da so viele andere Beamte rings herum standen und gafften, konnte er nur wenig von dem erkennen, was sich dort gerade abspielte.

»Zurücktreten, zurücktreten.« Brenner drängelte sich an seinen Untergebenen vorbei, um selbst sehen zu können, was los war. »Machen Sie gefälligst Platz!«

Als die Männer die Aufforderung beherzigten, konnte Declan den Verletzten endlich genauer betrachten. Es handelte sich dabei um den Mechaniker, den der Riese zum Hinauffahren gezwungen hatte. Sowohl sein Gesicht als auch sein Overall waren blutbefleckt, und er trug keine Stiefel mehr. Declan starrte ihn nachdenklich an. *War der Mann geflohen? Nein, dies hätte nicht erklärt, warum er blutete und barfuß war. Er war ganz offensichtlich geschlagen und gezwungen worden, ohne Schuhwerk den Berg hinunterzusteigen, aber warum?*

Plötzlich ertönte ein Martinshorn. Ein Krankenwagen rollte langsam durch das Gedränge.

»Lassen Sie ihn vorfahren«, befahl Brenner.

Ersthelfer stiegen aus und schoben eine Rollbahre zu dem Mechaniker. Nachdem sie seine Kleider aufgeschnitten hatten, um seine Wunden untersuchen zu können, nahmen sie die Trage vom Gestell und legten ihn vorsichtig darauf. Der Kommissar blieb an seiner Seite, während die Sanitäter ihn zum Wagen schoben. An der Hintertür winkte der Verletzte ihn heran – Brenner beugte sich über ihn – und der Mann sagte mit heiserer Stimme: »Die haben mich geschickt … um eine Nachricht zu übermitteln.«

Declan konnte jedes Wort hören, weil die Ersthelfer direkt gegenüber von dem Streifenwagen angehalten hatten.

»Ich soll Ihnen sagen, dass sie siebenundzwanzig Geiseln in ihrer Gewalt haben und ab dem Morgengrauen stündlich eine töten werden, falls ihr Mann nicht zu ihnen hinaufgebracht werden würde.«

Declan warf einen Blick auf Kreft. Der Unternehmer grinste ihn diebisch an.

»Ich verstehe.« Brenner richtete sich wieder auf und gab den Sanitätern das Okay, den Verletzten einzuladen.

»Und noch etwas.«

Er beugte sich erneut zu ihm hinunter.

»Der Große – derjenige, der die anderen anführt – will den Austausch nur mit *ihm* machen.«

»Mit wem?«

Der Mechaniker streckte daraufhin einen Arm nach McIver aus.

Dessen Nackenhaare richteten sich sofort auf, während der Blick des Kommissars dem Finger des Mannes über das Autodach hinweg folgte.

»Ihm. Er hat ihn *Wurm* genannt.«

Brenner richtete sich erneut auf, ohne den Iren aus den Augen zu lassen, während die Sanitäter den Mechaniker in den Krankenwagen wuchteten. »Warum gerade Sie?«

Declan schüttelte den Kopf.

Brenner kehrte zu ihm zurück. »Helfen Sie mir hiermit ein wenig auf die Sprünge, ja? Sie jagen diesen Kerl durch das halbe Land, er flieht vor Ihnen auf einen Berggipfel, weigert sich jetzt aber, dass irgendjemand anders außer Ihnen seine Forderung erfüllt. Wieso?«

Declan nickte in Krefts Richtung. »Das habe ich Ihnen doch schon erklärt. Seinetwegen. Bei der Schießerei hier, nachdem die Kerle Ihre Straßensperre durchbrochen hatten, ging es ihnen nur darum, alle aus ihren Autos zu holen, um gemeinsam verschwinden zu können. Das gelang ihnen aber nicht, denn er fiel uns in die Hände.«

Brenner fuhr sich über das Gesicht, als fühle er sich mit dem Ganzen überfordert. »Dieser Kerl – der Große, der die anderen anführt – ist also derjenige, den Sie vorhin erwähnt haben … der sogenannte Koloss?«

Declan bestätigte dies. »Sein richtiger Name lautet Simon Karg.«

»Und meint er es ernst? Wird er die Menschen in diesem Hotel tatsächlich töten?«

Declan drehte sich zu dem Krankenwagen um, der nun mit dem verletzten Mechaniker davonfuhr. »Ja. Denn er ist wahnsinnig. Er wird jeden Einzelnen töten, wenn es nötig sein sollte.«

Brenner steckte daraufhin seine Hände in die Taschen des Trenchcoats und starrte in eine Wasserpfütze neben sich. Nach mehreren Sekunden nahm er eine weitere Zigarette aus der Brusttasche und zündete sie an. »Bringen Sie ihn wieder in den Camion, die zwei anderen gleich mit. Ach, und holen Sie den Polizeipräsidenten ans Telefon. Und zwar sofort.«

# Kapitel 93

Nachdem sie in das Separee zurückgekehrt waren, hatte man eine Art Entlüftungsgerät an einer Wand eingeschaltet, das den Zigarettenqualm absaugte. Declan saß, seiner Fesseln entledigt, neben Harper, der Hauptkommissar hatte gegenüber von ihnen Platz genommen.

Was er davon halten sollte, dass Kreft nur von ihm persönlich übergeben werden sollte, wusste Declan nicht so recht. Die einzige Erklärung dafür, dass der Riese, dieses Monster, so etwas verlangte, war garantiert ein persönliches Motiv. Irgendwelche abstrusen Rachegelüste. Sobald er ihm den Milliardär überließ – vorausgesetzt, dass es so lief – würde der Riese Declan bestimmt zu seiner achtundzwanzigsten Geisel machen und auf abartige Weise foltern, vorausgesetzt dass er Mittel dazu auf dem Berg fand … *oder musste er vielleicht sogar befürchten, dass sich der Kerl schlichtweg einen Spaß daraus machen würde, ihn vor möglichst vielen Augenzeugen hinzurichten?*

So oder so wähnte sich McIver einmal mehr im Auge eines Sturms, mit dem er nichts zu schaffen haben wollte. Er hatte den Versuch, die Welt mit Waffengewalt zu verändern, mit seinem Ausscheiden bei der IRA aufgegeben. Er war daraufhin einem neuen Weg gefolgt und entschlossen gewesen, sich fortan auf diesen zu konzentrieren; sowohl die Leben seiner Angehörigen als auch sein eigenes zu bereichern und sich nur noch zu wehren, wenn selbiges bedroht werden würde. Er wollte seinem eigenen Daseinsentwurf weiter folgen, frei von vorgegebenen geopolitischen Altlasten und Historien, die manche extra bewusst so auslegten, dass sie ihre eigene Rolle darin rechtfertigen konnten. Er stützte seinen Kopf in die Hände und bemühte sich darum, an etwas anderes zu denken.

Der Kommissar tippte jetzt auf den Touchscreen eines läutenden Smartphones. »Brenner?« Er legte es hin und aktivierte kurz darauf die Freisprechfunktion. »Sie sind nun verbunden mit Martin Altermatt, dem Präsidenten von FedPol, und mit Valentine Virenque, der Justizministerin beziehungsweise Vizepräsidentin des Bundesrats, sowie mit jemandem, den Sie, glaube ich, bereits kennen.«

»Declan, Officer Harper.« Es war Allardyce, der jetzt sprach. »Ich sitze hier mit der Innenministerin und dem Außenminister zusammen. Sie haben sich bereit erklärt, alles zu tun, was nötig ist, um Ihnen zu helfen – und Declan, Sie können sich freuen: Officer Underhills Befreiung war erfolgreich! Er wird gerade in ein Krankenhaus gebracht, wo man ihn gründlich untersuchen wird, aber er ist am Leben und den Umständen entsprechend wohlauf.«

Declan lächelte. Er hatte noch nie gehört, wie sich jemand auf Shane als »Officer Underhill« bezog, wusste aber genau, dass Allardyce damit seinen Freund meinte. Als er sich kurz zu Harper umdrehte, zeugte ihr Blick ebenfalls davon, dass sie im Bilde war.

Brenner ging allerdings nicht auf den Austausch der beiden ein, sondern schickte sich an, die versammelten Politinstanzen und Regierungsdiener auf den neuesten Stand zu bringen.

Mehrere Augenblicke lang herrschte ein entsetztes Schweigen, als sich alle bewusst machten, was gerade vonstattenging, und sich vor Augen riefen, welche Optionen ihnen noch zur Verfügung standen.

Polizeipräsident Martin Altermatt räusperte sich nun. »Ich persönlich erkenne, was uns betrifft, keinen sonderlich breiten Spielraum in dieser Angelegenheit. Wir haben leider keine verlässliche Verbindung zu dem Mann … die Sonne geht in knapp drei Stunden auf … und ein Fußmarsch zum Gipfel dauert ungefähr fünf Stunden. Sollte er tatsächlich sein Wort halten und wirklich so geistesgestört sein, wie Sie behaupten, müssen wir zwei, möglicherweise sogar drei Geiseln von vornherein für tot erklären.«

»Und was geschieht, wenn er es sich anders überlegt und einfach kurzerhand alle umbringt?«, fragte der Außenminister nun. »Welche Garantie gibt es dafür, dass er es wirklich bleibenlässt, wenn er bekommt, was er verlangt?«

»Keine«, antwortete Brenner lapidar.

»Die Schweizer Regierung vertritt generell den Standpunkt, wann immer es möglich ist, zu verhandeln, um eine friedliche Lösung zu erzielen«, erklärte Vizepräsidentin Virenque. »Falls Lukas Krefts Auslieferung tatsächlich dazu führt, dass sich die Exekution der Gefangenen verzögert, müssen wir uns darauf einlassen. Selbst wenn wir dem Geiselnehmer damit einen kleinen Sieg gönnen, entstehen dadurch keine Nachteile für uns, wenn Sie mich fragen. Der Mann wird schließlich immer noch mit uns verhandeln müssen, um den Pilatus verlassen zu können, wohingegen wir Zeit gewonnen haben, um uns einen Plan zurechtlegen zu können.«

»Angesichts der Tatsache, dass dies alles in Ihrem Land geschieht und Sie die ranghöchste Amtsperson in Rechtsfragen sind, Madame Vice President«, sprach die Innenministerin jetzt, »denke ich, dass die Entscheidung darüber, wie wir jetzt fortfahren, allein bei Ihnen liegt.«

»Ja, das ist wahr.«

»Also steht fest, was wir tun«, sagte Altermatt. »Wir müssen Kreft sofort auf den Berg bringen.«

»Ich bedauere, Herr Altermatt und Frau Virenque, doch von *wir* kann diesbezüglich keine Rede sein«, stellte Allardyce klar. »Denn dieser Karg hat ausdrücklich geäußert, von wem er Kreft übergeben haben will. Zu entscheiden, ob es so laufen wird oder nicht, obliegt also niemandem von uns. Mr. McIver gibt letzten Endes den Ausschlag, denn er ist derjenige, der sich dabei in Gefahr begeben muss.«

Declan hatte bisher nur stumm dagesessen und mitverfolgt, was gesagt wurde, aber ihm war nicht entgangen, dass die Rolle von Krefts Übermittler auf dem Pilatus ihm zufiel und es deshalb auch sein Wohlbefinden und sein Leben sein würde, dass die Macher, die an dieser Telefonkonferenz teilnahmen, dabei aufs Spiel setzten. Insgeheim freute er sich, was er aber natürlich nicht durchblicken ließ. Er hatte Dennis Allardyce als Menschen kennengelernt, der genau wusste, worauf es ankam, wo andere blind waren, und er war auch in dieser Situation nicht von dem alten Spionagechef enttäuscht.

Die Würdenträger sagten jetzt nichts mehr. Alle schienen auf einmal erkannt zu haben, dass der MI5-Leiter recht hatte. Declan war niemandem von ihnen etwas schuldig, sondern er war sein eigener Herr und also solcher frei, seine eigenen Entscheidungen zu treffen. Er dachte kurz über Constance und sein ungeborenes Kind nach, und über Harper und das, was sie beide getan hatten, um so weit zu kommen – in eine Position, die sowohl ihm als auch ihr tatsächlich eine Wahl ermöglichte, was ihr weiteres Schicksal betraf. Wäre er wirklich bereits, sein Leben zur Rettung von siebenundzwanzig anderen zu gefährden, denen er nie begegnet war und vermutlich auch nie begegnen würde?

Als er schließlich ausatmete, klang es fast wie ein Seufzer. »Ja.« Er schaute wieder Harper an und wünschte sich, an ihrer Stelle säße Constance. »Ich sagte Ihnen ja bereits an unserem Lagerfeuer, dass auch Einzelne mit subjektiven Entscheidungen etwas auf der Welt verändern können, und zwar tatsächlich zum Besseren. Das meinte ich auch genauso. Ich glaube fest daran. Und das wird auch so bleiben.« Er schaute jetzt zu Brenner hinüber. »Wann werde ich aufbrechen?«

Der Kommissar schaute ihn finster an, doch es war kein Ausdruck von Enttäuschung oder Ärger, sondern von Bewunderung, so als habe er von einem Mann, den er wenige Minuten zuvor noch als Terroristen abgekanzelt hatte, eigentlich etwas vollkommen anderes erwartet.

»Ihr Entgegenkommen in dieser Sache ist wirklich beeindruckend und lobenswert, Mr. McIver«, sagte Virenque. »Sie werden auch nicht allein sein. Ich werde den Verteidigungsminister um die Genehmigung für einen Einsatz des AAD 10 bitten.«

Declan wusste zwar nicht, was diese Abkürzung bedeutete, war aber um jedwede Unterstützung froh, die man ihm gewähren würde.

»Valentine, sind Sie sich sicher?«, fragte Altermatt hörbar zweifelnd. »Dieser Fall betrifft den Gesetzesvollzug. Folglich sollte ihn auch die Polizei übernehmen, und nicht das Militär.«

»Von Ihren Einwänden gegen die Gründung und Eingliederung einer Spezialeinheit der Schweizer Armee wurde bereits in der Vergangenheit Notiz genommen, Martin, doch hier und jetzt wieder darüber zu diskutieren, ist mehr als unangemessen. Wir haben das Unsere in dieser Situation getan. Jetzt müssen wir uns auf diejenigen verlassen, die dazu ausgebildet worden sind, dergleichen in die Hand zu nehmen, und warten, bis sie es getan haben.«

# Kapitel 94

*03:16 Uhr Ortszeit, Strecke der Pilatusbahn, Alpnachstad, Schweiz*

Zum zweiten Mal in genauso vielen Stunden verließ Declan das mobile Kommandozentrum, nun allerdings ohne Fesseln an den Händen oder Füßen. Er sah jetzt aus wie alle anderen Vollzugsdiener vor Ort. Statt des zerfledderten und fleckigen Button-down-Hemds und der Jeans, die er bereits tagelang getragen hatte, waren ihm ein marineblauer Kampfanzug mit Polohemd in der gleichen Farbe und schwarze Wanderschuhe mit hohem Schaft ausgehändigt worden.

Brenner trat in einer identischen Montur neben ihm aus dem Wagen heraus. »Folgen Sie mir.«

Declan ging mit ihm zu einem Tisch, wo man noch mehr Rüstzeug ausgelegt hatte. Ein Polizist hob eine kugelsichere Weste hoch, um sie ihm über den Kopf zu streifen, ehe er sich hinter ihn stellte und sie mithilfe von mehreren Klettverschlüssen anpasste.

Die Ironie dabei entging Declan nicht. Erst kurz zuvor hatten ihn noch »Polizei!« rufende Bewaffnete bedrängt und mit Hand- und Fußfesseln handlungsunfähig gemacht. Dann war er von Männern und Frauen umringt worden, die seine Gefangennahme beklatscht hatten, und jetzt halfen ihm plötzlich genau diese Leute beim Anziehen von Sicherheitskleidung, auf der in weißen Buchstaben genau dieses »Polizei« stand. Er musste ein wenig schmunzeln, als ihm der Beamte eine unbeschriftete, dunkelblaue Schutzjacke und eine schwarze Strickmütze reichte.

»Das Wetter auf dem Berg ist ein Fall für sich«, meinte Brenner, während er einen Reißverschluss zuzog. »Stellen Sie sich auf Kälte und Nässe ein. Diese Sachen können wir gut gebrauchen.«

Declan zog die Jacke an und machte sie bis oben hin zu, woraufhin man die Weste nicht mehr sah. Die Mütze steckte er erst einmal in die Tasche.

»Wir nehmen die Zufahrtsstraßen für Nothelfer, um zum Gipfel zu gelangen«, erklärte der Kommissar nun. »Der Bergrettungsdienst müsste jeden Moment hier sein.«

Kaum, dass er dies ausgesprochen hatte, hupte jemand, und zwei Land Rover Defender 90 mit orangegelben Aufklebern, Geländereifen und langen Trägern auf den Dächern kamen näher. Die Fahrer hupten weiter, während sie die herumstehenden Streifenwagen passierten, und hielten dann in der Nähe des Kommandozentrums an.

Declan staunte nicht schlecht. Er hatte zwar gehört, wie gut die Schweiz infrastrukturell ausgebaut war, und in der Tat ließ der kleine Staat in dieser Hinsicht nichts vermissen.

Ein Polizist stieg jetzt mit einem Ordner aus dem Camion aus. Er ging zu Brenner hinüber und klappte den Deckel auf.

Der Kommissar schaute sich ein paar abgeheftete Fotografien an und winkte dann McIver näher zu sich heran.

»So wie es aussieht, hat er die Geiseln in dem großen Speisesaal zusammengepfercht.«

Declan betrachtete die Bilder ganz genau, während er sie einzeln hingehalten bekam. Teilweise zeigten sie die Anlage aus unterschiedlichen Blickwinkeln von außen, doch bei einigen handelte es sich auch um Innenansichten von einer Internetseite und um Infrarotaufnahmen, die auf ein großes Wärmeaufkommen in der Mitte des vorderen Gebäudeteils hindeuteten.

Declan gab die Fotos wieder zurück. Bei der Planung eines Angriffs würden sie zwar nebensächlich sein, doch nun hatte er wenigstens ein ungefähres Bild von dem, was ihn erwartete, wenn er das Hotel erreichte.

Brenner sah ihn nachdenklich an. »Zeit zum Aufbruch, was?«

Declan nickte. Als er mit dem Kommissar zu den Fahrzeugen ging und sich noch einmal umdrehte, stieß er beinahe mit Harper zusammen.

Sie musterte ihn einen Moment lang. »Steht Ihnen gut.«

Er grinste. »Mit Sturmmaske, während ich *Nieder mit Britannien* gröle, sehe ich noch besser aus.«

Nun knuffte sie ihn scherzhaft in die Seite und machte ihm Platz.

Schließlich folgte er dem Kommissar zu den beiden Defender-Modellen. Kreft wurde auf den Rücksitz des Wagens gesetzt, der dem anderen hinterherfahren sollte. Man hatte ihm eine einteilige Hand- und Fußfessel angelegt. Declan rutschte auf die Rückbank des vorderen Autos zu Brenner.

»Alles klar soweit?«

Der Schweizer nickte, woraufhin der Fahrer Gas gab und abermals hupend einlenkte, bevor er an dem versammelten Polizisten und Krankenhausangestellten vorbeizog.

Declan behielt den Blickkontakt mit Harper bei, bis sie außer Sichtweite geriet. Sie hatten in den vergangenen Tagen gemeinsam so manches erlebt, weshalb er es merkwürdig fand, sie nun zurücklassen zu müssen.

Der Defender verließ jetzt den Touristenplatz und durchquerte den eigentlichen Ort Alpnachstad. Dieser besaß im Gegensatz zu Zug und Luzern keinen mittelalterlichen Kern, sondern bestand fast ausschließlich aus – zumindest für europäische Verhältnisse – eher neuzeitlichen Bauten. Der Wagen mit eingeschalteten Nebelschlussleuchten und aufgeblendetem Fernlicht lockte einige Bewohner hervor, während er ihre drei- oder vierstöckigen Fachwerkhäuser passierte. Die Lücken zwischen den Gebäuden wurden breiter, je weiter sie den Berg hinauffuhren, und die Grundstücke länger, wobei der Wildwuchs mit der Geländehöhe zuzunehmen schien.

In einer Neunzig-Grad-Kurve an der Baumgrenze ein paar Meilen oberhalb des Rondells, von dem sie aufgebrochen waren, bremste der Fahrer und gelangte anschließend auf einen einspurigen Schotterweg. Ein Mann neben einem parkenden Mercedes mit den Logo der örtlichen Feuerwehr hielt eine Schranke hoch, welche die Allgemeinheit von den Notfallzufahrten abhalten sollte. Der Brandschutzbeamte winkte sie hindurch, woraufhin sie ihren Weg in die dichter werdende Flora fortsetzten.

Flache Plateaus, in denen spitze Felsen aufragten, verschwanden nach und nach in dem dunklen Wald, während die Steigung immer mehr zunahm und die Serpentinen kein Ende zu finden schienen. Aus vereinzelten Rauchschlieren wurde jetzt eine massive Nebelbank, und die Reifen der Defender rutschten immer häufiger weg, sodass sie geradezu gegen die Schwerkraft ankämpfen mussten. Nach vielen, vielen Meilen – so kam es Declan jedenfalls vor – sah man praktisch die eigene Hand nicht mehr vor den Augen, weshalb die Fahrer zum Stehenbleiben gezwungen waren.

»Anscheinend endet die Straße hier.« Der Kommissar öffnete seine Tür, woraufhin kalter Wind in den Geländewagen strömte.

Declan spürte schon im Gesicht, wie feucht die Luft war. Er drückte seine Tür auf und schaute hinaus. Man könnte denken, man war in einer Höhle. In keiner Richtung sah er mehr als ein paar Fuß Erde, bevor die Umgebung im Brodem verschwand. Kein Wunder, dass Wanderer und Bergsteiger oftmals die Orientierung verloren und in tiefen Schluchten den Tod fanden oder sich zahllose Knochen brachen.

»Benutzen Sie diese hier.« Brenner schaltete eine LED-Taschenlampe ein, die so groß war wie eine Kleinwagenbatterie, und gab sie ihm hinüber. »So haben Sie einen etwas besseren Durchblick.«

McIver richtete den Strahl auf den Boden und stieg aus. Der Kommissar hatte recht: Das Licht reichte ungefähr zehn Fuß weit und erhellte ihm den Weg zur Vorderseite des Defender.

Brenner stellte sich zu ihm und hielt ein Taschennavigationsgerät hoch, um Satellitenempfang zu erhalten.

Die anderen Polizisten verließen die Wagen jetzt ebenfalls und zogen Kreft heraus. Ihr Tun ließ sich nur anhand des Klapperns seiner Fesseln und der Lichtkegel ihrer Lampen verfolgen.

Brenner streckte eine Hand aus. »Bis zu den Schienen sollten es nur ein paar Hundert Meter in diese Richtung sein.«

Declan strengte seine Augen an. Er erkannte nichts, also hoffte er, dass sich das Gerät nicht irrte. Wenn sie an den Gleisen entlanggingen, würden sie genau dort herauskommen, wo sie hinwollten, ohne den Gefahren ausgesetzt zu sein, die ein Wanderweg in Aussicht stellte.

Sie marschierten einzeln hintereinander, sofern dies machbar war, wobei Brenner gefolgt von Declan die Führung übernahm und jeder seine Lampe so hielt, dass sie die Landschaft vor sich gemeinsam möglichst weit ausleuchten konnten.

Nach geschätzt einer Meile bergauf – wahrscheinlich war es deutlich weniger – fiel das Gelände steil ab. Declan blieb kurz stehen und leuchtete nach unten. Ob vor ihnen ein stark abschüssiger Hang lag oder ein senkrechter Sturz, ließ sich nur schwer abschätzen. Er ließ sich auf einen hervorspringenden Felsen hinab und richtete seine Lampe dann senkrecht nach unten. Das Gefälle war steil, aber keine Schlucht, und wurde allmählich wieder flacher.

»Wir sind nicht mehr weit von den Schienen entfernt.« Brenner betrachtete die Anzeige des Navigationsgeräts. »Gehen wir weiter geradeaus, sollten wir genau darauf stoßen, und dieses Tal müsste das letzte vor dem Hotel sein.«

Declan führte sie nun an, und alle mussten sich wiederholt mit den Händen aufstützen, um nicht abzurutschen. Die Polizisten hinter ihm schoben sich Kreft gegenseitig zu wie eine leblose Puppe, wobei ihn je zwei Mann festhielten, während zwei andere ein Stück tiefer hinabkletterten, und ihn dann weiterzureichen.

Am Fuß des Hanges, wo das Terrain schließlich auslief, befanden sie sich unter der Nebeldecke. Declan sah sich mit seiner Lampe aufmerksam um. Die Landschaft wirkte wie eine vor langer Zeit stillgelegte Mine auf einem fremden Planeten. Grasbüschel, die dick und steif waren wie Stachelschweinborsten, wuchsen zwischen schroffen Felsklüften, und Holzbalken, die wahrscheinlich einmal zum Schienenlegen hergebracht worden waren, faulten jetzt aufgeschichtet vor sich hin, weil es die Bahngesellschaft, die den Streckenbau durchgeführt hatte, offenbar zu viel Geld und Mühe gekostet hätte, sie wieder den Berg hinunterzubefördern.

Nach wie vor betrug die Sichtweite nur wenige Fuß, und selbst die Taschenlampen reichten kaum weiter als einen Steinwurf. Declan bewegte sich immerzu vorwärts, bis er eine Erhöhung aus Kieselsteinen erreichte, die mit Holzbohlen ausgelegt war. Er ließ sein Licht jetzt daran entlangwandern.

»Hier sind die Schienen.«

Der Kommissar und die anderen Beamten – mehrere schleiften Kreft mit sich – kamen nun zu Declan.

Brenner schaute erneut auf sein Navi. »Ein kleines Stück weiter nordöstlich sollte es eine scharfe Biegung auf der Strecke geben. Dort steht laut Karte ein Wartungshof. Das ist unsere Wegmarke.« McIver nickte und stieg dann die Böschung hinauf zu den Gleisen, was auf den lockeren Kieseln nicht gerade leicht war. Oben leuchtete er weiter voraus. »Ich kann ihn sehen! Dort drüben steht er.« Nachdem er Brenner eine Hand hinuntergereicht hatte, um ihn hochzuziehen, halfen sie zu zweit den übrigen Männern und Kreft.

Declan übernahm jetzt erneut die Führung. Während sie die Kurve nahmen, wurde der Nebel langsam wieder dichter. Das Wartungshäuschen, das der Kommissar meinte, stand auf halbem Weg mehrere Dutzend Yards neben dem Streckenrand. Es bestand aus geriffeltem, braunem Stahlblech und hatte ein rotes Dach. Dort verließen sie die Bettung, und Declan ließ sich mit Brenner zurückfallen, um Kreft festzuhalten, während dessen vier Aufpasser ihre Pistolen zogen und sich langsam dem Gebäude näherten.

Da der Riese nur noch vier Gehilfen hatte, konnte sich Declan kaum vorstellen, dass er diese aufteilen würde, um einen solchen Verschlag zu bewachen oder ihnen eine Falle zu stellen. Doch möglich war alles.

»Sauber.«

»Für uns geht es leider nur bis hierher«, sagte Brenner, »und nicht weiter. Sie sind hier, um die Geiseln vom Gipfel zu holen.« Er zeigte auf die vier Mitglieder des Bergrettungsdiensts. »Ich fungiere sozusagen als befehlshabende Schnittstelle zwischen ihnen und den Einsatzkräften im Tal.«

Declan verstand genau, was das bedeutete.

Brenner wies auf sein Navigationsgerät. »Sie haben jetzt zwei Möglichkeiten: Entweder folgen Sie den Gleisen oder dem Pfad.« Er bezog sich dabei auf eine gezackte Linie auf dem Bildschirm, die von der Strecke aus in Richtung Norden führte. »Die Männer werden sich nicht weit von der anderen Seite der Schienen entfernen. Bis zum Morgengrauen bleibt Ihnen noch ungefähr eine Stunde.«

»Was ist mit dem Militär – dem AAD, oder wie es heißt?«

Brenner zog seine Stirn kraus. »Darüber würde ich mir jetzt keinen Kopf machen. Falls die Ministerin die Soldaten tatsächlich mobilmachen konnte, werden diese Sie schon finden. Falls nicht … Na ja, dann hat sich die Ministerin bestimmt eine Alternative ausgedacht.«

Declan nahm die Antwort nickend hin, obwohl er ahnte, worauf das Ganze hinauslaufen würde. Höchstwahrscheinlich war er ab jetzt komplett auf sich allein gestellt.

Der Kommissar drückte ihm auf einmal etwas gegen das Bein. »Hier.«

Er schaute hinunter. Der Mann hatte seinen Dienstgürtel ausgezogen und überließ ihn ihm mitsamt einer Glock 19 und mehreren Magazinen.

Dass ihm jemand, der ihn kurz zuvor noch einen Terroristen genannt hatte, solches Vertrauen entgegenbrachte, hätte Declan nicht gedacht. Er nickte erneut – zum Dank dieses Mal – nahm den Gürtel an sich und zog ihn an. Dann packte er Kreft am Arm.

»Weiter geht's.«

# Kapitel 95

*06:02 Uhr Ortszeit, Pilatus, Schweiz*

Declan blieb mehrere Fuß zurück, während Kreft über die Schienen schlurfte. Dadurch, dass er die Ketten an seinen Beinen schleifen ließ, erzeugte er ein unverkennbares Reibungsgeräusch von Metall auf Metall. Da die Gleise einer Zahnradbahn anders konstruiert waren als die von gewöhnlichen Eisenbahnen, gingen die beiden jeweils auf einer Seite der mittleren Doppelzahnstange mit ihren tiefen, eckigen Aussparungen für die Spurkränze des Zugs.

Nebel umhüllte den Berg auch weiterhin, doch in der Landschaft rings herum war es zunehmend heller geworden, nun da sich die Nacht ihrem Ende zuneigte und die Sonne bald über den Höhenzügen östlich von ihnen aufsteigen würde. Jeder kalte Windstoß wirbelte ihnen Schnee entgegen, doch Declan hätte gar nicht genau sagen können, ob dieser vom Himmel fiel oder von den weißen Bergspitzen über ihnen verweht wurde. Er schaute wieder auf das Navigationsgerät. Sie hatten jetzt die Hälfte ihres einstündigen Marschs hinter sich.

Kreft blieb stehen, als sie eine scharfe Biegung auf der Strecke erreichten, die vor einem steilen Anstieg endete. »Ihnen ist doch klar, dass Sie vor ein paar Monaten sorgfältig entwickelte Pläne zerschlagen haben und mich somit nicht nur eine Stange Geld gekostet haben, sondern auch über Monate hinweg viele Nerven.«

»Dann schicke ich Ihnen bald zur Wiedergutmachung Pralinen. Jetzt bewegen Sie sich.«

Kreft schleppte sich weiter, woraufhin sie jetzt die Steigung in Angriff nahmen, während ein Schwall Nebel über die Gleise waberte.

»Sie sollten aber wissen, dass ich eigentlich kein nachtragender Mensch bin. Ich habe Freunde in hohen Ämtern und habe von ihnen Informationen über sie erhalten, die … sagen wir mal … nicht für die Allgemeinheit bestimmt sind. Ich kenne Ihren Werdegang also ganz genau. Und zwar von Anfang an, nicht nur die selektiv von den Medien veröffentlichten Teile.«

»Und?«

»Nun, ich bin Unternehmer – ein Mann, der seine Gelegenheiten nutzt. Und Sie sind eine Gelegenheit. Das fand ich schon immer.«

Declan hatte bereits geahnt, dass er eine Art letztes Aufbäumen von Kreft über sich ergehen lassen müsse, und sich vorgenommen, ihn einfach komplett zu ignorieren.

»Ich mache Geschäfte in vielen Ländern, die alles andere als sicher sind. Staaten, wo politisches Tauziehen den Alltag bestimmt und nicht nur eine zeitweilige Unannehmlichkeit ist. Die Männer und Frauen, die für mich arbeiten, brauchen in der Regel Leibwächter, um gewährleisten zu können, dass sie abends unbescholten nach Hause kommen. Manchmal müssen diese Leibwächter aber auch offensiver vorgehen, und an diesem Punkt kommen Männer wie Sie ins Spiel. Ich habe nicht wenige mit Ihrer Ausbildung und Ihren Kompetenzen zu erheblichem Reichtum verholfen.«

»Kein Interesse.«

»Sicher? Ich wäre bereit, zu wetten, dass Sie großes Interesse daran haben, Ihr altes Leben zurückzubekommen … ein wohlhabender Selbstständiger in den USA, eine hübsche Frau, niedliche Kinder, ein großes Haus auf dem Land. Das Einzige, was Sie für mich erledigen müssten, wäre hier und dort mal ein kleiner Auftrag. Ein paar Wochen im Jahr aus der Stadt verreisen, doch ansonsten könnten Sie sich zurücklehnen und die Früchte Ihrer Arbeit genießen. Sie würden alles wiedergewinnen, was Sie vor dieser unschönen Sache hatten, und ich hätte zusätzlich einen äußerst tödlichen Pfeil in meinem Köcher. Geben Sie sich einen Ruck. Was halten Sie davon?«

Declan lachte laut auf. »Worauf wollen Sie denn mit dieser reizenden Offerte hinaus? Dass ich einschlage, mit Ihnen Händchen halte und alte Popsongs singe, während wir gemeinsam von diesem Berg fliehen? Sie vergessen offenbar die Tatsache, dass Sie bereits ein international gesuchter Flüchtiger sind. Falls die Briten Ihre Mittel nicht bereits eingefroren haben, werden Sie es sicher bald tun. Ich habe momentan mehr Geld in der Tasche als Sie auf der Welt verstreut. Die Menschen, die sich für Sie verdingt haben, sind jetzt allesamt arbeitslos.«

»Also bitte. Falls Sie ernsthaft glauben, Imogen Clarke sei in der Lage, alle meine Mittel zu beschlagnahmen, müssen Sie noch das eine oder andere über das Leben lernen.«

Declan hegte kaum Zweifel daran, dass Kreft recht hatte. Denn der Kerl gehörte zu der Sorte, die immer einen Plan B in der Tasche hatte, so unbesonnen dieser vielleicht auch war und ungeachtet der Frage, wie viele Menschen bei dessen Ausführung zu Schaden kommen könnten. Vermutlich unterhielt er einige Beziehungen zu Westentaschendiktatoren überall auf der Welt, die ihn mit allen Tricks, die ihr Regime zu bieten hatte, hinter ihren Grenzen schützen würden, um die Vorteile nutzen zu können, die er ihnen bieten konnte.

»Sie …«

»Behalten Sie es lieber für sich.« Declan stieß ihn jetzt vorwärts. »Und nur nicht schlappmachen.«

Als der Nebel vorbeigezogen war, tat sich ein Tunnel vor ihnen auf, der in einen Teil des Bergs gefräst oder gesprengt worden war. Beim Näherkommen sahen sie, dass ein Stück der Schienen tagsüber wohl lange im Schatten lag, weshalb Wasser, das von den Felsen herabrann, dort zu Eis geworden war.

Schließlich betraten sie den Tunnel. Vom Gestein über ihren Köpfen tropfte es kalt auf Declan. Sein Rücken wurde dabei nass, und das fühlte sich bei Weitem nicht so erfrischend an wie beim Waschen in dem Depot weiter unten am Pilatus. Es war einfach nur ärgerlich. *Warum tat er sich das überhaupt an? Wieso hatte er sich zu dieser Vorgehensweise bereit erklärt?* Drei Viertel des Weges lagen schon hinter ihm, doch von einem Soldaten oder generell von Verstärkung seitens der Schweizer Regierung war noch immer nichts zu bemerken. Und wenngleich er auch nicht ernsthaft damit gerechnet hatte, wäre er gern positiv überrascht worden.

Nachdem Sie wieder aus der Dunkelheit getreten waren, sah Declan zum ersten Mal ihren Zielort. Die Gleise verschwanden in einem weiteren Depot, das an einem Berghang verankert war, und zwar über einem Gebäude mit Aussichtsplattformen und Panoramafenstern, das sich am Treffendsten als Betonbollwerk bezeichnen ließ. Darüber befand sich ein eher klassisch gebautes Hotel, das wesentlich älter aussah, als es wahrscheinlich war, mit drei Stockwerken und der rot-weißen Nationalflagge am First des höchsten Dachs.

Unter anderen Umständen hätte der Anblick Declan bestimmt beeindruckt, doch zwei bewaffnete Wächter die mit Argusaugen auf einem Balkon standen, der den Schienen am nächsten war, erinnerten ihn empfindlich an den Grund für sein Kommen.

»Er ist hier!«, rief einer der beiden auf Deutsch.

»Weiter.« Declan schubste Kreft vorwärts.

Der Milliardär schaute zurück und lächelte, als der Wachmann von der Plattform verschwand, und sich den letzten Streckenabschnitt hinaufschleppte.

Als sie unter der Betonüberdachung des Depots ankamen, hielt Declan kurz inne, denn einer der Bewaffneten – natürlich wieder mal ein Glatzkopf – erschien neben dem roten Waggon, der davorstand. Sein Gefangener ging weiter auf den Mann zu, der jetzt wütend sein Gesicht verzog, als er Krefts Fesseln sah.

Er hob augenblicklich seine MP5 an. »Lass ihn frei, und zwar sofort!«

Declan fragte sich, was Kreft wohl geleistet hatte, um sich einen so treuen Haufen von Typen anzulachen, deren Tätowierungen und Kahlschläge nur den Schluss zuließen, dass sie Neonazis waren, weshalb sie einen krassen Gegensatz zu seinem Maßanzug, dem konservativen Haarschnitt und den hohen gesellschaftlichen Status darstellten. *War der Unternehmer insgeheim ein Befürworter ihrer Ideologie von arischer Überlegenheit? Flossen seine Gelder vielleicht in einen Kult, der auf rassistischem Militarismus und antisemitischen Verschwörungstheorien beruhte, oder hatte er sie einfach nur beschwatzt, damit sie sich seiner Privatarmee anschlossen?*

»Sorry, Arschloch. Hab die Schlüssel leider in meiner anderen Hose vergessen.«

Der zweite Skinhead von dem Balkon tauchte nun ebenfalls auf der Treppe über dem Depot auf.

»Deine Kanone«, sagte der erste, während er mit dem Lauf seiner MP auf den Polizeigürtel seines Gegners zeigte.

Declan öffnete daraufhin die Schnalle, zog ihn aus und warf ihn auf die Zementstufen neben den Schienen. Dann ging er nach oben. Der Skinhead hielt sicheren Abstand und richtete seine Waffe auf ihn, während Declan an ihm vorbeiging. Der zweite Mann am Treppenende tat das Gleiche. Kein Zweifel, sie wussten um seine Fertigkeiten und hüteten sich deshalb davor, ihm auch nur die geringste Chance zum Gegenschlag zu geben.

Declan sah sich aufmerksam in der Umgebung um, als er hörte, wie der Glatzkopf hinter ihm den Schlüssel von Brenners Gürtel benutzte, um Krefts Fesseln zu öffnen. In dem äußerlich wie eine Festung wirkenden Gebäude befanden sich in Wirklichkeit der Empfangsschalter eines Hotels, das Informationszentrum für den Touristenort sowie ein Souvenirgeschäft voller Postkarten, T-Shirts und roter Plüschdrachen mit dem Kosenamen »Pilu«.

Er grinste. »Ich schätze mal, ich krieg wohl keinen von denen für meine Frau, während ich hier bin, was?«

»Rauf da!«

Einer der Skinheads kam nun hinterher und wollte ihm in den Rücken treten.

Aber Declan drehte sich blitzschnell um und blockte den Fuß ab, ehe er einen von seinen in den Bauch des Mannes rammte.

Dieser krümmte sich und bekam keine Luft mehr.

»Zurück! Zurück«, rief der andere Skinhead, packte seine Maschinenpistole fester und ging so lange rückwärts, bis er fast gegen Kreft stieß.

Declan griff ihn nicht an, obwohl er sich sicher war, dass der Kerl nicht auf ihn schießen würde. Der Riese wollte ihn zweifellos lebend haben, zumindest fürs Erste. Nachdem er sich wieder umgedreht hatte, ging er auf die Treppe neben dem Souvenirladen zu. Nun da er sich in der Umgebung einigermaßen orientieren konnte, fiel ihm wieder ein, wo Brenners Fotos zufolge die Geiseln festgehalten wurden.

»Idiot!«, fuhr Kreft den getretenen Glatzkopf an. »Aufstehen!«

Declan übersprang immer jeweils eine Stufe beim Hochsteigen. Wenn er sich schon erneut mit dem Riesen würde anlegen müssen, dann wollte er es wenigstens rasch hinter sich bringen, egal wie es ausgehen würde. »Komm schon, Simon! Worauf wartest du denn noch?«

Oben auf dem Balkon drehte er sich einmal um die eigene Achse. *Wo war der Kerl oder seine anderen Komplizen?* Declan sah nichts außer verschneiten Gipfeln im Nebel und der Natur abgerungene Wanderwege auf felsigem Terrain für fotografisch begeisterte Touristen.

»Hier oben, Wurm!«

Declan schaute in die Richtung, aus der die Stimme gekommen war. Fünfzig bis sechzig Yards entfernt am Ende eines Pfads, der sich von der Aussichtsplattform zu einem Kamm schlängelte, auf dem ein augenscheinlich aus dem Zweiten Weltkrieg stammendes Wetterradargerät stand, wartete Simon Karg auf ihn.

Declan betrachtete den gewaltigen Körper des Mannes, von dem im Dunst fast nur die Umrisse zu erkennen waren. Nachdem er tief Luft geholt hatte, lief er auf ihn zu. Er hastete die Stufen neben dem Pfad hinauf, und als er näherkam, zog sich der Riese auf den Kamm zurück, wobei sich der Mantel, das Relikt aus der Ära des Kalten Krieges, hinter seinem plumpen Leib bauschte.

Declan bremste, als er die Stelle erreichte, wo der Riese gerade noch gestanden hatte, und hielt vor einem Zaun inne, hinter dem die Radaranlage stand. Rings um ihn herum auf dem abgetrennten Platz verharrten die siebenundzwanzig Touristen und Ressortangestellten, vor Kälte zitternd und verängstigt angesichts ihrer bewaffneten Wachen: der beiden letzten Skinheads. Der Riese hatte seine Gefangenen also nach draußen gebracht. *Aber warum?*

»Willkommen, Wurm!« Er stand wie ein Ringrichter mit erhobenen Armen in der Mitte des Platzes.

Die zwei Skinheads von der Plattform schlossen kurz vor Kreft zu Declan auf und rückten von hinten näher, sodass er gezwungen war, weiter zu Karg vorzurücken.

Nachdem er sich noch einmal um dreihundertsechzig Grad gedreht hatte, erkannte er, worauf das Ganze hinauslaufen sollte. Man hatte vor, ihn in einem Kampf auf Leben und Tod gegen den Riesen antreten zu lassen, während Raymond Sell und die siebenundzwanzig Bedienungen, Empfangs-, Verwaltungs- und Küchenangestellten, Mütter, Väter und Kinder – alle mit Mienen bar jeder Hoffnung – dabei zuschauen mussten.

# Kapitel 96

»Falls ich mich nicht verzählt habe, Wurm, habe ich dich schon zwei Mal geschlagen. Du kennst doch bestimmt das dumme Sprichwort – aller guten Dinge sind drei, oder?« Karg schlug sich mit einer Faust in die flache Hand. »Dieses Mal stehst du aber nicht wieder auf.«

Kreft trat in die Mitte des Kreises, während er seine Handgelenke rieb, an denen Abdrücke der Fesseln zurückgeblieben waren.

Raymond Sell drängelte sich nun in die erste Reihe der zusammengescharten Geiseln. »Das ist doch verrückt, Lukas. Sie können das nicht zulassen. Sie *dürfen* es nicht. Ihr Vater hätte das niemals getan.«

Aber Kreft ignorierte ihn einfach und wandte sich Declan zu. »Es ist noch nicht zu spät, mein Angebot noch einmal zu überdenken. Wir könnten auch gemeinsam von hier verschwinden, woraufhin Sie ihr altes Leben zurückbekämen – ach was sage ich, ein viel Besseres sogar.«

Karg verzog höhnisch sein entstelltes Gesicht. »Ich will ihn brechen!« Auf Deutsch fügte er noch hastig »mein Herr« hinzu.

Sell zog sich daraufhin wieder in die Menge zurück. Sein Gesicht fiel unter den älteren Urlaubern aus verschiedenen Teilen der Welt gar nicht merklich auf.

*Mein Herr?* Declan schaute den Riesen jetzt verwundert an. *Hatte er sich gerade verhört?* Nicht dass ihm die fremde Sprache leicht von der Hand gegangen wäre, doch an dieser Anrede gab es nichts zu deuten. *Betrachtete Karg Kreft tatsächlich als seinen Herrn? Gründete ihr Verhältnis zueinander in Wirklichkeit nur darauf? Hatte der Unternehmer ihm dermaßen den Kopf verdreht, dass er ihn nun als Sklaven hielt?*

Erneut fielen ihm die Bilder aus dem Bundesarchiv ein, die Kargs Bruder Max gemalt hatte. Die beiden geistig und körperlich Behinderten, waren zu dem gemacht worden, was sie mit ihrem Aussehen sowieso bereits verkörperten: Zu Monstern! Zwei Mal in ihrem Leben, zuerst von DDR-Grenzbeamten und später von Lukas Kreft. Max' Rettung und Glück bestand einfach darin, dass sein Körper den Verheerungen seiner Leiden nicht so gut standgehalten hatte wie jener seines Bruders.

Nun sah Declan den verwachsenen Koloss plötzlich mit anderen Augen. Er verspürte Mitleid »Im Ernst, das siehst du in ihm? Deinen Herrn? Du verarschst dich doch selbst.«

Karg kniff daraufhin seine Augen zusammen und begann, den Mantel aufzuknöpfen.

Declan baute sich vor ihm auf. »Du musst das nicht tun. Lass diese Menschen frei, Simon. Uns alle. Du kannst immer noch glimpflich davonkommen. Ich war in Königsborn. Ich habe Max gesehen. Du bist genau wie er, nicht wie die anderen Leute. Dennoch kann man dir helfen und dir die Fürsorge geben, die du so dringend brauchst. Die gleiche, die auch dein Bruder bekommt. Du musst das Ganze hier einfach nur friedlich beenden.«

»Beenden, oh ja.« Karg zog den Mantel nun komplett aus und warf ihn beiseite. Darunter trug er ein schwarzes Achselhemd, das seinen krummen, aber gestählten Oberkörper betonte.

Declan zog jetzt den Reißverschluss seiner Jacke auf. »Er hat dich die ganze Zeit nur manipuliert und überredet, das hier zu tun.« Er zeigte auf Kreft. »Das weißt du doch, oder? Du bist ihm genauso egal wie alle anderen Menschen. Er spielt nur mit uns, um zu erreichen, was er eigentlich will: Geld und Macht!« Declan erkannte selbst, dass er verzweifelt klang. Schließlich *war* er verzweifelt. Er wollte nicht noch einmal gegen diesen Mann kämpfen müssen. Er zeigte auf die Skinheads.

»Diese Männer sehen dir ähnlich. Als hätten sie einmal mit dir gedient. Sie werden auf dich hören. Reiße die Kontrolle an dich und fang etwas Gutes damit an. Verschwinde mit ihnen von diesem Berg, dann bleibt ihr alle am Leben.«

Kreft zog herablassend die Nase hoch. »Ich habe dir ein Zuhause geschenkt, Simon. Mich um dich gekümmert, als sonst niemand dazu bereit war – genauso wie um Max. Wohingegen dich die Welt stets wie ein Ungeheuer und einen Außenseiter behandelt hat, habe ich für dich gesorgt wie für einen Sohn.« Er trat vor, sodass er wieder zwischen Declan und Karg stand. Ersteren schaute er jetzt an. »Für Sie würde ich in gleicher Weise sorgen. So unterschiedlich sind Sie beide nämlich gar nicht. Sie könnten sogar fast als Verwandter der beiden durchgehen.« Er zeigte auf die Geiseln. »Auch wenn Sie es nicht sind, innerlich entsprechen Sie ihm unheimlich. Denn auch Sie sind ein Monster! Jemand, der aufgrund dessen, was er einst getan hat, stets missverstanden und verachtet wird. Nehmen Sie mein Angebot an und holen Sie sich Ihr früheres Leben zurück, und dann sehen wir zu, dass wir alle irgendwie von hier oben verschwinden. Das ist Ihre letzte Chance.«

Declan zog jetzt die Kampfjacke aus und riss die Klettverschlüsse der Panzerweste auf. »Kein Interesse.«

Nun zuckte Kreft mit seinen Schultern und lachte laut.

»Man sagte mir bereits, dass Sie ein Heiliger seien und sich nicht beugen würden, doch dessen musste ich mich selbst vergewissern. Ich staune immer wieder darüber, wie stark die amerikanische Vorstellung von Individualismus und Freiheit Menschen prägen kann, doch um ehrlich zu sein, überrascht es mich doch sehr, dass jemand wie Sie, der früher immer gegen den Status quo aufbegehrt hat, nun derart hingerissen davon ist. Ich war fest davon überzeugt, dass Ihr Begriff von Moral ein wenig … dehnbarer sei.«

»Ich bedauere, Sie zu enttäuschen.«

Kreft ging jetzt von ihm weg. »Töten Sie ihn – töten Sie alle, und dann suchen wir uns einen Weg von diesem Felsen hinunter.«

Die Geiseln erschraken und wichen zu dem Zaun zurück, als könne dieser sie schützen.

Declan streifte die kugelsichere Weste über seinen Kopf und warf auch sie weg. »Es gibt keinen Weg nach unten, erkennst du das nicht, Simon? Das hier ist das Dach der Welt. Die Endstation. Für dich geht hier alles vorbei, auf die eine oder auf die andere Weise.«

»Solange ich nur deinen Schädel dabei mit bloßen Händen zerdrücken kann, ist das in Ordnung.« Karg stürzte vorwärts.

Declan sprang sofort zur Seite und entging so knapp einem Faustschlag, der ihn getroffen hätte wie ein Vorschlaghammer. *Das Ganze würde er nur überstehen, wenn er direkte Tuchfühlung mied, aber wohin sollte er ausweichen?*

Der Riese fuhr wieder herum und griff erneut an, wobei er die Fäuste in die Höhe hielt wie ein Boxer beim Klang der Ringglocke. Er lancierte einen Schlag, woraufhin sich Declan duckte, aber nicht bemerkte, dass die andere Faust von unten auf ihn zugeflogen kam. Der Schlag ging gegen eine Seite seines Kopfs und er taumelte.

Sein Gegner lachte triumphierend.

Declan steckte die Erschütterung weg, so gut er konnte, als Karg erneut auf ihn zukam.

Noch einmal sauste die Faust genau auf ihn zu, und noch einmal duckte er sich – dieses Mal schräg nach unten – bevor er dem Riesen selbst mit einem Handrücken gegen die Kopfseite schlug.

Es fühlte sich an, als träfen seine Finger auf den Stamm eines Mammutbaums. Der Mann empfand zwar augenscheinlich durchaus Schmerzen, ließ sich aber offensichtlich kaum davon bremsen. Er ließ nur kurz seine Halswirbel knacken und drehte sich dann lächelnd um.

Declan ging sofort wieder auf Abstand. Auch wenn er für einen Mann über vierzig sehr fit war, hatte er keine Chance gegen Kargs Größe und Stärke. Ihm würde die Puste deutlich schneller ausgehen als diesem Untier vor ihm. Deshalb musste er unbedingt Zeit schinden, um sich eine bessere Taktik ausdenken zu können.

Karg bedrängte ihn nun mit einem Hieb nach dem anderen. Declan sprang und wand sich immerzu herum, doch es nahm einfach kein Ende und Karg drängte ihn zusehends weiter zurück, bis die Geiseln schließlich

Platz machten und er gegen den Zaun stieß. Daraufhin schlug sein Angreifer dagegen, sodass er nach vorn geschleudert wurde und ihm genau in die Hände fiel.

Als Declan den nächsten Schlag abblocken wollte, packte Karg ihn an der Schulter, sodass er sich nicht wegbewegen konnte. Die Hand des Riesen stieß jetzt seinen Arm zur Seite und traf seine Magengrube, was ihm buchstäblich den Wind aus den Segeln nahm. Es tat am ganzen Körper weh; er versuchte, sich vornüberzubeugen, wurde aber festgehalten und musste einen weiteren Treffer verkraften, und schließlich auch noch einen dritten. Er stöhnte gequält wegen der Prellung im unteren Rippenbereich, welche die Schmerzen am Brustkorb noch intensivierte.

Sein Gegner drückte ihn wieder an den Zaun und drosch ihm noch einmal gegen den Kopf, ehe er endlich von ihm abließ. McIver bemühte sich, nicht vorwärts umzukippen, schaffte es aber nicht und knallte mit dem Gesicht voran ungebremst auf dem Felsboden.

Dann lag er nur bewegungslos da und konzentrierte sich auf seine Atmung, während er Karg siegesgewiss hinter sich knurren hörte. *Hatte er sich gerade einen Lungenriss eingehandelt?* Der Mann war ganz offensichtlich darauf bedacht gewesen, gezielt tief zu schlagen und auch zurückhaltend genug geblieben, um keinen ernsthaften Schaden anzurichten. Also würde er wahrscheinlich noch mehr erwarten müssen.

»Steh auf, Wurm.«

Declan spürte, wie er an seinem Shirt hochgezogen wurde. Kurz darauf kniete er und verharrte mit hängenden Schultern, weil er sich kaum noch aufrecht halten konnte. Seine ganze Konzentration galt weiterhin dem gleichmäßigen Luftholen. Er musste unbedingt Kräfte mobilisieren – egal welche – um diesen Kampf überstehen zu können. Es war äußerst wichtig, die Vorstellung zu verdrängen, bezwungen zu werden, denn sie war Gift für ihn. Sie bedeutete Aufgeben! Als seine Aufmerksamkeit auf ein kleines Mädchen in den Armen seiner Mutter fiel, das einen Blick auf ihn wagte, musste er plötzlich an sein ungeborenes Kind denken.

Karg trat vor, nahm einmal mehr eine Angriffshaltung an und kicherte dabei.

McIver schaute ihm entschlossen in die Augen. Jeder Mann, egal wie groß oder stark, hatte eine Achillesferse. *Aber wie sah sie bei diesem Ungetüm aus?* Mit mehr Platz in der Umgebung hätte er ihm ohne Weiteres ausweichen können, doch das kam hier nicht infrage. *Oder vielleicht doch?*

Indem Declan sich im Kreis bewegte, hinderte er sein Gegenüber daran, ihn von der Seite angreifen zu können. Er entging so Kargs nächstem Schlag, lenkte ihn auf diese Weise herum und rückte den meteorologischen Apparaten, die vereinzelt auf dem Höhenkamm standen, so immer näher.

Die Geiseln gingen jetzt auseinander, und Declan blieb kurz stehen, bevor er das Stativ eines Gerätes mit dem Rücken berührte. Dann nahm er Schwung für einen Fußtritt und traf den Riesen seitlich. Dieser reagierte mit einem erneuten Hieb, dem sich Declan aber entziehen konnte, woraufhin er zufrieden hörte, wie die Faust des Kerls gegen das rostige Metall prallte.

Er lächelte breit, da dessen Haut an den Knöcheln aufgeplatzt war. Karg würde diesen Fehler bestimmt nicht wiederholen, wohingegen McIver jetzt zwischen dem veralteten Krempel in der Lage war, die Trägheit des Mannes auszunutzen. Mit eingezogenem Kopf verschwand er vorübergehend hinter dem Messgerät. Als der Riese ihm folgte, probierte er noch einen Tritt und traf dessen Gesicht. Ein Rückhandschlag verfehlte ihn und er ging abermals hinter der Verkleidung des Apparats in Deckung.

Er bewegte sich anschließend davon weg zu einem anderen, der weiter oben auf dem Kamm stand, und nutzte seinen einstweiligen Vorteil für einen zweiten Tritt gegen Kargs Kopf.

Der Kerl steckte ihn zwar weg, aber man konnte sehen, dass ihm die Angriffe eindeutig heftiger zusetzten als noch vor wenigen Minuten.

Nichtsdestotrotz war er im Nahkampf extrem gefährlich und konnte innerhalb weniger Sekunden Kräfte für seine animalischen Attacken bündeln, wohingegen seine Schwäche aber offenbar darin bestand, längere Entfernungen zurückzulegen beziehungsweise sich dauerhaft zu bewegen. Die Auswirkungen seines Gebrechens hemmten ihn also sehr wohl, nur dass er gelernt hatte, damit umzugehen. An der höchsten Stelle des Kamms, wo auch die größten Radargeräte standen und man zu beiden Seiten in tiefe Täler hinabblicken konnte, begegneten sich die beiden wieder auf Augenhöhe. Karg holte mittlerweile angestrengt Luft und hob erneut seine Fäuste, allerdings deutlich langsamer.

Das war es nun. Es gab kein Zurück mehr, nur noch diesen offenen Platz am Ende, quasi am Ende der Welt. Von hier aus konnte Declan wenigstens nicht mehr gegen den Zaun gedrängt werden. Der Wind zerstob die Nebelschleier und kühlte seine schweißnasse Haut.

Hastig schöpfte er seine letzte Möglichkeit aus. Mit einer Drehung, um die Wucht noch zu vergrößern, trat er Karg, bevor dieser sich davor schützen konnte, in den oberen Bauchbereich. Der Fuß traf genau die vorgesehene Stelle, und der Mann stolperte rückwärts. Declan hob sein Bein noch einmal – trat ihm nun gegen die unteren Rippen – wobei er zuversichtlich war, genug Kraft für eine dringend notwendige Verletzung aufgewandt zu haben. Seine Ferse traf den Mann wie geplant, und Karg krümmte sich stöhnend, wobei er seinen Brustkorb umklammerte und eine gequälte Grimasse schnitt.

Declan setzte seinen Angriff unvermindert fort. Er stieß jetzt mit einem Fuß in seine Kniekehle, sodass das Bein einknickte und der Riese zusammensackte. Darauf folgte ein weiterer Tritt, dieses Mal gegen den Hinterkopf, und Kargs Schädel schnellte nach vorne. Nach einem schnellen Ausfallschritt trat er ihm, so fest er konnte, in den Nacken. Der Riese schwankte mittlerweile wie ein morscher, aber leider noch nicht vollkommen abgestorbener Baum. Er breitete jetzt verzweifelt die Arme aus, um sein Gleichgewicht wahren zu können.

McIver blieb schnaufend hinter ihm stehen. Seine Intuition sagte ihm – nein, *schrie* ihn geradezu an – dass er jetzt nicht lockerlassen durfte. Milde, konnte er sich jetzt nicht leisten. Deshalb verlagerte er sein Gewicht auf ein Bein, hob das andere hoch und ließ es auf einen von Kargs ausgestreckten Armen niedergehen wie ein Fallbeil. Noch in der Bewegung, als er spürte, wie sich sein Körperschwerpunkt wieder verlagerte, erkannte er, dass er sich verkalkuliert hatte.

Denn Karg nahm den Arm herunter und vollzog aus der Drehung heraus einen Schlag, während Declans Fuß ihn verfehlte und stattdessen mit aller Gewalt auf den Felsboden traf. Die Faust traf daraufhin ungebremst sein Zwerchfell und machte ihn komplett atemlos. Er torkelte mit der Absicht zurück, sich fernzuhalten, während der Deutsche schon wieder aufstand.

Declan rang hektisch nach Luft und ging in sich, um seinen Körper zum Weiterkämpfen zu zwingen. Karg durfte auf keinen Fall wieder zu Kräften kommen. Darum machte er einen Satz nach vorn und versuchte noch einen Seitwärtstritt gegen den Kopf, den der Kerl jedoch abblockte, indem er das Bein am Knie mit einer Hand festhielt und ihn zu sich zog, um mit der geballten anderen Faust zuschlagen zu können.

Die Faust knallte gegen seine Wange, woraufhin Declans Sichtfeld sofort verschwamm. Er wollte sein Bein wieder wegziehen, wurde aber gegen die Brust gestoßen und aus dem Gleichgewicht gebracht. Er fiel überrascht auf ein Knie, während Karg das andere Bein weiterhin hochhielt, und suchte blind nach irgendeinem Orientierungspunkt. Als er das Felsterrain ins Auge fasste, traf eine Kniescheibe plötzlich fest wie ein Amboss sein Gesicht.

Abermals wurde alles rings um ihn herum trüb, und sein Körper krümmte sich aufgrund des Ungleichgewichts, das durch sein hochgehaltenes Bein entstand, rückwärts. Als ihn der Riese endlich losließ, sackte er kraftlos in sich zusammen. Er spürte, wie Blut aus seiner Nase in den Mund lief. Es schmeckte metallisch. Nachdem er ausgespuckt hatte, rollte er sich auf den Bauch, um aufzustehen, was er aber einfach nicht mehr schaffte.

»Hoch mit dir.«

Die Worte klangen seltsam langgezogen und undeutlich in seinen Ohren.

»Hoch mit dir.«

Declan schüttelte den Kopf, um sich wieder zu besinnen, dann hörte er die Stimme wieder in einer höheren Tonlage und nicht mehr wie in Zeitlupe.

»Du kommst sowieso nicht drumherum.«

Er schaute in die Richtung, in der er den Sprecher vermutete, und bemühte sich dabei, einen klareren Kopf zu bekommen. Wieder sah er dasselbe Mädchen wie wenige Minuten zuvor, dass jetzt aber nicht mehr von seiner Mutter umarmt wurde, sondern vorgetreten war. Sie schien offenbar mutiger zu sein als die gesamte Masse dahinter.

Declan wusste nicht so recht, ob er sich das nur einbildete, doch das hatte im Moment ja auch gar keine Bewandtnis. Er wälzte sich wieder auf den Rücken und atmete tief ein und aus. »Es tut mir leid … Kind.«

Der Riese lachte leise.

Declan stützte sich jetzt auf dem harten Boden auf, um zurück auf die Beine zu kommen, doch es gelang ihm nicht. Stattdessen starrte er nach oben in das vernarbte Gesicht von Simon Karg, der ihn spöttisch angrinste. Würde er die letzten Sekunden seines Lebens tatsächlich darauf wartend vertun, dass ihm eine Hand, ein Fuß oder ein Stein …

*Klack.*

Das Geräusch erzeugte ein Echo. Er kniff die Augen zusammen und zwang sich, seinen Gegner zu fokussieren. Dessen Züge waren auf einmal mit einem Ausdruck von höhnischer Überheblichkeit erstarrt. In seinem Blick zeichnete sich jetzt allerdings auch Verwirrung ab.

*Klack. Klack. Klack.*

Erneut hallte das Geräusch wider, und McIver spürte einen Druck auf seiner Brust, obwohl dies nicht das Gefühl war, mit dem er gerechnet hatte. Karg lag plötzlich bäuchlings auf ihm, die Augen weit aufgerissen und mit Blutspritzern im Gesicht. Declan ließ den Kopf langsam auf dem Steinboden sinken und beschränkte sich in seiner Atemlosigkeit nur noch darauf, Bergluft einzusaugen. Die Kavallerie war endlich eingetroffen, wie es so schön hieß.

*Klack. Klack. Klack. Klack.*

Schließlich stöhnte er, weil er damit haderte, seine Beine unter dem schweren Unmenschen herausziehen zu müssen. Danach kroch er von ihm fort und sah sich nach den Geiseln um. Sie alle standen stumm und starrend da, einige vor Entsetzen auf die Skinheads schauend, denen jemand Kopfschüsse verpasst hatte, andere auf die Bergspitzen blickend, als ob sie unter Verfolgungswahn litten. Obwohl es nach und nach heller wurde, verbargen Nebel und Schneefall die Scharfschützen auf ihren Posten. In der Nähe befanden sie sich aber auf jeden Fall. Auf die Schweizer war also tatsächlich Verlass.

Declan stemmte sich mühsam hoch und blieb erst einmal auf seinen Knien hocken.

»Nur die Ruhe, Mann«, sagte jetzt jemand mit amerikanischem Akzent zu ihm. »Wir helfen Ihnen.«

Er hatte die beiden Männer nicht kommen sehen, ließ sich nun aber gern von ihnen hochziehen. Sie legten sich einen seiner Arme über die Schultern und warteten dann kurz, während er sich zusammenriss, um einen klaren Kopf zu bekommen und nicht wieder sofort zusammenzusacken.

Dann riss er sich von den Fremden los, trat von der Kuppe und ging langsam den Hang hinunter, wobei sie ihn die ganze Zeit im Auge behielten. Vor den Versammelten, die nun dankenswerterweise keine Gefangenen mehr waren, blieb er stehen.

Lukas Kreft befand sich noch in ihrer Mitte, starrte fassungslos sie und die herumliegenden Waffen seiner gefallenen Söldner an, traute sich aber nicht, auch nur eine Bewegung zu machen. Er wusste sehr genau… nur eine ruckartige Drehung auf irgendeine Pistole zu, und er würde genauso enden wie diese Männer … tot.

Raymond Sell entschuldigte sich bei allen und schob gerade zwei Touristen aus dem Weg. »Ich hoffe, das Angebot der Premierministerin gilt noch.«

Declan zog seine Augenbrauen hoch. »Ich auch.«

»Geben Sie denen nur irgendetwas, und wir beide gehen gemeinsam vor die Hunde.« Kreft baute sich drohend vor dem alten Mann auf, doch dieser blieb vollkommen unbeeindruckt. Hinter dem Unternehmer scharte sich nun wütendes Küchenpersonal – vermutlich Köche und Tellerwäscher – und diese machten sich offenbar darauf gefasst, Sell vor dem einzig verbliebenen Bösewicht auf dem Berg zu verteidigen. Kreft drehte sich hochnäsig grinsend zu ihnen um. »Ach, wissen Sie was? Machen Sie nur. Gestehen Sie alles. Dann werden wir unsere Zeit vorübergehend zusammen in irgendeinem Erholungspark von Gefängnis absitzen, bis man mich stillschweigend begnadigt, wenn Imogen ihr Amt abgibt.«

Declan rief sich vor Augen, für wie viele Tode dieser Kerl verantwortlich war. Kreft hatte keines seiner Opfer selbst erwürgt und dabei zugesehen, wie es verreckt war, aber dennoch hatte er gemordet, es klebte nur nicht das Blut der Toten an seinen Händen. Die Gestorbenen waren vielleicht lediglich diejenigen, denen Schlimmeres erspart geblieben war. Immerhin hatte der Milliardär mit seinem Tun Männer und Frauen verwitwet, Kinder zu Waisen gemacht und ganze Existenzen zerstört – hatte Menschen zurückgelassen, denen sein Handeln für den Rest ihrer Leben Kummer bereiten würde.

Der Zorn gab Declan einen erneuten Adrenalinschub und ließ ihn seine Schmerzen vergessen. Er packte Kreft an der Brust seines Hemdes und zerrte ihn auf den steilen Hang hinauf.

»W…was soll das?« Der Mann rutschte auf dem sandigen, unebenen Boden aus, während er sich vergeblich versuchte, zu widersetzen. »Nein! Nein! Nein!«

Declan ließ ihn los und schaute tatenlos dabei zu, wie die Schwerkraft alles Weitere übernahm.

Kreft starrte ihn fassungslos an, als er seinen Halt verlor und über die Kante des Abgrunds stürzte. Sein Schrei verklang in dem weiten Tal, das in der Tiefe lag. Weder Politiker noch Gerichte konnten ihm jetzt noch helfen.

»So viel zum Thema dehnbare Moral, wie Sie sie gesucht haben!«

# Kapitel 97

*07:39 Uhr Ortszeit, Strecke der Pilatusbahn, Alpnachstad, Schweiz*

Die Zahnradbahn vibrierte sanft, als sie im Depot anhielt. Declan saß an einem der Panoramafenster und beobachtete, wie weitere Polizisten und Ersthelfer ausstiegen, um die Treppe zum Pilatus-Besucherzentrum hinaufzueilen.

Die Schweizer Bahn war nicht tatenlos gewesen, während er und Kreft den Berg bestiegen hatten, sondern hatte die Weiche in Ämsigen repariert. Die erste Gruppe von Beamten war eine halbe Stunde zuvor angekommen, hatte den Tatort gesichert und sich dann um die Geiseln gekümmert, um sicherzugehen, dass auch niemand fehlte. Zwei wurden allerdings noch vermisst, ein Amerikaner und ein Deutscher, die gemeinsam auf Reisen gewesen waren. Die Polizisten waren deshalb ausgeschwärmt, um das unübersichtliche Netz aus Wanderwegen und Höhlen abzusuchen, das den Berg an allen Seiten umspannte, doch die beiden waren weiterhin verschollen.

Nun stellte ein Sanitäter einen Koffer vor Declan ab und kniete sich vor ihm hin. »Man hat mir gesagt, dass Sie verletzt seien.«

Declan wollte sich allerdings nichts anmerken lassen. »Mir geht es gut.« Das stimmte aber natürlich nicht. Die Blessuren an seinem Körper würden zwar irgendwann heilen, doch dadurch, dass er dem Tod durch Simon Kargs Hand nur knapp entronnen war, hatte er kurzzeitig die Möglichkeit in Betracht ziehen müssen, dass er sein noch ungeborenes Kind niemals kennenlernen würde, und außerdem nagten immer noch Krefts letzte Worte an ihm.

Seit er ihn fallengelassen und seinen Todessturz mitangesehen hatte, hielten sich die Befreiten fern von ihm. Sie blieben lieber an der gegenüberliegenden Wand des Besucherzentrums stehen und warfen ihm, während er wartend dasaß, allerhöchstens gelegentliche betretene Blicke zu. *War er nicht ebenfalls ein Monster? Hatte er sich nicht aufgrund seiner Taten – sowohl der vergangenen als auch der jüngsten – für immer vom Rest der Welt entfremdet?* Das Verhalten dieser Menschen schien seine Befürchtung zu bestätigen, aber vielleicht war es auch besser so. Vielleicht war es …

»Mister?«

Declan schaute den Sanitäter an.

»Ich soll mich um Sie kümmern. Würden Sie mir deshalb bitte sagen, ob Sie verletzt sind?«

»Er muss auf ein Schädeltrauma und auf Rippenbrüche untersucht werden.«

Als Declan an dem Mann vorbeischaute, sah er Johannes Brenner mit einer glimmenden Zigarette im Mund näherkommen.

Der Kommissar fuhr fort: »Die Geiseln sagen, Sie hätten es ganz allein mit diesem Mordskerl aufgenommen. Angeblich hätte er Sie beinahe umgebracht.«

Declan atmete gepresst und vorsichtig aus, was ihm trotzdem unsagbare Schmerzen bereitete. »Das stimmt.«

Der Sanitäter hielt jetzt eine Stifttaschenlampe und einen Zeigefinger hoch.

Declan wusste, dass dies ein Test war, also fixierte er Finger und Licht, während der Mann sie hin und her bewegte.

»Ist Ihnen schwindlig oder übel?«

Er schüttelte den Kopf.

»Ich glaube zwar nicht, dass Sie eine Gehirnerschütterung haben, doch ein Arzt sollte Sie sicherheitshalber trotzdem noch einmal überprüfen. Außerdem müssen Sie sich unbedingt röntgen lassen.«

Als er sich nach Declans Shirt ausstreckte, hob dieser es selbst an. Der Sanitäter richtete die Lampe auf dessen Rippen. »Ja, röntgen. Auf jeden Fall. Damit klar ist, ob es sich wirklich um Frakturen oder nur um Risse handelt.« Er öffnete jetzt seinen Koffer und nahm mehrere Druckverbände heraus. »Diese lindern kurzzeitig Ihre Schmerzen, während wir Sie ins Tal und von dort aus ins nächste Krankenhaus bringen.«

Brenner schaute rauchend dabei zu, wie der Mann die elastischen Bandagen um Declans Brustkorb wickelte und sie mit Klebeband fixierte. »Ich will nicht so tun, als könnte ich Ihre Motive nachvollziehen, mein Freund, aber Ihre Aktionen heute haben viele Menschenleben gerettet. Die Schweiz steht tief in Ihrer Schuld.«

Nun lachte Declan, auch wenn es ein Bruststechen verursachte und seinen heiteren Gesichtsausdruck seltsam verzerrte.

Der Kommissar sah ihn besorgt an. »In diesen Minuten treffen Ärzte mit einer mobilen Notfallausrüstung in Alpnachstad ein. Ich werde zusehen, dass einer von ihnen Sie auf Ihrer Reise begleitet. Man hat mich darauf hingewiesen, dass für Sie ein Flug reserviert sei.«

Declan nickte. In der Tat war ein Flug für ihn, Harper und Raymond Sell reserviert. Ein längst überfälliger Flug nach London.

# Kapitel 98

*17:42 Uhr Ortszeit, Downing Street 10, London, England*

Dumpfe Rippenschmerzen stellten sich bei ihm ein, als der relativ neue Range Rover den ebenen Asphalt von Whitehalls Straßen verließ und das Einfahrtstor des Wohnsitzes der Premierministerin passierte.

Harper, die neben ihm auf der Rückbank saß, wandte sich ihm zu und berührte seine Hand. »Alles in Ordnung?«

Er nickte.

Sie hatten eine wirklich aufsehenerregende Rückkehr in die britische Hauptstadt hinter sich. Um zu vermeiden, dass die Presse Declan sah, war er in einer geschlossenen Kabine der Pilatus-Seilbahn befördert worden. Dann hatte ein Schweizer Arzt bestätigt, dass seine Rippen nur angeknackst statt gebrochen waren und ihm ein Schmerzmittel verschrieben, um entspannt fliegen und dann in London Nachbesprechungen mit mehr Regierungsangestellten bewältigen zu können, als ihm lieb gewesen war.

Die Verwicklung von Briten – also von Harper und Declan – in die Ereignisse auf dem Pilatus hatten sowohl London als auch Genf heruntergespielt, obwohl er bezweifelte, dass diese Bemühungen sich wirklich auszahlen würden. Er war von nicht weniger als siebzig bis achtzig Personen gesehen worden, darunter Polizisten, Ersthelfer und Geiseln, die in den kommenden Tagen zumindest teilweise aussagen würden.

Ob es der schweizerischen und britischen Obrigkeit gefiel oder nicht: Über kurz oder lang mussten sie wohl zugeben, was wirklich geschehen war und auch erklären wie es dazu hatte kommen können, sodass die Welt langsam, aber sicher die wahre Geschichte erfuhr. Jedenfalls hoffte er das.

Als der Rover anhielt, stieg Allardyce aus dem baugleichen Modell, das vor ihnen hergefahren war.

Nicht weit entfernt wurde jetzt die schwarze Metalltür mit der silbernen Hausnummer 10 geöffnet, und ein behelmter Wachmann trat für die angekommenen Gäste zur Seite.

Zur Krönung des Tages, nachdem alle niederen Geheimdienstler bekommen hatten, was sie wollten, waren sie von Dennis und einer Frau, die sich als Innenministerin vorgestellt hatte, darüber informiert worden, dass man in der Schweiz hinter dem Rücken der Premierministerin interveniert hatte, weshalb diese nun sehr wütend sei, was Declan durchaus nachvollziehen konnte, da er tagelang genötigt gewesen war, auf lebensverändernde Entscheidungen anderer zu reagieren.

Laut dem Generaldirektor war Clarke ihm allerdings in Hinblick auf seine bisherigen Gespräche mit ihr absolut nicht gewogen. Vielmehr wollte sie ihn unbedingt auf irgendeine Art und Weise dafür verantwortlich machen, was passiert war, und hatte deshalb auf ein Treffen gepocht, um ihnen allen zeigen zu können, was sie als Beweis für seine Schuld an mindestens einem schweren Vergehen erachtete.

Declan fragte sich gerade, was sie wohl ausgegraben hatte, als der Fahrer ihres Geländewagens ausstieg und die hintere rechte Tür öffnete. Er rutschte von der Rückbank, richtete sich auf und wartete direkt neben dem Auto auf Harper.

Ihm kam diese Erfahrung geradezu unwirklich vor, als er an dem dreistöckigen Gemäuer aus schwarzen Ziegeln hinaufschaute. Für ihn als ehemaliges IRA-Mitglied gab es nur eine Handvoll Orte auf der Welt, an welchen er sich nie und nimmer wiederfinden würde, wie er geglaubt hatte, und dieses Haus hatte natürlich dazugehört. Soweit er wusste, waren Unabhängigkeitskämpfer – ob ehemalige oder aktive – der Downing Street 10 niemals nähergekommen als bei jenem Versuch während John Majors Amtszeit, Granaten in eine Kabinettssitzung zu feuern – ein Plan, der unter keinem guten Stern gestanden hatte und der Hauptgrund dafür gewesen war, warum jetzt beide Zufahrten über ein Tor verfügten und streng bewacht wurden.

Während er sich Mühe gab, nicht an die Verbrechen zu denken, die er tatsächlich begangen hatte, weshalb die Premierministerin nun versuchen könnte, ihm einen Strick daraus zu drehen, folgte er Allardyce über den Würfelparkettboden des Empfangsflurs in einen großen Raum hinein, wo sich eine gewaltige Treppe an der zur Hausseite gehörenden Mauer nach oben wand. An ihrem Fuß stand ein schwarz gekleideter Leibgardist, der Declan misstrauisch betrachtete, ihn aber trotzdem weitergehen ließ. Ihm war klar, dass er hier auf wenig bis gar keine Gegenliebe stoßen würde, und eigentlich war es ihm immer noch unbegreiflich, weshalb er sich einverstanden erklärt hatte, überhaupt hierherzukommen. Obwohl die »Einladung« ja auch nicht gerade wie eine Bitte formuliert gewesen war.

Am oberen Absatz des halbrunden Treppenlaufs drehte sich Allardyce jetzt zu ihm um. »Wir haben noch keine Ahnung, was sie genau vorhat oder wer bei ihr ist, aber wir stehen hinter Ihnen. Egal was sie sich einfallen lässt, sie kann nur den Kürzeren ziehen. Vergessen Sie das nicht.«

McIver nickte und wechselte einen kurzen Blick mit Harper, die nur wenige Schritte hinter ihm ging. Er schaute ein letztes Mal die Stufen hinunter, als er hörte, wie der Direktor eine Tür hinter ihm öffnete. Der offizielle Sitz der Premierministerin des Vereinigten Königreichs war zweifelsohne eine Sehenswürdigkeit, und die Wendung, die sein Leben genommen hatte, um ihn herzuführen, erstaunte ihn definitiv, doch viel lieber hätte er jetzt mit einem Glas Glenmorangie in einer Hand und einer Fernbedienung in der anderen zu Hause in Amerika gesessen, um zwischen den Nachrichtensendern hin und her zu zappen und sich die jüngsten Meldungen anzusehen, statt selbst deren Gegenstand zu sein.

Er versuchte seine Nerven zu beruhigen und zwang sich, zu der Tür hochzuschauen, die Allardyce ihm gerade aufhielt. Drinnen wurde bereits laut gesprochen. Beim Eintreten kam es ihm so vor, als springe er in ein Becken mit eiskaltem Wasser, und dass plötzlich alle Anwesenden verstummten, bildete er sich bestimmt nicht bloß ein. Als sein Begleiter die Tür hinter ihm ins Schloss drückte, klang dies so, als falle eine Stecknadel auf den Boden. Anschließend schaute er in die Gesichter der Versammelten, die seinen Blick, allesamt stumm mit despektierlicher Miene erwiderten.

»Mr. McIver.« Eine Frau stand in der Mitte des Saals hinter einem Sessel und hatte beide Hände auf die Rückenlehne gelegt. »Und Officer Harper, nicht wahr?«

Diese stellte sich neben Declan und nickte zurückhaltend.

Er kannte die Frau aus dem Fernsehen, es war Imogen Clarke, die ranghöchste Ministerin des Landes.

»Lassen Sie mich Ihnen zunächst die anderen reihum vorstellen, ehe wir beginnen.« Sie zeigte auf einen Mann, der am weitesten von Declan entfernt war, und fuhr mit der jeweils nächsten Person fort, sparte dabei aber eine aus … einen Mann mittleren Alters mit grauschwarzen Haaren und einer US-Flagge am Aufschlag seines Jacketts. Insgesamt handelte es sich offenbar um die Köpfe mehr oder weniger aller wesentlichen Institutionen, die sich in gewissem Umfang mit der Überwachung der nationalen Sicherheit befassten.

Schließlich wandte sie sich dem noch Namenlosen zu. »Und dies hier ist der Mann, den ich extra habe einfliegen lassen, damit er Sie treffen kann, obwohl Sie beide sich, falls mich mein Gefühl nicht trügt, bereits begegnet sind. Es ist Senator Adam Ryan aus den Vereinigten Staaten. Er hat vor einigen Tagen einen bewaffneten Überfall bezeugt, bei dem er Sie als einen der Täter identifiziert hat.«

Als stehe er neben sich, nahm Declan wahr, wie seine Züge entgleisten. Den Vorfall im Schloss Buonas hatte er vor lauter Aufregung schon fast vergessen.

»Er war aber nicht der Täter«, sagte Harper nun ungeachtet der Position der Frau, die sie ansprach. »Ich bin das schon mit den Zuständigen im Konsulat in Zürich durchgegangen, außerdem erst heute Nachmittag mit der halben Belegschaft von Vauxhall Cross. Declan lag zu diesem Zeitpunkt mehrere Stunden weit vom Tatort entfernt in Ketten an einer Mauer.

Das weiß ich deshalb so genau, weil ich auch dort war – angekettet an derselben Mauer.«

Ein überraschtes Raunen ging durch den Raum.

Dass eine einfache Außendienstagentin so mit ihr umsprang, machte Imogen Clarke augenscheinlich noch wütender. »Darum ist ja auch Senator Ryan hier – um zu bestätigen, dass es sich bei Mr. McIver tatsächlich um einen der Täter handelt.« Sie streckte einen Arm nach Declan aus und schaute den Amerikaner herausfordernd an. »Also Adam, er ist es doch, oder?«

Der Senator nahm eine Brille aus der Tasche seines Jacketts und setzte sie auf, während er den Verdächtigen zu sich winkte.

Dieser trat daraufhin gehorsam näher.

Ryan betrachtete ihn einen Augenblick lang von Kopf bis Fuß, ehe er auf einen von McIvers Armen zeigte. »Krempeln Sie bitte den Ärmel hoch.«

Declan öffnete den Knopf am Handgelenk und schob den Stoff hoch. Dann drehte er die Innenseite seines Unterarms nach vorn, weil er genau wusste, was sein Gegenüber sehen wollte: Die tätowierten drei Krallen, welche die IRA-Einheit Black Shuck als Erkennungszeichen verwendet hatte.

Ryan schaute sich das Symbol ganz genau an, bevor er seinen Kopf wieder anhob und Declan bestimmt eine Minute lang in die Augen blickte. »Er war es nicht!«

»*Was?*« Clarke stellte sich jetzt neben ihn. »Sind Sie sich sicher? Nehmen Sie sich ruhig so viel Zeit, wie Sie brauchen.«

»Das ist nicht nötig. Es handelt sich hierbei nicht um denselben Mann, der auf Lord Justice Domville geschossen hat.«

Die Premierministerin wirkte geradezu enttäuscht, und ihr Gesicht wie versteinert. »Woran wollen Sie denn bitteschön konkret festmachen, dass er …«

»Er war es nicht, Imogen.«

Mehrere Anwesende wurden nun vor Verlegenheit unruhig, weil Clarke es offenbar einfach nicht wahrhaben wollte. Sie verlor jetzt vor den Augen aller ihre Contenance.

»Aber Sie haben doch gesagt, dass sein Gesicht wegen einer …«

»… Maske nicht zu erkennen gewesen sei, das stimmt. Die Tätowierung war seiner aber nur ähnlich. Er hat eine andere, denn die des Schützen sah neuer aus, so als habe er sie sich erst kürzlich stechen lassen. Und seine Augen … sie strotzten im Gegensatz zu McIvers vor Bösartigkeit. Der Hass, den er hervorgekehrt hat, war regelrecht greifbar.«

Jemand im Saal räusperte sich jetzt leise. Declan suchte ihn. Es war ein übellaunig aussehender Mann mit rotgrauen Haaren, der jetzt aufstand. »Einer der Verdächtigen im Fall der Bombenexplosion in Schottland ist mit dem gleichen Motiv tätowiert, Ma'am. Bei unseren Ermittlungen sind wir davon ausgegangen, dass er derjenige sei, der auf Domville geschossen hat.«

Allardyce trat vor. »Danke sehr, Mr. Thom.« Er schaute die Premierministerin intensiv an. »Vielleicht sollten wir als Nächstes mit Mr. McIver nach Zürich zurückfliegen, damit Lord Justice Domville ihn ansehen kann.«

Clarke fuhr mit ihrem Kopf zu ihm herum. »Oh, das würde ich sofort tun, Dennis, wenn Lord Justice Thomas Domville nicht heute Nachmittag leider seinen Verletzungen erlegen wäre.«

Nun machte Allardyce ein enttäuschtes Gesicht und schlug die Augen nieder. »Ich bedauere, das zu hören.«

»Ach, tun Sie doch nicht so. Hauptsache, ihr Lieblingsrepublikaner hier kommt frei.« Clarke wandte sich jetzt von allen im Raum ab und starrte an die hintere Wand, so als habe sie gerade eine Schreckensnachricht erfahren. »In den letzten vier Stunden war oft die Rede von Ihrem Heldenmut, Mr. McIver.« Sie drehte sich wieder zu ihm um. »Sie haben uns offenbar vor Terroristen, korrupten Politikern und jüngst auch einem korrupten Geschäftsmann bewahrt, ja sogar vor uns selbst, wie es scheint. Dennoch sollte man sich davor hüten, einen Helden automatisch für rechtschaffen und charakterlich einwandfrei zu halten. Dass Sie einer sind, steht zwar fest, wohingegen sich die letztgenannten Eigenschaften vorbehaltlos anfechten lassen. Und jetzt verschwinden Sie!« Sie ließ den Blick durch den Saal schweifen und warf aufgebracht die Hände in die Höhe. »Sie alle. Verschwinden Sie aus diesem Raum. Sofort!«

Die versammelten Bürokraten und Bereichsleiter schauten einander verwirrt an, dann auf die Premierministerin, erhoben sich aber von ihren Plätzen und gingen hintereinander zur Tür wie gescholtene Kinder.

***

Als Declan aus der Downing Street 10 kam, fühlte sich die kühle Herbstluft so belebend an wie nie. Er schaute nach Westen über das Kunsteisentor der hinteren Einfahrt hinweg auf die Sonne, die gerade über dem St. James's Park unterging.

»Ich übernehme«, sagte Allardyce, als er gemeinsam mit Declan zu den Range Rovers ging, und löste den Fahrer ab, der ihnen die rechte Hintertür offenhielt.

Der Mann nickte und trat beiseite. Einen Moment später stieg er vorne ein.

Allardyce schloss die Tür zunächst wieder, weil er offensichtlich vertraulich mit ihm reden wollte.

Declan drehte sich nach dem schwarzen Stadthaus um. »Irgendetwas sagt mir, dass das noch nicht vorbei ist. Sie wird sich das nicht bieten lassen, oder?«

Allardyce lächelte. »Ich würde mir keine Gedanken um Imogen Clarke machen, Declan. Sie ist Politikerin und wird deshalb jede Chance nutzen, sich zu retten, nur dass sie gerade alle vertan hat. Im Laufe der nächsten Tage wird sie ihr Amt unehrenhaft niederlegen!«

Damit hätte Declan nicht im Traum gerechnet.

»Das ist wahr. Der MI5 prüft politische Führungskräfte vor ihrem Amtsantritt eingehend, wissen Sie das? Imogen Clarkes frühere Beziehung zu Lukas Kreft, die ja der eigentliche Grund dafür ist, dass unsere Verteidigungsmaßnahmen gegen diesen Angriff einfach so verpufft sind, war uns schon seit längerer Zeit bekannt. Sobald die BBC und andere Sendeanstalten Informationen darüber erhalten ...« Allardyce räusperte sich und zwinkerte. »Ich bin mir sicher, dass dies geschehen wird, und dann kann sie als Premierministerin einpacken.«

Declan schmunzelte. »Womit aber auch Ihre Zeit als Generaldirektor beendet wäre.«

Dennis erwiderte gelassen: »Das mag sein, obwohl es ja heißt, dass die Innenministerin sich als Spitzenkandidatin ihrer Partei zur Wahl aufstellen lassen würde, und wie der Zufall es so will, sind wir beide erst kürzlich zu einer gefälligen Einigung untereinander gekommen.« Er legte eine Hand auf die Schulter des Iren und zwinkerte ihm erneut zu.

Declan lachte leise und öffnete die Tür wieder. »Wir sehen uns.« Mit diesen Worten stieg er in den Geländewagen ein.

»Ja, davon gehe ich aus.« Allardyce schlug die Tür zu, woraufhin der Chauffeur losfuhr.

# Kapitel 99

*18:22 Uhr Ortszeit, St. James Hotel, Waterloo Place, Westminster, Londoner Innenstadt, England*

Der Range Rover hielt jetzt vor einem neoklassischen Gebäude am Straßenrand. Declan schaute durch die Türscheibe hinauf zum dritten Stock. Als er zuletzt hier gewesen war, hatte ihm Constance angekündigt, dass sie sich von ihm scheiden lassen wollte. Ihm wurde sofort ängstlich zumute, als er an jenen Nachmittag zurückdachte. Alles deutete darauf hin, dass seine Frau ihren Plan in die Wege geleitet hatte, aufgebrochen und höchstwahrscheinlich schon in den Vereinigten Staaten war.

Während er die Vorstellung kurz beiseiteschob, schaute er Harper an, die wieder neben ihm saß. »Hat Spaß gemacht mit Ihnen.«

Sie lächelte kopfschüttelnd. »Wir wurden verletzt und gejagt, beschossen und hintergangen. Das nennen Sie Spaß?«

Nachdem er seine Tür geöffnet hatte und ausgestiegen war, beugte er sich wieder in den Wagen hinein. »Alltag für die Armee des Volkes.« Er grinste bei dieser Anspielung auf die IRA.

Harper winkte stöhnend ab. »Ja, ja, schon klar.«

Er schloss die Tür und wartete, bis der Rover davongefahren war. *Würde er Harper jemals wiedersehen?* Sicher war er sich nicht. Denn auch als ehemaliger Aufwiegler und trotz zahlreicher Begegnungen mit dem MI6 im Laufe der Jahre blieb ihm der Auslandsgeheimdienst genauso schleierhaft wie den meisten normalen Bürgern.

Er holte tief Luft und drehte sich dann zum Hoteleingang um. Lange würde er sich hier nicht aufhalten. Sobald seine finanzielle Situation geklärt und ein Flug gebucht war, wollte er in die USA zurückkehren und seine Ehe wieder kitten. Falls er es noch konnte.

Er steckte seine Hände in die Hosentaschen und ging durch die Tür in das Foyer. Umgeben von Marmor und der Londoner Oberschicht kam er sich in seiner gewohnten Jeans und mit dem Arbeiterhemd fehl am Platz vor. Als sein Blick zufällig auf eine Oberfläche fiel, in der er sich spiegelte, wurde ihm bewusst, dass er sogar noch kaputter aussah, als er sich fühlte. Er schlug einen schnelleren Schritt an, um den Aufzug zu erreichen, bevor sich dessen Türen schlossen. »Die Drei, bitte.«

***

Die letzten Mitfahrer stiegen vor ihm aus, wobei sie ihn nur kurz eines Blickes würdigten, als sei er irgendwie anrüchig und könne ihnen zu ihren Zimmern folgen, um sie dort auszurauben. Er konnte ihnen ihre Vorurteile nicht wirklich verübeln, denn er sah wahrlich nicht so aus, als gehöre er in die obere Etage eines Hotels, das im selben Viertel stand wie der Buckingham Palace.

Er gab den anderen Gästen einen gewissen Vorsprung, ehe er die Kabine ebenfalls verließ und in die entgegengesetzte Richtung über den Flur ging, vorbei an altmodischen, aber ansehnlichen Kunstwerken im Licht von Messinglampen. An einer Tür mit prachtvollem Bogen schob er eine Karte ins Schloss und wartete, bis sie entriegelt wurde.

Drinnen sah alles noch genauso aus, wie er es in Erinnerung hatte. Nichts war verrückt worden oder erweckte den Anschein, dass hier jemand gewohnt hatte, was andererseits wahrscheinlich auch nicht ungewöhnlich war für eine Hotelsuite, die jeden Morgen von Zimmermädchen aufgeräumt wurde.

Er warf die Schlüsselkarte auf einen Tisch neben dem Eingang und ging dann in den luxuriösen Schlafbereich. Dort blieb er im Türrahmen stehen und schaute auf einen einzelnen Koffer, der auf dem Bett liegenlassen worden war. Lächelnd näherte er sich ihm und klappte den Deckel auf. Es handelte sich dabei um den kleinsten eines Sets, mit dem Constance und er von jeher verreisten. Er enthielt seine wenigen Kleidungsstücke aus Irland und sein Mobiltelefon, das hiergeblieben war, weil er für den Gebrauch in Kontinentaleuropa Geräte mit Guthabenkonto gekauft hatte.

Declan setzte sich auf die Matratze, griff zu dem Handy und schaltete es ein. Der Akku war auch nach einer Woche auf Standby noch nicht leer … nicht schlecht. Er wischte über den Touchscreen, um seine Sprachnachrichten aufzurufen, und erschrak, weil sechzehn Stück eingegangen waren. Er startete die älteste.

»Declan, Franklin hier. Ich, äh … ich weiß nicht, was los ist, aber Connie hat mich gebeten, sie hier in Ashville am Flughafen abzuholen. Dort bin ich jetzt. Laut der Flugnummer, die sie mir durchgegeben hat, ist ihre Maschine vor einer halben Stunde gelandet, doch sie war anscheinend nicht an Bord. Auf ihrem Handy erreiche ich sie auch nicht. Ruf mich bitte an, sobald du kannst.«

Der Tonfall seines Schwiegervaters bereitete ihm Sorgen. Er ging zur nächsten Nachricht über.

»Declan, ich bin's wieder, Franklin. Ich warte jetzt schon eine Stunde und habe weder von Connie noch von dir etwas gehört. Mir ist nicht ganz klar, was ich jetzt tun soll. Die Fluggesellschaft überprüft gerade, ob Connie tatsächlich wie vorgesehen in New York umgestiegen ist. Vielleicht wurde sie ja am Zoll aufgehalten oder etwas in der Art. Melde dich.«

Declan schüttelte den Kopf. *War ihr unterwegs etwas zugestoßen?* Constance war schließlich hochschwanger und hatte eine Menge Stress hinter sich. Er wählte die dritte Nachricht aus, hörte sich dann die vierte an, und anschließend die fünfte. Alle stammten von Franklin Cobrian, einem ehemaligen Staatssenator und Anwalt im Ruhestand, der normalerweise stets Ruhe walten ließ, nun aber zusehends in Panik geriet. Seine Tochter hatte offenbar ihren Anschlussflug in Atlanta verpasst, mit dem sie nach Ashville gelangt wäre, weil sie von New York aus erst gar nicht dorthin gelangt war. Dennoch ging aus den Daten der Fluggesellschaft hervor, dass sie am Mittwochnachmittag in London eingecheckt hatte und dort in ein Flugzeug gestiegen war.

Declan schaute auf die Uhr. In den USA war gerade Mitternacht, aber er rief seinen Schwiegervater trotzdem an.

»Aye, Frank? Hier spricht Declan.«

»Declan, oh mein Gott. Wo bist du gewesen? Und wo ist Constance?«

»Du weißt es nicht? Ist sie immer noch nicht aufgetaucht?«

»Nein. Oh je. Ich war überzeugt davon, dass du mir sagen könntest, wo sie steckt. Ich dachte, während des Flugs sei irgendetwas passiert, aber sie wäre in deiner Nähe.«

»Nein. Es ist … nun ja … kompliziert. Ich war in der Schweiz.« Er fuhr sich aufgeregt über das Gesicht. »Lass mich schnell ein paar andere Leute anrufen. Ich melde mich dann gleich wieder bei dir.«

»Ich habe schon mit allen möglichen Polizeistellen und Krankenhäusern im näheren Umkreis des Flughafens JFK telefoniert. Vergeblich. Dort weiß man von nichts.«

»Wie gesagt, ich melde mich gleich wieder.«

Declan trennte die Verbindung und legte sich auf den Rücken. Ihm schossen sofort alle möglichen Szenarien durch den Kopf. *Wo konnte Constance jetzt stecken, wenn sie per Transatlantikflug von London nach New York gereist war und ihren Anschluss, der sie nach North Carolina gebracht hätte, nicht wahrgenommen hatte?*

# Kapitel 100

*Samstag, 11:36 Uhr Ortszeit, St. James Hotel, Waterloo Place,
London, England*

Declan verließ das Gebäude und ging zu Fuß. Wie üblich bevölkerten zahllose Touristen die Bürgersteige von Westminster, während sich der Verkehr in den Straßen staute, wenngleich es zu dieser Jahreszeit nicht so schlimm war wie während der Sommermonate. Er wartete auf eine Lücke im Gedrängel, um die Fahrbahn überqueren zu können, und betrat kurz darauf den St. James's Square.

Während er auf den ringsherum verlaufenden Pfaden des Parks entlangging, schaute er Urlaubern beim Fotografieren der Statue von Wilhelm dem Dritten auf seinem Pferd zu und fasste dabei nichts gezielt ins Auge, weil er keine Ahnung hatte, wonach er eigentlich suchte. Es war einfach nur Gewohnheit.

Er hatte in den letzten siebzehn Stunden kein Auge zugetan, was ohne Frage die Ursache dafür war, dass er sich jetzt so benebelt fühlte. Eine Woche lang nicht regelmäßig geschlafen oder gegessen zu haben, rächte sich nun so langsam. Er hatte allerdings nur wenig Zeit gehabt, um sich dies bewusst zu machen. Denn in der Nacht war eine Menge geschehen, beginnend mit einem Anruf bei Dennis Allardyce, dem er vom Verschwinden seiner Frau erzählt hatte. Seitdem mischten die Londoner Polizei, der Security Service und Interpol bei einer länderübergreifenden Suche nach der Schwangeren mit.

Declan nahm jetzt auf einer Bank Platz, auf der er nicht direkt in der Mittagssonne saß, obwohl sich die Temperaturen mittlerweile schon dem Gefrierpunkt näherten. Er stützte den Kopf in die Hände und schloss seine müden Augen. »Du musst dich mal ordentlich ausruhen, Mann.«

Er fuhr erschrocken auf. Mit einem Mal fühlte er sich wieder etwas aufgeweckter.

Denn wenige Fuß vor ihm stand Shane O'Reilly.

»Du meine Güte.« Er konnte angesichts der Verfassung seines Freundes nur den Kopf schütteln. Eines seiner Augen war zugeschwollen, und an kaum einer Stelle, die man von seiner Haut sah, hatte er keine Schnittwunden oder blauen Flecke. Sie beide waren während der letzten paar Tage durch die Hölle gegangen, und für Declan stand auch weiterhin keine Entspannung in Aussicht.

Shane ließ sich vorsichtig auf der Bank nieder. »War 'ne harte Woche, also …«

»Das kannst du laut sagen.«

»Hast du dir denn keine nettere Aussicht suchen können?« Shane meinte dies in Bezug auf die Statue von Wilhelm dem Dritten. »Dieser Drecksack.«

»Sorry.«

»Ach, wie dem auch sei. Wir haben angefangen, mit der New Yorker Polizei zusammenzu…«

»Du suchst auch mit?«

»Natürlich suche ich mit. Du bist schließlich mein Freund, und sie ist deine Ehefrau.«

»Mensch, Shane. Meinetwegen hast du dir doch wohl schon mehr als genug zugemutet.«

»Wie gesagt, wir haben vor wenigen Stunden angefangen, mit der New Yorker Polizei zusammenzuarbeiten. Der Beamte, der ihr zugewiesen war, brachte sie sicher zum Flughafen und wartete auch, bis sie ihre Maschine bestiegen hat. Wir haben auch ein Video, aus dem das hervorgeht. In New York verläuft sich ihre Spur dann allerdings vollkommen.«

Shane nahm ein Smartphone aus seiner Jacke, wischte mehrmals über den Touchscreen und hielt es Declan dann hin.

Dieser nahm es entgegen und sah sich daraufhin die Aufnahme einer Überwachungskamera aus der Flughafenhalle an.

»Das ist Terminal 7, Flugsteig 9 des John F. Kennedy Airport. Achte auf die beiden Männer oben rechts im Bild.«

McIver behielt die zwei, die Trenchcoats trugen, genau im Auge, während Reisende durch den Übergang strömten und in verschiedene Richtungen verschwanden. Zu den letzten, die an einer lächelnden Flugbegleiterin vorbeigingen, gehörte auch Constance. Sie zog einen Rollkoffer hinter sich her und drehte fortwährend den Kopf um, weil sie anscheinend nicht genau wusste, wohin sie sich nun begeben sollte. Beim Reisen hatte sie sich noch nie wohlgefühlt, also war Declan bei gemeinsamen Unternehmungen stets ihr Wegweiser gewesen.

Jetzt verkrampfte er sich, als er sah, wie sich einer der Mantelträger Constance näherte. Er zog etwas hervor und zeigte es ihr. Nachdem sie es sich kurz angeschaut hatte, stieß der zweite Mann hinzu, woraufhin sich die drei eine Weile unterhielten, doch das Video verfügte natürlich über keine Tonspur. Constance blieb einen Augenblick lang stehen, als dächte sie über irgendetwas nach, dann überließ sie ihren Koffer einem der Fremden, während der andere einen Arm um ihren Rücken legte und sie wegführte.

Dann brach der Mitschnitt ab.

Shane nahm sein Telefon wieder zur Hand. »Andere Kameras am Flughafen haben sie auch aufgenommen, aber das ist die beste Einstellung, die wir von den Männern kriegen konnten. Das waren Profis! Sie wussten ganz genau, welche Bereiche überwacht werden, und verbargen ihre Gesichter dementsprechend. So wie es aussieht, gaben sie sich als Polizisten, Zollbeamte oder etwas Ähnliches aus, denn sonst wäre Constance bestimmt nicht freiwillig mitgegangen. Erkennst du vielleicht irgendeinen der beiden wieder?«

Declan verneinte. »Nie gesehen. Wohin haben sie sie denn gebracht?«

»Ins Erdgeschoss und nach draußen in den Bereich für Kurzparker, wo sie schließlich in einen Wagen stiegen und davonfuhren. Das war Mittwochabend gegen zehn Uhr. Die New Yorker Behörden haben gesagt, laut Kennzeichen sei das Auto auf einen falschen Namen unter einer Adresse registriert, die zu einem leerstehenden Gebäude führte, und wurde noch nicht gefunden.«

Declan konnte seinen Frust nicht mehr zurückhalten. »Ich brauche sofort einen Reisepass und etwas Geld. Ich muss nach New York!«

»Nein, Kumpel, was du brauchst, ist zuerst einmal ein wenig Ruhe. Die Polizei hat die Fahndung fortgesetzt, und zwar mit mehr Augen und Ohren als du. Wir haben schon jeden vernommen, der unseres Wissens nach mit dem ganzen Sachverhalt in Verbindung steht: Der Bombenattentäter, den wir in Glasgow dingfest gemacht haben, den Schweizer Banker, und ich konnte auch die IRA-Typen identifizieren, die dich Sonntagnacht umbringen wollten. Bei ihnen gibt es allerdings nichts zu holen. Das ist bloß so ein kleinkrimineller Paramilitär und seine Helferlein gewesen, die dem Ruf des Geldes gefolgt sind – vermutlich von Kreft, obwohl wir das nicht belegen können. Fällt dir eventuell noch jemand ein, der dahinterstecken könnte?«

McIver stützte den Kopf wieder auf seine Hände und seufzte leise. *Wer waren die Männer in dem Video? Hatte Lukas Kreft Constance entführen lassen, um sicherzugehen, dass ihr Mann auch umsetzte, was von ihm verlangt wurde? Hatte Declan jemanden in den Abgrund stürzen lassen, der ihn über den Verbleib seiner Frau hätte aufklären oder Kontakt zu ihren Entführern hätte herstellen können?* »Nein, nur Kreft.«

Shane legte ihm eine Hand auf die Schulter. »Wir bleiben am Ball, Dec. Wir werden sie schon finden. Jetzt geh dich erst einmal ausschlafen. Das willst du doch selbst auch.«

»Was ich will? Ich will meine Frau zurückhaben – und mein altes Leben.«

– E N D E –

LUZIFER

VERLAG